REINA DE SOMBRAS

ALFAGUARA

SARAH J. MAAS

REINA DE SOMBRAS

De la serie TRONO DE CRISTAL

Traducción de Carolina Alvarado Graef

ALFAGUARA

Reina de sombras

Título original: *Queen of Shadows*

Primera edición: abril de 2017

D. R. © 2015, Sarah J. Maas

Publicado originalmente por Bloomsbury Children's Books

D. R. © 2017, derechos de edición mundiales en lengua castellana:
Penguin Random House Grupo Editorial, S. A. de C. V.
Blvd. Miguel de Cervantes Saavedra núm. 301, 1er piso,
colonia Granada, delegación Miguel Hidalgo, C. P. 11520,
Ciudad de México

www.megustaleer.com.mx

D. R. © 2017, Carolina Alvarado Graef, por la traducción
D. R. © 2015, Talexi, por las ilustraciones de cubierta
Regina Flath, por el diseño de cubierta

ISBN: 978-607-315-246-4

Impreso en México – *Printed in Mexico*

El papel utilizado para la impresión de este libro ha sido fabricado a partir de madera procedente
de bosques y plantaciones gestionadas con los más altos estándares ambientales, garantizando
una explotación de los recursos sostenible con el medio ambiente y beneficiosa para las personas.

Penguin
Random House
Grupo Editorial

Para Alex Bracken:

Por los seis años de correos electrónicos,
por las miles de páginas criticadas,
por tu corazón de tigre y tu sabiduría de Jedi,
y por ser simplemente tú.

Me alegra tanto haberte enviado ese correo.
Y estoy tan agradecida de que lo hayas respondido.

PARTE UNO
LA SEÑORA DE LAS SOMBRAS

CAPÍTULO 1

Algo aguardaba en la oscuridad.

Era antiguo y cruel... Y se paseaba por las sombras adueñándose de su mente.

No pertenecía a este mundo y lo habían traído para llenarlo con su frío primigenio. Todavía los separaba una especie de barrera invisible, pero ésta se desmoronaba un poco más cada vez que la cosa la recorría a todo lo largo, poniendo a prueba su fuerza.

No podía recordar su nombre.

Eso fue lo primero que olvidó cuando la oscuridad lo había envuelto hacía semanas o meses o eternidades. Luego olvidó los nombres de otros que habían significado mucho para él. Podía recordar el horror y la desesperanza sólo gracias a ese momento solitario que interrumpía la negrura, como el batir constante de un tambor: unos cuantos minutos de alaridos, sangre y viento congelado. En esa habitación de mármol rojo y cristal había personas que él amaba; la mujer había perdido la cabeza...

Perdido, como si la decapitación hubiera sido su culpa.

Una joven hermosa, con manos delicadas como palomas doradas. No fue culpa de ella, aunque él no pudiera recordar cómo se llamaba la mujer. Fue culpa del hombre en el trono de cristal, el que dio la orden de que la espada de ese guardia cercenara carne y hueso.

No había nada en la oscuridad más allá del momento cuando la cabeza de la mujer cayó con un golpe seco al suelo. No había nada salvo ese momento, una y otra y otra vez, y ese algo que caminaba cerca, esperando que él se rompiera, que cediera, que lo dejara entrar. Un príncipe.

No podía recordar si él era príncipe o si había sido un príncipe. No era probable. Un príncipe no hubiera permitido que le cortaran la cabeza a una mujer. Un príncipe hubiera detenido la espada. Un príncipe la hubiera salvado.

Pero él no la había salvado y sabía que nadie vendría a salvarlo a él.

Todavía existía el mundo real más allá de las sombras. El hombre que ordenó la ejecución de esa hermosa mujer lo había obligado a participar en ese mundo. Y cuando lo hacía, nadie se daba cuenta de que se había convertido en poco más que una marioneta, luchando por hablar, por actuar a pesar de los grilletes impuestos en su mente. Los odiaba por no darse cuenta. Ésa era una de las emociones que aún reconocía.

No se suponía que debería amarte. La mujer dijo eso, y luego murió. No debía haberlo amado y él no debería haberse atrevido a amarla. Se merecía esta oscuridad, y cuando la frontera invisible se rompiera y esa cosa agazapada se abalanzara, se infiltrara y lo inundara... se lo merecería.

Así que permaneció atado a la noche, testigo del grito y la sangre y el golpe de la carne sobre la roca. Sabía que debía luchar, sabía que había luchado en esos últimos segundos antes de que le pusieran el collar de roca negra alrededor del cuello.

Pero algo esperaba en la oscuridad y en poco tiempo tendría que dejar de resistir.

CAPÍTULO 2

Aelin Ashryver Galathynius, heredera de fuego, amada de Mala la Portadora de la Luz, y reina legítima de Terrasen, se recargó en la barra de roble desgastado y escuchó con cuidado los sonidos del salón del placer, entre los gritos, los gemidos y las canciones obscenas. A pesar de haber tenido varios dueños en los últimos años, esta guarida subterránea del pecado conocida como los Sótanos seguía siendo la misma: demasiado caliente, con un tufo a cerveza rancia y cuerpos desaseados, y llena hasta el tope de malvivientes y criminales de carrera.

En varias ocasiones algún joven lord o el hijo de un comerciante entró orgulloso por las escaleras de los Sótanos y nunca volvió a ver la luz del día. A veces se debía a que presumían su oro y plata frente a la persona equivocada. A veces, a que eran tan vanidosos o estaban tan borrachos que pensaban poder meterse a las Arenas de pelea y salir vivos de ahí. A veces trataban mal a alguna de las mujeres en venta en las alcobas que flanqueaban el espacio cavernoso y aprendían, por las malas, quiénes eran realmente valorados por los dueños de los Sótanos.

Aelin dio sorbos al tarro de cerveza que el tabernero sudoroso había deslizado en su dirección momentos antes. La bebida estaba rebajada con agua y era pésima, pero al menos estaba fría. Aparte del olor a cuerpos sucios, le llegó el aroma de carne asada y ajo. Su estómago protestó, pero no era tan tonta como para ordenar comida. En primer lugar, la carne por lo general era cortesía de las ratas del callejón de arriba; en segundo, los clientes más ricos solían encontrarla adicionada con algo y terminaban despertando en dicho callejón con los bolsillos vacíos. Eso en caso de que despertaran.

Su ropa estaba sucia aunque era lo bastante fina como para convertirla en el objetivo de algún ladrón. Así que examinó su cerveza con cuidado, la olisqueó y después le dio pequeños sorbos antes de decidir si era segura. Tendría que buscar alimento pronto; antes debía averiguar lo que buscaba en los Sótanos: qué demonios había pasado en Rifthold durante los meses que ella no estuvo. Y quién era el cliente que Arobynn Hamel tenía tantas ganas de ver, en el caso de que se arriesgara a reunirse con él ahí, en especial considerando que había una jauría de guardias brutales uniformados de negro patrullando la ciudad como lobos.

Había logrado escabullirse de una de esas patrullas durante el caos del embarcadero, pero alcanzó a ver que sus uniformes tenían bordado un guiverno de ónix. Negro sobre negro: tal vez el rey de Adarlan ya se había cansado de fingir que no era una amenaza y había emitido un decreto real para abandonar el tradicional rojo y dorado de su imperio. Negro por la muerte; negro por sus dos llaves del Wyrd; negro por los demonios del Valg, que ahora estaba usando para construirse un ejército imparable.

Sintió un escalofrío subir por su espalda y se terminó de un trago el resto de la cerveza. Cuando dejó el tarro sobre la barra, el movimiento hizo que su cabello cobrizo reflejara la luz de los candeleros de hierro forjado.

Saliendo de los muelles, se había apresurado a llegar directamente al Mercado de las Sombras junto al río, donde se podía conseguir cualquier cosa, ya fueran artículos raros, contrabando o mercancía común. Compró un poco de tinte para el cabello. Le pagó al comerciante una pieza de plata adicional con el fin de que le permitiera usar la pequeña habitación de la parte trasera de la tienda para teñirse el cabello, que le llegaba apenas a la clavícula. Si los guardias hubieran estado monitoreando los muelles y la hubieran logrado ver a su llegada, estarían buscando a una joven de cabello dorado. Todos estarían buscando a una joven de cabello dorado cuando se supiera en unas semanas que la campeona del rey había fracasado en su tarea de asesinar a la familia real de Wendlyn y robar sus planes de defensa naval.

Hacía unos meses, había enviado una advertencia a los reyes de Eyllwe para que tomaran las debidas precauciones. Pero aún quedaba una persona bajo riesgo antes de que pudiera echar a andar su plan: la misma persona que podría explicar la presencia de nuevos guardias en los muelles, y por qué la ciudad estaba notablemente más callada, más tensa. Apagada.

Si quería averiguar información sobre el capitán de la guardia y si se encontraba a salvo, estaba en el sitio correcto. Sólo era cuestión de escuchar la conversación oportuna o de sentarse con los compañeros de cartas adecuados. Por lo tanto, fue una afortunada coincidencia que se hubiera topado con Tern, uno de los asesinos favoritos de Arobynn, cuando lo encontró surtiéndose de su veneno preferido en el Mercado de las Sombras.

Lo siguió a la taberna justo a tiempo para ver a varios asesinos de Arobynn reunidos ahí. Nunca lo hacían, a menos que su maestro estuviera presente. Por lo general, sólo cuando éste iba a reunirse con alguien muy muy importante. O peligroso.

Después de que Tern y los demás entraron a los Sótanos, esperó unos minutos en la calle, escondida entre las sombras, para ver llegar a Arobynn, pero no tuvo suerte. Seguramente ya estaba dentro.

Así que entró mezclada con un grupo de borrachos, hijos de comerciantes, localizó el sitio donde estaba Arobynn e hizo su mejor esfuerzo por pasar inadvertida y no llamar la atención mientras esperaba en la barra y observaba.

La capucha y ropas oscuras que traía puestas le servían para estar encubierta y no llamar demasiado la atención. Pero si alguien fuera lo suficientemente tonto como para intentar robarle, en su opinión eso la justificaría para robarle a su vez. Ya se estaba quedando sin dinero.

Suspiró por la nariz. Si la gente pudiera verla: Aelin del Incendio, asesina y ladronzuela. Sus padres y su tío probablemente estarían revolcándose en la tumba.

Aun así. Algunas cosas valían la pena. Aelin hizo una seña con uno de sus dedos enguantados al tabernero calvo para que le sirviera otra cerveza.

—Yo me moderaría con la bebida, niña —se burló una voz a su lado.

Lo miró de reojo y vio que era un hombre de talla mediana que se había acercado a ella en la barra. Lo hubiera reconocido por su sable antiguo de no haberlo hecho por su rostro increíblemente común. La tez rojiza, los ojos pequeños y las cejas pobladas: una máscara insípida que ocultaba al asesino hambriento que existía debajo.

Aelin recargó los antebrazos en la barra y cruzó un tobillo sobre el otro.

—Hola, Tern.

Era el segundo de a bordo de Arobynn, o al menos era el puesto que ocupaba hacía dos años. Era un vil calculador, siempre más que dispuesto a hacer el trabajo sucio de Arobynn.

—Me imaginé que era sólo cuestión de tiempo para que alguno de los perros de Arobynn me olfateara.

Tern se recargó contra la barra y le dedicó una sonrisa demasiado radiante.

—Si no mal recuerdo, tú siempre fuiste su perra favorita.

Ella rio mirándolo de frente. Eran casi de la misma estatura y Tern, con su complexión delgada, tenía una habilidad perversa para colarse en los sitios mejor vigilados. El tabernero, al ver a Tern, mantuvo una distancia prudente.

Tern ladeó la cabeza sobre el hombro e hizo un gesto para señalar la parte trasera del espacio cavernoso que se ocultaba entre sombras.

—La última banca recargada contra la pared. Está terminando con un cliente.

Ella echó un vistazo en la dirección indicada. Ambos lados de los Sótanos estaban bordeados por varias particiones donde trabajaban las prostitutas, separadas de la multitud apenas por una cortinilla. Aelin pasó por encima de cuerpos contorsionándose, por encima de mujeres de rostros delgados y ojos ausentes que esperaban ganarse la vida en la podredumbre de ese agujero de mierda, por encima de la gente que vigilaba las actividades desde las mesas más cercanas: guardias, voyeristas y proxenetas.

Pero en ese sitio, escondidos en las paredes adyacentes a las particiones, había varios gabinetes de madera.

Exactamente los que había estado observando discretamente desde su llegada.

Y en uno de los más alejados de las luces... el brillo de unas botas de cuero pulido que sobresalían debajo de la mesa. Un segundo par de botas, desgastadas y lodosas, estaban recargadas en el piso frente a las primeras, como si el cliente estuviera listo para salir corriendo. O, si fuera estúpido en verdad, para pelear.

Ciertamente había sido lo bastante estúpido para dejar que su guardia personal permaneciera visible: señal que alertaba a quien prestara atención sobre algo importante que estaba sucediendo en ese último gabinete.

La guardia del cliente, una mujer delgada, con capucha y armada hasta los dientes, estaba recargada contra un pilar de madera cercano. El cabello sedoso y oscuro le llegaba a los hombros y brillaba bajo la luz, mientras vigilaba con cuidado el salón de vicio. Estaba demasiado seria para ser parte de la clientela normal. No traía uniforme, ni colores de casa, ni emblemas. Nada sorprendente, dada la necesidad de su cliente de permanecer oculto.

El cliente probablemente pensaba que era más seguro reunirse ahí, aunque este tipo de reuniones se realizaban por lo general en la fortaleza de los asesinos o en una de las posadas de dudosa reputación, propiedad del mismo Arobynn. No tenía idea de que éste también era socio mayoritario de los Sótanos y de que sería suficiente que el exjefe de Aelin hiciera un ademán con la cabeza para que las puertas metálicas se cerraran, y el cliente y su guardia nunca salieran del lugar.

Aún faltaba averiguar por qué Arobynn había accedido a reunirse con él ahí.

Por eso Aelin miraba al otro lado del salón, en dirección al hombre que había destrozado su vida de tantas maneras.

Sintió un nudo en el estómago, pero le sonrió a Tern.

—Ya sabía que la correa no llegaba tan lejos.

Aelin se separó de la barra y avanzó entre la multitud antes de que el asesino pudiera responderle. Podía sentir la mirada de Tern justo entre sus omóplatos, consciente de que ansiaba clavarle el sable ahí.

Sin molestarse en mirar atrás, le hizo una seña obscena por encima del hombro.

La retahíla de malas palabras que profirió fue mucho más divertida que la música vulgar que estaban tocando del otro lado de la habitación.

Ella observó con cuidado el rostro de cada persona frente a la cual pasó, cada mesa con juerguistas, criminales y trabajadores. La guardia personal del cliente ya la estaba observando y deslizó una mano enguantada hacia la espada ordinaria que colgaba a su lado.

No es tu asunto, pero buen intento.

Aelin se sintió tentada a sonreír burlonamente a la mujer. Lo hubiera hecho de no ser porque estaba concentrada en el rey de los asesinos. En lo que aguardaba en aquel gabinete.

Estaba preparada, al menos tanto como podría estarlo. Pasó suficiente tiempo haciendo un plan.

Aelin se había permitido pasar un día en el mar descansando y extrañando a Rowan. Gracias al juramento de sangre que ahora la vinculaba eternamente con el príncipe hada, y a él con ella, percibía su ausencia como una extremidad fantasma. Todavía se sentía así, a pesar de que tenía mucho por hacer, a pesar de que extrañar a su *carranam* era inútil y de que él sin duda le daría una paliza si se enterara.

El segundo día después de separarse le ofreció al capitán del barco una moneda de plata para que le diera una pluma y un montón de papel. Se encerró en su atiborrado camarote y empezó a escribir.

Dos hombres en esta ciudad eran responsables de haber destruido su vida y a la gente que ella amaba. No se iría de Rifthold hasta haberlos enterrado a ambos.

Así que escribió página tras página de notas e ideas, hasta que elaboró una lista de nombres, lugares y objetivos. Memorizó y anticipó cada paso; finalmente quemó las hojas con el poder que ardía en sus venas, asegurándose de que los restos quedaran reducidos a cenizas; luego las tiró por la ventana de su camarote para verlas perderse flotando en el océano vasto y oscuro en la noche.

Aunque estaba preparada, no pudo evitar sentir un sobresalto semanas después cuando el barco pasó una marca invisible al acercarse a la costa y su magia desapareció. Todo ese fuego que había pasado tantos meses dominando cuidadosamente... desapareció como si nunca hubiera existido: ni siquiera una brasa quedó encendida en sus venas. Advirtió en su interior una nueva especie de vacío, distinto al hueco que la ausencia de Rowan dejó en ella.

Abandonada en su piel humana, se hizo ovillo en un catre y recordó cómo respirar, cómo pensar, cómo moverse en su maldito cuerpo sin la gracia inmortal a la cual se había acostumbrado y con la que contaba. Había sido una imbécil irresponsable por permitirse depender de esos dones, por dejarse sorprender cuando se los volvieron a quitar. Rowan sin duda le habría dado una paliza por *eso*, una vez que él mismo se recuperara por la pérdida. Era motivo suficiente para sentirse mejor, de haberle pedido que se quedara.

Así que respiró el aire salado y la madera, y se recordó a sí misma que la habían entrenado para matar con las manos mucho antes de haber aprendido a derretir huesos con su fuego. No necesitaba la fuerza adicional, ni la velocidad, ni la agilidad de su forma de hada para derrotar a sus enemigos.

El hombre responsable de ese brutal entrenamiento inicial, quien había sido su salvador y su tormento, pero que jamás se definió como su padre o su hermano o su amante, ahora se encontraba a unos pasos de distancia, hablando todavía con ese cliente *tan* importante.

Aelin se sobrepuso a la tensión que amenazaba con paralizar sus extremidades y mantuvo sus movimientos fluidos como los de un felino al acercarse los últimos cinco metros que los separaban.

Hasta que el cliente de Arobynn se puso de pie, dijo algo con tono de voz brusco al rey de los asesinos y salió furioso en dirección a su guardia.

Incluso con la capucha, Aelin reconoció la manera en que se movía. Lo supo por la forma de la barbilla que se asomaba entre las sombras del cuello de la capa y por la manera en que rozaba la funda de su espada con la mano izquierda.

Pero no traía la espada con la empuñadura en forma de águila colgada a su costado.

Y no vestía uniforme negro, sólo ropas color café, sin adornos, salpicadas de tierra y sangre.

Ella tomó una silla vacía y la acercó a una mesa de jugadores de cartas antes de que el cliente diera dos pasos. Se deslizó en el asiento y se concentró en respirar, en escuchar, a pesar de que las tres personas sentadas en la mesa estaban frunciendo el ceño por lo que acababa de hacer.

No le importó.

Con el rabillo del ojo vio a la guardia mover la barbilla en su dirección.

—Denme mis cartas —murmuró Aelin al hombre que estaba a su lado—. Ahora.

—Estamos a la mitad de un juego.

—A la siguiente ronda, entonces —dijo ella. Relajó su postura y dejó caer los hombros cuando Chaol Westfall miró en su dirección.

CAPÍTULO 3

Chaol era el cliente de Arobynn.

O bien necesitaba algo del exmaestro de ella con tanta urgencia que se arriesgó a reunirse con él ahí.

¿Qué demonios había sucedido mientras ella no estuvo?

Miró las cartas que estaban poniendo sobre la mesa húmeda de cerveza, aunque sentía la atención del capitán fija en su espalda. Deseaba poder ver su rostro, ver cualquier cosa en la penumbra debajo de esa capucha. A pesar de la salpicadura de sangre en su ropa, se movía como si no estuviera herido.

El peso que llevaba meses enroscado y oprimido en el pecho de Aelin empezó a aflojarse en ese momento.

Estaba vivo, pero ¿de dónde venía la sangre?

Sin duda él no la consideró una amenaza porque simplemente le hizo una señal a su compañera para que avanzara y ambos caminaron hacia la barra... No: se dirigieron a las escaleras y más allá. Él se movía a un paso constante e indiferente, aunque la mujer a su lado estaba demasiado tensa como para pasar por alguien despreocupado. Afortunadamente para todos, nadie miró en su dirección cuando salieron y el capitán tampoco lo hizo.

Aelin se había movido con suficiente rapidez y él no alcanzó a detectar quién era. Bien. Bien, aunque ella lo hubiera reconocido a él en movimiento o quieto, con capucha o sin ella.

Ahí iba, por las escaleras, sin siquiera mirar hacia abajo, mientras su compañera la continuaba observando. ¿Quién demonios era? No había ninguna mujer guardia en el palacio cuando ella se fue, y estaba bastante segura de que el rey tenía una regla absurda que prohibía a las mujeres formar parte de su guardia.

Ver a Chaol no cambiaba nada, no por el momento.

Aelin apretó el puño, muy consciente de su dedo sin anillo en la mano derecha. No lo había sentido desnudo hasta ese momento.

Una carta aterrizó frente a ella.

—Tres platas para entrar —le dijo el hombre calvo y tatuado que estaba a su lado mientras repartía las cartas y señaló con la cabeza una pila de monedas acomodadas en el centro.

Reunirse con Arobynn. Nunca pensó que Chaol fuera estúpido, pero *esto*... Aelin se levantó de la silla con la intención de enfriar la rabia que empezaba a hervir en sus venas.

—No tengo un centavo —dijo—. Disfruten su juego.

La puerta en la parte superior de las escaleras de piedra ya estaba cerrada. Chaol y su acompañante ya se habían ido.

Ella se tomó un segundo para borrar de su rostro cualquier expresión que no fuera de ligera diversión.

Lo más probable era que Arobynn hubiera planeado todo de modo que coincidiera con su llegada. Seguramente había enviado a Tern al Mercado de las Sombras sólo para llamar su atención y que lo siguiera a la taberna. Tal vez sabía qué estaba planeando el capitán, de qué lado estaba el joven lord ahora. Quizá sólo la había atraído a ese lugar como estrategia para meterse en su cabeza y alterarla un poco.

Conseguir respuestas de Arobynn tendría su precio, pero era una movida más inteligente que salir corriendo tras Chaol en plena noche, aunque la necesidad de hacer justo eso la obligaba a conservar todos los músculos tensos. Meses..., meses y meses desde la última vez que lo había visto, desde que se fue de Adarlan, destrozada y hueca.

Pero ya no.

Aelin caminó con seguridad los últimos pasos hacia el gabinete e hizo una pausa al llegar. Se cruzó de brazos al mirar a Arobynn Hamel, rey de los asesinos y su exmaestro, sonriéndole.

Arobynn estaba sentado con desenfado entre las sombras de la banca de madera frente a una copa de vino. Se veía exactamente igual que la última vez que lo había visto: de facciones finas y aristocráticas, cabello rojizo y sedoso hasta los hombros y una túnica color azul marino de confección exquisita, desabotonada con indiferencia premeditada en la parte superior para dejar a la vista su pecho fornido. No vio ninguna señal de que trajera un collar o una cadena. Su brazo largo y musculoso estaba recargado en el respaldo de la banca y sus dedos bronceados y llenos de cicatrices tamborileaban al ritmo de la música del salón.

—Hola, querida —ronroneó. Sus ojos color plata brillaron a pesar de la penumbra.

No portaba armas, salvo por el hermoso florete con guardas ornamentadas y retorcidas como una espiral de viento envuelta en oro que tenía a su lado. Era la única señal obvia de su riqueza, una fortuna que competía con las de reyes y emperatrices.

Aelin se deslizó en la banca frente a él, muy consciente de que la madera seguía caliente en el lugar de Chaol. Los puñales que traía escondidos se presionaban contra su cuerpo con cada movimiento. Goldryn, la espada legendaria que sería completamente inútil en este espacio cerrado, se sentía pesada a su lado. El rubí enorme de la empuñadura estaba oculto bajo su capa oscura. No cabía duda de por qué Arobynn había elegido este gabinete para la reunión.

—Tú te ves más o menos igual —dijo ella mientras se recargaba contra la banca dura y se quitaba la capucha—. Rifthold te sigue tratado bien.

Era verdad. A sus casi cuarenta años Arobynn seguía siendo apuesto y permanecía tan tranquilo y sereno como cuando estaban en la fortaleza de los asesinos, durante esos días oscuros y turbulentos tras la muerte de Sam.

Quedaban muchas muchas deudas que pagar por lo sucedido entonces.

Arobynn la vio de arriba abajo, examinándola de manera lenta y deliberada.

—Creo que prefería tu color natural de cabello.

—Precauciones —dijo ella, mientras cruzaba las piernas y lo estudiaba con la misma lentitud. No notó ninguna señal de que estuviera usando el Amuleto de Orynth, el recuerdo real que le había robado cuando la encontró moribunda en las orillas del Florine. La había dejado creer que el amuleto, el cual contenía secretamente la tercera y última llave del Wyrd, se había perdido en el río. Durante mil años, los ancestros de Aelin habían portado el amuleto sin saberlo y eso había convertido al reino, su reino, en una potencia: próspero y seguro, el ideal al cual las cortes de todas las tierras aspiraban. Arobynn probablemente lo había escondido en algún lugar de su fortaleza.

—No quisiera volver a terminar en Endovier —dijo Aelin.

Los ojos color plata centellearon. Aelin consideró un verdadero logro no sacar una daga y lanzársela con fuerza.

Pero demasiadas cosas dependían de él como para matarlo de inmediato. Ella había pensado mucho sobre lo que quería hacer y cómo quería hacerlo. Terminarlo aquí sería un desperdicio. En especial porque algo estaba sucediendo entre él y Chaol.

Tal vez por eso la había atraído a ese sitio, para que pudiera verlo con Chaol y... dudara.

—Claro —dijo Arobynn—, a mí tampoco me agradaría verte de vuelta en Endovier. Aunque debo decir que en estos dos últimos años te has vuelto mucho más llamativa. Convertirte en mujer te sentó bien —indicó. Cuando ladeó la cabeza, Aelin supo lo que vendría incluso antes de que él rectificara—. ¿O debería decir convertirte en reina?

Había pasado una década desde que hablaron sin rodeos sobre su ascendencia o del título del cual la había ayudado a alejarse, que le había enseñado a odiar y a temer. A veces lo mencionaba en términos velados, en general como una amenaza para mantenerla atada a él. Pero nunca le dijo su verdadero nombre, ni siquiera cuando la encontró en esa ribera helada y la llevó a su casa de asesinos.

—¿Qué te hace pensar que eso me interesa? —respondió ella con desenfado.

Arobynn encogió sus anchos hombros.

—No se puede confiar mucho en los chismes, pero hace más o menos un mes me llegó un rumor de Wendlyn: que cierta reina perdida había montado un espectáculo bastante impresionante frente a una legión invasora de Adarlan. En realidad, creo que el título que nuestros estimados amigos del imperio prefieren usar ahora es "reina perra escupe fuego".

Siendo honestos, a Aelin eso le pareció gracioso, incluso halagador. Sabía que se correría la voz sobre lo que le había hecho al general Narrok y a los otros tres príncipes del Valg sentados como sapos dentro de esos cuerpos humanos. Simplemente no había previsto que todos se enterarían tan rápido.

—La gente creería cualquier cosa estos días.

—Cierto —dijo Arobynn.

En el otro extremo de los Sótanos, una multitud frenética rugió por algo que hicieron los luchadores en las arenas. El rey de los asesinos miró en dirección al ruido y sonrió débilmente.

Transcurrieron casi dos años desde que ella estuvo en esa multitud, viendo a Sam enfrentarse a luchadores muy inferiores, engañando a todos con el fin de conseguir el dinero necesario para irse de Rifthold y alejarse de Arobynn. Unos días después iba en un carruaje de prisioneros en dirección a Endovier, pero Sam...

Nunca descubrió dónde enterraron a Sam después de que lo torturó y mató Rourke Farran, el segundo al mando después de Ioan Jayne, el Señor del Crimen de Rifthold. Ella ejecutó a Jayne con sus propias manos, valiéndose de una daga que le lanzó a esa gruesa cara. Y Farran... Más adelante descubrió que Wesley, el guardaespaldas del propio Arobynn, lo había asesinado en venganza por la muerte de Sam. Pero eso no era su asunto, aunque Arobynn hubiese matado a Wesley para restaurar el vínculo entre el Gremio de los asesinos y el nuevo Señor del Crimen. Otra deuda.

Ella podía esperar; ser paciente. Simplemente dijo:

—Entonces ¿ahora haces negocios aquí? ¿Qué pasó con la fortaleza?

—Algunos clientes —dijo Arobynn con deliberada lentitud— prefieren reunirse en público. La fortaleza pone nerviosas a ciertas personas.

—Tu cliente debe ser muy nuevo en esto si no insistió en conseguir una habitación privada.

—Tampoco confiaba tanto en mí. Pensó que el piso principal sería más seguro.

—Pues no debe conocer los Sótanos.

No, Chaol nunca había estado ahí, que ella supiera. Ella por lo general evitaba contarle sobre el tiempo que pasó en este sitio de podredumbre. De la misma manera como había omitido decirle muchas cosas.

—¿Por qué no me preguntas directamente sobre él?

Ella mantuvo su rostro neutral, desinteresado.

—No me interesan tus clientes en particular. Si quieres dime y si no, no.

Arobynn volvió a encogerse de hombros. Era un ademán soberbio de indiferencia. Se trataba de un juego, entonces. Un poco de información para usar en su contra, para conservarla en secreto hasta que le fuera útil. Daba lo mismo si era información valiosa o no, lo que le encantaba era no decírsela, el poder que eso suponía.

Arobynn suspiró.

—Hay tantas cosas que quisiera preguntarte, que quisiera saber.

—Me sorprende que estés admitiendo que no lo sabes todo ya.

Él recargó la cabeza en el respaldo del gabinete y su cabello rojizo brilló como sangre fresca. Como inversionista de los Sótanos, ella supuso que Arobynn no necesitaba molestarse en ocultar su rostro en ese sitio. Nadie, ni siquiera el rey de Adarlan, sería lo suficientemente estúpido para ir tras él.

—Las cosas han estado muy mal desde que te fuiste —dijo Arobynn en voz baja.

"Fuiste". Como si ella se hubiera marchado voluntariamente a Endovier; como si él no hubiera sido responsable de ello, como si sólo se hubiera ido de vacaciones. Pero ella lo conocía demasiado bien. Todavía estaba tanteando la situación, a pesar de atraerla a ese lugar. Perfecto.

Él miró la gruesa cicatriz que tenía en la palma de la mano, prueba del juramento que había hecho a Nehemia de liberar Eyllwe. Arobynn chasqueó la lengua.

—Me duele el corazón al ver tantas nuevas cicatrices en tu cuerpo.

—A mí me gustan.

Era cierto.

Arobynn se acomodó en su asiento: un movimiento deliberado, como lo eran todos sus movimientos, y la luz cayó en una cicatriz grande que iba de su oreja a su clavícula.

—Esa cicatriz también me agrada —dijo ella con una sonrisa de medianoche. Eso explicaba por qué se había dejado desabotonada la túnica.

Arobynn movió la mano con una gracia fluida.

—Cortesía de Wesley.

Un recordatorio impasible de lo que era capaz de hacer, de lo que podía soportar. Wesley era uno de los mejores guerreros que conocía. Si no había sobrevivido a la pelea con Arobynn, muy pocos podrían.

—Primero Sam —dijo ella—, después yo, luego Wesley: te has convertido en todo un tirano. ¿Queda alguien todavía en la fortaleza además del adorado Tern o ya mataste a todas las personas que te han hecho enojar?

Dirigió su mirada a Tern, quien estaba esperando en el bar, y luego a otros dos asesinos sentados en mesas separadas a media habitación, fingiendo que no monitoreaban todos los movimientos que ella hacía.

—Al menos Harding y Mullin siguen vivos también. Pero ellos siempre han sido tan buenos en besarte el trasero que no me puedo imaginar que te animaras a matarlos.

Arobynn rio en voz baja.

—Y yo que pensaba que mis hombres estaban haciendo un buen trabajo manteniéndose ocultos en la multitud —dijo, y le dio un trago a su vino—. Tal vez podrías regresar a casa y enseñarles unas cuantas cosas.

Casa. Otra prueba, otro juego.

—Sabes bien que me encantaría enseñarles una lección a esos arrastrados, pero tengo preparado otro sitio para quedarme durante mi visita.

—¿Y cuánto tiempo durará esta visita exactamente?

—El necesario.

Para destruirlo y conseguir lo que ella necesitaba.

—Bien, pues me alegra escucharlo —dijo él y volvió a beber.

Sin duda lo hizo de una botella que habían traído exclusivamente para él, ya que de ninguna manera en el reino del dios oscuro Arobynn bebería la rebajada sangre de rata que servían en el bar.

—Tendrás que quedarte al menos unas cuantas semanas, dado lo que sucedió —dijo Arobynn.

A Aelin se le recubrieron de hielo las venas. Le sonrió con indolencia, aunque empezó a rezarle a Mala, a Deanna, las diosas hermanas que la habían cuidado por tantos años.

—¿*Sí* sabes lo que sucedió, verdad? —preguntó él dándole vueltas al vino en la copa.

Maldito, maldito bastardo por obligarla a confirmar que no lo sabía.

—¿Eso explica por qué la guardia real tiene esos espectaculares uniformes nuevos?

Que no sea Chaol o Dorian, que no sea Chaol o Dorian, que no sea Chaol o...

—Oh, no. Esos hombres simplemente son un encantador añadido a nuestra ciudad. Mis acólitos se divierten mucho atormentándolos —dijo, terminando el vino de un trago—. Aunque apostaría mucho dinero a que la nueva guardia del rey estuvo presente el día que sucedió.

Ella logró que no le temblaran las manos a pesar del pánico que devoraba todo resto de sentido común que le quedaba.

—Nadie sabe exactamente qué sucedió aquel día en el castillo de cristal —empezó a decir Arobynn.

Después de todo lo que había soportado, después de lo que había superado en Wendlyn, regresar a esto... Deseó que Rowan estuviera a su lado, oler su aroma a pino y nieve y saber que, sin importar cuáles fueran las noticias de Arobynn, sin importar cuánto la destrozaran, su guerrero hada estaría ahí para ayudarla a reconstruir su vida.

Pero Rowan estaba del otro lado del océano, y esperaba y rezaba por que nunca estuviera a menos de cien kilómetros de distancia de Arobynn.

—¿Por qué no me lo dices de una vez? —dijo ella—. Quiero dormir unas horas esta noche.

Eso no era mentira. Con cada respiración el agotamiento le estrujaba más los huesos.

—Pensé —dijo Arobynn—, dado lo cercanos que eran ustedes dos y tus *habilidades*, que de alguna manera habrías sido capaz de percibirlo. O al menos de escuchar algo al respecto, considerando de qué se le acusó.

El hijo de puta estaba disfrutando cada segundo. Si Dorian estaba muerto o herido...

—Tu primo Aedion fue apresado por traición, por conspirar con los rebeldes aquí en Rifthold para derrocar al rey y volverte a poner en tu trono.

El mundo se detuvo.

Se detuvo, luego empezó de nuevo a moverse y luego se volvió a detener.

—Pero —continuó Arobynn— parece que tú no tenías idea sobre sus planes, lo cual me hace preguntarme si el rey no estaría buscando una excusa para atraer a cierta perra reina escupe fuego de regreso a estas costas. La ejecución de Aedion está programada en tres días, durante la fiesta de cumpleaños del príncipe, como el entretenimiento principal. Casi no podía ser más obvio que se trata de una trampa, ¿no crees? Yo habría sido un poco más sutil si lo hubiera planeado, pero no puedes culpar al rey por querer mandar un mensaje fuerte y claro.

Aedion. Ella intentó controlar el enjambre de pensamientos que nublaba su mente, los ahuyentó de un manotazo y se concentró en el asesino que tenía enfrente. No le hablaría sobre Aedion sin tener una maldita buena razón.

—¿Por qué advertirme? —preguntó ella. El rey había capturado a Aedion. Lo ejecutarían para tenderle una trampa a ella. Todos los planes que tenía se vinieron abajo.

No. Todavía podía seguir adelante con esos planes y llevarlos hasta el final, hacer lo que debía hacer. Pero Aedion... Aedion tenía que ser primero. Aunque después la odiara, le escupiera en la cara y la llamara traidora y puta y asesina mentirosa. Aunque la odiara por lo que había hecho y en lo que se había convertido, lo salvaría.

—Considera esta información como un favor —dijo Arobynn poniéndose de pie—. Una muestra de buena voluntad.

Aelin podría apostar a que había algo más, tal vez algo vinculado con cierto capitán cuyo calor persistía en la banca de madera debajo de ella.

Se puso en pie también y se deslizó para salir del gabinete. Sabía que había más espías aparte de los lacayos de Arobynn vigilándolos, la habían visto llegar, esperar en el bar y luego dirigirse a su banca. Se preguntó si su viejo maestro lo sabía también.

Arobynn se limitó a sonreírle. Era una cabeza más alto que Aelin. Y cuando acercó su mano, ella permitió que le rozara la mejilla con los nudillos. Los callos de sus dedos decían lo suficiente sobre la frecuencia con la que aún practicaba.

—No espero que confíes en mí; no espero que me ames.

Sólo en una ocasión, durante esos días de infierno y dolor, Arobynn le había dicho de cierta forma que la amaba. Fue cuando ella estaba a punto de irse con Sam y él llegó a su departamento de la bodega para rogarle que se quedara. Le dijo que estaba molesto con ella por haberse ido y que todo lo hecho, cada uno de sus planes retorcidos, había sido motivado por el rencor que sintió cuando salió de la fortaleza. Ella nunca entendió con qué intención había pronunciado esas dos palabras, *te amo*, pero en los días posteriores algo la hizo pensar que habían sido mentira: que Rourke Farran la drogara y pusiera sus manos sucias por todo su cuerpo; que la dejaran pudrirse en ese calabozo.

Los ojos de Arobynn se suavizaron.

—Te he extrañado.

Ella dio un paso atrás.

—Qué curioso. Estuve en Rifthold este otoño e invierno y nunca intentaste verme.

—¿Cómo podría atreverme? Pensé que me matarías en cuanto me vieras. Pero esta noche me enteré de que al fin habías regresado y tenía la esperanza de que hubieras cambiado de parecer. Perdóname si mis métodos para hacer que llegaras aquí fueron... enmarañados.

Otro movimiento y contramovimiento, admitir el cómo pero no el verdadero por qué. Aelin dijo:

—Tengo mejores cosas que hacer que preocuparme de que tú vivas o mueras.

—Así es. Pero te importaría bastante si tu amado Aedion muriera.

El corazón de Aelin se desbocó y ella se esforzó por controlarse. Arobynn continuó:

—Mis recursos son tuyos. Aedion está en los calabozos reales, con guardias día y noche. Cualquier ayuda que necesites, cualquier apoyo, ya sabes dónde encontrarme.

—¿Qué me costará eso?

Arobynn la miró de pies a cabeza nuevamente; algo en el vientre bajo de Aelin se retorció al recibir esa mirada, que era cualquier cosa salvo la de un hermano o un padre.

—Un favor. Sólo un favor.

En la cabeza de Aelin empezaron a repicar campanas de alarma. Correría con mejor suerte si hiciera un trato con alguno de los príncipes del Valg.

—Hay criaturas merodeando por mi ciudad —dijo él—. Criaturas que usan cuerpos de hombres como ropa. Quiero saber qué son.

Había muchos hilos que estaban a punto de enredarse.

Ella respondió cautelosamente:

—¿A qué te refieres?

—La nueva guardia del rey tiene unos cuantos entre sus comandantes. Están reuniendo a la gente que sospechan tiene simpatía por la magia, o a quienes la poseyeron alguna vez. Hay ejecuciones todos los días, al amanecer y al atardecer. Estas *cosas* parecen nutrirse de ellas. Me sorprende que no los hubieras visto merodeando por los muelles.

—Todos son monstruos para mí.

Pero Chaol no se veía ni se sentía como ellos. Una pequeña ganancia.

Él esperó.

Ella también.

Aelin se permitió ceder primero.

—¿Ése es mi favor, entonces? ¿Decirte lo que sé?

No tenía mucho sentido negar que era consciente de la verdad, o preguntar cómo él sabía que ella sabía.

—Parte.

Ella resopló.

—¿Dos favores a precio de uno? Típico.

—Dos lados de la misma moneda.

Ella se quedó mirándolo sin expresión; luego dijo:

—A través de años de robar conocimiento y una especie de poder extraño y arcaico, el rey logró sofocar la magia y, al mismo tiempo, convocar demonios antiguos con el fin de que infiltraran cuerpos humanos y así formar su creciente ejército. Usa anillos o collares de piedra negra para permitir que los demonios invadan a sus huéspedes; ha estado buscando a quienes usaban la magia porque sus dones permiten que los demonios se enganchen más fácilmente.

Verdad, verdad, verdad... Pero no toda la verdad. Nada sobre las marcas del Wyrd o las llaves del Wyrd. Eso nunca a Arobynn.

—Cuando estaba en el castillo encontré a unos hombres que él había corrompido, hombres que se alimentaban de ese poder y se volvían más fuertes. En Wendlyn me enfrenté con uno de sus generales que había sido poseído por un príncipe demonio de poder inimaginable.

—Narrok —musitó Arobynn. Si estaba horrorizado, si estaba sorprendido, su rostro no reveló nada.

Ella asintió.

—Ellos devoran vida. Un príncipe como ésos puede succionarte el alma del cuerpo, alimentarse de ti —tragó saliva y un miedo real le cubrió la lengua—. ¿Los hombres que has visto, estos comandantes, traen collares o anillos?

Las manos de Chaol no tenían nada.

—Sólo anillos —dijo Arobynn—. ¿Hay alguna diferencia?

—Creo que sólo los collares pueden sustentar a un príncipe. Los anillos son para los demonios menores.

—¿Cómo los matas?

—Con fuego —respondió ella—. Maté a los príncipes con fuego.

—Ah. Pero no fuego del normal, me imagino.

Ella asintió.

—¿Y si traen un anillo?

—He visto a uno de ellos morir cuando le atravesaron el corazón con una espada —dijo al recordar que Chaol había matado a Caín así de fácil, aunque no era un gran alivio—. La decapitación podría funcionar para los que traen collares.

—¿Y las personas que solían estar en esos cuerpos, están perdidas?

La súplica de Narrok, su rostro aliviado, apareció en la mente de Aelin.

—Así parece.

—Quiero que captures uno y lo traigas a la fortaleza.

Ella se sorprendió.

—Desde luego que no. ¿Por qué?

—Tal vez sería capaz de decirme algo de utilidad.

—Ve a capturarlo tú mismo —dijo ella bruscamente—. Encuentra otro favor que te pueda hacer.

—Tú eres la única que se ha enfrentado a estas cosas y ha vivido —dijo Arobynn con una mirada que era todo menos piadosa—. Captúrame uno lo más pronto que puedas y yo te ayudaré con tu primo.

Enfrentar a un Valg, aunque fuera uno menor...

—Aedion primero —dijo ella—. Rescatamos a Aedion y luego arriesgaré el cuello consiguiéndote uno de los demonios.

Que los dioses ayudaran a todos si Arobynn se daba cuenta de que podría controlar a ese demonio con el amuleto que tenía oculto.

—Por supuesto —dijo él.

Ella sabía que era una tontería, pero no pudo evitar hacer la siguiente pregunta.

—¿Con qué fin?

—Ésta es mi ciudad —ronroneó él—. Y no me encanta la dirección que está tomando. Es malo para mis inversiones y estoy harto de escuchar el festín de los cuervos día y noche.

Bueno, al menos estaban de acuerdo en algo.

—Un hombre de negocios hecho y derecho, ¿verdad?

Arobynn continuaba mirándola con esos ojos de amante.

—Nada es gratis.

Rozó delicadamente su pómulo con los labios, un beso suave y cálido. Ella intentó disimular el estremecimiento que recorría su cuerpo y se obligó a inclinarse hacia él cuando le tocó el oído con la boca y susurró:

—Dime lo que debo hacer para compensarte; pídeme que me arrastre sobre carbones encendidos, que duerma en una cama de clavos, que me mutile la carne. Pídelo y lo haré. Pero permíteme cuidarte como lo hice alguna vez, antes... antes de que toda esa locura envenenara mi corazón. Castígame, tortúrame, acaba conmigo, pero déjame ayudarte. Haz esta pequeña cosa por mí y permíteme poner el mundo a tus pies.

A Aelin se le secó la garganta y retrocedió un poco para poder distinguir ese rostro apuesto y aristocrático, los ojos que brillaban con un abatimiento y un propósito depredador que casi podía saborear. Si Arobynn sabía sobre su historia con Chaol y había llamado al capitán a este lugar..., ¿había sido para sacarle información, para ponerla a prueba, o una manera grotesca de manifestar su dominio?

—No hay nada...

—No, todavía no —interrumpió él dando un paso hacia atrás—. No lo digas todavía. Piénsalo. Aunque, antes de que lo hagas, tal vez deberías realizar esta noche una visita a la sección sureste de los túneles. Podrías encontrar a la persona que estás buscando.

Ella mantuvo una expresión impávida, aburrida incluso, pero archivó la información.

Arobynn se alejó hacia la habitación llena de gente, donde sus tres asesinos ya estaban alertas y listos; luego volvió a mirarla.

—Si tú puedes cambiar tanto en dos años, ¿no puedo yo también transformarme?

Se alejó caminando entre las mesas. Tern, Harding y Mullin lo siguieron. Tern volteó a verla para hacerle la misma seña obscena que ella le había hecho antes.

Pero Aelin sólo tenía ojos para el rey de los asesinos, sus pasos elegantes y poderosos, el cuerpo del guerrero disfrazado con ropa de noble.

Mentiroso. Mentiroso hábil y astuto.

En los Sótanos demasiadas miradas notarían si ella se tallaba la mejilla en el sitio donde aún susurraba la sensación fantasma de los labios de Arobynn, o el oído donde persistía su aliento cálido.

Bastardo. Miró las arenas donde se llevaban a cabo las peleas del otro lado del salón, a las prostitutas que luchaban por ganarse la vida, a los hombres que administraban el lugar, quienes habían sacado provecho por demasiado tiempo de toda la sangre, la desolación y el dolor. Casi podía mirar a Sam ahí, casi podía verlo peleando: joven y fuerte y glorioso.

Se puso los guantes. Aún tenía muchas deudas por cobrar antes de irse de Rifthold para ocupar su trono. Empezando en ese momento. Afortunadamente estaba con humor de matar.

Era cuestión de tiempo para que Arobynn mostrara sus cartas o los hombres del rey de Adarlan encontraran el rastro plantado cuidadosamente en los muelles. Alguien llegaría pronto por ella, de hecho en cuestión de minutos, a juzgar por los gritos seguidos de un silencio absoluto detrás de la puerta metálica en el extremo superior de las escaleras. Al menos esa parte de su plan permanecía en pie. Ya lidiaría con lo de Chaol más adelante.

Con la mano enguantada tomó una de las monedas de cobre que Arobynn había dejado sobre la mesa. Le sacó la lengua al perfil bruto y despiadado del rey que estaba estampado en uno de los lados y luego al guiverno que rugía del otro lado. Si caía cara, Arobynn la había traicionado de nuevo; si caía cruz, los hombres del rey. La puerta de hierro al final de las escaleras se abrió con un gemido y el aire fresco de la noche irrumpió en el salón.

Con media sonrisa aventó la moneda al aire, impulsándola con el pulgar.

La moneda seguía girando cuando vio aparecer a cuatro hombres uniformados de negro en la escalera. Traían un surtido de armas letales atadas a sus cuerpos. Para cuando la moneda chocó con la mesa, con el guiverno brillando en la luz tenue, Aelin Galathynius ya estaba lista para el derramamiento de sangre.

CAPÍTULO 4

Aedion Ashryver sabía que iba a morir, pronto.

No se molestó en intentar negociar con los dioses. Nunca escuchaban sus plegarias, de todas maneras.

En sus años como guerrero y general, siempre fue consciente de que moriría tarde o temprano, de preferencia en el campo de batalla, de una manera digna de una canción o una historia para contar alrededor de la fogata.

Pero su muerte no sería de ese tipo.

Si no lo ejecutaban en el evento espectacular que el rey había planeado para sacarle el mayor provecho posible a su muerte, moriría en el calabozo, en una celda podrida y húmeda, debido a la infección que destruía su cuerpo lenta e inevitablemente.

Empezó como una pequeña herida en su costado, provocada durante la pelea de tres semanas antes, cuando ese monstruo carnicero asesinó a Sorscha. Aedion ocultó la lesión a lo largo de sus costillas a los guardias que lo revisaron. Tenía la esperanza de desangrarse, o de infectarse para morir antes de que el rey lo pudiera utilizar contra Aelin.

Aelin. Su ejecución era una trampa para ella, una manera de atraerla y hacer que se arriesgara intentando salvarlo. Moriría antes de permitir que eso sucediera.

Sin embargo, no anticipó que le fuera a doler tantísimo.

Ocultó la fiebre a los guardias, quienes se burlaban de él cuando llegaban a alimentarlo y a darle de beber dos veces al día. Fingía caer en un silencio hosco, que el animal merodeador y maldiciente había quebrado. Los cobardes ni siquiera se acercaban lo suficiente para que él los alcanzara. No se habían dado cuenta de que ya no trataba de romper las cadenas que apenas le permitían ponerse de pie y dar unos cuantos pasos, no mucho más. Tampoco se habían percatado de que ya casi no se paraba, excepto para satisfacer sus necesidades corporales. Esa degradación no era nada nuevo.

Al menos no lo habían obligado a ponerse uno de esos collares, aunque había visto uno junto al trono del rey la noche que todo se fue a la mierda. Apostaría cualquier cantidad de dinero a que el collar de piedra del Wyrd era para el hijo del rey y rogaba que el príncipe hubiera muerto antes de permitir que su padre lo atara como a un perro.

Aedion se acomodó en su paca de heno mohoso y ahogó un aullido de agonía al sentir el dolor explotar en sus costillas. Empeoraba cada día. Su sangre de semihada era lo único que lo había mantenido vivo tanto tiempo; su cuerpo intentaba desesperadamente sanarlo, pero incluso la gracia inmortal que corría por sus venas pronto se vería forzada a ceder ante la infección.

Sería un alivio, un alivio bendito saber que no podría ser utilizado en contra de ella y que pronto vería a aquellos que había guardado secretamente en su corazón, destrozado durante tantos años.

Así toleró cada pico de la fiebre, cada oleada de náuseas y dolor. Muy pronto la Muerte le daría la bienvenida.

Aedion sólo guardaba la esperanza de que la Muerte llegara antes que Aelin.

CAPÍTULO 5

La noche bien podría terminar con el correr de *su* sangre, pensó Aelin al apresurarse por las calles retorcidas de los barrios pobres. Envainó sus cuchillos de pelea ensangrentados para evitar que las gotas que caían de ellos dejaran un rastro.

Gracias a los meses de correr por las montañas Cambrian con Rowan, su respiración permanecía tranquila, su mente despejada. Supuso que después de enfrentarse a los trotapieles, escapar de criaturas antiguas del tamaño de cabañas pequeñas y después de incinerar a cuatro príncipes demonios, veinte hombres persiguiéndola no era demasiado alarmante.

De todas maneras eran una verdadera monserga. Y probablemente no terminaría de manera agradable para ella. No había señal de Chaol; los hombres que entraron repentinamente a los Sótanos no hicieron ninguna mención de su nombre en voz baja. No reconoció a ninguno, pero sí sintió esa *rareza* que marcaba a casi todos los que habían estado en contacto con la piedra del Wyrd o habían sido corrompidos por ella. Aunque no traían collares ni anillos, se notaba que estos hombres tenían dentro algo podrido.

Al menos Arobynn no la había traicionado, aunque resultó muy conveniente que se fuera apenas unos minutos antes de que los nuevos guardias del rey encontraran al fin el rastro sinuoso que había dejado desde los muelles. Tal vez era una prueba, para comprobar si sus habilidades seguían estando a la altura de los estándares de Arobynn, en caso de que decidiera aceptar su trato. Mientras se abría paso entre los cuerpos con sus cuchillos, se preguntó si él siquiera había advertido que toda la noche también había sido una prueba *para* él, y que ella había conducido a esos hombres directamente a los Sótanos. Se preguntó qué tan furioso se sentiría cuando descubriera lo que quedaba del salón de placer, donde había ganado tanto dinero.

El dinero de ese lugar también había llenado los cofres de la gente que mató a Sam y que había disfrutado cada momento de ello. Fue una pena que el actual dueño de los Sótanos, un antiguo subalterno de Rourke Farran, traficante de cuerpos y opiáceos, hubiera chocado accidentalmente con sus cuchillos. Varias veces.

Aelin dejó los Sótanos convertidos en un montón de añicos ensangrentados, lo cual consideró amable. De haber tenido su magia, probablemente hubiera quemado todo hasta dejarlo en cenizas. Pero no tenía magia y su cuerpo mortal, a pesar de los meses de arduo entrenamiento, ya empezaba a sentirse pesado y torpe en su carrera por el callejón. La calle amplia donde desembocaba estaba demasiado iluminada, demasiado descubierta.

Giró en dirección a un montón de cajas rotas y basura apilada contra la pared de un edificio de ladrillo. El montículo tenía la altura justa para, si calculaba bien sus tiempos, permitirle brincar hacia un alféizar a un par de metros de altura.

Detrás de ella, cada vez más cerca, se podían escuchar pasos apresurados y gritos. Debían ser rápidos como el demonio para haberle podido seguir el paso todo este tiempo.

Bueno, maldición.

Saltó hacia las cajas; el montón de desechos se sacudió y tambaleó mientras ella lo escalaba con movimientos concisos, rápidos, balanceados. Un paso en falso la lanzaría a la madera podrida o toda la pila se derrumbaría. Las cajas rechinaron, pero siguió moviéndose más y más y más arriba, hasta que alcanzó la cima y brincó hacia el alféizar que sobresalía de la pared.

Sus dedos aullaron de dolor al enterrarse con tanta fuerza en el ladrillo que se le rompieron las uñas dentro de los guantes. Apretó los dientes, tiró hacia arriba, subió a la cornisa y entró por la ventana abierta.

Se permitió observar unos instantes la cocina atestada. Era oscura y limpia. En el angosto pasillo al fondo se veía una vela encendida. Sacó sus cuchillos al escuchar que los gritos se acercaban desde el callejón. Arrancó hacia el pasillo.

La casa de alguien..., esto era la casa de alguien y ella había llevado a esos hombres ahí. El piso de madera tembló bajo sus botas cúando Aelin corrió analizando el lugar. Había dos habitaciones y ambas estaban ocupadas. Mierda. Mierda.

En la primera habitación había tres adultos acostados en colchones sucios. Dos más dormían en la otra habitación. Uno se sentó sobresaltado cuando ella pasó haciendo un escándalo.

—Quédate acostado —le siseó como única advertencia antes de llegar a la última puerta del pasillo, la cual estaba atrancada con una silla debajo de la perilla. Era toda la protección que podían conseguir en ese barrio pobre.

Aventó la silla a un lado y ésta cayó escandalosamente al chocar contra las paredes del angosto pasillo. Ahí frenaría el paso de sus perseguidores, por unos segundos cuando menos. Abrió la puerta de un tirón y el cerrojo endeble se astilló, tronando. Con un movimiento rápido lanzó una moneda de plata a sus espaldas para pagar por el daño y que pudieran comprar un cerrojo de mejor calidad.

Delante de ella había unas escaleras comunales con los escalones de madera manchados y podridos. Estaba completamente oscuro.

Escuchó detrás de ella los ecos de voces masculinas demasiado cerca y luego golpes en la parte inferior del tiro de la escalera.

Aelin corrió hacia las escaleras ascendentes. Vueltas y vueltas, el aliento ahora como astillas de vidrio en sus pulmones, hasta que pasó el tercer nivel, las escaleras se hicieron más angostas y...

No se molestó en no hacer ruido al abrir de un trancazo la puerta de la azotea. Los hombres ya sabían dónde estaba. El aire cálido de la noche la sofocó; ella le dio varios tragos mientras estudiaba el techo y las calles debajo. El callejón detrás era demasiado ancho; la calle amplia a la izquierda no era una opción, pero... allá. Al fondo del callejón. La rejilla del alcantarillado.

Tal vez deberías hacer una visita a la sección sureste de los túneles esta noche. Podrías encontrar a la persona que estás buscando.

Sabía a quién se refería. Otro regalito de su parte, por lo visto..., una pieza en su juego.

Con destreza felina descendió por la tubería anclada al costado del edificio. En la parte superior los gritos aumentaban. Habían llegado al techo. Ella se dejó caer en un charco con el olor característico de la orina, y ya estaba corriendo antes de que el impacto resonara por completo en sus huesos.

Avanzó a toda velocidad hacia la rejilla, se deslizó de rodillas el último par de metros hasta que sus dedos se afianzaron de la rejilla y la abrió. Silenciosa, rápida, eficiente.

Las alcantarillas abajo estaban afortunadamente casi vacías. Apretó los dientes para controlar la arcada que le provocó el olor que subía a su nariz. Cuando los guardias se asomaron por el borde de la azotea, ella ya había desaparecido.

Aelin aborrecía las alcantarillas.

No porque estuvieran sucias, apestosas y llenas de animalejos. De hecho, si la conocías bien, la red de alcantarillado era una manera conveniente para recorrer Rifthold sin ser visto ni molestado.

Las odiaba desde que en una ocasión la ataron y la dejaron por muerta en los túneles del drenaje. Sucedió gracias a un guardaespaldas que tomó a mal los planes de matar a su jefe. Las alcantarillas se inundaron y Aelin, tras liberarse de sus ataduras, nadó, nadó de verdad, en las aguas putrefactas. Pero cuando llegó a la salida la encontró sellada. Sam, por un golpe de suerte, la salvó, pero no antes de que ella casi se ahogara y de paso se tragara la mitad del contenido del drenaje.

Le tomó días e incontables baños volverse a sentir limpia. Y vómitos interminables.

Así que entrar a esa alcantarilla y cerrar la rejilla sobre su cabeza... Por primera vez esa noche le temblaron las manos. Pero se obligó a sobreponerse al eco del miedo y avanzó a través de los túneles oscuros iluminados por la luna.

Escuchando.

Se dirigió al sureste y tomó un túnel grande y antiguo, una de las arterias principales del sistema de alcantarillado. Probablemente había estado ahí desde el momento en el cual Gavin Havilliard decidió establecer su capital en las orillas del Avery. Aelin se detenía de vez en cuando para escuchar, pero no detectó señales de sus perseguidores.

Distinguió la intersección de cuatro túneles delante de ella y empezó a caminar más lentamente, con las manos en sus cuchillos. Los primeros dos túneles estaban despejados; el tercero, el que la llevaría al camino del capitán si él iba en dirección al castillo, era más oscuro pero amplio. Y el cuarto..., hacia el sureste.

No le hicieron falta sus sentidos de hada para darse cuenta de que la oscuridad salida del túnel del sureste no era normal. La luz de la luna que entraba por las rejillas de la superficie no la perforaba. No surgía ningún sonido, ni siquiera del corretear de las ratas.

¿Otro truco de Arobynn o un regalo? Los sonidos débiles que había estado siguiendo provenían de esa dirección. Pero el rastro moría ahí.

Caminó con sigilo felino frente a la línea donde la luz tenue se convertía en negrura impenetrable. Levantó en silencio una pequeña piedra y la lanzó a la oscuridad que tenía enfrente.

No escuchó como respuesta el sonido que debería producir cuando cayera.

—Yo que tú no haría eso.

Aelin giró en dirección de esa voz fría y femenina mientras colocaba sus cuchillos en posición de ataque.

La guardia encapuchada de los Sótanos estaba recargada contra la pared del túnel, a escasos veinte pasos detrás de ella.

Bueno, al menos uno de ellos estaba aquí. En cuanto a Chaol...

Aelin levantó un cuchillo y empezó a acercarse con cuidado a la guardia, concentrada en cada detalle.

—Acercarse a hurtadillas a los desconocidos en las alcantarillas es algo que yo tampoco te aconsejo —le dijo a la mujer.

Cuando Aelin se aproximó a un par de metros, la mujer levantó las manos: eran delicadas pero con cicatrices, y su piel se veía bronceada incluso bajo el pálido brillo de las luces de la calle que se filtraban desde arriba. Si había conseguido acercarse tanto debía estar entrenada, en combate o en tácticas furtivas, o en ambos. Por supuesto era hábil, si Chaol la tenía vigilándole las espaldas en los Sótanos. ¿Pero dónde se había ido él ahora?

—Salones de placer de mala reputación y alcantarillas —dijo Aelin con los cuchillos aún desenvainados—. Vaya, tú sí te das una buena vida, ¿verdad?

La joven se separó de la pared y una cortina de cabello negro como la tinta se meció en las sombras de su capucha.

—No todos contamos con la bendición de estar en la nómina del rey, campeona.

Entonces sí la había reconocido. Las verdaderas preguntas eran si se lo había dicho a Chaol y dónde estaba él ahora.

—¿Puedo preguntar por qué no debo lanzar piedras a ese túnel?

La guardia señaló hacia el túnel más cerca detrás de ella, brillante y con aire fresco.

—Ven conmigo.

Aelin rio.

—Tendrás que ofrecer algo mejor que eso.

La mujer delgada se acercó un paso y la luz de la luna iluminó su rostro encapuchado. Era bella, aunque seria, tal vez dos o tres años mayor.

La desconocida dijo en tono impasible:

—Hay veinte guardias persiguiéndote y son lo suficientemente astutos para empezar a buscar aquí abajo muy pronto. Te sugiero que vengas.

Aelin estuvo a punto de sugerirle que se fuera al demonio, pero en vez de eso sonrió.

—¿Cómo me encontraste?

No le interesaba la respuesta, sólo necesitaba tantear un poco el terreno.

—Suerte. Hoy es mi turno de explorar y cuando salí a la calle descubrí que habías hecho nuevos amigos. Por lo general tenemos la política de atacar primero y hacer preguntas después cuando se trata de gente paseando por la red del alcantarillado.

—¿Tú y quién más? —preguntó Aelin con dulzura.

La mujer empezaba a caminar por el túnel iluminado, sin preocuparse de los cuchillos que Aelin todavía traía en las manos. Arrogante y estúpida, por lo visto.

—Puedes venir conmigo, campeona, y enterarte de algunas cosas que probablemente quieras saber, o quedarte aquí y esperar a ver qué le responde a la roca que arrojaste.

Aelin sopesó las palabras, y lo que había escuchado y visto hasta entonces esa noche. A pesar del escalofrío que le recorrió la columna, avanzó al lado de la guardia y envainó los cuchillos en las fundas de sus muslos.

A lo largo de cada cuadra que avanzaban a través del lodo repulsivo del drenaje, Aelin usaba el silencio para recuperar sus fuerzas.

La mujer marchó con rapidez, pero sigilosamente, hacia otro túnel y luego otro más. Aelin se fijó en cada una de las vueltas, en todas las marcas distintivas del lugar, de cada rejilla, para crear un mapa mental del sitio.

—¿Cómo me reconociste? —preguntó Aelin al fin.

—Te vi por la ciudad, hace meses. El cabello rojo fue lo que me impidió identificarte de inmediato en los Sótanos.

Aelin la observó con el rabillo del ojo. La desconocida quizá no supiera quién era Chaol en realidad. Él podría haber usado un nombre distinto, a pesar de lo que esta guardia dijera saber sobre lo que Aelin estaba buscando.

La mujer dijo con voz tranquila y serena:

—¿Los guardias del rey te persiguen porque te reconocieron o porque al fin conseguiste esa pelea que estabas buscando con tanta desesperación en los Sótanos?

Punto para la desconocida.

—¿Por qué no me lo dices tú? ¿Los guardias trabajan para el Capitán Westfall?

La mujer rio en voz baja.

—No, esos guardias no le rinden cuentas a él.

Aelin trató de disimular su suspiro de alivio, aunque mil preguntas más revoloteaban en su cráneo.

Tuvo que reprimir un escalofrío al pisar algo demasiado suave para su gusto; la mujer se detuvo frente a la entrada a otro túnel largo. La primera mitad estaba iluminada por la luz de la luna que se dispersaba entre las rejillas. Del extremo más alejado emanaba una oscuridad poco natural. Una quietud depredadora recorrió a Aelin cuando se asomó a la penumbra. Silencio. Un silencio absoluto.

—Es por aquí —dijo la desconocida y giró hacia un elevado pasillo de roca que recorría el costado del túnel.

Tonta... tonta por exponerle la espalda de esa manera. Ni siquiera vio cuando Aelin liberó uno de sus cuchillos.

Ya habían avanzado suficiente.

La mujer de piernas largas y movimientos elegantes dio un paso para subir la pequeña y resbalosa escalera que conducía al pasillo. Aelin calculó la distancia a las salidas más cercanas, la profundidad del pequeño arroyo de suciedad que corría por el centro del túnel. Era suficientemente profundo para tirar un cuerpo, de ser necesario.

Aelin inclinó el cuchillo y se deslizó detrás de la mujer, tan cerca como un amante, y presionó el filo del arma contra su garganta.

CAPÍTULO 6

—Te permitiré decir una sola frase —susurró Aelin en el oído de la mujer, presionando con fuerza la daga contra su cuello—. Una frase para convencerme de no derramar tu garganta por todo el suelo.

La mujer se bajó de las escaleras y, dicho sea a su favor, no fue lo bastante estúpida como para intentar usar las armas ocultas que traía al costado. De todas maneras, con la espalda contra el pecho de Aelin, quedaban fuera de su alcance. Tragó saliva y su garganta se movió de arriba abajo contra la daga que Aelin mantenía apretada contra su piel suave.

—Te estoy llevando con el capitán.

Aelin presionó más con el cuchillo.

—Eso no es tan convincente para alguien que tiene un cuchillo contra tu garganta.

—Hace tres semanas abandonó su puesto en el castillo y huyó, para unirse a nuestra causa. La causa *rebelde*.

Las rodillas de Aelin amenazaron con doblarse.

Supuso que debería haber incluido a tres partes en sus planes: el rey, Arobynn y los rebeldes, quienes muy probablemente tendrían cuentas pendientes con ella por haber destripado a Archer Finn el invierno anterior. Incluso si Chaol estaba trabajando con ellos.

Detuvo esos pensamientos antes de que la impactaran del todo.

—¿Y el príncipe?

—Vivo, pero todavía en el castillo —siseó la rebelde—. ¿Es suficiente para que bajes el cuchillo?

Sí. No. Si Chaol ahora estaba trabajando con los rebeldes... Aelin bajó el cuchillo y dio un paso hacia atrás para quedar en el círculo de luz de luna que entraba por la rejilla de la calle encima de ella.

La rebelde se dio la vuelta rápidamente y buscó uno de sus cuchillos. Aelin chasqueó la lengua. Los dedos de la mujer hicieron una pausa en el mango pulido.

—Decidí perdonarte y ¿así es como me pagas? —dijo Aelin quitándose la capucha—. No sé bien por qué me sorprende.

La rebelde soltó el cuchillo y se quitó su propia capucha, con lo cual dejó a la vista un rostro hermoso y bronceado, solemne y completamente falto de temor. Sus ojos oscuros quedaron fijos en Aelin, estudiándola. ¿Aliada o enemiga?

—Dime por qué estás aquí —dijo en voz baja—. El capitán afirma que estás de nuestro lado, pero esta noche te ocultaste de él en los Sótanos.

Aelin se cruzó de brazos y se recargó contra la húmeda roca de la pared que estaba a sus espaldas.

—Empecemos con decirme tu nombre.

—Mi nombre no te concierne.

Aelin arqueó una ceja.

—Exiges respuestas pero te niegas a darme una a cambio. No me sorprende que el capitán te haya dejado fuera en su reunión. Es difícil jugar el juego si no conoces las reglas.

—Escuché lo que sucedió en el invierno: fuiste a la bodega y mataste a varios de los nuestros. Masacraste rebeldes, amigos míos —dijo con el rostro perfectamente inmutable—. Sin embargo ahora debo creer que estabas de nuestra parte todo el tiempo. Me disculparás si no te doy la información que pides.

—¿No debería matar a la gente que secuestra y golpea a mis amigos? —preguntó Aelin con suavidad—. ¿No tendría que reaccionar con violencia cuando recibo notas que amenazan con *matar* a mis amigos? ¿No debería eviscerar al imbécil egoísta que hizo que asesinaran a mi adorada amiga? —se separó de la pared para avanzar hacia la mujer—. ¿Querrías que me disculpara? ¿Debería suplicar perdón de rodillas por alguna de esas cosas?

El rostro de la rebelde no reveló nada... ya fuera por entrenamiento o por genuina frialdad. Aelin resopló.

—Eso pensé. ¿Entonces por qué no me llevas con el capitán y te ahorras tu mierda hipócrita para después?

La mujer miró hacia la oscuridad nuevamente y sacudió la cabeza un poco.

—Si no me hubieras puesto el cuchillo en el cuello te habría dicho que ya habíamos llegado —dijo señalando hacia el túnel que tenían delante—. De nada.

Aelin dudó si azotar a la mujer contra la pared sucia y húmeda sólo para recordarle quién era exactamente, la campeona del rey, pero luego escuchó una respiración entrecortada que provenía de la oscuridad. Respiración humana y susurros.

Oyó cómo unas botas se deslizaban y chocaban contra la roca, más susurros, peticiones en voz baja de voces que no reconocía diciendo *apúrate* y *guarda silencio,* y...

Los músculos de Aelin se tensaron cuando una voz masculina siseó:

—Tenemos veinte minutos antes de que se vaya ese barco. *Muévanse.*

Conocía esa voz.

De todas maneras no estaba preparada para el completo impacto que le provocó ver a Chaol Westfall salir de la oscuridad al final del túnel, sosteniendo a un hombre desvanecido y demacrado junto con otro compañero y un hombre armado cuidándoles las espaldas.

Incluso a la distancia, la mirada del capitán se quedó fija en los ojos de Aelin.

No sonrió.

CAPÍTULO 7

Había dos personas heridas en total. Una a la que cargaban entre Chaol y su compañero, y la otra, colgada entre dos hombres que Aelin no reconoció. En la retaguardia venían tres más, dos hombres y una mujer.

A la rebelde apenas le dedicaron una mirada. Una aliada.

Aelin los miró a los ojos mientras se apresuraban hacia ella con las armas desenvainadas. Todos estaban salpicados de sangre, sangre roja y la sangre negra que conocía tan bien. Y las dos personas casi inconscientes...

También recordaba ese aspecto emaciado y seco. Lo hundido de sus rostros. Ella había llegado demasiado tarde con los de Wendlyn. Pero de alguna manera Chaol y sus aliados habían logrado rescatar a este par. El estómago le dio un vuelco. Reconocimiento de los túneles, eso era lo que la joven a su lado estaba haciendo, exploraba la ruta con el fin de cerciorase de que fuera segura para el rescate.

Los guardias de la ciudad no estaban corrompidos por los Valg ordinarios, como había sugerido Arobynn.

No, había al menos un príncipe del Valg ahí, en estos túneles, si la oscuridad era una indicación. Mierda. Y Chaol había estado...

Chaol frenó su paso lo necesario para que un compañero se llevara al hombre herido. Luego continuó avanzando. Ya estaba a cinco metros de distancia. Cuatro. Tres. Le salía sangre de la comisura de la boca y tenía una herida en el labio inferior. Habían peleado para escapar...

—Explica —le dijo Aelin a la mujer a su lado.

—No me corresponde —respondió ella.

No se molestó en presionarla. No ahora que tenía a Chaol frente a ella, con sus ojos de bronce abiertos como platos al notar la sangre que Aelin traía en su propia ropa.

—¿Estás herida? —preguntó con voz ronca.

Aelin negó con la cabeza, en silencio. Dioses. *Dioses*. Sin esa capucha, ahora que podía ver sus rasgos... Estaba exactamente igual a como lo recordaba, ese rostro apuesto y tosco, su piel bronceada, tal vez un poco más delgado y sin afeitar, pero seguía siendo Chaol, el hombre que había llegado a amar, antes... antes de que todo cambiara.

Había pensado en decirle, en hacer, en sentir tantas cosas.

Chaol tenía una cicatriz delgada y blanca que bajaba por su mejilla. Ella se la había provocado. La noche que murió Nehemia, le hizo esa herida y trató de matarlo.

Lo habría matado... si Dorian no la hubiera detenido.

Incluso en aquel momento, le quedó claro que lo hecho por Chaol, a quién había elegido, había fracturado para siempre la relación entre ellos. Eso no lo podía olvidar, ni perdonar.

Su respuesta silenciosa pareció ser suficiente para el capitán. Miró a la mujer al lado de Aelin, su exploradora. *Su* exploradora, quien le reportaba a él. Como si fuera líder de todos ellos.

—El camino adelante está despejado. Permanezcan en los túneles del este —dijo ella.

Chaol asintió. Cuando llegaron los demás a su lado, dijo:

—Sigan avanzando. Los alcanzaré en un momento.

No hubo titubeo en su voz, tampoco suavidad. Como si hubiera hecho esto un centenar de veces.

Los rebeldes continuaron avanzando por los túneles sin decir palabra, echando miradas en dirección a Aelin al pasar a su lado. La única que permaneció fue la joven. Observando.

—Nesryn —dijo Chaol. El nombre por sí solo fue una orden.

Nesryn se quedó mirando a Aelin, analizándola, calculando.

Aelin le dedicó una sonrisa desganada.

—Faliq —gruñó Chaol, y la mujer deslizó sus ojos color medianoche hacia él. Si el apellido de Nesryn no manifestaba su ascendencia, sus ojos sí lo hacían: ligeramente levantados en las comisuras y tenuemente delineados con kohl. Revelaban que al menos uno de sus progenitores era del continente del sur. Era interesante que la mujer no intentara ocultarlo, que eligiera usar kohl inclusive durante una misión, a pesar de las políticas poco agradables de Rifthold hacia los inmigrantes. Chaol hizo un movimiento corto con la barbilla en dirección a los demás compañeros que ya desaparecían en la distancia.

—Ve a los muelles.

—Sería más seguro que uno de nosotros permaneciera aquí —respondió ella de nuevo, con esa voz firme y fría.

—Ayúdalos a llegar a los muelles y luego regresa rápidamente al distrito de artesanos. El comandante de tu guarnición se dará cuenta si llegas tarde.

Nesryn miró a Aelin de arriba abajo sin que sus rasgos serios mostraran cambio alguno.

—¿Cómo sabemos que ella no llegó aquí bajo sus órdenes?

Aelin sabía perfectamente bien a quién se refería. Le guiñó el ojo a la joven.

—Si hubiera venido aquí bajo las órdenes del rey, Nesryn Faliq, habrías muerto hace varios minutos.

No hubo un destello de diversión ni una señal de miedo. La mujer podría competir contra Rowan con esa frialdad.

—En la puesta del sol mañana —dijo Chaol con sequedad. La mujer se quedó mirándolo con los hombros tensos antes de dar la vuelta y encaminarse hacia el túnel. Se movía como el agua, pensó Aelin.

—Ve —le dijo Aelin a Chaol con un hilo de voz rasposa—. Deberías ir, ayudarlos.

O lo que sea que estuviera haciendo con ellos.

Chaol apretó la boca ensangrentada, la cual quedó convertida en una línea delgada.

—Lo haré. En un momento.

No la invitó a ir con ellos. Tal vez ella debería haberlo ofrecido.

—Regresaste —dijo él. Tenía el cabello más largo, más descuidado que hacía unos meses—. Esto, lo de Aedion, es una trampa...

—Sé sobre Aedion.

Dioses, ¿qué podía siquiera *decir*?

Chaol asintió, distante, y parpadeó.

—Te ves... diferente.

Ella se tocó el cabello rojizo con los dedos.

—Obviamente.

—No —dijo él dando un paso hacia ella, pero sólo uno—. Tu rostro. La manera en que te paras. Tú... —sacudió la cabeza y miró hacia la oscuridad de la que acababa de escapar—. Camina conmigo.

Ella lo hizo. Bueno, era algo más parecido a caminar-tan-rápido-como-pudieran-sin-correr. Alcanzaba a distinguir adelante los sonidos de los compañeros de Chaol que se apresuraban por los túneles.

Todas las palabras que le había querido decir revoloteaban en su cabeza, luchando por salir, pero las contuvo un momento más.

Te amo, eso es lo que él le dijo el día que ella se fue. Ella sólo dijo *lo siento* en respuesta.

—¿Una misión de rescate? —preguntó Aelin mirando hacia atrás. No se oía el mínimo murmullo de una persecución.

Chaol gruñó en confirmación.

—De nuevo están cazando y ejecutando a quienes solían tener magia. Los nuevos guardias del rey los traen a los túneles para mantenerlos aquí hasta que llega la hora de llevarlos a su ejecución. Les gusta la oscuridad a los guardias, parecen alimentarse con ella.

—¿Por qué no los mandan a las prisiones?

Esos sitios no carecían de oscuridad, ni siquiera para los Valg.

—Son demasiado públicas. Al menos considerando lo que les hacen antes de ejecutarlos.

Ella sintió que un escalofrío le recorría la espalda.

—¿Traen anillos negros?

Él asintió.

A ella casi se le detuvo el corazón.

—No me importa cuánta gente traigan a los túneles. No regreses a ellos.

Chaol ahogó una risa corta.

—No es una opción. Entramos porque somos los únicos que podemos hacerlo.

Los túneles del drenaje habían empezado a apestar a salitre. Según las cuentas de Aelin, por el número de esquinas que habían doblado, tenían que estarse acercando al Avery.

—Explícame.

—En realidad no se dan cuenta ni les interesa si hay humanos comunes presentes. Sólo les importa si hay gente con magia en su sangre. Incluso los portadores latentes —dijo y la miró de reojo—. Por eso envié a Ren al norte, para que saliera de la ciudad.

Ella casi se tropezó con una roca suelta.

—Ren... ¿Allsbrook?

Chaol asintió lentamente.

El piso se movió debajo de ella. Ren Allsbrook. Otro hijo de Terrasen. Todavía vivo. *Vivo*.

—Nos enteramos por la reacción que tuvieron los guardias al ver a Ren —dijo Chaol—. Entramos a un nido; de inmediato lo percibieron y voltearon la mirada hacia él. A Nesryn y a mí no nos hicieron ningún caso. Apenas logramos escapar. Al día siguiente envié a Ren a Terrasen, para organizar a los rebeldes de allá. No le encantó la idea, créeme.

Interesante. Interesante y completamente insólito.

—Esas cosas son demonios. Los Valg. Y ellos...

—Te drenan la vida, se alimentan de ti, hasta que hacen un espectáculo con tu ejecución.

—No es broma —respondió ella con severidad. Tenía pesadillas en las que recordaba las manos de esos príncipes del Valg sobre su cuerpo mientras se alimentaban de ella. Cada vez despertaba con un grito en los labios, buscando un guerrero hada que no estaba ahí para recordarle que lo habían logrado, que habían sobrevivido.

—Sé que no lo es —dijo Chaol. Sus ojos se movieron hacia el hombro de Aelin, donde se asomaba Goldryn—. ¿Espada nueva?

Ella asintió. Los separaba si acaso un metro, un metro y meses y meses de extrañarlo y odiarlo. Meses para arrastrarse afuera de ese abismo donde él la había arrojado. Pero ahora que estaba de regreso... Le costó muchísimo trabajo no pedirle perdón. No por la marca en su cara, sino por el hecho de que su corazón ya había sanado, aunque seguía fracturado en ciertas partes, pero había sanado y él... él ya no estaba ahí dentro. No como antes.

—Tú averiguaste quién soy —dijo ella consciente de la distancia que aún los separaba de sus compañeros.

—El día que te fuiste.

Aelin estudió la oscuridad detrás de ellos por un momento. Todo despejado.

Él no se acercó, no parecía tener ninguna intención de abrazarla o besarla o siquiera tocarla. Delante, los rebeldes dieron vuelta en un túnel más pequeño, uno que ella sabía los llevaría directamente a los muelles en ruinas de los barrios pobres.

—Me llevé a Ligera —dijo él después de un momento de silencio.

Ella intentó no hacer demasiado ruido al exhalar.

—¿Dónde está?

—A salvo. El padre de Nesryn es dueño de unas panaderías populares en Rifthold y su éxito le ha permitido tener una casa de campo en las colinas de las afueras de la ciudad. Dijo que su personal la cuidaría en secreto. Ligera parecía muy feliz porque ahí puede dedicarse a torturar a las ovejas, así que... Lamento no haber podido quedármela aquí, pero con los ladridos...

—Entiendo —dijo ella en voz baja—. Gracias —agregó e inclinó la cabeza—. ¿La hija de un terrateniente es una rebelde?

—Nesryn está en la guardia de la ciudad, en contra de los deseos de su padre. Tengo años de conocerla.

Eso no respondió a la pregunta de Aelin.

—¿Es de confianza?

—Como tú dijiste, estaríamos todos muertos si ella estuviera aquí por órdenes del rey.

—Claro.

Aelin tragó saliva y envainó sus cuchillos. Luego se quitó los guantes, aunque fuera sólo para hacer algo con las manos. Entonces Chaol miró el dedo vacío, donde antes estaba su anillo de amatista. La piel de Aelin estaba empapada en sangre: sangre roja y sangre negra y maloliente que se había filtrado por la tela.

Chaol miró el dedo desnudo. Cuando sus ojos subieron para mirarla le costó trabajo respirar. Se detuvo en la entrada del túnel angosto. Ella se percató de que ya habían llegado a un límite. La había llevado tan lejos como estaba dispuesto a permitirle que lo siguiera.

—Tengo mucho que decirte —le dijo antes de que él pudiera hablar—, pero creo que preferiría escuchar tu relato primero. Cómo llegaste aquí, qué pasó con Dorian. Y Aedion. Todo.

Por qué te reuniste con Arobynn esta noche.

La suavidad vacilante del rostro de Chaol se endureció y se convirtió en una expresión resuelta, fría y seria. El corazón de Aelin se resquebrajó un poco. Lo que él le diría no sería agradable.

Pero no profundizó en el tema.

—Ven a verme en cuarenta minutos —dijo Chaol y le proporcionó una dirección en los barrios bajos—. Tengo que terminar con esto antes.

No esperó la respuesta de Aelin y salió corriendo por el túnel detrás de sus compañeros.

Ella lo siguió de todas maneras.

Aelin observaba desde una azotea, monitoreando los muelles de los barrios bajos donde Chaol y sus compañeros se acercaban a un barco pequeño. La tripulación ni siquiera se atrevió a echar el ancla, apenas ataron la embarcación a los postes podridos el tiempo suficiente para que los rebeldes entregaran a las víctimas inertes en brazos de los marineros. Luego se alejaron remando con rapidez hacia la curva oscura del Avery, probablemente para encontrarse con un navío más grande en su desembocadura.

Ella observó a Chaol intercambiar unas palabras rápidas con los rebeldes y luego quedarse con Nesryn al terminar. Los vio tener una discusión breve y cortante sobre algo que no alcanzó a escuchar; luego el capitán se fue caminando solo. Nesryn y los demás partieron en dirección opuesta, sin siquiera voltear a verlo.

Chaol avanzó una cuadra antes de que Aelin brincara silenciosamente del techo. Él no se sorprendió.

—Debí haberlo esperado.

—Realmente sí.

La mandíbula de Chaol se apretó, pero siguió caminando y adentrándose en los barrios bajos.

Aelin examinó la oscuridad de la noche en las calles dormidas. Unos cuantos niños callejeros y salvajes corrieron a su lado; ella los miró desde debajo de su capucha, preguntándose si Arobynn les estaría pagando y si ellos reportarían haberla visto a unas cuantas cuadras de su vieja casa. No tenía sentido tratar de esconder sus movimientos; de cualquier modo, no lo deseaba.

Las casas de la zona estaban en mal estado, pero no totalmente destrozadas. Las familias de clase trabajadora que vivían ahí hacían su mejor esfuerzo por mantenerlas en pie. Debido a su proximidad con el río, probablemente eran los hogares de pescadores, trabajadores de los muelles y tal vez uno que otro esclavo prestado por su dueño. Pero no había señal de problemas, no había vagos ni padrotes ni ladrones ocultándose por ahí.

Casi era pintoresco, para ser los barrios bajos.

—Mi relato no es agradable —empezó a decir el capitán al fin.

Aelin dejó que Chaol hablara mientras recorrían la zona; lo que le contó le rompió el corazón.

Mantuvo la boca cerrada mientras él le narraba cómo había conocido a Aedion, cómo había trabajado con él y luego cómo el rey había capturado a Aedion e interrogado a Dorian. Tuvo que hacer un esfuerzo considerable para no sacudir al capitán y exigirle que explicara por qué había sido tan descuidado y estúpido, y se había tardado tanto en actuar.

Luego Chaol llegó a la parte sobre la decapitación de Sorscha, cada palabra pronunciada con voz más baja y más cortante que la anterior.

No conocía el nombre de la sanadora, nunca lo supo en todo ese tiempo que la mujer la había curado y suturado. Que Dorian la perdiera... Aelin tragó saliva.

El relato se puso peor.

Mucho peor. Chaol explicó lo que Dorian había hecho para sacarlo del castillo. Se había sacrificado a sí mismo, revelando su poder al rey. Ella estaba temblando tanto que metió las manos en sus bolsillos y apretó los labios para encerrar las palabras.

Pero siguieron bailando dentro de su cráneo, dando vueltas y vueltas.

Deberías haberte llevado a Dorian y a Sorscha el día que el rey masacró a esos esclavos. ¿No aprendiste nada de la muerte de Nehemia? ¿Por alguna razón pensaste que podías ganar con tu honor intacto, sin sacrificar nada? No deberías haberlo dejado; ¿cómo pudiste dejarlo para que enfrentara solo al rey? ¿Cómo pudiste, cómo pudiste, cómo pudiste?

La desolación en la mirada de Chaol evitó que ella hablara.

Respiró profundamente cuando se quedó callado, intentando controlar la rabia, la decepción y la sorpresa. Tardó tres cuadras en empezar a pensar en orden.

Su ira y sus lágrimas no servirían de nada. Sus planes volverían a cambiar, pero no demasiado. Liberar a Aedion, conseguir la llave del Wyrd... todavía podía hacerlo. Enderezó los hombros. Estaban a pocas cuadras de su viejo departamento.

Al menos tenía un sitio donde quedarse sin ser descubierta, eso si Arobynn no había vendido la propiedad. De ser así, probablemente le habría hecho al respecto un comentario con escarnio, o tal vez la dejaría enterarse de boca del nuevo dueño. Le encantaba ese tipo de sorpresas.

—Así que ahora estás trabajando con los rebeldes —le dijo a Chaol—. O liderándolos, por lo que veo.

—Somos varios los que estamos a cargo. Mi territorio incluye los barrios bajos y los muelles. Hay otros responsables de diferentes secciones de la ciudad. Nos reunimos tan frecuentemente como nos atrevemos. Nesryn y algunos de los guardias de la ciudad han logrado ponerse en contacto con algunos de mis hombres. Ress y Brullo, principalmente. Buscan maneras de sacar a Dorian. Y a Aedion. Pero ese calabozo es impenetrable y los túneles secretos están vigilados. Entramos esta noche a su nido en los túneles del drenaje sólo porque Ress nos dijo que había una especie de reunión importante en el palacio. Pero por lo visto dejaron más vigilantes de los que anticipamos.

Era imposible entrar al castillo... a menos que aceptara la ayuda de Arobynn. Otra decisión. Para mañana.

—¿Qué has sabido de Dorian desde que huiste del castillo?

Un destello de vergüenza brilló en sus ojos de bronce. Pero *sí* había huido. Había dejado a Dorian a merced de su padre.

Aelin apretó los puños para contenerse y no azotarle la cabeza contra el costado de un edificio de ladrillo. ¿Cómo pudo servirle a ese monstruo? ¿Cómo pudo no verlo, cómo pudo no intentar matar al rey cada vez que se acercaba a él?

No sabía qué le había hecho el padre de Dorian a su hijo, ni cómo lo había castigado, pero tenía la esperanza de que el príncipe supiera que él no era el único de luto. Y después de ir por Dorian le dejaría saber, cuando estuviera listo para escuchar, que ella entendía: sería largo y doloroso, pero él lograría sobreponerse a todo, recuperarse de la pérdida. Cuando lo lograra, con esa magia en bruto que poseía, ese poder libre cuando el de ella no... Se convertiría en una pieza crítica para derrotar a los Valg.

—El rey no ha castigado a Dorian públicamente —dijo Chaol—. Ni siquiera lo encerró. Hasta donde alcanzamos a ver, sigue asistiendo a los eventos y estará presente en la fiesta-ejecución que le están organizando.

Aedion, oh, Aedion. Él sabía quién era ella, en quién se había convertido, pero Chaol no le había dicho si su primo le escupiría en la cara en el momento que posara su mirada en ella. Aunque eso le importaría hasta que Aedion estuviera seguro, libre.

—Entonces, tenemos a Ress y Brullo dentro y, además, vigilancia en los muros del castillo —continuó Chaol—. Dicen que Dorian parece portarse normalmente, pero tiene algo raro. Lo sienten más frío, más distante... aunque eso es de esperarse después de que Sorscha...

—¿Te han informado si trae un anillo negro?

Chaol se estremeció.

—No, un anillo no.

Algo en el tono de su voz la hizo voltear a verlo y deseó no tener que escuchar sus siguientes palabras. Chaol dijo:

—Pero uno de los espías dijo que Dorian tiene un torque de piedra negra alrededor del cuello.

Un collar de piedra del Wyrd.

Por un momento, Aelin no pudo hacer nada salvo quedarse mirando fijamente a Chaol. Sintió que los edificios a su alrededor se le venían encima, como si un gran agujero se estuviera abriendo en la calle empedrada por la que caminaban, amenazando con tragársela entera.

—Estás pálida —dijo Chaol, pero no hizo ningún movimiento para tocarla.

Mejor. No estaba del todo segura si podría aguantar su contacto sin arrancarle la cara.

Respiró profundamente y se negó a permitir que la gravedad de lo que le había sucedido a Dorian le afectara, al menos por lo pronto.

—Chaol, no sé qué decir. Sobre Dorian, Sorscha y Aedion. Sobre tu presencia aquí.

Hizo un ademán hacia la zona de los barrios bajos.

—Sólo dime qué fue de ti todos estos meses.

Ella le contó. Le contó lo que había sucedido en Terrasen hacía diez años, y lo que le había sucedido en Wendlyn. Cuando llegó a la parte de los príncipes del Valg, decidió ya no decir nada sobre los collares porque... porque Chaol ya se veía descompuesto. Y no le dijo sobre la tercera llave del Wyrd, sólo que Arobynn había robado el Amuleto de Orynth y ella lo quería de regreso.

—Ahora ya sabes por qué estoy aquí, qué hice y qué planeo hacer.

Chaol no le respondió durante una cuadra entera. Permaneció en silencio todo el tiempo. No sonrió.

Cuando al fin la miró a los ojos, con los labios apretados en una línea delgada, Aelin se dio cuenta de lo poco que quedaba de aquel capitán de la guardia que ella había llegado a querer. Dijo:

—Así que llegaste aquí sola.

—Le dije a Rowan que sería más seguro que él permaneciera en Wendlyn.

—No —respondió él un poco bruscamente, con la mirada hacia la calle que tenían enfrente—. Me refiero a que regresaste sin ejército. Sin aliados. Regresaste con las manos vacías.

Con las manos vacías.

—No sé qué esperabas. Tú... *tú* me mandaste a Wendlyn. Si querías que regresara con un ejército, deberías haber sido un poco más específico.

—Te envié allá por tu propia seguridad, para que pudieras alejarte del rey. En cuanto me di cuenta de quién eras, ¿no era lógico asumir que correrías de inmediato con tus primos, con Maeve...?

—¿No has escuchado nada de lo que dije? ¿Sobre cómo es Maeve? Los Ashryver obedecen todo lo que ella diga y si Maeve no envía ayuda, ellos no enviarán ayuda.

—Ni siquiera lo intentaste —dijo Chaol deteniéndose en una esquina desierta—. Si tu primo Galan es un colocador de bloqueos...

—Mi primo Galan no es de tu incumbencia. ¿Siquiera alcanzas a comprender a qué me enfrenté?

—¿Tú entiendes cómo estuvieron aquí las cosas? Mientras estabas lejos jugando con magia, paseándote por ahí con tu príncipe hada, ¿entiendes lo que me pasó a mí, a Dorian? ¿Entiendes lo que está pasando todos los días en esta ciudad? Porque las gracias que hiciste en Wendlyn bien podrían haber provocado todo esto.

Cada una de las palabras de Chaol se sentía como una pedrada a la cabeza. Sí..., sí, tal vez, pero...

—¿Mis gracias?

—Si no te hubieras puesto tan dramática al respecto, si no te hubieras lucido de esa forma cuando derrotaste a Narrok y prácticamente le gritaste al rey que estabas de regreso, nunca nos habría convocado a esa habitación...

—Tú no tienes derecho a culparme de eso. De sus actos.

Aelin apretó los puños y lo miró, lo miró *de verdad*, esa cicatriz que por siempre le recordaría lo que había hecho, lo que ella no podía perdonar.

—¿Entonces de qué *sí* te puedo culpar? —exigió saber él mientras volvía a caminar con pasos rápidos y precisos—. ¿De algo?

No podía hablar en serio, no era posible que lo dijera en serio.

—¿Estás buscando algo de qué culparme? ¿Qué tal de la caída de los reinos? ¿De la pérdida de la magia?

—Por lo menos de lo segundo —dijo él con los dientes apretados— tengo plena certeza de que no fue tu culpa.

Ella hizo otra pausa.

—¿Qué dijiste?

Él tensó los músculos de los hombros. Fue todo lo que ella necesitó ver para darse cuenta de que planeaba ocultárselo. No a Celaena, su antigua amiga y amante, sino a Aelin, reina de Terrasen. Una amenaza. No tenía planeado informarle lo que sabía sobre la magia.

—¿Exactamente qué es lo que sabes de la magia, Chaol? —dijo con voz demasiado baja.

Él no respondió.

—Dime.

Él negó con la cabeza y su rostro se oscureció al quedar en una zona de sombra entre las luces de la calle.

—No. De ninguna manera. No, porque eres muy impredecible.

Impredecible. Aelin supuso que era una bendición que la magia estuviera sofocada en este lugar o de otra manera podría haber dejado la calle a su alrededor convertida en cenizas sólo para demostrarle cuán predecible era.

—¿Encontraste una manera de liberarla, verdad? Sabes cómo.

No trató de fingir lo contrario.

—Liberar la magia sólo provocaría un caos y empeoraría las cosas. Tal vez facilitaría que esos demonios encontraran y se alimentaran de los poseedores de magia.

—Probablemente te vas a arrepentir mucho de esas palabras cuando escuches el resto de lo que tengo que decir —siseó ella mientras en el interior la rabia rugía. Mantuvo su voz lo suficientemente baja para que nadie más pudiera escuchar y continuó—. Sobre el collar que está usando Dorian, déjame contarte qué hace y veamos si entonces sigues negándote a decirme, si sigues despreciando todo lo que he estado haciendo estos meses.

Con cada una de sus palabras veía cómo iba drenándose el color de la cara de Chaol. Su pequeña parte perversa lo estaba disfrutando.

—Sus víctimas son los que poseen magia porque así se alimentan del poder en su sangre. A los que no son compatibles para tener en sus cuerpos a un demonio del Valg les drenan la vida. O, en vista del nuevo pasatiempo favorito de Rifthold, sólo los ejecutan para acrecentar el miedo. Se alimentan de eso, del miedo, la miseria, la desesperanza. Es como vino para ellos. Los Valg menores pueden tomar el cuerpo de un mortal a través de esos anillos negros. Pero su civilización, toda una maldita civilización —dijo— está dividida en jerarquías como las nuestras. Y sus príncipes tienen muchas, muchas ganas de entrar en nuestro mundo. Así que el rey usa collares. Collares negros de piedra del Wyrd —le dio la impresión de que Chaol había dejado de respirar, pero no se detuvo—. Los collares son más fuertes, capaces de ayudar a los demonios a permanecer dentro de los cuerpos humanos mientras devoran a la persona y su poder desde el interior. Narrok tenía uno dentro. Me rogó al final que lo matara. Nada más funcionaría. Vi cómo monstruos que ni siquiera te podrías imaginar intentaron vencer a uno y fracasaron. Sólo el fuego o la decapitación los acaban. Así que, como verás, considerando los dones que poseo, creo que te vas a convencer de que quieres contarme lo que sabes. Tal vez yo sea la única persona con la capacidad de liberar a Dorian o al menos de ofrecerle la posibilidad de matarlo. Si siquiera sigue ahí dentro.

Las últimas palabras fueron tan horribles de pronunciar como de tragar.

Chaol negó con la cabeza. Una vez. Dos. Ella quizás podría haberse sentido un poco mal por el pánico, el dolor y la desesperanza que vio en su rostro. Pero entonces dijo:

—¿Se te ocurrió siquiera mandarnos una advertencia? ¿Decirle a alguno de nosotros sobre los collares del rey?

Fue como si le hubiera echado un balde de agua helada encima. Ella parpadeó. Podría haberles advertido, podría haber intentado. Después... pensaría en eso después.

—Eso no importa —respondió ella—. En este momento necesitamos ayudar a Aedion y a Dorian.

—Tú y yo no necesitamos hacer nada juntos —dijo él.

Chaol se quitó entonces el Ojo de Elena de alrededor del cuello y se lo lanzó. El collar brilló bajo las luces de la calle al volar entre ellos. Lo atrapó con una mano y sintió el metal cálido contra su piel. Se lo metió al bolsillo sin verlo siquiera. Él continuó:

—No ha habido ningún *tú y yo* desde hace tiempo, Celaena...

—Soy Aelin ahora —le respondió ella con brusquedad y al volumen más alto que se atrevió—. Celaena Sardothien ya no existe.

—Sigues siendo la misma asesina que salió de aquí. Regresaste sólo cuando fue útil para ti.

Aelin tuvo que hacer un enorme esfuerzo para no darle un puñetazo en la nariz. En vez de eso, sacó el anillo de amatista de su bolsillo, tomó la mano de Chaol y se lo azotó en la palma de su mano enguantada.

—¿Por qué te reuniste con Arobynn Hamel esta noche?

—¿Cómo...?

—No importa. Dime por qué.

—Quería su ayuda para matar al rey.

Aelin se sorprendió.

—¿Estás loco? ¿Le dijiste eso?

—No, pero lo adivinó. Llevo una semana intentando reunirme con él y hoy me citó.

—Fue muy tonto que te presentaras.

Ella empezó a caminar. Quedarse quietos en un sitio, aunque la calle estuviera desierta, no era prudente.

Chaol avanzó a su lado.

—No vi a *otros* asesinos que estuvieran ofreciendo sus servicios.

Ella abrió la boca y la volvió a cerrar. Apretó los puños, luego estiró los dedos uno por uno.

—No te cobrará en oro o favores. El precio que pagarás será lo último que imagines. Como la muerte o el sufrimiento de personas que te importan.

—¿Crees que no sabía eso?

—Así que quieres que Arobynn mate al rey y ¿luego qué? ¿Pondrás a Dorian en el trono? ¿Con un demonio del Valg en su interior?

—Acabo de enterarme de eso. Pero no cambia nada.

—Lo cambia todo. Incluso si logras quitarle ese collar, no hay ninguna garantía de que el Valg no se haya enraizado en su interior. Podrías reemplazar un monstruo con otro.

—¿Por qué no me dices de una vez lo que quieres decir, Aelin? —siseó su nombre apenas a un volumen que ella pudiera escuchar.

—¿Puedes matar al rey? Cuando llegue el momento, ¿podrías matar a tu rey?

—Dorian es mi rey.

Hizo un esfuerzo por no reaccionar ante esas palabras.

—Cuestión de semántica.

—Él mató a Sorscha.

—Mató a millones antes que a ella.

Tal vez un desafío, tal vez otra pregunta.

Los ojos de Chaol se encendieron.

—Debo irme. Me reuniré con Brullo en una hora.

—Iré contigo —dijo ella y dirigió la mirada hacia el castillo de cristal que se elevaba sobre el cuadrante noreste de la ciudad. Tal vez averiguaría un poco más sobre lo que el Maestro de Armas sabía sobre Dorian. Y cómo podría terminar misericordiosamente con la vida de su amigo. La sangre se le heló y empezó a circular por sus venas con más lentitud.

—No, no irás —dijo Chaol. Ella volteó a verlo con un movimiento brusco—. Si llegas conmigo tendré que responder demasiadas preguntas. No pondré en riesgo a Dorian para satisfacer tu curiosidad.

Continuó caminando en línea recta; ella se dio la vuelta en una esquina encogiéndose de hombros.

—Haz lo que quieras.

Al darse cuenta de que ella se alejaba, él se detuvo.

—¿Y qué vas a estar haciendo tú?

Había demasiada suspicacia en ese tono de voz. Aelin detuvo su paso un momento y arqueó la ceja.

—Muchas cosas. Cosas perversas.

—Si nos delatas, Dorian va a...

Ella lo interrumpió con un resoplido.

—Te niegas a compartir tu información, capitán. No creo que sea poco razonable no compartir la mía.

Empezó a caminar por la calle en dirección a su viejo departamento.

—No soy capitán —dijo él.

Ella volteó por encima del hombro y lo estudió nuevamente.

—¿Qué le pasó a tu espada?

Los ojos de Chaol se tornaron huecos.

—La perdí.

Ah.

—Entonces, ¿es lord Chaol?

—Sólo Chaol.

Durante un instante sintió pena por él y en cierta forma deseó poder decir lo que debía de un modo más amable, con más compasión.

—No hay manera de sacar a Dorian. No hay manera de salvarlo.

—Por supuesto que la hay.

—Te convendría más considerar a otros contendientes para ocupar el trono...

—¡*No* te atrevas a terminar esa frase! —dijo con los ojos muy abiertos y la respiración entrecortada.

Ya había dicho suficiente. Empezó a rotar los hombros para mantener su temperamento bajo control.

—Con mi magia podría ayudarle, podría intentar encontrar una forma de liberarlo.

Pero lo más probable sería que muriera. No admitiría eso en voz alta. No hasta verlo en persona.

—¿Y luego qué? —preguntó Chaol—. ¿Tendrás a todo Rifthold de rehén como hiciste en Doranelle? ¿Quemarás a quien no esté de acuerdo contigo? ¿O simplemente harás arder todo nuestro reino por venganza? ¿Y qué hay de los otros como tú, quienes sienten que tienen cuentas por ajustar con Adarlan? —resopló y rio con amargura—. Tal vez estemos mejor sin magia. Tal vez la magia no hace que las cosas sean exactamente justas entre nosotros los meros mortales.

—¿Justas? ¿Crees que alguna parte de todo esto es justa?

—La magia vuelve peligrosas a las personas.

—La magia ya te ha salvado la vida varias veces, si mal no recuerdo.

—Sí —dijo él exhalando—, tú y Dorian, y lo agradezco, de verdad. ¿Pero qué los limita a ustedes? ¿El hierro? No es gran cosa, ¿no crees? Cuando la magia esté libre, ¿quién evitará que los monstruos vuelvan a salir? ¿Quién te va a detener a *ti*?

Una lanza de hielo le atravesó el corazón.

Monstruo.

De verdad había sido horror y repulsión lo que vio en su rostro el día que le reveló su forma hada en el otro mundo, cuando abrió la tierra y llamó al fuego para salvarlo, para salvar a Ligera. Sí, siempre harían falta límites contra cualquier tipo de poder, pero... *Monstruo.*

Hubiera preferido que la golpeara en vez de decir eso.

—Entonces Dorian sí tiene permitido tener magia. Puedes hacer las paces con su poder, ¿pero acaso mi poder es una abominación para ti?

—Dorian nunca ha matado a nadie. Dorian no evisceró a Archer Finn en los túneles ni torturó y luego mató a Tumba, ni lo hizo pedacitos. Dorian no mató a todo el que se le puso enfrente en Endovier ni dejó ahí docenas de muertos.

Le costó mucho trabajo volver a erigir ese viejo muro familiar de hielo y acero. Todo lo que quedaba del otro lado de ese muro estaba desmoronándose y temblando.

—Ya hice las paces con eso —apretó los labios e hizo un esfuerzo enorme por no buscar sus armas, como habría hecho antes, como todavía deseaba hacer—. Estaré en mi viejo departamento, en caso de que decidas dejar de engañarte. Buenas noches.

No le dio oportunidad a Chaol de responder y se alejó rápidamente por la calle.

En la pequeña recámara de la casa en ruinas que había funcionado como el principal cuartel general de su escuadrón durante las pasadas tres semanas, Chaol estaba de pie ante el escritorio lleno de mapas, planos y notas respecto al palacio, las rotaciones de los guardias y los hábitos de Dorian. En la junta de una hora antes, Brullo no le había podido informar nada nuevo, pero sí le confirmó con pesadumbre que había hecho lo correcto al salirse del servicio del rey y alejarse del trabajo que había sido su vida. El viejo seguía insistiendo en llamarlo capitán a pesar de las protestas de Chaol.

Brullo fue quien buscó a Chaol y ofreció ser sus ojos dentro del castillo apenas tres días después de que se fuera. *Huyera*, le había dicho Aelin. Ella sabía exactamente la palabra que había esgrimido.

Una reina, furiosa, enardecida y tal vez un poco excedida en su crueldad, lo encontró esa noche. Percibió el cambio desde el momento en que salió dando traspiés de la oscuridad del Valg y la vio al lado de Nesryn, con ese porte de depredador inmóvil. A pesar de la tierra y la sangre que tenía encima, la cara de Aelin estaba bronceada, sonrojada y... diferente. Mayor, como si la quietud y el poder que irradiaba no sólo hubiera afinado su alma sino también su misma forma. Cuando vio su dedo desnudo...

Chaol sacó el anillo que traía en el bolsillo y miró la chimenea apagada. Sería cuestión de minutos encender las llamas y lanzarlo ahí.

Lo hizo girar entre sus dedos. La plata estaba manchada y maltratada con innumerables rasguños.

No, Celaena Sardothien ciertamente ya no existía. Esa mujer, la mujer que amó... Tal vez se había ahogado en el vasto e implacable mar que separaba estas tierras de Wendlyn. Tal vez había muerto en manos de los príncipes del Valg. O tal vez él había sido un tonto todo el tiempo, un tonto por saber de las vidas que ella había terminado y la sangre que había derramado con tanta irreverencia y no sentir repulsión.

Esa noche ella tenía *sangre* encima, había matado a muchos hombres antes de encontrarlo. No se había molestado en lavarse, ni siquiera parecía notar que tenía encima la sangre de sus enemigos.

Una ciudad, había rodeado una ciudad con sus flamas, y había puesto a temblar a una reina hada. Nadie debía poseer ese tipo de poder. Si podía hacer que una ciudad completa ardiera como venganza porque la reina hada le había dado latigazos a su amigo..., ¿qué le haría al imperio que había esclavizado y asesinado a su gente?

No le diría cómo liberar la magia, no hasta que estuviera seguro de que no convertiría a Rifthold en cenizas al viento.

Escuchó que alguien tocaba a su puerta, dos llamadas eficientes.

—Deberías estar en tu guardia, Nesryn —dijo como saludo.

Ella entró, sigilosa como un gato. En los tres años que tenía de conocerla, siempre había poseído ese estilo de movimiento silencioso y elegante. Hacía un año, cuando él se sentía destrozado e imprudente después de la traición de Lithaen, ella lo había intrigado tanto que pasó el verano compartiendo su cama.

—Mi comandante está borracho y tiene la mano metida en la blusa de la cantinera sentada en sus piernas. No notará mi ausencia por un rato.

Una especie de diversión sutil brillaba en sus ojos oscuros. Del mismo tipo de diversión que había estado ahí el año anterior cuando se veían, en posadas o en las habitaciones sobre las tabernas o a veces contra la pared en un callejón.

Él había necesitado eso, la distracción y la liberación, después de que Lithaen lo dejó al caer presa de los encantos de Roland Havilliard. Nesryn sólo lo había hecho por aburrimiento, aparentemente. Nunca lo buscó, nunca preguntó cuándo lo volvería a ver, así que él siempre iniciaba sus encuentros. Unos meses después, no se sintió particularmente mal cuando se fue a Endovier y la dejó de ver. Nunca le dijo a Dorian, ni a Aelin. Y cuando se encontró a Nesryn tres semanas atrás en una de las reuniones de los rebeldes, ella no parecía guardarle ningún rencor.

—Te ves como un hombre al que le dieron un puñetazo en los testículos —dijo ella al fin.

Él le lanzó una mirada molesta. Porque sí se sentía de esa manera y porque se estaba sintiendo un poco destrozado e imprudente de nuevo, le contó lo que había sucedido. Con quién había sucedido.

Confiaba en ella. En las tres semanas que habían estado peleando y planeando y sobreviviendo juntos, no tuvo alternativa *salvo* confiar en ella. Ren confiaba en ella. Pero Chaol no le dijo a Ren quién era Celaena en realidad antes de obligarlo a que se marchara. Tal vez debería. De saber que regresaría así, que actuaría de esa manera, entonces quizás Ren tendría que estar enterado de por quién arriesgaba su vida. Supuso que Nesryn merecía saberlo también.

Nesryn ladeó la cabeza y su cabello brilló como seda negra.

—La campeona del rey... y Aelin Galathynius. Impresionante.

No hacía falta tomarse la molestia de pedirle que guardara el secreto. Ella sabía perfectamente la importancia de esa información. No en balde le había pedido que fuera su segunda al mando.

—Debí sentirme honrada por su amenaza de cortarme el cuello.

Chaol volvió a mirar el anillo. Debería fundirlo, pero el dinero escaseaba. Ya había utilizado una buena parte de lo que sacó de la tumba.

Y necesitaría dinero más que nunca. Ahora que Dorian estaba...

Estaba...

Dorian se había ido.

Celaena-*Aelín* había mentido sobre muchas cosas, pero no le mentiría sobre Dorian. Ella tal vez era la única persona capaz de salvarlo. Pero si intentaba matarlo...

Se desplomó en la silla de su escritorio y se quedó con la mirada perdida en los mapas y planos que había estado trazando. Todo... todo era por Dorian, por su amigo. Personalmente ya no tenía nada que perder. No era más que un violador de juramentos sin nombre, un mentiroso, un traidor.

Nesryn dio un paso hacia él. Había poca preocupación en su rostro, pero nunca esperó que se compadeciera de él. No deseaba eso. Tal vez porque era la única que entendía lo que significaba enfrentar la desaprobación de un padre y optar por la senda de un llamado. Pero el padre de Nesryn finalmente había aceptado su decisión, mientras que el de Chaol... No quería pensar en su padre en ese momento, no al escuchar a Nesryn decir:

—Lo que dijo ella sobre el príncipe...

—Eso no cambia nada.

—A mí me parece que cambia todo. Incluyendo el futuro de este reino.

—Ya deja ese tema.

Nesryn cruzó sus brazos delgados. Era tan esbelta que, para su propia desventaja, la mayoría de sus oponentes la subestimaba. Esa noche la había visto descuartizar a uno de esos soldados del Valg como si estuviera fileteando un pescado.

—Creo que permites que tu historia personal te impida considerar todas las rutas posibles —dijo ella.

Él abrió la boca para protestar. Nesryn arqueó una ceja estilizada y esperó.

Tal vez sí había tenido la cabeza muy caliente.

Tal vez sí había sido un error rehusarse a decirle a Aelin cómo liberar la magia.

Y si eso costaba la vida de Dorian...

Maldijo en voz baja. Su aliento casi extinguió la flama de la vela sobre el escritorio.

El capitán que había sido en el pasado se hubiera negado a decirle. Aelin era enemiga de su reino.

Pero ese capitán ya no existía. Murió con Sorscha en la torre.

—Peleaste bien esta noche —dijo, como si eso fuera una respuesta.

Nesryn chasqueó la lengua.

—Vine porque recibí el informe de que llamaron a tres guarniciones de la ciudad a los Sótanos apenas treinta minutos después de que nos fuimos. Su Majestad —dijo Nesryn secamente— mató a varios hombres del rey y a los dueños e inversionistas del salón; después se encargó de destrozar el lugar. No reabrirán en un buen rato.

Dioses en los cielos.

—¿Se enteraron de que era la campeona del rey?

—No. Pero pensé que debía avisarte. No dudo que ella tuvo motivos para hacerlo.

Quizás. Quizás no.

—Irás aprendiendo que tiende a hacer lo que quiere, cuando quiere, y no pide permiso antes.

Aelin probablemente sólo estaba de mal humor y había decidido dar rienda suelta a su temperamento en el salón de placeres.

Nesryn dijo:

—Ya deberías saber que no conviene enredarse con una mujer así.

—Supongo que tú lo sabes todo sobre enredarse con personas, a juzgar por la larga fila de pretendientes afuera de las panaderías de tu padre.

Acaso fue un golpe bajo, pero siempre habían sido directos el uno con la otra. A ella no parecía molestarle de todas maneras.

Ese leve brillo de diversión regresó a la mirada de Nesryn, quien se metió las manos en los bolsillos y se dio la vuelta.

—Por eso nunca me involucro. Es demasiado complicado —dijo.

Por eso no dejaba que nadie se acercara. Nunca. Él dudó si debía preguntarle por qué, si debía presionarla para que le explicara. Pero, desde el inicio, parte de su trato había sido que no harían demasiadas preguntas sobre sus respectivos pasados.

Para ser honesto, él no sabía qué había esperado que sucediera cuando regresara la reina.

No esto.

No puedes elegir qué partes de ella amar, le dijo Dorian alguna vez. Tenía razón. Aunque fue doloroso, tenía razón.

Nesryn salió de la habitación.

Al despuntar el día, Chaol fue con el joyero más cercano y empeñó el anillo a cambio de un puñado de plata.

Exhausta y miserable, Aelin caminó fatigosamente a su viejo departamento de la discreta bodega. No se atrevió a permanecer afuera del edificio de madera de dos pisos que había comprado cuando pudo por fin saldar sus deudas con Arobynn... Lo había adquirido porque quería algo de su propiedad para salirse de la fortaleza.

Pero no lo había empezado a sentir como su hogar hasta que saldó las deudas de Sam también y lo llevó a vivir con ella. Unas cuantas semanas, eso fue todo lo que pudieron compartir.

Luego él murió.

El cerrojo de la gran puerta corrediza era nuevo y, dentro de la bodega, los montones de cajas de tinta apiladas seguían en perfectas condiciones. Las escaleras de la parte de atrás no tenían polvo. Arobynn o algún otro rostro de su pasado estaría ahí dentro.

Bien. Estaba lista para otra pelea.

Cuando abrió la puerta verde, con el cuchillo listo y posicionado a sus espaldas, encontró el departamento a oscuras. Vacío.

Olía limpio.

Revisar el departamento fue cuestión de un momento: la gran recámara, la cocina (unas cuantas manzanas viejas, pero ninguna otra señal de un ocupante), su recámara (intacta) y la habitación de invitados. Ahí sí se alcanzaba a percibir el aroma residual de alguien; la cama no estaba perfectamente tendida y había una nota en la cómoda junto a la puerta.

El capitán dijo que me podía quedar aquí un tiempo. Perdón por intentar matarte este invierno. Yo era el de las espadas gemelas. No fue nada personal. —Ren

Maldijo. ¿Ren se había estado quedando aquí? Y... él seguía pensando que ella era la campeona del rey. La noche cuando los rebeldes capturaron a Chaol y lo retuvieron como rehén en una bodega ella había tratado de matarlo y se había sorprendido de que pudiera defenderse tan bien. Oh, vaya que lo recordaba.

Al menos él estaba a salvo en el norte.

Aelin se conocía bien y podía aceptar que sentía alivio, en parte, por su cobardía; era alivio por no tener que enfrentar a Ren y ver su reacción cuando supiera quién era ella, lo que había hecho con el sacrificio de Marion. Después de ver la reacción de Chaol, le parecía factible que su reacción fuera "no muy buena".

Encendió velas de regreso a la sala y el comedor a oscuras. La gran mesa, aún puesta con sus platos elegantes, ocupaba la mitad del espacio. El sofá y los dos sillones individuales de terciopelo rojo frente a la chimenea estaban un poco arrugados, pero limpios.

Se quedó mirando unos momentos la repisa ornamentada sobre la chimenea. Un reloj hermoso la había ocupado alguna vez, hasta el día en que se enteró de que Rourke Farran había torturado y matado a Sam. Lo torturaron durante horas mientras ella empacaba las pertenencias de ambos en baúles en ese mismo departamento. Esos baúles ahora ya no estaban por ningún lado. Aquel día, cuando Arobynn llegó a darle la noticia, ella tomó ese reloj hermoso, lo lanzó al otro lado de la habitación y lo vio romperse contra la pared.

No había regresado desde esa ocasión, pero alguien había limpiado los vidrios rotos. Ren o Arobynn.

Una mirada a los libreros le aclaró quién lo había hecho.

Todos los libros que había empacado para el viaje al continente del sur, del que no planeaba regresar, para esa nueva vida con Sam, estaban de vuelta en su lugar. Exactamente en el mismo sitio donde ella los tenía.

Y sólo una persona podía conocer esos detalles, sólo una persona reacomodaría el contenido de los baúles como una burla, un regalo y un recordatorio velado de lo que le costaría dejarlo. Lo cual quería decir que Arobynn estaba seguro de que ella regresaría a ese lugar. En algún momento.

Caminó pesadamente hacia su habitación. No se atrevió a revisar si la ropa de Sam estaba de vuelta en sus cajones o si la habían tirado.

Un baño, eso era lo que necesitaba. Un baño largo y caliente.

Apenas prestó atención al aposento que en el pasado había sido su santuario. Cuando encendió las velas en el baño de azulejos blancos, la habitación resplandeció con tonos dorados centelleantes.

Abrió los grifos de latón de la enorme bañera de porcelana para que empezara a fluir el agua y comenzó a quitarse las armas una por una. Se fue sacando la ropa sucia y ensangrentada capa tras capa, hasta que quedó cubierta sólo por su propia piel cicatrizada y aprovechó para mirar su espalda tatuada en el espejo sobre el lavabo.

Un mes antes, Rowan le había cubierto las cicatrices de Endovier con un tatuaje espectacular e ininterrumpido, escrito en el Antiguo Lenguaje de las hadas, que describía las historias de sus seres amados y cómo habían muerto.

Haría todo para que Rowan no le tatuara ni un solo nombre más en la piel.

Gimió al meterse a la bañera y sentir el calor delicioso. Pensó en el espacio vacío sobre la chimenea, donde debía estar el reloj. El lugar que no había sido ocupado de nuevo desde el día en que lo destrozó. Tal vez…, tal vez ella también se había quedado detenida en ese momento.

Había dejado de vivir y empezado a sólo... sobrevivir. Furiosa.

Quizás había sido necesario lo sucedido en la primavera —cuando estuvo tirada en el suelo y los tres príncipes del Valg se alimentaron de ella, pero finalmente logró prender fuego a todo el dolor y la oscuridad— para reiniciar el reloj.

No, ella no agregaría a su carne el nombre de ningún otro amado muerto.

De un tirón sacó un trapo de junto a la bañera para frotarse la cara. El agua se tiñó de pequeñas briznas de lodo y sangre.

Impredecible. La arrogancia, el egoísmo descarado y ciego...

Chaol había huido. Huyó y Dorian se quedó y terminó esclavizado por el collar.

Dorian. Ella había regresado, pero demasiado tarde. Demasiado tarde.

Volvió a meter el trapo al agua y se cubrió la cara con él, con la esperanza de que de alguna manera aliviara la sensación de lagrimeo de sus ojos. Tal vez había enviado un mensaje demasiado poderoso desde Wendlyn cuando destruyó a Narrok; tal vez *sí* había sido culpa suya que capturaran a Aedion, que mataran a Sorscha, que esclavizaran a Dorian.

Monstruo.

Sin embargo...

Por sus amigos, por su familia, con gusto sería un monstruo. Por Rowan, por Dorian, por Nehemia, se humillaría, se degradaría y se arruinaría. Sabía que ellos harían lo mismo por ella. Dejó el trapo en el agua y se enderezó.

Monstruo o no, nunca en diez mil años hubiera permitido que Dorian enfrentara solo a su padre. Aunque él le hubiera dicho que se fuera. Hacía un mes, ella y Rowan habían decidido enfrentar a los príncipes del Valg *juntos*, morir juntos, si era necesario, en vez de hacerlo solos.

Tú me ayudas a comprender cómo debería ser el mundo, lo que puede llegar a ser, le había dicho una vez a Chaol.

Sintió que la cara se le ponía caliente. La que había dicho eso era una niña, tan desesperada por sobrevivir, por ver la luz del día siguiente, que nunca se cuestionó por qué él trabajaba para el verdadero monstruo de su mundo.

Aelin se volvió a deslizar bajo el agua, se talló el cabello, la cara, el cuerpo ensangrentado.

Podía perdonar a la niña que había necesitado un capitán de la guardia que le ofreciera estabilidad tras un año en el infierno; podía perdonar a la niña que había necesitado a un capitán para que fuera su campeón.

Pero ahora ella era su propia campeona. Y no agregaría a su carne el nombre de ningún otro amado muerto.

Así que cuando despertó a la mañana siguiente, Aelin le escribió una carta a Arobynn y aceptó su oferta.

Un demonio del Valg para el rey de los asesinos.

A cambio de su ayuda en el rescate y retorno a salvo de Aedion Ashryver, el Lobo del Norte.

CAPÍTULO 8

Manon Picos Negros, heredera del clan de brujas Picos Negros, portadora de la espada Hiendeviento, jinete del guiverno Abraxos y Líder de la Flota de las fuerzas aéreas del rey de Adarlan, miró fijamente al hombre corpulento sentado detrás de una mesa de cristal negro y se esforzó por mantener su temperamento bajo control.

En las semanas que Manon y la mitad de la legión de Dientes de Hierro llevaban acuarteladas en Morath, la fortaleza de montaña del duque Perrington, Manon no había logrado que le agradara el hombre. Tampoco al resto de sus Trece. Por ese motivo, Asterin mantenía las manos cerca de sus espadas gemelas mientras esperaba recargada contra la roca oscura de la pared, Sorrel estaba apostada cerca de la entrada, y Vesta y Lin montaban guardia justo del otro lado de las puertas.

El duque no lo notaba o no le importaba. Sólo mostraba interés en Manon cuando le daba órdenes sobre el entrenamiento de *su* equipo. Aparte de eso, parecía concentrarse implacablemente en el ejército de hombres de olor extraño que esperaban en el campamento al pie de la montaña. O en aquello que vivía debajo de las montañas circundantes, eso que gritaba y rugía y gemía dentro del laberinto de catacumbas labradas en el corazón de la roca antigua. Manon nunca había preguntado qué tenían o hacían dentro de esas montañas, aunque sus Sombras le habían llevado rumores de altares de piedra manchados con sangre y calabozos más negros que la oscuridad misma. Si no interfería con la legión de Dientes de Hierro, a Manon no le importaba en particular. Que esos hombres jugaran a ser dioses si querían.

Sin embargo, en especial en esas desafortunadas reuniones, la atención del duque solía centrarse en la mujer hermosa, de cabello negro como los cuervos, que siempre estaba cerca, como si estuviera atada a él con una cadena invisible.

Manon la miraba mientras el duque señalaba las zonas del mapa donde le interesaba que las exploradoras Dientes de Hierro fueran a hacer reconocimientos. Kaltain, así se llamaba la mujer.

Nunca decía nada ni miraba a nadie. Usaba un collar negro alrededor de su cuello, blanco como la luna. El collar hacía que Manon prefiriera guardar cierta distancia. Toda esta gente tenía un olor muy *malo*. Humano, pero también no humano. En esta mujer el olor era más fuerte y más extraño. Como los lugares oscuros y olvidados del mundo. Como tierra arada en un cementerio.

—Quiero informes para la próxima semana sobre lo que están haciendo los hombres salvajes de los Colmillos —dijo el duque.

Su bien cuidado bigote del color del óxido contrastaba con su armadura oscura y brutal. Un hombre que se desenvolvía con la misma soltura en las peleas en la sala del consejo y en el campo de batalla.

—¿Buscamos algo en particular? —preguntó Manon secamente, aburrida.

Era un honor ser la Líder de la Flota, se recordó a sí misma; un honor ser la líder del grupo de las Dientes de Hierro. Aunque estar en ese sitio se sintiera más como un castigo y no hubiera recibido todavía noticias de su abuela, la Bruja Mayor del Clan Picos Negros, sobre cuál sería su siguiente jugada. Estaban aliadas con Adarlan, pero no eran sus lacayas ni estaban incondicionalmente a la disposición del rey.

El duque acarició el brazo delgado de Kaltain, cuya tez blanca estaba manchada con demasiados moretones para que fueran accidentales.

Y tenía una cicatriz gruesa y roja justo antes del doblez del codo, de cinco centímetros de largo, ligeramente abultada. Debía ser reciente.

La mujer no reaccionó al roce íntimo del duque, ni mostró dolor cuando los dedos gruesos acariciaron la cicatriz violenta.

—Quiero una lista actualizada de sus asentamientos —dijo el duque—. Cuántos son, los caminos principales que usan para cruzar las montañas. Permanezcan invisibles y no se involucren.

Manon podía soportar todo lo que implicaba estar atrapada en Morath, excepto esa última orden. *No se involucren.* No matar, no pelear, no desangrar hombres.

La sala de consejo tenía sólo una ventana alta y angosta. La vista quedaba interrumpida por una de las muchas torres de piedra de Morath. No había suficiente espacio abierto en esa habitación, no con la presencia del duque y la mujer rota a su lado. Manon levantó la barbilla y se puso de pie.

—Como digas.

—Su Gracia —agregó el duque.

Manon hizo una pausa y giró un poco el cuerpo.

Los ojos oscuros del duque no eran totalmente humanos.

—Te dirigirás a mí como "su Gracia", Líder de la Flota.

Fue un gran esfuerzo evitar que sus dientes de hierro salieran de las hendiduras en sus encías.

—Tú no eres mi duque —dijo—. Ni mi gracia.

Asterin se quedó inmóvil.

El duque Perrington soltó una carcajada. Kaltain no mostró ninguna señal de haber escuchado algo.

—El Demonio Blanco —murmuró el duque.

Miró a Manon con unos ojos que recorrían su cuerpo con demasiada libertad. Si hubiera sido cualquier otra persona, ella le habría sacado los ojos con las uñas de hierro y lo habría dejado gritando un rato antes de arrancarle la garganta con los dientes de hierro.

—Me pregunto si no decidirás tomar el contingente en tus manos y adueñarte de mi imperio.

—No me sirven de nada las tierras humanas.

Era la verdad.

Sólo los Yermos Occidentales, hogar del antes glorioso Reino de las Brujas. Pero no podrían reclamar sus tierras hasta que pelearan en la guerra del rey de Adarlan, y sus enemigos fueran derrotados. Además, seguía vigente la maldición de las Crochan que les negaba la posesión real de la tierra, y no estaban más cerca de romperla que las antepasadas de Manon hacía quinientos años, cuando la última reina Crochan las maldijo con su último aliento.

—Y doy gracias a los dioses todos los días por ello —dijo él con un ademán de la mano—. Puedes retirarte.

Manon se quedó mirándolo, decidiendo si valdría la pena asesinarlo ahí sobre la mesa, aunque fuera sólo para ver cómo reaccionaría Kaltain a *eso*, pero Asterin movió el pie contra la roca, un gesto que comunicaba lo mismo que una tosecita intencional.

Así que Manon le dio la espalda al duque y su consorte silenciosa y salió de la habitación.

Manon recorrió los pasillos angostos de la fortaleza de Morath con Asterin a su lado y Sorrel un paso atrás. En la retaguardia venían Vesta y Lin.

A través de cada ventana angosta irrumpían rugidos, aleteos y gritos junto a los últimos rayos del sol poniente y, a la distancia, el incansable tañido de los martillos sobre acero y hierro.

Pasaron al lado de un grupo de guardias en la entrada a la torre privada del duque, uno de los pocos lugares donde no se les permitía entrar. Los olores que emanaban de detrás de esa puerta de roca oscura y brillante hacían sentir a Manon como si unas garras le recorrieran la espalda, por lo que ella, su Segunda y su Tercera mantuvieron una distancia prudente. Asterin incluso les mostró los dientes a los guardias que estaban apostados frente a esa puerta. La luz de las antorchas se reflejó en su cabello dorado y en la banda de cuero crudo que usaba en la frente.

Los hombres ni siquiera parpadearon o alteraron su respiración. Manon sabía que eso no se debía al entrenamiento: ellos tenían el mismo olor.

Miró por encima de su hombro y notó que Vesta les sonreía burlonamente a todos los guardias y sirvientes temblorosos que pasaban. Su cabello rojo, su tez color crema y sus ojos negros con dorado bastaban para dejar anonadados a los hombres, mantenerlos distraídos mientras ella los usaba para su placer y luego los dejaba desangrarse por diversión. Pero esos guardias de la puerta negra tampoco reaccionaron ante ella.

Vesta notó la atención de Manon y arqueó las cejas cobrizas.

—Ve por las demás —le ordenó Manon—. Es hora de ir a cazar.

Vesta asintió y se separó del grupo. Desapareció por un pasillo oscuro. Manon hizo un gesto con la barbilla en dirección a Lin, quien esbozó una sonrisita perversa y se esfumó en las sombras detrás de Vesta.

Manon, su Segunda y su Tercera ascendieron en silencio por la torre medio derruida que se habían apropiado como torre privada de las Trece. Durante el día, sus guivernos se posaban en las vigas enormes que salían del costado de la torre con el fin de respirar aire fresco y contemplar el campamento militar muy muy por debajo. En la noche se metían a la torre para dormir encadenados en sus áreas designadas.

Era mucho más sencillo que encerrarlos en las celdas apestosas del corazón de la montaña con el resto de los guivernos de su anfitrión, donde solamente se harían trizas unos a otros y se les entumecerían las alas. Intentaron que se quedaran ahí sólo una vez, cuando llegaron. Abraxos enloqueció y mató a la mitad de los guivernos de su jaula, lo cual azuzó al resto de las monturas hasta que todos estaban coceando, rugiendo y amenazando con derribar la fortaleza a su alrededor. Una hora después, Manon se apropió de la torre para las Trece. Al parecer el olor extraño también alteraba a Abraxos.

Pero en su torre, el olor de los animales era familiar, acogedor. Sangre y mierda y paja y cuero. No les llegaba casi nada de ese olor extraño, tal vez porque estaban muy arriba y el viento lo disipaba.

El piso cubierto de paja crujía debajo de sus botas. El guiverno de Sorrel había arrancado la mitad del techo, así que soplaba una brisa fresca, los guivernos no se sentían tan encerrados y Abraxos podía ver las estrellas, como le gustaba.

Manon pasó la mirada por los abrevaderos que estaban al centro de la habitación. Ninguno de los guivernos había tocado la carne ni el grano proporcionado por los mortales que daban mantenimiento a la torre. Uno de esos hombres descansaba sobre la paja fresca, pero al ver el destello de los dientes de hierro de Manon salió corriendo por las escaleras. El aroma ácido de su miedo quedó flotando en el aire como una mancha de aceite.

—Cuatro semanas —dijo Asterin con la mirada en su guiverno color azul pálido, visible en su percha a través de uno de los muchos arcos abiertos—. Cuatro semanas y nada de acción. ¿Qué estamos haciendo aquí? ¿En algún momento nos moveremos?

Era verdad, las restricciones estaban empezando a surtir efecto en ellas. No podían volar salvo en las noches, para no ser detectadas; debían soportar el olor desagradable de esos hombres, la roca, las fraguas, los pasajes sinuosos de la fortaleza interminable: todo eso iba minando la paciencia de Manon trocito a trocito. Incluso la pequeña cordillera sobre la que se posaba la fortaleza era densa, compuesta por puras rocas desoladas, con pocas señales de la primavera que ahora cubría la mayor parte de la tierra. Un lugar muerto y putrefacto.

—Nos moveremos cuando nos pidan que nos movamos —le respondió Manon a Asterin mirando el ocaso. Pronto, en cuanto ese sol desapareciera tras las crestas negras e irregulares de las montañas, podrían volar por los cielos. Le gruñó el estómago.

—Y si vas a estar cuestionando mis órdenes, Asterin, con gusto te reemplazaré.

—No estoy cuestionando —repuso Asterin sosteniéndole la mirada a Manon más de lo que se atreverían la mayoría de las brujas—. Pero es un desperdicio de nuestras habilidades estar sentadas aquí como gallinas en el corral a la disposición del duque. Me gustaría desgarrarle el abdomen a ese gusano.

Sorrel murmuró:

—Te aconsejaría, Asterin, que te resistas a ese impulso.

La Tercera de Manon, una bruja de complexión muy sólida y piel bronceada, mantuvo su atención exclusivamente en los movimientos rápidos y letales de la Segunda. Sorrel era la roca firme que contrastaba con las llamaradas de Asterin; así había sido desde que ambas eran crías de bruja.

—El rey de Adarlan no puede robarnos nuestras monturas. No ahora —dijo Asterin—. Tal vez debamos meternos más profundamente en las montañas y acampar ahí, donde al menos el aire es limpio. No tiene ningún sentido estar sentadas en este lugar.

Sorrel dejó escapar un gruñido de advertencia, pero Manon hizo un movimiento con la barbilla, la orden silenciosa de que permaneciera quieta, y se acercó a su Segunda.

—Lo último que necesito —le dijo Manon a Asterin en la cara— es que ese cerdo mortal cuestione la aptitud de mis Trece. Te comportarás. Y si te escucho contando a tus exploradoras una palabra sobre esto...

—¿Crees que hablaría mal de ti con mis inferiores?

Se escuchó el rechinar de dientes de hierro.

—Creo que tú y todas nosotras estamos hartas de estar encerradas en este agujero de mierda; y tienes una tendencia a decir lo que piensas y considerar las consecuencias más tarde.

Asterin siempre había sido así; ese lado salvaje era precisamente el motivo por el cual Manon la había elegido como su Segunda un siglo antes. La flama que contrastaba con la roca de Sorrel... y con el hielo de Manon.

El resto de las Trece empezó a llegar cuando el sol se puso. Al ver a Manon y Asterin, prudentemente, mantuvieron su distancia y apartaron la mirada. Vesta incluso murmuró una oración a la Diosa de las Tres Caras.

—Sólo quiero que las Trece, que todas las Picos Negros, alcancemos la gloria en el campo de batalla —dijo Asterin negándose a dejar de ver a Manon a los ojos.

—Lo haremos —prometió Manon de manera que también la escucharan las demás—. Pero en tanto llega ese momento mantente bajo control o te dejaré encerrada hasta que te ganes el privilegio de volver a volar con nosotras.

Asterin bajó la mirada.

—Tu voluntad es la mía, Líder de la Flota.

Si estas palabras hubieran salido de la boca de cualquier otra bruja, incluso de Sorrel, el título honorario habría sido normal e incluso esperado. Pero ninguna de ellas se hubiera atrevido a ponerle un tono.

Manon atacó con tal rapidez que Asterin ni siquiera pudo dar un paso atrás. La mano de Manon se cerró alrededor del cuello de su prima y sus uñas de hierro se hundieron en la piel suave detrás de sus orejas.

—Si das un paso fuera de la línea, Asterin, éstas... —dijo enterrándole las uñas más profundamente hasta que la sangre azul empezó a escurrir por su cuello bronceado— alcanzarán su objetivo.

A Manon no le importaba haber combatido una al lado de la otra durante un siglo, que Asterin fuera su pariente más cercana ni que hubiera defendido su posición como heredera una y otra vez. Mataría a Asterin en cuanto la considerara un estorbo sin utilidad. Manon le permitió ver todo eso en sus ojos.

La mirada de Asterin se desvió hacia la capa color rojo sangre de Manon, la capa que la abuela de Manon le ordenó quitarle a Crochan cuando Manon le cortó la garganta y la dejó desangrándose en el piso de la Omega. La cara hermosa y salvaje de Asterin se quedó fría y respondió:

—Entendido.

Manon le soltó la garganta, se sacudió la sangre de Asterin de las uñas y volteó a ver a las Trece, que estaban paradas al lado de sus monturas, silenciosas y con las espaldas rígidas.

—Saldremos. Ahora.

Abraxos se balanceó debajo de Manon cuando ella se subió a la silla, muy consciente de que un paso en falso en la viga de madera donde estaba posado implicaría una caída muy larga, permanente.

Debajo y al sur brillaban incontables fogatas en los campamentos. El humo de las fraguas entre esas hogueras se elevaba en plumas altas que ensuciaban el cielo estrellado e iluminado por la luz de la luna. Abraxos gruñó.

—Lo sé, lo sé, yo también tengo hambre —dijo Manon y cerró el párpado que tenía sobre su ojo mientras ajustaba los arneses que la mantenían sujeta a la silla de montar. A izquierda y derecha, Asterin y Sorrel montaron sus guivernos y la voltearon a ver. La sangre en las heridas de su prima ya se había coagulado.

Manon miró la caída inclemente y vertical al costado de la torre, más allá de las rocas irregulares de la montaña y hacia el cielo abierto que quedaba a lo lejos. Tal vez por ello esos tontos mortales habían insistido que cada guiverno y su jinete aprendieran a librar El Paso en la Omega, para poder venir a Morath sin acobardarse ante la caída pronunciada que existía incluso desde los niveles inferiores de la fortaleza.

Un viento frío y de mal olor le rozó la cara y tapó su nariz. Se escuchó un grito ronco del interior de esas montañas ahuecadas y luego todo quedó en silencio. Era hora de irse, si no para llenar su estómago, al menos para alejarse de la podredumbre de ese sitio por unas cuantas horas.

Manon clavó las piernas en la piel rugosa y cicatrizada de los flancos de Abraxos, cuyas alas reforzadas con seda de araña brillaban como el oro a la luz de las fogatas de abajo.

—Vuela Abraxos —murmuró.

Abraxos inhaló profundamente, metió las alas y se dejó caer del lado de la viga.

Le gustaba hacer eso, simplemente dejarse caer como si lo hubieran matado.

Por lo visto, su guiverno tenía un sentido del humor bastante negro.

La primera vez que lo hizo, ella le rugió. Ahora sólo lo hacía para presumir, ya que los guivernos de las otras Trece tenían que saltar hacia arriba y adelante, y luego bajar porque sus cuerpos eran demasiado grandes para navegar con destreza en la angosta caída.

Manon mantuvo los ojos abiertos mientras caían, con el viento azotándolos y el cuerpo cálido de Abraxos debajo de ella. Le gustaba mirar todos los rostros mortales aterrados y azorados;

ver qué tan cerca llegaba Abraxos de las piedras en la base de la torre, de las rocas negras y puntiagudas de la montaña antes de...

Abraxos estiró las alas, se ladeó bruscamente y el mundo quedó de lado para luego salir disparado hacia atrás. El grito feroz del guiverno reverberó en cada una de las rocas de Morath y le respondieron los gritos de las monturas del resto de las Trece. En unas escaleras exteriores de la torre, un sirviente que subía un canasto con manzanas soltó un alarido y dejó caer su cargamento. Las manzanas rodaron una a una por las escaleras envueltas alrededor de la torre, una cascada de rojo y verde que avanzaba al ritmo del golpeteo de las fraguas.

Entonces Abraxos empezó a batir las alas para elevarse y alejarse, volando sobre el ejército oscuro, sobre los picos afilados..., el resto de las Trece se acomodó detrás de él en formación, según sus rangos.

Era una emoción extraña montar así, únicamente con su aquelarre, esa unidad capaz de saquear ciudades enteras sin ayuda. Abraxos voló con ímpetu y velocidad. Tras salir de la cordillera, Manon y su montura iban estudiando la planicie agrícola que se extendía antes de llegar al río Acanthus.

La mayoría de los humanos había huido de esa región, bueno quienes no habían terminado asesinados en la guerra o por deporte. Pero todavía quedaban algunos, si se sabía dónde buscar.

Siguieron volando mientras la luna creciente se elevaba en el cielo: la Hoz de Crone. Era una buena noche para cazar, si el rostro descortés de la Diosa las estaba vigilando, aunque siempre era preferible la oscuridad de la luna nueva, la Sombra de Crone.

Al menos la Hoz proporcionaba suficiente luz a Manon para estudiar la zona. Agua. A los mortales les gustaba vivir cerca del agua, así que voló hacia un lago que había visto unas semanas antes, aún no había explorado.

Las Trece, como sombras rápidas y aerodinámicas, sobrevolaron la tierra bajo el cobijo de la noche.

Al fin vieron la luz de la luna reflejarse débilmente sobre un pequeño cuerpo de agua y Abraxos planeó hacia él, más y más abajo, hasta que Manon alcanzó a ver su reflejo en la superficie plana, su capa roja revoloteando en su espalda como un rastro de sangre.

Detrás de ella, Asterin gritó. Cuando volteó a verla, Manon vio a su Segunda lanzar los brazos a los lados y recargarse en su silla de montar hasta que terminó volando recostada por completo en la espalda de su guiverno, con el cabello dorado desatado y desparramado por todas partes. Era tal el éxtasis salvaje... que cuando Asterin volaba siempre destilaba una dicha feroz e indomable.

Manon se preguntaba de vez en cuando si su Segunda no saldría a veces en la noche para montar a escondidas, sin nada entre el guiverno y ella salvo su piel, ni siquiera la silla de montar.

Miró al frente con el entrecejo fruncido. Gracias a la oscuridad, la matrona Picos Negros no estaba en ese sitio para ver lo que sucedía, porque de lo contrario no sólo Asterin correría peligro: el cuello de Manon también estaría en juego por permitir que aflorara semejante salvajismo y por estar dispuesta a apagarlo por completo.

Manon divisó una pequeña cabaña en un campo cercado. Podía apreciarse una luz centelleando en la ventana... Perfecto. Más allá de la casa se alcanzaban a ver masas sólidas de un blanco resplandeciente, brillantes como la nieve. Mejor todavía.

Guio a Abraxos hacia la granja, a la familia que, si era inteligente, había escuchado el sonido de las alas y estaba oculta.

Los niños estaban prohibidos. Era una regla tácita entre las Trece, aunque algunos de los otros clanes no tenían reservas al respecto, en especial las Piernas Amarillas. Pero estaba permitido divertirse con hombres y mujeres.

Y después de sus encuentros previos con el duque, y con Asterin, Manon realmente estaba en la disposición de divertirse.

CAPÍTULO 9

Esa mañana gris, después de escribir la carta incontrovertible a Arobynn y enviársela con uno de sus niños salvajes de la calle, el hambre obligó a Aelin a salir del departamento. Estaba agotada, pero buscó algo para el desayuno y compró suficiente alimento para la comida y la cena. Regresó a la bodega una hora después y encontró una caja grande y plana sobre la mesa del comedor.

No había ninguna señal de que hubieran forzado la cerradura, las ventanas sólo tenían abierta la rendija que había dejado en la mañana para que entrara la brisa del río.

No esperaba menos de Arobynn: era un recordatorio de que quizás fuera el rey de los asesinos, pero se había ganado ese trono por sus propios méritos, luchando y arañando.

Parecía apropiado, de cierta forma, que justo en ese momento empezara a llover. El tintineo y golpeteo de las gotas extinguió el profundo silencio de la habitación.

Aelin tiró del listón de seda esmeralda que ataba la caja color crema hasta que se deslizó a la mesa. Levantó la tapa y se quedó un rato mirando la tela doblada. Tenía una nota encima en la que se leía: *Me tomé la libertad de hacerle algunas mejoras desde la última vez. Sal a jugar.*

Se le hizo un nudo en la garganta, pero sacó el traje de cuerpo completo confeccionado en tela negra: ajustado, grueso y flexible como cuero pero sin el brillo y el sofoco. Debajo del traje doblado había un par de botas. Las había usado por última vez hacía años, pero estaban limpias, el cuero negro se conservaba flexible y elástico, las ranuras especiales con sus cuchillos ocultos seguían tan precisas como siempre.

Al levantar la pesada manga del traje quedaron a la vista los guanteletes integrados a la prenda, que ocultaban espadas delgadas y muy afiladas del largo de su antebrazo.

No había visto el traje, ni lo había usado, desde... Echó un vistazo al espacio vacío sobre la chimenea. Otra prueba, una silenciosa, para ver cuánto podía olvidar y perdonar si podía tolerar trabajar con él.

Arobynn había comprado el traje hacía años; pagó la cantidad exorbitante exigida por el maestro confeccionista de Melisande que lo hizo a mano, exactamente a la medida. Insistió también en que sus dos mejores asesinos vistieran esos trajes sigilosos y letales. El de ella fue un regalo, uno de los muchos que le dio en compensación por haberla golpeado brutalmente y luego haberla enviado al Desierto Rojo a entrenar. Tanto ella como Sam habían recibido golpizas brutales por desobediencia, pero Arobynn de todos modos había obligado a Sam a pagar su traje. Y luego le encargó trabajos menores para evitar que pagara su deuda rápidamente.

Aelin colocó el traje otra vez en la caja y empezó a desnudarse, inhalando el olor de la lluvia sobre la roca que entraba por las ventanas abiertas.

Oh, claro que podía representar el papel de la protegida fiel otra vez. Podía seguirle la corriente con el plan que ella le había permitido crear, el plan que ella modificaría ligeramente, sólo lo necesario. Mataría a quien hiciera falta, se prostituiría, se destruiría, si con eso conseguía poner a Aedion a salvo.

Dos días, sólo dos, hasta volverlo a ver, hasta mirar con sus propios ojos que Aedion había sobrevivido, que había logrado resistir todos esos años que estuvieron separados. Y aunque la odiara, aunque le escupiera como Chaol había hecho prácticamente... valdría la pena.

Desnuda, se metió al traje y el material suave y sedoso susurró contra su piel. Era típico de Arobynn no haber especificado cuáles eran las modificaciones del traje; así, lo convertía en un acertijo letal que ella debía resolver si tenía la inteligencia necesaria para sobrevivir.

Movió el cuerpo de un lado a otro con el fin de meterse a la prenda, con cuidado para no disparar el mecanismo que liberaba los cuchillos ocultos. Tanteó por todas partes en busca de otras armas o trucos escondidos. En un momento ya estaba envuelta por completo en el traje y metió los pies a las botas.

Al dirigirse a su recámara pudo notar que habían agregado refuerzos en todos sus puntos débiles. Sin duda, las especificaciones para modificar el traje se solicitaron con meses de anticipación y las pidió el hombre que sabía a la perfección qué rodilla le flaqueaba a veces, cuáles partes del cuerpo favorecía en el combate, a qué velocidad se movía. Todo el conocimiento que Arobynn tenía de ella envolvía su cuerpo en la forma de ropa, metal y oscuridad. Se detuvo frente al espejo de cuerpo completo recargado en la pared más alejada de la recámara.

Una segunda piel. Quizás no se veía tan indecente gracias a los detalles exquisitos, el acojinamiento adicional, los bolsillos, las partes de armadura decorativa, pero de todas formas no dejaba un centímetro a la imaginación. Dejó escapar un silbido. Muy bien, pues.

Podía ser Celaena Sardothien nuevamente, por un rato, hasta terminar su juego.

Lo hubiera pensado un poco más de no ser porque la ventana abierta le permitió escuchar el salpicar de cascos en las rocas y el sonido de ruedas que se detenían fuera de la bodega.

Dudaba que Arobynn se presentara tan pronto para regodearse; no, él esperaría hasta que hubiera salido a jugar con el traje.

Eso dejaba a una sola persona que se tomaría la molestia de llegar, aunque dudaba que Chaol desperdiciara dinero en un carruaje, pese a que lloviera. Cuidando que no la alcanzaran a ver, se asomó por la ventana a través del chubasco para fijarse en los detalles del carruaje común. Nadie lo observaba en la calle lluviosa y no había señal de quién podría estar dentro.

Aelin se dirigió a la puerta. Con un movimiento de la muñeca liberó el cuchillo de su brazo izquierdo. Salió disparado silenciosamente de la ranura oculta en el guantelete. El metal brilló en la luz mitigada por la lluvia.

Dioses, el traje era tan maravilloso como el primer día que se lo había probado. El cuchillo cortaba con tanta suavidad el aire como cuando solía encajarlo en sus víctimas.

Sus pasos y el golpeteo de la lluvia en el techo de la bodega fueron los únicos sonidos que se escucharon al bajar las escaleras y abrirse paso lentamente entre las cajas apiladas en la planta baja.

Con el brazo izquierdo inclinado para ocultar el cuchillo entre los pliegues de su capa, tiró con fuerza de la gran puerta corrediza de la bodega y miró los velos de lluvia que se arremolinaban en el exterior.

La mujer encapuchada esperaba bajo el toldo angosto. Un carruaje rentado sin señas particulares estaba estacionado detrás de ella, esperándola junto a la acera. El conductor observaba atento a su alrededor bajo un sombrero de ala ancha que chorreaba por la lluvia. Su mirada no estaba entrenada, sólo cuidaba a la mujer que lo había contratado. Incluso bajo la lluvia, la capa de la mujer era de un gris profundo e intenso, y la tela limpia y pesada sugería que su dueña tenía mucho dinero, a pesar del carruaje.

La capucha pesada mantenía la cara de la desconocida oculta entre sombras, pero Aelin alcanzó a ver una tez color marfil, cabello oscuro y guantes finos de terciopelo que se introducían en la capa en busca de... ¿un arma?

—Empieza a explicarte —dijo Aelin recargándose contra el marco de la puerta—, o te convertirás en comida para las ratas.

La mujer retrocedió y quedó de nuevo bajo la lluvia. No dio un paso exactamente hacia atrás sino hacia el carruaje, donde Aelin pudo distinguir la silueta de una niña esperando dentro. Temblando.

La mujer dijo:

—Vine a advertirte.

Entonces jaló su capucha hacia atrás, sólo lo suficiente para revelar su rostro.

Tenía ojos verdes grandes, ligeramente rasgados hacia arriba, labios sensuales, pómulos pronunciados y nariz respingada. Sus rasgos se combinaban para crear una belleza rara e impactante que hacía perder el sentido común a todos los hombres.

Aelin se paró bajo el toldo angosto y le dijo pausadamente:

—Si no me falla la memoria, Lysandra, te advertí a ti que, si te volvía a ver, te mataría.

—Por favor —suplicó Lysandra.

Esas palabras, y la desesperación que transmitían, obligaron a Aelin a deslizar su cuchillo de regreso en la funda.

En los nueve años que llevaba de conocer a la cortesana, nunca la había escuchado decir "por favor" ni sonar desesperada a causa de nada. Las frases como "gracias", "con permiso" e incluso "gusto en verte" nunca habían salido de la boca de Lysandra en presencia de Aelin.

Habían tenido la misma probabilidad de hacerse amigas o enemigas: ambas eran huérfanas y a las dos las había encontrado Arobynn de niñas. Pero éste entregó a Lysandra en manos de Clarisse, su buena amiga y exitosa madama de un burdel. Y aunque Aelin recibió entrenamiento para el campo de batalla y Lysandra para la recámara, de alguna manera habían crecido como rivales, buscando la aprobación de Arobynn.

Cuando Lysandra cumplió diecisiete años y tuvo su subasta de iniciación, Arobynn usó el dinero que Aelin le había dado con el fin de saldar sus deudas para ganar la puja. La cortesana entonces le echó en cara a Aelin lo que Arobynn había hecho con su dinero ensangrentado.

Entonces, Aelin le echó algo de vuelta: una daga. No se habían vuelto a ver desde entonces.

Aelin consideró que quitarse la capucha para revelar su rostro estaba más que justificado y le dijo:

—Me tomaría menos de un minuto matarlos a ti y a tu conductor, y luego asegurarme de que tu pequeña protegida del carruaje no diga nada al respecto. Probablemente sienta alivio al verte muerta.

Lysandra se tensó.

—No es mi protegida y no está en entrenamiento.

—¿Entonces la estás usando como escudo para protegerte de mí? —dijo Aelin con una sonrisa afilada.

—Por favor..., por favor —insistió Lysandra por encima del sonido de la lluvia—. Necesito hablar contigo, sólo unos minutos, en un lugar seguro.

Aelin prestó atención a las ropas finas, el coche rentado, la lluvia que salpicaba en las rocas de la calle. Era tan típico de Arobynn hacerle esto. Pero lo dejaría jugar su partida para ver a dónde la llevaba.

Aelin se pellizcó el puente de la nariz con dos dedos y levantó la cabeza.

—Sabes que debo matar a tu conductor.

—¡No, no tienes que hacerlo! —gritó el hombre y se apresuró a tomar las riendas—. Juro que no diré una sola palabra sobre este lugar.

Aelin avanzó hacia la carroza y la lluvia empapó su capa instantáneamente. El cochero podía revelar información sobre la ubicación de la bodega, poner todo en peligro, pero...

Aelin leyó el permiso que colgaba en un marco junto a la portezuela del carruaje; estaba mojado e iluminado por una pequeña lamparita colgante.

—Bueno, Kellan Oppel del número sesenta y tres de la calle Baker, departamento dos, supongo que *no* le dirás a nadie.

Pálido como la muerte, el conductor asintió.

Aelin abrió de golpe la portezuela del carruaje y le dijo a la niña que estaba dentro:

—Sal. Ambas métanse a la casa, ahora.

—Evangeline puede esperar aquí —susurró Lysandra.

Aelin miró por encima de su hombro con el rostro salpicado de lluvia; sus labios se restiraban para revelar sus dientes.

—Si crees por un momento que voy a dejar que una niña se quede sola en un carruaje rentado en los barrios bajos, puedes irte de regreso a la cloaca de la que saliste —miró de nuevo al interior del carruaje y le dijo a la niña atemorizada—: Vamos, no te voy a morder.

Eso pareció bastarle a Evangeline, quien se acercó un poco. La luz de la lamparita iluminó la pequeña mano de porcelana que tomó el brazo de Aelin para salir del carro de un salto. La niña no tenía más de once años y era de complexión delgada. Su cabello dorado rojizo trenzado hacia atrás dejaba a la vista unos ojos cetrinos que observaron con voracidad la calle encharcada y a las mujeres delante de ella. Era tan despampanante como su señora, o lo hubiera sido, de no ser por las cicatrices profundas e irregulares que tenía en ambas mejillas. Las marcas explicaban por qué le habían quemado el tatuaje del interior de la muñeca. Había sido una de las acólitas de Clarisse hasta que quedó dañada y perdió todo valor.

Aelin le guiñó un ojo a Evangeline y le dijo con una sonrisa conspiradora, mientras caminaban bajo la lluvia:

—Pareces ser mi tipo de persona.

Aelin abrió las demás ventanas para dejar que la brisa del río refrescada por la lluvia entrara al departamento encerrado. Afortunadamente, no había pasado nadie por la calle en los minutos que estuvieron fuera, pero Arobynn se enteraría sin duda de la visita de Lysandra.

Aelin dio unas palmadas a la silla frente a la ventana y le sonrió a la niña brutalmente cicatrizada.

—Éste es mi lugar favorito para sentarme en todo el departamento cuando entra una brisa agradable por la ventana. Si quieres, tengo un libro o dos que tal vez te gusten. O —hizo un ademán hacia la cocina a su derecha—, tal vez podrías encontrar algo delicioso en la mesa de la cocina, tarta de moras, creo.

Lysandra se tensó pero a Aelin le importaba muy poco cómo se sintiera, así que le dijo a Evangeline:

—Lo que tú prefieras.

Como niña en un burdel de alta categoría, Evangeline probablemente había tenido muy pocas oportunidades de elegir algo en su corta vida. Los ojos verdes de Lysandra parecieron suavizarse un poco y Evangeline dijo, con voz apenas perceptible por el sonido de la lluvia en el techo y las ventanas:

—Me gustaría la tarta, por favor.

Un momento después ya se había ido. Era una niña inteligente: sabía que no debía estorbar a su señora.

Ya que distrajo a Evangeline, Aelin se quitó la capa empapada y usó la parte que quedó seca para limpiarse el rostro mojado. Mantuvo la muñeca ladeada por si necesitaba el cuchillo oculto, señaló al sofá frente a la chimenea apagada y le dijo a Lysandra:

—Siéntate.

Para su sorpresa la mujer obedeció, pero agregó:

—¿O me amenazarás otra vez con matarme?

—Yo no amenazo, sólo hago promesas.

La cortesana se recargó en los cojines del sofá.

—Por favor, ¿cómo puedo tomar en serio lo que sale de tamaña bocota?

—Lo tomaste en serio cuando te lancé una daga a la cabeza.

Lysandra esbozó una pequeña sonrisa.

—Fallaste.

Era cierto, pero de todas maneras le había alcanzado a rozar la oreja a la cortesana. A juicio de Aelin, se lo había merecido.

Sin embargo, la que estaba sentada frente a ella era una mujer, ambas eran mujeres ahora, ya no las niñas que habían sido a los diecisiete. Lysandra la miró de arriba abajo.

—Me gustabas más rubia.

—Me gustaría que te largaras de mi casa, pero no parece que eso vaya a suceder pronto —le respondió Aelin. Miró hacia la calle. El coche de alquiler seguía ahí, como le habían ordenado—. ¿Arobynn no pudo mandarte en uno de sus carruajes? Pensé que te pagaba bien.

Lysandra hizo un ademán con la mano y la luz de la vela se reflejó en el brazalete dorado que apenas alcanzaba a cubrir el tatuaje serpentino estampado en su esbelta muñeca.

—Rechacé su carruaje. Supuse que te daría una mala impresión.

Era demasiado tarde para eso.

—Entonces sí te mandó. ¿Para advertirme sobre qué cosa, exactamente?

—Me envió a contarte su plan. No confía en los mensajeros estos días. La advertencia es de mi parte.

Era una mentira descarada, sin duda. Aunque ese tatuaje —el sello del burdel de Clarisse grabado en la carne de todas sus cortesanas desde el momento en que se las vendían—, la niña de la cocina, el conductor en la calle... todos esos factores podrían dificultar mucho las cosas si destripaba a Lysandra. Pero la daga le parecía tentadora al ver ese tatuaje.

No usaría la espada, no..., prefería la intimidad de un cuchillo, quería compartir el aliento con la cortesana cuando la terminara. Aelin preguntó en voz demasiado baja:

—¿Por qué tienes todavía tatuado el sello de Clarisse?

No confíes en Archer, le había intentado advertir Nehemia cuando trazó una copia perfecta de la serpiente en su mensaje codificado. Pero ¿podía confiar en otra persona con ese sello? La Lysandra que Aelin había conocido años atrás... era doble cara, mentirosa y cizañera, por mencionar las palabras más decentes que le venían a la mente para describirla.

Lysandra frunció el ceño al ver su tatuaje.

—No nos lo quitan hasta que terminamos de pagar nuestras deudas.

—La última vez que te vi la puta cara estabas a unas cuantas semanas de hacerlo.

De hecho, Arobynn había pagado tanto en la puja de su iniciación hacía dos años que Lysandra hubiera podido quedar libre casi de inmediato.

Los ojos de la cortesana chispearon.

—¿Tienes un problema con el tatuaje?

—Archer Finn, ese pedazo de mierda, tenía uno.

Habían sido propiedad de la misma casa, de la misma madama. Tal vez trabajaron juntos en otras cosas, también.

Lysandra le sostuvo la mirada a Aelin.

—Archer está muerto.

—Porque lo destripé —dijo Aelin con dulzura.

Lysandra recargó la mano en el respaldo del sofá.

—Tú... —exhaló. Luego sacudió la cabeza y continuó con suavidad—: Bien. Qué bueno que lo mataste. Era un cerdo egoísta.

Podía ser una mentira para ganársela.

—Dime lo que tengas que decir y vete.

La boca sensual de Lysandra se tensó. Pero le explicó el plan de Arobynn para liberar a Aedion.

Siendo honesta, era brillante: ingenioso, dramático, audaz. Si el rey de Adarlan quería hacer un espectáculo de la ejecución de Aedion, ellos harían un espectáculo de su rescate. Pero comunicárselo a través de Lysandra, inmiscuir a una persona más que podría traicionarla o atestiguar en su contra... Otro recordatorio de lo fácil que sería condenar el destino de Aedion, si Arobynn decidiera convertir la vida de Aelin en un infierno.

—Ya sé, ya sé —dijo la cortesana al percatarse del viso helado en la mirada de Aelin—. No hace falta que me recuerdes que me despellejarás viva si te traiciono.

Aelin sintió que se movía un músculo de su mejilla.

—¿Y la advertencia que viniste a darme?

Lysandra se acomodó en el sofá.

—Arobynn quiso que viniera a explicarte los planes para ver cómo estás, ponerte a prueba y decidir si estás de su lado, si lo piensas traicionar.

—Me decepcionaría si no lo hiciera.

—Creo... Creo que también me mandó aquí en calidad de ofrenda.

Aelin sabía a qué se refería, pero dijo:

—Desafortunadamente para ti, no tengo ningún interés en las mujeres. Aunque ya vengan pagadas.

Las fosas nasales de Lysandra se abrieron delicadamente.

—Creo que me envió para que me pudieras matar. Como regalo.

—¿Y tú vienes a rogarme que lo reconsidere?

Con razón había traído a la niña, entonces. Era una cobarde, egoísta y sin agallas por usar a Evangeline como escudo. Por involucrar a la niña en su mundo.

Lysandra miró el cuchillo que Aelin traía amarrado al muslo.

—Mátame si quieres. Evangeline ya sabe lo que yo sospecho y no dirá una palabra.

Aelin hizo un esfuerzo por convertir su rostro en una máscara de calma helada.

—Pero sí vine a advertirte —continuó Lysandra—. Tal vez él te ofrezca regalos, tal vez te ayude con el rescate, pero estás vigilada y tiene sus propios planes. Ese favor que le ofreciste no me dijo en qué consistía, pero probablemente sea una trampa, de alguna u otra forma. Yo reevaluaría si su ayuda realmente vale la pena y buscaría la manera de zafarme de ese trato.

No lo haría, no podía. No por una docena de razones.

Al ver que Aelin no respondía, Lysandra inhaló con fuerza.

—También vine a darte esto.

Metió la mano entre los pliegues de su vestido color índigo y Aelin se reacomodó sutilmente para adoptar una posición defensiva.

Lysandra sólo sacó un sobre desgastado y decolorado que colocó con suavidad en la mesa de centro frente al sofá. El sobre no dejó de temblar hasta que lo soltó.

—Es para ti. Por favor, léelo.

—¿Entonces ahora además de ser la puta de Arobynn eres su mensajera?

La cortesana soportó la bofetada verbal.

—No viene de Arobynn; es de parte de Wesley.

Lysandra pareció hundirse en el sofá y su mirada expresó un dolor tan impronunciable que, por un momento, Aelin le creyó.

—Wesley —dijo Aelin—. El guardaespaldas de Arobynn. El que pasó la mayor parte de su tiempo odiándome y el resto pensando en cómo matarme.

La cortesana asintió. Aelin continuó:

—Arobynn asesinó a Wesley porque mató a Rourke Farran.

Lysandra se encogió un poco.

Aelin miró el viejo sobre. Lysandra dejó caer la mirada en sus manos y las apretó con tal fuerza que sus nudillos se veían del color del hueso.

El sobre estaba desgastado, pero el sello de lacre, aunque un poco astillado, se encontraba entero.

—¿Por qué llevas casi dos años cargando una carta de Wesley dirigida a mí?

Lysandra no parecía dispuesta a levantar la mirada y la voz se le quebró cuando respondió:

—Porque lo amaba mucho.

Bueno, era lo último que esperaba escuchar de boca de Lysandra.

—Todo empezó como un error. Arobynn me mandaba de regreso a casa de Clarisse en el carruaje y él me acompañaba. Al principio éramos sólo... amigos. Conversábamos y él no esperaba nada a cambio. Pero luego..., luego Sam murió y tú... —Lysandra movió la barbilla en dirección a la carta que seguía cerrada sobre la mesa—. Todo está ahí. Todo lo que Arobynn hizo, todo lo que planeó. Lo que pidió a Farran que le hiciera a Sam y lo que ordenó hacerte a ti. Todo. Wesley quería que supieras, que entendieras, necesitaba que entendieras, Celaena, que él no supo nada hasta que fue demasiado tarde. Trató de detenerlo e hizo lo mejor que pudo para vengar a Sam. Si Arobynn no lo hubiera matado... Wesley estaba planeando ir a Endovier con el fin de sacarte. Incluso fue al Mercado de las Sombras para buscar a alguien que conociera las minas y consiguió un mapa del lugar. Todavía lo conservo. Como prueba. Puedo... puedo ir por él...

Las palabras golpearon a Aelin como una lluvia de flechas, pero trató de evitar sentir dolor por ese hombre que siempre había juzgado como uno de los perros de Arobynn. Sabía que éste era perfectamente capaz de usar a la cortesana para inventar toda esa historia y así hacerla confiar en la mujer. La Lysandra que ella conocía estaría más que dispuesta a hacerlo. Aelin le podría seguir la corriente sólo para ver a dónde conducía esto, averiguar qué planeaba Arobynn y esperar a que cometiera algún error que revelara su jugada, pero...

Lo que le pidió a Farran que le hiciera a Sam.

Siempre supuso que Farran había torturado a Sam de la forma en que le encantaba hacerlo para lastimar y destrozar a la gente. Pero que Arobynn hubiera solicitado que le hiciera cosas específicas a Sam... Qué bueno que no tenía su magia. Qué bueno que la tenía apagada.

Podría haber estallado en llamas y hubiera ardido por días y días, en un capullo de su propio fuego.

—¿Entonces viniste aquí —dijo Aelin mientras Lysandra se limpiaba los ojos discretamente con un pañuelo— a advertirme que Arobynn podría estarme manipulando porque cuando mató a tu amante por fin te diste cuenta del monstruo que es en realidad?

—Prometí a Wesley que te entregaría la carta personalmente.

—Bueno, ya me la diste. Ahora vete.

Se escucharon unas pisadas suaves y Evangeline salió rápidamente de la cocina. Se dirigió hacia su señora con agilidad y discreción. Con una ternura asombrosa, Lysandra colocó el brazo sobre los hombros de la niña para tranquilizarla y se puso de pie.

—Entiendo, Celaena, entiendo. Pero te lo ruego: lee la carta. Por él.

Aelin le mostró los dientes.

—Vete.

Lysandra y Evangeline caminaron hacia la puerta, manteniendo una distancia prudente de Aelin. Se detuvieron un momento en la puerta.

—Sam también era mi amigo. Él y Wesley eran mis únicos amigos. Arobynn me quitó a ambos.

Aelin se limitó a arquear las cejas.

Lysandra no se molestó en despedirse antes de desaparecer por las escaleras.

Pero Evangeline se quedó en el umbral de la puerta. Miró primero a su señora, quien iba de salida, y luego a Aelin. Con el movimiento, su hermoso cabello relució como cobre líquido.

Entonces, la niña señaló su cara cicatrizada y dijo:

—Ella me hizo esto.

A Aelin le costó mucho trabajo mantenerse sentada, no salir corriendo por las escaleras para cortarle la garganta a Lysandra.

Evangeline continuó:

—Lloré cuando mi madre me vendió a Clarisse. Lloré y lloré. Y creo que Lysandra había hecho enojar a la madama ese día, porque me entregaron como su acólita, a pesar de que a ella le faltaban sólo unas semanas para saldar sus deudas. Se suponía que esa noche yo iniciaría con el entrenamiento, pero lloré tanto que vomité. Lysandra me ayudó a limpiarme. Me dijo que había una manera de salirme, pero que me dolería y ya no sería la misma. Me explicó que no podía escaparme: ella había intentado huir varias veces cuando tenía mi edad, la habían encontrado y la habían golpeado donde nadie podía ver los golpes.

Aelin no sabía eso, nunca se lo había preguntado. Todas las ocasiones en las que se burló e hizo escarnio de Lysandra cuando eran chicas...

Evangeline continuó:

—Le dije que estaba dispuesta a cualquier cosa para no hacer lo que las otras chicas me habían contado. Me advirtió que confiara en ella y me hizo esto. Luego empezó a gritar fuerte, para que los demás la escucharan y vinieran corriendo. Pensaron que me había cortado por rabia; ella dijo que lo había hecho para evitar que me convirtiera en una amenaza. Les permitió que lo creyeran. Clarisse estaba tan enojada que la golpeó en el patio, pero Lysandra no lloró ni una sola vez. Y cuando la sanadora dijo que mi rostro no podía arreglarse, Clarisse obligó a Lysandra a comprarme al precio que hubiera costado si me hubiera convertido una cortesana como ella.

Aelin se quedó sin palabras.

Evangeline dijo:

—Por eso sigue trabajando para Clarisse; por esa razón todavía no es libre ni lo será por un tiempo. Me pareció que debías saberlo.

Aelin quería decirse a sí misma que no confiara en la niña, que todo esto podía ser parte del plan de Lysandra y Arobynn, pero... escuchaba un susurro en su cabeza, en sus huesos, que le repetía y repetía y repetía, cada vez con más fuerza y claridad:

Nehemia hubiera hecho lo mismo.

Evangeline hizo una reverencia y bajó las escaleras. Aelin se quedó sola, mirando el sobre desgastado.

Si ella misma había cambiado tanto en dos años, tal vez era posible que Lysandra también.

Por un momento se preguntó cómo habría cambiado la vida de otra joven si ella se hubiera detenido a hablar con ella, hablado de verdad con Kaltain Rompier, en vez de despreciarla como una mujer superficial de la corte. Qué habría sucedido si Nehemia también hubiera intentado ver más allá de la máscara de Kaltain.

Evangeline estaba subiendo al carruaje empapado y brillante al lado de Lysandra cuando Aelin apareció en la puerta de la bodega y les dijo:

—Esperen.

CAPÍTULO 10

Aedion veía borroso y su respiración se había vuelto gloriosamente difícil.

Pronto. Podía sentir que la Muerte estaba sentada en la esquina de su celda, haciendo una cuenta regresiva de sus últimas inhalaciones, un león a punto de atacar. Periódicamente, Aedion sonreía en dirección a ese rincón de sombras.

La infección se había extendido y faltaban sólo dos días para el espectáculo en el cual lo iban a ejecutar: su muerte llegaría apenas a tiempo. Los guardias suponían que dormía para pasar el tiempo.

Aedion esperaba su comida y miraba hacia la parte superior de la puerta de su celda, donde estaba la pequeña ventana con barrotes, por si advertía alguna señal de la llegada de los guardias. Pero cuando se abrió la puerta y entró el príncipe heredero, tuvo la certeza casi total de que estaba alucinando.

No venían guardias detrás de él ni rastro de algún tipo de escolta que acompañara al príncipe, quien lo miraba desde la puerta.

Su rostro inmóvil le comunicó de inmediato lo que necesitaba saber: esto no era un intento de rescate. Y el collar de piedra negra alrededor del cuello del príncipe le dijo todo lo demás: las cosas no habían terminado bien el día que asesinaron a Sorscha.

Se las arregló para sonreír:

—Me da gusto verte, principito.

El príncipe recorrió con la mirada el cabello sucio de Aedion, la barba crecida en las últimas semanas y luego el vómito en la esquina de la celda porque el prisionero no había llegado al balde una hora antes.

Aedion habló lentamente, lo mejor que pudo.

—Al menos deberías invitarme a cenar si me vas a ver de esa manera.

Los ojos color zafiro del príncipe se movieron rápidamente hacia los suyos y Aedion parpadeó para tratar de despejar la bruma que nublaba su vista. El ser que lo estudiaba era frío, depredador y no del todo humano.

En voz baja, Aedion dijo:

—Dorian.

La cosa que ahora era el príncipe sonrió un poco. El capitán le había dicho que esos anillos de piedra del Wyrd esclavizaban la mente, el alma. Había visto el collar al lado del trono del rey y se había preguntado si sería lo mismo. Era peor.

—Dime lo que sucedió en el salón del trono, Dorian —jadeó Aedion con la cabeza a punto de estallar.

El príncipe parpadeó lentamente.

—No sucedió nada.

—¿Por qué estás aquí, Dorian?

Aedion nunca se había dirigido al príncipe por su nombre pero, por alguna razón, le parecía importante usarlo, recordárselo. Aunque sólo sirviera para incitar al príncipe a que lo matara.

—Vine a ver al famoso general antes de que te ejecuten como un animal.

No había posibilidades de que lo mataran ese día, entonces.

—¿De la misma manera que ejecutaron a tu Sorscha?

Aunque el príncipe no se movió, Aedion podría jurar que había retrocedido, como si alguien hubiera tirado de una correa, como si todavía existiera alguien que necesitara ser atado con una correa.

—No sé de qué hablas —dijo la cosa dentro del príncipe. Pero sus fosas nasales se abrieron.

—Sorscha —exhaló Aedion, y le dolieron los pulmones—. Sorscha, tu mujer, la sanadora. Yo estaba a tu lado cuando le cortaron la cabeza. Escuché cómo gritaste cuando te abalanzaste hacia su cuerpo.

La cosa se puso un poco rígida y Aedion presionó.

—¿Dónde la enterraron, Dorian? ¿Qué hicieron con su cuerpo, el cuerpo de la mujer que amabas?

—No sé de qué hablas —repitió la cosa.

—Sorscha —jadeó Aedion con la respiración entrecortada—. Su nombre era Sorscha y ella te amaba... Ellos la mataron. El hombre que te puso ese collar al cuello la mató.

La cosa se quedó en silencio. Luego inclinó la cabeza. Esbozó una sonrisa de horripilante belleza.

—Disfrutaré verlo morir, general.

Aedion tosió una risa. El príncipe, la cosa en la cual se había convertido, le dio la espalda con un movimiento fluido y salió de la celda. Aedion se hubiera vuelto a reír, por resentimiento y a modo desafío, de no ser porque escuchó al príncipe decir a alguien en el pasillo:

—El general está enfermo. Encárguense de que lo atiendan de inmediato.

No.

La cosa seguramente había podido oler la infección en él.

Aedion no pudo hacer nada cuando llamaron a una sanadora, una mujer mayor llamada Amithy, para que lo curara. Lo sostuvieron, aunque no hacía falta porque estaba demasiado débil para resistirse. Ella lo forzó a tomar un tónico que lo hizo ahogarse. Lavaron y vendaron su herida y luego acortaron los grilletes de modo que no pudiera mover las manos para arrancarse las suturas. Los tónicos siguieron llegando, cada hora, sin importar qué tan fuerte mordiera o con cuánta fuerza intentara mantener la boca cerrada.

Así que lo salvaron y Aedion maldijo y despotricó contra la Muerte por fallarle, aunque al mismo tiempo rezaba a Mala la Portadora de la Luz para que mantuviera a Aelin lejos de la fiesta, alejada del príncipe, del rey y de sus collares de piedra del Wyrd.

La cosa que estaba dentro de él salió de los calabozos y se dirigió al castillo de cristal, conduciendo su cuerpo como si se tratara de un barco. Luego lo obligó a quedarse quieto frente al tipo que con frecuencia veía en esos momentos que perforaban la oscuridad.

El hombre sentado en el trono de cristal esbozó una ligera sonrisa y dijo:

—Arrodíllate.

La cosa dentro de él tiró con fuerza del lazo que los unía y lanzó rayos a sus músculos para ordenarles obedecer. Así lo había forzado a descender a los calabozos, donde el guerrero de cabello dorado pronunció el nombre de ella, lo repitió tantas veces que él empezó a gritar, aunque no emitió ningún sonido. Seguía gritando cuando sus músculos volvieron a traicionarlo y lo hicieron caer de rodillas. Sintió un dolor punzante en los tendones del cuello que lo obligó a agachar la cabeza.

—¿Sigues resistiendo? —preguntó el hombre y miró el anillo oscuro de su dedo, como si contuviera la respuesta—. Puedo sentirlos a ambos ahí dentro. Interesante.

Sí, la fuerza de esa cosa en la oscuridad estaba aumentando; ahora ya podía traspasar el muro invisible que los separaba y usarlo como marioneta, hablar a través de él. Pero no del todo, no por periodos largos. Él arreglaba los huecos lo más posible, pero la cosa seguía atravesando la barrera.

Demonio. Un príncipe demonio.

Y él veía ese momento, una y otra y otra vez, el momento en el cual la mujer que amó había perdido la cabeza. Escuchar su nombre pronunciado con la lengua rasposa del general hizo que empezara a azotarse contra el otro muro en su mente, la barrera que lo mantenía encerrado en la oscuridad. Pero la oscuridad de su mente era una tumba sellada.

El hombre del trono le dijo:

—Dame el informe.

La orden vibró a través de su cuerpo y él escupió los detalles de su encuentro, cada palabra y acción. Y la cosa, el *demonio*, se deleitó ante el horror que eso le hizo sentir.

—Fue inteligente de parte de Aedion intentar dejarse morir sin que me diera cuenta —dijo el hombre—. Debe creer entonces que es probable que su prima llegue a tu fiesta, si está tan desesperado por robarnos nuestro entretenimiento.

Se mantuvo en silencio, ya que no le habían dado la instrucción de hablar. El hombre lo miró con los ojos negros repletos de deleite.

—Debería haber hecho esto hace años. No sé por qué desperdicié tanto tiempo esperando ver si tenías algún poder. Qué tonto de mi parte.

Intentó hablar, moverse, hacer cualquier cosa con su cuerpo mortal. Pero el demonio le apretaba la mente como si la tuviera en su puño y los músculos de su rostro se movieron para formar una sonrisa; dijo:

—Es un placer para mí servirle, su Majestad.

CAPÍTULO 11

El Mercado de las Sombras llevaba funcionando a orillas del Avery desde que existía Rifthold. Tal vez más. La leyenda decía que se había construido sobre los huesos del dios de la verdad para que mantuviera honestos a los comerciantes y los posibles ladrones. Chaol suponía que la fábula tenía un sentido irónico, considerando que no había un dios de la verdad. Al menos no que él supiera. Contrabando, sustancias ilícitas, especias, ropa, personas: el mercado atendía a todo tipo de clientes si tenían suficiente valor, ingenuidad o premura para aventurarse al interior.

Chaol poseía esas tres características cuando visitó el mercado por primera vez, unas semanas antes, y se aventuró a descender por las semiderruidas escaleras que iban desde una sección de los muelles en ruinas hasta el dique, donde se encontraba la entrada a los túneles que perforaban la ribera y en cuyo interior estaban los espacios ocupados por los comerciantes.

Varias figuras armadas y encapuchadas patrullaban siempre el muelle amplio y largo, único camino para llegar al mercado. En las temporadas lluviosas, el Avery podía crecer tanto que inundaba el muelle y a veces algunos mercaderes y compradores desafortunados morían ahogados dentro del laberinto del Mercado de las Sombras. En los meses más secos nunca era posible adivinar qué o quién estaría dentro vendiendo sus mercancías o recorriendo los túneles sucios y húmedos.

El mercado estaba a reventar esta noche, a pesar de que el día anterior había llovido. Era una pequeña ventaja. El retumbar de un trueno por toda la guarida subterránea fue otra pequeña ventaja, ya que todos empezaron a murmurar. Los vendedores y los maleantes estarían demasiado ocupados preparándose para la tormenta como para prestarles atención a Chaol y Nesryn, quienes caminaban por uno de los pasillos principales.

El trueno hizo tintinear los colgantes faroles de vidrio de colores. Esas lámparas eran extrañamente hermosas, como si alguien hubiera decidido un día embellecer los túneles. Aportaban la iluminación principal de las cavernas y proyectaban en los muros color café las sombras que daban nombre al lugar. Sombras por las transacciones oscuras, sombras para encajar un cuchillo entre las costillas o mandar a alguien al mundo de los espíritus.

O para concertar una reunión de conspiradores.

Nadie los había molestado cuando se metieron por uno de los agujeros rústicos que servían como entradas a los túneles del Mercado de las Sombras. Se conectaban con el sistema de alcantarillado en algún punto y Chaol estaba seguro de que los comerciantes más establecidos tenían sus propias salidas secretas debajo de sus puestos o tiendas. Vendedor tras vendedor había colocado puestos de madera o de roca, con algo de mercancía en exhibición sobre mesas, cajas o canastos, pero mantenían ocultos los bienes más valiosos. Un comerciante de especias vendía de todo, desde azafrán hasta canela, pero ni las especias más aromáticas podían ocultar el hedor empalagoso del opio oculto debajo de su mercancía.

En cierto momento, mucho tiempo atrás, a Chaol tal vez le habría importado el tráfico de sustancias ilegales, el hecho de que los comerciantes vendieran lo que les daba la gana. Quizás se habría tomado la molestia de tratar de cerrar el lugar.

Ahora eran recursos. Como guardia de la ciudad, Nesryn probablemente sentía algo similar. Aunque, tan sólo por encontrarse ahí, estaba poniendo en peligro su propia seguridad. Era una zona neutral, pero sus habitantes no respondían bien a la presencia de la autoridad.

No los culpaba. El Mercado de las Sombras fue uno de los primeros lugares que el rey de Adarlan purgó después de desaparecer la magia. Persiguió a los vendedores de libros prohibidos, a quienes decían tener hechizos y pociones aún funcionales, a quienes poseían magia y a los que estaban desesperados por encontrar una cura o siquiera un atisbo de magia. Los castigos no fueron agradables.

Chaol casi suspiró de alivio cuando localizó a dos figuras de capa detrás de un improvisado puesto de cuchillos, escondido en un rincón oscuro. Exactamente donde lo habían planeado. Además, gracias a un gran trabajo, parecía auténtico.

Nesryn avanzó con lentitud y se detuvo en varios puestos, como haría una compradora aburrida matando el tiempo mientras dejaba de llover. Chaol se mantuvo cerca de ella. Sus armas y su porte depredador eran suficientes para desalentar los intentos de cualquier ladronzuelo despistado por probar suerte. El golpe recibido en las costillas esa noche le facilitaba mantener el paso lento y el gesto adusto.

Él y otras personas interrumpieron a un comandante del Valg que arrastraba a un joven a los túneles. Chaol había estado tan distraído con lo de Dorian, lo que Aelin le había dicho y hecho, que se descuidó. Así se había ganado ese golpe en las costillas, y el doloroso recordatorio cada vez que respiraba. No se podía dar el lujo de tener distracciones ni cometer errores. No ahora que había tanto por hacer.

Al fin Chaol y Nesryn se detuvieron junto al pequeño puesto y miraron la docena de cuchillos y espadas cortas en exhibición sobre la manta raída.

—Este lugar es más depravado de lo que insinuaban los rumores —dijo Brullo, oculto en las sombras de su capucha—. Siento como si debiera cubrirle los ojos al pobre de Ress en la mitad de estas cuevas.

Ress rio.

—Tengo diecinueve, hombre. No hay nada aquí que me sorprenda.

Ress miró a Nesryn, quien estaba apreciando el filo de una de las cuchillas curvadas.

—Una disculpa, señora.

—Tengo veintidós —dijo ella con tono impávido—. Y creo que como guardias de la ciudad vemos muchas más cosas que ustedes, las princesas del palacio.

El fragmento del rostro de Ress que Chaol alcanzaba a ver estaba ruborizado. Podría haber jurado que hasta Brullo estaba sonriendo. Y por un momento, el peso aplastante que eso le provocaba le impidió respirar. Hubo un tiempo cuando ese tipo de bromas era lo normal, una época en la cual se sentaba en público con sus hombres y reían. Una época en la cual no estaba a dos días de distancia de desencadenar el infierno en el castillo que alguna vez fue su casa.

—¿Hay noticias? —logró preguntarle a Brullo, quien lo observaba con exagerada atención, como si su antiguo mentor pudiera percibir la agonía que lo desgarraba.

—Conseguimos los planos de la fiesta esta mañana —dijo Brullo con voz tensa. Chaol tomó un cuchillo cuando vio que Brullo metía su mano en el bolsillo de la capa. Fingió que lo examinaba y luego levantó los dedos, como si estuviera regateando con el vendedor. Brullo continuó:

—El nuevo capitán de la guardia nos dispersó a todos, ninguno de nosotros estará en el Gran Salón.

El maestro de armas levantó entonces los dedos y se inclinó hacia delante. Chaol se encogió de hombros y luego empezó a buscar monedas en su capa.

—¿Crees que sospeche algo? —preguntó Chaol cuando le entregaba las monedas.

Nesryn se acercó para bloquear la vista a los demás mientras la mano de Chaol se juntaba con la de Brullo y las monedas de cobre se estrujaban contra el papel. Los mapas pequeños y doblados entraron al bolsillo de Chaol antes de que alguien pudiera darse cuenta.

—No —respondió Ress—. El bastardo sólo quiere degradarnos. Probablemente piense que algunos seguimos siendo leales a ti, pero ya estaríamos muertos si sospechara de alguno en particular.

—Pongan cuidado —dijo Chaol.

Percibió que Nesryn se tensaba y un instante después escuchó otra voz femenina, que dijo pausadamente:

—Tres monedas de cobre por un cuchillo de Xandria. Si hubiera sabido que había ofertas, habría traído más dinero.

Todos los músculos del cuerpo de Chaol se tensaron cuando descubrió a Aelin parada al lado de Nesryn. Por supuesto. Por supuesto los había seguido hasta ahí.

—Dioses santos —susurró Ress.

Debajo de las sombras de su capucha oscura, la sonrisa de Aelin se podría calificar de perversa.

—Hola, Ress. Brullo. Lamento enterarme de que sus trabajos en el palacio no les permiten ganar lo suficiente estos días.

La mirada del maestro de armas iba de ella a los pasadizos y de vuelta.

—No nos dijiste que estaba de regreso —le dijo a Chaol.

Aelin chasqueó la lengua

—A Chaol, al parecer, le gusta guardarse información para él solo.

Él apretó los puños a sus costados.

—Estás atrayendo demasiada atención a nosotros.

—¿Tú crees? —dijo Aelin, y levantó una daga para sopesarla con movimientos expertos—. Necesito hablar con Brullo y con mi viejo amigo Ress. Como no me dejaste venir la otra noche, ésta fue la única manera.

Era típico de ella. Nesryn se había alejado un paso disimuladamente para vigilar los túneles. O para evadir a la reina.

Reina. La palabra volvió a impactarle. Una monarca del reino estaba en el Mercado de las Sombras, vestida de negro de pies a cabeza y más que dispuesta a cortar cuellos. No estaba equivocado al temer que se reuniera con Aedion, lo que podrían hacer juntos. Y si ella tuviera su magia...

—Quítate la capucha —dijo Brullo en voz baja. Aelin levantó la vista.

—Por qué, y no.

—Quiero ver tu rostro.

Aelin se quedó inmóvil.

Pero Nesryn se dio la vuelta y recargó una mano en la mesa.

—Yo vi su rostro anoche, Brullo; es igual de hermoso que antes. A todo esto, ¿no tienes una esposa para admirar?

Aelin resopló divertida.

—Creo que me agradas, Nesryn Faliq.

Nesryn esbozó una media sonrisa a Aelin. En su caso equivalía a una sonrisa de oreja a oreja.

Chaol se preguntó si a Aelin le agradaría Nesryn si conociera su historia. O si a la reina siquiera le importaría.

Aelin tiró de su capucha apenas lo suficiente para que la luz brillara en su cara. Le guiñó un ojo a Ress, quien sonrió.

—Te extrañé, amigo —dijo.

Las mejillas de Ress se pintaron de color.

La boca de Brullo se tensó cuando Aelin lo volteó a ver de nuevo. El maestro de armas la estudió por un momento. Después murmuró:

—Ya veo.

La reina se tensó casi imperceptiblemente. Brullo ladeó un poco la cabeza.

—Vas a rescatar a Aedion —dijo.

Aelin se reacomodó la capucha e inclinó la cabeza para confirmar lo que había dicho Brullo, la jactanciosa asesina encarnada.

—Lo haré.

Ress pronunció varias obscenidades en voz baja.

Aelin se acercó más a Brullo.

—Sé que estoy pidiéndote mucho...

—Entonces no lo pidas —interrumpió Chaol bruscamente—. No los pongas en peligro. Ya arriesgan suficiente.

—Tú no puedes tomar esa decisión —dijo ella.

Por supuesto que podía.

—Si los descubren, perderemos nuestra fuente interna de información. Sin mencionar sus vidas. ¿Qué planeas hacer acerca de Dorian? ¿O sólo te importa Aedion?

Todos la observaban con demasiada atención.

Las fosas nasales de Aelin se ensancharon. Brullo dijo:

—¿Qué requieres de nosotros, lady?

Ah, entonces el maestro de armas definitivamente lo sabía. Tal vez había visto a Aedion recientemente y reconoció esos ojos, el rostro y el color de piel, en cuanto ella se apartó la capucha. Quizás lo sospechaba desde hacía meses. Aelin dijo suavemente:

—No permitas que tus hombres estén apostados en el muro sur de los jardines.

Chaol parpadeó. No era una petición ni una orden: era una advertencia.

La voz de Brullo se escuchó un poco ronca cuando respondió:

—¿Hay alguna otra zona que debamos evitar?

Ella ya se iba, sacudiendo la cabeza como si fuera una compradora que ya no tenía interés.

—Sólo dile a tus hombres que se pongan una flor roja en los uniformes. Si alguien pregunta por qué, diles que es para honrar al príncipe por su cumpleaños. Pero úsenlas en un sitio fácilmente visible.

Chaol miró las manos de Aelin. Sus guantes oscuros estaban limpios. ¿Cuánta sangre los mancharía en unos cuantos días? Ress dejó escapar una exhalación y le dijo:

—Gracias.

Después de que ella desapareció entre la multitud con pasos seguros y desenfadados, Chaol entendió que en verdad era necesario agradecerle.

Aelin Galathynius estaba a punto de convertir el palacio de cristal en un campo de muerte y Ress, Brullo y sus hombres habían salvado la vida.

Todavía no había dicho nada sobre Dorian. Si le perdonaría la vida a él. O si lo salvaría.

Aelin supo que la vigilaban desde el momento en que salió del Mercado de las Sombras, después de hacer algunas compras por su cuenta. De todas maneras, entró directamente al Banco Real de Adarlan.

Tenía negocios que atender y, aunque estaban a minutos de cerrar, el regidor del banco estuvo en muy buena disposición de ayudarle a resolver sus dudas. Nunca cuestionó el nombre falso bajo el cual estaban registradas sus cuentas.

Mientras el regidor hablaba sobre sus diversas cuentas y los intereses acumulados a lo largo de los años, ella se fijaba en los detalles de la oficina. Las paredes estaban cubiertas de paneles gruesos de roble. En el breve minuto que tuvo para fisgonear mientras el regidor pedía a su secretaria que trajera té, pudo comprobar que los cuadros de la oficina no ocultaban nada detrás. El mobiliario ornamentado costaba más de lo que ganaba la mayoría de los ciudadanos de Rifthold en toda una vida. Los archivos de los clientes más acaudalados, incluido el de ella, estaban guardados en un precioso armario de caoba que se conservaba cerrado con llave, una llavecita de oro que el regidor mantenía en su escritorio.

Aelin se levantó cuando él salió nuevamente por las puertas dobles de su oficina para hacer el retiro que ella se llevaría esa noche. Mientras el regidor le daba la orden a su secretaria en la habitación contigua, Aelin se acercó disimuladamente al escritorio. Se fijó en los documentos esparcidos por todas partes, los diversos regalos de sus clientes, las llaves y el pequeño retrato de una mujer que podía ser su esposa o su hija. Con hombres como él era imposible saberlo.

Regresó justo cuando ella metía la mano disimuladamente en el bolsillo de su capa. Le hizo plática sobre el clima hasta que apareció la secretaria con una pequeña caja en la mano. Aelin depositó el contenido en su bolso con toda la delicadeza que pudo; agradeció a la secretaria y al regidor, y salió rápidamente de la oficina.

Tomó calles laterales y callejones, haciendo caso omiso del hedor a carne podrida que ni siquiera la lluvia podía ocultar. Dos, había visto dos bloques de carnicero en plazas públicas que alguna vez fueron lugares agradables.

Los cuerpos abandonados a los cuervos no eran sino sombras que contrastaban con las paredes de roca pálida donde los habían clavado.

Aelin no podía arriesgarse a capturar a un demonio del Valg hasta que Aedion estuviera a salvo, si es que salía viva, pero eso no significaba que no pudiera adelantar un poco.

Una niebla fría había cubierto el mundo la noche anterior, metiéndose por todas las rendijas y grietas. Aelin estaba acurrucada entre capas de cobijas y cobertores de pluma. Se dio vuelta en la cama y estiró una mano calmosa por el colchón para buscar el cálido cuerpo masculino a su lado.

Las sábanas frías de seda se deslizaron contra sus dedos.

Abrió un ojo.

No estaba en Wendlyn. La cama lujosa, vestida en tonalidades crema y paja, era la de su departamento en Rifthold. El otro lado seguía tendido, las almohadas y cobijas intactas. Vacío.

Por un momento pudo ver a Rowan ahí, los rasgos hoscos y severos que se transformaban con el sueño en un rostro apuesto, el cabello plateado brillando en la luz matutina, tan contrastante con el tatuaje que lo cubría desde la sien izquierda, pasando por el cuello, por encima del hombro, hasta la punta de los dedos.

Aelin soltó una exhalación y se frotó los ojos. Soñarlo ya era bastante malo. No desperdiciaría energía extrañándolo, deseando que estuviera ahí para hablar de todo, o siquiera para tener el consuelo de despertar a su lado y saber que él existía.

Tragó saliva y se levantó de la cama con el cuerpo demasiado pesado.

Se había dicho a sí misma una vez que necesitar la ayuda de Rowan, querer su ayuda, no era debilidad; tal vez reconocerlo implicaba una especie de fortaleza, pero... Él no le servía de muleta y ella no deseaba que se convirtiera en eso nunca.

De cualquier forma, mientras comía el desayuno frío, deseó no haber sentido unas semanas atrás esa necesidad tan grande de demostrárselo a sí misma.

En especial cuando llegó un niño de la calle a tocar la puerta de la bodega para entregarle un mensaje: la llamaban a presentarse a la fortaleza de los asesinos. De inmediato.

CAPÍTULO 12

Un guardia inexpresivo le entregó el citatorio del duque y Manon, que estaba a punto de salir a volar sola con Abraxos, pasó como cinco minutos rechinando los dientes y caminando de un lado al otro en su torre.

No era un perro para que la llamaran así, tampoco lo eran sus brujas. Los humanos eran para el deporte, la sangre y la muy ocasional y excepcional concepción de crías de bruja. Nunca comandantes; jamás superiores.

Manon salió furiosa de la torre. Cuando llegó a la base de las escaleras, Asterin empezó a caminar tras ella.

—Iba por ti —murmuró su Segunda con la trenza dorada rebotándole en la espalda—. El duque...

—Ya sé lo que quiere el duque —respondió Manon agresiva, los dientes de hierro de fuera.

Asterin arqueó una ceja pero se mantuvo en silencio.

Manon contuvo su creciente deseo de empezar a eviscerar. El duque la llamaba constantemente a reuniones con el hombre alto y delgado que se llamaba Vernon, quien la miraba sin suficiente miedo ni respeto. Casi no lograba encontrar un hueco de unas cuantas horas para entrenar con las Trece, ya no se diga volar por periodos largos, sin que la llamaran.

Respiró por la nariz y exhaló por la boca, una y otra vez, hasta que logró retraer dientes y uñas.

No era un perro, ni tampoco una imprudente. Era la Líder de la Flota y llevaba cien años de ser la heredera del clan. Podía lidiar con ese cerdo mortal que sería alimento de gusanos en unas cuantas décadas y luego regresar a su existencia inmortal gloriosa y perversa.

Manon entró azotando las puertas de la sala de consejo del duque, lo cual le ganó una mirada de parte de los guardias apostados en el exterior, una mirada sin reacción, sin emoción. Humanos por su forma, nada más.

El duque estaba estudiando un mapa gigante extendido sobre la mesa. Su compañero o consejero o bufón, Lord Vernon Lochan, estaba parado a su lado. A unos cuantos lugares, con la mirada en la superficie de vidrio oscuro, estaba sentada Kaltain, inmóvil salvo por el palpitar de su garganta cuando respiraba. La cicatriz brutal de su brazo se había oscurecido para adoptar un tono morado rojizo. Fascinante.

—¿Qué quieres? —exigió saber Manon.

Asterin ocupó su puesto junto a la puerta con los brazos cruzados.

El duque señaló la silla frente a él.

—Tenemos cosas que discutir.

Manon permaneció de pie.

—Mi guiverno está hambriento y yo también. Te sugiero que me lo digas rápidamente para que pueda proseguir con mi cacería.

Lord Vernon, de cabello oscuro, delgado como un junco y vestido con una túnica color azul brillante que estaba demasiado limpia, miró a Manon de arriba abajo. Ella le mostró los dientes como advertencia silenciosa. Vernon sólo sonrió y dijo:

—¿La señora tiene algún problema con la comida que les proporcionamos?

Los dientes de hierro de Manon bajaron.

—Yo no como comida preparada por mortales. Y mi guiverno tampoco.

El duque al fin levantó la cabeza.

—De haber sabido que eras tan melindrosa, hubiera pedido que la heredera de las Piernas Amarillas fuera la Líder de la Flota.

Manon sacó sus uñas con indolencia.

—Creo que hubieras averiguado que Iskra Piernas Amarillas es indisciplinada, difícil e inútil como Líder de la Flota.

Vernon se sentó en una silla.

—He escuchado acerca de la rivalidad entre los clanes de brujas. ¿Tienes algo en contra de las Piernas Amarillas, Manon?

Asterin dejó escapar un gruñido ante la manera informal como se dirigió a Manon.

—Ustedes los mortales tienen su gentuza —dijo Manon—. Nosotras tenemos a las Piernas Amarillas.

—Qué elitista —le murmuró Vernon al duque, quien resopló.

Una línea de flama fría bajó por la espalda de Manon.

—Tienes cinco minutos, duque.

Perrington golpeó la mesa de vidrio con los nudillos.

—Estamos a punto de empezar a... experimentar. Nuestra visión a futuro indica que debemos expandir nuestras filas, mejorar los soldados que ya tenemos. Ustedes las brujas, con su historia, nos dan la oportunidad de hacer justo eso.

—Explícate.

—No necesito explicar cada detalle de mis planes —dijo el duque—. Lo único que necesito es que me des un aquelarre Picos Negros bajo tu mando para hacer pruebas.

—¿Para hacer qué tipo de pruebas?

—Determinar si son compatibles para reproducirse con nuestros aliados de otro reino: los Valg.

Todo se detuvo. Ese hombre tenía que estar loco, pero...

—No lo harían como los humanos, por supuesto. Sería un procedimiento sencillo y relativamente indoloro, les injertaríamos un trocito de piedra justo debajo del ombligo. Verás, esa piedra permite que entren. Y nace un niño con sangre de Valg y de bruja... Podrás comprender lo que vale esta inversión. Las brujas valoran a sus crías muy fervientemente.

Ambos hombres esbozaron sonrisas insulsas, esperando que ella aceptara.

Los Valg, los demonios que se habían reproducido con las hadas para dar origen a las brujas, de alguna manera habían regresado y estaban en contacto con el duque y el rey... Ella terminó de tajo con las preguntas.

—Tienen miles de humanos aquí. Úsenlos.

—La mayoría no tiene el don innato de la magia ni es compatible con los Valg, como las brujas. Sólo las brujas tienen ya sangre Valg corriendo por sus venas.

¿Su abuela estaría al tanto de esto?

—Seremos su ejército, no sus putas —dijo Manon con un silencio letal. Asterin se acercó a ella con el rostro tenso y pálido.

—Elijan un aquelarre de Picos Negros —dijo el duque como única respuesta—. Las quiero listas en una semana. Si interfieres con esto, Líder de la Flota, convertiré a tu preciado guiverno en carne para perro. Tal vez haga lo mismo con tus Trece.

—Si tocas a Abraxos te arrancaré la piel de los huesos.

El duque regresó a su mapa e hizo un ademán con la mano.

—Puedes retirarte. Ah, y baja por favor con el herrero aéreo. Mandó decir que las armas que pediste ya están listas para inspección.

Manon se quedó ahí, calculando el peso de la mesa de vidrio negro, para ver si podría voltearla y usar las astillas para cortar a ambos hombres profunda y lentamente.

Vernon arqueó las cejas con un gesto silencioso y burlón; eso bastó para que Manon se diera vuelta con el fin de marcharse y salir por la puerta antes de hacer algo verdaderamente estúpido.

Iban a medio camino de regreso a su habitación cuando Asterin preguntó:

—¿Qué vas a hacer?

Manon no lo sabía. Y no podía preguntarle a su abuela sin parecer insegura o incapaz de seguir órdenes.

—Ya me las arreglaré.

—Pero no vas a entregarle un aquelarre de Picos Negros para que las reproduzca como sugiere.

—No sé.

Tal vez no sería mala idea, unir su sangre con la de los Valg. Quizás eso incrementaría su fuerza. Acaso ellos sabrían cómo romper la maldición de las Crochan.

Asterin la tomó por el codo y le enterró las uñas. Manon parpadeó cuando sintió el contacto, al percibir lo que le exigía en su gesto. Asterin nunca se había acercado tanto a...

—No puedes permitir que esto suceda —dijo Asterin.

—Ya tuve suficiente de tus órdenes por un día. Si me das otra, vas a encontrar tu lengua en el piso.

Asterin se ruborizó con manchas irregulares de color en su rostro.

—Las crías de bruja son sagradas... sagradas, Manon. No podemos entregarlas, ni siquiera a otro clan.

Era verdad. Las crías de bruja eran excepcionales, todas hembras, un regalo de la Diosa de las Tres Caras. Eran sagradas desde que la madre mostraba las primeras señales de embarazo hasta cuando se hacían mayores de edad, a los dieciséis. Lastimar a una bruja embarazada, lastimar a su cría no nata o a su hija era una violación tan profunda del código que ningún sufrimiento era suficiente para el infractor, nada correspondía a la atrocidad del crimen. Manon había participado personalmente en dos ocasiones en las largas, dilatadas ejecuciones, y el castigo nunca parecía ser tanto como debiera.

Los niños humanos no contaban. Eran como ternera para algunos de los clanes. En especial para las Piernas Amarillas. Pero las crías de brujas... No había mayor orgullo que tener una bruja para tu clan y no había vergüenza más grande que perder una.

Asterin dijo:

—¿Qué aquelarre elegirías?

—No lo he decidido.

Tal vez elegiría un aquelarre menor, por si acaso, antes de permitir que uno más poderoso se uniera a los Valg. Tal vez los demonios proporcionarían la inyección de vitalidad que su raza llevaba décadas de necesitar con desesperación. Siglos.

—¿Y si tienen objeciones?

Manon empezó a subir las escaleras a su torre.

—La única persona que tiene objeciones en estos días eres tú, Asterin.

—No está bien...

Manon atacó con una mano y rompió la tela y la piel justo encima de los senos de Asterin.

—Te voy a reemplazar con Sorrel.

Asterin no tocó la sangre que se estaba acumulando y goteaba por su túnica.

Manon empezó a caminar de nuevo.

—Te advertí el otro día que dejaras de meterte, y como decidiste no hacerme caso, no me sirves de nada en las reuniones, ni a mis espaldas —dijo Manon. Nunca, ni una sola vez en los pasados cien años, había cambiado los rangos de sus brujas—. A partir de ahora eres la Tercera. Si demuestras poseer un poco de control, lo reconsideraré.

—Señora —dijo Asterin suavemente.

Manon señaló las escaleras que estaban a su espalda.

—Tú te encargarás de decirle a las demás. *Ahora.*

—Manon —dijo Asterin con un tono de súplica en su voz que Manon nunca había escuchado antes.

No se detuvo y empezó a subir la escalera con la sensación de que su capa roja la ahogaba. No le interesaba en particular escuchar lo que Asterin tenía que decir, porque su abuela le había dejado bastante claro que un paso fuera de la línea, cualquier desobediencia, les ganaría a todas una ejecución brutal e inmediata. La capa alrededor de su cuerpo nunca le permitiría olvidarlo.

—Las veré en la torre en una hora —dijo Manon sin molestarse en voltear al entrar a su habitación.

Adentro olía a humano.

La joven sirvienta estaba hincada frente a la chimenea con un cepillo y un recogedor en las manos. Temblaba poco, pero el aroma de su miedo ya había impregnado la habitación. Probablemente había sentido pánico desde el momento en que puso un pie dentro.

La chica inclinó la cabeza y una capa de su cabello color medianoche se deslizó frente a su rostro pálido, no sin antes permitir que Manon detectara un destello calculador en sus ojos oscuros.

—¿Qué estás haciendo aquí? —preguntó Manon impasible. Hizo chocar entre sí sus uñas de hierro, sólo para ver qué haría la chica.

—L-l-limpio —tartamudeó la muchacha con pausas demasiado regulares, con demasiada perfección. Sumisa, dócil y aterrada, exactamente como las preferían las brujas. Lo único real era el olor del miedo.

Manon guardó sus dientes de hierro.

La sirvienta se puso de pie haciendo un gesto de dolor. El movimiento de sus faldas raídas de confección casera dejó ver la cadena gruesa que traía entre los tobillos. Tenía el tobillo derecho muy lastimado, el pie estaba torcido de lado y brillaba por el tejido cicatrizado.

Manon ocultó su sonrisa de depredadora.

—¿Por qué me asignaron a una tullida como sirvienta?

—Y-y-o sólo obedezco órdenes —respondió la joven con voz insulsa y sin entonación.

Manon resopló y se dirigió a su mesa de noche. Su trenza y su capa color rojo sanguíneo volaron detrás de ella. Lentamente, escuchando, se sirvió un poco de agua.

La sirvienta recogió sus cosas rápida y hábilmente.

—Puedo regresar cuando no te moleste, señora.

—Haz tu trabajo, mortal, y luego vete.

Manon se dio la vuelta para ver cómo terminaba la chica.

La sirvienta cojeó por la habitación, tímida, frágil e indigna de recibir más atención.

—¿Quién le hizo eso a tu pierna? —preguntó Manon recargada contra el poste de la cama.

La sirvienta ni siquiera levantó la cabeza.

—Fue un accidente —dijo y recogió las cenizas en un balde que había arrastrado hasta ahí—. Me caí por las escaleras cuando tenía ocho años y no se pudo hacer nada. Mi tío no confiaba en los sanadores como para permitirles entrar a nuestra casa. Tuve suerte de conservar el pie.

—¿Por qué las cadenas?

Otra pregunta inexpresiva y aburrida.

—Para que no pudiera huir jamás.

—No hubieras llegado muy lejos en estas montañas de todas maneras.

Ahí estaba, una ligera tensión en los hombros delgados, el esfuerzo valiente por ocultarlo.

—Así es —dijo la chica—, pero yo crecí en Perranth, no aquí.

Cojeaba más con cada paso que daba para acomodar los troncos que había subido cargando. El camino de regreso, la bajada con el pesado balde lleno de cenizas, sin duda sería miserable también.

—Si me necesitas, sólo pregunta por Elide. Los guardias sabrán dónde encontrarme.

Manon observó cada uno de sus dificultosos pasos hacia la puerta.

Dejó que casi saliera, que creyera estar libre, antes de decirle:

—¿Nadie castigó a tu tío por su estupidez respecto de los sanadores?

Elide miró por encima de su hombro.

—Mi tío es lord de Perranth. Nadie podía.

—Vernon Lochan es tu tío.

Elide asintió. Manon ladeó la cabeza y evaluó esa actitud dócil tan cuidadosamente ensayada.

—¿Por qué vino tu tío aquí?

—No lo sé —susurró Elide.

—¿Por qué te trajo a ti aquí?

—No lo sé —repitió, y luego dejó el balde en el piso. Transfirió el peso de su cuerpo a la pierna sana.

Manon dijo con demasiada suavidad:

—¿Quién te asignó a esta habitación?

Casi soltó una risa cuando los hombros de la chica se encorvaron, cuando inclinó la cabeza aún más.

—No soy... no soy espía. Lo juro por mi vida.

—Tu vida no significa nada para mí —replicó Manon. Se separó del poste de la cama para acercarse sigilosa y amenazadoramente a la mujer. La sirvienta no se movió, muy convincente en su papel de humana sumisa. Manon le colocó la punta de una uña de hierro debajo de la barbilla y le levantó la cara.

—Si te descubro espiándome, Elide Lochan, vas a terminar con *dos* piernas inservibles.

La peste de su miedo se alojó en la nariz de Manon.

—Mi señora, lo juro, juro que no voy a tocar...

—Vete —dijo Manon. Deslizó la uña debajo de la barbilla de Elide y dejó un camino de gotitas de sangre a su paso. Y sólo porque sí, se llevó la uña a la boca y chupó la sangre de la chica.

Le costó un gran esfuerzo mantenerse inmutable al probar la sangre. La verdad que revelaba.

Pero al parecer Elide ya había visto suficiente, y la primera ronda del juego había terminado. Manon permitió que saliera cojeando por la puerta con el tintineo de la cadena pesada que arrastraba.

Manon se quedó mirando el umbral vacío.

Le divirtió, al principio, dejar que la chica pensara que la había engañado con su temblor, su dulce lengua, su papel de humana inofensiva. Entonces supo de su parentela y el instinto depredador de Manon se echó a andar. Se concentró en la manera como la chica ocultaba el rostro para mantener veladas sus reacciones, la forma en la cual respondía a Manon lo que creía que deseaba escuchar. Como si estuviera analizando a una enemiga potencial.

La chica bien podría ser una espía, se dijo Manon. Centró entonces su atención en el escritorio, donde el olor de Elide era más fuerte.

Dicho y hecho: el mapa del continente tenía rastros de aroma a canela y bayas de saúco concentrados en ciertos puntos. Huellas digitales.

¿Una espía de Vernon o alguien con propósitos independientes? Eso no lo sabía Manon.

Pero cualquier persona con sangre de bruja en sus venas ameritaba ser mantenida bajo la mira.

O trece miras.

El humo de las innumerables fraguas hacía que a Manon le ardieran tanto los ojos que tuvo que cerrar su párpado transparente en cuanto aterrizaron en el corazón del campo de batalla, entre el sonido del golpeteo de martillos y el crepitar de las hogueras.

Abraxos siseó y empezó a caminar en círculos, lo cual puso nerviosos a los soldados de armadura oscura que la vieron aterrizar a las orillas del campamento. Cuando un momento después Sorrel aterrizó en el lodo junto a Manon y su guiverno le gruñó al grupo de mirones más cercano, se dispersaron rápidamente.

Abraxos gruñó también, pero al guiverno de Sorrel; Manon le enterró bruscamente los talones en el flanco antes de desmontar.

—No pelees —le reprochó mientras echaba un vistazo al pequeño claro que se abría entre las chozas rústicas de los herreros. El claro estaba reservado para los jinetes de guivernos y, en todo el perímetro, contaba con postes enterrados muy profundamente para que ataran a sus monturas. Manon no se tomó la molestia, pero Sorrel sí amarró la suya, ya que no confiaba en la criatura.

Tener a Sorrel en el puesto de Asterin era... extraño. Como si el equilibrio del mundo se hubiera inclinado hacia un lado. Los guivernos seguían poniéndose mutuamente nerviosos, aunque ninguno de los dos machos se había lanzado a un combate declarado. Abraxos por lo general le hacía espacio a la hembra azul cielo de Asterin y a veces incluso se acercaba hasta tocarla.

Manon no esperó a que Sorrel terminara de pelear con su guiverno y empezó a caminar hacia la guarida del herrero; un pequeño edificio, poco más que un manojo de postes de madera con un techo improvisado. Las forjas, gigantes durmientes de piedra, iluminaban a los hombres que martillaban, levantaban, paleaban y afilaban a su alrededor.

El herrero aéreo ya estaba esperando y les hizo una señal con su mano roja y llena de cicatrices. En la mesa, el hombre musculoso de edad mediana había colocado una serie de espadas. Eran de acero de Adarlan, muy brillante de tan pulido. Sorrel permaneció junto a Manon cuando ella se detuvo frente a las armas, tomó una daga y sintió su peso entre sus manos.

—Más ligera —le dijo Manon al herrero, quien la observaba con ojos oscuros e intuitivos. Tomó otra daga, luego una espada y también las sopesó.

—Necesito armas más ligeras para mis aquelarres.

El herrero entrecerró los ojos un poco, levantó la espada que ella había dejado y sintió también su peso. Ladeó la cabeza y señaló con un dedo la empuñadura decorada, mientras sacudía la cabeza.

—No me interesa que sea bonita —dijo Manon—. Tiene una única finalidad para mí y es lo que me importa. Quítale todos los adornos y tal vez logres que pese menos.

Él fijó la mirada en el sitio donde Hiendeviento se asomaba sobre su espalda, con su empuñadura opaca y ordinaria. Pero ella lo había visto admirar la espada en sí, la obra maestra de verdad, en la reunión que habían tenido la semana anterior.

—Sólo a ustedes los mortales les importa si se ven bien las armas —dijo. Los ojos del herrero brillaron y ella se preguntó si habría sentido ganas de insultarla, si lo hubiera hecho de tener la lengua para hacerlo. Asterin se había enterado, a través de ese talento que tenía para convencer o aterrar a la gente y que le diera información, que uno de los generales le había cortado la lengua al hombre para evitar que divulgara sus secretos. En consecuencia, probablemente no sabría leer ni escribir. Manon se preguntó de qué otras cosas se valían, quizás de su familia, para coaccionarlo…, mantener prisionero a este hombre tan calificado.

Tal vez por ese motivo dijo:

—Los guivernos ya cargarán suficiente peso durante la batalla. Entre nuestra armadura, armas, provisiones y su propia armadura tenemos que encontrar maneras de reducir la carga. De otro modo no se podrán mantener en el aire mucho tiempo.

El herrero se puso las manos en las caderas, estudió las armas que había hecho y levantó una mano para indicarle que esperara mientras él se adentraba en el laberinto de fuego, metal fundido y yunques.

Los golpes y reverberaciones del metal contra el metal fueron los únicos sonidos que se escucharon mientras Sorrel sopesaba personalmente una de las armas.

—Ya sabes que apoyo todas las decisiones que tomes —dijo. Traía el cabello castaño recogido en una coleta apretada y su rostro bronceado, probablemente hermoso para los mortales, se mantenía tan firme y sólido como siempre—. Pero quiero decirte que Asterin...

Manon contuvo un suspiro. Las Trece no se habían atrevido a mostrar ninguna reacción cuando Manon se llevó a Sorrel a esta visita al herrero antes de la cacería. Sin embargo, Vesta se mantuvo cerca de Asterin en la torre, aunque Manon no sabía si era por solidaridad o por rabia silenciosa. Asterin sí miró a Manon a los ojos y asintió. Seriamente, pero asintió.

—¿No quieres ser la Segunda? —preguntó Manon.

—Es un honor ser tu Segunda —dijo Sorrel. Su voz áspera se escuchó a pesar del sonido de martillos y fogatas—. Pero también era un honor ser tu Tercera. Tú sabes que Asterin siempre está poniendo a prueba los límites con su salvajismo. Y eso en un buen día. Si la dejas encerrada en este castillo, si le dices que no puede matar ni mutilar ni cazar, si le ordenas que se mantenga alejada de los hombres..., lo más probable es que se ponga muy tensa.

—Todas estamos tensas —respondió Manon. Les había contado a las Trece sobre Elide. Se preguntaba si los ojos perceptivos de la chica se percatarían de que ahora tenía un aquelarre de brujas olfateando tras ella.

Sorrel respiró profundamente y sus hombros poderosos se levantaron un poco. Colocó la daga en su lugar.

—En la Omega conocíamos nuestro lugar y lo que se esperaba de nosotras. Teníamos una rutina, un propósito. Antes de eso, cazábamos a las Crochan. Aquí no somos más que armas en espera de que nos utilicen —dijo señalando las cuchillas inútiles sobre la mesa—. Aquí tu abuela no está para... influir en las cosas, implantar reglas estrictas o infundir miedo. Ella convertiría la vida de ese duque en un infierno.

—¿Estás diciendo que soy mala líder, Sorrel?

Fue una pregunta en tono demasiado suave.

—Estoy diciendo que las Trece saben por qué tu abuela te obligó a matar a esa Crochan para conseguir la capa.

Terreno peligroso..., muy peligroso.

—Creo que a veces olvidan lo que mi abuela es capaz de hacer.

—Créeme, Manon, no lo olvidamos —respondió Sorrel con suavidad mientras veían al herrero regresar con varias armas entre sus brazos poderosos—. Y Asterin, más que cualquiera de nosotras, recuerda siempre lo que tu abuela es capaz de hacer.

Manon sabía que podía exigir más respuestas, pero también que Sorrel era una roca y que la roca no se rompería. Así que le dio la cara al herrero que estaba acomodando las armas sobre la mesa y sintió algo en el estómago.

Es hambre, se dijo a sí misma. Es hambre.

CAPÍTULO 13

Aelin no sabía si sentir una especie de consuelo al notar que, a pesar de los cambios de los últimos dos años en su vida, a pesar de los infiernos que se había visto obligada a atravesar, la fortaleza de los asesinos seguía igual que siempre. Los setos que flanqueaban la verja altísima de hierro forjado alrededor de la propiedad estaban podados exactamente a la misma altura, con la misma precisión maestra. La curva de la entrada de grava al fondo todavía tenía las mismas piedras grises, la amplia casa campestre seguía siendo de color claro y elegante, y las puertas de roble pulido brillaban en la luz de la mañana.

A nadie en toda esa tranquila calle residencial le llamaba la atención la casa que albergaba a algunos de los asesinos más sanguinarios de Erilea. Durante años, la fortaleza de los asesinos había permanecido anónima, sin llamar la atención: una de las muchas casas palaciegas en un distrito adinerado del suroeste de Rifthold, justo bajo la nariz del rey de Adarlan.

Las puertas de hierro estaban abiertas y Aelin no reconoció a los asesinos disfrazados de vigilantes comunes al acercarse a la entrada. Pero no la detuvieron, a pesar de su traje y las armas que portaba, a pesar de la capucha que cubría sus facciones.

Hubiera sido preferible cruzar la ciudad a escondidas durante la noche. Esto era otra prueba de Arobynn para confirmar si podía llegar ahí a la luz del día sin llamar demasiado la atención. Afortunadamente, la mayor parte de la ciudad estaba ocupada con los preparativos para la celebración del cumpleaños del príncipe al día siguiente: los vendedores ya estaban instalados vendiendo toda clase de artículos, desde pastelillos y banderas con el guiverno adarlaniano hasta listones azules (que hacían juego con los ojos del príncipe, por supuesto). Aelin sentía que se le revolvía el estómago.

La prueba de llegar a la fortaleza sin ser detectada fue poca cosa comparada con la que le esperaba. Y la del día siguiente.

Aedion. Parecía como si repitiera su nombre con cada respiración. *Aedion, Aedion, Aedion.*

Sin embargo, hizo a un lado los pensamientos sobre él, decidió no imaginar lo que ya podrían haberle hecho en aquellos calabozos, y subió por las amplias escaleras a la entrada de la fortaleza.

Desde aquella noche en que todo se fue al infierno no había vuelto a pisar esa casa.

Ahí, a su derecha, estaban los establos donde había noqueado a Wesley cuando intentó advertirle sobre la trampa que le habían tendido. Y allá, un nivel más arriba, con vista al jardín delantero, estaban las tres ventanas de su antigua recámara. Se encontraban abiertas y las cortinas pesadas de terciopelo volaban con la brisa fresca de la primavera, como si estuvieran ventilando la habitación para ella. A menos que Arobynn le hubiera dado su habitación a alguien más.

Las puertas de roble tallado se abrieron en el instante en que pisó el último escalón y vio a un mayordomo a quien no conocía. El hombre hizo una reverencia y le indicó que pasara. Justo al fondo del gran vestíbulo de mármol, las dobles puertas del estudio de Arobynn estaban abiertas de par en par.

Cruzó el umbral sin voltear a verlo y entró rápidamente a la casa que había sido su refugio, su prisión y su infierno.

Dioses, esa casa. Debajo de los techos abovedados y los candelabros de cristal del recibidor, los pisos de mármol estaban tan pulidos que alcanzaba a ver su oscuro reflejo al caminar.

No había ni un alma a la vista, ni siquiera el infeliz de Tern. Si no estaban fuera, habían recibido órdenes superiores de mantenerse alejados hasta que terminara la reunión, como si Arobynn no quisiera que lo escucharan.

El olor de la fortaleza la envolvió y empezó a tirar de sus recuerdos. Las flores recién cortadas y el pan acabado de hornear apenas lograban disimular el aroma del metal, o la sensación electrizante de violencia que permeaba todo el lugar.

Con cada paso que avanzaba hacia ese estudio ornamentado se iba preparando mentalmente.

Ahí estaba él, sentado frente al gran escritorio. Su melena pelirroja brillaba como hierro fundido bajo la luz del sol que entraba por los ventanales de piso a techo que constituían uno de los lados de la habitación recubierta de madera. Se guardó la información conseguida a través de la carta de Wesley y mantuvo su postura relajada, desenfadada.

Pero no pudo evitar fijarse en la alfombra frente al escritorio, lo cual Arobynn notó o anticipaba.

—Es una alfombra nueva —dijo sin levantar la vista de los documentos frente a él—. Las manchas de sangre de la otra nunca se quitaron bien.

—Es una pena —dijo ella y se sentó en una de las sillas frente al escritorio intentando no fijarse en la silla a su lado, donde solía sentarse Sam—. La otra era más bonita.

O lo había sido hasta que su sangre la impregnó el día que Arobynn la golpeó por arruinar su negocio de comercio de esclavos y obligó a Sam a verlo todo. Y después de dejarla inconsciente, también había golpeado a Sam de manera brutal.

Se preguntó cuáles de las cicatrices de los nudillos de Arobynn correspondían a esas golpizas.

Escuchó al mayordomo acercarse, pero no se dignó a verlo cuando Arobynn dijo:

—Que no nos molesten.

El hombre murmuró unas palabras y las puertas del estudio se cerraron con un clic.

Aelin colgó una pierna encima del brazo de su silla.

—¿A qué debo el honor de esta llamada?

Arobynn se levantó con movimientos fluidos pero definidos por una energía contenida y le dio la vuelta al escritorio para recargarse en el borde.

—Sólo quería ver cómo estabas un día antes del gran acontecimiento —respondió con un destello de sus ojos color plata—. Quería desearte suerte.

—¿Y decidir si te iba a traicionar?

—¿Por qué pensaría eso?

—No creo que quieras tener una conversación profunda sobre la confianza en este momento.

—Ciertamente no, porque necesitas toda tu concentración para mañana. Hay tantos detalles que pueden salir mal. En especial si te atrapan.

Ella percibió la amenaza implícita como una daga entre sus costillas.

—Sabes que no me doblego fácilmente ante la tortura.

Arobynn cruzó los brazos frente a su ancho pecho.

—Por supuesto que no. Lo mínimo que espero de mi protegida es que me escude si el rey la captura.

Eso explicaba por qué la había llamado.

—Nunca te pregunté —continuó Arobynn—. ¿Harás esto como Celaena?

Era un buen momento para mirar con desdén alrededor del estudio y conservar la imagen de la protegida irreverente. No había nada sobre el escritorio, nada en los estantes, ni siquiera una caja que pudiera contener el Amuleto de Orynth. Se permitió recorrer toda la habitación con la mirada antes de posar sus ojos indolentes sobre él.

—No planeaba dejarles mi tarjeta.

—¿Y qué explicación le darás a tu primo cuando se reúnan? ¿La misma que le diste al noble capitán?

Aelin no quería saber cómo estaba enterado de aquel desastre. Ella no le había dicho a Lysandra, ya que ésta aún no tenía idea de quién era. Lo pensaría después.

—Le diré la verdad a Aedion.

—Bueno, pues esperemos que eso sea excusa suficiente para él.

Tuvo que hacer un esfuerzo físico para controlar su réplica.

—Estoy cansada y hoy no tengo humor para una guerra de palabras. Sólo dime qué quieres para que pueda regresar a casa a darme un baño.

Eso no era mentira. Le dolían los músculos por estar rastreando soldados del Valg por todo Rifthold la noche anterior.

—Ya sabes que mis instalaciones están a tu disposición —le ofreció Arobynn.

Luego pasó su atención a la pierna derecha de Aelin, la que había subido al brazo de la silla, como si percibiera de cierto modo que le estaba molestando. Como si supiera que la pelea en los Sótanos de alguna forma había agravado la vieja lesión de cuando peleó con Caín.

—Mi sanadora te podría dar un masaje en esa pierna. No quiero que tengas dolor, ni desventajas mañana.

Gracias a su entrenamiento pudo mantener una expresión aburrida.

—En serio te gusta oírte hablar, ¿verdad?

Una risa sensual.

—Está bien, no habrá más guerra de palabras.

Ella esperó, todavía reposando en la silla.

Arobynn recorrió el traje de Aelin con la mirada y, cuando levantó los ojos, lo único que quedaba en ellos era el asesino cruel y frío.

—Me dijo una fuente confiable que has estado vigilando las patrullas de la guardia del rey, pero que no las has molestado. ¿Ya olvidaste nuestro trato?

Ella sonrió un poco.

—Por supuesto que no.

—¿Entonces por qué no tengo al demonio que me prometiste en un calabozo?

—Porque no lo capturaré hasta que Aedion esté libre.

Un parpadeo.

—Esas cosas podrían hacer que el rey dé directamente contigo —dijo Aelin—. Con nosotros. No pondré en riesgo la seguridad de Aedion para satisfacer tu curiosidad mórbida. ¿Y quién me garantiza que no olvidarás la ayuda que me prometiste cuando estés ocupado con tu juguete nuevo?

Arobynn se levantó del escritorio y se acercó a ella. Se inclinó frente a su silla, tan cerca que podían compartir el mismo aliento.

—Soy un hombre de palabra, Celaena.

Nuevamente ese nombre.

El rey de los asesinos dio un paso hacia atrás e hizo un ademán con la cabeza.

—Tú, en cambio..., recuerdo que prometiste matar a Lysandra hace años. Me sorprendió que regresara sin un rasguño.

—Hiciste lo posible por asegurarte de que nos odiáramos mutuamente. Decidí llevarte la contraria, por una vez. Resulta que no es tan mimada y egoísta como me hiciste creer —dijo Aelin con tono petulante, pasándose de lista—. Aunque si quieres que la mate, con gusto concentraré mi atención en ella en vez del soldado del Valg.

Una risa suave.

—No hace falta. Ella me es útil. Pero es reemplazable, si decides mantener tu promesa.

—¿Era una prueba, entonces? ¿Comprobar si cumplo mis promesas?

Debajo de sus guantes, la marca que se había hecho en la palma de la mano le quemó como si la hubieran herrado.

—Fue un regalo.

—Limítate a regalar joyería y ropa —se puso de pie y miró su traje—. O cosas útiles.

Los ojos de él hicieron lo mismo que los de ella, pero permanecieron más tiempo en su cuerpo.

—Te queda mejor que cuando tenías diecisiete años.

Con eso tuvo suficiente. Chasqueó la lengua y se dio la vuelta, pero él la detuvo con fuerza por el brazo, justo donde esas cuchillas invisibles saldrían. Él lo sabía, también. Era un reto, un desafío.

—Vas a tener que mantenerte escondida con tu primo después del escape mañana —dijo Arobynn—. Si decides no cumplir con tu parte del trato... Ya te enterarás muy pronto, querida Celaena, de lo mortífera que puede ser esta ciudad para quienes quieren escapar, incluso las reinas perras escupe fuego.

—¿Ya no tienes más declaraciones de amor ni ofrecimientos de caminar sobre brasas encendidas por mí?

Otra risa sensual.

—Siempre fuiste mi compañera de baile favorita.

Arobynn se acercó lo suficiente para que sus labios rozaran los de ella si se moviera una fracción de centímetro.

—Si quieres que te susurre dulzuras al oído, Majestad, puedo hacer justo eso. De todas maneras me tienes que conseguir lo que quiero.

Aelin no se atrevió a echarse hacia atrás. Esos ojos plateados siempre tenían una luminosidad particular, como la luz fría antes del amanecer. Nunca había podido apartar la mirada.

Él ladeó la cabeza y el sol hizo brillar su cabello cobrizo.

—¿Y qué hay del príncipe?

—¿Cuál príncipe? —preguntó ella con cautela.

Arobynn le sonrió con un gesto astuto y retrocedió un poco.

—Supongo que hay tres príncipes. Tu primo y luego los otros dos que comparten el cuerpo de Dorian Havilliard. ¿El valiente capitán sabe que uno de esos demonios está consumiendo a su amigo?

—Sí.

—¿Sabe que podrías decidir hacer lo más inteligente y matar al hijo del rey antes de que se convierta en una amenaza?

Ella le sostuvo la mirada.

—¿Por qué no me lo dices tú? Tú eres quien se ha reunido con él.

La risa de Arobynn se sintió como hielo raspándole los huesos.

—Entonces el capitán ha tenido dificultades para compartirte cosas. Parece compartir todo sin problemas con su examante, esa chica Faliq. ¿Sabías que su padre hace las mejores tartas de pera en toda la capital? Incluso preparará algunas para el cumpleaños del príncipe. ¿No te parece irónico?

Fue el turno de Aelin de parpadear. Sabía que Chaol había tenido al menos una amante aparte de Lithaen, pero... ¿Nesryn? Y qué conveniente de su parte no decírselo, en especial cuando le echó en cara las tonterías que pensaba sobre Rowan. *Tu príncipe hada*, le había espetado. No creía que Chaol hubiera estado con la joven mientras ella estuvo en Wendlyn, pero... Estaba sintiendo exactamente lo que Arobynn quería que sintiera.

—¿Por qué no te mantienes lejos de lo que no te incumbe, Arobynn?

—¿No quieres saber por qué me vino a ver el capitán otra vez anoche?

Bastardos, los dos. Ella le había advertido a Chaol que no se enredara con Arobynn. Revelar que no lo sabía u ocultar esa vulnerabilidad... Chaol no arriesgaría su seguridad ni sus planes para mañana, independientemente de la información que le ocultara. Le sonrió burlonamente a Arobynn.

—No. Yo le pedí que te viera —dijo y caminó con seguridad hacia las puertas del estudio—. Debes estar realmente aburrido si me mandaste llamar sólo para intentar provocarme.

Un brillo de diversión.

—Buena suerte mañana. Todos los planes están listos, por si acaso estás preocupado.

—Por supuesto que lo están. No esperaría menos de ti —le respondió. Abrió las puertas de par en par e hizo un gesto desganado con la mano para despedirse—. Nos vemos, maestro.

Aelin visitó nuevamente el Banco Real de camino a casa y cuando regresó al departamento encontró a Lysandra esperándola, tal como lo habían planeado.

Lo mejor era que Lysandra había traído comida. Mucha comida.

Aelin se dejó caer frente a la mesa de la cocina, donde Lysandra estaba descansando.

La cortesana miraba por la amplia ventana que estaba sobre el lavadero de la cocina.

—¿Sabes que tienes una sombra en la azotea de la casa vecina, verdad?

—Es inofensiva.

Y útil. Chaol tenía hombres vigilando la fortaleza, las puertas del palacio y el departamento, todo para monitorear a Arobynn. Aelin ladeó la cabeza.

—¿Ojos entrenados? —preguntó.

—Tu maestro me ha enseñado algunos trucos a lo largo de los años. Para protegerme, por supuesto.

Para proteger su inversión, fueron las palabras que no necesitó decir. Lysandra continuó:

—¿Leíste la carta, supongo?

—Cada maldita palabra.

Sí, había leído la carta de Wesley una y otra vez hasta que memorizó las fechas, nombres y recuentos de los hechos, hasta que vio tanto fuego que agradeció tener apagada su magia por el momento. El contenido de la carta cambiaba poco sus planes, pero ayudaba. Ahora sabía que no estaba equivocada, los nombres en su propia lista eran los correctos.

—Te ofrezco una disculpa porque no la pude conservar —dijo Aelin—. Quemarla era la única manera de garantizar nuestra seguridad.

Lysandra se limitó a asentir y a quitar un poco de pelusa del corsé de su vestido color óxido. Las mangas rojas eran holgadas y ligeras, con puños ceñidos de terciopelo negro y botones dorados que reflejaban la luz matinal cuando estiraba la mano para tomar una de las uvas de invernadero que Aelin había comprado el día anterior. Era un vestido elegante pero modesto.

—La Lysandra que yo conocía usaba mucha menos ropa —dijo Aelin.

Los ojos verdes de Lysandra chispearon un poco.

—La Lysandra que conocías murió hace mucho tiempo.

También Celaena Sardothien.

—Te pedí que te reunieras aquí conmigo para que pudiéramos... hablar.

—¿Sobre Arobynn?

—Sobre ti.

Las cejas elegantes se juntaron un poco.

—¿Y cuándo hablaremos sobre ti?

—¿Qué quieres saber?

—¿Qué vas a hacer en Rifthold? Aparte de rescatar mañana al general.

Aelin respondió:

—No te conozco lo suficiente para responder a esa pregunta.

Lysandra simplemente ladeó la cabeza.

—¿Por qué Aedion?

—Me es más útil vivo que muerto.

Eso no era mentira.

Lysandra golpeó una uña manicurada en la vieja mesa. Después de un momento, dijo:

—Solía sentir celos de ti. No sólo tenías a Sam, sino también a Arobynn... Fui muy tonta, creía que él te había dado todo y no te había negado nada; te odiaba porque siempre supe, en el fondo, que yo era sólo un peón que estaba utilizando contra ti, una manera de hacerte pelear por su afecto, para mantenerte alerta, lastimarte. Y lo disfrutaba, porque pensaba que era mejor ser el peón de alguien que no ser nada —levantó una mano temblorosa y se quitó un mechón de cabello de la cara—. Creo que habría continuado por ese camino toda mi vida. Pero entonces, Arobynn mató a Sam y organizó tu captura, y... y me llamó la noche que te enviaron a Endovier. Después de eso, en el carruaje de regreso a casa, lloré. No sabía por qué. Pero Wesley iba conmigo. Ésa fue la noche en que todo cambió entre nosotros.

Lysandra miró las cicatrices que rodeaban las muñecas de Aelin y luego el tatuaje que marcaba las suyas.

Aelin dijo:

—La otra noche no viniste sólo a advertirme sobre Arobynn.

Cuando Lysandra levantó la cabeza, sus ojos estaban congelados.

—No —respondió con suave salvajismo—. Vine a ayudarte a destruirlo.

—Debes confiar mucho en mí para atreverte a decir eso.

—Tú destruiste los Sótanos —dijo Lysandra—. Fue por Sam, ¿no es así? Porque toda esa gente... porque todos trabajaban para Rourke Farran y estaban ahí cuando... —negó con la cabeza—. Todo será por Sam, lo que sea que tengas planeado para Arobynn. Además, si me traicionaras, quedarían pocas cosas que me pudieran lastimar más de lo que ya he soportado.

Aelin se recargó en su silla, cruzó las piernas e intentó no pensar en la oscuridad a la que la mujer sentada frente a ella había sobrevivido.

—Pasé demasiado tiempo sin exigir represalias. No tengo ningún interés en el perdón.

Lysandra sonrió con un gesto que carecía de alegría y dijo:

—Después de que mató a Wesley pasé horas en su cama pensando en matarlo ahí mismo. Pero no me parecía suficiente y la deuda no era sólo conmigo.

Por un momento, Aelin no pudo decir nada. Luego sacudió la cabeza.

—¿Honestamente quieres decir que me has estado esperando todo este tiempo?

—Tú amabas a Sam tanto como yo a Wesley.

Su pecho se sintió hueco pero asintió. Sí, había amado a Sam, más de lo que había amado a nadie. Incluso a Chaol. Y leer en la carta de Wesley qué fue exactamente lo que Arobynn había ordenado a Rourke Farran que le hiciera a Sam le había dejado una herida abierta en el centro de su ser. La ropa de Sam todavía estaba en los dos cajones inferiores de su ropero, donde Arobynn la había guardado cuando desempacó. Se había puesto una de sus camisas para dormir las últimas dos noches.

Arobynn pagaría.

—Lo siento —dijo Aelin—. Por los años que pasé siendo un monstruo contigo, por mi contribución a tu sufrimiento. Desearía haber sido capaz de entenderme mejor. Desearía haber sido capaz de entender *todo* mejor. Lo lamento.

Lysandra parpadeó.

—Ambas éramos jóvenes y tontas; nos deberíamos haber considerado aliadas. Pero ya nada impide que nos veamos así

—dijo con una sonrisa más de lobo que de dama refinada—. Si tú estás de acuerdo, yo también.

Así de rápido, así de sencillo, le lanzaron una oferta de amistad. Rowan tal vez sería su mejor amigo, su *carranam*, pero... le hacía falta la compañía femenina. Profundamente. A pesar de que sintió algo de pánico al pensar que Nehemia ya no estaría ahí para proporcionársela y que parte de ella quería rechazar la oferta de Lysandra simplemente porque no era Nehemia, se obligó a enfrentar ese miedo.

Aelin dijo con voz ronca:

—Estoy de acuerdo.

Lysandra suspiró con fuerza.

—Oh, gracias a los dioses. Ahora tengo con quien hablar sobre ropa sin que me pregunten si le gustaría a zutano o a mengano, o alguien con quien terminarme una caja de chocolates sin que me digan que cuide mi figura... Dime que te gusta el chocolate. ¿Sí, verdad? Recuerdo que una vez me robé una caja de tu habitación cuando saliste a matar a alguien. Estaban deliciosos.

Aelin movió la mano hacia las cajas de provisiones en la mesa.

—Trajiste chocolate así que, en lo que a mí respecta, eres mi nueva persona favorita.

Lysandra rio, con un sonido sorprendentemente profundo y perverso, una risa que probablemente nunca permitía que Arobynn o sus clientes escucharan.

—Una noche, pronto, vendré para que comamos chocolates hasta vomitar.

—Somos unas damas refinadas y de buena cuna.

—Por favor —dijo Lysandra con un ademán de su mano manicurada—, tú y yo no somos más que bestias salvajes vestidas con piel humana. Ni siquiera trates de negarlo.

La cortesana no tenía idea de lo cerca que estaba de la verdad. Aelin se preguntó cómo reaccionaría la mujer ante su otra forma, ante los colmillos alargados. Por alguna razón, dudó que Lysandra la llamara monstruo por eso, o por las llamas que era capaz de dominar.

La sonrisa de Lysandra titubeó.

—¿Todo está listo para mañana?

—¿Detecto algo de preocupación?

—¿Piensas entrar al palacio como si nada y crees que un color de pelo distinto evitará que te reconozcan? ¿Confías tanto en Arobynn?

—¿Tienes una mejor idea?

Lysandra se encogió de hombros con desenfado.

—Resulta que yo conozco algunas cositas sobre representar diferentes roles. Cómo hacer que las miradas se aparten cuando no quieres que te vean.

—Sí sé cómo ser sigilosa, Lysandra. El plan es sólido, aunque sea idea de Arobynn.

—¿Qué tal si matamos dos pájaros de un tiro?

Podría no haberle hecho caso, haberle dicho que no, pero la cortesana tenía un fulgor muy perverso y salvaje en la mirada.

Así que Aelin recargó los antebrazos en la mesa.

—Te escucho.

CAPÍTULO 14

Por cada persona que Chaol y los rebeldes salvaban, siempre parecía haber varias más que terminaban en los bloques de carnicero.

El sol se estaba poniendo cuando él y Nesryn se agacharon en una azotea contigua a la pequeña plaza. Las únicas personas que se molestaban en asistir a las ejecuciones eran los típicos malvivientes que obtenían satisfacción de respirar la miseria de los demás. Eso no le molestaba tanto como las decoraciones de la ciudad en honor al cumpleaños de Dorian: banderines rojos y dorados, y listones que cruzaban toda la plaza como si fueran una red; canastos de flores azules y blancas en los bordes de la plaza. Un osario engalanado de alegría primaveral.

La cuerda del arco de Nesryn pareció quejarse cuando tiró de ella.

—Cuidado —le advirtió él.

—Ella sabe lo que hace —murmuró Aelin a un par de metros de distancia.

Chaol la miró de reojo.

—Recuérdame por qué estás aquí.

—Quiero ayudar. ¿O esto es una rebelión exclusiva de adarlanianos?

Chaol hizo un esfuerzo por no contestar y devolvió su mirada molesta a la plaza de abajo.

Mañana, todo lo que le importaba en la vida dependería de ella. No sería inteligente generar antagonismos, pero dejar a Dorian en sus manos lo estaba matando. Sin embargo...

—Sobre mañana... —dijo intentando controlarse y sin apartar su atención de la ejecución que estaba a punto de ocurrir—. No toques a Dorian.

—¿Yo? Nunca —ronroneó Aelin.

—No estoy bromeando. No. Lo. Lastimes.

Nesryn no hizo caso de ellos e inclinó su arco a la izquierda.

—No puedo dispararle bien desde aquí a ninguno.

Había tres hombres frente al bloque con una docena de guardias alrededor. Los tablones de la plataforma de madera ya estaban profundamente teñidos de rojo tras semanas de uso. El público se fijaba en el enorme reloj sobre la plancha de ejecución, esperando a que la mano de hierro diera las seis de la tarde. Incluso habían atado listones dorados y rojos en el extremo inferior del aparato. Faltaban siete minutos.

Chaol se obligó a mirar a Aelin.

—¿Crees que puedas salvarlo?

—Tal vez. Lo voy a intentar.

Él no notó una reacción en sus ojos ni en su postura.

Tal vez. *Tal vez*. Chaol dijo:

—¿Dorian te importa algo o es un simple peón para Terrasen?

—No empieces con eso —dijo Aelin. Por un momento Chaol pensó que era todo lo que ella diría, pero luego continuó—: Matarlo, Chaol, sería algo misericordioso. Matarlo sería un regalo.

—No puedo disparar desde aquí —repitió Nesryn con un tono ligeramente más brusco.

—Si lo tocas —dijo Chaol—, me aseguraré de que esos bastardos allá abajo encuentren a Aedion.

Nesryn se dio la vuelta silenciosamente hacia ellos y bajó el arco. Aedion era la única carta de Chaol, aunque eso lo convirtiera a él también en un bastardo.

La ira que Chaol observó en la mirada de Aelin era fulminante.

—Si metes a la gente de mi corte en esto, Chaol —dijo Aelin con suavidad letal—, no me importará lo que hayas significado para mí o lo que hayas hecho por ayudarme. Si los traicionas, si los lastimas, sin importar cuánto tiempo me tome ni qué tan lejos te vayas, te quemaré a ti y a tu maldito reino y los dejaré reducidos a cenizas. Entonces sabrás exactamente el monstruo que puedo ser.

Demasiado lejos. Chaol supo que había ido demasiado lejos.

—No somos enemigos —dijo Nesryn.

Aunque su rostro conservaba una expresión tranquila, movía los ojos rápidamente entre Aelin y Chaol.

—Tenemos suficiente mierda de qué preocuparnos mañana. Y también en este momento —agregó señalando la plaza con su flecha—. Faltan cinco minutos para las seis. ¿Bajaremos?

—Es demasiado público —repuso Aelin—. No te expongas. Hay otra patrulla a unos quinientos metros de distancia que viene en esta dirección.

Por supuesto que lo sabía.

—De nuevo —dijo Chaol—, ¿por qué estás aquí?

Se había acercado a hurtadillas. Con demasiada facilidad.

Aelin estudió a Nesryn con demasiada atención.

—¿Qué tan buena es tu puntería, Faliq?

—No fallo —respondió Nesryn.

Los dientes de Aelin brillaron.

—Eres mi tipo de mujer.

Le sonrió intencionadamente a Chaol.

Y él comprendió... comprendió que ella estaba consciente de la historia entre Nesryn y él. Y notó que no le importaba demasiado. No lograba decidir si eso era un alivio o no.

—Me estoy preguntando si retirar a los hombres de Arobynn de la misión de mañana —dijo Aelin con los ojos color turquesa fijos en el rostro de Nesryn, en sus manos, en su arco—. Prefiero que Faliq esté en el muro.

—No —respondió Chaol.

—¿Tú eres su dueño?

Chaol no se dignó responder. Aelin canturreó:

—Eso pensaba.

Pero Nesryn no estaría sobre el muro, ni él tampoco. Él era demasiado reconocible para arriesgarse a tenerlo cerca del palacio, y Aelin y ese pedazo de mierda que había sido su maestro aparentemente decidieron que sería mejor que se quedara en los límites de los barrios bajos para interceptar cualquier problema y asegurarse de mantener la costa despejada.

—Nesryn ya tiene sus órdenes.

En la plaza, la gente empezó a maldecir a los tres hombres que miraban el reloj con rostros pálidos y enjutos. Algunos incluso les lanzaron trozos de comida podrida. Tal vez esta ciudad sí se merecía las llamas de Aelin Galathynius. Tal vez Chaol también merecía arder.

Él volteó a ver a las mujeres.

—Mierda —dijo Aelin, y él miró a sus espaldas justo a tiempo para ver a los guardias empujar a la primera víctima, un hombre de edad mediana que no paraba de llorar, al bloque de ejecución. Usaron los pomos de sus espadas para golpearle las rodillas y hacerlo caer. No esperarían a las seis. Otro prisionero, también de edad mediana, empezó a temblar y se le formó una mancha oscura en la parte delantera de los pantalones. Dioses.

A Chaol se le congelaron los músculos y ni siquiera Nesryn tuvo tiempo de levantar el arco con suficiente rapidez cuando se alzó el hacha.

Un ruido sordo silenció la plaza de la ciudad. La gente aplaudió... *aplaudió*. El sonido del público ocultó el segundo ruido, el de la cabeza del hombre que cayó rodando.

Entonces Chaol se transportó a otra habitación, al castillo que una vez fue su hogar, y escuchó el sonido de carne y hueso cayendo sobre el mármol, vio el rocío rojizo que se esparcía en el aire, y luego el grito de Dorian...

Había roto juramentos. Era un mentiroso. Un traidor. Chaol era todas esas cosas ahora, pero no para Dorian. Nunca para su verdadero rey.

—Tira la torre del reloj que está en el jardín —dijo con voz apenas audible. Sintió que Aelin lo volteaba a ver—. Eso liberará la magia. Es un hechizo: tres torres, todas construidas de roca del Wyrd. Si eliminas una, la magia quedará libre.

Ella miró al norte sin siquiera parpadear por la sorpresa, como si alcanzara a ver hasta el castillo de cristal.

—Gracias —murmuró. Eso era todo.

—Es por Dorian —respondió él. Tal vez fuera cruel, tal vez egoísta, pero era la verdad—. El rey te estará esperando mañana. ¿Qué sucederá si deja de importarle que el público lo sepa y te ataca con su magia? Ya sabes lo que le pasó a Dorian.

Ella estudió las tejas de la azotea como si leyera en su mente un mapa de la fiesta, el mapa que él le había dado. Luego maldijo.

—El rey podría colocar trampas para mí y para Aedion. Podría hacer hechizos con marcas del Wyrd en el piso o en las puertas, dirigidos a mí o a Aedion, y estaríamos indefensos, exactamente como hice cuando atrapé a esa cosa en la biblioteca. Mierda —dijo con una exhalación—. Mierda.

Nesryn sostuvo con fuerza su arco y dijo:

—Brullo nos dijo que el rey les pidió a sus mejores hombres que escoltaran a Aedion de los calabozos al salón. Podría poner hechizos en esas áreas también. Es decir, si pone hechizos.

—Es un riesgo demasiado grande. Y ya es muy tarde para cambiar de planes —dijo Aelin—. Si tuviera esos malditos libros tal vez podría encontrar alguna especie de protección para mí y para Aedion, alguna especie de hechizo, pero mañana no tendré suficiente tiempo de sacarlos de mi antigua habitación. Sepan los dioses si siquiera siguen ahí.

—No siguen ahí —dijo Chaol, y Aelin arqueó las cejas—. Porque yo los tengo. Me los llevé cuando me fui del castillo.

Aelin apretó los labios en un gesto que Chaol casi podría jurar que era de agradecimiento renuente.

—No nos queda mucho tiempo —dijo Aelin.

Empezó a deslizarse detrás del muro de la azotea para bajar.

—Todavía quedan dos prisioneros —aclaró—. Y creo que esos banderines se verían mejor con un poco de sangre de Valg en ellos.

Nesryn se quedó en la azotea mientras Aelin subía a otra en el lado opuesto de la plaza, más rápido de lo que Chaol pensaba posible. A él le correspondió entonces el nivel de la calle.

Se apresuró cuanto pudo a atravesar la multitud y localizó a sus tres hombres reunidos cerca del otro extremo de la plataforma, listos.

El reloj marcó las seis justo cuando Chaol llegó a su posición, después de confirmar que otros dos de sus hombres estaban esperando en un callejón angosto. En ese momento, los guardias se llevaron finalmente el cuerpo del primer prisionero y empezaron a arrastrar al segundo hacia el frente. El hombre iba llorando, suplicaba cuando lo obligaron a hincarse en el charco de sangre de su amigo.

El verdugo levantó el hacha.

Y una daga, cortesía de Aelin Galathynius, atravesó limpiamente la garganta del verdugo.

La sangre negra empezó a brotar. Una poca manchó los banderines, como Aelin había prometido. Antes de que los guardias pudieran gritar, Nesryn abrió fuego desde otra dirección. Ésa fue toda la distracción que Chaol necesitó para que él y sus hombres corrieran hacia la plataforma entre la gente que empezaba a huir con pánico. Nesryn y Aelin ya habían disparado nuevamente para cuando ellos llegaron a la plataforma. La madera estaba muy resbalosa por la sangre. Él tomó a los dos prisioneros y rugió: ¡Corran, corran, corran!

Sus hombres lucharon espada contra espada con los guardias mientras él se llevó a los prisioneros dando traspiés por los escalones hacia la zona segura del callejón, con los rebeldes que esperaban ahí.

Huyeron, corriendo cuadra tras cuadra, dejando atrás el caos de la plaza, hasta que llegaron al Avery y Chaol se dedicó a conseguirles un bote.

Nesryn lo alcanzó una hora más tarde cuando venía de regreso de los muelles, a salvo pero salpicada de sangre oscura.

—¿Qué pasó?

—Fue un verdadero caos —dijo Nesryn; miró el río bajo la luz del sol que se ponía—. ¿Estás bien?

Él asintió.

—Sí, ¿y tú?

—Las dos estamos bien.

Fue un gesto de amabilidad, pensó él con algo de vergüenza, porque ella sabía que Chaol no se atrevería a preguntar sobre Aelin. Nesryn se dio la vuelta y empezó a regresar por donde había llegado.

—¿Dónde vas? —preguntó él.

—A lavarme y a cambiarme. Y después, a darle la noticia a la familia del hombre que murió.

Era el protocolo, aunque fuera horrible. Era mejor que las familias tuvieran un duelo genuino a arriesgarse a que siguieran considerándolos simpatizantes de los rebeldes.

—No tienes que hacer eso —dijo él—. Mandaré a uno de los hombres.

—Soy guardia de la ciudad —respondió ella secamente—. Mi presencia no será inesperada. Además —agregó con ese brillo en la mirada que denotaba una ligera diversión—, tú mismo dijiste que no tengo precisamente una fila de pretendientes esperando fuera de la casa de mi padre, así que, ¿podría hacer otra cosa esta noche?

—Mañana es un día importante —dijo él, mientras internamente se maldecía por las palabras escupidas la otra noche. Un imbécil, eso había sido, aunque ella nunca dejara ver que sus palabras le habían molestado.

—Yo estaba bien antes de que tú llegaras, Chaol —le dijo cansada, quizás aburrida—. Conozco mis límites. Te veo mañana.

Pero él dijo:

—¿Por qué vas a ver a las familias en persona?

Los ojos oscuros de Nesryn se enfocaron en el río.

—Porque me recuerda lo que tengo que perder si me capturan, o si fracasamos.

Cayó la noche. Aelin sabía que la iban siguiendo mientras saltaba de una azotea a la siguiente. En ese momento, aunque hubieran pasado horas, salir a la calle era lo más peligroso que podía hacer, dado lo encolerizados que estaban los guardias después de que ella y los rebeldes les robaran a sus prisioneros de debajo de las narices.

Y ella sabía *eso* porque los había escuchado maldecir y sisear durante toda la hora que llevaba siguiendo la pista de una patrulla de guardias uniformados de negro a lo largo de la ruta encontrada la noche anterior: por los muelles, después por las sombras de la zona principal de tabernas y prostíbulos de los barrios bajos y luego cerca, pero a una distancia prudente, del Mercado de las Sombras, a la orilla del río. Era interesante ver cómo cambiaba su ruta cuando todo se volvía un caos, a qué lugares iban corriendo para esconderse, qué formaciones utilizaban.

Cuáles calles permanecían sin vigilancia cuando reinaba el desorden.

Como sucedería al día siguiente, con Aedion.

Pero lo que había dicho Arobynn era cierto y coincidía con los mapas que habían hecho Chaol y Nesryn.

Ella sabía que si le decía a Chaol por qué se había presentado en la ejecución, él interferiría de alguna manera: tal vez enviaría a Nesryn para que la siguiera. Necesitaba ver cuán hábiles eran todas las partes que serían tan cruciales en los acontecimientos del día siguiente, y luego ver esto.

Tal como le había dicho Arobynn, cada uno de los guardias traía un grueso anillo negro y se movía con tirones y movimientos bruscos que la hacían preguntarse qué tan bien se estarían habituando los demonios a sus cuerpos. El líder, un hombre pálido con cabello negro como la noche, se movía con fluidez, al igual que tinta en el agua, pensó ella.

Dejó que continuaran su ruta hacia otra parte de la ciudad y se dirigió al distrito de los artesanos, en una zona que rodeaba una curva del Avery, alejándose hasta que todo quedó en silencio a su alrededor y el olor de los cadáveres putrefactos se disipó.

Sobre el techo de una bodega de vidrio soplado, cuyas tejas estaban aún calientes por los grandes hornos que albergaban, Aelin estudió el callejón vacío de abajo.

Empezó a caer de nuevo esa infernal lluvia de primavera. Las gotas tintineaban sobre el techo inclinado y las muchas chimeneas.

Magia. Chaol le había dicho cómo liberarla. Era tan fácil y, al mismo tiempo, una tarea monumental, que requería una planeación cuidadosa. Sin embargo, después de lo que sucedería al día siguiente, si sobrevivía, lo empezaría a planear.

Bajó con cuidado por una tubería de desagüe que descendía por el costado del derruido edificio de ladrillo y cayó salpicando con más ruido del necesario en un charco que esperaba que fuera lluvia. Empezó a silbar, mientras caminaba por el callejón vacío, una tonada animada que había escuchado en alguna de las muchas tabernas de los barrios bajos.

Le sorprendió un poco llegar casi a la mitad del callejón antes de que una patrulla de guardias del rey le atajara el paso con las espadas desenvainadas brillando como mercurio.

El comandante, o el demonio dentro de él, la miró y sonrió como si ya supiera a qué sabía su sangre.

Aelin le sonrió en respuesta, movió las muñecas e hizo salir disparados los cuchillos de su traje.

—Hola, hermoso.

Luego ya estaba sobre ellos, cortando y girando y esquivando.

Antes de que los demás pudieran moverse, había matado a cinco guardias.

Pero la sangre que emanaba de ellos no era roja. Era negra y se escurría por sus cuchillos densa y lustrosa, como el petróleo. El hedor a leche cortada y vinagre la golpeó con la misma fuerza que el choque de las espadas.

El olor aumentó y se impuso sobre el aroma de humo proveniente de las fábricas de vidrio a su alrededor. Empeoraba mientras Aelin esquivaba el golpe de un demonio y contraatacaba con su espada. El estómago del hombre se abrió como una herida supurante, y la sangre negra y sepan los dioses qué otras cosas se desparramaron por la calle.

Repugnante. Casi tan desagradable como lo que salía por la alcantarilla abierta del otro lado del callejón. Ya empezaba a manar esa oscuridad tan familiar.

El resto de la patrulla se acercó. La ira de Aelin hizo cantar a su sangre mientras terminaba con ellos.

Cuando sangre y lluvia quedaron encharcando el empedrado roto de la calle, cuando Aelin quedó de pie en un campo de hombres caídos, empezó a cortar.

Rodaron las cabezas, una tras otra.

Luego se recargó contra la pared, esperando. Contando.

No se levantaron.

Aelin salió del callejón y dio una patada a la tapa de la alcantarilla para cerrarla antes de desaparecer en la noche lluviosa.

Amaneció. El día era despejado y cálido. Aelin había pasado la mitad de la noche despierta, estudiando los libros que Chaol había rescatado, incluyendo su viejo amigo *Los muertos vivientes*.

Mientras recitaba lo que había aprendido en el silencio de su departamento, se puso la ropa que Arobynn le había enviado, no sin antes revisar una y otra vez que no hubiera sorpresas y todo estuviera donde ella lo necesitaba. Dejó que cada uno de los pasos, cada recordatorio de su plan, la anclaran en su sitio, le impidieran pensar demasiado en lo que sucedería al empezar las festividades.

Luego salió a salvar a su primo.

CAPÍTULO 15

Aedion Ashryver estaba listo para morir.

En contra de su voluntad, se había recuperado en los últimos dos días y la fiebre cedió después de la puesta del sol de la noche anterior. Tuvo suficiente fuerza para caminar, aunque lentamente, cuando lo escoltaron hacia los baños de los calabozos. Lo encadenaron para lavarlo y tallarlo e incluso se arriesgaron a afeitarlo, a pesar de que él hizo sus mejores esfuerzos por cortar su propio cuello con la navaja.

Parecía ser que querían que estuviera presentable ante la corte cuando le cortaran la cabeza con su propia espada, la espada de Orynth.

Después de limpiar sus heridas, le pusieron unos pantalones y una camisa blanca holgada, lo peinaron y lo obligaron a subir las escaleras. Tres guardias con uniformes oscuros lo flanqueaban a cada lado, cuatro iban delante y cuatro atrás. Además, había uno de esos bastardos parado junto a cada puerta y salida.

Aedion estaba demasiado agotado después de vestirse como para provocarlos a que le enterraran una espada, así que permitió que lo hicieran cruzar las enormes puertas del salón de baile. Había banderas rojas y doradas colgadas de las vigas, y flores primaverales cubrían todas las mesas. Un arco de rosas de invernadero cobijaba la plataforma desde la cual la familia real observaría las festividades previas a su ejecución. Las ventanas y puertas más allá de la plataforma donde lo matarían se abrían a uno de los jardines, cada una con un guardia. Había más en los jardines. Si el rey quería ponerle una trampa a Aelin, ciertamente no había sido muy sutil.

Aedion consideró muy civilizado de su parte que le dieran un taburete para sentarse después de subirlo a empujones por los escalones de madera de la plataforma. Al menos no tendría que estar tirado en el piso como perro mientras veía a todos fingir que no habían asistido ahí sólo para ver rodar su cabeza. Y un taburete, pensó con satisfacción sombría, sería arma suficiente cuando llegara el momento.

Así que Aedion dejó que anclaran sus grilletes al piso de la plancha. Que pusieran la espada de Orynth en exhibición a un par de metros detrás de él, con su pomo de hueso desgastado brillando en la luz matinal.

Era sólo cuestión de encontrar el momento adecuado para elegir su fin.

CAPÍTULO 16

El demonio lo hizo sentarse en una plataforma, en un trono al lado de la mujer con corona, quien no se había percatado de que la cosa que hablaba por la boca del príncipe no había nacido de su carne. A su otro lado estaba el hombre que controlaba al demonio dentro de él. Y frente a él, el salón de baile se encontraba lleno de nobles emocionados que no alcanzaban a advertir que él seguía ahí dentro, y que seguía gritando.

Ese día el demonio había logrado traspasar un poco más la barrera: ahora podía ver a través de sus ojos con una malicia antigua y lustrosa. Estaba hambriento de su mundo.

Tal vez el mundo merecía que lo devorara esa cosa.

Tal vez fue justo ese pensamiento traicionero lo que provocó el agujero abierto en la barrera que los separaba. Tal vez el demonio estaba ganando. Tal vez ya había ganado.

Así que se vio obligado a sentarse en ese trono y a hablar con palabras que no eran las suyas y a compartir sus ojos con un ser de otro mundo que veía ese sitio soleado con un hambre voraz y eterna.

El disfraz picaba mucho. La pintura que tenía por todas partes no ayudaba.

La mayoría de los invitados importantes había llegado unos días antes de la fiesta, pero los que vivían en la ciudad o en las colinas de los alrededores ahora estaban formando una fila deslumbrante que se perdía detrás de las enormes puertas principales. Los guardias de la entrada revisaban invitaciones, hacían preguntas y estudiaban los rostros no muy contentos de que los interrogaran. Sin embargo, quienes se encargarían del entretenimiento, los proveedores y la servidumbre debían usar una de las entradas laterales.

Ahí fue donde Aelin encontró a madame Florine y su grupo de bailarinas, vestidas con disfraces de tul negro, seda y encaje, como una noche líquida en el sol de media mañana.

Con los hombros hacia atrás, el torso rígido y los brazos flojos a los lados, Aelin se coló en medio de la parvada. Tenía el cabello teñido de un tono café rojizo y el rostro cubierto con los cosméticos pesados que usaban todas las bailarinas. Entre ellas, nadie notaba su presencia.

Se concentró en su rol de novata nerviosa, en parecer más interesada en cómo la percibían las demás bailarinas que en los seis guardias que estaban posicionados en la pequeña puerta de madera al costado del muro de piedra. El corredor del castillo que quedaba del otro lado era angosto, bueno para las dagas pero malo para las espadas y mortal para las bailarinas si se metía en problemas.

En caso de que Arobynn la hubiera traicionado.

Con la cabeza agachada, Aelin vigilaba sutilmente a su primera prueba de confianza.

Florine, con su cabello castaño, recorrió la fila de bailarinas como un almirante que inspecciona su tripulación.

Era ya bastante mayor, pero hermosa. Cada uno de sus movimientos estaba aderezado con una gracia que la misma Aelin no hubiera sido capaz de replicar jamás, sin importar cuántas clases hubiera tenido con ella de niña. La mujer había sido la bailarina más celebrada del imperio y, después de retirarse, se había convertido en la maestra más valorada. *Instructora suprema*, la había llamado Aelin en los años que entrenó con ella, aprendiendo los bailes de moda y las maneras de moverse y perfeccionar su cuerpo.

Los ojos color miel de madame Florine se posaron en los guardias que esperaban antes de detenerse frente a Aelin con una mueca de desaprobación en sus labios delgados.

—Todavía necesitas trabajar en tu postura —dijo la mujer.

Aelin miró a Florine a los ojos.

—Es un honor entrar como bailarina sustituta para usted, madame. Espero que Gillyan pronto se recupere de su enfermedad.

Los guardias hicieron una seña a un grupo, en apariencia de malabaristas, y toda la fila avanzó un poco.

—Te ves de bastante buen humor —murmuró Florine.

Aelin hizo todo un espectáculo de bajar la cabeza, curvar los hombros y provocar un rubor en sus mejillas... era su rol de nueva suplente, tímida ante los cumplidos de su señora.

—¿Considerando dónde estaba hace diez meses?

Florine resopló y su mirada se detuvo en las bandas delgadas de cicatrices en las muñecas de Aelin, que ni siquiera las espirales de pintura podían ocultar. Los trajes de las bailarinas tenían originalmente la espalda descubierta, por lo cual fue preciso hacer ajustes al vestuario a fin de ocultar las cicatrices de Aelin, pero aun así, e incluso con la pintura corporal, la parte superior de sus cicatrices cubiertas por tatuajes se alcanzaba a asomar.

—Si crees que yo estuve relacionada con los acontecimientos que llevaron a eso...

Las palabras de Aelin apenas sonaron más que el crujido de los zapatos de seda en la grava cuando respondió:

—Ya estarías muerta si lo pensara.

No estaba mintiendo. Cuando trazó sus planes en el barco, el nombre de Florine había figurado entre los escritos; luego lo tachó tras considerarlo cuidadosamente.

Aelin continuó:

—¿Puedo confiar en que hiciste los ajustes necesarios?

No se refería al ligero cambio en los disfraces para poder llevar las armas y demás artículos que Aelin necesitaba introducir, todo pagado por Arobynn, desde luego. Se refería a las grandes sorpresas que llegarían después.

—Es un poco tarde para preguntarme eso, ¿no? —ronroneó madame Florine, y las joyas oscuras en su cuello y orejas centellearon—. Debes confiar mucho en mí para siquiera haberte presentado.

—Confío en que te gusta el dinero más de lo que te agrada el rey.

Arobynn le había dado una cantidad exorbitante a Florine. Sin dejar de estar atenta a los guardias, Aelin dijo:

—Y desde que su Majestad Imperial cerró el Teatro Real, confío en que ambas estamos de acuerdo en que lo hecho a esos músicos fue un crimen tan imperdonable como las masacres de los esclavos en Endovier y Calaculla.

Supo que no se equivocaba cuando vio brillar la agonía en los ojos de Florine.

—Pytor era mi amigo —susurró Florine, y sus mejillas bronceadas palidecieron—. No había mejor director de orquesta ni un mejor oído que él. Hizo mi carrera. Me ayudó a establecer todo esto —agregó con un ademán que englobaba a las bailarinas, el castillo, el prestigio adquirido—. Lo extraño.

Cuando Aelin se colocó la mano sobre su propio corazón, su gesto no tuvo nada de calculado, nada de frío.

—Extrañaré irlo a escuchar dirigir la *Suite Estigia* cada otoño. Pasaré el resto de mi vida sabiendo que tal vez nunca vuelva a escuchar mejor música, que quizá no vuelva a experimentar un poco de lo que sentí al estar sentada en ese teatro mientras él dirigía.

Madame Florine se envolvió con los brazos. A pesar de los guardias que estaban delante, de la tarea que se aproximaba con cada tic tac del reloj, a Aelin le tomó un momento ser capaz de volver a hablar.

Pero eso no era lo que había convencido a Aelin para que confiara en Florine, lo que la hizo aceptar el plan de Arobynn.

Dos años antes, después de pagar sus deudas, cuando finalmente estuvo libre de la correa que la ataba a Arobynn, casi tuvo que mendigar. Sin embargo, Aelin continuó tomando clases con Florine, no sólo con la finalidad de mantenerse al tanto de los bailes populares que necesitaba en su trabajo, sino también para conservarse flexible y en forma. Florine se había negado a aceptar su dinero.

Además, después de cada clase, le había permitido a Aelin quedarse en el pianoforte junto a la ventana y tocar hasta que le dolieran los dedos, ya que se había visto obligada a dejar su amado instrumento en la fortaleza de los asesinos. Florine nunca lo había mencionado, nunca la hizo sentir como si fuera caridad. Pero fue un gesto de amabilidad cuando lo necesitaba desesperadamente.

Aelin dijo en voz baja:

—¿Memorizaste los planes para ti y tus chicas?

—Las que deseen huir pueden irse en el barco que contrató Arobynn. Tengo espacio para todas, por si acaso. Si son tan estúpidas como para quedarse en Rifthold, entonces se merecen lo que les pase.

Aelin no se había arriesgado a que la vieran reunirse con Florine hasta ese momento y ésta no se había atrevido a empacar sus pertenencias por miedo a que la descubrieran. Se llevaría sólo lo que pudiera llevar a su puesta en escena (dinero, joyas) y huiría a los muelles en el momento en que el caos se desatara. Existía la posibilidad de que no lograra salir del palacio y tampoco ninguna de sus chicas, a pesar de los planes de escape proporcionados por Chaol y Brullo, y de la cooperación de los guardias más cordiales.

—Gracias —dijo Aelin.

Florine torció la boca de lado.

—Eso sí que no lo aprendiste de tu maestro.

Las bailarinas al frente de la fila llegaron con los guardias; Florine suspiró exageradamente y caminó hacia ellas, con las manos en sus angostas caderas; la fuerza y la gracia se notaban en cada uno de los pasos que la acercaron al guardia de uniforme negro leyendo un largo listado.

Una por una, miró a las bailarinas y las comparó con la lista que tenía en la mano. Estaba revisando la alineación a detalle.

Pero gracias a que Ress se había metido a las barracas la noche anterior y había agregado un nombre falso junto con su descripción, Aelin estaría ahí.

Se acercaron un poco más. Ella se encontraba en la parte trasera del grupo, para tener tiempo de fijarse en más detalles.

Dioses, este castillo... Seguía igual en todas las maneras posibles, pero lucía diferente. O tal vez la diferente era ella.

Una por una las bailarinas fueron pasando junto a los guardias inexpresivos para entrar al castillo por el pasillo angosto, alejándose entre risitas y susurros.

Aelin se puso de puntas con el objetivo de estudiar a los guardias en las puertas, fingiendo ser una novata que fruncía el rostro con curiosidad impaciente.

Entonces las vio.

En los umbrales de piedra había marcas del Wyrd escritas con pintura oscura. Estaban hechas con cuidado y eran bellas, como si fueran una mera decoración, pero...

Debían estar en todas las puertas, en todas las entradas.

Dicho y hecho, incluso las ventanas en el piso superior tenían pintados pequeños símbolos oscuros, sin duda para detectar a Aelin Galathynius, alertar al rey de su presencia o atraparla en un lugar el suficiente tiempo para ser capturada.

Una bailarina le dio un codazo a Aelin en el estómago para que dejara de recargarse en su hombro intentando mirar por encima de sus cabezas. Aelin se quedó viendo a la chica con la boca abierta y luego hizo un fuerte sonido de dolor.

La bailarina se quedó mirándola sobre su hombro, indicándole que guardara silencio.

Aelin estalló en llanto.

Lágrimas grandes y gordas, llenas de sentimiento y sollozos. Las bailarinas se quedaron petrificadas; la que estaba delante de ella dio un paso atrás mirando a ambos lados.

—E-eso me dolió —dijo Aelin con las manos en su estómago.

—No te hice nada —siseó la mujer.

Aelin siguió llorando.

Adelante, Florine les ordenó a sus bailarinas que se hicieran a un lado y luego se puso cara a cara frente a Aelin.

—En el nombre de todos los dioses de este reino, ¿qué es esta tontería?

Aelin señaló a la otra bailarina con un dedo tembloroso.

—Ella m-me pegó.

Florine se dio la vuelta para ver a la otra bailarina, que tenía los ojos como platos y ya estaba declarándose inocente. Luego siguieron una serie de acusaciones, insultos y más lágrimas, ahora era la bailarina quien lloraba por su carrera, la cual sin duda quedaría arruinada.

—A-agua —lloriqueó Aelin a Florine—. Necesito un vaso de aaagua.

Los guardias empezaron a avanzar hacia ellas. Aelin apretó el brazo de Florine con fuerza.

—A-ahora.

Los ojos de Florine centellearon y les dio la cara a los guardias que se acercaban para ladrarles sus peticiones. Aelin contuvo el aliento, en espera del golpe, de la bofetada... pero vio a uno de los amigos de Ress, uno de los amigos de Chaol con una flor roja en el pecho, como ella había pedido, que salió corriendo por agua. Estaba exactamente donde Chaol había dicho que estaría en caso de que algo saliera mal. Aelin se quedó colgada de Florine hasta que apareció el agua: un balde y un cucharón, lo mejor que pudo conseguir el hombre. Fue inteligente y no la miró a los ojos.

Con un pequeño sollozo de agradecimiento, Aelin recibió ambas cosas de sus manos. Le temblaban ligeramente.

Le dio un golpe discreto a Florine con el pie para que avanzara.

—Ven conmigo —dijo Florine entre dientes y la arrastró hasta el frente de la línea—. Ya tuve suficiente de estas tonterías, casi arruinas tu maquillaje.

Con cuidado de no tirar el agua, Aelin le permitió a Florine jalarla hasta la puerta donde estaban los guardias con expresión pétrea.

—Mi suplente ridícula e inútil, Dianna —le dijo al guardia con severidad acerada, sin inmutarse ante el demonio de ojos negros que la miraba.

El hombre revisó la lista en sus manos, buscó, buscó...

Y tachó un nombre.

Aelin tomó un trago tembloroso del cucharón y luego lo volvió a meter en la cubeta.

El guardia miró a Aelin de nuevo. Ella se esforzó para que le temblara el labio inferior y las lágrimas empezaran a acumularse en sus ojos otra vez, mientras el demonio la devoraba con los suyos. Como si todas estas hermosas bailarinas fueran un postre.

—Pasa —gruñó el hombre e hizo un movimiento brusco con la barbilla en dirección al pasillo detrás de él.

Con un rezo silencioso, Aelin dio un paso hacia las marcas del Wyrd escritas en las piedras del umbral.

Y se tropezó, tirando el balde lleno de agua sobre las marcas.

Ella gritó cuando chocó con el piso y las rodillas le dolieron genuinamente. Florine de inmediato se lanzó sobre ella, le exigió que dejara de ser tan torpe y tan llorona, y luego la empujó al interior, haciéndola pasar por encima de las marcas arruinadas.

Y dentro del castillo de cristal.

CAPÍTULO 17

Cuando Florine y el resto de las bailarinas pudieron entrar, las hicieron esperar apretujadas en un pasillo angosto, reservado a la servidumbre. En cuestión de momentos se abriría la puerta del extremo del corredor hacia el salón de baile y saldrían flotando como mariposas. Mariposas negras y resplandecientes que ejecutarían la danza de "Las doncellas de la muerte", parte de una sinfonía muy popular.

Nadie las volvió a detener ni a cuestionar, aunque los guardias de todos los pasillos las observaban como halcones. Halcones nada parecidos a los de los príncipes hada.

Muy pocos de los hombres de Chaol estaban presentes. No había señal de Ress ni de Brullo. Pero los hombres estaban donde Chaol prometió que estarían, con base en la información de Ress y de Brullo.

Un platón de jamón rostizado con costra de miel y salvia pasó junto a ella en el hombro de un sirviente y Aelin intentó no apreciarlo, no saborear los aromas de la comida de su enemigo. Aunque fuera muy buena.

Pasaron platillos y más platillos en manos de sirvientes con el rostro enrojecido, sin duda agotados por el ascenso desde las cocinas. Trucha con avellanas, espárragos dorados, bandejas de crema batida fresca, tartas de pera, tartas de carne...

Aelin ladeó la cabeza al mirar una fila de sirvientes. Se le dibujó una sonrisa en el rostro. Esperó a que los sirvientes regresaran con las manos vacías de camino a las cocinas. Finalmente se volvió a abrir la puerta y una sirvienta delgada, con un delantal blanco y almidonado, entró al pasillo iluminado con luz tenue. Traía un mechón de cabello del color de la tinta separado de su trenza y se apresuraba por la siguiente bandeja de tartas de pera de la cocina.

Aelin mantuvo el rostro inexpresivo, desinteresado, cuando Nesryn Faliq miró en su dirección.

Esos ojos oscuros y ligeramente rasgados hacia arriba se entrecerraron un milímetro... Por sorpresa o por nervios, Aelin no alcanzó a notarlo. Pero antes de que pudiera decidir cómo interpretar eso, uno de los guardias le indicó a Florine que era hora.

Aelin mantuvo la cabeza agachada, aunque sintió cómo la atención del demonio dentro del guardia recorría a todas las bailarinas. Cuando volteó, Nesryn ya se había ido, ya había desaparecido por las escaleras.

Florine caminó frente a la fila de bailarinas paradas junto a la puerta con las manos a la espalda.

—Espaldas derechas, hombros atrás, cuellos erguidos. Son ligeras, son aire, son gracia. No me decepcionen.

Florine tomó el canasto de flores de cristal negro que venía cargando su bailarina de paso más estable. Cada flor exquisita relucía como un diamante de ébano en la luz tenue del corredor.

—Si las rompen antes de que sea el momento de tirarlas al piso, están terminadas. Costaron más de lo que valen ustedes y no hay más.

Una por una, entregó las flores a las bailarinas de la fila; cada flor podría resistir sin romperse los siguientes minutos.

Cuando Florine llegó con Aelin, la canasta estaba vacía.

—Observa y aprende —le dijo de modo que el guardia demonio alcanzara a oír y luego le puso la mano en el hombro, como una maestra que consuela a su alumna. Las otras bailarinas ahora estaban calentando, haciendo girar sus cabezas y sus hombros, y no miraron en su dirección.

Aelin asintió con timidez, como si estuviera intentando ocultar las lágrimas amargas de la decepción, y se salió de la fila para quedarse al lado de Florine.

Empezaron a escucharse las trompetas a través de las grietas de la puerta y la multitud gritó con tal fuerza que el piso se sacudió.

—Me asomé al gran salón —dijo Florine en voz tan baja que Aelin apenas la pudo escuchar—. Quería ver cómo está el general. Está delgado y pálido, pero alerta. Listo para ti.

Aelin se quedó inmóvil.

—Siempre me pregunté dónde te había encontrado Arobynn —murmuró Florine mirando hacia la puerta como si pudiera ver a través de ella—. Por qué se tomaba tantas molestias para que hicieras su voluntad, más que con otros.

La mujer cerró los ojos por un momento; cuando los volvió a abrir, se podía ver ese brillo acerado en ellos.

—Cuando rompas las cadenas de este mundo y forjes el siguiente, recuerda que el arte es tan vital para un reino como el alimento. Sin el arte, un reino no es nada y quedará olvidado en el tiempo. He acumulado suficiente dinero en mi vida miserable para no necesitar más, así que me entenderás claramente cuando te diga que, donde sea que establezcas tu trono, sin importar cuánto tiempo te tome, yo te alcanzaré y llevaré música y danza.

Aelin tragó saliva. Antes de que pudiera responder, Florine la dejó parada al final de la fila y caminó hacia la puerta. Hizo una pausa ahí y miró a cada una de las bailarinas formadas. Empezó a hablar cuando su mirada llegó a Aelin.

—Denle a nuestro rey el espectáculo que se merece.

Florine abrió la puerta y el pasillo se inundó de luz, de música y del aroma de carne rostizada.

Las demás bailarinas tomaron aliento y saltaron al frente, una por una, ondeando las oscuras flores de cristal sobre sus cabezas.

Mientras veía alejarse al grupo, la sangre que corría por las venas de Aelin obedeció su voluntad de transformarse en fuego negro. Aedion: debía concentrarse en él, no en el tirano sentado al frente del salón, el hombre que había asesinado a su familia, que había asesinado a Marion, que había asesinado a su gente. Si éstos iban a ser sus últimos momentos, al menos moriría luchando con música exquisita al fondo.

Había llegado la hora.

Una respiración..., otra.

Ella era la heredera de fuego.

Ella era fuego, y luz, y cenizas, y brasas. Era Aelin Corazón de Fuego y no se inclinaba ante nadie ni ante nada, salvo ante la corona que era suya por sangre y supervivencia y triunfo.

Aelin enderezó los hombros y se deslizó entre la multitud enjoyada.

Aedion había estado observando a los guardias durante las horas que llevaba encadenado al taburete y ya había determinado a quién sería mejor atacar primero, a quién le favorecía más cierto lado o una pierna, quién titubearía cuando tuviera que enfrentar al Lobo del Norte y, lo más importante, quién era lo suficientemente impulsivo y estúpido para finalmente atravesarlo con una espada a pesar de las órdenes del rey.

Ya habían empezado las actuaciones que distraían la atención de la multitud que lo había estado observando sin ninguna vergüenza; cuando las dos docenas de mujeres flotaron, saltaron y giraron en el amplio espacio entre la plataforma y su plancha de ejecución, por un momento Aedion se sintió... mal por interrumpirlas. Estas mujeres no tenían ninguna razón para verse involucradas en el derramamiento de sangre que estaba a punto de desatar.

Parecía correcto, sin embargo, que sus disfraces brillantes fueran del negro más oscuro con motivos plateados: las "doncellas de la muerte", pensó. Eso era lo que estaban representando.

Se podría interpretar como una señal. Tal vez Silba, la de los ojos oscuros, le concedería un final amable y no tendría que enfrentar una muerte cruel en las manos ensangrentadas de Hellas. De cualquier manera, empezó a sonreír. La muerte era la muerte.

Las bailarinas estaban lanzando puños de polvo negro; probablemente, cubrir el piso con él representaba las cenizas de los caídos. Una por una realizaban giros agraciados y reverencias frente al rey y su hijo.

Era hora de moverse. El monarca estaba distraído porque un guardia uniformado le susurraba algo al oído; el príncipe estaba observando a las bailarinas con desinterés aburrido y la reina platicaba con el cortesano al que favorecía ese día.

Las personas del público aplaudieron y admiraron el baile. Habían asistido ataviadas con sus mejores ropas, una riqueza muy inconsciente. La sangre de un imperio había pagado esas joyas y sedas. La sangre de su gente.

Una bailarina adicional se movía entre la multitud: seguramente era una suplente que buscaba mejor lugar para ver el espectáculo. Y no lo hubiera pensado dos veces de no ser porque ella era más alta que las otras, más grande, con más curvas, con los hombros más anchos. Se movía con más pesadez, como si en cierta forma estuviera arraigada a la tierra por naturaleza. La luz la alumbró y brilló a través del encaje de las mangas del disfraz y se alcanzaron a ver las marcas espirales en su piel. Idénticas a la pintura en los brazos y pechos de las bailarinas, salvo por la espalda, donde la pintura era un poco más oscura, un tanto distinta.

Las bailarinas como ésas no tenían tatuajes.

Antes de poder ver más, entre una respiración y la siguiente, cuando un grupo de damas con vestidos enormes le bloqueó la vista, ella pasó junto a los guardias con una sonrisa tímida, como si estuviera perdida, y desapareció detrás de una cortina que ocultaba una puerta.

Cuando regresó, poco menos de un minuto después, la reconoció sólo por su complexión, por su altura. Ya no traía el maquillaje y la falda de tul había desaparecido.

No..., no había desaparecido, se dio cuenta cuando entró nuevamente sin que los guardias siquiera voltearan a verla. Había volteado la falda y la usaba ahora como una capa de seda. La capucha cubría su cabello castaño rojizo y ella se movía... se movía como un hombre, pavoneándose para las damas a su alrededor.

Más cerca de él, hacia el escenario.

Las bailarinas seguían lanzando su polvo negro por todas partes, haciendo círculos una y otra vez, saltando por el piso de mármol.

Ninguno de los guardias se percató de la bailarina convertida en noble que se acercaba sigilosamente a él. Uno de los cortesanos sí se dio cuenta, pero no para sonar la alarma, sino para gritar el nombre de un hombre. Y la bailarina disfrazada volteó y levantó una mano para saludar a quien la había llamado y le sonrió con altanería.

No estaba disfrazada. Se había convertido completamente en alguien más.

Avanzó más y más cerca, y la música de la orquesta en la galería empezó a ascender hacia el final atronador y vibrante: cada nota más alta que la anterior. Entonces las bailarinas levantaron las rosas de vidrio sobre sus cabezas: un tributo al rey, a la Muerte.

La bailarina disfrazada se detuvo afuera del círculo de guardias que rodeaba la plataforma de Aedion y se empezó a tocar el cuerpo como si estuviera buscando un pañuelo que no encontraba, murmurando una serie de obscenidades.

Una pausa ordinaria, creíble, ninguna razón para alarmarse. Los guardias devolvieron su atención a las artistas.

La bailarina levantó la vista para mirar a Aedion con el entrecejo fruncido. Incluso disfrazada como hombre de la aristocracia, se le podía notar el triunfo perverso y salvaje de sus ojos color turquesa y oro.

Detrás de ellos, del otro lado del pasillo, las bailarinas azotaron sus rosas contra el piso y Aedion le sonrió a su reina justo cuando todo el mundo se fue al infierno.

CAPÍTULO 18

Las flores de vidrio no eran lo único lleno del polvo reactivo que Aelin compró discretamente en el Mercado de las Sombras. El polvo brillante que las bailarinas habían lanzado por todas partes también estaba lleno del reactivo. Y había valido cada una de las malditas monedas de plata que pagó. El humo se extendió rápidamente a cada rincón cuando las flores detonaron el polvo esparcido por el salón.

El humo era tan denso que Aelin no alcanzaba a ver mucho más allá de sus narices, y la capa gris, que había funcionado como la falda de su vestuario, le servía perfectamente para ocultarse. Justo como Arobynn lo había sugerido.

Los gritos hicieron que la música se detuviera. Aelin ya iba avanzando hacia el estrado cercano cuando el reloj de la torre, la torre que los salvaría o los condenaría a todos, sonó para indicar el mediodía.

Aedion no tenía un collar negro alrededor del cuello y eso era lo único que necesitaba ver. El alivio que sintió amenazaba con doblarle las rodillas. Antes de que terminara la primera campanada, ya había sacado las dagas integradas a su disfraz —todo ese hilo de plata y las cuentas habían servido para disimular el hierro— y le cortó la garganta al guardia más cercano.

Aelin giró y lo lanzó al primer hombre contra el que estaba más cerca de él para luego clavar su otra daga profundamente en el estómago de un tercero.

La voz de Florine se escuchó por encima del ruido de la multitud cuando les decía a sus bailarinas que salieran *ya-ya-ya.*

Sonó la segunda campanada del reloj; Aelin sacó su daga del vientre del guardia que gemía cuando otro se abalanzaba hacia ella a través del humo.

El resto se iría hacia Aedion por instinto, pero la multitud les estorbaría y ella ya estaba lo suficientemente cerca.

El guardia, uno de ésos con uniforme negro salidos de una pesadilla, atacó con su espada directamente al pecho de Aelin. Ella desvió el golpe a un lado con una de las dagas y giró hacia el torso expuesto del guardia. Un chorro de sangre caliente y apestosa salpicó su mano cuando le clavó el otro cuchillo en el ojo.

El guardia seguía cayendo mientras ella corrió el último par de metros hacia la plataforma y se lanzó rodando, manteniéndose cerca del piso hasta llegar justo debajo de los otros dos guardias, que aún estaban intentando alejar el velo de humo con las manos. Gritaron cuando los evisceró a ambos de dos tajadas.

Sonó la cuarta campanada y ahí estaba Aedion, los tres guardias a su alrededor empalados con fragmentos de su taburete.

Era enorme, todavía más grande de cerca. Un guardia se lanzó a atacarlos desde afuera del humo y Aelin gritó "¡Agáchate!" antes de lanzar su daga hacia la cara del hombre que se aproximaba. Aedion apenas logró moverse con suficiente rapidez para evitar el golpe y la sangre del guardia salpicó el hombro de la túnica de su primo.

Aelin se lanzó a las cadenas alrededor de los tobillos de Aedion y guardó el cuchillo que le quedaba en su costado.

Un estremecimiento la recorrió y una luz azul la cegó cuando el Ojo se encendió. No se atrevió a pausar ni por un instante. No sabía qué hechizo había puesto el rey en las cadenas de Aedion, pero ardía como fuego azul. Ella hizo un corte en el antebrazo con la daga y usó su sangre para trazar en las cadenas los símbolos que había memorizado: *Abrir*.

Las cadenas cayeron al piso con un golpe seco.

La séptima campanada del reloj.

Los gritos se transformaron en algo más intenso, más salvaje, y la voz del rey retumbó por encima del escándalo de la multitud llena de pánico.

Un guardia los atacó con la espada desenvainada. Otro de los beneficios del humo era que las flechas se volvían muy arriesgadas. Pero sólo le daría el crédito a Arobynn si lograba salir con vida.

Desenvainó otro cuchillo oculto en el forro de su capa gris. El guardia cayó sosteniéndose la garganta abierta de oreja a oreja. Entonces Aelin giró hacia Aedion, se quitó del cuello la larga cadena del Ojo y lanzó el collar sobre la cabeza de su primo. Abrió la boca, pero él jadeó las palabras: "La espada".

En ese momento notó la espada que estaba en exhibición detrás del taburete. La espada de Orynth.

La espada de su padre.

Había estado demasiado concentrada en Aedion, en los guardias y las bailarinas, para percatarse de qué espada era.

—Mantente cerca —fue todo lo que dijo, tomó la espada del exhibidor y la empujó hacia sus manos. No se permitió pensar demasiado sobre el peso de esa espada, o sobre cómo había llegado a ese lugar. Sólo tomó a Aedion por la muñeca y corrió por la plataforma hacia las ventanas del patio, donde la multitud gritaba y los guardias intentaban formar una fila.

El reloj sonó su novena campanada. Liberaría las manos de Aedion en cuanto llegaran al jardín; no tenían un segundo más que perder en el humo sofocante.

Aedion se tropezó pero se mantuvo de pie, cerca de ella, cuando saltó de la plataforma hacia el humo, justo donde Brullo dijo que dos guardias mantendrían su posición. Uno murió con una daga enterrada en la columna, el otro con un golpe lateral al cuello. Apretó las empuñaduras de sus dagas contra la sangre resbalosa que ahora las cubría, así como a todo su cuerpo.

Con la espada aferrada entre las manos, Aedion saltó a su lado y se le doblaron las rodillas.

Estaba herido, pero ella no podía ver la llaga. Dedujo eso mientras iba abriéndose paso entre la multitud, con una conducta y una apariencia distintas, como le había sugerido Lysandra. La palidez del rostro de Aedion no tenía que ver con el miedo, tampoco su respiración agitada. Estaba herido.

Eso le facilitaba mucho matar a esos hombres.

La multitud estaba formando un cuello de botella junto a las puertas del patio, justo como ella había calculado. Sólo tuvo que gritar: "¡Fuego, fuego!" y los gritos se volvieron frenéticos.

La multitud empezó a romper las ventanas y las puertas de cristal, pasando unos sobre otros y sobre los guardias. Tomaron baldes para apagar las llamas y el agua empezó a mojar todo y a salpicar las zonas donde estaban las marcas del Wyrd en los umbrales.

El humo salía frente a ellos, indicando el camino hacia el jardín. Aelin empujó la cabeza de Aedion hacia abajo y lo introdujo entre la masa de cortesanos y sirvientes que huían. Golpes, apretones, gritos, rasgaduras en la ropa, hasta que... hasta que el sol del mediodía la cegó.

Aedion siseó. Las semanas que pasó en los calabozos probablemente habían hecho estragos en sus ojos.

—Sólo mantente a mi lado —le dijo Aelin y se puso la enorme mano de su primo sobre el hombro. Él la sostuvo con fuerza. Las cadenas que traía en las manos iban chocando contra ella mientras avanzaba por la multitud y hacia el aire despejado y el cielo abierto más adelante.

El reloj de la torre hizo sonar su doceava y última campanada cuando Aelin y Aedion se vieron obligados a frenar su carrera frente a una línea de seis guardias que bloqueaban la entrada a los setos del jardín.

Aelin se soltó de la mano de Aedion y su primo maldijo cuando sus ojos se ajustaron lo suficiente para distinguir qué se interponía entre ellos y su escapatoria.

—No me estorbes —le dijo Aelin y se lanzó contra los guardias.

Rowan le había enseñado algunos trucos nuevos.

Era un torbellino de muerte, una reina de sombras, y esos hombres ya eran carroña.

Cortando, esquivando y girando, Aelin se entregó por completo a esa calma asesina hasta que la sangre era como niebla roja a su alrededor y la grava estaba resbalosa. Llegaron corriendo cuatro de los hombres de Chaol y luego se fueron en dirección opuesta. Aliados o simplemente inteligentes, daba lo mismo.

Cuando el último de esos guardias uniformados de negro cayó inerte al piso sangriento, se apresuró a regresar por Aedion. Él había visto todo con la boca abierta, pero dejó escapar una risa profunda y sombría mientras corría dando traspiés a su lado en dirección a los setos.

Arqueros... Tenían que burlar a los arqueros que sin duda empezarían a disparar en cuanto se disipara el humo.

Se escabulleron alrededor y entre los setos que ella había recorrido docenas de veces durante el tiempo que vivió en el castillo, cuando corría todas las mañanas con Chaol.

—Más rápido, Aedion —dijo en voz baja, pero él seguía rezagándose. Se detuvo e hizo un corte con la daga en su muñeca bañada en sangre para trazar las marcas del Wyrd que abrirían los grilletes que su primo tenía en las manos. Nuevamente se encendió una luz ardiente. Pero las esposas se abrieron en silencio.

—Buen truco —jadeó él; ella le arrancó las cadenas. Estaba a punto de aventarlas a un lado cuando escucharon la grava crujir detrás de ellos.

No eran los guardias y no era el rey.

Su horror aumentó cuando se dio cuenta de que Dorian caminaba hacia ellos.

CAPÍTULO 19

—¿Van a algún lado? —preguntó Dorian con las manos en los bolsillos de sus pantalones negros.

El hombre que pronunciaba esas palabras no era su amigo, lo supo desde antes de que abriera la boca. El cuello de su túnica color ébano estaba desabotonado y se podía ver el torque brillante de piedra del Wyrd que tenía en la base del cuello.

—Desafortunadamente, Su Majestad, tenemos que asistir a otra fiesta.

Aelin se fijó en el esbelto arce rojo que quedaba a su derecha, los setos, el palacio de cristal que se elevaba a la distancia. Se habían adentrado demasiado en el jardín como para que les dispararan, pero cada segundo desperdiciado equivalía a firmar su propia sentencia de muerte. Y la de Aedion.

—Qué pena —dijo el príncipe del Valg dentro de Dorian—. Apenas empezaba a ponerse emocionante.

Dorian atacó.

Una oleada de negrura salió disparada en su dirección y Aedion gritó para advertirle. Aelin vio una llamarada azul que atajó el ataque a Aedion, pero ella retrocedió un paso, como si la hubiera golpeado un viento duro y oscuro.

Cuando la negrura se despejó, el príncipe se quedó mirándola. Luego esbozó una sonrisa perezosa y cruel.

—Te protegiste. Inteligente, hermosa cosa humana.

Ella había pasado toda la mañana pintando cada centímetro de su cuerpo con marcas del Wyrd hechas con su propia sangre mezclada con tinta para ocultar el color.

—Aedion, corre hacia el muro —susurró sin atreverse a quitarle los ojos de encima al príncipe.

Aedion no hizo caso y dijo:

—No es el príncipe..., ya no.

—Lo sé. Por eso tienes que...

—Cuánto heroísmo —dijo la cosa que habitaba dentro de su amigo—. Tanta esperanza ingenua, pensar que pueden escapar.

Como un áspid, volvió a atacar con una pared de poder manchada de negro. El golpe la lanzó contra Aedion, quien gruñó por el dolor pero le ayudó a enderezarse. La piel empezó a cosquillearle debajo del disfraz, como si las protecciones de sangre se estuvieran descarapelando con cada ataque. Eran útiles pero de vida corta. Precisamente por eso no las había desperdiciado para meterse al castillo.

Debían salir de ahí... en ese momento.

Aventó las cadenas a las manos de Aedion, le quitó la espada de Orynth y avanzó hacia el príncipe.

Lentamente desenvainó la espada. Su peso estaba exquisitamente distribuido y el brillo del acero era tal como ella lo recordaba. En las manos de su padre.

El príncipe del Valg lanzó contra ella otro latigazo de poder que la hizo tropezar, pero pudo seguir caminando aunque las protecciones de sangre debajo de su disfraz se desmoronaban.

—Una señal, Dorian —dijo—. Dame una señal de que estás ahí dentro.

La risa del príncipe del Valg era grave y áspera. El rostro hermoso de Dorian estaba retorcido con una brutalidad antigua. Sus ojos color zafiro lucieron vacíos cuando dijo:

—Voy a destruir todo lo que amas.

Ella levantó la espada de su padre con ambas manos y continuó avanzando.

—No te atreverías —dijo la cosa.

—Dorian —repitió ella con la voz quebrada—. Tú eres Dorian.

Segundos, tenía unos cuantos segundos más para darle. Su sangre empezó a caer en la grava y dejó que se acumulara ahí, con los ojos fijos en el príncipe mientras empezaba a trazar un símbolo con el pie.

—Ya no —rio el demonio nuevamente.

Ella miró dentro de esos ojos, miró la boca que había besado alguna vez, el amigo que había querido tanto, y le suplicó:

—Una señal, Dorian.

Pero no había nada de su amigo en ese rostro, ni un titubeo o movimiento sutil del músculo indicando que se resistía al ataque cuando el príncipe se abalanzó.

Se arrojó hacia ella pero se quedó congelado al pasar por encima de la marca del Wyrd que había trazado en el piso con el pie: una marca rápida y sucia para detenerlo. No duraría más de unos instantes, pero eso era todo lo que necesitaba. El príncipe cayó de rodillas, sacudiéndose y empujando contra la fuerza. Aedion maldijo en voz baja.

Aelin levantó la espada de Orynth sobre la cabeza de Dorian. Un golpe. Sólo uno para cortar por la carne y el hueso, para salvarlo.

La cosa estaba rugiendo con una voz que no le pertenecía a Dorian, en un lenguaje que no era de este mundo. La marca en el piso se encendió, pero no dejó de funcionar.

Dorian levantó la vista hacia ella, con el rostro hermoso lleno de odio, malicia y rabia.

Por Terrasen, por su futuro, podía hacer esto. Terminar con la amenaza aquí y ahora. Terminar con él, el día de su cumpleaños, exactamente a los veinte. Ya sufriría por eso después, ya viviría su duelo después.

Ni un nombre más para grabar en su piel, se había prometido. Pero por su reino... Dejó caer un poco la espada en lo que decidía y...

El impacto golpeó la espada de su padre y la desequilibró. Aedion gritó.

La flecha rebotó hacia el jardín y siseó en la grava cuando aterrizó.

Nesryn ya venía acercándose, con otra flecha lista y apuntada hacia Aedion.

—Si atacas al príncipe le dispararé al general.

Dorian dejó escapar una risa de amante.

—Eres una pésima espía —le ladró Aelin—. Ni siquiera intentaste permanecer oculta mientras me vigilabas dentro.

—Arobynn Hamel le dijo al capitán que intentarías matar al príncipe hoy —dijo Nesryn—. Baja la espada.

Aelin no hizo caso a la orden. *El padre de Nesryn hace las mejores tartas de pera de la capital.* Supuso que Arobynn había intentado advertirle y ella había estado demasiado distraída por todo lo demás para considerar el mensaje velado. Estúpida. Tan profundamente estúpido de su parte.

Le quedaban apenas segundos antes de que las marcas empezaran a fallar.

—Nos mentiste —dijo Nesryn. La flecha seguía apuntando a Aedion, quien estaba estudiando a Nesryn y enroscaba los dedos como si estuviera imaginándose que los envolvía alrededor de la garganta de la mujer.

—Tú y Chaol son unos tontos —dijo Aelin, aunque parte de ella sintió alivio, aunque quería admitir que lo que había estado a punto de hacer también la convertía a ella en una tonta. Bajó la espada a su costado.

—Te arrepentirás de este momento, niña —siseó la cosa dentro de Dorian.

Aelin sólo susurró:

—Lo sé.

No le importaba un carajo lo que le sucediera a Nesryn. Envainó la espada, tomó a Aedion y corrió.

Aedion sentía que el aire le rasgaba los pulmones como astillas de vidrio, pero la mujer cubierta de sangre, Aelin, lo estaba jalando, maldiciéndolo por ser tan lento. El jardín era enorme y se podían escuchar gritos en los setos detrás de ellos, acercándose.

Llegaron a un muro de piedra que ya tenía marcas del Wyrd hechas con sangre y manos del otro lado listas para ayudarle a subir la barda y pasar del otro lado. Intentó decirle a ella que pasara primero, pero lo estaba empujando por la espalda, luego sus piernas, impulsándolo hacia arriba mientras los dos hombres sobre el muro gruñían al tratar de subir su peso. La herida en sus costillas se estiró, quemándolo con agonía. El mundo se hizo brillante y giró cuando los hombres encapuchados lo bajaron a la calle silenciosa de la ciudad al otro lado. Tuvo que sostenerse con una mano en el muro para no resbalar con la sangre encharcada de los guardias reales que había abajo. No reconoció ninguna de sus caras. Algunos todavía tenían el gesto congelado en un grito silencioso.

Se escuchó el sonido de un cuerpo que aterrizaba en la roca y luego su prima llegó a su lado, envolvió su cuerpo ensangrentado con la capa gris y se puso la capucha para ocultar el rostro salpicado de sangre. Tenía otra capa en las manos, cortesía de uno de los guardias del muro. Aedion apenas logró mantenerse en pie cuando ella lo envolvió con la capa y le cubrió la cabeza con la capucha.

—Corre —le dijo. Los dos hombres en el muro permanecieron ahí con los arcos tensos y a punto de disparar más flechas. No había señales de la joven arquera del jardín.

Aedion tropezó y Aelin maldijo. Corrió de regreso hacia él para pasarle un brazo por la cintura. Él maldijo su fuerza por fallarle justo en ese momento y recargó el brazo sobre los hombros de ella. Se apoyó en su prima mientras corrían por la calle residencial demasiado silenciosa.

Ahora empezaban a escucharse gritos detrás de ellos, acentuados por el zumbido y golpeteo de flechas y los aullidos de hombres moribundos.

—Cuatro cuadras —jadeó ella—. Sólo cuatro cuadras.

No parecían encontrarse a una distancia suficiente para estar seguros, pero él no tuvo aliento para decirlo. Mantenerse de pie consumía todos sus esfuerzos. Las suturas en su costado se habían abierto pero, por todos los dioses, habían logrado salir del terreno del palacio. Un milagro, un milagro, un mil...

—¡Apresúrate, bestia gigante! —ladró ella.

Aedion se obligó a concentrarse y a enviar toda su fuerza a sus piernas, a su espalda.

Llegaron a una esquina decorada con banderines y flores; Aelin miró en ambas direcciones antes de cruzar la intersección. El choque de acero sobre acero y los gritos de los hombres heridos resquebrajaron la ciudad, provocando que los pobladores, de fiesta por todas partes, empezaran a murmurar.

Aelin continuó por una calle, luego por otra. En la tercera hizo más lentos sus pasos y se recargó en él. Empezó a cantar una canción obscena con una voz muy desentonada y ebria. De esa manera se convirtieron en dos ciudadanos comunes y corrientes que habían salido a festejar el cumpleaños del príncipe, arrastrándose de una taberna a la siguiente. Nadie les prestó atención porque todas las miradas estaban fijas en el castillo de cristal que se elevaba detrás de ellos.

El movimiento lo empezó a marear. Si se desmayaba...

—Una cuadra más —prometió ella.

Todo esto debía ser una especie de alucinación. No había otra opción. Nadie hubiera sido realmente tan estúpido como para intentar rescatarlo, en especial su propia reina. Aunque la había visto segar a media docena de hombres como si fueran espigas de trigo.

—Vamos, vamos —jadeó ella estudiando la calle adornada y él supo que no le estaba hablando a él. La gente empezaba a acumularse en la calle y se detenían para preguntar qué era todo ese escándalo en el palacio. Aelin los guio entre la multitud, un par de borrachos tambaleantes y encapuchados, hasta la carroza negra que se detuvo cerca de la acera junto a ellos, como si los hubiera estado esperando. La puerta se abrió.

Su prima lo empujó dentro del vehículo, al piso, se metió y cerró la puerta tras ella.

—Ya están deteniendo todos los carruajes en los cruces principales —le dijo Lysandra a Aelin cuando abrió el compartimento de equipaje oculto debajo de uno de los asientos. Era suficientemente grande para que cupiera una persona muy apretada, pero Aedion era gigante y...

—Dentro. Métete, ahora —le ordenó y no esperó a que Aedion se moviera antes de levantarlo y lo arrojó al compartimento. Él gimió. Le empezaba a salir sangre de un costado, pero viviría.

Esto es, si alguno de ellos sobrevivía a los siguientes minutos. Aelin cerró el panel debajo del cojín e hizo una mueca de dolor al sentir el golpe de la madera en la carne. Después tomó el trapo húmedo que Lysandra sacó de una sombrerera vieja.

—¿Estás herida? —preguntó Lysandra mientras el carruaje empezaba a avanzar a paso tranquilo por las calles llenas con personas de fiesta.

El corazón de Aelin latía con tanta fuerza que pensó que vomitaría; negó con la cabeza y se limpió la cara. Tanta sangre... Además los restos del maquillaje, luego más sangre.

Lysandra le dio otro trapo para que se limpiara pecho, cuello y manos, y después le entregó un vestido verde, holgado, de manga larga.

—Ya, ya, ya —susurró Lysandra.

Aelin se arrancó la capa ensangrentada y la lanzó a Lysandra, quien se puso de pie con el fin de meterla debajo de su propio asiento mientras Aelin se ponía el vestido. Para sorpresa de Aelin, a Lysandra no le temblaron los dedos mientras le abotonaba la espalda. Luego le recogió rápidamente el cabello, le dio un par de guantes y le puso un collar de piedras preciosas alrededor del cuello. También le dio un abanico en cuanto se puso los guantes, de modo que pudiera ocultar cualquier rastro de sangre.

El carruaje se detuvo y se escucharon hoscas voces masculinas. Lysandra acababa de abrir las cortinas cuando oyeron que se acercaban pasos firmes y aparecieron cuatro guardias del rey que se asomaron al carruaje con miradas inquisitivas y despiadadas.

Lysandra abrió la ventana de un golpe.

—¿Por qué nos detienen?

El guardia abrió la puerta bruscamente y metió la cabeza. Aelin notó una mancha de sangre en el piso un instante antes que él y se movió hacia atrás para cubrirla con su falda.

—¡Señor! —gritó Lysandra—. ¡Me deben una explicación de inmediato!

Aelin agitó su abanico como lo haría una dama horrorizada, rezando para que su primo se mantuviera en silencio en su pequeño compartimento. En la calle, más allá, algunas de las personas que celebraban se detuvieron para mirar la inspección: tenían los ojos muy abiertos, sentían curiosidad y no tenían ninguna intención visible de ayudar a las dos mujeres del carruaje.

El guardia las miró con desdén y su expresión se profundizó cuando vio la muñeca tatuada de Lysandra.

—No te debo nada, puta.

Escupió otra palabra obscena a ambas y luego gritó:

—¡Busquen en el compartimento de atrás!

—Vamos en camino a una cita —siseó Lysandra, pero él le azotó la puerta en la cara. El carruaje se movió cuando los hombres saltaron a la parte de atrás y abrieron el compartimento trasero. Un momento después, alguien golpeó el lado del carruaje con la mano y gritó:

—¡Sigan adelante!

No se atrevieron a detenerse con miradas ofendidas, ni a dejar de abanicarse durante las siguientes dos cuadras, ni las dos que les siguieron, hasta que el conductor tocó la parte superior del carruaje dos veces. Todo despejado.

Aelin se bajó de un salto de la banca y abrió el compartimento. Aedion había vomitado, pero estaba despierto y más que molesto cuando le indicó que saliera.

—Una parada más y ya llegamos.

—Apúrense —dijo Lysandra mirando por la ventana disimuladamente—. Los otros ya casi están aquí.

En el callejón apenas cabían los dos vehículos que avanzaban uno hacia el otro. Eran sólo dos carruajes grandes que frenaban un poco su paso para evitar un choque al cruzarse. Lysandra abrió la puerta justo cuando los carros quedaron alineados y el rostro tenso de Chaol se asomó al otro lado mientras ella hizo lo mismo.

—Ve, ve, ve —le dijo a Aedion, y lo empujó para que cruzara el pequeño espacio entre los carruajes. Él se tropezó y gruñó al aterrizar contra el capitán.

—Llegaré pronto. Buena suerte —dijo Lysandra.

Aelin saltó al otro carruaje y cerró la puerta. Continuaron por la calle.

Iba respirando tan rápidamente que pensaba nunca conseguir suficiente aire. Aedion se desplomó en el piso y se mantuvo abajo.

Chaol dijo:

—¿Todo bien?

Ella alcanzó a asentir, agradecida de que no le exigiera más respuestas. Pero no estaba todo bien. Para nada.

El carruaje, conducido por uno de los hombres de Chaol, los transportó unas cuantas cuadras más, justo hasta la entrada a los barrios bajos, donde descendieron en una calle desierta y decrépita. Confiaba en los hombres de Chaol, aunque con ciertos límites. Llevar a Aedion directamente hasta su departamento era buscarse problemas.

Con su primo colgado entre ambos, Chaol y ella avanzaron rápidamente las cuadras faltantes. Eligieron el camino largo de regreso a la bodega por si alguien los estuviera siguiendo. Casi no respiraban para poder estar atentos al mínimo sonido. Llegaron a la bodega y Aedion logró mantenerse en pie el tiempo suficiente para que Chaol abriera la puerta corrediza. Se apresuraron al interior, a la oscuridad y la seguridad al fin.

Chaol tomó el lugar de Aelin al lado de Aedion mientras ella vigilaba junto a la puerta. El peso del general lo hacía gemir, pero logró subirlo por las escaleras.

—Tiene una lesión en las costillas —dijo ella obligándose a esperar un poco más en la puerta de la bodega por si acaso alguien los seguía—. Está sangrando.

Chaol asintió para confirmar que la había escuchado.

Cuando su primo y el capitán estaban casi al final de la escalera, cuando quedó claro que nadie estaba a punto de entrar a la bodega, los siguió. Pero esa pausa le había costado; había hecho que su concentración afilada empezara a desvanecerse, permitió que todos los pensamientos mantenidos afuera empezaran a arremolinarse en su cabeza. Cada paso que daba le resultaba más pesado que el anterior.

Un pie hacia arriba, luego el otro, luego el otro.

Al llegar al segundo piso, Chaol ya había metido a Aedion a la habitación de huéspedes. El sonido de agua corriente borboteando le dio la bienvenida.

Aelin dejó la puerta abierta con el fin de que pudiera entrar Lysandra y, por un momento, se quedó parada en el departamento, con una mano apoyada en el respaldo del sofá, mirando hacia la nada.

Cuando estuvo segura de poder moverse de nuevo, entró a su habitación. Ya estaba desnuda al llegar al cuarto de baño y se sentó en la bañera fría y seca antes de abrir el agua.

Cuando salió, limpia, con una de las viejas camisas blancas de Sam y unos pantaloncillos también de él, Chaol la esperaba en el sofá. No se atrevió a mirarlo a la cara..., todavía no.

Lysandra se asomó desde la habitación de huéspedes.

—Estoy terminando de limpiarlo. Debe recuperarse bien si no vuelven a reventarse las suturas. No tiene infección, gracias a los dioses.

Aelin levantó débilmente una mano en agradecimiento y tampoco se atrevió a mirar en la habitación detrás de Lysandra para ver el enorme cuerpo recostado en la cama, con una toalla alrededor de la cintura. No sabía ni le importaba realmente si Chaol y la cortesana ya se habían presentado.

No había un buen lugar para tener esta conversación con Chaol, así que se paró en el centro de la habitación y vio al capitán levantarse de su asiento con los hombros tensos.

—¿Qué pasó? —exigió saber.

Ella tragó saliva.

—Maté a mucha gente hoy. No estoy de humor para analizarlo.

—Eso nunca antes te había molestado.

Ella no tenía la energía para siquiera sentir lo hiriente de sus palabras.

—La próxima vez que decidas no confiar en mí, trata de no demostrarlo cuando mi vida o la de Aedion estén en juego.

Un fulgor en sus ojos de bronce le comunicó a ella que de alguna manera él ya había visto a Nesryn.

La voz de Chaol fue dura y fría como el hielo cuando dijo:

—Trataste de matarlo. Dijiste que intentarías sacarlo, ayudarlo, e intentaste matarlo.

La recámara donde estaba trabajando Lysandra se quedó en absoluto silencio.

Aelin dejó escapar un gruñido grave.

—¿Quieres saber lo que hice? Le di un minuto. Renuncié a un minuto de mi escape por él. ¿Entiendes lo que podría haber sucedido en un minuto? Porque yo le di uno a Dorian cuando nos atacó hoy a Aedion y a mí para capturarnos. Le di un minuto en el cual el destino de todo mi reino podría haber cambiado para siempre. Elegí al hijo de mi enemigo.

Chaol se aferró al respaldo del sofá como si estuviera intentando controlarse físicamente.

—Eres una mentirosa. Siempre has sido una mentirosa. Hoy no fue la excepción. Tenías la espada sobre su cabeza.

—Sí —le espetó ella—. Y antes de que Faliq llegara a arruinar todo, lo iba a hacer. Lo debería haber hecho, como cualquier persona con sentido común, porque Dorian ya está perdido.

Y ahí estaba su corazón roto, fracturándose por el monstruo que había visto viviendo en los ojos de Dorian, el demonio que la cazaría a ella y a Aedion, que la perseguiría en sus sueños.

—No te debo una disculpa —le dijo a Chaol.

—No me hables como si fueras mi reina —le reviró él.

—No, no soy tu reina. Pero vas a tener que decidir pronto a quién le sirves, porque el Dorian que conocías está perdido para siempre. El futuro de Adarlan no depende ya de él.

La agonía en los ojos de Chaol la golpeó como si fuera una bofetada física. Deseó haber tenido más control a la hora de explicarlo, pero... necesitaba que entendiera el riesgo que ella había corrido, así como el peligro en el cual la había puesto al permitir que Arobynn lo manipulara. Tenía que saber que ella debía trazar una línea, un límite inadmisible de rebasar para proteger a su propia gente.

Así que dijo:

—Ve a la azotea y toma la primera guardia.

Chaol parpadeó.

—No soy tu reina, pero voy a atender a mi primo en este momento. Y como espero que Nesryn esté oculta, alguien debe tomar la primera guardia. A menos que quieras que los hombres del rey nos tomen desprevenidos a todos.

Chaol no se molestó en responder antes de darse la media vuelta y salir. Ella lo escuchó subir las escaleras dando fuertes pisotones e instalarse en la azotea; hasta ese momento dejó escapar una exhalación y se frotó la cara.

Cuando bajó las manos, Lysandra estaba parada en la puerta de la habitación de huéspedes con los ojos muy abiertos.

—¿Qué quieres decir con reina?

Aelin hizo un gesto de dolor y maldijo en voz baja.

—Esa es exactamente la palabra que yo usaría —dijo Lysandra con el rostro pálido.

Aelin dijo:

—Me llamo...

—Oh, ya sé cuál es tu verdadero nombre, Aelin.

Mierda.

—¿Entiendes por qué debía mantenerlo en secreto?

—Por supuesto que sí —dijo Lysandra con los labios apretados—. No me conoces y hay otras vidas en riesgo aparte de la tuya.

—No... *Sí* te conozco.

Dioses, ¿por qué era tan difícil pronunciar esas palabras? Mientras más tiempo veía el dolor en la mirada de Lysandra, más grande se sentía el espacio que las separaba en esa habitación. Aelin tragó saliva.

—No iba a correr ningún riesgo hasta tener a Aedion de regreso. Sabía que te lo tendría que decir en el momento en que nos vieras juntos en la habitación.

—Y Arobynn lo sabe —dijo con sus ojos verdes duros como trozos de hielo.

—Siempre lo ha sabido. Esto, esto no cambia nada entre nosotras, ¿sabes? Nada.

Lysandra miró detrás de Aelin, a la habitación donde Aedion estaba ahora inconsciente y dejó escapar una exhalación larga.

—El parecido es sorprendente. Dioses, no puedo creer que no te descubrieran en tantos años —devolvió su atención a Aedion—. Aunque el infeliz es bien parecido, sería como besarte a ti.

Sus ojos seguían duros pero... los iluminó un destello de diversión.

Aelin hizo una mueca.

—Podría haber vivido sin saber eso —dijo sacudiendo la cabeza—. No sé por qué me llegué a sentir nerviosa creyendo que empezarías a hacer reverencias y a rendirme pleitesía.

Los ojos de Lysandra revelaron una chispa de luz y comprensión.

—¿Qué tendría eso de divertido?

CAPÍTULO 20

Varios días después de toparse con la Líder de la Flota, al subir el último escalón de la torre, a Elide Lochan le dolía el tobillo, tenía tensa toda la espalda baja y le molestaban los hombros. Al menos lo había logrado sin encontrar ningún horror en los pasillos, aunque el ascenso casi la había matado.

No se había acostumbrado a las escaleras empinadas e interminables de Morath en los dos meses que llevaba viviendo en ese horrible lugar, desde que Vernon la había traído a la fuerza. Tan sólo completar sus tareas diarias hacía que el tobillo arruinado le doliera como no le había dolido en años, y hoy el dolor era peor que nunca. Tendría que conseguir algunas hierbas en la cocina para poner su pie a remojar; tal vez incluso algunos aceites, si el cocinero mal encarado se sentía un poco generoso ese día.

Comparado con otros habitantes de Morath, él era bastante tranquilo. Toleraba la presencia de Elide en la cocina y sus peticiones de hierbas, en especial cuando ella ofrecía con dulzura lavar algunos platos o preparar alimentos. A él nunca le llamaba la atención que preguntara cuándo llegaría el siguiente cargamento de comida y provisiones porque *Oh, había adorado su tarta de equis fruta y sería muy agradable volverla a comer*. Fácil de adular, fácil de engañar. Hacer que las personas vieran y escucharan lo que querían: ésa era una de las muchas armas de su arsenal.

Un don de Anneith, la Señora de las Cosas Sabias, le había dicho Finnula. El único don, pensaba Elide con frecuencia, que había recibido además del buen corazón e inteligencia de su vieja nodriza.

Nunca le dijo a Finnula que a menudo le rezaba a la Diosa Astuta para que le concediera algo más a la gente que hizo de

REINA DE LAS SOMBRAS

sus años en Perranth un infierno: la muerte, una muerte poco amable. A diferencia de Silba, que ofrecía finales pacíficos, o de Hellas, que ofrecía finales violentos y ardientes, las muertes a manos de Anneith, a manos de la consorte de Hellas, eran brutales, sangrientas y lentas.

Era el tipo de muerte que Elide anticipaba estos días encontrar en cualquier momento de parte de las brujas que acechaban en los pasillos, del duque de ojos oscuros, de sus soldados letales o de la Líder de la Flota de cabello blanco que había probado su sangre como si fuera un vino exquisito. Había tenido pesadillas sobre eso desde entonces. Eso en las ocasiones que siquiera lograba conciliar el sueño.

Elide necesitó descansar dos veces en su ascenso a la torre; su cojera ya era bastante pronunciada cuando llegó a la parte superior y se preparó para las bestias que ahí aguardaban y los monstruos que las montaban.

Cuando Elide estaba limpiando la habitación de la Líder de la Flota había llegado un mensaje urgente para ella; sin embargo, cuando le explicó al mensajero que no estaba ahí, el hombre dejó escapar un suspiro de alivio, le dio la carta a Elide y le dijo que la encontrara.

Luego el hombre corrió.

Debió haberlo sospechado. Le había tomado dos instantes observar y catalogar los detalles del sujeto, sus características y señas particulares. Sudoroso, con el rostro pálido, las pupilas dilatadas. Lució abatido cuando vio a Elide abrir la puerta. Bastardo. La mayoría de los hombres, ya lo había decidido, eran bastardos en mayor o menor medida. Eran monstruos. Ninguno peor que Vernon.

Elide miró la torre. Estaba vacía. No había nadie a la vista.

La paja del piso estaba fresca, los abrevaderos llenos de carne y grano. Pero los guivernos no habían tocado la comida. Sus cuerpos enormes, cubiertos de cuero, se veían al fondo de los arcos, posados en vigas de madera que sobresalían hacia el precipicio. Desde sus perchas supervisaban la fortaleza y al ejército que estaba abajo, como trece señores poderosos. Se acercó cojeando todo lo que pudo atreverse a una de las ventanas enormes y se asomó para admirar la vista.

Era exactamente como la representaba la Líder de la Flota en el mapa que había tenido oportunidad de ver.

Estaban rodeados de montañas cenizas y, aunque ella había hecho el largo recorrido hasta ahí en un vagón de prisioneros, se había fijado en el bosque a la distancia y en el sonido del río enorme que cruzaron días antes de ascender por el camino ancho y rocoso a la montaña. En medio de la nada, ahí estaba Morath, la vista frente a ella lo confirmaba: no había ciudades ni pueblos alrededor, pero sí un ejército entero. Intentó contener la desesperanza que empezaba a invadir sus venas.

Nunca había visto a un ejército antes de llegar ahí. Soldados sí, pero apenas tenía ocho años cuando su padre la montó en el caballo de Vernon y le dio un beso de despedida tras prometerle que la vería pronto. No estuvo en Orynth para atestiguar que el ejército tomara sus riquezas, a su gente. Había estado encerrada en una torre del Castillo de Perranth cuando el ejército llegó a los terrenos de su familia y su tío se convirtió en el sirviente fiel del rey y se robó el título de su padre.

Su título. Lady de Perranth, eso es lo que ella debía haber sido. Pero ya no tenía importancia. La corte de Terrasen tenía tan pocos miembros restantes que no valía la pena pertenecer a ella. Ninguno la buscó en los meses iniciales de la matanza. Y en los años posteriores nadie se había acordado de su existencia. Tal vez suponían que había muerto, como Aelin, la reina salvaje que podría haber sido. Tal vez todos estaban muertos. Quizás, pensó al ver al ejército oscuro que se extendía frente a ella, así fuera mejor.

La mirada de Elide pasó por las luces centellantes del campamento de guerra; sintió un escalofrío que le recorría la espalda. Un ejército para aplastar a la resistencia sobre la cual Finnula le había susurrado una vez durante las largas noches que pasaron encerradas en la torre en Perranth. Tal vez la Líder de la Flota de cabello blanco sería la cabeza de ese ejército, montada en el guiverno de alas brillantes.

Un viento frío y feroz sopló en la torre y Elide le dio la cara, dando tragos como si fuera agua fresca. Pasó tantas noches en Perranth durante las cuales el aullido del viento había sido su única compañía. Podría jurar que le cantaba canciones antiguas para arrullarla y que se quedara dormida. Aquí... aquí el viento era más frío, más estilizado, casi serpentino. *Estar pensando en esas fantasías sólo te distraerá*, le hubiera reclamado Finnula. Deseaba que su nana estuviera con ella.

Pero desear no le había hecho ningún bien en los últimos diez años y nadie vendría por Elide, lady de Perranth.

Pronto, se aseguró a sí misma, llegaría la siguiente caravana de provisiones subiendo por la montaña y, cuando volviera a bajar, se iría escondida en uno de esos carruajes, libre al fin. Luego se marcharía a algún lugar muy lejano, donde nunca hubieran escuchado hablar de Terrasen, ni de Adarlan, y dejaría a esta gente en su miserable continente. Tan sólo unas cuantas semanas, luego tendría oportunidad de escapar.

Eso si sobrevivía hasta entonces, si Vernon no tenía un propósito malévolo para arrastrarla hasta ese sitio, si no la enviaba con la pobre gente encerrada dentro de las montañas, la cual gritaba todas las noches por la salvación. Había escuchado a otros sirvientes murmurar acerca de las cosas oscuras y letales que sucedían bajo esas montañas: gente abierta en canal sobre altares de piedra negra y luego reconfigurada como algo nuevo, algo distinto. Elide ignoraba cuál sería el malévolo propósito y, por fortuna, más allá de los gritos, nunca se había encontrado esas cosas que estaban despedazando y volviendo a armar debajo de la tierra. Con las brujas ya tenía suficiente.

Un escalofrío recorrió a Elide cuando dio otro paso hacia el interior de la gran habitación. El crujir de la paja bajo sus zapatos demasiado pequeños y el sonido de sus cadenas eran lo único que se escuchaba.

—L-líder de la Flo...

Un rugido tronó por el aire, las piedras, el piso, con tal fuerza que la cabeza le dolió y gritó. Dio un paso hacia atrás, se le enredaron las cadenas y se resbaló en la paja.

Manos duras con puntas de hierro se clavaron en sus hombros y la mantuvieron de pie.

—Si no eres una espía —ronroneó una voz maligna en su oído—, ¿entonces por qué estás aquí, Elide Lochan?

Elide no tuvo que fingir el temblor de su mano cuando sacó la carta, aunque no se atrevió a moverse más.

La Líder de la Flota se colocó frente a Elide y empezó a circular alrededor de ella, como si fuera su presa; la trenza larga y blanca hacía un fuerte contraste con el cuero de su traje de vuelo.

Los detalles golpearon a Elide como rocas: ojos de color de oro quemado; un rostro tan imposiblemente hermoso que la dejaba anonadada; un cuerpo delgado y trabajado; y una gracia fluida en cada uno de sus movimientos, en cada respiración, que sugerían que la Líder de la Flota no dudaría en utilizar una serie de cuchillos sobre ella. Era humana sólo de forma, era inmortal y depredadora en todos los demás sentidos.

Afortunadamente, la Líder de la Flota estaba sola. Desafortunadamente esos ojos dorados no contenían nada salvo muerte.

—Esto llegó para t-ti —dijo Elide.

El tartamudeo era fingido. La gente por lo general se incomodaba y se iba cuando ella tartamudeaba y balbuceaba. Aunque dudaba que a la gente encargada de ese lugar le importara el tartamudeo si decidía divertirse un poco con una hija de Terrasen. Si Vernon la entregaba.

La Líder de la Flota miró a Elide a los ojos al recibir la carta.

—Me sorprende que el sello no esté roto. Aunque si fueras buena espía, sabrías cómo abrirla sin romper el lacre.

—Si fuera una buena espía —susurró Elide— también sabría leer.

Un poco de verdad para contener la desconfianza de la bruja.

Ésta parpadeó y después olisqueó, como si intentara detectar una mentira.

—Hablas bien para ser una mortal y tu tío un lord. Pero ¿no sabes leer?

Elide asintió. Más que la pierna, más que el trabajo pesado, esa carencia miserable era la que más le molestaba. Su nana,

Finnula, no sabía leer, pero le había enseñado cómo acordarse de las cosas, escuchar, pensar. Durante los largos días en que no tuvieron nada que hacer salvo bordar, su nana le enseñó a fijarse en los pequeños detalles, cada puntada, así como a no perder de vista el panorama más amplio. *Llegará el día en que yo ya no esté, Elide, y tú necesitarás tener todas las armas de tu arsenal afiladas y listas para el ataque.*

Ninguna de las dos pensó que Elide se iría primero. No miraría hacia atrás, ni siquiera por Finnula, al huir. Y cuando encontrara esa nueva vida, ese nuevo lugar... tampoco miraría hacia el norte, hacia Terrasen, para preguntarse qué hubiera sido.

Mantuvo la mirada en el piso.

—Conozco las letras básicas, pero mis lecciones terminaron cuando tenía ocho años.

—A instancias de tu tío, supongo —dijo la bruja. Después hizo una pausa y giró el sobre para mostrarle un revoltijo de letras que señaló con una uña de hierro—. Esto dice "Manon Picos Negros". Si vuelves a ver algo así, tráemelo.

Elide inclinó la cabeza. Tímida, sumisa, justo como les gustaban los humanos a estas brujas.

—P-por supuesto.

—Y de paso, ¿por qué no dejas de fingir ser una miserable tartamuda temerosa?

Elide mantuvo la cabeza inclinada lo suficiente para que su cabello cubriera cualquier destello de sorpresa.

—He tratado de ser agradable...

—Pude oler tus dedos humanos por todo mi mapa. Hiciste un trabajo cuidadoso e inteligente, no dejaste nada fuera de su lugar, no tocaste nada salvo el mapa... ¿Estás pensando en escapar, después de todo?

—Por supuesto que no, señora.

Oh, dioses. Ya podía darse por muerta.

—Mírame.

Elide obedeció. La bruja siseó y Ella se sobresaltó cuando Manon le quitó el cabello de los ojos. Unos cuantos mechones cayeron al piso: las uñas de hierro los cortaron.

—No sé a qué estás jugando, si eres una espía, si eres una ladrona o si sólo estás viendo por ti. Pero no finjas ser una niñita tímida y patética porque yo puedo ver esa mente feroz trabajando detrás de tus ojos.

Elide no se atrevió a dejar caer la máscara.

—¿Quién era el pariente de Vernon, tu padre o tu madre?

Era una pregunta extraña, pero Elide sabía desde hacía mucho tiempo que haría lo que fuera, diría lo que fuera, para mantenerse con vida, sin que la lastimaran.

—Mi padre era el hermano mayor de Vernon —dijo.

—¿De dónde era tu madre?

Elide no le cedió ni un centímetro de su corazón a ese viejo dolor.

—Ella era de clase baja. Una lavandera.

—¿De dónde era?

¿Por qué importaba? Los ojos dorados estaban fijos en ella, implacables.

—Su familia era originalmente de Rosamel, en el noroeste de Terrasen.

—Sé dónde está —dijo Manon.

Elide mantuvo los hombros curvados, en espera.

—Vete —ordenó la bruja.

Elide intentó ocultar su alivio y abrió la boca para despedirse cuando otro rugido hizo vibrar las rocas. No pudo ocultar su sobresalto.

—Es sólo Abraxos —dijo Manon, pero se dibujó una sombra de sonrisa en su boca cruel y un ligero destello de luz pasó por sus ojos dorados.

Entonces su guiverno seguramente la hacía feliz, si es que las brujas podían ser felices.

—Tiene hambre —agregó.

A Elide se le secó la boca.

Al escuchar su nombre, una cabeza triangular enorme, llena de cicatrices alrededor de un ojo, se asomó a la torre.

A Elide le temblaron las rodillas; la bruja se acercó a la bestia y le colocó las manos con uñas de hierro en el hocico.

—Cerdo —le dijo—, ¿necesitas que toda la montaña se entere de cuando tienes hambre?

El guiverno resopló en sus manos y sus dientes gigantes, oh, dioses, algunos de hierro, estaban muy cerca de los brazos de Manon. Una mordida y la Líder de la Flota estaría muerta. Una mordida, sin embargo...

El guiverno levantó la mirada y la posó en los ojos de Elide. No la estaba viendo sino conociendo, como si...

Elide se mantuvo perfectamente inmóvil, aunque todos sus instintos le estaban rugiendo para que saliera corriendo por las escaleras. El guiverno pasó junto a Manon e hizo temblar el piso debajo de sus pies. Olfateó en dirección a Elide. Luego esos ojos gigantes y sin fondo se movieron hacia... sus piernas. No... a la cadena.

Tenía tantas cicatrices por todo el cuerpo, tantas marcas brutales. Elide no pensó que Manon se las pudiera haber hecho, no al ver cómo le hablaba. Abraxos era menor que los otros, se dio cuenta. Mucho menor. Sin embargo, la Líder de la Flota lo había elegido a él. Elide guardó esa información también. Si Manon tenía cierta debilidad por las cosas rotas, tal vez también le perdonaría la vida a ella.

Abraxos se agachó hacia el suelo y estiró el cuello hasta que su cabeza quedó en la paja, a apenas tres metros de distancia de Elide. Esos ojos negros gigantes la miraron hacia arriba, casi como un perro.

—Ya fue suficiente, Abraxos —siseó Manon y tomó una silla de montar de la repisa junto a la pared.

—¿Cómo... existen? —preguntó Elide. Había escuchado historias de guivernos y dragones, y recordaba haber visto de reojo a la Gente Pequeña y las hadas, pero...

Manon colocó la silla de montar de cuero sobre su bestia.

—El rey los hizo. No sé cómo y no importa.

El rey de Adarlan los hizo, igual que hacía esas cosas dentro de las montañas. El hombre que había destruido su vida, que había asesinado a sus padres, que la había condenado a esto... *No te enojes*, le decía Finnula, *sé inteligente*. Y pronto ese rey y su miserable imperio tampoco serían asunto de ella de todas maneras.

—Tu montura no parece ser malvada— dijo Elide.

La cola de Abraxos golpeó el piso y las púas de hierro brillaron. Era como un perro gigante y mortífero. Con alas.

Manon resopló con una risa fría y sujetó la silla en su sitio.

—No. No sé cómo lo hicieron, pero algo salió mal con esa parte.

Elide no pensó que eso quisiera decir que algo había salido mal pero mantuvo la boca cerrada.

Abraxos seguía mirándola y la Líder de la Flota dijo:

—Vamos a cazar, Abraxos.

La bestia se puso alerta y Elide dio un salto hacia atrás. Hizo una mueca de dolor al aterrizar con fuerza en su tobillo. Los ojos del guiverno se movieron instantáneamente hacia ella, como si estuviera consciente de su dolor. Pero la Líder de la Flota ya estaba terminando de ensillarlo y no se molestó en mirar en su dirección cuando Elide salió cojeando del lugar.

—Gusano de corazón blando —le siseó Manon a Abraxos cuando la astuta chica de muchas caras se había ido.

Tal vez estaba ocultándole algunos secretos, pero no le había mentido acerca de su linaje. La joven no tenía idea de que la sangre de bruja fluía con fuerza en sus venas mortales.

—¿Una pierna lastimada, unas cuantas cadenas y ya estás enamorado? —le preguntó a su guiverno.

Abraxos le dio un empujón suave con el hocico: Manon lo palmeó de modo firme pero suave antes de recargarse contra su piel cálida y abrir la carta escrita con la letra de su abuela.

Al igual que la Bruja Mayor del Clan Picos Negros, la carta era brutal, concreta y despiadada.

No desobedezcas las órdenes del duque. No lo cuestiones. Si me llega otra carta de Morath sobre tu desobediencia, volaré hasta allá personalmente y te colgaré de los intestinos con todo y tus Trece y esa piltrafa que tienes como montura.

Tres aquelarres de Piernas Amarillas y dos de Sangre Azul llegarán mañana. Asegúrate de que no haya peleas ni problemas. No necesito que las otras matronas estén encima de mí preguntándome sobre sus alimañas.

Manon le dio la vuelta al papel, pero eso era todo. Lo hizo bola en su puño y suspiró.

Abraxos la volvió a empujar suavemente con el hocico; ella le acarició la cabeza.

Convertido, convertido, convertido.

Eso fue lo que la Crochan dijo antes de que Manon le rebanara la garganta.

Las han convertido en monstruos.

Trató de olvidarlo, intentó decirse a sí misma que la Crochan era una fanática y una idiota sermoneadora pero... Pasó el dedo por la tela color rojo intenso de su capa.

Los pensamientos se abrieron como un precipicio frente a ella, tantos a la vez que tuvo que dar un paso hacia atrás. Darse la vuelta.

Convertido, convertido, convertido.

Manon trepó a la silla, alegre de poderse perder en el cielo.

—Cuéntame de los Valg —dijo Manon, cerrando la puerta de la pequeña habitación.

Ghislaine no levantó la vista del tomo que estaba leyendo. Tenía un altero de libros en el escritorio frente a ella y otro junto a la angosta cama. De dónde los había sacado la mayor y más inteligente de las Trece, a quién probablemente había eviscerado para robarlos, no le interesaba a Manon.

—Hola, pasa por favor —fue la respuesta.

Manon se recargó en la puerta y cruzó los brazos. Sólo con los libros, sólo cuando estaba leyendo, el comportamiento de Ghislaine era así de grosero. En el campo de batalla, en el aire, la bruja de piel oscura era silenciosa y obedecía las órdenes. Era una buena soldado, más valiosa aún por su inteligencia incisiva, la cual le había hecho merecer su puesto entre las Trece.

Ghislaine cerró el libro y giró en su asiento. Su cabello negro y rizado estaba trenzado hacia atrás, pero ni siquiera la trenza lograba contenerlo completamente. Entrecerró sus ojos verde mar, que eran la vergüenza de su madre porque no tenía ni un rastro de dorado en ellos.

—¿Por qué quieres saber sobre los Valg?

—¿*Tú* sabes sobre ellos?

Ghislaine se dio vuelta en su silla hasta quedar sentada al revés, montada con una pierna de cada lado. Traía puesta todavía su ropa de volar, como si no se hubiera podido tomar la molestia de quitársela antes de empezar a leer uno de sus libros.

—Por supuesto que sé sobre los Valg —respondió con un ademán de la mano, un gesto impaciente y mortal.

Fue una excepción, una excepción sin precedente, que la madre de Ghislaine convenciera a la Bruja Mayor de enviar a su hija a una escuela mortal en Terrasen hacía cien años. Había aprendido magia, cosas de libros y lo que sea que se les enseñe a los mortales; cuando regresó doce años después, la bruja era... distinta. Seguía siendo una Picos Negros, seguía teniendo sed de sangre, pero, de cierta manera, era más humana. Incluso ahora, un siglo después, tras entrar y salir de los campos de batalla, esa sensación de impaciencia, de vida, permanecía. Manon nunca supo qué pensar de eso.

—Cuéntame todo.

—Hay demasiadas cosas para contártelas en una sola conversación —dijo Ghislaine—. Te diré lo básico y si necesitas más, puedes regresar.

Lo dijo como una orden, pero éste era el espacio de Ghislaine y los libros y el conocimiento, su dominio. Manon le indicó a la centinela que continuara, con la mano de puntas de hierro.

—Hace milenios, cuando los Valg entraron a este mundo, las brujas no existían. Existían los Valg, las hadas y los humanos. Pero los Valg eran... demonios, supongo. Querían el mundo para ellos solos y pensaron que una buena manera de conseguirlo sería asegurarse de que sus hijos pudieran sobrevivir aquí. Los humanos no eran compatibles, eran demasiado frágiles. Pero las hadas... Los Valg raptaron y robaron a cuantas hadas pudieron y, como veo que ya se te empiezan a poner los ojos vidriosos, me saltaré hasta el final y te diré que sus descendientes se convirtieron en nosotras. Brujas. Las Dientes de Hierro nos parecemos más a nuestros ancestros Valg y las Crochan más a los rasgos hada. La gente de estas tierras no nos quería aquí, no después de la guerra, pero el rey hada Brannon no pensó que fuera correcto cazarnos a todas. Así que nos dio los Yermos Occidentales y nos fuimos para allá hasta que las guerras de las brujas nos volvieron a convertir en exiliadas.

Manon se revisó las uñas.

—Y los Valg... ¿son malvados?

—Nosotras somos malvadas —dijo Ghislaine—. ¿Los Valg? La leyenda dice que son el origen de la maldad. La negrura y la desesperanza encarnadas.

—Suena como nuestro tipo de gente.

Tal vez serían buena opción como aliados, para crianza.

Pero la sonrisa de Ghislaine desapareció.

—No —dijo con suavidad—. No creo que sean nuestro tipo de gente para nada. No tienen leyes, no tienen códigos. Verían a las Trece como débiles por nuestros vínculos y reglas, algo que se puede destruir por diversión.

Manon se tensó un poco.

—¿Qué sucedería si los Valg regresaran?

—Brannon y la reina hada Maeve encontraron la forma de derrotarlos, de enviarlos de regreso. Espero que alguien encuentre la manera de hacerlo nuevamente.

Más cosas sobre las cuales pensar.

Se dio la vuelta, pero Ghislaine agregó:

—Eso es el olor, ¿verdad? El olor de aquí, alrededor de algunos de los soldados, como si estuviera mal, como si proviniera de otro mundo. El rey encontró el modo de traerlos para acá y meterlos en cuerpos humanos.

Ella no había pensado tanto, pero...

—El duque los describió como aliados.

—Esa palabra no existe para los Valg. Encuentran las alianzas útiles, pero no las cumplirán en cuanto dejen de servirles.

Manon se preguntó si valdría más la pena terminar ahí la conversación, pero dijo:

—El duque me pidió que eligiera a un aquelarre Picos Negros para que él experimentara. Permitirle insertar una especie de piedra en sus vientres y generar unos seres Valg-Dientes de Hierro.

Lentamente Ghislaine se enderezó y sus manos manchadas de tinta cayeron laxas a ambos lados de la silla.

—¿Planeas obedecer, señora?

No era la pregunta de una erudita a una estudiante curiosa, sino de una centinela a su heredera.

—La Bruja Mayor me dio órdenes de obedecer todo lo que me indique el duque.

Tal vez... tal vez debería escribirle otra carta a su abuela.

—¿A quién elegirás?

Manon abrió la puerta.

—No lo sé. Tengo que tomar la decisión en dos días.

Ghislaine, a quien había visto atiborrarse de sangre de hombres, ya estaba pálida cuando Manon cerró la puerta.

Manon no supo cómo, no supo si habían sido los guardias, o el duque, o Vernon, o si algún pedazo de mierda humano había dicho algo, pero a la mañana siguiente todas las brujas estaban enteradas. Sabía que no debía sospechar de Ghislaine. Ninguna de las Trece abriría la boca. Jamás.

Pero todas sabían sobre los Valg y lo que Manon tenía que decidir.

Entró al comedor, cuyos arcos negros brillaban en esa mañana excepcionalmente soleada. Ya sonaban los golpes de las forjas abajo en el valle y se escucharon con más fuerza por el silencio que descendió en el lugar cuando pasó caminando entre las mesas y se dirigió a su asiento al frente de la habitación.

Uno tras otro, los aquelarres la observaron; ella les devolvía la mirada con los dientes y las uñas fuera, y con Sorrel como una fuerza inmutable de la naturaleza a su espalda. El silencio no se rompió hasta que Manon ocupó su lugar al lado de Asterin. Era el sitio equivocado, pero no se movió. Las conversaciones reiniciaron.

Se acercó un trozo de pan, aunque no se lo comió. Ninguna comió nada. El desayuno y la cena siempre tenían la finalidad de hacer un espectáculo, tener presencia en el lugar.

Las Trece no dijeron una palabra.

Manon las miró a los ojos a todas hasta que, una por una, bajaron la mirada. Pero cuando llegó a Asterin, la bruja se le quedó viendo.

—¿Hay algo que quieras decir? —le preguntó Manon—. O sólo quieres que empecemos a pelear.

Los ojos de Asterin se movieron ligeramente a espaldas de Manon.

—Tenemos invitadas.

Manon se dio cuenta de que la líder de uno de los aquelarres de Piernas Amarillas estaba parada al pie de la mesa, con la mirada hacia abajo y una postura inofensiva: sumisión total.

—¿Qué? —exigió saber Manon.

La líder del aquelarre mantuvo la cabeza agachada.

—Solicitamos que nos considere para la tarea del duque, Líder de la Flota.

Asterin se tensó junto con muchas de las Trece. Las mesas contiguas también se habían quedado en silencio.

—¿Y por qué —preguntó Manon— querrían hacer eso?

—Ustedes nos obligarán a hacer trabajos pesados para evitar que participemos en la gloria del campo de batalla. Así es como funcionan nuestros clanes. De esta manera podríamos alcanzar un tipo de gloria distinto.

Manon contuvo su suspiro, sopesando, contemplando.

—Lo voy a considerar.

La líder del aquelarre inclinó la cabeza y retrocedió. Manon no podía decidir si era tonta, astuta o valiente.

Ninguna de las Trece habló el resto del desayuno.

—¿Y qué aquelarre seleccionaste para mí, Líder de la Flota?

Manon miró al duque a los ojos.

—Un aquelarre de Piernas Amarillas dirigido por una bruja llamada Ninya, que llegó esta semana. Úsalas.

—Yo quería Picos Negros.

—Tendrás Piernas Amarillas —respondió Manon bruscamente—. Ellas se ofrecieron como voluntarias.

Al otro extremo de la mesa, Kaltain no mostró ninguna reacción.

Preferible a tener que escoger unas Picos Negros, se dijo. Era mejor que las Piernas Amarillas se hubieran ofrecido.

Aunque Manon las podría haber rechazado.

Dudaba que Ghislaine se hubiera equivocado acerca de la naturaleza del Valg, pero... Tal vez esto podría serles ventajoso, dependiendo de cómo les fuera a las Piernas Amarillas.

El duque mostró sus dientes ambarinos.

—Estás caminando por la cuerda floja, Líder de la Flota.

—Todas las brujas tenemos que hacerlo o no podríamos volar en guivernos.

Vernon se inclinó hacia delante.

—Estas mujeres salvajes e inmortales son tan ocurrentes, su Gracia.

Manon miró a Vernon largamente para dejarle claro que un día, en algún pasillo oscuro, encontraría las garras de este ser salvaje e inmortal en el abdomen.

Le dio la espalda para marcharse. Sorrel, no Asterin, se quedó junto a la puerta con cara inexpresiva. Otra imagen inquietante.

Entonces Manon volteó nuevamente a ver al duque; la pregunta se formó a pesar de que intentó obligarse a no decirla en voz alta.

—¿Con qué fin? ¿Para qué hacer todo esto? ¿Por qué aliarse con el Valg, por qué reunir este ejército? ¿Por qué?

No podía entenderlo. El continente ya les pertenecía. No tenía sentido.

—Porque podemos —respondió el duque simplemente—. Este mundo ha vivido demasiado tiempo en la ignorancia y la tradición arcaica. Es momento de averiguar qué se puede mejorar.

Manon fingió meditar la respuesta, asintió y salió de la habitación.

Pero las palabras no le pasaron inadvertidas: *este mundo*. No dijo *esta tierra*, no dijo *este continente*.

Este mundo.

Se preguntó si su abuela habría tomado en cuenta que algún día tendrían que pelear para conservar los Yermos, luchar contra el mismo hombre que les había ayudado a recuperar su hogar.

Y se preguntó qué sucedería con las crías de bruja nacidas de esa mezcla entre Valg y Dientes de Hierro.

CAPÍTULO 21

Lo intentó.

Cuando la mujer bañada en sangre le habló, cuando reconoció algo en esos ojos color turquesa, peleó por recuperar el control de su cuerpo, de su lengua. Pero el príncipe demonio que tenía dentro se mantuvo firme y se deleitó con su lucha.

Sollozó aliviado cuando ella lo atrapó y alzó una espada antigua sobre su cabeza. Luego ella titubeó; entonces la otra mujer disparó una flecha, y ella bajó la espada y se fue.

Lo dejó atrapado con el demonio.

No podía recordar su nombre, se negaba a recordar su nombre, a pesar de que el hombre en el trono lo cuestionó sobre el incidente. A pesar de que regresó al punto exacto en el jardín y tocó los grilletes abiertos que habían quedado sobre la grava. Ella lo dejó, y tuvo un buen motivo. El príncipe demonio quería alimentarse de ella y luego entregarla.

Pero deseó que lo hubiera matado. La odiaba por no haberlo matado.

CAPÍTULO 22

Chaol dejó su puesto de vigilancia en la azotea del departamento de Aelin apenas vio la cabeza encapuchada de uno de los rebeldes aparecer e indicarle que había terminado su turno. Gracias a los dioses.

No se molestó en detenerse en el departamento para ver cómo seguía Aedion. Cada una de sus pisadas en las escaleras de madera acentuaba el latido atronador de su corazón, hasta que se convirtió en lo único que podía oír, lo único que podía sentir.

Los demás rebeldes estaban escondidos o vigilando la ciudad y Nesryn había ido a confirmar que su padre no estuviera en peligro, así que Chaol recorrió solo las calles de la ciudad. Todos tenían sus órdenes, todos estaban donde se suponía que debían estar. Nesryn le dijo que Ress y Brullo ya habían enviado la señal de que todo estaba bien de su lado... Y ahora...

Mentirosa. Aelin era y siempre había sido una maldita mentirosa. Rompía juramentos tanto como él. O peor.

Dorian no estaba perdido. No lo estaba. A él no le importaba una mierda cuánto hablara Aelin sobre misericordia para Dorian, o que dijera que no matarlo era una debilidad. La debilidad estaba en su muerte, eso le debería haber respondido. La debilidad estaba en darse por vencido.

Avanzó furioso por un callejón. Debería ocultarse también, pero el rugido de la sangre en sus venas y huesos no le daba tregua. Escuchó un sonido en la alcantarilla a sus pies. Hizo una pausa y se asomó a la negrura debajo.

Aún había cosas por hacer... tantas cosas por hacer, tanta gente que proteger. Y ahora que Aelin había humillado otra vez al rey, no le quedaba duda de que los Valg empezarían a robarse más gente en represalia, para dejar clara su molestia. La ciudad todavía no se tranquilizaba, así que quizás era el momento perfecto para atacar. Ajustar las cuentas entre ellos.

Nadie vio cuando se metió al drenaje y cerró la tapa.

Con pasos silenciosos, Chaol recorrió túnel tras túnel. Su espada desenvainada brillaba bajo los rayos de sol de la tarde que entraban por las rejillas mientras iba en busca de esos Valg pedazos de mierda. Por lo general se mantenían en sus nidos de oscuridad, pero de vez en cuando algunos recorrían los túneles. Ciertos nidos eran pequeños: sólo tres o cuatro vigilando a los prisioneros, o su comida, probablemente. Los podría emboscar.

Sería maravilloso ver rodar esas cabezas de demonio.

Perdido. Dorian está perdido.

Aelin no lo sabía todo. No era posible que las únicas opciones fueran el fuego o la decapitación. Tal vez podría mantener vivo a uno de esos comandantes del Valg, ver qué tan perdido en verdad estaba el hombre dentro del demonio. Tal vez hubiera otra manera, *tenía* que haber otra manera...

Túnel tras túnel tras túnel, todos los sitios habituales y ninguna señal de ellos.

Ninguna.

Chaol empezó a avanzar casi corriendo en dirección al nido más grande que conocía, donde siempre podía encontrar civiles para rescatar, si tenía la suerte de encontrar a los guardias distraídos. Los salvaría, porque se lo merecían y porque debía continuar con su trabajo o, de lo contrario, se derrumbaría y...

Chaol se quedó mirando la entrada abierta del nido principal.

La luz débil que se filtraba desde arriba lograba iluminar las rocas grises y el pequeño arroyo en el fondo. No había señal de la oscuridad distintiva que por lo general sofocaba el sitio como una niebla densa.

Vacío.

Los soldados del Valg habían desaparecido. Y se habían llevado a los prisioneros con ellos.

Era poco probable que se estuvieran escondiendo por temor.

Se habían ido, ocultándose y escondiendo a sus prisioneros, como un enorme y burlón váyanse-al-infierno dedicado a todos los rebeldes que creyeran estar ganando esta guerra secreta. Como mensaje para Chaol.

Debería haber considerado este tipo de contratiempos, debería haber considerado qué sucedería cuando Aelin Galathynius dejara en ridículo al rey y a sus hombres.

Debería haber considerado el costo.

Tal vez él era el tonto.

Sintió como si tuviera la sangre adormecida al subir de los canales de drenaje hacia la calle en silencio. Tan sólo pensar en permanecer sentado en su departamento en ruinas, completamente solo con ese adormecimiento, hizo que se dirigiera al sur intentando evadir las calles todavía llenas de gente aterrada. Todos exigían saber qué había sucedido, quién había muerto, quién lo había hecho. Las decoraciones, los adornos y los vendedores de comida habían quedado completamente olvidados.

Los sonidos se fueron apagando poco a poco y las calles se despejaron cuando se empezó a acercar al distrito residencial, donde las casas eran de tamaño modesto, pero elegantes y bien conservadas. Había pequeños arroyos y fuentes de agua que fluían desde el Avery por toda la zona, lo cual explicaba ese exceso de flores primaverales en todas las entradas, alféizares y jardines.

Reconoció la casa por el olor: pan recién horneado, canela y otra especia que no identificó. Caminó por el callejón entre dos casas de roca de color claro y se mantuvo entre las sombras al acercarse a la puerta trasera. Se asomó a la cocina por una ventana. Había una mesa grande cubierta de harina, bandejas para hornear, varios tazones y...

La puerta se abrió de golpe y la figura esbelta de Nesryn ocupó el espacio de la entrada.

—¿Qué estás haciendo aquí?

Ya tenía puesto nuevamente su uniforme de guardia y un cuchillo oculto detrás del muslo. Sin duda había visto a un intruso acercarse a la casa de su padre y estaba preparada.

Chaol intentó ignorar el peso que amenazaba con doblarle la espalda, partirlo en dos. Aedion estaba libre, habían logrado eso. ¿Pero a cuántos otros inocentes habían condenado ese día?

Nesryn no esperó a que respondiera y lc dijo:

—Pasa.

—Los guardias vinieron y se marcharon. Mi papá les dio algunos pasteles para llevar.

Chaol levantó la vista de su propia tarta de pera y miró alrededor de la cocina. Tenía mosaicos brillantes que adornaban con hermosas tonalidades de azul, naranja y turquesa las paredes detrás de los anaqueles. Nunca antes había estado en la casa de Sayed Faliq, pero sabía la dirección, por si acaso.

No se había permitido considerar lo que podría implicar ese "por si acaso". Presentarse en la puerta como un perro callejero no estaba en sus planes.

—¿No sospecharon de él?

—No. Sólo querían saber si él o alguno de sus empleados habían visto a alguien sospechoso antes del rescate de Aedion —respondió Nesryn y le acercó a Chaol otro pastelillo, uno de almendra con azúcar—. ¿El general está bien?

—Hasta donde yo sé, sí.

Le contó sobre los túneles. Sobre los Valg.

Nesryn sólo respondió:

—Los volveremos a encontrar. Mañana.

Él esperaba que ella caminara desesperada, que gritara y maldijera, pero permaneció serena, tranquila. Sintió aflojarse un poco la tensión.

Ella golpeó la mesa de madera con un dedo. Era una mesa desgastada y hermosa, como si haber amasado ahí mil hogazas la hubiera suavizado.

—¿Por qué viniste aquí?

—Para distraerme —respondió y, como los ojos color de medianoche de ella brillaron con algo de suspicacia, agregó—: No por eso.

Ella ni siquiera se sonrojó, aunque él sintió calientes sus propias mejillas. Si ella lo hubiera ofrecido, probablemente habría aceptado. Y se odiaba por ello.

—Eres bienvenido aquí —dijo ella—, pero seguramente tus amigos en el departamento, al menos el general, podrían proporcionarte mejor compañía.

—¿Son mis amigos?

—Tú y Su Majestad se han esforzado mucho por ser lo contrario.

—Es difícil ser amigos si no hay confianza.

—Tú fuiste quien se acercó nuevamente a Arobynn, a pesar de que ella te advirtió que no lo hicieras.

—Y él tenía razón —dijo Chaol—. Dijo que ella prometería no tocar a Dorian y luego haría lo contrario.

Estaría siempre agradecido por el disparo de advertencia de Nesryn.

Ella sacudió la cabeza y su oscuro cabello brilló.

—Imaginémonos que Aelin tiene razón: Dorian ya está perdido. ¿Qué sucederá entonces?

—Eso no es verdad.

—Imaginémoslo.

Él azotó el puño en la mesa con tal fuerza que hizo temblar su vaso de agua.

—¡Eso no es verdad!

Nesryn apretó los labios pero su mirada se suavizó.

—¿Por qué?

Chaol se frotó la cara.

—Porque entonces todo esto fue por nada. Todo lo que sucedió... por nada. No lo entenderías.

—¿Ah, no? —dijo con frialdad—. ¿Tú crees que no comprendo lo que está en juego? No me importa tu príncipe, no como a ti. Me importa lo que representa para el futuro de este reino y de la gente como mi familia. No permitiré que haya otra purga de inmigrantes. No quiero que los hijos de mi hermana vuelvan a llegar a casa con la nariz rota por tener sangre extranjera. Me dijiste que Dorian arreglaría el mundo, que lo haría mejor. Pero si él no está ya, si nosotros cometimos un error hoy al dejarlo con vida, entonces encontraré otra manera de alcanzar ese futuro. Y otra después de eso, si es necesario. Seguiré levantándome sin importar cuántas veces me tiren al suelo esos carniceros.

Nunca la había escuchado decir tantas palabras juntas, nunca... nunca había sabido que ella tenía una hermana. Ni que era tía.

Nesryn dijo:

—Deja de autocompadecerte. Mantente en curso, pero también planea una alternativa. Adáptate.

A él se le había secado la boca.

—¿Te lastimaron a ti alguna vez? ¿Por tu ascendencia?

Nesryn miró hacia la chimenea encendida con el rostro helado.

—Me convertí en guardia de la ciudad porque ninguno de ellos me ayudó el día que un grupo de niños de la escuela me rodeó con piedras en las manos. Ni uno, aunque podían escuchar mis gritos —dijo y volteó a verlo a los ojos—. Dorian Havilliard ofrece un mejor futuro, pero la responsabilidad también es nuestra. A la gente común le corresponde elegir cómo comportarse.

Era cierto, muy cierto, pero él dijo:

—No lo abandonaré.

Ella suspiró.

—Eres aun más necio que la reina.

—¿Esperarías otra cosa de mí?

Una media sonrisa.

—Creo que no me agradarías si no fueras un asno testarudo.

—¿Estás aceptando que te agrado?

—¿El verano pasado no lo dejó claro?

Aunque no quería, Chaol rio.

—Mañana —dijo Nesryn—. Mañana continuaremos.

Él tragó saliva.

—Nos mantendremos en curso, pero planearemos un nuevo camino.

Podía hacer eso, podía al menos intentarlo.

—Nos vemos en el alcantarillado mañana temprano.

CAPÍTULO 23

Aedion recuperó la conciencia y percibió todos los detalles que pudo antes de abrir los ojos. Una ligera brisa entraba por la ventana cercana y le cosquilleaba la cara. A unas cuadras de distancia los pescadores anunciaban a gritos lo que habían pescado; alguien estaba cerca, respirando regular y profundamente. Dormía.

Abrió un ojo y se dio cuenta de que estaba en una habitación pequeña con paneles de madera en las paredes y decorada con un toque de lujo. Conocía esa habitación. Conocía ese departamento.

La puerta frente a la cama estaba abierta y se podía ver la habitación grande del otro lado: limpia, vacía y bañada en luz de sol. Las sábanas en donde dormía eran limpias y sedosas, las almohadas esponjadas y el colchón imposiblemente suave. El agotamiento le impregnaba hasta los huesos; sentía un fuerte dolor sordo en el costado. Su cabeza estaba mucho más despejada al voltear en dirección a la fuente de esa respiración regular y profunda, y toparse con la mujer que dormía en el sillón color crema al lado de la cama.

Sus piernas largas y desnudas, adornadas con cicatrices de todas formas y tamaños, estaban sobre el brazo del sillón. Su cabeza descansaba en el respaldo y su cabello dorado (que le llegaba a los hombros y tenía las puntas teñidas de color castaño rojizo, como si se hubiera lavado a medias un tinte barato) estaba revuelto por toda su cara. Tenía la boca abierta mientras dormía. Vestía cómodamente con una camisa demasiado grande y lo que parecía ser ropa interior de hombre. A salvo. Viva.

Por un momento, se le fue la respiración.

Aelin.

Movió la boca para pronunciar su nombre sin hacer ruido.

Como si lo hubiera escuchado, abrió los ojos. De inmediato se puso completamente alerta y miró hacia la puerta, la habitación contigua y luego la recámara, confirmando que no hubiera peligro. Al fin, al fin lo miró y se quedó completamente inmóvil mientras su cabello se movía con la brisa suave.

La almohada debajo del rostro de Aedion estaba húmeda.

Ella estiró las piernas como gato y dijo:

—Estoy lista para que me des las gracias por mi rescate espectacular de ayer en cuanto puedas, ¿sabes?

Él no pudo evitar que las lágrimas empezaran a caerle por el rostro, aunque respondió:

—Recuérdame nunca ser tu enemigo.

Una sonrisa empezó a tirar de las comisuras de los labios de Aelin y sus ojos, los ojos de ambos, brillaron.

—Hola, Aedion.

Escuchar su nombre en boca de ella hizo que algo se soltara en su interior y tuvo que cerrar los ojos. Su cuerpo protestaba contra el dolor al sacudirse con la fuerza de las lágrimas que intentaban salir. Cuando logró controlarse, dijo con voz ronca:

—Gracias por el rescate espectacular. Propongo que no lo volvamos a hacer nunca.

Ella resopló; en sus ojos se perfilaba una línea de plata.

—Eres exactamente como soñé que serías —dijo Aelin.

Algo en su sonrisa le comunicó que ella ya lo sabía, que Ren o Chaol le habían contado sobre él, que era la Puta de Adarlan, sobre el Flagelo. Así que lo único que pudo decir fue:

—Tú eres un poco más alta de lo que imaginaba, pero nadie es perfecto.

—Es un milagro que el rey se resistiera a ejecutarte hasta ayer.

—Dime por favor que está furioso como nunca antes se le había visto.

—Si escuchas con atención, puedes alcanzar a oír los alaridos que está dando en el palacio.

Aedion rio, lo cual hizo que le doliera la herida. La risa se detuvo cuando la empezó a mirar de pies a cabeza.

—Voy a estrangular a Ren y al capitán por permitir que fueras a rescatarme sola.

—Y ahí vamos —dijo ella mirando hacia el techo con un suspiro sonoro—. Un minuto de conversación placentera y luego toda esa territorialidad hada de mierda empieza a brotar.

—Esperé treinta segundos extras.

Ella sonrió un poco de lado.

—Honestamente pensé que durarías diez.

Él volvió a reír. Luego se dio cuenta de que si bien la había amado antes, simplemente había amado un recuerdo, el de la princesa que le habían arrebatado. Pero la mujer, la reina, la única familia que le quedaba...

—Valió la pena —dijo él con la sonrisa desvaneciéndose—. Tú lo valías. Todos esos años, toda esa espera. Lo vales.

Lo supo desde el momento en que ella llegó frente al bloque donde lo ejecutarían y lo miró, desafiante y perversa y salvaje.

—Creo que es el tónico sanador lo que te está haciendo hablar —respondió, pero sintió un nudo en la garganta y se secó los ojos. Bajó los pies al piso—. Chaol decía que eras peor que yo la mayor parte del tiempo.

—Chaol de por sí ya está en mi lista para estrangularlo y tú no lo estás ayudando.

Ella esbozó nuevamente esa media sonrisa.

—Ren está en el norte. No lo alcancé a ver antes de que Chaol lo convenciera de irse por su propia seguridad.

—Bien —dijo Aedion y dio unos golpes en la cama a su lado. Alguien le había puesto una camisa limpia, así que estaba relativamente presentable, y logró incorporarse a una posición medio sentada—. Ven acá.

Ella miró la cama, su mano; él se preguntó si habría cruzado alguna línea, si habría imaginado un vínculo que ya no existía entre ellos, hasta que la vio relajar los hombros, levantarse del sillón con movimientos fluidos y felinos, y dejarse caer en el colchón.

Su olor le llegó a la nariz. Por un segundo, lo único que pudo hacer fue inhalarlo profundamente. Sus instintos hada le rugieron que era su familia, su reina, era *Aelín*. La habría reconocido aun estando ciego.

Aunque tenía otro olor entretejido con el de ella. Algo abrumadoramente poderoso y antiguo y... masculino. Interesante.

Ella acomodó las almohadas. Aedion se preguntó si sabría cuánto significaba para él, como macho semihada, que ella se inclinara a acomodar sus cobijas y luego, también, que le estudiara el rostro con ojo agudo y crítico. Que lo estuviera cuidando.

La miró a los ojos, en busca de heridas, de cualquier señal de que la sangre en su cuerpo el día anterior no pertenecía sólo a aquellos hombres. Pero aparte de algunas cortaduras superficiales y costras en el antebrazo izquierdo, no estaba herida.

Cuando ella se tranquilizó al ver que él no estaba a punto de morir y cuando él se aseguró de que las heridas en su brazo no estuvieran infectadas, se recargó en las almohadas y cruzó las manos sobre su abdomen.

—¿Quieres ir primero o lo hago yo?

Afuera, las gaviotas se gritaban unas a otras; la brisa suave y salada le besó la cara a Aedion.

—Tú —susurró él—. Cuéntamelo todo.

Eso fue lo que hizo.

Hablaron y hablaron hasta que Aedion se quedó ronco; Aelin lo fastidió para que se tomara un vaso de agua. Después decidió que se veía demacrado, así que fue a la cocina por un poco de caldo de res y pan. Lysandra, Chaol y Nesryn no estaban por ninguna parte, tenían el departamento para ellos solos. Bien. Aelin no se sentía con ganas de compartir a su primo en ese momento.

Mientras Aedion devoraba su comida, le contó a su prima la verdad sobre lo sucedido durante los últimos diez años, sin omitir nada, justo como ella lo había hecho. Cuando ambos terminaron de contar sus historias y sus almas quedaron drenadas y adoloridas, pero recubiertas de una dicha creciente, se acurrucó junto a Aedion, su primo, su amigo.

Estaban forjados del mismo metal, eran dos lados de la misma moneda dorada y raspada.

Ella lo supo cuando lo alcanzó a ver en la plataforma de ejecución. No sabía explicarlo. Nadie podía entender ese vínculo instantáneo, esa seguridad y esa corrección, a menos que también la hubiera experimentado. Pero ella no le debía explicaciones a nadie, no sobre el tema de Aedion.

Seguían recostados en la cama y el sol descendía para ponerse. Aedion sólo la miraba y parpadeaba, como si no pudiera alcanzar a creerlo.

—¿Te avergüenzas de lo que he hecho? —se aventuró a preguntar Aelin.

Él frunció el ceño.

—¿Por qué pensarías eso?

No se atrevió a verlo directamente a los ojos; recorrió la cobija de la cama con un dedo.

—¿Lo estás?

Aedion permaneció en silencio hasta que ella levantó la mirada. No la veía: tenía la mirada en la puerta, como si pudiera ver a través de ella, a través de toda la ciudad, y observar al capitán. Cuando la volteó a ver, su rostro apuesto lucía más abierto, suavizado de una manera que seguramente muy pocos llegarían a ver.

—Nunca —respondió—. Nunca podría avergonzarme de ti.

Ella dudó que eso fuera posible; cuando volvió el rostro, él la tomó suavemente de la barbilla y la obligó a mirarlo a los ojos.

—Tú sobreviviste, yo sobreviví. Estamos juntos nuevamente. En una ocasión supliqué a los dioses que me permitieran verte, aunque fuera un momento. Verte y saber que habías sobrevivido. Una sola vez, era todo lo que quería.

No pudo contener las lágrimas, que empezaron a correr por su cara.

—Lo que hayas tenido que hacer para sobrevivir, lo que hayas hecho por rencor o ira o egoísmo... me importa un carajo. Estás aquí y eres perfecta. Siempre lo fuiste y siempre lo serás.

Ella no se había dado cuenta de cuánto necesitaba escuchar esas palabras.

Lanzó los brazos a su alrededor, cuidando de no lastimarlo, y lo apretó lo más que se atrevió. Él también la rodeó con un brazo;

con el otro se recargó en la cama para sostener a ambos. Luego enterró su cara en el cuello de ella.

—Te extrañé —le susurró Aelin e inhaló su aroma, ese olor a guerrero que apenas estaba aprendiendo, recordando—. Cada día te extrañé.

Su piel se humedeció bajo el rostro de su primo.

—Nunca más —prometió él.

Honestamente, no era ninguna sorpresa que inmediatamente después de que Aelin destrozara los Sótanos, surgiera otro antro de pecado y perdición en los barrios bajos.

Los dueños ni siquiera fingían que no era una puntual imitación del original, no con el nombre de las Arenas. Pero en los Sótanos al menos había una atmósfera estilo taberna; el nuevo lugar ni siquiera se tomaba la molestia. Era una cámara subterránea tallada en la roca; el alcohol se incluía con la entrada. Quien quisiera beber debía atreverse a ir a los barriles del fondo y servirse. Aelin sintió simpatía por los dueños: operaban bajo un conjunto distinto de reglas.

Sin embargo, algunas cosas permanecían iguales.

Los pisos eran resbalosos y apestaban a cerveza, orina y cosas peores, pero Aelin anticipaba eso. Lo que no previó, exactamente, fue el ruido ensordecedor. Las paredes de roca y el lugar cerrado aumentaban el volumen de los gritos provenientes de las Arenas de pelea, donde el público apostaba sobre los resultados de los combates.

Combates como en el que ella estaba a punto de participar.

A su lado, Chaol, con capa y máscara, se movía inquieto.

—Esto es una pésima idea —murmuró.

—Dijiste que no podías encontrar a los Valg en sus nidos —respondió ella con voz igualmente baja, y se acomodó un mechón de pelo, nuevamente teñido de rojo, debajo de la capucha—. Mira, aquí hay unos encantadores comandantes y sus secuaces están esperando que los persigas hasta sus casas. Considera esto como una especie de disculpa por parte de Arobynn.

Porque Arobynn sabía que Aelin iría con Chaol esa noche. Ella ya había adivinado eso y no estaba segura si llevar al capitán, pero al final su necesidad de que él estuviera ahí, de ella estar ahí, era mayor a su necesidad de alterar los planes de Arobynn.

Chaol la miró de reojo, luego dedicó su atención a la multitud que los rodeaba y dijo de nuevo:

—Esto es una pésima idea.

Ella siguió la mirada de Chaol hacia Arobynn, parado del otro lado de la arena donde peleaban dos hombres, ambos tan ensangrentados que no se podía saber quién estaba peor.

—Sí me llama, yo respondo. Sólo mantén los ojos abiertos.

Era la conversación más larga que habían tenido en toda la noche. Pero ella tenía otras cosas de qué preocuparse.

Cuando llegó, se había tardado un minuto en comprender por qué la había citado Arobynn en ese sitio.

Los guardias del Valg venían a las Arenas no para arrestar ni torturar, sino para observar. Estaban dispersos entre la gente, encapuchados, sonrientes, fríos.

Como si la sangre y la rabia fueran su combustible.

Debajo de su máscara negra, Aelin se concentró en respirar.

Tres días después de su rescate, Aedion seguía bastante mal herido, tanto que continuaba en cama. Uno de los rebeldes de mayor confianza de Chaol estaba vigilando el departamento. Pero ella necesitaba que alguien la apoyara esa noche, así que les había pedido a Chaol y a Nesryn que la acompañaran. Aunque sabía que eso también concordaba con los planes de Arobynn.

Los había seguido a una reunión secreta de rebeldes y a nadie le había agradado la idea.

En especial porque, aparentemente, el Valg había desaparecido con todo y víctimas y no lograban encontrarlos a pesar de llevar varios días buscándolos. Una mirada a los labios apretados de Chaol le dijo exactamente a qué gracia le achacaba esto. Así que optó por hablar con Nesryn, aunque fuera para distraerse de la nueva tarea que la estaba presionando; el repicar de ese reloj ahora sonaba como una invitación burlona desde el castillo de cristal. No obstante, destruir la torre del reloj y liberar la magia era algo que tendría que esperar.

Al menos tuvo razón al pensar que Arobynn quería que Chaol estuviera en ese sitio, y la presencia de los Valg claramente era una oferta que tenía la intención de atraer al capitán para que siguiera confiando en él y contándole secretos.

Aelin percibió la llegada de Arobynn a su lado unos instantes antes de que su cabello rojizo entrara en su visión periférica.

—¿Tienes planes de destrozar también este establecimiento?

A su lado, apareció una cabeza de cabello oscuro que acaparaba las miradas cautivadas de todos los hombres. Aelin agradeció traer la máscara, porque ocultó la tensión de su cara cuando Lysandra inclinó la cabeza como saludo. Aelin fingió muy bien que miraba a la cortesana con desdén, de arriba abajo, y luego centró su atención en Arobynn, despreciándola como si fuera solamente un objeto de ornato.

—Acabo de limpiar el traje —le dijo Aelin a Arobynn—. Si destrozo este cuchitril sólo lo volvería a ensuciar.

Arobynn rio.

—En caso de que te lo estés preguntando, una conocida maestra de danza salió en un barco con dirección al sur, acompañada de todas sus bailarinas, antes de que la noticia de tus aventuras siquiera llegara a los muelles.

El rugido de la multitud casi ahogó las palabras de Arobynn. Lysandra frunció el ceño cuando un juerguista casi le derramó la cerveza en la falda de su vestido color menta y crema.

—Gracias —dijo Aelin, y lo dijo en serio.

No mencionó el jueguito de Arobynn de enfrentarla con Chaol porque eso era precisamente lo que él deseaba. Él le sonrió con un gesto tan petulante que se vio obligada a preguntar:

—¿Tienes una razón en particular para requerir mis servicios aquí esta noche o es otro de tus regalos?

—Después de que destrozaste los Sótanos con tanto gusto, me vi obligado a buscar una nueva inversión. Los dueños de las Arenas, a pesar de que quieren públicamente un inversionista, están renuentes a aceptar mi oferta. Tu participación esta noche me servirá mucho para convencerlos de mis considerables recursos y... de lo que puedo ofrecerles.

Y de paso para intimidarlos, mostrándoles su mortífero arsenal de asesinos y cómo podrían ayudar a tener un mayor margen de ganancias con peleas arregladas contra asesinos entrenados. Ella supo exactamente qué le diría después.

—Mi luchador me falló —continuó Arobynn—. Necesito un suplente.

—¿Quién voy a ser en esta pelea, exactamente?

—Le dije a los dueños que habías entrenado con los asesinos silenciosos del Desierto Rojo. Los recuerdas, ¿no? Dile el nombre que quieras al jefe de las Arenas.

Idiota. Nunca olvidaría esos meses en el Desierto Rojo. Ni quién la había enviado allá.

Ella hizo un movimiento con la cabeza para señalar a Lysandra.

—¿Tú no eres un poco melindrosa para estar en este tipo de lugar?

—Y yo que pensaba que tú y Lysandra se habían vuelto amigas después de su dramático rescate.

—Arobynn, vamos a ver a otra parte —murmuró Lysandra—. La pelea está terminando.

Aelin se preguntó qué se sentiría tener que tolerar al hombre que asesinó a tu amante. Pero el rostro de Lysandra era una máscara de preocupación y precaución insulsa, otra de las pieles que usaba, mientras se refrescaba distraídamente con un abanico precioso de encaje y marfil. Estaba fuera de lugar en este antro.

—Es bonito, ¿no? Arobynn me lo dio —dijo Lysandra al notar que Aelin lo estaba observando.

—Es una pequeña chuchería para una dama tremendamente talentosa —dijo Arobynn, y se inclinó a besar el cuello desnudo de Lysandra.

Aelin tuvo que controlar su asco con tanta fuerza que casi se atragantó.

Él caminó hacia la multitud como una serpiente en el pasto; su mirada se cruzó con la del esbelto jefe de las Arenas. Cuando se alejó lo suficiente entre la gente, Aelin dio un paso hacia Lysandra. La cortesana apartó la vista y Aelin se dio cuenta de que no fingía.

Aelin dijo con mucha suavidad, de manera que nadie la pudiera escuchar:

—Gracias por el otro día.

Lysandra recorrió con la vista a la multitud y a los luchadores ensangrentados a su alrededor. Sus ojos aterrizaron en un Valg; rápidamente devolvió la mirada a Aelin, acomodándose para que la multitud formara un muro entre ella y los demonios del otro lado de la arena.

—¿Él está bien?

—Sí, sólo descansa y come todo lo que puede —dijo Aelin.

Ahora que Aedion estaba a salvo... pronto tendría que empezar a cumplir con el favor que le debía a Arobynn. Aunque dudaba que su exmaestro viviera mucho tiempo después de que su primo se recuperara y supiera en cuánto peligro la estaba poniendo Arobynn. Eso sin mencionar lo que le había hecho a través de los años.

—Qué bueno —dijo Lysandra, todavía protegida por el capullo que formaba la multitud a su alrededor.

Arobynn le dio una palmada en el hombro al jefe de las Arenas y regresó hacia donde estaban. Aelin empezó a dar golpes con el pie en el piso hasta que el rey de los asesinos estuvo de nuevo entre ellas.

Chaol se movió sutilmente para poder escuchar, con una mano en la espada.

Aelin apoyó las manos en las caderas.

—¿Quién será mi oponente?

Arobynn inclinó la cabeza hacia una jauría de los guardias del Valg.

—El que quieras de ellos. Sólo espero que escojas uno en menos tiempo del que te ha tomado decidir cuál me entregarás.

Así que de eso se trataba el asunto. De quién tenía la sartén por el mango. Y si se rehusaba, con la deuda aún sin pagar... Él podría hacer cosas peores. Mucho peores.

—Estás loco —le dijo Chaol a Arobynn al seguir su mirada y ver lo que proponía.

—Ah, por lo visto sí habla —ronroneó Arobynn—. Por cierto, de nada por el consejito.

Miró hacia los Valg reunidos. Entonces eran un regalo para el capitán.

Chaol lo miró molesto.

—No necesito que hagas mi trabajo.

—No te metas —dijo Aelin bruscamente, con la esperanza de que Chaol comprendiera que la ira no era por él. Él volvió a concentrarse en la arena salpicada de sangre y sacudió la cabeza. Que se enojara, de todas maneras ella también sentía bastante rabia contra él.

La multitud empezó a silenciarse y el jefe de las Arenas llamó al siguiente luchador.

—Es tu turno —dijo Arobynn sonriendo—. Veamos de qué son capaces esas cosas.

Lysandra le apretó el brazo a Arobynn, como si le rogara desistir.

—Yo me mantendría alejada —le dijo Aelin y se tronó el cuello—. Dudo que quieras que ese vestido tan lindo se manche de sangre.

Arobynn rio.

—Que sea un buen espectáculo, ¿está bien? Quiero que los dueños se queden impresionados y se orinen en los pantalones.

Vaya que haría un espectáculo. Después de varios días de encierro en el departamento al lado de Aedion, tenía mucha energía de sobra.

Y no le importaba derramar sangre Valg.

Avanzó a empujones entre el público sin despedirse de Chaol para no atraer más la atención hacia él. La gente la miró y retrocedió. Con el traje, las botas y la máscara, sabía que era la Muerte encarnada.

Aelin empezó a caminar con paso presuntuoso, meciendo las caderas con cada paso y girando los hombros como si quisiera aflojarlos. La multitud se puso más ruidosa, inquieta.

Se acercó al costado del esbelto jefe de las Arenas, quien la miró y dijo:

—Sin armas.

Ella se limitó a inclinar la cabeza y levantó los brazos, se dio una vuelta e incluso permitió que el pequeño secuaz del jefe de las Arenas la cacheara con sus manos sudorosas para asegurarse que no estaba armada.

No que ellos pudieran notarlo.

—Nombre —exigió el jefe de las Arenas. A su alrededor ya podía ver el oro que reflejaba la luz.

—Ansel de Briarcliff —dijo. La máscara distorsionaba su voz y le daba un tono ronco y rasposo.

—Oponente.

Aelin miró al otro lado de la arena, hacia la multitud ahí reunida, y señaló.

—Él.

El comandante del Valg ya le estaba sonriendo.

CAPÍTULO 24

Chaol no supo qué pensar cuando Aelin entró a la arena y aterrizó en cuclillas. La multitud vio a quién había señalado y estaba enloquecida, empujándose para quedar hasta el frente; el oro pasaba de unas manos a otras en apuestas de último minuto.

Él tuvo que plantarse con los talones para evitar que lo tiraran por el borde abierto de la arena. No había cuerdas ni barandales. Si alguien caía ahí dentro, todo se valía. En cierta forma se sentía agradecido de que Nesryn estuviera vigilando la parte de atrás. También lo estaba un poco por una noche sin tener que continuar con la inútil cacería de nuevos nidos del Valg. Aunque eso implicara tener que lidiar con Aelin durante unas horas. Aunque implicara que Arobynn Hamel le hiciera ese regalito. Uno que, odiaba admitir, necesitaba desesperadamente y en realidad sí apreciaba. Era claro que así operaba Arobynn.

Chaol se preguntó cuál sería el costo. O si su temor al costo potencial era remuneración suficiente para el rey de los asesinos.

Vestida de pies a cabeza de negro, Aelin era una sombra viviente; caminaba como gato de la selva en su lado de la arena cuando el comandante del Valg entró de un salto. Podría jurar que sintió temblar el piso.

Ambos estaban locos: Aelin y su maestro: Arobynn le había dicho que escogiera a cualquiera de los hombres del Valg; ella eligió al líder.

Apenas habían cruzado palabra desde su altercado tras el rescate de Aedion. Francamente, ella no merecía que él le dirigiera la palabra, pero cuando lo buscó hacía una hora, cuando interrumpió una junta que era tan secreta que apenas le habían informado del lugar a los líderes rebeldes una hora antes... Quizás era un tonto, pero no podía negarse sin cargo de conciencia. Entre otras cosas, porque Aedion lo mataría si se enterara.

Pero como los hombres del Valg estaban aquí... Sí, la noche estaba siendo provechosa después de todo.

El jefe de las Arenas empezó a gritar las reglas. Simplemente no las había, excepto que no se podían usar cuchillos. Sólo manos, pies e inteligencia.

Dioses en los cielos.

Aelin aquietó sus pasos y Chaol tuvo que darle un codazo en el estómago a un hombre demasiado entusiasta con el fin de evitar que lo empujara a la arena.

La reina de Terrasen estaba peleando en una pista de los barrios bajos de Rifthold. Apostaría a que nadie en este sitio le creería. Apenas lo podía creer él.

El jefe de las Arenas rugió para que la lucha empezara y entonces...

Empezaron a moverse.

El comandante atacó con un puñetazo tan rápido que la mayoría de los hombres hubiera terminado con la cabeza dándole vueltas. Pero Aelin lo esquivó, lo agarró del brazo con una mano, deteniéndolo en una posición que él sabía era para romper huesos. El rostro del comandante se retorció de dolor y ella le dio un rodillazo en la parte lateral de la cabeza.

Fue tan rápido, tan brutal, que la multitud ni siquiera supo qué demonios había sucedido hasta que el comandante daba pasos hacia atrás y Aelin bailaba sobre los dedos de sus pies.

El comandante rio y se enderezó. Fue la única pausa que Aelin le concedió antes de tomar la ofensiva.

Se movía como una tormenta de medianoche. El entrenamiento que recibió en Wendlyn, lo que ese príncipe le había enseñado... Que los dioses los ayudaran a todos.

Golpe tras golpe, bloquear, atacar, esquivar, girar... La multitud era una masa que se retorcía, lanzando espuma por la boca, al testificar su rapidez, su habilidad.

Chaol la había visto matar. Hacía tiempo que no la veía pelear por placer.

Y ella realmente lo estaba disfrutando.

Un oponente digno de ella, supuso Chaol cuando ella apretó las piernas alrededor de la cabeza del comandante y rodó para voltearlo.

La arena volaba alrededor de los combatientes. Ella terminó encima y lanzó un puñetazo a la cara fría y bien parecida del hombre. Sólo para salir lanzada por un giro tan rápido que Chaol apenas pudo seguir el movimiento. Aelin aterrizó en la arena ensangrentada y se logró poner de pie justo cuando el comandante atacó de nuevo.

Se convirtieron otra vez en un borrón de extremidades y golpes y oscuridad.

Del otro lado de la arena, Arobynn tenía los ojos muy abiertos y sonreía: era como un hombre muerto de hambre frente a un festín. Lysandra estaba colgada de él con los nudillos blancos de tanto apretarle el brazo. Unos hombres susurraban algo al oído de Arobynn, con la mirada fija en la arena, tan hambrientos como él. Podrían ser los dueños del lugar o bien clientes potenciales negociando para usar a la mujer que luchaba con tanta rabia salvaje y perverso deleite.

Aelin le dio al comandante una buena patada en el estómago, la cual lo mandó volando contra la pared de roca. Él se deslizó al piso, intentando respirar. La multitud vitoreó a Aelin; ella levantó los brazos y dio una vuelta lentamente, la Muerte triunfante.

El rugido atronador con el que la multitud le respondió le hizo pensar a Chaol que podría derrumbarse el techo.

El comandante se lanzó hacia ella y Aelin giró, lo atrapó por brazos y cuello con una llave difícil de esquivar. Miró a Arobynn, como preguntándole algo.

Su maestro miró a los hombres de ojos abiertos y hambrientos a su lado, y asintió.

Chaol sintió que el estómago se le revolvía. Arobynn ya había visto suficiente. Ya había demostrado lo que quería.

Ni siquiera había sido una pelea justa. Aelin había permitido que continuara porque Arobynn quería que continuara. Y cuando lograra derrumbar la torre del reloj y regresara su magia... ¿quién la controlaría? ¿Quién sería el contrapeso de Aedion, y de ese príncipe hada, y de todos los guerreros como ella? Sería un nuevo mundo, sí. Pero sería un mundo en el cual la voz de los humanos ordinarios no sería más que un susurro.

Aelin le torció los brazos al comandante; el demonio aulló de dolor y luego...

Entonces Aelin dio un paso hacia atrás, sosteniéndose el antebrazo para detener la sangre que brillaba a través de la rasgadura de su traje.

Chaol entendió lo que había sucedido cuando el comandante se dio la vuelta: pudo notar que le escurría sangre por la barbilla y vio sus ojos completamente negros. La había mordido. Chaol siseó entre dientes.

El comandante se lamió los labios; su sonrisa sangrienta empezó a crecer. A pesar del estruendo de la multitud, Chaol pudo escuchar al demonio del Valg decir:

—Ya sé lo que eres ahora, perra mestiza.

Aelin dejó caer la mano con la cual se estaba sosteniendo el brazo y la sangre brilló en su guante oscuro.

—Por suerte yo también sé qué eres tú, cabrón.

Era preciso acabar con él. Aelin sabía que debía acabar con él en ese momento.

—¿Cómo te llamas? —le preguntó dándole vueltas al comandante demonio.

El demonio dentro del cuerpo del hombre rio.

—No puedes pronunciarlo con tu lengua humana.

La voz del demonio recorrió las venas de Chaol, helándolas.

—Qué condescendiente para ser un simple peón —canturreó ella.

—Debería llevarte yo mismo a Morath, mestiza, a ver cuánto hablas entonces. Qué opinas de todas las cosas deliciosas que les hacemos a los seres de tu tipo.

Morath, la fortaleza del duque Perrington. Chaol sentía el estómago como de plomo. Ahí llevaban a los prisioneros que no ejecutaban. Los que habían desaparecido en la noche, para hacerles sepan los dioses qué cosas.

Aelin no le dio tiempo de decir una cosa más. Chaol nuevamente deseó ver su rostro, aunque fuera para advertir qué demonios estaba sucediendo en su cabeza cuando derribó al comandante. Ella azotó el considerable peso de su oponente en la arena y lo sostuvo de la cabeza.

Crac, sonó el cuello del comandante.

Con las manos aún a cada lado del rostro del demonio, Aelin miró los ojos vacíos, la boca abierta. La multitud gritó triunfal.

Aelin jadeaba con los hombros encorvados; luego se enderezó y sacudió la arena de las rodillas de su traje.

Alzó la vista hacia el jefe de las Arenas.

—Declárame.

El hombre palideció.

—La victoria es tuya —dijo.

No se molestó en volver a levantar la vista mientras azotaba su bota contra la pared de roca y liberaba un cuchillo delgado y terrible.

Chaol agradeció que la multitud estuviera gritando cuando ella pisoteó el cuello del comandante con el cuchillo. Una y otra vez.

En la luz tenue del lugar, nadie notó que la mancha en la arena no era del color correcto.

Nadie se acercó a ellos, salvo los demonios con el rostro petrificado. Estaban marcando a Aelin, observando cada movimiento de su pierna mientras separaba del cuerpo la cabeza del comandante y la dejaba tirada en la arena.

Los brazos de Aelin temblaban cuando tomó la mano de Arobynn para que le ayudara a salir de la arena.

Su maestro le apretó los dedos con una firmeza letal y la acercó a él. Para los demás, parecía un abrazo.

—Ya van dos veces, querida, que no me entregas lo que pedí. Yo dije "inconsciente".

—Me ganó la sed de sangre, al parecer —respondió ella.

Retrocedió. El brazo izquierdo le dolía por la mordida salvaje que esa cosa le había dado. Bastardo. Casi podía sentir que su sangre se filtraba por el cuero grueso de su bota, el peso de la sangre adherido a su pie.

—Espero resultados, Ansel, y rápido.

—No te preocupes, maestro —dijo Aelin—. Obtendrás lo que se te debe.

Chaol empezaba a avanzar hacia una esquina oscura. Nesryn iba como sombra detrás de él, sin duda preparándose para seguir a los Valg en cuanto salieran.

Aelin miró a Lysandra, cuya atención no estaba en el cadáver que unos empleados arrastraban fuera de la arena, sino fija con una concentración depredadora en los demás guardias del Valg, que empezaban a escabullirse.

Aelin se despejó la garganta; Lysandra parpadeó y suavizó su expresión para convertirla en incomodidad y repulsión.

Aelin intentó escaparse, pero Arobynn dijo:

—¿No sientes la mínima curiosidad por saber dónde enterramos a Sam?

Sabía que ella sentiría sus palabras como un golpe. Había tenido la ventaja, el tiro de gracia, todo el tiempo. Incluso Lysandra retrocedió un poco.

Aelin dio vuelta lentamente.

—¿Esa información tiene un precio?

Un movimiento ligero de la atención de Arobynn hacia la arena.

—Lo acabas de pagar.

—Te consideraría capaz de darme una dirección falsa y hacerme llevar piedras a la tumba equivocada.

No flores, flores nunca en Terrasen. En vez de eso, llevaban pequeñas piedras a las tumbas con la intención de marcar sus visitas, decirles a los muertos que todavía los recordaban.

Las piedras eran eternas. Las flores no.

—Me lastimas con ese tipo de acusaciones —dijo Arobynn, pero la expresión de su rostro elegante lo contradecía. Cerró la distancia entre ellos y dijo en voz tan baja que ni Lysandra pudo escuchar—: ¿Crees que podrás librarte de pagar en cierto momento?

Ella le mostró los dientes.

—¿Eso es una amenaza?

—Es una sugerencia —dijo él suavemente— para que recuerdes lo considerable de mis influencias y lo que te podría ofrecer a ti y a los tuyos en estos momentos en los que te hallas tan desesperada por tantas cosas: dinero, guerreros...

Arobynn miró en dirección al capitán y a Nesryn, quienes ya se iban, y agregó:

—Cosas que tus amigos necesitan también.

Por un precio, todo por un precio.

—Sólo dime dónde enterraste a Sam y déjame ir. Necesito limpiarme los zapatos.

Él sonrió, satisfecho de ganar y de que ella aceptara su pequeña oferta; sin duda pronto haría otra oferta, luego otra, a cambio de lo que ella necesitaba de él. Le dio el nombre del lugar, un pequeño cementerio a la orilla del río. No estaba en las criptas de la fortaleza de los asesinos, donde estaba la mayoría de ellos. Probablemente lo hizo con la intención de insultar a Sam, sin darse cuenta de que éste no hubiera querido ser enterrado en la fortaleza de ninguna manera.

De todas formas, Aelin logró escupir un "Gracias". Después se obligó a mirar a Lysandra y dijo lentamente:

—Espero que te esté pagando lo suficiente.

Sin embargo, la atención de Lysandra estaba puesta en la cicatriz larga que marcaba el cuello de Arobynn, la cicatriz que le había hecho Wesley. Él estaba demasiado ocupado sonriéndole a Aelin para notarlo.

—Nos veremos pronto —dijo. Otra amenaza—. Espero que sea cuando cumplas con tu parte del trato.

Los hombres de rostro duro que habían estado al lado de Arobynn durante las peleas seguían a un par de metros de distancia. Los dueños de las Arenas. Asintieron levemente hacia ella, pero no les devolvió el gesto.

—Dile a tus nuevos socios que ya me retiré oficialmente —le dijo Aelin como despedida.

Le costó mucho trabajo dejar a Lysandra con él en ese sitio infernal.

Podía sentir cómo la monitoreaban los vigilantes del Valg, podía sentir su indecisión y su malicia. Conservaba la esperanza de que Chaol y Nesryn no se toparan con ningún problema. Luego salió y desapareció en el aire abierto y fresco de la noche.

No les había pedido que la acompañaran para que le vigilaran las espaldas, sino con la idea de obligarlos a darse cuenta precisamente de lo estúpidos que habían sido al confiar en un hombre como Arobynn Hamel. Aunque el regalo de éste fuera la razón por la cual ahora podrían rastrear a los Valg al lugar donde estuvieran quedándose.

Conservaba la esperanza de que, a pesar del obsequio de su exmaestro, al menos les hubiera quedado claro hoy la necesidad de haber matado a Dorian aquel día.

CAPÍTULO 25

Elide estaba lavando platos, escuchando con atención al cocinero que se quejaba sobre el siguiente cargamento de provisiones programado. Unos cuantos carros llegarían en un par de semanas, al parecer, con vino y vegetales y tal vez, con suerte, carne salada. Sin embargo, a Elide no le interesaba el contenido de la entrega sino más bien cómo la transportarían, qué tipo de carros la traerían, y dónde podría encontrar el mejor escondite en uno de ellos.

En ese momento entró una de las brujas.

No era Manon, sino la que se llamaba Asterin, de cabello dorado, ojos como la noche estrellada y un salvajismo palpable hasta en su misma respiración. Elide había notado hacía tiempo que sonreía con facilidad y la había observado cuando pensaba que nadie la veía, mirando hacia el horizonte con el rostro tenso. Secretos. Asterin era una bruja con secretos. Y los secretos volvían letales a las personas.

Elide mantuvo la cabeza agachada y los hombros encorvados; toda la cocina guardó silencio ante la presencia de la Tercera. Asterin se limitó a acercarse al cocinero, quien se había puesto pálido como la muerte. Era un hombre ruidoso y amable la mayoría de los días, pero un cobarde de corazón.

—Señora Asterin —dijo, y todos, incluida Elide, hicieron una reverencia.

La bruja sonrió, con dientes blancos y normales, gracias a los dioses.

—Estaba pensando si puedo ayudarles a lavar los platos.

La sangre de Elide se heló. Sintió que los ojos de todos en la cocina se centraban en ella.

—Se lo agradecemos mucho, señora, pero...

—¿Estás rechazando mi oferta, mortal?

Elide no se atrevió a darse la vuelta. Sus manos arrugadas empezaron a temblar debajo del agua jabonosa. Las apretó en puños. El miedo era inútil. El miedo hacía que te mataran.

—N-no. Por supuesto, señora. Nosotros, y Elide, nos sentiremos honrados de que nos ayude.

Eso fue todo.

El escándalo y el caos de la cocina regresaron poco a poco, pero la conversación permaneció apagada. Todos estaban observando, esperando: ya fuera la sangre de Elide derramada en las rocas color gris o escuchar algún chisme jugoso de los labios siempre sonrientes de Asterin Picos Negros.

Elide sintió cada uno de los pasos que dio la bruja en su dirección... sin prisa pero poderosos.

—Tú lavas. Yo seco —dijo la centinela cuando llegó a su lado.

Elide la miró escondida detrás de una cortina de cabello. Los ojos negros y dorados de Asterin brillaban.

—G-gracias —se obligó a tartamudear.

La diversión en esos ojos inmortales aumentó. Eso no era una buena señal.

Pero Elide continuó con su trabajo y le fue pasando a la bruja las ollas y los platos.

—Ésta es una tarea interesante para la hija de un lord —comentó Asterin en voz baja, de manera que nadie más en la cocina la pudiera escuchar.

—Me da gusto poder ayudar.

—Esas cadenas me indican lo contrario.

Elide no titubeó con el lavado, no dejó resbalar la olla que tenía en sus manos ni un centímetro. Cinco minutos más y luego podría dar una excusa en voz baja y salir corriendo.

—Nadie más en este lugar está encadenado como esclavo. ¿Qué te vuelve tan peligrosa, Elide Lochan?

Elide se encogió de hombros. Un interrogatorio, eso era. Manon la había llamado espía. Parecía ser que su centinela había decidido evaluar qué tanta amenaza representaba.

—¿Sabes?, los hombres siempre han odiado y temido a nuestra especie —continuó Asterin—. Es raro que nos atrapen, que nos maten, pero cuando lo hacen... Oh, se deleitan haciendo cosas horribles. En los Yermos, construyeron máquinas para destrozarnos. Los tontos nunca se dieron cuenta de que lo único que necesitaban para torturarnos, para hacernos suplicar —dijo y miró las piernas de Elide— era encadenarnos. Mantenernos atadas a la tierra.

—Lamento escuchar eso.

Dos de las cocineras que desplumaban aves se habían acomodado el cabello detrás de las orejas en un esfuerzo inútil por escuchar lo que decían. Pero Asterin sabía cómo mantener su voz baja.

—¿Cuántos años tienes, quince? ¿Dieciséis?

—Dieciocho.

—Eres pequeña para tu edad.

Asterin la miró de tal manera que hizo pensar a Elide que podía ver a través de su vestido hecho en casa y notar el vendaje que usaba para aplastar sus senos grandes y hacer que su pecho pasara desapercibido.

—Debes haber tenido ocho o nueve cuando cayó la magia.

Elide talló la olla. Terminaría eso y se iría. Hablar de magia alrededor de estas personas, todas muy dispuestas a vender cualquier fragmento de información a los señores del terror que gobernaban el lugar... Eso le ganaría un viaje al patíbulo.

—Las crías de bruja que tenían tu edad en aquel momento —continuó la centinela— nunca tuvieron la oportunidad de volar. El poder no queda establecido hasta su primer sangrado. Al menos ahora tienen a los guivernos. Pero no es lo mismo, ¿o sí?

—No sabría.

Asterin se inclinó hacia ella, con una sartén de hierro en sus manos largas y mortíferas.

—Pero tu tío sí, ¿verdad?

Elide intentó hacerse más pequeña y consiguió ganar unos cuantos segundos mientras fingía considerarlo.

—No entiendo.

—¿Nunca has sentido que el viento dice tu nombre, Elide Lochan? ¿Nunca sentiste que te atrajera? ¿Nunca lo has escuchado y has anhelado volar hacia el horizonte, hacia tierras extranjeras?

Había pasado la mayor parte de su vida encerrada en una torre, pero hubo algunas noches, tormentas salvajes...

Elide logró quitar el último resto de comida quemada de la olla y la enjuagó. Luego se la dio a la bruja y se limpió las manos en el delantal.

—No, señora. No sé por qué lo sentiría.

Aunque *sí* quería huir, quería correr al otro lado del mundo y lavarse las manos de estas personas para siempre. Pero eso no tenía que ver con el viento susurrando.

Los ojos negros de Asterin parecían devorarla entera.

—Sí escuchaste ese viento, niña —dijo con un silencio experto—, porque cualquiera con sangre de Dientes de Hierro lo escucha. Me sorprende que tu madre nunca te lo dijera. Se transmite a través de la línea materna.

Sangre de bruja. Sangre de Dientes de Hierro. En sus venas... en el linaje de su madre.

Eso no era posible. Su sangre era roja; no tenía dientes ni uñas de hierro. Su madre era igual que ella. Si era verdad que tenían ancestros, debían ser de hacía tanto tiempo que ya se habían olvidado, pero...

—Mi madre murió cuando yo era niña —dijo y se dio la vuelta para despedirse con una inclinación de la cabeza del jefe de cocina—. Nunca me dijo nada.

—Qué lástima —dijo Asterin.

Todos los sirvientes se quedaron mirando a Elide con la boca abierta. Sus ojos inquisitivos le dijeron lo suficiente: no habían escuchado. Al menos eso era un alivio.

Dioses..., oh, dioses. Sangre de bruja.

Elide subió las escaleras y cada movimiento le provocaba un dolor que le recorría toda la pierna. ¿Por eso la mantenía encadenada Vernon? ¿Para evitar que se fuera volando si en algún momento mostraba una señal de poder? ¿Por eso las ventanas de la torre en Perranth tenían barrotes?

No..., no. Ella era humana. Humana completa.

Pero en el momento en que esas brujas se reunieron, cuando se enteró de los rumores sobre los demonios que querían... querían... engendrar, Vernon la había traído para acá. Y se había vuelto muy muy cercano al duque Perrington.

Le rezó a Anneith con cada paso que daba hacia arriba, le rezó a la Señora de las Cosas Sabias pidiendo estar equivocada, que la Tercera estuviera equivocada. Elide no se dio cuenta de qué dirección había tomado hasta llegar al pie de la torre de la Líder de la Flota.

No tenía ningún lugar a donde ir. Nadie con quien huir.

Los carros de las provisiones tardarían unas semanas en llegar. Vernon podía entregarla cuando lo deseara. ¿Por qué no lo había hecho de inmediato? ¿Qué esperaba? ¿Quería ver si los primeros experimentos funcionaban antes de ofrecerla como ficha de negociación para obtener mayor poder?

Si ella en verdad *era* un bien tan valioso, tendría que irse más lejos de lo que había pensado para escapar de Vernon. No sólo al continente del sur, sino más allá, a las tierras de las que nunca había escuchado hablar. Pero sin dinero, ¿cómo podría hacerlo? No tenía dinero excepto por las bolsas de monedas que la Líder de la Flota dejaba tiradas en su habitación. Se asomó hacia las escaleras que ascendían a la oscuridad. Tal vez podría usar el dinero con objeto de sobornar a alguien, a un guardia, a la bruja de un aquelarre menor, para que la sacara. De inmediato.

Su tobillo le dio una fuerte punzada cuando se apresuró a subir las escaleras. No se llevaría toda una bolsa, sino unas cuantas monedas de cada una para que la Líder de la Flota no se diera cuenta.

Afortunadamente, la habitación de la bruja estaba vacía. Y las diversas bolsas de monedas estaban tiradas por todas partes con un descuido que sólo podía pertenecer a una bruja inmortal, más interesada en el derramamiento de sangre.

Elide empezó a meter monedas cuidadosamente en su bolsillo, en el vendaje que aplastaba sus senos y en su zapato, a fin de que no las descubrieran todas al mismo tiempo y de que no hicieran ruido.

—¿Perdiste la razón?

Elide se quedó congelada.

Asterin estaba recargada contra la pared, con los brazos cruzados.

La Tercera sonreía. La luz del atardecer hacía brillar sus dientes de hierro, afilados como navajas.

—Eres una cosita audaz e insensata —le dijo la bruja mientras daba vueltas a su alrededor—. No eres tan dócil como finges, ¿verdad?

Oh, dioses.

—Robarle a nuestra Líder de la Flota...

—Por favor —susurró Elide. Suplicar, tal vez eso funcionaría—. Por favor, necesito irme de este lugar.

—¿Por qué? —preguntó Asterin lanzando una mirada hacia la bolsa de dinero que Elide tenía entre las manos.

—Escuché lo que van a hacer con las Piernas Amarillas. Mi tío, si yo tengo..., si tengo de tu sangre, no puedo permitirle que me use así.

—Estás huyendo por Vernon... Al menos ahora sabemos que no eres su espía, cría de bruja.

La sonrisa de Asterin fue casi tan aterradora como una de las de Manon.

Por eso la había emboscado con esa información: para ver dónde iría Elide después.

—No me digas así —exhaló Elide.

—¿Es tan malo ser bruja? —preguntó Asterin con los dedos estirados para admirar sus uñas de hierro en la luz tenue.

—No soy bruja.

—¿Qué eres, entonces?

—Nada... No soy nadie. Soy nada.

La bruja chasqueó la lengua:

—Todas somos algo. Hasta la bruja más común tiene su aquelarre. Pero a ti ¿quién te apoya, Elide Lochan?

—Nadie.

Sólo Anneith. Y Elide a veces pensaba que incluso eso podría ser únicamente su imaginación.

—No existe una bruja sola.

—No soy bruja —repitió ella.

Y cuando se fuera, cuando dejara ese imperio podrido, no sería nadie.

—No, ciertamente ella no es bruja —soltó Manon desde la puerta con sus dorados ojos fríos—. Empieza a hablar, ahora.

Manon había tenido un día bastante desagradable, lo cual es mucho decir tras un siglo de existir.

El aquelarre de las Piernas Amarillas ya había recibido sus implantes en una cámara subterránea de la fortaleza, una habitación tallada en la misma roca de la montaña. Manon apenas olió esa habitación llena de camas y salió del lugar de inmediato. De todas maneras, las Piernas Amarillas no la querían ahí mientras unos hombres las abrían y les ponían ese pedazo de piedra dentro del vientre. No, una Picos Negros no tenía nada que hacer en una habitación donde las Piernas Amarillas estaban vulnerables; probablemente las pondría violentas y letales con su presencia.

Así que se había ido a entrenar y Sorrel le había puesto una paliza en el combate mano a mano. No hubo una, ni dos, sino tres peleas que separar entre diferentes aquelarres, incluidas las Sangre Azul, quienes, por alguna razón, estaban emocionadas con lo del Valg. Se habían ganado narices rotas al sugerirle a un aquelarre de Picos Negros que era su deber divino no sólo someterse a la implantación sino también llegar a copular físicamente con el Valg.

Manon no culpaba a las Picos Negros por poner fin a esa conversación. Pero había tenido que castigar por igual a ambos grupos.

Y luego esto. Asterin y Elide en sus habitaciones. La chica tenía los ojos muy abiertos y apestaba de terror, y su Tercera aparentemente estaba intentando convencer a la chica de unirse a ellas.

—Empieza a hablar ahora.

Su carácter..., sabía que debía controlarlo, pero la habitación olía a miedo humano y éste era *su* espacio.

Asterin dio un paso para colocarse frente a la chica.

—No es espía de Vernon.

Manon le concedió a Asterin el honor de escuchar lo sucedido. Cuando terminó, Manon se cruzó de brazos. Elide estaba encogida de miedo junto a la puerta del cuarto de baño, con la bolsa de monedas aún apretada en sus manos.

—¿Dónde se trazan los límites? —preguntó Asterin en voz baja.

Manon mostró los dientes.

—Los humanos son para comerse, para coger y para sangrar. No para ayudarlos. Si ella tiene sangre de bruja, es una gota. No la suficiente para hacerla una de nosotras —dijo Manon y avanzó hacia su Tercera—. Eres una de las Trece. Tienes tareas y obligaciones, pero ¿así eliges pasar tu tiempo?

Asterin se mantuvo firme.

—Me pediste que la vigilara y lo hice. Llegué al fondo de las cosas. Apenas dejó de ser una cría. ¿Quieres que Vernon Lochan la meta a esa cámara? ¿O que la lleve a una de las otras montañas?

—Me importa un carajo lo que Vernon haga con sus mascotas humanas.

Pero en cuanto pronunció las palabras le dejaron un pésimo sabor de boca.

—La traje para que supieras...

—La trajiste como un premio para ganarte tu puesto de vuelta.

Elide seguía haciendo su mejor esfuerzo por desaparecer detrás de la pared.

Manon tronó los dedos en dirección de la chica.

—Te acompañaré de regreso a tu habitación. Quédate el dinero, si quieres. Mi Tercera tiene que irse a limpiar una torre llena de mierda de guiverno.

—Manon —empezó a decir Asterin.

—Líder de la Flota —gruñó Manon—. Cuando hayas dejado de actuar como una mortal embobada, podrás volverme a llamar Manon.

—Y sin embargo tú toleras a un guiverno que huele las flores y le hace ojitos de cachorro a esta chica.

Manon casi la golpeó, casi se le fue a la garganta. Pero la chica estaba observando, escuchando. Así que tomó a Elide del brazo y la jaló rumbo a la salida.

Elide mantuvo la boca cerrada mientras bajaba las escaleras con Manon. No le preguntó a la Líder de la Flota cómo sabía dónde estaba su habitación.

Se preguntó si Manon la iba a matar cuando llegaran.

Se preguntó si tendría que suplicar por misericordia cuando llegara el momento.

Después de un rato, la bruja dijo:

—Si tratas de sobornar a alguien aquí, te van a delatar. Guarda ese dinero para cuando huyas.

Elide ocultó el temblor de sus manos y asintió.

La bruja la miró de soslayo y sus ojos dorados centellearon bajo la luz de la antorcha.

—¿A dónde demonios huirías, a todo esto? No hay nada en ciento cincuenta kilómetros a la redonda. La única manera en que tendrías una oportunidad es si te fueras en los... —Manon resopló— los carros de las provisiones.

Elide sintió que el corazón se le iba al estómago.

—Por favor, por favor, no le digas nada a Vernon.

—¿No crees que si Vernon quisiera usarte de esa manera ya lo hubiera hecho? ¿Y para qué te haría representar el papel de sirvienta?

—No lo sé. Le gustan los juegos. Podría estar esperando que alguna de ustedes confirmara lo que soy.

Manon se volvió a quedar en silencio... hasta que dieron vuelta en una esquina.

Elide sintió que el estómago se le iba a los pies cuando vio quién estaba frente a su puerta, como si lo hubiera convocado con el puro pensamiento.

Vernon lucía su habitual túnica de color vibrante, que ese día era verde Terrasen, y arqueó las cejas al ver a Manon y a Elide.

—¿Qué estás haciendo aquí? —exigió saber Manon con brusquedad al detenerse frente a la pequeña puerta de Elide.

Vernon sonrió.

—Visitando a mi querida sobrina, por supuesto.

Aunque era más alto que ella, pareció como si Manon lo mirara desde arriba con desprecio. Ella parecía más grande que él con la mano apretando firmemente el brazo de Elide.

—¿Con qué propósito?

—Quería averiguar cómo se llevan ustedes. Pero... —interrumpió su frase para mirar la mano que Manon tenía alrededor de la muñeca de Elide, y la puerta detrás de ellas—. Creo que no tengo nada de qué preocuparme —ronroneó.

A Elide le tomó un poco más de tiempo entender lo que a Manon, quien le enseñó los dientes a Vernon y dijo:

—No acostumbro forzar a mi servidumbre.

—Sólo matas a los hombres como cerdos, ¿cierto?

—Sus muertes corresponden a su comportamiento en vida —respondió Manon con una especie de tranquilidad que hizo a Elide preguntarse si debería salir corriendo.

Vernon rio en voz baja. Era muy distinto a su padre, quien siempre fue cálido y apuesto y de hombros anchos. Apenas tenía treinta y un años cuando el rey lo ejecutó. Su tío había sido testigo y sonrió durante el proceso. Luego llegó a contarle todo a ella.

—¿Te estás aliando con las brujas? —le preguntó Vernon a Elide—. Qué feroz de tu parte.

Elide bajó la vista al piso.

—No hay nada contra lo cual aliarse, tío.

—Tal vez te mantuve demasiado protegida todos estos años, si eso piensas.

Manon ladeó la cabeza.

—Di lo que tengas que decir y vete.

—Cuidado, Líder de la Flota —dijo Vernon—. Sabes precisamente dónde termina tu poder.

Manon se encogió de hombros.

—También sé exactamente dónde morder.

Vernon sonrió y dio un mordisco al aire frente a él. Su diversión se convirtió en algo repugnante cuando volteó a ver a Elide:

—Quería ver cómo estabas. Sé lo difícil que es esta fecha.

A ella se le detuvo el corazón. ¿Alguien le había contado sobre la conversación en las cocinas? ¿Había un espía en la torre en ese momento?

—¿Por qué sería difícil para ella, humano? —preguntó Manon con una mirada fría como el hierro.

—Esta fecha siempre es difícil para la familia Lochan —dijo Vernon—. Cal Lochan, mi hermano, era un traidor, ¿sabes? Un líder rebelde durante unos cuantos meses después de que el rey heredó Terrasen. Pero lo capturaron como a todos los demás y lo mataron. Es difícil para nosotros maldecir su nombre y al mismo tiempo extrañarlo. ¿No es así, Elide?

Las palabras la golpearon con fuerza. ¿Cómo lo había olvidado? No había rezado, no le había rogado a los dioses que lo cuidaran. Era el aniversario de la muerte de su padre y ella lo había olvidado, seguramente igual que el mundo la había olvidado a ella. Ya no tuvo que obligarse a tener la cabeza agachada, aunque la miraba la Líder de la Flota.

—Eres un gusano inútil, Vernon —dijo Manon—. Ve a escupir tus estupideces a otra parte.

—¿Qué diría tu abuela —murmuró Vernon y se metió las manos en los bolsillos— sobre este... comportamiento?

El gruñido de Manon lo siguió mientras él se alejaba por el pasillo.

Manon abrió la puerta de Elide de golpe y pudo ver una habitación donde apenas cabía un catre y un montón de ropa. No le habían permitido traer nada, ninguno de los recuerdos familiares que Finnula había mantenido ocultos durante tantos años: la pequeña muñeca que su madre le trajo de un viaje al continente del sur, el anillo para sellar de su padre, el peine de marfil de su madre…, el primer regalo que Cal Lochan le hizo a Marion la lavandera cuando la estaba cortejando. Aparentemente, Marion la bruja Dientes de Hierro hubiera sido un mejor nombre.

Manon cerró la puerta con una patada hacia atrás.

Demasiado pequeña… La habitación era demasiado pequeña para dos personas, en especial cuando una de ellas era muy antigua y dominaba el espacio con su simple respiración. Elide se dejó caer en su catre, aunque fuera sólo para dejar más aire entre ella y Manon.

La Líder de la Flota la miró por un largo rato; luego dijo:

—Puedes elegir, cría de bruja. Azul o rojo.

—¿Qué?

—¿Tu sangre es azul o roja? Tú decide. Si es azul, resulta que yo tengo jurisdicción sobre ti. Esos pedazos de mierda como Vernon no pueden hacer su voluntad con las mías, no sin mi autorización. Si tu sangre es roja… Bueno, no me importan los humanos en particular y podría resultar entretenido ver lo que hará Vernon contigo.

—¿Por qué me ofreces esto?

Manon le sonrió a medias, mostrando sus dientes de hierro y nada de remordimientos.

—Porque puedo.

—Si mi sangre es… azul, ¿eso no confirmará lo que Vernon sospecha? ¿No actuará?

—Es el riesgo que debes asumir. Podría intentar actuar y enterarse de cuál es la consecuencia de hacerlo.

Una trampa. Y Elide era la carnada. Si aceptaba su ascendencia como bruja, y si Vernon se la llevaba para que le implantaran una de esas rocas, Manon tendría una justificación para matarlo.

Tenía la sensación de que Manon deseaba que así fuera. No sólo era un riesgo, era un riesgo suicida y estúpido. Pero era mejor que nada.

Las brujas, que no bajaban la vista ante ningún hombre… Hasta que pudiera huir, tal vez podría aprender un par de cosas sobre tener colmillos y garras. Y cómo usarlos.

—Azul —dijo ella en voz baja—. Mi sangre es azul.

—Buena decisión, cría de bruja —dijo Manon, y la palabra fue un reto y una orden.

Dio la vuelta para irse pero la miró por encima del hombro y dijo:

—Bienvenida a las Picos Negros.

Cría de bruja. Elide se quedó mirando el sitio donde había estado Manon. Probablemente había cometido el mayor error de su vida, pero... era extraño.

Era extraña esa sensación de pertenencia.

CAPÍTULO 26

—No voy a caerme muerto pronto —le dijo Aedion a su prima, a su reina, cuando lo ayudaba a caminar por la azotea. Era su tercera rotación y la luna brillaba en las tejas debajo de ellos. Le costaba trabajo mantenerse erguido, no por el dolor punzante y constante en su costado, sino porque Aelin, *Aelin*, se hallaba a su lado con un brazo alrededor de su cintura.

Una fresca brisa nocturna, con un ligero olor proveniente de la columna de humo que se veía en el horizonte, lo envolvió y enfrió el sudor de su cuello.

Pero apartó su rostro del humo e inhaló un aroma distinto, mejor. Se dio cuenta de que la fuente de ese olor estaba frunciéndole el ceño. El aroma exquisito de Aelin lo tranquilizaba, lo despertaba. Nunca se cansaría de ese olor. Era un milagro.

Pero su entrecejo, *eso* no era un milagro.

—¿Qué? —exigió saber.

Había pasado un día desde su pelea en las Arenas, un día más de dormir. Esa noche, protegidos por la oscuridad, era la primera en que se había podido levantar de la cama. Si tuviera que estar encerrado un momento más empezaría a derribar las paredes.

Ya estaba harto de jaulas y prisiones.

—Estoy haciendo una evaluación profesional —le dijo ella manteniendo el paso a su lado.

—¿Como asesina, reina o luchadora?

Aelin le sonrió, el tipo de sonrisa que le decía que estaba considerando si debía patearle el trasero.

—No te pongas celoso por no haber tenido tu oportunidad con esos bastardos del Valg.

No era eso. Ella había estado peleando contra los Valg la noche anterior mientras él se quedaba en la cama, sin saber que estaba en peligro. Intentó convencerse de que, a pesar del riesgo, de que regresó apestando a sangre y con una herida donde uno la había mordido, al menos había averiguado que la gente con magia se iba a Morath para convertirse en receptáculo de los Valg.

Trató de convencerse, pero... fracasó. Debía darle espacio. No se convertiría en un infeliz macho hada dominante y territorial, como ella le decía.

—Si apruebo tu evaluación —dijo Aedion al fin—, ¿iremos directamente a Terrasen o estamos esperando aquí al príncipe Rowan?

—El príncipe Rowan —dijo ella poniendo los ojos en blanco—. Me sigues fastidiando para que te dé detalles sobre el príncipe Rowan.

—Tú te hiciste amiga de uno de los mejores guerreros de la historia, tal vez el mejor guerrero vivo. Tu padre y todos sus hombres me contaban historias sobre el príncipe Rowan.

—¿Qué?

Oh, él había estado esperando para soltarle esta joya de información en particular.

—Lo guerreros del norte todavía hablan de él.

—Rowan nunca ha estado en este continente.

Lo decía con tanta soltura: *Rowan*. En realidad ella no tenía idea de a quién estaba ahora considerando como un miembro de su corte, a quién había liberado de su juramento a Maeve. A quién se refería constantemente como un fastidio.

Rowan era el macho hada de sangre pura más poderoso que seguía con vida. Y su olor estaba por todo el cuerpo de ella. Pero ella no tenía ni idea.

—Rowan Whitethorn es una leyenda. Y también lo es su... ¿cómo lo llaman?

—Su equipo —dijo ella sin emoción.

—Los seis... —exhaló Aedion—. Solíamos contar historias sobre ellos alrededor de las fogatas. Sus batallas, sus logros y sus aventuras.

Ella suspiró por la nariz.

—Por favor, por favor, nunca le digas eso. No se cansará de recordármelo y lo va a usar en cada discusión que tengamos.

Honestamente, Aedion no tenía idea de qué le diría a ese hombre porque había muchas muchas cosas que decir. Expresar su admiración sería la más sencilla. Pero cuando llegara el momento de agradecerle lo que había hecho por Aelin esa primavera, o de preguntarle qué esperaba, exactamente, como miembro de su corte... porque si el príncipe hada tenía la expectativa de que le ofrecieran el juramento de sangre, entonces... Era difícil evitar asirse a Aelin con más fuerza.

Ren sabía que el juramento de sangre le pertenecía por derecho a Aedion, y cualquier otro hijo de Terrasen lo sabría también. Así que lo primero que haría cuando llegara el príncipe sería asegurarse de que entendiera ese pequeño dato. Las cosas no eran como en Wendlyn, donde ofrecían el juramento a los guerreros cuando el gobernante lo deseaba.

No, desde que Brannon fundó Terrasen, sus reyes y reinas habían elegido solamente a un miembro de la corte para hacer el juramento de sangre, generalmente en su coronación o poco tiempo después. Sólo uno, por el resto de sus vidas.

Aedion no tenía ningún interés en cederle ese honor, ni siquiera al legendario príncipe guerrero.

—Estábamos en que —dijo Aelin con brusquedad cuando dieron la vuelta en la esquina de la azotea— no vamos a ir a Terrasen. Todavía no. No hasta que estés en condiciones de hacer un viaje pesado y rápido. Por el momento, necesitamos recuperar el Amuleto de Orynth que tiene Arobynn.

Aedion se sintió tentado a buscar al exmaestro de su prima y hacerlo trizas mientras lo interrogaba para que confesara dónde estaba el amuleto, entre tanto podía seguir el plan de ella.

Aún estaba tan débil que apenas podía ponerse de pie el tiempo necesario para orinar. El hecho de que Aelin le ayudara la primera vez fue tan incómodo que ni siquiera pudo hacerlo hasta que ella empezó a cantar una canción obscena a todo pulmón y abrió la llave del agua del lavabo, al mismo tiempo que le ayudaba a mantenerse de pie frente al inodoro.

—Dame un par de días más y te ayudaré a cazar a uno de esos demonios hijos de puta para él.

Sintió que lo azotaba la rabia con tanta fuerza como un golpe físico. El rey de los asesinos había exigido que ella se pusiera en un gran peligro, como si su vida, como si el destino de su reino, fuera un maldito juego para él.

Pero Aelin... Aelin había negociado con el asesino. Por él.

De nuevo, le costó trabajo respirar. ¿Cuántas cicatrices agregaría a ese cuerpo ágil y poderoso por su culpa?

Entonces ella dijo:

—No vas a ir a cazar Valg conmigo.

Aedion casi se tropezó.

—Oh, claro que sí.

—No, no lo harás —dijo ella—. En primer lugar, eres muy reconocible.

—No empieces.

Ella lo observó por un momento, como si estuviera considerando todas sus debilidades y fortalezas. Al final dijo:

—Muy bien.

Él casi se desplomó del alivio.

—Pero, después de todo eso, los Valg, el amuleto —presionó Aedion—, ¿liberaremos la magia?

Ella asintió. Aedion continuó:

—Me imagino que tienes un plan.

Asintió otra vez. Él rechinó los dientes y volvió a insistir:

—¿Lo podrías compartir?

—Pronto —dijo ella con dulzura.

Que los dioses lo ayudaran.

—Y después de completar tu misterioso y maravilloso plan, iremos a Terrasen.

No quiso preguntar sobre Dorian. Había visto la angustia en el rostro de su prima aquel día en el jardín.

Pero si ella no podía matar al principito, él lo haría. No lo disfrutaría, y el capitán probablemente lo mataría por ello, pero para conservar a Terrasen a salvo le cortaría la cabeza a Dorian.

Aelin asintió.

—Sí, iremos, pero tú tienes sólo una legión.

—Hay más hombres que pelearían y otros territorios que podrían participar si los llamas.

—Podemos discutir esto después.

Él intentó controlar su carácter.

—Necesitamos estar en Terrasen antes de que termine el verano, antes de que empiece a nevar en el otoño, de otra manera tendremos que esperar hasta la primavera.

Ella asintió, distante. La tarde anterior había enviado las cartas que Aedion le pidió escribir a Ren, al Flagelo y a los lords leales a Terrasen que aún quedaban, para informarles que estaban juntos y que cualquiera con magia en sus venas debía ser cauteloso. Sabía que los lords, esos miserables viejos astutos, no recibirían las órdenes con gusto, ni siquiera porque provinieran de su reina, pero tenía que intentarlo.

—Y —agregó él porque ella no iba a querer hablar de eso—, necesitamos dinero para ese ejército.

—Lo sé —respondió Aelin en voz baja.

Eso no era una respuesta. Aedion lo volvió a intentar.

—Aunque los hombres acepten luchar solamente por su honor, tenemos mejores probabilidades de reunir un buen número si les pagamos. Eso sin mencionar que hay que alimentar a nuestras fuerzas, armarlas y conseguirles provisiones.

Durante años él y el Flagelo habían ido de taberna en taberna reuniendo fondos a escondidas para costear sus esfuerzos. Todavía sentía un gran dolor al ver a los más pobres de entre su gente donar monedas que les habían costado sangre en los recipientes que pasaban para colectar, al ver la esperanza en sus caras enjutas y llenas de cicatrices.

—El rey de Adarlan vació nuestros cofres reales. Fue una de las primeras cosas que hizo. El único dinero que tenemos proviene de lo que nuestra gente puede donar, lo cual no es mucho, o lo que nos concede Adarlan.

—Ha sido otra manera de mantener el control durante todos estos años —murmuró ella.

—Nuestra gente está convertida en mendiga. No tiene ni dos piezas de cobre para chocar juntas estos días, mucho menos con qué pagar impuestos.

—Yo no elevaría los impuestos para sufragar una guerra —dijo ella severamente—. Y preferiría que tampoco nos prostituyéramos con naciones extranjeras a cambio de préstamos. Al menos todavía no.

La garganta de Aedion se cerró un poco al escuchar la amargura de su tono de voz, porque ambos estaban considerando la otra manera en que podían conseguir dinero y hombres. Pero él no se atrevía a mencionar la posibilidad de vender su mano en matrimonio a un acaudalado reino extranjero. Todavía no.

Así que sólo agregó:

—Es algo que debemos contemplar. Si la magia se libera, podemos reclutar a quienes la usen para que estén de nuestro lado. Ofrecerles entrenamiento, dinero, casa. Imagina a un soldado capaz de matar con la espada y con magia. Podría ser el factor decisivo en la guerra.

Unas sombras surcaron los ojos de Aelin.

—Así es.

Él reflexionó sobre la postura, la claridad de la mirada, el rostro cansado de su prima. Era demasiado, ya había enfrentado y sobrevivido a demasiadas cosas.

Aedion había visto las cicatrices y los tatuajes que las cubrían, asomando por encima del cuello de su camisa de vez en cuando. No se había atrevido a pedirle que se las enseñara. La mordida que traía vendada en el brazo no era nada comparada con el dolor de esas cicatrices, y tantas otras que no le había mencionado; estaba cubierta de ellas. Ambos lo estaban.

—Y luego —dijo él aclarándose la garganta—, está el asunto del juramento de sangre.

Había pasado horas en la cama elaborando esta lista. Ella se tensó, lo suficiente para que Aedion agregara rápidamente:

—No tienes que hacerlo, todavía no. Pero cuando estés lista, estoy listo.

—¿Todavía quieres hacerlo? —preguntó ella sin expresión en su voz.

—Por supuesto que sí —respondió Aedion. Decidió mandar al infierno toda precaución y agregó—: Era mi derecho entonces y lo es ahora. Puede esperar a que lleguemos a Terrasen, pero seré yo quien lo haga. Nadie más.

Ella tragó saliva.

—Bien.

Una respuesta sin aliento que él no supo interpretar.

Lo soltó y avanzó hacia una de las pequeñas áreas de entrenamiento para probar su brazo lastimado, o tal vez quería alejarse de él... Acaso había abordado el tema de la manera equivocada.

Se hubiera ido de la azotea en ese momento de no ser porque la puerta se abrió y apareció el capitán.

Aelin ya iba caminando hacia Chaol con concentración depredadora. Aedion odiaría estar en los zapatos de quien viera esos pasos.

—¿Qué pasa? —preguntó ella.

Odiaría estar escuchando ese saludo, también.

Aedion cojeó hacia ellos y Chaol cerró la puerta de una patada.

—El Mercado de las Sombras ya no existe.

Aelin se detuvo en seco.

—¿Qué quieres decir?

El rostro del capitán estaba tenso y pálido.

—Los soldados del Valg. Entraron esta noche al mercado y sellaron las salidas con la gente dentro. Luego lo quemaron. La gente que intentó escapar por las alcantarillas se topó con guarniciones de soldados esperándola con las espadas preparadas.

Eso explicaba el humo en el aire, la columna en el horizonte. Dioses. El rey debía haber perdido la razón por completo para que le hubiera dejado de importar lo que pensara el público en general.

Los brazos de Aelin se quedaron colgando.

—¿Por qué?

El ligero temblor en su voz hizo que Aedion sintiera despertar sus instintos hada, esos instintos que rugían pidiéndole callar al capitán, arrancarle la garganta, poner fin a la causa de su dolor y su miedo...

—Porque se supo que los rebeldes que lo liberaron —dijo Chaol con una mirada dirigida a Aedion— se reunían en el Mercado de las Sombras para abastecerse.

Aedion llegó al lado de Aelin, lo suficientemente cerca para ver la tensión del rostro del capitán, el aspecto demacrado que no tenía tres semanas antes. La última vez que habían hablado.

—Supongo que me culpas a mí —dijo Aelin con una suavidad de medianoche.

Un músculo se movió en la quijada del capitán. Ni siquiera asintió a Aedion a manera de saludo, ni reconoció los meses que pasaron trabajando juntos, lo que había sucedido en esa habitación de la torre...

—El rey podría haber ordenado que los mataran por cualquier medio —dijo Chaol y la cicatriz delgada de su rostro lució brutal bajo la luz de la luna—. Pero eligió el fuego.

Aelin estaba imposiblemente inmóvil.

Aedion gruñó.

—Eres un imbécil por sugerir que el ataque fue un mensaje para ella.

Al fin Chaol prestó atención a Aedion.

—¿No crees que sea verdad?

Aelin ladeó la cabeza.

—¿Viniste hasta acá para escupirme estas acusaciones en la cara?

—Tú me pediste que pasara aquí esta noche —respondió Chaol, y Aedion sintió enormes deseos de embutirle los dientes en la garganta por el tono que estaba usando—. Vine a preguntarte por qué no has hecho nada respecto a la torre del reloj. ¿Cuánta gente inocente más tiene que morir en el fuego cruzado de esta lucha?

Significó un gran esfuerzo para Aedion mantener la boca cerrada. No necesitaba hablar por Aelin, quien dijo con veneno impecable:

—¿Estás sugiriendo que no me importa?

—Tú arriesgaste todo, varias vidas, para sacar a un hombre. Creo que esta ciudad y sus habitantes te parecen desechables.

Aelin siseó:

—¿Necesito recordarte, capitán, que tú fuiste a Endovier y ni siquiera parpadeaste al ver a los esclavos, las fosas comunes? ¿Necesito recordarte que yo estaba muerta de hambre y encadenada, y tú permitiste que el duque Perrington me forzara hasta el piso a los pies de Dorian mientras tú no hacías nada? ¿Y ahora tienes el valor de acusarme a mí de que no me importa, cuando mucha de la gente de esta ciudad ha salido ganando de la sangre y la miseria de la misma gente que tú ignoraste?

Aedion intentó controlar el gruñido que empezaba a subirle por la garganta. El capitán nunca le contó que eso había sucedido en la primera reunión con su reina. Nunca le dijo que no había intervenido mientras la maltrataban y humillaban. ¿El capitán siquiera había sentido algo al ver las cicatrices de su espalda o simplemente las había examinado como si ella fuera un animal premiado?

—Tú no tienes derecho a culparme —le dijo Aelin respirando—. No tienes derecho a culparme por el Mercado de las Sombras.

—La ciudad sigue necesitando protección —respondió Chaol cortante.

Ella se encogió de hombros y se dirigió a la puerta de la azotea.

—O tal vez debería arder —murmuró.

Aedion sintió un escalofrío recorrerle la espalda, aunque su prima sólo lo hubiera dicho por fastidiar al capitán.

—Tal vez el mundo entero debería arder —añadió Aelin y salió.

Aedion volteó a ver al capitán.

—Si tienes ganas de buscar pelea, ven conmigo, no con ella.

Él sólo negó con la cabeza y su mirada se perdió en los barrios bajos. Aedion la siguió y observó atentamente la capital que brillaba bajo sus pies.

Había odiado esa ciudad desde la primera vez que vio las paredes blancas, el castillo de cristal. Tenía diecinueve años y se había acostado e ido de fiesta de un extremo al otro de Rifthold, intentando encontrar algo, lo que fuera, que le explicara por qué Adarlan se creía tan superior, por qué Terrasen había caído de rodillas ante esa gente. Y cuando Aedion terminó con las mujeres y las fiestas, después de que Rifthold puso toda su riqueza a sus pies y le rogó *más, más, más*, entonces la siguió odiando, incluso más que antes.

Durante todo ese tiempo, y todo el tiempo posterior, nunca supo que lo que en verdad buscaba, lo que su corazón destrozado aún anhelaba, estaba viviendo en una casa de asesinos a unas cuantas cuadras de distancia.

Al fin, el capitán dijo:

—Te ves más o menos entero.

Aedion esbozó su sonrisa de lobo.

—Y tú no lo estarás si vuelves a hablarle así.

Chaol negó con la cabeza.

—¿Averiguaste algo de Dorian mientras estuviste en el castillo?

—¿Insultas a mi reina y luego tienes el descaro de pedirme información?

Chaol se frotó la frente con el pulgar y el dedo índice.

—Por favor..., sólo dime. Hoy ha sido ya demasiado malo.

—¿Por qué?

—Llevo desde el día de la pelea en las Arenas cazando a los comandantes del Valg en los túneles del drenaje. Los seguimos hasta sus nidos nuevos, gracias a los dioses, pero no encontramos ninguna señal de prisioneros humanos. No obstante, ha desaparecido más gente que nunca, justo frente a nosotros. Algunos de los otros rebeldes quieren abandonar Rifthold, que nos establezcamos en otras ciudades, porque creen que los Valg empezarán a expandirse.

—¿Y tú?

—Yo no me iré sin Dorian.

Aedion no tuvo corazón para preguntarle si vivo o muerto. Suspiró.

—Vino a verme a los calabozos. Se burló de mí. No había ninguna señal del hombre dentro de él. Ni siquiera supo quién era Sorscha.

Entonces, tal vez porque se estaba sintiendo particularmente amable gracias a esa bendición de cabello dorado en el piso de abajo, Aedion agregó:

—Lo siento, lo de Dorian.

A Chaol se le cayeron los hombros, como si un peso invisible estuviera empujándolo.

—Adarlan necesita un futuro.

—Declárate su rey.

—Yo no soy la persona indicada para ser rey.

El desprecio que sentía por sí mismo era evidente y Aedion sintió lástima por el capitán, pese a no querer sentirla. Planes. Aelin tenía planes para todo, al parecer. Se dio cuenta de que había invitado esta noche al capitán no para que discutiera con ella, sino con el fin de que ellos tuvieran justo esa conversación. Se preguntó cuándo empezaría a confiar en él.

Estas cosas llevan tiempo, se recordó a sí mismo. Ella estaba acostumbrada a una vida llena de secretos: aprender a confiar en él le tomaría un poco de tiempo.

—Puedo pensar en alternativas peores —dijo Aedion—. Como Hollin.

—¿Qué harán Aelin y tú respecto a Hollin? —preguntó Chaol contemplando el humo a la distancia—. ¿Dónde está el límite a lo que harán?

—No matamos niños.

—¿Ni siquiera a los que ya empiezan a mostrar señales de corrupción?

—No tienes derecho a lanzarnos toda esa mierda a la cara, no puedes porque *tu rey* asesinó a nuestra familia. A nuestra gente.

Los ojos de Chaol brillaron un poco.

—Lo lamento.

Aedion sacudió la cabeza.

—No somos enemigos. Puedes confiar en nosotros..., en Aelin.

—No, no puedo. Ya no.

—Entonces tú te lo pierdes —dijo Aedion—. Buena suerte.

Era todo lo que tenía para ofrecer al capitán.

Chaol salió furioso del departamento de la bodega y cruzó la calle al sitio donde Nesryn lo esperaba recargada contra un edificio, con los brazos cruzados. Debajo de las sombras de su capucha vio cómo torcía la boca hacia un costado.

—¿Qué pasó? —preguntó ella.

Él continuó caminando por la calle con la sangre hirviéndole en las venas.

—Nada.

—¿Qué dijeron?

Nesryn le siguió el paso y no permitió que se alejara.

—No es tu asunto, así que olvida ya el tema. El que trabajemos juntos no significa que tienes derecho a saber todo lo que sucede en mi vida.

Nesryn se tensó casi imperceptiblemente y una parte de Chaol respingó, ansiando ya poder retractarse de sus palabras.

Pero era verdad. Él había arruinado todo el día que huyó del palacio... Y tal vez se había acostumbrado a estar con Nesryn porque era la única que no lo miraba con lástima.

Quizás había sido egoísta de su parte hacer eso.

Nesryn no se molestó en despedirse al desaparecer por un callejón.

Al menos Chaol ya no sentía que le fuera posible odiarse más.

Mentirle a Aedion sobre el juramento de sangre fue... horrible.

Le diría, encontraría la manera de decírselo. Cuando las cosas estuvieran menos recientes. Cuando dejara de mirarla como si fuera un maldito milagro y no una mierda mentirosa y cobarde.

Tal vez el Mercado de las Sombras sí había sido su culpa.

Agachada en una azotea, Aelin se quitó la capa de culpa y mal humor que la había estado asfixiando durante horas y centró su atención en el callejón que estaba debajo. Perfecto.

Había seguido a varias patrullas distintas esa noche: se fijó en cuáles eran los comandantes que traían anillos negros, cuáles parecían más brutales que los demás, cuáles ni siquiera intentaban moverse como humanos. El hombre —¿o ya era un demonio?— que abría una tapa de la alcantarilla en la calle de abajo no era de los casos más graves.

Quiso seguirlo hasta su nido para poder al menos darle a Chaol esa información, demostrarle lo comprometida que estaba con el bienestar de esa ciudad miserable.

Los hombres de este comandante se dirigían al resplandeciente palacio de cristal, el cual hacía que la niebla espesa del río cubriera todas las colinas con una luz verdosa. Pero él se había desviado, se había metido a los barrios bajos y a los túneles del drenaje debajo de ellos.

Aelin lo vio descender por una rejilla abierta; bajó con agilidad de la azotea para apresurarse a la próxima entrada que se conectara con la de él. Se tragó su viejo miedo, se metió silenciosamente al alcantarillado a una o dos cuadras de donde él había ingresado, y escuchó con atención.

Gotas de agua, el tufo de los desechos, el correteo de las ratas...

Y pasos que salpicaban delante de ella, a la vuelta de la siguiente intersección grande de túneles. Perfecto.

Aelin mantuvo ocultos los cuchillos en su traje porque no quería que se oxidaran por la humedad del lugar. Avanzó pegada a las sombras con pasos silenciosos, se acercó al cruce y se asomó por una esquina. Tal como pensaba, el comandante del Valg iba caminando por el túnel, alejándose de ella, internándose en el sistema de alcantarillado.

Cuando él se adelantó lo suficiente, ella se escabulló por la esquina, procurando quedarse dentro de la oscuridad y evitando los haces de luz que se colaban por las rejillas del techo.

Túnel tras túnel lo siguió hasta que llegó a un pozo enorme.

El pozo estaba rodeado por paredes derruidas cubiertas de suciedad y musgo, tan antiguas que se preguntó si habrían sido las primeras construidas en Rifthold.

Algo la hizo ahogar un grito y sentir que el pánico le inundaba las venas; no se trataba del hombre hincado frente a ese pozo alimentado por las aguas de los ríos que serpenteaban hacia él desde ambas direcciones.

Fue la criatura que emergió del agua.

CAPÍTULO 27

La criatura se levantó, su cuerpo de roca negra cortó el agua casi sin hacer ondas.

El comandante del Valg se hincó frente a ella, con la cabeza agachada y sin mover un músculo mientras ese horror se iba levantando hasta alcanzar su altura total.

Aelin sintió que el corazón le empezaba a latir salvajemente y tuvo que concentrarse en tranquilizarlo mientras se fijaba en los detalles de la criatura que había emergido hasta la cintura en el pozo. El agua escurría de sus enormes brazos y de su hocico alargado y viperino.

La había visto antes.

Era una de las ocho criaturas talladas en la torre del reloj: ocho gárgolas que alguna vez ella juró que la habían... observado. Que le habían sonreído.

¿Faltaría ahora alguna en la torre del reloj o ésas serían sólo representaciones de esta monstruosidad?

Intentó devolverles la fuerza a sus rodillas. Una débil luz azul empezó a pulsar debajo de su traje... Mierda. El Ojo. Nunca era buena señal que empezara a parpadear, nunca, nunca, nunca.

Puso su mano encima del Ojo para ocultar el brillo apenas perceptible.

—Informe —siseó la cosa a través de una boca llena de dientes de roca oscura. Mastín del Wyrd, así lo llamaría. Aunque no se veía ni remotamente parecido a un perro, ella tenía la sensación de que esta gárgola-cosa podía rastrear y cazar igual que un can. Y obedecía bien a su dueño.

El comandante mantuvo la cabeza agachada.

—No hay señal del general ni de quienes lo ayudaron a escapar. Recibimos noticias de que lo habían visto dirigiéndose al sur en una carretera con otras cinco personas y con destino a Fenharrow. Envié dos patrullas tras ellos.

Eso se lo podía agradecer a Arobynn.

—Sigan buscando —dijo el mastín del Wyrd, y la luz débil brilló en las venas iridiscentes que corrían debajo de su piel de obsidiana—. El general está herido, no pudo haber llegado lejos.

La voz de la criatura la dejó helada.

No era de un demonio ni de un hombre.

Era la voz del rey.

Aelin no deseaba saber qué había hecho el rey para poder ver a través de los ojos de esa cosa y hablar por su boca.

Un escalofrío le recorrió la espalda y empezó a retroceder por el túnel. El agua que corría junto al pasillo elevado era poco profunda; la criatura no podría nadar ahí, pero... no se atrevió a respirar demasiado fuerte.

Oh, le daría su comandante del Valg a Arobynn, claro que sí. Luego dejaría que Chaol y Nesryn los cazaran a todos hasta extinguirlos.

Pero no sin antes buscar la oportunidad de hablar personalmente con uno.

Le tomó a Aelin diez cuadras controlar el temblor de sus huesos, diez cuadras decidir si siquiera les diría lo que había visto y lo que tenía planeado. Sin embargo, al cruzar la puerta y ver a Aedion caminando en círculos junto a la ventana, volvió a tensarse.

—Mira nada más —dijo con voz lenta mientras se quitaba la capucha—, sigo viva e ilesa.

—Dijiste dos horas y te fuiste cuatro.

—Tenía cosas que hacer, cosas que sólo yo puedo hacer. Así que, para lograrlas, tuve que salir. Tú no estás en condiciones de andar en las calles, en especial si hay peligro...

—Me juraste que no lo había.

—¿Parezco un oráculo? Siempre hay peligro..., siempre.

Si él supiera lo que había visto...

—Apestas a los malditos drenajes —dijo Aedion molesto—. ¿Quieres decirme qué estabas haciendo ahí?

No. En realidad no.

Aedion se frotó la cara.

—¿Entiendes lo que siento al quedarme sentado mientras tú te vas? Dijiste dos horas. ¿Qué se suponía que debía pensar?

—Aedion —dijo con toda la calma que pudo, quitándose los guantes sucios antes de tomarle la mano llena de callos—. Lo entiendo, en verdad.

—¿Qué es eso tan importante que estabas haciendo que no podía esperar un par de días?

Los ojos de Aedion estaban muy abiertos y suplicantes.

—Explorando.

—Eres buena haciendo eso; eres buena diciendo verdades a medias.

—Uno, sólo porque tú eres... tú, no tienes ningún derecho a información sobre todo lo que hago. Dos...

—Ya vas a empezar con las listas otra vez.

Ella le apretó la mano con tanta fuerza que a un hombre más débil le habría roto los huesos.

—Si no te gustan mis listas, entonces no busques pleito conmigo.

Él se quedó mirándola. Ella le sostuvo la mirada.

No cedía, era inquebrantable. Estaban cortados con la misma tijera.

Aedion dejó escapar una exhalación y miró sus manos juntas. Luego abrió la suya para examinar la palma de la mano de Aelin, surcada con las marcas de su juramento a Nehemia y los cortes que se había hecho cuando ella y Rowan se volvieron *carranam*, cuando su magia los unió con un vínculo eterno.

—Es difícil no pensar que todas tus cicatrices son por mi culpa.

Oh. Oh.

Aelin tuvo que respirar un par de veces, luego inclinó la barbilla en un ángulo pícaro y dijo:

—Por favor. Me merecía la mitad de estas cicatrices.

Le mostró una pequeña que tenía en la parte interior del antebrazo.

—¿Ves ésta? Un hombre en una taberna me cortó con una botella después de que le hice trampa en un juego de cartas e intenté robarle su dinero.

Aedion hizo un ruido como si se estuviera ahogando.

—¿No me crees?

—Oh, te creo. No pensé que fueras tan mala en las cartas como para tener que recurrir a las trampas —dijo Aedion con una risa disimulada, pero el miedo seguía ahí.

Así que ella apartó el cuello de su túnica para enseñarle un collar delgado de cicatrices.

—Baba, matrona del clan de brujas Piernas Amarillas, me provocó éstas cuando intentó matarme. Yo le cercené la cabeza, luego corté su cuerpo en pedacitos y lo metí en el horno de su carreta.

—Me preguntaba quién había matado a la Piernas Amarillas.

Ella lo podría haber abrazado sólo por ese comentario, por la falta de miedo o repulsión en su mirada.

Caminó hacia la cómoda y sacó una botella de vino.

—Me sorprende que unas bestias como ustedes no se hayan terminado todo mi alcohol bueno en estos meses —frunció el ceño en dirección al gabinete—. Pero al parecer alguno sí tomaba brandy.

—El abuelo de Ren —dijo Aedion, quien seguía sus movimientos desde su posición junto a la ventana.

Ella abrió la botella de vino y no se molestó en buscar vasos: se dejó caer en el sillón y le dio un trago.

—Ésta —dijo señalando una cicatriz irregular junto a su codo. Aedion se acercó al sofá para sentarse junto a ella; ocupaba casi la mitad del maldito mueble—. Ésta me la hizo el lord Pirata de la Bahía de la Calavera después de que destrocé toda su ciudad, liberé a sus esclavos y me vi fabulosa mientras lo hacía.

Aedion le quitó la botella de vino y bebió de ella.

—¿Alguien te ha enseñado la humildad?

—Tú no aprendiste, así que ¿por qué habría de aprenderla yo?

Aedion rio y luego le mostró su mano izquierda. Tenía varios dedos torcidos.

—En los campos de entrenamiento, uno de esos bastardos adarlanianos me rompió todos los dedos cuando respondí con insolencia. Luego me los rompió en otro sitio porque no dejaba de decirle obscenidades.

Ella silbó entre los dientes y se maravilló ante su valentía, su resistencia. El orgullo por su primo se mezcló con un toque de vergüenza por ella misma. Aedion se levantó la camisa y le reveló un abdomen musculoso con un corte grueso e irregular que iba desde sus costillas hasta su ombligo.

—Una batalla cerca de Rosamel. Un cuchillo de cacería de quince centímetros, aserrado, con punta curvada. El maldito imbécil me lo enterró aquí —señaló la parte superior y recorrió la cicatriz hacia abajo con el dedo— y rebanó hacia el sur.

—Mierda —dijo ella—. ¿Cómo es posible que sigas respirando?

—Suerte. Pude moverme mientras él tiraba hacia abajo; eso evitó que me sacara las tripas. Al menos aprendí el valor de los escudos después de eso.

Así siguieron toda la tarde y hasta la noche, pasándose la botella de vino.

Una a una contó las historias de las heridas acumuladas en los años que pasaron separados. Después de un rato, ella se quitó el traje y se dio la vuelta para mostrarle la espalda, enseñarle las cicatrices y los tatuajes que había grabado encima de ellas.

Cuando volvió a recostarse en el sillón, Aedion le mostró la cicatriz que cruzaba su pectoral izquierdo, resultado de la primera batalla en la que luchó, cuando finalmente pudo volver a ganar la Espada de Orynth, la espada de su padre.

Aedion fue a la recámara que Aelin ya consideraba de su primo y, cuando regresó, sostuvo la espada en sus manos y se arrodilló.

—Esto te pertenece —dijo Aedion con voz ronca.

Pudo escucharse perfectamente cuando Aelin tragó saliva.

Dobló las manos de Aedion sobre la funda, aunque su corazón se le estaba fracturando al ver la espada de su padre, al pensar en lo que él había hecho para conseguirla, para salvarla.

—Te pertenece a ti, Aedion.

Él no bajó la espada.

—Sólo te la estaba guardando.

—Te pertenece a ti —dijo ella nuevamente—. Nadie más la merece.

Se dio cuenta de que ni siquiera ella.

Aedion respiró tembloroso y agachó la cabeza.

—Eres un borracho patético —le dijo ella; él rio.

Aedion colocó la espada en la mesa detrás de él y se volvió a recargar en el sillón. Era tan grande que ella casi salió volando de su propio cojín y lo miró molesta mientras se enderezaba.

—No rompas mi sillón, pedazo de bestia.

Aedion la despeinó y estiró sus largas piernas al frente.

—Diez años y éste es el trato que recibo de mi amada prima.

Ella le dio un codazo en las costillas.

Pasaron dos días más y Aedion ya se estaba volviendo loco, en especial porque Aelin no dejaba de escaparse y regresar cubierta de porquería, con olor al reino de fuego de Hellas. Salir a tomar el aire fresco a la azotea no era lo mismo que *salir* y el departamento era tan pequeño que estaba considerando dormir en la bodega de abajo para tener la sensación de un poco de espacio.

En realidad, siempre se había sentido así —en Rifthold, en Orynth o en los palacios más finos— cuando pasaba demasiado tiempo sin caminar por los bosques o por los campos, sin el beso del viento en su rostro. Dioses, incluso preferiría el campamento de guerra del Flagelo a esta situación. Había transcurrido mucho tiempo desde la última vez que vio a sus hombres, rio con ellos, escuchó y envidió en secreto sus historias sobre familias y hogares. Pero ya no, no ahora que su propia familia había regresado con él, no ahora que Aelin era su hogar.

Aunque las paredes del hogar de ella lo estuvieran asfixiando.

Aparentemente, lucía tan enjaulado como se sentía, porque Aelin puso los ojos en blanco en cuanto regresó al departamento esa tarde.

—Está bien, está bien —dijo y levantó las manos en señal de impaciencia—. Prefiero que te destroces a ti mismo a que destroces mis muebles por aburrimiento. Eres peor que un perro.

Aedion sonrió mostrando todos los dientes.

—Mi intención es impresionar.

Así que se armaron, se pusieron unas capas y, cuando habían avanzado dos pasos en el exterior, él detectó un olor femenino, que se acercaba a un olor como menta y alguna especia que no lograba identificar. Rápidamente. Ya había olido ese aroma antes, pero no podía recordar dónde.

Sintió el dolor darle un latigazo en las costillas cuando intentó sacar su daga, pero Aelin dijo:

—Es Nesryn. Relájate.

Y sí, la mujer que se aproximaba levantó una mano para saludar, aunque venía tan cubierta que Aedion no podía ver nada del hermoso rostro debajo.

Aelin la alcanzó a la mitad de la cuadra. Se movía con facilidad en ese increíble traje negro y no se molestó en esperar a Aedion para preguntar:

—¿Hay algún problema?

La atención de la mujer pasó de Aedion a la reina. Él no olvidaba aquel día en el castillo, la flecha que había disparado y la que le había apuntado a él.

—No. Vine a entregar el informe sobre los nuevos nidos que encontramos. Pero puedo regresar más tarde si están ocupados.

—Apenas íbamos a salir —dijo Aelin—, para que el general se tomara un trago.

El cabello negro como la noche de Nesryn le llegaba al hombro y se movió debajo de su capucha cuando inclinó la cabeza.

—¿Quieren un par de ojos extras para cuidarles las espaldas?

Aedion abrió la boca para decir que no, pero Aelin lo estaba considerando. Lo miró por encima del hombro y él supo que valoraba su condición para decidir si en realidad quería contar con otra espada. Si Aelin hubiera estado en el Flagelo, probablemente la habría derribado ahí mismo.

Aedion le dijo con voz desenfadada a la joven rebelde:

—Lo que quiero es una cara bonita que no sea la de mi prima. Tú puedes cumplir ese papel.

—Eres insoportable —dijo Aelin—. Y odio decírtelo, primo, pero el capitán no estaría muy contento de que coquetearas con Faliq.

—Las cosas no son así —dijo Nesryn con seriedad.

Aelin alzó un hombro.

—A mí me daría lo mismo si así fuera.

Era la verdad, sin andarse con rodeos.

Nesryn negó con la cabeza.

—No lo dije por consideración a ti pero no es así. Creo que él está conforme con ser desdichado —dijo la rebelde, e hizo un gesto con la mano para desestimar la situación—. Podríamos morir cualquier día, a cualquier hora. No le veo el caso a pasarla mal.

—Bueno, pues tienes suerte, Nesryn Faliq —dijo Aelin—. Resulta que yo estoy tan harta de mi primo como él de mí. Nos hace mucha falta compañía nueva.

Aedion intentó hacer una reverencia a la rebelde; el movimiento causó que las costillas le dolieran bastante, así que hizo una señal hacia la calle delante de ellos y dijo:

—Después de ustedes.

Nesryn se quedó mirándolo, como si pudiera ver exactamente dónde le dolía más la herida, y después siguió a la reina.

Aelin los llevó a una taberna de verdadera mala fama a unas cuadras de distancia. Con una seguridad y una actitud amenazadora impresionantes, sacó a patadas a un par de ladronzuelos que estaban sentados en una mesa de la parte trasera. Tan sólo de echar un vistazo a sus armas y al extraordinario atuendo que traía, los ladrones decidieron que preferían conservar sus órganos dentro de sus cuerpos.

Los tres se quedaron en la cantina que cerraron, encapuchados de tal manera que apenas se podían reconocer entre ellos, jugando cartas y rechazando varias ofertas de otros jugadores que querían participar. No tenían dinero para desperdiciar en juegos reales, así que usaron frijoles secos como monedas. Aedion había convencido a una de las meseras de que se los trajera.

Nesryn apenas habló mientras ganaba ronda tras ronda. A Aedion le pareció mejor, ya que no había decidido todavía si quería matarla por la flecha que disparó. Pero le hizo preguntas sobre la pastelería de su familia, sobre la vida de sus padres en el continente del sur, sobre su hermana, sus sobrinas y sobrinos. Cuando al fin se tuvieron que ir de la taberna, como ninguno de ellos se atrevió a embriagarse en público y no tenían ganas de irse a dormir todavía, caminaron por los callejones de los barrios bajos.

Aedion disfrutó cada uno de los pasos que dio en libertad. Había estado encerrado en esa celda por semanas. Eso había afectado una de sus viejas heridas, una que no le había contado a Aelin ni a nadie más, aunque los guerreros de más alto rango del Flagelo la conocían porque le habían ayudado a vengarse años después de lo sucedido. Aedion seguía pensando en eso cuando entraron por un callejón angosto con niebla. Las rocas oscuras se veían plateadas bajo la luz de la luna que se asomaba en el cielo.

Antes que sus compañeras, escuchó unas botas raspar sobre las rocas. Sus oídos hada detectaron el sonido y él levantó el brazo frente a Aelin y Nesryn, quienes se congelaron en un silencio experto.

Olfateó el aire, pero el desconocido caminaba en dirección contraria al viento. Así que escuchó.

A juzgar por las pisadas casi silenciosas que atravesaban la pared de niebla, era sólo una persona. Se movía con la agilidad de un depredador, lo cual hizo que los instintos de Aedion se pusieran en alerta.

Acababa de sacar sus cuchillos de pelea cuando le llegó el olor de un hombre, desaseado pero con un toque de pino y nieve. Luego pudo oler a Aelin en el desconocido, un aroma complejo y de varias capas, entretejido en el hombre mismo.

El sujeto emergió de la niebla. Era alto, tal vez más que el propio Aedion, aunque sólo por un par de centímetros, de complexión poderosa y armado hasta los dientes tanto por encima como por debajo de su túnica color gris claro y su capucha.

Aelin dio un paso al frente.

Un paso, como si estuviera en un sueño.

Dejó salir una exhalación trémula y se le escapó un pequeño quejido, un sollozo.

Luego salió corriendo por el callejón, veloz como si el viento le hubiera dado alas.

Se abalanzó sobre el hombre. Chocó con él con tal fuerza que cualquier otra persona se hubiera caído hacia atrás contra la pared de piedra.

Pero el hombre la atrajo hacia él, sus brazos enormes se enredaron en torno de ella con fuerza y la levantó. Nesryn hizo un movimiento para acercarse, pero Aedion la detuvo con una mano sobre el brazo.

Aelin reía mientras lloraba y el hombre sólo la sostenía, con la cabeza encapuchada enterrada en su cuello. Como si la estuviera inhalando.

—¿Quién es? —preguntó Nesryn.

Aedion sonrió.

—Rowan.

CAPÍTULO 28

Aelin temblaba de pies a cabeza y no podía parar de llorar; no podía porque todo el peso de haber extrañado a Rowan le cayó encima, el peso de esas semanas de estar sola.

—¿Cómo llegaste aquí? ¿Cómo me encontraste?

Aelin se apartó lo necesario para estudiar la cara tosca oculta en la capucha, el tatuaje que se asomaba por uno de los lados y la línea sombría de su sonrisa.

Estaba ahí, estaba ahí, estaba ahí.

—Me dejaste claro que alguien de mi especie no sería bienvenido en tu continente —dijo y el solo sonido de su voz fue un bálsamo y una bendición—. Entonces, vine de polizón en un barco. Me habías mencionado tu casa en los barrios bajos, así que esta noche, cuando llegué, me puse a caminar por todas partes hasta que detecté tu olor —la estudió con la mirada rigurosa de un guerrero, la boca apretada—. Tienes mucho que contarme.

Ella asintió. Todo, quería contarle todo. Lo apretó con más fuerza y saboreó los músculos gruesos de sus antebrazos, su fuerza eterna. Él le acomodó un mechón de cabello; los dedos llenos de callos se sintieron rasposos en su mejilla con la caricia más ligera. La delicadeza del gesto la hizo ahogar otro sollozo.

—No estás herida —dijo él con suavidad—. ¿Estás a salvo?

Ella volvió a asentir y enterró el rostro en su pecho.

—Pensé que te había ordenado que te quedaras en Wendlyn.

—Tuve mis razones, mejor te las comunico en algún sitio seguro —dijo hacia su capucha—. Tus amigos de la fortaleza te envían saludos, por cierto. Creo que extrañan tener una ayudante más en la cocina. En especial Luca…, en especial en las mañanas.

Aelin rio y lo apretó. Estaba ahí, no era su imaginación, no había sido un sueño descabellado, y...

—¿Por qué lloras? —le preguntó, e intentó alejarla un poco para poder leer su rostro de nuevo.

Pero ella se aferró a él con tanta ferocidad que podía sentir las armas debajo de su ropa. Todo estaría bien, aunque se fuera al infierno, siempre y cuando él estuviera con ella.

—Lloro —respondió Aelin moqueando— porque hueles tan espantosamente mal que me están goteando los ojos.

Rowan soltó un rugido de risa que silenció hasta a las ratas del callejón. Entonces ella al fin se apartó y le sonrió.

—Bañarse no es una opción para los polizones —le respondió y la soltó solamente para darle un garnucho en la nariz.

Aelin le dio un empujón de juego; él miró hacia el fondo del callejón, donde estaban esperando Nesryn y Aedion. Probablemente había monitoreado todos sus movimientos. Si los hubiera considerado una verdadera amenaza a su seguridad, habrían muerto hacía varios minutos.

—¿Los vas a hacer quedarse ahí parados toda la noche?

—¿Desde cuándo te preocupan los modales? —preguntó ella y le pasó un brazo por la cintura.

No lo quería soltar, no quería arriesgarse a dejarlo ir, a que se convirtiera en viento y desapareciera. El peso del brazo de Rowan sobre sus hombros se sentía sólido y glorioso, mientras se aproximaban a los otros.

Si Rowan peleara con Nesryn, o incluso Chaol, no había duda de quién ganaría. Pero Aedion... No lo había visto luchar todavía, y por la manera en que éste veía a Rowan, a pesar de toda la admiración que profesaba tenerle, se preguntó si Aedion también estaría pensando quién saldría vivo de esa pelea. Rowan se tensó un poco debajo de su abrazo.

Ninguno de los hombres apartó la vista del otro conforme se acercaron.

Tonterías territoriales.

Aelin apretó el costado de Rowan con suficiente fuerza para que él se quejara y le pellizcara el hombro en respuesta. Los guerreros hada eran invaluables en una batalla y un verdadero dolor de cabeza en otros momentos.

—Entremos —dijo ella.

Nesryn había retrocedido ligeramente para observar lo que con seguridad sería una batalla de arrogancia masculina que pasaría a la historia.

—Los veré después —dijo la rebelde a ninguno en particular; las comisuras de su boca se movieron un poco hacia arriba cuando empezó a alejarse rumbo a los barrios bajos.

Aelin no estaba segura si debía llamarla para que regresara, dudaba por la misma razón que la había hecho invitar a Nesryn a la taberna. La mujer parecía estar sola y un poco perdida. Pero Faliq no tenía ningún motivo para quedarse. No en ese momento.

Aedion avanzó delante de ellos, dirigiéndolos en silencio hacia la bodega.

Incluso a través de las capas de ropa y armas Aelin podía sentir la tensión en los músculos de Rowan mientras monitoreaba Rifthold. Reflexionó si debía preguntarle qué, exactamente, estaba percibiendo con sus sentidos extraordinarios, cuáles capas de la ciudad de cuya existencia tal vez ella nunca se había enterado. No le envidiaba su excelente sentido del olfato, al menos no en los barrios bajos. Pero ése no era el momento ni el lugar para preguntar, no hasta que estuvieran en un sitio seguro. Hasta que pudiera hablar con él. A solas.

Rowan examinó la bodega sin hacer ningún comentario. Luego se hizo a un lado y la dejó pasar frente a él. Aelin había olvidado cuán hermosos eran los movimientos de ese cuerpo poderoso, la encarnación de una tormenta.

Tiró de su mano para llevarlo al piso de arriba, a la sala. Sabía que para cuando llegaran a la mitad de la habitación él ya habría observado cada detalle, cada entrada, salida y método de escape.

Aedion se quedó parado junto a la chimenea, con la capucha aún puesta, las armas todavía al alcance de las manos. Ella volteó y le dijo por encima del hombro a su primo, mientras pasaban a su lado:

—Aedion, te presento a Rowan. Rowan, te presento a Aedion. Su Majestad necesita un baño o voy a vomitar si estoy un minuto más junto a él.

No ofreció otra explicación antes de arrastrar a Rowan a su recámara y cerrar la puerta.

Aelin se recargó contra ésta mientras Rowan se detenía en el centro de la habitación, su rostro estaba ensombrecido por la pesada capucha gris. El espacio que los separaba se tensó y chisporroteó.

Ella se mordió el labio inferior mientras lo estudiaba: la ropa conocida, el surtido de armas mortales, la quietud inmortal y preternatural. Su sola presencia agotaba el aire de la habitación, de sus pulmones.

—Quítate la capucha —dijo él con un gruñido suave, los ojos fijos en su boca.

Ella se cruzó de brazos.

—Tú enséñame primero y luego haré lo mismo, príncipe.

—De las lágrimas a las respuestas insolentes en cuestión de minutos. Me alegra que el mes que llevamos separados no haya desafilado tu buen humor habitual.

Se quitó la capucha; ella no pudo contener su sorpresa.

—¡Tu pelo! ¡Te lo cortaste todo!

Aelin se quitó también la capucha mientras cruzaba la distancia que los separaba. Sí, el cabello blanco plateado ahora estaba corto. Lo hacía ver más joven, hacía que su tatuaje resaltara más y, bueno, lo hacía ver más apuesto también. O quizás eso se debía a que lo había extrañado.

—Como tú parecías pensar que pasaríamos bastante tiempo luchando acá, es más conveniente el cabello corto. Aunque no puedo decir que tu pelo lo sea. Podrías habértelo teñido de azul.

—Calla. Tu pelo era muy hermoso. Tenía la esperanza de que me dejaras trenzarlo algún día. Supongo que ahora tendré que comprarme un poni —ladeó la cabeza—. Entonces, cuando cambias a tu forma de halcón, ¿estás desplumado?

A él se le ensancharon las fosas nasales; ella tuvo que apretar los labios para no reír.

Rowan estudió la habitación: la cama enorme que ella no se había tomado la molestia de tender en la mañana, la chimenea de mármol adornada con chucherías y libros, la puerta del armario gigante abierta.

—No mentías acerca de tu gusto por el lujo.

—No todos disfrutamos de vivir en la porquería de los guerreros —dijo ella tomándolo de nuevo de la mano. Recordaba esos callos, la fuerza y tamaño de sus manos. Los dedos de él se cerraron alrededor de los suyos.

Aunque era una cara que había memorizado, que había sido una constante en sus sueños durante las últimas semanas... de cierta manera era nueva. Él se quedaba viéndola como si estuviera pensando lo mismo.

Rowan abrió la boca, pero ella lo arrastró al baño, prendió unas cuantas velas junto al lavabo y en la repisa sobre la bañera.

—Era en serio lo del baño —dijo abriendo los grifos y tapando el desagüe—. Apestas.

Rowan la observó mientras se agachaba para sacar una toalla del gabinete pequeño junto al inodoro.

—Cuéntame todo —dijo él.

Aelin sacó un frasco verde de sales y otro de aceite de baño y echó cantidades generosas de ambos en el agua, que se puso lechosa y opaca.

—Lo haré cuando estés metido en la bañera y no huelas como un vagabundo.

—Si mal no recuerdo, tú olías peor cuando nos conocimos. Y yo no te empujé en el abrevadero más cercano de Varese.

Lo miró como si estuviera molesta.

—Qué gracioso.

—Hiciste que me lloraran los ojos todo el maldito viaje hasta Mistward.

—Sólo métete.

Él rio y obedeció. Ella se quitó la capa y empezó a quitarse también todas las armas mientras salía del baño.

Tal vez se tardó más de lo habitual en quitárselas, despojarse del traje y cambiarlo por una holgada camisa blanca y pantalones.

Para cuando terminó, Rowan se había metido a la bañera y el agua estaba tan turbia que ella no podía ver nada de la cintura para abajo.

Los poderosos músculos de su espalda cicatrizada se movieron cuando se talló la cara con las manos, luego el cuello y el pecho. Su piel tenía un tono dorado más profundo, seguramente había pasado tiempo en el exterior las últimas semanas. Sin ropa, aparentemente.

Cuando se volvió a echar agua en la cara, ella recordó que podía moverse y le pasó una toallita que tenía sobre el lavabo.

—Toma —dijo con voz un poco ronca.

Él la metió en el agua lechosa y atacó su cara, la parte de atrás de su cuello y la fuerte columna de su garganta. El tatuaje completo que bajaba por su brazo izquierdo brillaba con el agua que escurría de él.

Dioses, ocupaba toda la bañera. Ella le dio su jabón favorito con aroma a lavanda, el cual él olfateó, suspiró resignado y luego empezó a usarlo.

Aelin se sentó en la orilla curvada de la bañera y le contó todo lo sucedido desde que se marchó. Bueno, casi todo. Mientras ella hablaba, él se lavaba e iba tallando el cuerpo con eficiencia brutal. Llevó el jabón de lavanda a su cabello y ella dejó escapar un gritito agudo.

—Eso no se usa en el pelo —siseó y se puso de pie para pasarle uno de los muchos tónicos capilares que estaban en la pequeña repisa encima de la bañera—. Rosa, cedrón o... —olfateó la botella— jazmín.

Lo miró.

Él la veía desde abajo, con los ojos verdes llenos de las palabras que sabía no tendría que decir. ¿Parece que me importa lo que escojas?

Aelin chasqueó la lengua.

—Entonces jazmín, zopilote.

Rowan no objetó nada cuando ella se colocó en la cabecera de la bañera y le vació un poco del tónico en la cabeza. El aroma del jazmín, dulce y repleto de noche, empezó a aflorar..., la acariciaba y la besaba. Incluso Rowan lo inhaló mientras ella le frotaba la testa.

—Tal vez todavía podría trenzar esto —dijo—. Trenzas pequeñísimas, así...

Él gruñó, pero se recargó contra la bañera con los ojos cerrados.

—Eres como un gato doméstico —le dijo mientras continuaba el masaje. Él dejó escapar un sonido de su garganta que bien podría haber sido un ronroneo.

Lavarle el cabello era algo íntimo, un privilegio que difícilmente él le permitiera a mucha gente, algo que ella nunca había hecho por nadie. Los límites entre ellos siempre habían sido imprecisos y a ninguno le importaba en particular. Él la había contemplado desnuda varias veces y ella había visto casi todo el cuerpo de él. Compartieron una cama por meses. Además de eso, eran *carranam*. Él le había permitido entrar en su poder, pasar sus barreras internas al sitio donde medio pensamiento de ella podría haberle destrozado la mente. Así que lavarle el pelo, tocarlo... era algo íntimo pero también esencial.

—No me has dicho nada de tu magia —murmuró Aelin con las manos todavía sobre el cuero cabelludo de Rowan.

Él se tensó.

—¿Qué hay de ella?

Con los dedos en su pelo, se agachó para mirarle la cara.

—Supongo que ya no está. ¿Qué tal se siente quedarse sin poderes como un mortal?

Abrió los ojos para mirarla, molesto.

—No es gracioso.

—¿Me ves riéndome?

—Pasé los primeros días vomitando y apenas podía moverme. Fue como si le hubieran arrojado una manta encima a mis sentidos.

—¿Y ahora?

—Ahora estoy aprendiendo a lidiar con eso.

Ella le picó el hombro con un dedo. Era como tocar acero envuelto en terciopelo.

—Gruñón, gruñón.

Él rezongó suavemente de fastidio y Aelin apretó los labios para contener su sonrisa. Lo empujó de los hombros para indicarle que metiera la cabeza bajo el agua. Él obedeció; cuando salió, ella se levantó y tomó la toalla que había dejado en el lavabo.

—Iré a buscarte ropa.

—Tengo...

—Oh, no. Ésa se irá directo con la lavandera. Sólo la recibirás de regreso si logra que vuelva a oler decentemente. Hasta entonces, usarás lo que yo te dé.

Le entregó una toalla, pero no la soltó porque él le sostuvo la mano.

—Te has convertido en una tirana, princesa —dijo él.

Ella puso los ojos en blanco y soltó la toalla. Se dio vuelta cuando él se puso de pie con un movimiento poderoso y salpicó agua por todas partes. Le costó mucho trabajo no asomarse por encima del hombro.

Ni te atrevas, siseó una voz en su cabeza.

Claro. Llamaría a esa voz "sentido común" y la escucharía a partir de ese momento.

Entró a su clóset y fue hacia la cómoda del fondo. Se hincó frente al cajón inferior, lo abrió para sacar ropa interior de hombre, camisas y pantalones.

Por un momento, se quedó mirando la vieja ropa de Sam, aspirando el ligero aroma de él que aún quedaba en la tela. No había logrado armarse de fuerza para ir a su tumba, pero...

—No tienes que darme eso —le dijo Rowan parado detrás de ella.

Ella se sobresaltó un poco y giró para verlo. Era tan sigiloso...

Intentó no lucir demasiado sorprendida al mirarlo con la toalla envuelta alrededor de las caderas, el cuerpo bronceado y musculoso que brillaba con los aceites de baño y las cicatrices que lo cruzaban en todas direcciones, como las rayas de un gran gato. Incluso el sentido común se quedó sin habla.

Aelin sentía la boca un poco seca al decir:

—La ropa limpia escasea en la casa en este momento, y no tiene sentido no usar la que está aquí —sacó una camisa y la levantó frente a Rowan—. Espero que te quede.

Sam tenía dieciocho años cuando murió. Rowan era un guerrero perfeccionado a lo largo de tres siglos de entrenamiento y batalla.

Sacó calzoncillos y pantalones.

—Te conseguiré ropa adecuada mañana. Estoy segura de que provocarías un levantamiento si las mujeres de Rifthold te ven caminando por la calle cubierto sólo con una toalla.

Rowan rio un poco y caminó hacia la ropa que colgaba de una de las paredes del clóset: vestidos, túnicas, chaquetas, blusas...

—¿Usabas todo eso?

Ella asintió, poniéndose de pie. Él empezó a mirar algunos de los vestidos y túnicas bordadas.

—Éstos son... muy hermosos —admitió.

—Yo te consideraba un orgulloso miembro del grupo de oposición a las ropas finas.

—La ropa también es un arma —dijo él, y se detuvo al ver un vestido de terciopelo negro. Tenía mangas ajustadas y el frente sin adornos. El escote apenas llegaba debajo de la clavícula; no tenía mayores señas particulares, salvo las tiras bordadas color dorado brillante que subían por los hombros. Rowan inclinó la prenda para ver la espalda, la verdadera obra maestra. El bordado dorado continuaba desde los hombros, juntándose para formar un dragón serpentino con el hocico rugiendo hacia el cuello y el cuerpo curvándose hacia abajo, hasta que la angosta cola formaba la orilla de la cola alargada del vestido. Rowan dejó escapar una exhalación.

—Éste es mi favorito.

Ella tocó la manga de terciopelo negro sólido.

—Lo vi en una tienda cuando tenía dieciséis años y lo compré de inmediato. Pero al recibir el vestido unas semanas después, me pareció muy... anticuado. Era demasiado para la niña que era entonces. Así que nunca me lo puse: lleva colgado ahí tres años.

Él pasó un dedo con cicatrices por la espalda dorada del dragón.

—Ya no eres esa niña —dijo suavemente—. Algún día, quiero verte con este vestido.

Ella se atrevió a levantar la mirada hacia él y le rozó el antebrazo con el codo.

—Te extrañaba.

La boca de Rowan se tensó.

—No estuvimos separados tanto tiempo.

Claro. Para un inmortal, unas cuantas semanas no eran nada.

—¿Y? ¿No puedo extrañarte?

—Una vez te dije que la gente que te importa puede ser utilizada como un arma en tu contra. Extrañarme fue una negligente distracción.

—Eres un verdadero encanto, ¿lo sabías?

No esperaba lágrimas ni emoción, pero hubiera sido agradable saber que él la había extrañado al menos una fracción de lo que ella lo había extrañado a él. Tragó saliva y enderezó la espalda. Le puso la ropa de Sam en los brazos y le dijo:

—Puedes vestirte aquí adentro.

Lo dejó solo en el vestidor y se fue directamente al baño, donde se echó agua fría en rostro y cuello.

Regresó a la recámara y lo encontró frunciendo el ceño.

Bueno, los pantalones le quedaban apenas. Eran demasiado cortos y hacían maravillas para resaltar la parte de atrás, pero...

—La camisa es demasiado chica —dijo él—. No quiero romperla.

Se la devolvió. Ella la miró un poco indecisa y luego volteó a ver el torso desnudo de Rowan.

—Iré a conseguir algo mañana a primera hora —suspiró sonoramente por la nariz—. Bueno, pues si no te importa ver a Aedion sin camisa, supongo que debemos ir a saludar.

—Tenemos que hablar.

—¿Será algo bueno o malo?

—El tipo de cosa que hace que me dé gusto de que no tengas acceso a tu poder, para que no escupas flamas por todas partes.

Ella sintió que su estómago se tensaba, pero dijo:

—Eso fue un incidente y, si me preguntas, opino que tu examante absolutamente maravillosa se lo merecía.

Más que merecerlo. El encuentro con el grupo de hadas de alta sociedad que visitaba Mistward había sido miserable, por decirlo sutilmente. Cuando la examante de Rowan se negó a dejar de tocarlo, a pesar de que él se lo pidió, cuando amenazó a Aelin con ordenar que le dieran latigazos por intervenir... Bueno, pues el nuevo apodo favorito de Aelin, *reina perra escupe fuego,* le quedó bastante bien en esa cena.

Los labios de Rowan se movieron ligeramente, había sombras surcando su mirada.

Aelin suspiró y miró al techo.

—¿Ahora o después?

—Después. Puede esperar un poco.

Se sintió tentada a exigirle que le dijera, pero viró hacia la puerta.

Aedion se levantó de la silla en la mesa de la cocina cuando Aelin y Rowan entraron. Su primo miró a Rowan con cuidado y admiración; luego dijo:

—Nunca te molestaste en contarme lo apuesto que es tu príncipe hada, Aelin.

Ella arrugó el entrecejo. Aedion sólo hizo un movimiento de la barbilla en dirección a Rowan.

—Mañana en la mañana tú y yo vamos a entrenar en la azotea. Quiero saber todo lo que sabes.

Aelin chasqueó la lengua.

—Lo único que he escuchado en estos últimos días ha sido *el príncipe Rowan esto* y *el príncipe Rowan aquello* y ahora *¿eso* es lo que decides decirle? ¿Nada de reverencias y veneración?

Aedion se volvió a acomodar en su silla.

—Si el príncipe Rowan quiere formalidades, puedo ponerme servil, pero no me da la impresión de ser alguien a quien eso le importe en particular.

El príncipe hada, con un destello de diversión en los ojos, dijo:

—Lo que pida mi reina.

Oh, por favor.

Aedion también escuchó las palabras. *Mí* reina.

Los dos príncipes se quedaron mirando mutuamente. Uno dorado, otro plateado; uno su gemelo, otro su alma gemela. Las miradas no tenían nada de amistoso, nada de humano: sólo dos machos hada enfrascados en una batalla muda por el dominio.

Ella se recargó contra el lavadero.

—Si van a ponerse de machos a medir fuerzas, ¿podrían al menos hacerlo en la azotea?

Rowan la miró con las cejas arqueadas. Pero Aedion fue el que dijo:

—Nos está diciendo que no somos mejores que unos perros; no me sorprendería que de verdad pensara que vamos a marcar el territorio orinando sus muebles.

Sin embargo Rowan no sonrió, sino que ladeó la cabeza para olfatear algo.

—Aedion también necesita un baño, lo sé —dijo ella—. Insistió en fumar una pipa en la taberna. Dijo que le daba un aire de dignidad.

Rowan todavía tenía la cabeza inclinada y preguntó:

—Sus madres eran primas, príncipe, pero ¿quién es tu padre?

Aedion se quedó descansando en su silla.

—¿Importa?

—¿Lo sabes? —insistió Rowan.

Aedion se encogió de hombros.

—Mi madre nunca me lo dijo. Ni a nadie más.

—Me imagino que tú tienes una idea —dijo Aelin.

—¿No te parece conocido? —preguntó Rowan.

—Se parece a mí.

—Sí, pero... —suspiró—. Tú conociste a su padre. Hace unas semanas. Gavriel.

Aedion se quedó mirando al guerrero sin camisa. Se preguntó si se habría excedido con la bebida esa noche, siendo que todavía estaba malherido, y eso le estaba provocando alucinaciones.

Las palabras del príncipe resonaron en su mente. Aedion permaneció con la mirada fija. Rowan tenía un tatuaje impresionante escrito en el Antiguo Lenguaje, empezaba en el costado de su cara, bajaba por el cuello, pasaba por el hombro y terminaba en el musculoso brazo. La mayoría de la gente observaría ese tatuaje y correría en dirección opuesta.

Aedion había visto a muchos guerreros a lo largo de su vida, pero éste era un Guerrero, la ley personificada.

Igual que Gavriel. O eso decían las leyendas.

Gavriel, el amigo de Rowan, uno de su equipo, el que tenía una forma alterna de gato montés.

—Él me preguntó —murmuró Aelin—, me preguntó cuántos años tenía y pareció aliviado cuando le dije que diecinueve.

Diecinueve era, por lo visto, demasiado joven para ser su hija, pero era muy parecida a la mujer con quien él se había acostado. Aedion no recordaba bien a su madre. Sus últimos recuerdos eran de un rostro enjuto y grisáceo, cuando exhaló su último aliento. Ella rechazó la ayuda de los sanadores hada, quienes hubieran curado la enfermedad que la consumía. Pero siempre le habían dicho que antes se veía casi idéntica a Aelin y a su madre, Evalin.

La voz de Aedion se escuchó ronca al preguntar:

—¿El Gato Montés es mi padre?

Rowan asintió.

—¿Él lo sabe?

—Apuesto a que cuando vio a Aelin la primera vez se preguntó si habría engendrado un hijo con tu madre. Probablemente todavía no tenga idea, a menos que eso lo haya motivado a buscar.

Su madre nunca le había dicho a nadie, a nadie salvo a Evalin, quién era su padre. Incluso en el lecho de muerte conservó el secreto. Rechazó a los sanadores hada por eso.

Porque ellos lo podrían identificar, y si Gavriel supiera que tenía un hijo... Si Maeve lo supiera...

Un dolor antiguo desgarró a Aedion. Ella lo había mantenido a salvo, había muerto para mantenerlo alejado de las manos de Maeve.

Unos dedos cálidos envolvieron su mano con un apretón. No se había dado cuenta del frío que sentía.

Los ojos de Aelin, los ojos de ambos, los ojos de sus madres, todos lo miraban con suavidad. Abiertos.

—Esto no cambia nada —dijo—. No cambia quién eres tú y lo que significas para mí. Nada.

Pero sí. Lo cambiaba todo. Lo explicaba todo: la fuerza, la velocidad, los sentidos; los instintos letales y depredadores que siempre había luchado por controlar. Por qué Rhoe había sido tan estricto con él durante su entrenamiento.

Si Evalin sabía quién era su padre, entonces Rhoe también lo sabía. Y los machos hada, aunque fueran sólo mitad hada, eran letales. Sin el control que Rhoe y sus lords le habían taladrado en la cabeza desde muy pequeño, sin esa concentración... Ellos lo sabían. Y no se lo dijeron.

Eso, sumado al hecho de que cuando un día hiciera el juramento de sangre a Aelin... era posible que él permaneciera joven mientras ella envejecía y moría.

Su prima le acarició el dorso de la mano con el pulgar y luego miró a Rowan.

—¿Qué quiere decir esto en lo que respecta a Maeve? Gavriel también está atado a ella por el juramento de sangre, entonces ¿ella podría tener derecho sobre sus hijos?

—Por supuesto que no lo permitiré —dijo Aedion.

Si Maeve trataba de reclamarlo, le arrancaría la garganta. Su madre había muerto por miedo a la reina hada. Lo sabía en sus huesos.

Rowan dijo:

—No lo sé. Aunque ella lo creyera, sería un acto de guerra robarte a Aedion.

—Esta información no saldrá de aquí —dijo Aelin y permaneció tranquila, calculadora, pensando en todos los planes..., el otro lado de su moneda—. A final de cuentas, Aedion, tú decides si quieres buscar a Gavriel. Pero ya tenemos suficientes enemigos a nuestro alrededor por el momento. No necesito empezar una guerra con Maeve.

Pero lo haría. Ella iría a la guerra por él. Él lo podía notar en sus ojos.

Casi lo dejó sin aire. Al igual que la idea de la carnicería resultante para ambos bandos si la Reina Oscura y la heredera de Mala la Portadora del Fuego chocaran.

—Se queda entre nosotros —logró decir Aedion.

Podía sentir a Rowan evaluándolo y midiéndolo; tuvo que controlarse para evitar que se le saliera un gruñido. Lentamente, Aedion levantó la mirada con el fin de ver al príncipe a los ojos.

El dominio puro en esa mirada fue como si le hubieran dado un golpe en la cara con una roca.

Aedion aguantó. Ni loco retrocedería, ni loco cedería. Pero alguno cedería, en algún lugar, en algún momento. Probablemente cuando Aedion hiciera el juramento de sangre.

Aelin chasqueó la lengua a Rowan.

—Dejen de hacer esa tontería de machos alfa. Con una vez fue suficiente.

Rowan ni siquiera parpadeó.

—No estoy haciendo nada.

Pero la boca del príncipe se torció para formar una sonrisa, como diciéndole a Aedion: ¿Crees que puedes conmigo, cachorro?

Aedion sonrió. *Cuando quieras, donde quieras, príncipe.*

Aelin murmuró:

—Qué insufribles.

Luego empujó juguetonamente a Rowan del brazo. No lo movió ni un centímetro.

—¿De verdad van a ponerse a competir por ser los dominantes con cada persona que nos encontremos? Porque si así es, nos tomará una hora recorrer una cuadra en la ciudad y dudo que los residentes estén muy felices con eso.

Aedion luchó contra su instinto de inhalar profundamente cuando Rowan lo dejó de mirar para ver a la reina con incredulidad.

Ella cruzó los brazos, esperando.

—Nos tomará tiempo ajustarnos a la nueva dinámica —admitió Rowan.

No era una disculpa, pero por lo que Aelin le había contado, Rowan no solía molestarse con esas cosas. Ella lucía muy sorprendida por la pequeña concesión, de hecho.

Aedion intentó relajarse en su silla; tenía los músculos tensos, la sangre le pulsaba en las venas. Se dirigió al príncipe:

—Aelin nunca me dijo que te hubiera mandado llamar.

—¿Te rinde cuentas a ti, general?

Era una pregunta peligrosa y silenciosa. Aedion sabía que cuando los machos como Rowan hablaban en voz baja, por lo general significaba que la violencia y la muerte venían en camino.

Aelin puso los ojos en blanco.

—Sabes que no lo quiso decir así, así que no busques pleito, idiota.

Aedion se tensó. Él podía pelear sus propias batallas. Si Aelin sentía que él necesitaba que lo protegieran, si pensaba que Rowan era el guerrero superior...

Rowan dijo:

—Tengo un juramento de sangre contigo, lo cual significa varias cosas, y una de ellas es que no me gusta mucho que otros te cuestionen, aunque se trate de tu primo.

Las palabras rebotaron haciendo eco en la cabeza de Aedion, en su corazón.

Juramento de sangre.

Aelin palideció.

—¿Qué acaba de decir? —preguntó Aedion.

Rowan había hecho el juramento de sangre a Aelin. Su juramento de sangre.

Ella enderezó los hombros y dijo con claridad y lentamente:

—Rowan me hizo el juramento de sangre antes de que yo saliera de Wendlyn.

Un rugido ensordecedor irrumpió en el cuerpo de Aedion.

—¿Le permitiste hacer qué?

Aelin le mostró las palmas de las manos con las cicatrices.

—Hasta donde yo sabía entonces, Aedion, tú eras un leal súbdito del rey. Hasta donde yo sabía, nunca más te iba a volver a ver.

—¿Le permitiste hacerte el juramento de sangre? —aulló Aedion.

Le había mentido a la cara ese día en la azotea.

Tenía que salir, tenía que salirse de su piel, del departamento, de esa maldita ciudad. Aedion se lanzó contra una de las figuras de porcelana que estaban sobre la chimenea porque necesitaba romper algo sólo para lograr que ese estruendo se saliera de su cuerpo.

Ella extendió un dedo con violencia y avanzó en su dirección.

—Si rompes una cosa, si destrozas una sola de mis pertenencias, te voy a embutir todas las astillas por la puta garganta.

Una orden de una reina a su general.

Aedion escupió en el piso pero obedeció. Aunque fuera porque, de no hacer caso a esa orden, tal vez podría destrozar algo mucho más preciado.

Entonces preguntó:

—¿Cómo te atreves? ¿Cómo te atreviste a dejar que él lo hiciera?

—Me atrevo porque es mi sangre para dar. Me atrevo porque tú no existías para mí entonces. ¡Y aunque ninguno de los dos lo hubiera hecho todavía, de todas maneras se lo habría dado a él, porque él es mi *carranam* y se ha ganado mi lealtad incondicional!

Aedion se puso rígido.

—¿Y qué hay de nuestra lealtad incondicional? ¿Qué has hecho para ganarte eso? ¿Qué has hecho para salvar a nuestra gente desde que regresaste? ¿Me ibas a hablar sobre el juramento o ésa es solamente otra de tus muchas mentiras?

Aelin le gruñó con una intensidad animal que le recordó a Aedion que también ella tenía sangre hada en sus venas.

—Ve a hacer tu rabieta a otra parte y no regreses hasta que seas capaz de actuar como un ser humano. O al menos como medio ser humano.

Aedion la maldijo, un insulto sucio y soez que inmediatamente se arrepintió de pronunciar.

Rowan se lanzó a atacarlo con tanta violencia que la silla donde estaba se volcó, pero Aelin estiró la mano para detenerlo. El príncipe se contuvo.

Así de sencillo, controló al guerrero poderoso e inmortal.

Aedion rio, con una risa dura y fría, y le sonrió a Rowan de una manera que por lo general provocaba que los hombres lanzaran el primer puñetazo.

Pero Rowan sólo enderezó su silla, se sentó y se recargó, como si ya supiera dónde iba a dar el golpe mortal contra Aedion.

Aelin señaló la puerta.

—Vete de aquí. No quiero volverte a ver por un buen rato.

El sentimiento era mutuo.

Todos sus planes, todo por lo cual había trabajado... Sin el juramento de sangre era sólo un general, sólo un príncipe sin tierras de la familia Ashryver.

Aedion avanzó furioso hacia la puerta principal y la abrió con tanta fuerza que casi la arrancó de las bisagras.

Aelin no lo llamó.

CAPÍTULO 29

Mientras Aelin caminaba de ida y vuelta frente a la chimenea de su recámara, Rowan Whitethorn dudó por un minuto si valía la pena salir a buscar al príncipe de sangre hada y hacerlo trizas por lo que le había dicho a ella, o si estaría mejor donde estaba, con su reina. Entendía, en realidad, por qué estaba furioso el general. Él se hubiera sentido igual. Pero eso no era una buena excusa. Ni remotamente.

Estaba sentado en la orilla del colchón de la cama mirándola moverse.

Incluso sin su magia, Aelin era un salvaje incendio viviente, acentuado en ese momento por el cabello rojo. Era una criatura de emociones tan intensas que a veces sólo podía observarla y maravillarse.

Y ese rostro.

Ese maldito rostro.

Cuando estuvieron en Wendlyn, le tomó un tiempo darse cuenta de que era hermosa. Meses, de hecho, para notarlo de verdad. Y esas últimas semanas, a pesar de sus mejores intenciones, pensó con frecuencia en su cara, en especial en esa boca tan insolente.

Sin embargo, no recordaba lo deslumbrante que era hasta que se quitó la capucha ese día y lo dejó completamente embobado.

Las semanas que estuvieron separados fueron un recordatorio brutal de lo que había sido su vida hasta el momento en que la encontró, borracha y destrozada, en esa azotea en Varese. Las pesadillas empezaron la misma noche en que ella se fue:

sueños tan implacables que casi vomitaba al despertar, y seguía escuchando el eco de los gritos de Lyria. El recuerdo le provocó escalofríos. Pero incluso esa sensación se evaporaba al ver a su reina frente a él.

Aelin estaba logrando marcar un camino en la alfombra frente a la chimenea.

—Si eso es indicativo de lo que podemos esperar de tu corte —dijo Rowan al fin, abriendo y cerrando el puño para sacudirse esos estremecimientos que no había logrado dominar desde que se apagó su magia—, entonces no nos aburriremos nunca.

Ella le hizo un displicente ademán de irritación.

—No me molestes en este momento —respondió; se frotó la cara y resopló.

Rowan esperó. Sabía que ella buscaba las palabras. Odiaba el dolor, la pena y la culpa que notaba en cada línea de su cuerpo. Hubiera vendido su alma al dios oscuro sólo para no tener que volver a verla en ese estado.

—En todo momento —dijo ella recargándose contra el poste tallado de la cama— siento que estoy a un movimiento en falso, o a una palabra, de llevarlos a la ruina. La vida de la gente, tu vida, depende de mí. No hay espacio para el error.

Ahí estaba, el peso que la estaba aplastando lentamente. A él lo mataba saber que agregaría un peso más a esa carga cuando le diera las noticias que traía, la razón por la cual había desobedecido su orden, para empezar.

No podía ofrecerle nada salvo la verdad.

—Cometerás errores. Tomarás decisiones y a veces te arrepentirás de lo que elegiste. En ocasiones no hallarás la decisión correcta, sólo una menos mala que otras. No necesito decirte que puedes hacerlo, tú sabes que así es. No te hubiera hecho el juramento de sangre si no pensara que podías.

Ella se sentó en la cama a su lado. Su aroma lo acariciaba. Jazmín y cedrón y brasas ardientes. Elegante, femenina y completamente salvaje. Cálida y firme, inquebrantable, su reina.

Salvo por la debilidad que ambos compartían: el vínculo que los unía.

Porque en sus pesadillas a veces podía escuchar la voz de Maeve sobrepuesta al chasquido de un látigo, astuta y fría: ¿Por nada en el mundo, Aelin? ¿Pero qué tal por el príncipe Rowan?

Intentaba no pensar en eso, en el hecho de que Aelin podría entregar una de las llaves del Wyrd por él. Tenía ese conocimiento encerrado en un lugar tan seguro que sólo lograba escapar en sus sueños, o cuando despertaba para buscar en su cama fría a una princesa que estaba a miles de kilómetros de distancia.

Aelin sacudió la cabeza.

—Era mucho más fácil estar sola.

—Lo sé —dijo él y tuvo que esforzarse para controlar el instinto de pasarle el brazo por los hombros y acercarla en un abrazo. Se concentró mejor en oír la ciudad a su alrededor.

Podía escuchar más que los mortales, pero el viento ya no le contaba sus secretos. Ya no sentía que tiraba de él. Y hallarse atrapado en su cuerpo hada, incapaz de cambiar... Estaba enjaulado, inquieto. Se sentía peor aún por no ser capaz de escudar el departamento de los ataques enemigos mientras estuvieran ahí.

No estaba indefenso, se recordó. Lo habían tenido cubierto de hierro de pies a cabeza y de todas maneras consiguió matar. Podía mantener ese departamento seguro, a la antigua. Sólo estaba... desequilibrado. *En un momento en que el desequilibrio podía ser fatal para ella.*

Por un instante ambos se quedaron en silencio.

—Le dije unas cosas horribles —dijo ella.

—No te preocupes —respondió Rowan, aunque no pudo contener el gruñido—. Él dijo cosas igualmente horribles. Sus temperamentos son uno para el otro.

Ella rio un poco.

—Dime sobre la fortaleza, ¿cómo estaba cuando regresaste para ayudar a reconstruir?

Finalmente llegó a la información que se había estado guardando toda la noche.

—Sólo dilo —dijo ella con una mirada directa e inflexible.

Se preguntó si se daría cuenta de que, por mucho que se quejara del tonto comportamiento alfa de él, ella era una alfa pura sangre también.

Rowan inhaló profundamente.

—Lorcan está aquí.

Aelin se enderezó.

—Por eso viniste.

Rowan asintió. Por eso mantener la distancia era lo más prudente. Lorcan era malvado y astuto, y podría valerse de su vínculo para usarlo contra ellos.

—Detecté su olor, andaba escondiéndose cerca de Mistward. Lo rastreé hasta la costa y luego en un barco. Volví a encontrar su pista cuando llegamos al muelle esta noche —dijo. Al ver el rostro pálido de Aelin, agregó—: Me aseguré de cubrir mi rastro antes de buscarte.

Lorcan tenía más de cinco siglos de edad, era el macho hada más fuerte de todos, sólo comparable con el mismo Rowan. Nunca habían sido amigos realmente y, después de lo sucedido unas semanas antes, éste no podía pensar en algo que le agradara más que cortarle el cuello por haber abandonado a Aelin para que muriera a manos de los príncipes del Valg. Quizás tendría la oportunidad de hacerlo, pronto.

—No te conoce lo suficiente para detectar tu olor de inmediato —continuó Rowan—. Apostaría a que se subió en un barco sólo para traerme hacia acá, y que yo lo condujera contigo.

Pero eso era preferible a permitir que Lorcan la encontrara mientras él seguía en Wendlyn.

Aelin maldijo con colorida creatividad.

—Maeve tal vez piense que también lo llevaremos directamente a la tercera llave del Wyrd. ¿Crees que le haya ordenado matarnos, ya sea para conseguir la llave o después?

—Quizás —respondió Rowan. Sólo de pensarlo sintió correr una rabia helada por sus venas—. No permitiré que suceda.

Ella torció la boca hacia un costado.

—¿Crees que podría derrotarlo?

—Si tuvieras tu magia, sería posible —dijo y pudo notar la irritación reflejada en su mirada, supo que algo más la estaba molestando—. Pero sin la magia, en tu forma humana... Estarías muerta antes de desenvainar tu espada.

—Así de bueno es.

Él asintió lentamente.

Ella lo miró con el ojo de una asesina.

—¿Tú podrías derrotarlo?

—Sería algo tan destructivo que no quisiera arriesgarme. Recuerda lo que te conté sobre Sollemere.

El rostro de Aelin se tensó al oír el nombre de la ciudad que él y Lorcan habían borrado del mapa hacía casi dos siglos, a petición de Maeve. Era una mancha que nunca podría borrar, sin importar cuántas veces se repitiera a sí mismo lo corruptos y malvados que eran todos sus habitantes.

—Sin nuestra magia, es difícil saber quién ganaría. Depende de quién lo deseara más —dijo Rowan.

Lorcan, con su infinita rabia fría y el talento para matar que le había concedido el mismo Hellas, nunca se permitía perder. Batallas, riquezas, mujeres: Lorcan siempre ganaba, sin importar el costo. Hubo un tiempo en que Rowan lo podría haber dejado vencer, podría haber permitido que Lorcan acabara con él sólo para ponerle fin a su miserable vida, pero ahora...

—Si Lorcan hace un solo movimiento en tu contra, morirá.

Ella ni siquiera parpadeó ante la violencia que se filtraba en cada una de sus palabras. Otra parte de él, una que había estado tensa y comprimida en su interior en cuando ella se fue, se desenredó como un animal salvaje que se estira frente a una fogata. Aelin ladeó la cabeza.

—¿Tienes idea de dónde se escondería?

—Ninguna. Empezaré a cazarlo mañana.

—No —dijo ella—. Lorcan nos encontrará fácilmente sin que tú lo busques. Pero si espera que yo lo conduzca a la tercera llave para llevársela de regreso a Maeve, entonces quizás...

Rowan casi alcanzaba a ver los engranes que se movían dentro de su cabeza. Ella dejó escapar un sonido.

—Lo pensaré mañana —concluyó Aelin—. ¿Crees que Maeve quiera la llave sólo para que yo no la tenga o para usarla ella?

—Tú sabes la respuesta a eso.

—Ambas cosas, entonces —suspiró—. La pregunta es si ella intentará usarnos con la intención de encontrar las otras dos llaves o tiene a alguien de tu equipo buscándolas en este momento.

—Esperemos que no haya enviado a nadie más.

—Si Gavriel supiera que Aedion es su hijo... —dijo y miró por la puerta de la recámara con un dejo de culpa y dolor en sus hermosas facciones—, ¿seguiría a Maeve, aunque eso significara lastimar o matar a Aedion en el proceso? ¿El control que tiene sobre él es tan fuerte?

Había sido una verdadera sorpresa darse cuenta de quién era el padre del que estaba sentado frente a la mesa de la cocina.

—Gavriel... —empezó a decir Rowan.

Él había visto al guerrero con sus amantes a lo largo de los siglos y dejarlas cuando Maeve lo ordenaba. También lo vio tatuarse los nombres de sus hombres caídos. De todo su equipo, el único que se había detenido esa noche para ayudar a Aelin contra los Valg fue Gavriel.

—No me respondas en este momento —lo interrumpió Aelin con un bostezo—. Debemos dormir.

Rowan ya había revisado cada centímetro del departamento momentos después de entrar, pero preguntó con el mayor desenfado que pudo fingir:

—¿Dónde dormiré yo?

Ella dio unas palmadas en la cama detrás de ellos.

—Como en los viejos tiempos.

Él apretó la mandíbula. Había estado preparándose para este momento toda la noche, semanas, de hecho.

—Aquí no es igual que en la fortaleza, donde nadie juzga nada de esto.

—¿Y qué si yo quiero que te quedes aquí conmigo?

Él no se permitió pensar demasiado en esas palabras, en la idea de compartir esa cama. Había trabajado mucho para mantener tales pensamientos fuera de su cabeza.

—Entonces me quedaré en el sillón. Pero necesitas dejarles claro a los demás qué significa que yo me quede aquí.

Había tantos límites que debían conservar. Ella estaba fuera de su alcance, por completo, por una docena de motivos diferentes. Pensó que podría lidiar con esto, pero...

Nada de peros... Sí podría lidiar con esto. Encontraría la manera de lograrlo porque no era un tonto y porque tenía un poco de maldito control sobre sí mismo. Ahora que Lorcan estaba en Rifthold tras ellos, buscando la llave del Wyrd, había cosas más importantes de las cuales preocuparse.

Ella se encogió de hombros, irreverente como siempre.

—Entonces emitiré un decreto real sobre mis intenciones honorables hacia ti en el desayuno.

Rowan resopló. Aunque no quería, dijo:

—Y... el capitán...

—¿Qué hay con él? —respondió ella bruscamente.

—Sólo considera cómo podría interpretar las cosas.

—¿Por qué?

Ella se las había ingeniado con impecable habilidad para no mencionarlo.

Sin embargo había tanta ira, tanto dolor en ese par de palabras, que Rowan no pudo evitar preguntar:

—Dime qué sucedió.

Ella no lo miró a los ojos.

—Dijo que lo que estaba ocurriendo aquí, lo sucedido a mis amigos, a él y a Dorian, mientras yo estuve en Wendlyn, fue mi culpa. Y que yo era un monstruo.

Por un momento, una ira cegadora y quemante lo recorrió por completo. Su instinto le ordenaba abalanzarse sobre la mano de Aelin, tocar su rostro que permanecía mirando hacia abajo. Pero logró contenerse. Sin levantar la vista, ella preguntó:

—¿Tú crees que...?

—Nunca —la interrumpió él—. Nunca, Aelin.

Por fin lo miró con ojos que eran demasiado viejos, demasiado tristes y cansados para pertenecerle a una chica de diecinueve años. Había sido un error llamarla niña, y por momentos

Rowan olvidaba lo verdaderamente joven que era. La mujer frente a él cargaba un peso que le rompería la espalda a alguien con el triple de su edad.

—Si tú eres un monstruo, yo soy un monstruo —dijo con una sonrisa tan amplia que mostraba sus colmillos alargados.

Ella rio con aspereza, a una distancia tan corta de él que sintió su calor en la cara.

—Sólo duerme en la cama —dijo ella—. No tengo ganas de buscar sábanas y cobijas para el sillón.

Tal vez fue la risa, o el borde plateado que se veía en sus ojos, pero él dijo:

—Está bien.

Era un tonto, era tonto y estúpido cuando se trataba de ella. Por eso se obligó a añadir:

—Pero eso envía un mensaje, Aelin.

Ella arqueó las cejas de una manera que por lo general significaba que empezaría a encenderse el fuego, pero no sucedió. Ambos estaban atrapados en sus cuerpos, varados sin sus poderes. Él se adaptaría, lo soportaría.

—¿Ah, sí? —ronroneó ella, y él se preparó para la tempestad—. ¿Y qué mensaje manda? ¿Que soy una puta? Como si lo que hago entre las cuatro paredes de mi propia habitación, con mi cuerpo, fuera asunto de alguien más.

—¿Crees que yo no estoy de acuerdo?

El temperamento de Rowan se descontroló un poco. Nadie había tenido la capacidad de irritarlo tan rápido, con tanta profundidad, con tan pocas palabras.

—Pero las cosas son diferentes ahora, Aelin. Eres la monarca del reino. Debemos considerar cómo se ve esto, qué impacto podría tener en nuestra relación con quien lo considere impropio. Explicar que es por tu seguridad...

—Ay, por favor. ¿Mi seguridad? ¿Crees que Lorcan o el rey o quien carajos sea que me esté buscando va a entrar por la ventana a media noche? Puedo protegerme a mí misma, ¿sabes?

—Dioses, vaya que lo sé.

Eso nunca lo había dudado. A ella se le ensancharon las fosas nasales y dijo:

—Ésta es una de las peleas más estúpidas que hayamos tenido jamás. Todo gracias a tu idiotez, debo agregar —caminó molesta hacia el vestidor, con las caderas meciéndose como si quisieran acentuar cada palabra—. Mejor ya métete a la cama.

Él dejó escapar una exhalación cuando ella y esas caderas desaparecieron dentro del vestidor.

Límites. Fronteras. Zonas prohibidas.

Recordó que ésas eran sus nuevas palabras favoritas e hizo una mueca a las sábanas de seda, aunque sentía todavía el calor del aliento de Aelin en la mejilla.

Aelin escuchó que la puerta del baño se cerraba y luego que el agua corría mientras Rowan se lavaba con los artículos de baño que ella le había dejado.

No era un monstruo, no por lo que había hecho, no por su poder, no ahora que Rowan estaba con ella. Les agradecía a los dioses todos los malditos días por concederle la pequeña misericordia de darle un amigo que fuera su igual, alguien capaz de seguirle el paso y que nunca la mirara con horror en los ojos. Sin importar lo que sucediera, ella siempre estaría agradecida por eso.

Pero... impropio.

Vaya que impropio.

Él no tenía idea de lo impropia que ella podía ser.

Abrió el cajón superior de su cómoda de roble y sonrió lentamente.

Rowan ya estaba acostado cuando salió caminando hacia el baño. No lo volteó a ver, pero pudo escuchar que se sentó súbitamente. El colchón rechinó cuando él dijo:

—¿Qué demonios es eso?

Siguió su camino hacia el baño y se negó a disculparse o a mirar su camisón de encaje rosa, delicado y muy corto. Cuando salió con la cara lavada y limpia, Rowan estaba sentado con los brazos cruzados frente a su pecho desnudo.

—Se te olvidó la parte de abajo.

Ella se limitó a apagar las velas de la habitación una por una. Él la siguió con la mirada todo el tiempo.

—No tiene parte de abajo —dijo ella, abriendo las cobijas de su lado—. Está empezando a hacer mucho calor y odio sudar cuando duermo. Además, tú eres prácticamente un horno, así que es esto o duermo desnuda. Tú puedes dormir en la bañera si te causa algún problema.

El gruñido de Rowan sacudió la habitación.

—Ya demostraste lo que querías.

—Mmm —dijo ella, metiéndose en la cama a su lado, a una distancia sana y propia.

Durante unos instantes sólo se escuchó el sonido de las cobijas que se movían mientras ella se acurrucaba.

—Necesito rellenar la tinta un poco más en ciertos lugares —dijo él con tono inexpresivo.

Ella apenas alcanzaba a ver su rostro en la oscuridad.

—¿Qué?

—Tu tatuaje —le respondió mirando al techo—. Tiene unos espacios que necesito rellenar en algún momento.

Por supuesto. Él no era como otros hombres, ni remotamente. Había pocas cosas que ella podía hacer para alterarlo, para fastidiarlo. Un cuerpo desnudo era un cuerpo desnudo. En especial el de ella.

—Bien —dijo y se dio la vuelta para darle la espalda.

Volvieron a quedarse en silencio. Luego Rowan dijo:

—Nunca había visto... ropa así.

Ella rodó hacia su lado.

—¿Me estás diciendo que las mujeres en Doranelle no tienen ropa de noche escandalosa? ¿Ni en ninguna otra parte del mundo?

Los ojos de Rowan brillaban como los de un animal en la oscuridad. Ella había olvidado lo que era ser hada, tener siempre un pie en el bosque.

—Mis encuentros con otras mujeres por lo general no implican andarse paseando en ropa de noche.

—¿Entonces qué ropa requieren?

—Por lo general, ninguna.

Ella chasqueó la lengua y apartó la imagen de su mente.

—Después de tener el enorme placer de conocer a Remelle esta primavera, me cuesta creer que ella no te haya sometido a un desfile de ropa.

Él volvió a mirar el techo.

—No vamos a hablar de eso.

Ella rio. Aelin: uno, Rowan: cero.

Seguía sonriendo cuando él preguntó:

—¿Toda tu ropa de noche es así?

—Tienes demasiada curiosidad sobre mis negligés, príncipe. ¿Qué dirían los demás? Tal vez debas emitir un decreto para aclarar el asunto —él gruñó como respuesta y ella sonrió de cara a la almohada—. Y sí, tengo más, no te preocupes. Si Lorcan va a venir a asesinarme mientras duermo, será mejor que me vea bien.

—Vanidosa hasta el final.

Ella alejó el pensamiento sobre Lorcan, sobre lo que Maeve podría querer, y dijo:

—¿Hay un color en especial que te gustaría que usara? Si te voy a escandalizar, al menos debería hacerlo con algo que te agrade.

—Eres una amenaza.

Volvió a reír. No se había sentido así de liviana en semanas, a pesar de las noticias dadas por Rowan. Pensó que ya habían terminado de hablar esa noche cuando la voz de él retumbó desde el otro lado de la cama.

—Dorado. No amarillo. Dorado metálico real.

—Mala suerte —dijo ella hacia la almohada—. Nunca tendría algo tan ostentoso.

Casi pudo sentir que él sonreía mientras se quedaba dormida.

Treinta minutos más tarde, Rowan seguía viendo al techo, rechinando los dientes e intentando calmar el rugido en sus venas que socavaba su autocontrol poco a poco.

Ese maldito camisón.

Mierda.

Estaba hundidísima en la mierda.

Rowan dormía, con su cuerpo enorme medio cubierto por las cobijas, cuando empezó a entrar la luz de la aurora por las cortinas de encaje. Aelin se levantó en silencio y le sacó la lengua antes de ponerse su bata de seda azul claro. Se hizo un moño con el cabello rojo ya bastante despintado y se fue a la cocina.

Le había comprado tantos bloques de tinte a esa vendedora que había gastado una fortuna antes de que se quemara el Mercado de las Sombras. Aelin hizo un gesto de dolor al pensar que debía buscar nuevamente a la comerciante; la mujer le parecía del tipo de persona que habría escapado de las flamas. Ahora le cobraría el doble, o el triple por tintes de por sí demasiado caros, a fin de reponer los bienes perdidos en el incendio. Y como Lorcan podía rastrearla sólo por su olor, cambiar el color de su cabello no serviría de nada con él. Aunque supuso que la guardia del rey también estaría buscándola... Oh, era demasiado temprano para empezar a pensar en esa enorme pila de mierda en la cual se había convertido su vida.

Adormilada, preparó el té prácticamente por memoria muscular. Empezó a tostar pan y rezó por encontrar huevos en la caja enfriadora; los encontró. Y tocino, para su deleite. En esa casa, donde todos comían como puercos, la comida tendía a desaparecer en cuanto entraba.

Uno de los cerdos mayores se acercó a la cocina con pasos silenciosos de inmortal. Ella se preparó para lo que venía y, con los brazos llenos de comida, le dio un pequeño golpe con la cadera a la caja enfriadora para cerrarla.

Aedion la miró con desconfianza mientras ella sacaba tazones y utensilios del pequeño mueble junto a la estufa.

—Hay champiñones en alguna parte —dijo él.

—Bien. Entonces puedes limpiarlos y cortarlos. Te toca picar la cebolla.

—¿Es el castigo por lo de anoche?

Ella rompió los huevos uno por uno en el tazón.

—Si tú piensas que eso es un castigo aceptable, está bien.

—¿Y preparar el desayuno a esta hora infrahumana es tu castigo autoinfligido?

—Preparo el desayuno porque estoy harta de que lo quemes y apestes toda la casa.

Aedion se rio en voz baja y se paró a su lado para cortar la cebolla.

—Te quedaste en la azotea todo el tiempo que estuviste fuera, ¿verdad? —preguntó Aelin.

Tomó una sartén de hierro del estante sobre la estufa, la colocó en un quemador y puso un trozo gordo de mantequilla en su superficie oscura.

—Me echaste del departamento, pero no de la bodega, así que pensé que podía servir de algo y tomar una de las guardias.

El estilo retorcido de las Viejas Costumbres para tergiversar las órdenes y hacer otra cosa. Aelin se preguntó qué dirían los antiguos sobre su propiedad como reina.

Tomó una cuchara de madera y movió la mantequilla que se derretía en la sartén.

—Los dos tenemos unos modales atroces. Tú sabes que no dije en serio lo de la lealtad. Ni lo de ser medio humano. Sabes que eso no me importa para nada.

Hijo de Gavriel, dioses. Pero no abriría la boca sobre eso hasta que Aedion se sintiera con ganas de tocar el tema.

—Aelin, me siento avergonzado de lo que te dije.

—Bueno, pues ya somos dos, así que estamos a mano.

Empezó a batir los huevos sin dejar de observar la mantequilla.

—Yo... yo te entiendo Aedion, de verdad, el asunto del juramento de sangre. Sé lo que significaba para ti. Cometí un error al no decírtelo. Por lo general no admito este tipo de cosas, pero debí habértelo dicho. Lo siento.

Él olió las cebollas. Sus cortes expertos ya habían producido un montoncito picado en uno de los extremos de la tabla. Entonces empezó a trabajar con los champiñones.

—Ese juramento significaba todo para mí. Ren y yo solíamos pelear mucho por eso cuando éramos niños. Su padre me odiaba porque sabía que yo era el favorito para hacerlo.

Ella tomó las cebollas, las echó a la mantequilla y el chisporroteo invadió toda la cocina.

—Nada prohíbe que lo hagas, ¿sabes? Maeve tiene varios miembros de su corte con juramentos de sangre.

Claro que ellos estaban convirtiendo la vida de Aelin en un infierno ahora. Pero ella continuó:

—Puedes hacerlo, y también Ren, sólo si tú quieres, pero... no me molestaré si no quieres.

—En Terrasen sólo había uno.

Ella movió las cebollas.

—Las cosas cambian. Nuevas tradiciones para una nueva corte. Puedes hacerlo en este momento, si lo deseas.

Aedion terminó con los champiñones y dejó el cuchillo. Se recargó contra el mueble.

—Ahora no. No hasta que estés coronada y podamos exhibirnos frente a una multitud, frente al mundo.

Ella echó los champiñones a la sartén.

—Eres aún más dramático que yo.

Aedion resopló.

—Apúrate con los huevos. Voy a morir de hambre.

—Prepara el tocino o no comerás nada.

Aedion se movió a toda velocidad.

CAPÍTULO 30

Había una habitación en las profundidades del castillo de piedra que le gustaba visitar al demonio que vivía dentro de él.

El príncipe demonio incluso lo dejaba salir a veces, a través de los ojos que probablemente en algún momento fueron suyos.

Era una habitación cubierta por una noche eterna. O quizás era la oscuridad que provenía del demonio.

Pero podían ver; siempre podían ver en la negrura. El sitio de donde venía el príncipe demonio tenía tan poca luz que había aprendido a cazar en las sombras.

La habitación redonda tenía varios pedestales dispuestos en una curva elegante, cada uno con una almohada negra encima. Y sobre cada almohada había una corona.

Estaban ahí abajo como trofeos, conservadas en la oscuridad. Como él.

Una habitación secreta.

El príncipe se paró en el centro y miró las coronas.

El demonio había tomado control absoluto del cuerpo. Le había permitido hacerlo después de que esa mujer con ojos familiares fracasara en su intento de matarlo.

Estaba esperando a que el demonio saliera de la habitación, pero el príncipe demonio le habló. Era una fría voz sibilante que venía de entre las estrellas y le hablaba a él y sólo a él.

Las coronas de las naciones conquistadas, dijo el príncipe demonio. *Pronto se agregarán más. Quizás las coronas de otros mundos también.*

A él no le importaba.

Debería importarte, tú disfrutarás cuando hagamos pedazos a esos reinos.

Él retrocedió intentando ocultarse en un rincón oscuro donde ni siquiera el príncipe demonio lo pudiera encontrar.

El demonio rio.

Humano sin agallas. No me sorprende que ella haya perdido la cabeza.

Él intentó acallar la voz.

Lo intentó.

Deseó que la mujer lo hubiera matado.

CAPÍTULO 31

Manon llegó furiosa a la enorme carpa de guerra de Perrington y apartó el trozo de lona pesada que funcionaba como puerta con tanta violencia que sus uñas de hierro rasgaron el material.

—¿Por qué le están negando acceso a mis Trece al aquelarre de las Piernas Amarillas? Explícate. Ahora.

Cuando la última palabra salió volando de su boca, se quedó petrificada.

En el centro de la carpa, a media luz, el duque giró hacia ella con el rostro oscuro y, Manon debía admitirlo con cierta emoción, un poco aterrador.

—Vete —le dijo con los ojos encendidos como brasas.

Pero la atención de ella estaba fija en qué o quién estaba parada detrás del duque.

Dio un paso al frente, a pesar de que el duque ya se acercaba a ella.

Envuelta en un vestido negro y delgado, como si estuviera urdido de la noche, Kaltain estiraba su mano pálida hacia un joven soldado arrodillado, tembloroso y con rostro desfigurado por el dolor.

A su alrededor ardía un aura profana de llamas oscuras.

—¿Qué es eso? —preguntó Manon.

—Fuera —ladró el duque e incluso tuvo la osadía de lanzarse contra el brazo de la bruja. Ella le dio un zarpazo con las uñas de hierro y lo esquivó sin siquiera mirarlo. Toda su concentración, cada fracción de su ser, estaba enfocada en la dama de cabello oscuro.

El joven soldado del ejército del propio Perrington sollozaba en silencio, mientras unos tentáculos de ese fuego negro flotaban desde las puntas de los dedos de Kaltain hasta deslizarse sobre su piel sin dejar marca alguna. El humano miró a Manon con los ojos grises llenos de dolor. *Por favor,* dijo sin emitir sonido.

El duque volvió a tratar de atajar a Manon, pero ella pasó rápidamente a su lado.

—Explica esto.

—Tú no das órdenes, Líder de la Flota —respondió agresivo el duque—. Ahora vete.

—¿Qué es eso? —repitió Manon.

El duque se abalanzó hacia ella; entonces, una voz femenina y tersa dijo:

—Fuego de las sombras.

Perrington se quedó congelado, como si le sorprendiera que hablara.

—¿De dónde viene este fuego de las sombras? —exigió saber Manon.

La mujer era muy pequeña, muy delgada. El vestido apenas era más que telarañas y sombras. La noche era fría en el campamento de la montaña, incluso para Manon. ¿Había rechazado la oferta de una capa o simplemente no le importaba? O tal vez con ese fuego... Quizás no necesitaba una capa.

—De mí —respondió Kaltain en una voz que se escuchaba muerta y hueca, pero al mismo tiempo violenta—. Siempre ha estado, dormido. Ahora ha sido despertado. Ha tomado nueva forma.

—¿Qué hace? —preguntó Manon.

El duque se había detenido a observar a la joven, como si intentara resolver algún tipo de problema, como si estuviera esperando que pasara algo más.

Kaltain le sonrió débilmente al soldado que temblaba en la roja alfombra ornamentada. El cabello color castaño claro del joven brillaba bajo la luz tenue de la lámpara que colgaba sobre él.

—Hace esto —susurró ella, y enroscó sus dedos delicados.

El fuego de las sombras salió disparado de su mano y se envolvió alrededor del soldado como una segunda piel.

Él abrió la boca en un grito silencioso, convulsionándose y sacudiéndose, la cabeza inclinada hacia atrás, al techo de la carpa, sollozando en una agonía silenciosa e inaudible.

No le quedaban marcas de quemaduras en la piel. Como si el fuego de las sombras sólo invocara al dolor, como si engañara al cuerpo para que pensara que lo estaban incinerando.

Manon no le quitó los ojos de encima al hombre convulsionándose en la alfombra, de cuyos ojos, nariz y orejas ya empezaba a brotar sangre. En voz baja le preguntó al duque:

—¿Por qué lo torturan? ¿Es un espía rebelde?

En ese momento el duque se acercó a Kaltain. Miró su rostro inexpresivo y hermoso. Sus ojos estaban fijos por completo en el joven, fascinados. Ella volvió a hablar.

—No. Es sólo un simple hombre —dijo sin inflexión, sin señal de empatía.

—Suficiente —dijo el duque. El fuego desapareció de la mano de Kaltain. Jadeando y llorando, el joven se dejó caer en la alfombra. El duque señaló unas cortinas en la parte trasera de la carpa, las cuales sin duda ocultaban un área para dormir.

—Ve a acostarte.

Como una muñeca, como un fantasma, Kaltain se dio la vuelta con un vuelo de su vestido de media noche y se alejó hacia las cortinas rojas y pesadas. Pasó entre ellas como si no fuera más que niebla.

El duque avanzó hacia el joven y se arrodilló frente a él en el piso. El prisionero levantó la cabeza. La sangre y las lágrimas se mezclaban en su rostro. Los ojos del duque se posaron en los de Manon cuando colocó sus manos enormes a cada lado de la cabeza del soldado.

Y le rompió el cuello.

El crujido de la muerte resonó a través de Manon como el tañido de un arpa. Normalmente hubiera reído.

Por un momento, sintió sangre cálida y azul en sus manos. Sintió la empuñadura de su cuchillo, que se grababa con fuerza en su palma mientras lo sostenía y cortaba la garganta de aquella Crochan.

El soldado cayó a la alfombra; el duque se incorporó.

—¿Qué es lo que quieres, Picos Negros?

Al igual que la muerte de la Crochan, esto había sido una advertencia. Mantén la boca cerrada.

Sin embargo ella planeaba escribirle a su abuela. Contarle todo lo que había sucedido: esto, y que nadie había vuelto a saber del aquelarre de las Piernas Amarillas desde que habían ingresado a la cámara bajo la fortaleza. La matrona volaría a este sitio y comenzaría a desgarrar columnas vertebrales.

—Quiero saber por qué nos han impedido el contacto con el aquelarre de las Piernas Amarillas. Ellas están bajo mi jurisdicción y, por tanto, tengo derecho a verlas.

—Tuvimos éxito; eso es todo lo que necesitas saber.

—Vas a decirles inmediatamente a tus guardias que nos den permiso a mí y a mi gente de entrar.

De hecho, le habían bloqueado el paso docenas de guardias; a menos que empezara a matar para abrirse camino, Manon no podía entrar.

—Tú eliges no hacer caso de mis órdenes. ¿Por qué habría yo de hacer caso a las tuyas, Líder de la Flota?

—No tendrás tu maldito ejército para montar esos guivernos si las encierras a todas para tus experimentos de reproducción.

Eran guerreras, brujas Dientes de Hierro. No esclavas para reproducirlas. No debía experimentarse con ellas. Su abuela lo asesinaría.

El duque se limitó a encogerse de hombros.

—Te dije que quería Picos Negros. Tú te negaste a dármelas.

—¿Esto es un castigo? —las palabras le salieron de golpe.

Las Piernas Amarillas seguían siendo Dientes de Hierro de todas maneras. Seguían estando bajo su mando.

—Oh, no. Para nada. Pero si vuelves a desobedecer mis órdenes, la próxima ocasión tal vez sí lo sea —ladeó la cabeza y la luz hizo brillar sus ojos oscuros—. Hay príncipes entre los Valg, ¿saves? Poderosos, inteligentes, capaces de dejar a la gente embarrada en una pared. Han estado muy deseosos de probarse contra las de tu especie. Quizás visiten tus barracas. A ver quién sobrevive a la noche. Sería una buena manera de eliminar a las brujas menos talentosas. No tengo ningún uso para soldados débiles en mis ejércitos, aunque eso reduzca tus filas.

Por un momento, escuchó al silencio rugir en su cabeza. Una amenaza.

Una amenaza de este humano, de este hombre que no había vivido más que una fracción de la vida de ella, esta *bestia* mortal...

Cuidado, dijo una voz en su cabeza. *Procede con astucia.*

Así que Manon se permitió asentir ligeramente para reconocer lo que se le dijo y preguntó:

—¿Y qué hay de tus otras... actividades? ¿Qué sucede debajo de las montañas que rodean el valle?

El duque la estudió. Ella le sostuvo la mirada, sostuvo cada gota de la negrura que contenía. Y descubrió algo que se deslizaba dentro que no tenía lugar en este mundo. Al final él dijo:

—Tú no deseas saber qué se está criando y forjando bajo esas montañas, Picos Negros. No te molestes en enviar a tus exploradoras. No volverían a ver la luz del día. Considérate advertida.

El gusano humano claramente desconocía las habilidades de sus Sombras, pero ella no lo iba a sacar de su error porque podría usar eso en su favor algún día. Sin embargo, lo que sucediera dentro de esas montañas no era asunto suyo, no ahora cuando debía lidiar con las Piernas Amarillas y el resto de la legión. Manon movió la barbilla en dirección al soldado muerto.

—¿Para qué piensan usar este fuego de las sombras? ¿Tortura?

Se encendió otro chispazo de ira por la nueva pregunta. El duque contestó cortante:

—No lo he decidido aún. Por el momento, experimentará así. Tal vez después aprenderá a incendiar los ejércitos de nuestros enemigos.

Una flama que no dejaba quemaduras desatada sobre miles. Sería glorioso, aunque grotesco.

—¿Y se están reuniendo ejércitos de enemigos? ¿Usarás el fuego de las sombras con ellos?

El duque volvió a ladear la cabeza y la luz tenue de la lámpara hizo contrastar intensamente las cicatrices de su rostro.

—Entonces, tu abuela no te lo dijo.

—¿Qué cosa? —preguntó Manon irritada.

El duque avanzó hacia la parte de la habitación separada por una cortina.

—Sobre las armas que ha estado haciendo para mí…, para ti.

—¿Qué armas?

No se molestó perdiendo el tiempo con silencios tácticos.

Se limitó a sonreírle y desapareció tras la cortina. Manon alcanzó a ver que Kaltain estaba recostada en una cama cubierta de pieles con los brazos delgados y pálidos a los lados, los ojos abiertos pero sin ver nada. Un cascarón. Un arma.

Dos armas, Kaltain y lo que estaba haciendo su abuela.

Por eso la matrona se había quedado en los Colmillos con las otras Brujas Mayores.

Si las tres estaban combinando sus conocimientos, su sabiduría y su crueldad para desarrollar un arma y usarla contra los ejércitos mortales…

Manon sintió un escalofrío recorrerle la columna y volvió a mirar al humano destrozado sobre la alfombra

Esta nueva arma, lo que podrían inventar las tres Brujas Mayores…

Los humanos no tendrían oportunidad.

—Quiero que todas corran la voz con los otros aquelarres. Quiero centinelas vigilando constantemente las entradas de las barracas. Rotaciones de guardias de tres horas, no más… No necesitamos que ninguna se quede dormida y el enemigo logre entrar. Ya envié una carta a la matrona.

Elide despertó en la torre con un sobresalto, abrigada, descansada y sin atreverse a respirar. Seguía estando oscuro: ya no había luz de luna y el amanecer aún estaba lejano. En la negrura, alcanzaba a distinguir el brillo de cabello blanco como la nieve y algunos destellos de dientes y uñas de hierro. Oh, dioses.

Había planeado dormir sólo una hora. Debió dormir al menos cuatro. Abraxos no se movió detrás de ella y la siguió protegiendo con su ala.

Desde su encuentro con Asterin y Manon, cada hora, despierta o dormida, había sido una pesadilla para Elide. Aunque ya habían pasado días, seguía aguantando la respiración en momentos extraños, cuando la sombra del miedo le apretaba el cuello. Las brujas no le habían hecho caso a pesar de inclinarse por su sangre azul. Vernon tampoco.

Pero esa noche... Iba cojeando de vuelta a su habitación por las escaleras oscuras y silenciosas, demasiado silenciosas a pesar del sonido de sus cadenas en el piso. Junto a su puerta había un espacio de silencio absoluto, como si hasta los ácaros del polvo hubieran aguantado la respiración. Había alguien en ella. Alguien la esperaba.

Continuó caminando hasta la torre iluminada bajo la luz de la luna, el sitio donde su tío no se atrevería a ir. Los guivernos de las Trece estaban acurrucados en el piso como gatos o posados en sus vigas sobre el precipicio. A su izquierda, Abraxos estaba en su lugar, recostado sobre el estómago; la miró sin parpadear, con esos ojos grandes y profundos. Cuando se acercó lo suficiente para oler la carroña en su aliento, dijo:

—Necesito un lugar para dormir. Sólo esta noche.

Él agitó la cola ligeramente y las púas de hierro sonaron contra las rocas. Movía la cola. Como perro, adormilado pero contento de verla. No gruñó ni mostró los dientes de hierro como si quisiera comérsela de dos bocados. Ella preferiría que se la comieran a enfrentar lo que la estaba esperando en su habitación.

Elide se recargó en la pared, metió las manos bajo las axilas, pegó las rodillas al pecho. Empezaron a castañetearle los dientes y se enroscó más. Hacía tanto frío en ese lugar que podía ver la condensación de su aliento frente a ella.

La paja crujió y Abraxos se acercó un poco.

Ella se tensó, tal vez hubiera saltado para ponerse de pie y salir corriendo, pero el guiverno extendió un ala en su dirección, invitándola a que se sentara a su lado.

—Por favor, no me comas —susurró.

Él resopló como diciendo *No serías ni siquiera un bocado.*

Temblando, Elide se puso de pie. Lo veía más grande con cada paso. Pero esa ala seguía extendida como si ella fuera el animal que necesitara ser tranquilizado.

Llegó a su lado. Apenas pudo respirar cuando extendió una mano y le acarició la piel curvada y llena de escamas. Era sorprendentemente suave, como cuero desgastado. Y caliente, igual a un horno. Con cuidado, consciente de que él ladeaba la cabeza para observar todos sus movimientos, se recargó en él y su espalda se calentó instantáneamente.

El ala regresó a su posición con cuidado y se dobló convirtiéndose en un muro de membrana cálida entre ella y el viento helado. Se recargó más en la suavidad y calidez deliciosa del guiverno y dejó que le calentara hasta los huesos.

Ni siquiera se dio cuenta de que se había quedado dormida. Y ahora... *ellas* habían llegado ahí.

El olor de Abraxos seguramente ocultaba su aroma humano. De otra manera, la Líder de la Flota ya la hubiera encontrado. El guiverno estaba muy quieto; pensó que tal vez lo estaba haciendo a propósito para que no la descubrieran.

Las voces se movieron hacia el centro de la torre y Elide calculó la distancia entre Abraxos y la puerta. Tal vez podría escaparse antes de que se dieran cuenta...

—Que no se sepa, que se mantenga en secreto. Si alguien revela nuestras defensas, morirá por mi mano.

—Como tú digas —dijo Sorrel.

—¿Les diremos a las Piernas Amarillas y a las Sangre Azul? —preguntó Asterin.

—No —respondió Manon con una voz que evocaba la muerte y el derramamiento de sangre—. Sólo Picos Negros.

—¿Aunque otro aquelarre termine ofreciéndose como voluntario para la siguiente ronda? —interrogó de nuevo Asterin.

El gruñido de Manon hizo que a Elide se le erizara el pelo de la nuca.

—No podemos tirar tanto de la correa.

—Las correas se pueden romper —contradijo Asterin.

—También tu cuello —replicó Manon.

Ahora, ahora mientras estaban peleando. Abraxos seguía sin moverse, como si no se atreviera a llamar la atención mientras Elide se preparaba para escapar. Pero las cadenas... Se volvió a sentar con cuidado, lentamente. Levantó el pie un poco del piso y sostuvo la cadena para que no se arrastrara. Con un pie y una mano empezó a impulsarse por las piedras del piso, deslizándose hacia la puerta.

—Este fuego de sombras —dijo Sorrel como si tratara de despejar la tormenta que se cernía entre la Líder de la Flota y su prima—. ¿Lo usará contra nosotras?

—Parece pensar que se podría usar contra ejércitos enteros. No confío en que no nos amenace con él.

Más cerca y más cerca, Elide iba avanzando hacia la puerta abierta.

Ya casi había llegado cuando Manon canturreó:

—Su tuvieras algo de agallas, Elide, te habrías quedado junto a Abraxos hasta que nos fuéramos.

CAPÍTULO 32

Manon vio a Elide dormida, recargada en Abraxos, en el instante en que entraron a la torre; supo de su presencia momentos antes de entrar, cuando la detectó por su olor en las escaleras. Si Asterin y Sorrel se dieron cuenta no dijeron nada.

La chica de la servidumbre estaba sentada en el piso, casi en la puerta, con un pie en el aire para evitar que las cadenas se arrastraran. Era lista, aunque había sido demasiado estúpida para darse cuenta de lo bien que ellas veían en la oscuridad.

—Había alguien en mi habitación —dijo Elide y bajó el pie para pararse.

Asterin se quedó rígida.

—¿Quién?

—No lo sé —respondió Elide, y se mantuvo cerca de la puerta aunque eso no le sirviera de nada—. No me pareció sensato entrar.

Abraxos se tensó y movió la cola por las rocas. La inútil bestia estaba preocupada por la chica. Manon lo miró con los ojos entrecerrados.

—¿No se supone que tu especie se come a las jóvenes?

Él la miró con disgusto.

Elide permaneció en su sitio mientras la bruja se acercaba acechante. Y Manon, un poco en contra de su voluntad, se sintió impresionada. Vio a la chica, la vio en verdad.

Era una muchacha que no tenía miedo de dormir junto a un guiverno, con el suficiente sentido común para distinguir cuándo se aproximaba el peligro... Tal vez esa sangre sí era azul.

—Hay una cámara debajo de este castillo —dijo Manon, y Asterin y Sorrel ocuparon sus posiciones detrás de ella—. Dentro de esa cámara hay un aquelarre de Piernas Amarillas que el duque se llevó para... engendrar crías de demonio. Quiero que entres a esa cámara. Quiero que me digas qué está pasando ahí.

La humana se quedó pálida como la muerte.

—No puedo.

—Sí puedes y lo harás —dijo Manon—. Ahora eres mía.

Sintió la atención Asterin, su desaprobación y su sorpresa. Manon continuó:

—Encontrarás cómo meterte a esa cámara, me contarás los detalles, te mantendrás callada acerca de lo que averigües y entonces vivirás. Si me traicionas, si se lo dices a alguien... entonces brindaremos por ti en la ceremonia de tu boda con un apuesto esposo del Valg, supongo.

A la chica le temblaban las manos. Manon se las golpeó para que las mantuviera a los costados.

—No toleramos cobardes entre las Picos Negros —siseó—. ¿O creías que tu protección era gratis? —preguntó señalando a la puerta—. Te quedarás en mi recámara si la tuya no es segura. Ve a esperar al fondo de las escaleras.

Elide miró detrás de Manon a su Segunda y su Tercera, como si estuviera considerando rogarles que la ayudaran. Pero Manon sabía que sus rostros estaban inmóviles e inflexibles. El terror de Elide era un aroma punzante en la nariz de Manon cuando la chica se alejó cojeando. Le tomó demasiado tiempo llegar hasta la base de las escaleras, porque esa pierna lastimada la volvía tan lenta como una arpía anciana. Cuando llegó hasta abajo, Manon volteó a ver a Sorrel y a Asterin.

—Podría ir a informarle al duque —dijo Sorrel. Como Segunda, tenía el derecho a hacer ese comentario, a considerar todas las amenazas a su heredera.

—No es tan despiadada.

Asterin chasqueó la lengua.

—Por eso hablaste: sabías que estaba aquí.

No se molestó en asentir.

—¿Y si la capturan? —preguntó Asterin. Sorrel la miró sobresaltada. Manon no estaba de humor para castigar. Le correspondería a Sorrel establecer el dominio entre ellas dos ahora.

—Si la capturan encontraremos otra manera.

—¿Y no tienes ningún problema con que la maten? ¿O con que usen ese fuego de las sombras con ella?

—Basta, Asterin —dijo Sorrel.

No hizo caso.

—Tú deberías estar haciendo esas preguntas, Segunda.

Sorrel sacó los dientes de hierro.

—Tus preguntas son lo que te convirtió en Tercera.

—Basta —dijo Manon—. Elide es la única que puede entrar a esa cámara para informarnos. El duque dio órdenes a sus secuaces de no permitir que ninguna bruja se acercara. Ni siquiera las Sombras pueden acercarse. Pero una chica de la servidumbre, alguien que vaya a limpiar...

—Eras tú quien estaba en su habitación —dijo Asterin.

—Una dosis de miedo es muy útil con los humanos.

—¿Pero es humana? —preguntó Sorrel—. ¿O la contamos entre las nuestras?

—Da igual si es humana o bruja. Enviaré a quien esté más calificado para entrar a esas cámaras y en este momento sólo Elide puede conseguir el acceso.

Astucia, eso era lo que necesitarían para evadir al duque con sus planes y sus armas. Podría estar trabajando para el rey, pero no toleraría que la dejaran en la ignorancia.

—Necesito saber qué es lo que está pasando en esas cámaras —dijo Manon—. Si perdemos una vida en el proceso, pues que así sea.

—¿Y entonces qué? —preguntó Asterin a pesar de la advertencia de Sorrel—. Cuando lo sepamos, ¿entonces qué?

Manon no lo había decidido. Nuevamente, esa sangre fantasma cubrió sus manos.

Seguir órdenes o ella y las Trece serían ejecutadas. Por su abuela o por el duque. Cuando su abuela leyera la carta, tal vez las cosas serían distintas. Hasta ese momento...

—Entonces continuaremos como se nos ha ordenado —dijo Manon—. Pero no seré parte de esto con los ojos vendados.

Espía.

Una espía para la Líder de la Flota.

Elide supuso que no era tan distinto a ser espía para ella misma, por su propia libertad.

Sin embargo, averiguar sobre la llegada de los carros de provisiones e intentar entrar a la cámara al mismo tiempo que cumplir con sus labores... Tal vez tendría suerte. Tal vez podría hacer ambas cosas.

Manon pidió que subieran una paca de paja a su habitación y la puso cerca del fuego, dijo, para calentar los huesos mortales de Elide. Ella casi no durmió esa primera noche en la torre de las brujas. Se puso de pie para usar el baño, convencida de que la bruja ya se había dormido; apenas había dado dos pasos cuando Manon preguntó:

—¿Vas a alguna parte?

Dioses, su voz. Como una serpiente escondida en un árbol.

Tartamudeó una explicación sobre usar el baño.

Manon no respondió, así que Elide salió rápidamente. Regresó y la encontró dormida o, al menos, con los ojos cerrados.

La bruja dormía desnuda. Incluso con el frío. Su cabello blanco le caía por la espalda y no había ninguna parte de ella que no pareciera músculo magro o que no estuviera marcada con cicatrices apenas visibles. No había parte que no le recordara lo que le haría si fracasaba.

Tres días después, Elide hizo su jugada. El agotamiento que la había estado afectando constantemente desapareció cuando tomó un montón de ropa de cama que sacó de la lavandería y se asomó por el pasillo.

Había cuatro guardias en la puerta que daba a la escalera.

Le había costado tres días de ayudar en la lavandería, tres días de hacer plática con las lavanderas, para averiguar si se necesitaba ropa de cama en algún momento al fondo de esas escaleras.

Nadie quiso hablar con ella los primeros dos días. Sólo la miraban y le decían dónde llevar las cosas o cuándo chamuscarse las manos o cuáles prendas tallar hasta que le doliera la espalda. Pero el día anterior había visto las ropas desgarradas y empapadas en sangre.

Sangre azul, no roja.

Sangre de bruja.

Elide mantuvo la vista baja y siguió remendando las camisas de los soldados que le habían dado cuando demostró tener talento con una aguja. Observó qué lavanderas habían interceptado la ropa. Continuó trabajando durante las horas que se necesitaron para limpiarlas, secarlas y plancharlas. Se quedó más tiempo que la mayoría. Esperando.

Ella no era nadie ni nada y no le pertenecía a nadie, pero si les permitía a Manon y a las Picos Negros pensar que aceptaba ser una de ellas, todavía cabía la posibilidad de que escapara hacia su libertad al llegar los carros. Las Picos Negros no se preocupaban por ella, no en realidad. Su ascendencia les resultó conveniente. Dudó que se dieran cuenta cuando desapareciera. Había sido un fantasma durante años, de cualquier manera, con el corazón lleno de muertos olvidados.

Así que trabajó y esperó.

A pesar de que le dolía la espalda, de las manos tan adoloridas que le temblaban, observó a la lavandera llevarse la ropa planchada de la habitación y desaparecer.

Elide memorizó cada detalle de su rostro, de su complexión y su altura. Nadie notó cuando salió detrás de ella con los brazos cargados de ropa de cama para la Líder de la Flota. Nadie la detuvo al seguir a la lavandera pasillo tras pasillo hasta que llegó a ese lugar.

Elide miró nuevamente hacia el corredor justo cuando la lavandera subía de regreso por las escaleras, con los brazos vacíos, la cara descompuesta y pálida.

Los guardias no la detuvieron. Bien.

La lavandera dio vuelta en otro pasillo y Elide dejó escapar la exhalación que había estado conteniendo.

Giró en dirección a la torre de Manon. Una y otra vez pensó en silencio su plan.

Si la capturaban...

Tal vez debería lanzarse desde algún balcón en vez de enfrentar alguna de las docenas de muertes horribles que le aguardaban.

No, no... Resistiría. Sobrevivió a pesar de que muchos, casi todos sus seres amados, no lo habían logrado. A pesar de que su reino no había sobrevivido. Así que lo haría por ellos; y cuando se fuera lejos, construiría una nueva vida en su honor.

Elide cojeó por las escaleras. Dioses, odiaba las escaleras.

Estaba a medio camino cuando escuchó una voz de hombre que la hizo detenerse en seco.

—El duque dice que hablas... ¿Por qué a mí no me dices ni una palabra?

Vernon.

Un silencio respondió a la pregunta de su tío.

Bajar las escaleras, debería volver a bajar las escaleras.

—Tan hermosa —murmuró su tío a quien estaba con él—. Como una noche sin luna.

A Elide se le secó la boca al escuchar el tono de voz de Vernon, quien siguió hablando.

—Tal vez sea causa del destino que nos hallamos encontrado aquí. Él te vigila tanto —hizo una pausa—. Juntos —dijo con voz baja, reverente—, juntos crearemos maravillas que pondrán a temblar al mundo.

Eran palabras muy oscuras e íntimas, llenas de tanta... posesividad. Ella no quería saber a qué se referiría.

Elide dio un paso tan silencioso como pudo para bajar las escaleras. Tenía que alejarse.

—Kaltain —rugió su tío, y la palabra era una exigencia y una amenaza y una promesa.

La joven silenciosa, la que nunca hablaba, la que nunca veía nada, la que tenía esas marcas en el cuerpo. Elide la había visto sólo unas cuantas veces. Había observado lo poco que respondía, que no oponía resistencia.

Entonces empezó a subir las escaleras.

Más y más arriba, asegurándose de que sus cadenas hicieran el mayor ruido posible. Su tío se quedó callado.

Ella dio la vuelta en el siguiente descanso, ahí estaban.

Kaltain se encontraba pegada contra la pared. Tenía el cuello de ese vestido demasiado delgado y jalando hacia un costado, de modo que su seno estaba casi expuesto. Su rostro se veía tan vacío, como si ni siquiera estuviera ahí. Vernon estaba a unos pasos de distancia. Elide apretó su ropa de cama con tanta fuerza que pensó que la podría desgarrar. Deseó, por una vez, tener esas uñas de hierro.

—Lady Kaltain —le dijo a la joven que apenas era unos años mayor que ella.

No anticipaba su propia rabia. No esperaba continuar diciendo lo que dijo:

—Me enviaron por usted, lady. Por aquí, por favor.

—¿Quién dio esa orden? —exigió saber Vernon.

Elide lo miró a los ojos. No agachó la cabeza ni un centímetro.

—La Líder de la Flota.

—La Líder de la Flota no está autorizada para reunirse con ella.

—¿Y tú sí? —preguntó Elide colocándose entre ellos, aunque no serviría de nada si su tío decidiera usar la fuerza.

Vernon sonrió.

—Me preguntaba cuándo sacarías los colmillos, Elide. ¿O debería decir los dientes de hierro?

Él sabía, entonces.

Se quedó mirándolo y puso suavemente una mano sobre el brazo de Kaltain. Estaba fría como el hielo.

Ni siquiera volteó a ver a Elide.

—Si fuera tan amable, lady —dijo tirando de ese brazo y sosteniendo la ropa lavada con la otra mano. Kaltain empezó a caminar en silencio.

Vernon rio.

—Ustedes dos podrían ser hermanas —dijo con indiferencia.

—Fascinante —repuso Elide y guio a la joven por las escaleras; el esfuerzo por mantener el equilibrio hacía que la pierna le punzara de dolor.

—Hasta la próxima —dijo su tío a la distancia; ella no quiso pensar en qué había querido decir.

En silencio, el corazón latiéndole con tanta violencia que pensó que tal vez vomitaría, Elide llevó a Kaltain hasta el siguiente descanso; la soltó el tiempo necesario para abrir una puerta y conducirla al pasillo.

La joven se detuvo, viendo a la roca sin mirar nada.

—¿Dónde necesita ir? —le preguntó Elide suavemente.

Sólo permaneció con la mirada fija. Bajo la luz de las antorchas, la cicatriz de su brazo se veía espantosa. ¿Quién le había hecho eso?

Elide le puso nuevamente una mano en el codo.

—¿Dónde la puedo llevar para que esté a salvo?

A ninguna parte, no había ninguna parte segura.

Pero lentamente, como si le tomara toda una vida recordar cómo hacerlo, la joven deslizó la mirada hacia Elide.

Oscuridad y muerte y fuego negro; desesperanza y rabia y vacío.

Y sin embargo, una chispa de conciencia.

Kaltain simplemente se alejó caminando mientras su vestido iba haciendo un ruido sibilante sobre las rocas. Tenía moretones que parecían huellas digitales alrededor del otro brazo. Como si alguien la hubiera detenido con demasiada fuerza.

Este sitio. Estas personas...

Elide intentó resistir la náusea y miró a la mujer hasta que desapareció en una esquina.

Manon estaba sentada frente a su escritorio, mirando lo que parecía ser una carta, cuando Elide entró a la torre.

—¿Ya pudiste entrar a la cámara? —preguntó la bruja sin molestarse en voltear a verla.

Elide tragó saliva.

—Necesito un poco de veneno.

CAPÍTULO 33

De pie, en un espacio amplio entre las cajas apiladas, Aedion parpadeó frente al sol de la mañana que se filtraba por las altas ventanas de la bodega. Ya estaba sudando y necesitaba urgentemente un poco de agua, porque el calor del día volvía sofocante a la bodega.

No se quejó. Había exigido que le permitieran ayudar y Aelin se había negado.

Insistió en que estaba en condiciones de pelear y ella simplemente le dijo:

—Demuéstralo.

Así que ahí estaban. Él y el príncipe hada habían realizado durante treinta minutos una rutina de ejercicio con palos en vez de espadas y estaba costándole muchísimo trabajo. La herida en su costado estaba a un movimiento brusco de volverse a abrir, pero continuó resistiendo...

El dolor era bienvenido comparado con los pensamientos que lo habían mantenido despierto toda la noche. Que Rhoe y Evalin nunca le dijeron que su madre murió para ocultar la información sobre quién era su padre, que era mitad hada y que tal vez no sabría hasta dentro de otros diez años cómo sería su proceso de envejecimiento. Si viviría más que su reina.

Y su padre: Gavriel. Ése era otro camino a explorar. Después. Podría resultar útil si Maeve cumplía sus amenazas, ahora que uno de los compañeros legendarios de su padre estaba cazando a Aelin en esta ciudad.

Lorcan.

Mierda. Las historias que había escuchado sobre él estaban repletas de gloria y de sangre..., principalmente la segunda. Un macho que no cometía errores, implacable con quienes los cometían.

Lidiar con el rey de Adarlan ya era suficiente, pero tener enemigos inmortales persiguiéndolos... Mierda. Y si en algún momento Maeve consideraba necesario mandar a Gavriel... Encontraría la manera de soportarlo, como a todo lo demás en su vida.

Aedion estaba terminando una maniobra con palo que el príncipe ya le había enseñado dos veces cuando Aelin detuvo su propia rutina.

—Creo que es suficiente por hoy —dijo, aunque no se veía para nada cansada.

Aedion se tensó al percibir que estaba deteniendo el entrenamiento por él. Llevaba toda la mañana esperando eso. Durante los últimos diez años aprendió todo lo que pudo de los mortales. Si llegaban guerreros a su territorio, se valía de sus muchos encantos para convencerlos de que le enseñaran lo que sabían. Y cada vez que salía de sus tierras se dedicaba a obtener tanta información como fuera posible de los habitantes locales sobre la lucha y sobre cómo matar. Así que pelear contra un guerrero hada purasangre, directo de Doranelle, era una oportunidad que no podía desperdiciar. No permitiría que su prima lo arruinara por tenerle lástima.

—Escuché cierta historia —le dijo Aedion a Rowan con voz lenta—, de un líder guerrero que mataste con una mesa.

—Por favor —dijo Aelin—. ¿Quién demonios te dijo eso?

—Quinn, el capitán de la guardia de tu tío. Era admirador del príncipe Rowan. Sabía todas sus historias.

Aelin miró a Rowan, quien sonrió con sorna y recargó su palo en el piso.

—No es cierto —dijo ella—. Qué, ¿lo aplastaste como a una uva hasta que murió?

Rowan se atragantó.

—No, no lo aplasté como a una uva —dijo y esbozó una sonrisa salvaje a su reina—. Le arranqué la pata a la mesa y lo atravesé con ella.

—Directo en el pecho y clavado en la pared de piedra —dijo Aedion.

—Bueno —resopló Aelin—, te concedo puntos por tu inventiva, al menos.

Aedion hizo movimientos de rotación del cuello.

—Empecemos de nuevo.

Aelin miró a Rowan de una manera que decía básicamente: *No mates a mi primo, por favor. Di que ya terminamos.*

Aedion apretó el palo con más fuerza.

—Estoy bien.

—Hace una semana —dijo Aelin—, tenías un pie en el más allá. Tu herida sigue curándose. Ya terminamos hoy y no vas a salir.

—Yo conozco mis límites y digo que estoy bien.

La sonrisa perezosa de Rowan era la definición de mortífero. Una invitación a bailar.

La parte primitiva de Aedion decidió que no quería huir del depredador en los ojos de Rowan. No, lo que quería era mantenerse firme en su posición y rugir en respuesta.

Aelin protestó, pero mantuvo su distancia. Le había dicho: *Demuéstralo.* Bueno, pues eso haría.

Aedion atacó sin advertencia, fintando a la derecha y arremetiendo desde abajo. Había matado hombres con ese movimiento, los había cortado a la mitad. Pero Rowan lo esquivó con eficiencia brutal. Evadió el ataque y se posicionó a la ofensiva; eso fue todo lo que Aedion logró ver antes de levantar su palo por puro instinto. Resistir la fuerza del golpe de Rowan hizo que su costado aullara de dolor, pero se mantuvo concentrado aunque su rival casi le tiró el palo de las manos.

Logró conectar el siguiente golpe. Sin embargo, al ver que los labios de Rowan dibujaban una sonrisa, tuvo la sensación de que el príncipe estaba jugando con él.

No por diversión, no, sino para demostrar algo. Una niebla roja le nubló la vista.

Rowan intentó golpearlo en las piernas para tirarlo; Aedion dio un pisotón con la fuerza suficiente para romper en dos el palo de su oponente. Al quebrarlo, giró y se abalanzó con el suyo hacia la cara de Rowan. El guerrero hada tomó un pedazo de su palo en cada mano, esquivó, tiró bajo y...

Aedion no vio el segundo golpe, dirigido a sus piernas. Terminó parpadeando y mirando las vigas de madera del techo, jadeando para recuperar el aire con el dolor de la herida recorriéndole todo el costado.

Rowan lo miró en el piso y le gruñó; tenía uno de los pedazos del palo en posición de cortarle el cuello; el otro presionado contra su abdomen, listo para sacarle las tripas.

Santo infierno ardiente.

Aedion sabía que sería rápido, y fuerte, pero esto... Tener a Rowan luchando del lado del Flagelo bien podría decidir batallas en cualquier tipo de guerra.

Dioses, el costado le dolía tanto que pensó quizás estar sangrando.

El príncipe hada habló tan bajo que ni siquiera Aelin alcanzó a escuchar.

—Tu reina te ordenó que te detuvieras, por tu propio bien. Ella te necesita sano y le duele verte herido. No ignores sus órdenes la próxima vez.

Aedion tuvo la inteligencia de no responder a eso, ni de moverse cuando el príncipe enterró las puntas de sus palos con un poco más de fuerza.

—Y —agregó Rowan— si alguna vez le vuelves a hablar como lo hiciste anoche, te arrancaré la lengua y te obligaré a tragarla, ¿entendiste?

Con un palo en el cuello, Aedion no podía asentir sin enterrarse la punta filosa. Respiró y dijo:

—Entendido, príncipe.

Volvió a abrir la boca mientras Rowan retrocedió. Estaba a punto de decir algo de lo cual seguramente se arrepentiría, cuando se escuchó un saludo alegre.

Todos giraron con las armas en alto; Lysandra cerró la puerta corrediza después de entrar. Traía los brazos llenos de cajas y bolsas. Fue una manera inusitada de llegar sin que nadie se diera cuenta.

Lysandra dio dos pasos, con ese rostro serio y despampanante, y se quedó inmóvil al ver a Rowan.

Luego Aelin entró en acción. Le quitó algunas bolsas de los brazos y la llevó al departamento en el nivel superior.

Aedion se levantó del piso.

—¿Ella es Lysandra? —preguntó Rowan.

—Es bella, ¿no?

Rowan resopló.

—¿Por qué está aquí? —preguntó.

Aedion se tocó la herida con cuidado para confirmar si seguía intacta.

—Probablemente traiga información sobre Arobynn.

A quien Aedion pronto empezaría a cazar cuando su maldita herida estuviera al fin bien, independientemente de que Aelin pensara que estaba o no en condiciones. Luego cortaría al rey de los asesinos en pequeños pedacitos a lo largo de muchos muchos días.

—¿Pero no quiere que tú te enteres? —preguntó Rowan.

—Creo que a ella le parece aburrido todo el mundo, menos Aelin. La mayor decepción de mi vida —respondió Aedion.

Era mentira, ni siquiera supo por qué la dijo.

Rowan sonrió un poco.

—Me alegra que haya encontrado una amiga.

Aedion se maravilló por un instante de la suave expresión del guerrero. Hasta que volteó a verlo con la mirada nuevamente llena de hielo.

—La corte de Aelin será nueva, distinta a todas las demás en el mundo, donde se volverán a honrar las Antiguas Costumbres. Vas a tener que aprenderlas. Y yo te voy a enseñar.

—Conozco las Antiguas Costumbres.

—Vas a aprenderlas otra vez.

Aedion echó los hombros hacia atrás y se enderezó hasta alcanzar su altura completa.

—Soy el general del Flagelo, y un príncipe, tanto de la casa Ashryver como de la Galathynius. No soy un soldado de a pie sin ningún entrenamiento.

Rowan asintió con severidad indicando que estaba de acuerdo y Aedion supuso que debía sentirse halagado. Hasta que Rowan dijo:

—Mi equipo, como le gusta decirle a Aelin, era una unidad letal porque permanecíamos juntos y obedecíamos el mismo código. Maeve quizás sea una sádica, pero se aseguró de que todos lo entendiéramos y lo acatáramos. Aelin nunca nos obligará a nada; nuestro código será diferente, mejor que el de Maeve. Tú y yo vamos a ser la columna vertebral de esta corte. Le daremos forma y decidiremos nuestro propio código.

—¿Qué? ¿Obediencia y lealtad ciega?

No tenía humor para que lo sermonearan. Ni siquiera porque Rowan tenía razón y cada una de las palabras que pronunció era algo que Aedion llevaba una década soñando con escuchar. Debería haber sido él quien iniciara esa conversación. Dioses, había tenido la misma charla con Ren unas semanas antes.

Los ojos de Rowan brillaron.

—Proteger y servir.

—¿A Aelin?

Eso lo podía hacer, ya había planeado hacerlo.

—A Aelin. Y entre nosotros. Y a Terrasen.

No había lugar para discusión, ningún dejo de duda.

Una pequeña parte de Aedion entendió por qué su prima le había ofrecido el juramento de sangre al príncipe.

—¿Quién es ése? —preguntó Lysandra con excesiva inocencia cuando Aelin la llevó escaleras arriba.

—Rowan —dijo Aelin, pateando la puerta del departamento para abrirla.

—Tiene un físico espectacular —dijo Lysandra—. Nunca he estado con un macho hada. Ni con una mujer, de hecho.

Aelin sacudió la cabeza intentando borrar esa imagen de su mente.

—Él es...

Tragó saliva. Lysandra estaba sonriendo de oreja a oreja. Aelin le siseó y colocó las bolsas en el piso de la sala antes de cerrar la puerta.

—Deja de hacer eso —le dijo a su amiga.

—Mmm —se limitó a decir Lysandra. Dejó sus cajas y bolsas junto a las de Aelin—. Bueno, tengo dos asuntos. Uno, Nesryn me envió una nota esta mañana para decirme que tenías un invitado nuevo y muy musculoso quedándose en tu casa, que trajera algo de ropa. Así que la traje. Pero ahora que vi a nuestro invitado creo que Nesryn no le hizo justicia, la ropa tal vez le quede ajustada; y no es que eso sea motivo de queja para nada, puede usarla hasta que consiga más.

—Gracias —dijo ella. Lysandra hizo un ademán con la mano. Ya le podría dar las gracias a Faliq después.

—La otra cosa que traje es una noticia. Arobynn recibió anoche el informe de que fueron vistos dos carros de prisioneros dirigiéndose hacia el sur, a Morath, llenos de toda esa gente desaparecida.

Se preguntó si Chaol estaba al tanto y si había intentado detenerlo.

—¿Sabía él que están buscando a quienes tenían magia?

Lysandra asintió.

—Ha estado rastreando quiénes desaparecen y quiénes son enviados al sur en los carros de prisioneros. Está investigando las historias familiares de todos sus clientes, sin importar cómo intentaron ocultar su pasado después de que se prohibió la magia, para ver si puede usar eso en su provecho. Es algo que tal vez debas considerar al lidiar con él..., dados tus talentos.

Aelin se mordió el labio.

—Gracias también por decirme eso.

Fantástico. Arobynn, Lorcan, el rey, los Valg, la llave, Dorian... Le empezaba a sonar tentador meterse a la boca hasta la última brizna de comida de la cocina.

—Sólo prepárate —dijo Lysandra, consultando su pequeño reloj de bolsillo—. Debo irme. Tengo una cita para almorzar.

Con razón Evangeline no estaba con ella.

Casi había llegado a la puerta cuando Aelin preguntó:

—¿Cuánto falta para que estés libre de tus deudas?

—Todavía tengo bastante por pagar, así que un rato —dijo Lysandra y avanzó unos cuantos pasos más. Luego se detuvo y agregó—: Clarisse sigue agregando dinero conforme Evangeline va creciendo, alegando que alguien así de hermoso la hubiera hecho ganar el doble o el triple de lo que me dijo originalmente.

—Eso es despreciable.

—¿Qué puedo hacer? —dijo Lysandra levantando la muñeca para mostrar el lugar donde tenía el tatuaje—. Me cazará hasta el día en que muera y no puedo escapar con Evangeline.

—Podría cavar una tumba para Clarisse que nadie encontraría —dijo Aelin. En serio.

Lysandra también supo que era en serio.

—Todavía no. No en este momento.

—Cuando tú me digas, considéralo hecho.

La sonrisa de Lysandra destilaba una belleza salvaje y oscura.

De pie, frente a una caja en la bodega cavernosa, Chaol estudió el mapa que Aelin le acababa de entregar. Se concentró en los espacios en blanco intentando no quedarse mirando al príncipe guerrero que estaba de guardia junto a la puerta.

Eso era difícil de hacer: la presencia de Rowan de cierta forma consumía todo el aire del lugar.

Luego estaba el asunto de las orejas delicadamente puntiagudas que sobresalían de su cabello plateado y corto. Hada..., nunca había visto uno, además de Aelin en esos momentos breves y aterrorizantes. Y Rowan... Muy convenientemente, en todas las historias que contó, Aelin había olvidado mencionar que el príncipe era tan apuesto.

Un príncipe hada apuesto, con quien había pasado meses viviendo y entrenando, mientras la vida de Chaol se derrumbaba, mientras la gente moría debido a los actos de ella...

Rowan estaba observando a Chaol como si lo considerara su cena. Dependiendo de cuál fuera su forma hada, eso tal vez no estuviera tan distante de la realidad.

Todos sus instintos le gritaban que huyera, a pesar de que Rowan no había sido nada salvo cortés. Distante e intenso, pero cortés. De cualquier modo, Chaol no necesitaba ver al príncipe en acción para saber que estaría muerto antes de lograr siquiera desenvainar su espada.

—Sabes que no muerde, ¿verdad? —le dijo Aelin.

Chaol la miró a los ojos.

—¿Puedes explicarme qué son estos mapas?

—Si tú, Ress o Brullo pueden añadir algo respecto a estos agujeros en las defensas del castillo, se los agradeceríamos mucho —dijo ella.

No era una respuesta. No había señal de Aedion entre las cajas amontonadas, pero el general probablemente estaba cerca, escuchando con su oído hada.

—¿Para que derribes la torre del reloj? —preguntó Chaol. Dobló el mapa y lo guardó en el bolsillo interior de su túnica.

—Tal vez —respondió ella.

Intentó no irritarse. Aelin tenía algo distinto, una expresión más tranquila, como si una especie de tensión invisible hubiera desaparecido de su cara. Trató de no mirar nuevamente hacia la puerta.

—No he sabido nada de Ress ni de Brullo desde hace unos días —respondió—. Me pondré en contacto pronto.

Ella asintió y sacó un segundo mapa; era de la red laberíntica del alcantarillado. Colocó las espadas que tenía a la mano en las orillas, a fin de mantenerlo desenrollado. Tenía varias, aparentemente.

—Arobynn averiguó que las personas desaparecidas salieron a Morath anoche. ¿Lo sabías?

Otro fracaso que recaía sobre sus hombros, otro desastre.

—No.

—No deben estar muy lejos. Podrías reunir un equipo y emboscar los carruajes.

—Sé que podría.

—¿Lo vas a hacer?

Él puso una mano sobre el mapa.

—¿Me trajiste aquí para demostrarme lo inútil que soy?

Ella se enderezó.

—Te pedí que vinieras porque pensé que sería útil para ambos. Ambos... ambos estamos bajo mucha presión últimamente.

Sus ojos turquesa y oro permanecían tranquilos, sin alterarse.

Chaol dijo:

—¿Cuándo te pondrás en acción?

—Pronto.

De nuevo, no era una respuesta. Él dijo con la mayor calma que pudo:

—¿Hay alguna otra cosa que deba yo saber?

—Yo evitaría meterme en los túneles del drenaje. Si entras será tu sentencia de muerte.

—Hay gente atrapada ahí dentro, hallamos los nidos, pero no queda señal de los prisioneros. No los voy a abandonar.

—Eso está muy bien —dijo ella; él apretó los dientes al escuchar el tono de menosprecio en su voz—, pero hay cosas peores que los secuaces del Valg recorriendo el sistema de alcantarillado y apuesto a que no pasarán por alto que alguien entre a su territorio. Yo sopesaría los riesgos, si fuera tú —dijo pasándose la mano por el cabello—. ¿Vas a emboscar los carros de prisioneros?

—Por supuesto que lo haré.

A pesar de que el número de rebeldes disminuía. Mucha de su gente estaba huyendo de la ciudad o se negaba a arriesgar el cuello en una batalla que cada vez se adivinaba preveía más inútil.

¿Vio preocupación pasar por su mirada? Ella dijo:

—Usan cerraduras de seguridad en los carros. Las puertas están reforzadas con hierro. Lleva las herramientas correctas.

Él aspiró para responderle algo incisivo sobre hablarle como si fuera su superior, pero...

Ella conocía esos vehículos... Pasó semanas en uno de ellos.

No pudo sostenerle la mirada al prepararse para salir.

—Dile a Faliq que el príncipe Rowan le agradece la ropa —dijo Aelin.

¿De qué demonios estaba hablando? Quizás era sólo otra indirecta para fastidiarlo.

Se dirigió a la puerta, donde Rowan se apartó y se despidió con un murmullo. Nesryn le había dicho que había pasado la tarde con Aedion y Aelin, pero no se había dado cuenta de que podrían ser... amigos. No había considerado que Nesryn podría terminar rendida ante los encantos de Aelin Galathynius.

Pensó que Aelin sí era una reina. No titubeaba. Siempre iba hacia delante, brillando con fuerza.

Incluso si eso significara matar a Dorian.

No habían hablado del tema desde el día del rescate de Aedion. Era algo que permanecía entre ellos. Y para cuando liberara la magia... Chaol ya tendría preparadas las precauciones necesarias.

Porque no la creía capaz de volver a apartar la espada.

CAPÍTULO 34

Aelin sabía que tenía cosas que hacer, cosas vitales, terribles, pero podía sacrificar un día.

Se mantuvo en las sombras el mayor tiempo posible y pasó la tarde mostrándole la ciudad a Rowan, desde los elegantes distritos residenciales hasta los mercados llenos de comerciantes vendiendo productos para el solsticio de verano en dos semanas.

No había señal ni olor de Lorcan, gracias a los dioses. Pero los hombres del rey estaban apostados en varias intersecciones importantes, lo cual le dio a Aelin la oportunidad de mostrárselos a Rowan. Él los estudió con eficiencia entrenada y su agudo sentido del olfato le permitió distinguir cuáles seguían siendo humanos y cuáles estaban habitados por demonios menores del Valg. Debido al aspecto de su rostro, ella honestamente sintió un poco de pena por cualquier guardia que se cruzara en su camino, demonio o humano. Un poco, nada más. En especial porque su mera presencia estaba arruinando sus planes de tener un día pacífico y tranquilo.

Ella quería mostrarle a Rowan las partes lindas de la ciudad antes de arrastrarlo a la parte sórdida.

Lo llevó a una de las pastelerías de la familia de Nesryn, donde incluso compró algunas tartas de pera. En los muelles, Rowan la convenció de que probara una trucha frita. Ella había jurado una vez que nunca comería pescado y se encogió un poco con repulsión cuando acercó el tenedor a su boca, pero esa maldita cosa estaba deliciosa. Se comió todo su pescado y luego le robó varios bocados a Rowan, quien gruñó para mostrar su descontento.

Aquí... Rowan estaba con ella aquí, en Rifthold. Y había más que ella quería que viera, para que entendiera cómo había sido su vida. Nunca había querido compartir eso antes.

Incluso después de comer, cuando escuchó el chasquido de un látigo mientras tomaban el fresco cerca del agua, quiso presenciar con él qué lo originaba. Rowan se quedó a su lado en silencio, con una mano sobre su hombro, y observaron al grupo de esclavos encadenados cargando mercancía en uno de los barcos. Observaron... sin poder hacer algo al respecto.

Pronto, se prometió ella. Ponerle fin a eso era una prioridad alta.

Caminaron lentamente de regreso recorriendo los puestos del mercado, uno tras otro, hasta que el olor de rosas y lirios flotó a su lado. La brisa del río hacía volar pétalos de todas las formas y colores por sus pies mientras las floristas pregonaban su mercancía.

Ella lo volteó a ver.

—Si fueras un caballero, me comprarías...

El rostro y los ojos de Rowan perdieron toda expresión al ver a una de las floristas en el centro de la plaza con un canasto de peonias de invernadero colgando de su delgado brazo. Era joven, hermosa, de cabello oscuro y... oh, dioses.

Ella no debería haberlo llevado ahí. Lyria vendía flores en el mercado. Era una florista pobre antes de que el príncipe Rowan la viera e instantáneamente supiera que era su pareja. Un cuento de hadas, hasta que las fuerzas enemigas la asesinaron, cuando estaba embarazada de Rowan.

Aelin empezó a abrir y cerrar los dedos, las palabras se le atoraban en la garganta. Él seguía mirando a la chica, quien le sonrió a una paseante, irradiando una luz interior.

—No la merecía —dijo Rowan en voz baja.

Aelin tragó saliva. Ambos tenían heridas aún no sanadas, pero ésta... La verdad. Como siempre, ella podía ofrecerle una verdad a cambio de otra.

—Yo no merecía a Sam.

Él al fin la volteó a ver.

Haría cualquier cosa por quitarle la agonía que veía en sus ojos. Cualquier cosa.

Sus dedos enguantados rozaron los de ella y luego regresaron a su costado.

Ella volvió a hacer un puño con la mano.

—Vamos. Quiero mostrarte algo.

Aelin convenció a los vendedores callejeros de que le regalaran un postre mientras Rowan esperaba en un callejón sombreado. Más tarde, sentados a oscuras en las vigas de madera del domo dorado del Teatro Real, Aelin comía una galleta de limón y mecía las piernas en el aire. El espacio era igual a como lo recordaba, pero el silencio, la oscuridad...

—Éste solía ser mi sitio favorito en todo el mundo —dijo y su voz se escuchó demasiado fuerte en el vacío. La luz del sol, que entraba desde la puerta del techo por donde se habían metido, iluminaba las vigas de madera y el domo dorado, y hacía resplandecer débilmente los barandales de latón pulido y el telón color rojo sangre del escenario de abajo.

—Arobynn es dueño de un palco privado, así que yo venía cada que podía. Las noches que no quería vestirme elegante o que me vieran, o quizás las noches cuando tenía un trabajo y sólo una hora libre, me metía por esa puerta y escuchaba.

Rowan se terminó su galleta y miró hacia el espacio oscuro de abajo. Había estado tan callado los últimos treinta minutos, como si se retrajera a un sitio donde ella no podía alcanzarlo.

Casi suspiró con alivio cuando él le dijo:

—Nunca había visto una orquesta o un teatro como éste, construido alrededor del sonido y el lujo. Incluso en Doranelle, los teatros y anfiteatros son antiguos, con bancas o sólo escalones.

—No existe otro lugar como éste, tal vez. Ni siquiera en Terrasen.

—Entonces tendrás que construir uno.

—¿Con qué dinero? ¿Crees que la gente estará contenta de morir de hambre mientras yo construyo un teatro para mi propio placer?

—Tal vez no de inmediato, pero si crees que uno podría beneficiar a la ciudad, al país, entonces hazlo. Los artistas son esenciales.

Florine le había dicho lo mismo. Aelin suspiró.

—Este lugar lleva meses cerrado, pero podría jurar que sigo escuchando la música flotar en el aire.

Rowan ladeó la cabeza, estudiando la oscuridad con sus sentidos inmortales.

—Tal vez la música sí sigue viviendo, en cierta forma.

Esa idea hizo que los ojos le picaran.

—Ojalá los hubieras oído, me hubiera gustado que estuvieras ahí para escuchar a Pytor dirigir la *Suite Estígia*. A veces siento como si siguiera sentada en ese palco, a los trece años, llorando por la gloria pura de la música.

—¿Lloraste?

Ella casi alcanzó a ver pasar los recuerdos de su entrenamiento de primavera en los ojos de Rowan: todas esas veces que la música la había calmado o había liberado su magia. Era parte de su alma, tanto como él.

—El último movimiento... siempre. Regresaba a la fortaleza y la música se quedaba en mi cabeza por días, mientras entrenaba o mataba o dormía. Era una especie de locura amar esa música. Por eso empecé a tocar el pianoforte, para poder llegar a casa en la noche y hacer mi triste intento de replicarla.

Nunca le había dicho eso a nadie, tampoco había llevado a nadie ahí.

Rowan dijo:

—¿Hay un pianoforte aquí?

—No he tocado en meses y meses. Y ésta es una pésima idea por una docena de razones distintas —dijo ella por décima vez, mientras terminaba de abrir el telón del escenario.

Había estado parada en ese sitio antes, cuando el patrocinio de Arobynn le había ganado invitaciones a galas celebradas sobre el escenario sólo por la emoción de pisar ese terreno sagrado. Pero ahora, entre la melancolía del teatro muerto iluminado por la única vela que encontró Rowan, se sentía como si estuviera de pie dentro de una tumba.

Las sillas de la orquesta seguían acomodadas como probablemente lo estaban la noche en que los músicos salieron a protestar por las masacres en Endovier y Calaculla. No los habían encontrado aún; sin embargo, considerando el conjunto de horrores que el rey iba provocando por el mundo, estar muertos sería su opción más amable.

Con la mandíbula apretada, Aelin tomó el control de esa rabia familiar que se retorcía.

Rowan estaba parado junto al pianoforte cerca de la parte delantera derecha del escenario, con una mano sobre su superficie lisa como si se tratara de un caballo premiado.

Ella dudó ante el imponente instrumento.

—Me parece sacrílego tocar esta cosa —dijo y la palabra hizo eco en el espacio.

—¿Desde cuándo eres del tipo religioso, a todo esto? —preguntó Rowan con una sonrisa torcida—. ¿Dónde debo pararme para escucharlo mejor?

—Pasarás mucho dolor al principio.

—¿Hoy también estás cohibida?

—Si Lorcan anda espiando —gruñó ella—, preferiría que no le informara a Maeve que toco pésimo —señaló un lugar en el escenario—. Ahí. Párate ahí y deja de hablar, insufrible infeliz.

Él rio y se movió al sitio que le había indicado.

Ella tragó saliva y deslizó la banca pulida hacia el instrumento, luego destapó el teclado y miró las brillantes teclas blancas y negras. Colocó los pies en los pedales, pero no hizo ningún movimiento para situar las manos.

—No he tocado desde antes de que muriera Nehemia —admitió.

Las palabras se sintieron demasiado pesadas.

—Podemos regresar otro día, si prefieres —dijo Rowan.

Era una oferta amable y equilibrada. Su cabello plateado brillaba bajo la luz tenue de la vela.

—Tal vez no haya otro día. Y... y mi vida me parecería muy triste si nunca más volviera a tocar.

Él asintió y se cruzó de brazos. Una orden silenciosa.

Ella miró las teclas y lentamente puso las manos sobre el marfil. Se sentía suave, fresco e "invitante", una gran bestia de sonido y dicha a punto de despertarse.

—Necesito calentar —dijo de repente; sin decir otra palabra, se lanzó a tocar lo más suavemente que pudo.

Cuando empezó a ver de nuevo las notas en su mente, cuando la memoria muscular hizo que sus dedos buscaran esos acordes familiares, comenzó.

No fue la pieza melancólica y hermosa que una vez le tocó a Dorian ni las melodías ligeras para bailar que interpretaba por diversión. Tampoco fueron las obras complejas e inteligentes que había interpretado para Nehemia y Chaol. Esta pieza era una celebración, una reafirmación de la vida, la gloria, el dolor y la belleza de respirar.

Tal vez por eso iba todos los años a escucharla cuando la tocaba la orquesta, después de tanta muerte y tortura y castigo: era un recordatorio de quién era, de lo que luchaba por conservar.

La música fue subiendo más y más; el sonido surgido del pianoforte era como el canto del corazón de un dios. Entonces Rowan se acercó junto al instrumento y ella le susurró *Ahora* y el crescendo prorrumpió en el mundo, nota tras nota tras nota.

La música se agolpaba alrededor de ellos, rugiendo en el vacío del teatro. El hueco silencio que habitó en su interior por tantos meses ahora se desbordaba de sonido.

Llevó la pieza a su acorde final, explosivo y triunfante.

Cuando levantó la vista, jadeando un poco, notó el borde de plata en los ojos de Rowan y el movimiento de arriba abajo de su garganta. De alguna forma, después de todo este tiempo, su príncipe guerrero aún lograba sorprenderla.

Él parecía no encontrar las palabras, pero al final dijo con una exhalación:

—Muéstrame... muéstrame cómo hiciste eso.

Así que ella lo hizo.

Pasaron casi una hora sentados en la banca. Aelin le enseñaba lo básico del pianoforte: explicaba los bemoles y los sostenidos, los pedales, las notas y los acordes. Cuando Rowan escuchó que alguien por fin se acercaba para investigar la música, salieron. Ella hizo una parada en el Banco Real y le advirtió a Rowan que la esperara en las sombras del otro lado de la calle. Se sentó en la oficina del regidor y uno de sus subalternos se apresuró a atender sus peticiones. Después de un rato, salió con otra bolsa de oro. Era vital ahora que había otra boca por alimentar y otro cuerpo que vestir. Encontró a Rowan exactamente donde lo había dejado, molesto porque ella se negó a que la acompañara. Pero él provocaría demasiadas preguntas.

—¿Estás usando tu propio dinero para mantenernos? —preguntó Rowan cuando caminaban por una calle secundaria. Unas jóvenes vestidas con ropa hermosa paseaban sobre la soleada avenida que cruzaba el callejón y se quedaron con la boca abierta al ver pasar al hombre de complexión poderosa. Luego todas voltearon para admirar la vista desde atrás. Aelin les mostró los dientes.

—Por el momento —le respondió.

—¿Y qué harás para conseguir dinero después?

Ella lo miró de soslayo.

—Eso se solucionará.

—¿Quién se encargará de eso?

—Yo.

—Explícame.

—Pronto te enterarás.

Le esbozó una sonrisita que, sabía con certeza, lo sacaba de quicio.

Rowan intentó tomarla por el hombro, pero ella se escapó.

—Ah, ah. Será mejor que no te muevas demasiado rápido o alguien podría notarlo.

El gruñido que él produjo definitivamente no fue humano y ella rio. Sentirse irritado era preferible a sentir culpa y dolor.

—Sólo sé paciente y no te alteres.

CAPÍTULO 35

Dioses, odiaba el olor de su sangre.

Pero vaya que era maravilloso estar cubierto de ella, rodeado de dos docenas de soldados del Valg muertos y haber puesto a salvo al fin a todas esas buenas personas.

Bañado en sangre Valg de pies a cabeza, Chaol Westfall buscó un pedazo de tela seca para limpiar su espada manchada de negro, pero no encontró ni uno. Del otro lado del claro oculto, Nesryn hacía lo mismo.

Él había matado a cuatro; ella acabó con siete. Chaol lo sabía porque la había estado observando todo el tiempo. Ella había hecho pareja con alguien más durante la emboscada. Aunque él ya se había disculpado por su comportamiento cortante de la otra noche, Nesryn sólo asintió y de todas maneras trabajó con otro rebelde. Pero ahora... Ella se dio por vencida en su intento de limpiar su espada y lo volteó a ver.

Sus ojos color medianoche lucían brillantes. A pesar de tener la cara salpicada de sangre negra, su sonrisa, aliviada y un poco salvaje por la emoción de la pelea y de su victoria, era... hermosa.

La palabra resonó a través de él. Chaol frunció el ceño y la sonrisa se borró instantáneamente del rostro de Nesryn. La mente del capitán siempre era un desorden después de combatir, como si lo hubieran hecho dar vueltas y vueltas, puesto de cabeza y dado después una fuerte dosis de licor. Caminó en dirección a Nesryn. Habían hecho esto. Juntos salvaron a estas personas. Era la ocasión en la que habían rescatado a más personas de un solo golpe y no tuvieron pérdidas de vida aparte de los Valg.

El pasto del bosque estaba salpicado de sangre y entrañas. Eran los únicos restos de los cuerpos de los Valg decapitados, a los cuales ya habían arrastrado y tirado detrás de un peñasco. Cuando se fueran, le rendirían tributo a los humanos que habían sido antes quemando los cadáveres.

Tres personas de su grupo empezaron a desencadenar a los hacinados prisioneros sentados sobre el pasto. Los infelices Valg habían metido a tantos en los dos carros que Chaol tuvo que aguantarse una arcada cuando olió el lugar. Cada carro tenía una sola ventana con barrotes que se abría en lo alto de las paredes y un hombre se había desmayado dentro. Pero ya todos estaban a salvo ahora.

No se detendría hasta que el resto de los detenidos ocultos en la ciudad estuviera también fuera de peligro.

Una mujer levantó sus manos sucias hacia él. Tenía las uñas partidas y las puntas de los dedos hinchadas, como si hubiera intentado salir a arañazos del infierno donde la mantenían prisionera.

—Gracias —susurró con voz ronca. Probablemente por tantos gritos que no recibieron respuesta.

A Chaol se le hizo un nudo en la garganta cuando apretó suavemente las manos de la mujer, intentando no lastimar sus dedos casi rotos, y continuó hacia donde Nesryn limpiaba su espada en el pasto.

—Peleaste bien —le dijo.

—Lo sé —respondió Nesryn mirándolo por encima del hombro—. Necesitamos llevarlos al río. Los barcos no van a esperar para siempre.

De acuerdo... No estaba esperando calidez ni camaradería después de una batalla, a pesar de esa sonrisa, pero...

—Tal vez cuando regresemos a Rifthold podamos ir por un trago.

Él necesitaba uno. Con urgencia.

Nesryn se incorporó y él tuvo que resistir la tentación de limpiar una mancha de sangre negra en su bronceada mejilla. El cabello que se había atado en una coleta estaba ya suelto y la brisa cálida del bosque hizo revolotear unos mechones de pelo frente a su rostro.

—Pensé que éramos amigos —dijo ella.

—Somos amigos —respondió él con cuidado.

—Los amigos no sólo pasan tiempo juntos cuando se sienten autocompasivos. Ni se agreden por hacer preguntas difíciles.

—Te pedí perdón por la manera en que te contesté la otra noche.

Ella envainó su espada.

—No tengo problema con que nos usemos mutuamente como distracción, por la razón que sea, Chaol, pero al menos seamos honestos al respecto.

Él abrió la boca para objetar, aunque... tal vez ella tenía razón.

—Me agrada tu compañía —dijo él—. Quiero ir a tomar un trago para celebrar, no para... estar de mal humor. Y me gustaría ir contigo.

Ella apretó los labios.

—Ése fue el intento más lamentable de hacer un cumplido que he escuchado jamás. Pero de acuerdo, iré contigo.

Lo peor era que ni siquiera sonaba molesta, lo decía genuinamente. Él podía ir a beber con o sin ella y le daría lo mismo. Esa idea no le gustaba.

Como la conversación personal definitivamente ya había terminado, Nesryn escudriñó el claro, el carro y la matanza.

—¿Por qué ahora? El rey ha tenido diez años para hacer esto, ¿a qué se debe la prisa repentina de llevar a toda esta gente a Morath? ¿Qué está planeando?

Algunos de los rebeldes voltearon a verlos. Chaol tenía la vista fija en el paisaje ensangrentado, como si fuera un mapa.

—El regreso de Aelin Galathynius podría haberlo precipitado —dijo Chaol, consciente de los que estaban escuchando.

—No —respondió Nesryn simplemente—. Aelin se anunció apenas hace dos meses. Algo así de grande lleva mucho mucho tiempo planeándose.

Sen, uno de los líderes con quien Chaol se reunía de manera regular, dijo:

—Deberíamos considerar la entrega de la ciudad. Mudarnos a otros lugares donde no tengan un control tan firme, tal vez intentar establecer una especie de frontera. Si Aelin Galathynius está cerca de Rifthold, deberíamos reunirnos con ella, quizás ir a Terrasen, sacar a Adarlan de allá y resistir.

—No podemos abandonar Rifthold —dijo Chaol mirando a los prisioneros a quienes ayudaban a ponerse de pie.

—Podría ser un suicidio quedarse —lo contradijo Sen. Algunos de los demás asintieron para mostrar que estaban de acuerdo.

Chaol abrió la boca, pero Nesryn dijo:

—Debemos ir hacia el río. Rápido.

Él la miró con gratitud; ella ya estaba en movimiento.

Aelin esperó hasta que todos estuvieran dormidos y la luna llena se hubiera elevado para salir de la cama, poniendo cuidado en no mover a Rowan.

Se metió al vestidor y se cambió rápidamente. Guardó las armas que había dejado ahí esa tarde sin que nadie lo advirtiera. Ninguno de los dos hombres comentó nada cuando ella levantó a Damaris de la mesa del comedor con el pretexto de que quería limpiarla.

Se sujetó la antigua espada a la espalda junto con Goldryn. Ambas empuñaduras asomaban por encima de sus hombros cuando se paró frente al espejo del vestidor y se trenzó rápidamente el cabello. Estaba lo suficientemente corto para que trenzarlo fuera un fastidio y el pelo de adelante se salía, pero al menos no lo tenía en la cara.

Salió con cuidado del vestidor, llevando una capa adicional en la mano; pasó junto a la cama donde brillaba el torso tatuado de Rowan bajo la luz de la luna llena que se filtraba por la ventana. Él no se movió cuando ella salió a hurtadillas de la recámara y del departamento, sólo una sombra.

CAPÍTULO 36

A Aelin no le tomó mucho tiempo colocar su trampa. Podía sentir los ojos que la vigilaban cuando encontró la patrulla conducida por uno de los más sádicos comandantes del Valg.

Gracias a los informes de Chaol y Nesryn conocía sus nuevos escondites. Lo que éstos no sabían, lo que ella había estado investigando por su cuenta durante las noches, era cuáles entradas del alcantarillado usaban los comandantes cuando iban a hablar con uno de los mastines del Wyrd.

Parecían preferir los canales más antiguos que nadar por la suciedad de los túneles recientes. Ella se había estado aproximando tanto como se atrevía, pero por lo general no era tan cerca como para escuchar algo.

Esa noche se metió al túnel del drenaje detrás del comandante y, haciendo un esfuerzo por controlar las náuseas que le provocaba el olor, avanzó con pasos silenciosos en las resbalosas rocas. Había esperado a que Chaol, Nesryn y sus tenientes más importantes salieran de la ciudad para emboscar los carros de prisioneros, con el fin de que nadie interfiriera en lo que haría. No se podía arriesgar.

Mientras caminaba, lejos del comandante del Valg para que no la descubriera, empezó a hablar con suavidad.

—Tengo la llave —dijo con un suspiro de alivio en sus labios.

Luego modificó su voz tal como Lysandra le había enseñado y respondió con un tenor masculino.

—¿La tienes contigo?

—Por supuesto que sí. Ahora dime dónde quieres que la oculte.

—Paciencia —dijo, intentando no sonreír demasiado al doblar la esquina—. Está por aquí.

Continuó caminando, ofreciendo susurros de conversación, hasta que llegó al cruce donde a los comandantes del Valg les gustaba reunirse con el mastín del Wyrd que los supervisaba y se quedó en silencio. Ahí dejó tirada la capa adicional y luego regresó hacia una escalera que daba a la calle.

Aelin contuvo el aliento al empujar la rejilla; por fortuna, la rejilla cedió.

Salió a la calle con manos inestables. Por un momento, consideró quedarse ahí acostada, sobre las piedras sucias y mojadas, saboreando el aire libre a su alrededor. Pero él estaba demasiado cerca. Así que volvió a colocar la tapa silenciosamente.

Apenas había pasado un minuto cuando se escucharon debajo unas botas casi imperceptibles que raspaban la roca y una figura pasó junto a la escalera, camino al sitio donde había dejado la capa, rastreándola como había hecho toda la noche.

Y ella lo había dejado hacerlo toda la noche.

Cuando Lorcan entró directamente a esa madriguera de comandantes del Valg acompañados del mastín del Wyrd que había llegado a recibir sus informes, cuando el sonido de armas y el rugido de la muerte le llenó los oídos, Aelin simplemente se alejó por la calle, silbando.

Caminaba por un callejón a tres cuadras de la bodega cuando una fuerza equivalente a un muro de roca la arrojó de cara contra el costado de un edificio de ladrillo.

—Eres una perra —le gruñó Lorcan en el oído.

Sin saber cómo, tenía ya ambos brazos inmovilizados a la espalda y él estaba enterrando sus piernas en las de ella con tanta fuerza que le era imposible moverlas.

—Hola, Lorcan —dijo con dulzura y volteó su rostro adolorido lo más que pudo.

Con el rabillo del ojo alcanzaba a ver los rasgos crueles debajo de la capucha, los ojos de ónix y el cabello del mismo color que le llegaba a los hombros y... ¡carajo!, los colmillos largos que brillaban demasiado cerca de su garganta.

Con una mano le sostenía los brazos como una pinza de acero. Con la otra, empujó su cabeza contra el ladrillo húmedo valiéndose de tanta fuerza que se raspó la mejilla.

—¿Te pareció gracioso?

—Valía la pena intentarlo, ¿no?

Lorcan apestaba a sangre, esa sangre Valg horrible y de otro mundo. Presionó el rostro de Aelin con más fuerza contra la pared, su cuerpo era una fuerza inamovible sobre ella.

—Te voy a matar.

—Ah, acerca de eso —dijo ella y giró la muñeca lo necesario para que él sintiera el cuchillo que había liberado en el instante previo a percibir su ataque, el cual tenía presionado contra su ingle—. La inmortalidad se siente muy muy larga si la pasas sin tu parte del cuerpo favorita.

—Te arrancaré la garganta antes de que puedas moverte.

Ella presionó el cuchillo con más fuerza contra él.

—Es un gran riesgo, ¿no crees?

Por un momento, Lorcan permaneció inmóvil, sin dejar de empujarla contra la pared con la fuerza de cinco siglos de entrenamiento letal. Luego ella sintió el aire fresco en el cuello, en la espalda. Para cuando giró, Lorcan ya estaba a varios pasos de distancia.

En la oscuridad, apenas alcanzaba a distinguir sus facciones talladas en granito, aunque recordaba lo suficiente de aquel día en Doranelle para adivinar que el rostro implacable debajo de esa capucha estaba furioso.

—Honestamente —dijo recargada contra la pared—, me sorprende un poco que hayas caído. Debes pensar que soy realmente estúpida.

—¿Dónde está Rowan? —se burló.

Lorcan vestía ropa oscura ajustada, con armadura de metal negro en antebrazos y hombros, que parecía absorber la luz tenue.

—¿Sigue calentando tu cama? —preguntó.

Aelin no quería saber cómo sabía eso Lorcan.

—¿No es eso para lo único que sirven ustedes los machos bonitos? —replicó ella.

Lo miró de arriba abajo, fijándose en todas las armas que traía, tanto visibles como ocultas. Era enorme, tan grande como Rowan y Aedion. Y ella no lo impresionaba ni un poquito.

Aelin preguntó:

—¿Los mataste a todos? Sólo eran tres, según yo.

—Eran seis, y uno de esos demonios de piedra, perra, lo sabías.

Así que había encontrado la manera de matar a uno de esos mastines del Wyrd. Interesante... y bueno.

—¿Sabes?, ya me estoy cansando de que me digas así. Una creería que después de cinco siglos habrías podido pensar en algo más creativo.

—Acércate un poco y te enseñaré exactamente qué sucede en cinco siglos.

—¿Por qué no te enseño yo qué pasa cuando le das latigazos a mis amigos, cobarde imbécil?

La violencia recorrió esas facciones brutales.

—Una boca muy grande para alguien que no tiene sus trucos de fuego.

—Una boca muy grande para alguien que debería prestarle más atención a sus alrededores.

El cuchillo de Rowan ya estaba inclinado a lo largo de la garganta de Lorcan antes de que pudiera siquiera parpadear.

Aelin se había estado preguntando cuánto tiempo le tomaría encontrarla. Probablemente había despertado en el instante en que ella apartó las cobijas en la cama.

—Empieza a hablar —le ordenó Rowan a Lorcan.

Éste tomó su espada, un arma poderosa y hermosa que Aelin estaba segura había terminado con muchas vidas en los campos de batalla de tierras lejanas.

—No querrás empezar una pelea en este momento.

—Dame una buena razón para no derramar tu sangre —dijo Rowan.

—Si yo muero, Maeve va a ofrecerle ayuda al rey de Adarlan en tu contra.

—Mentira —escupió Aelin.

—Los amigos cerca, los enemigos más cerca, ¿no? —dijo Lorcan.

Lentamente, Rowan lo soltó y dio un paso atrás. Cada uno vigilaba los movimientos de los otros dos, hasta que Rowan estuvo al lado de Aelin, enseñando los dientes a Lorcan. La agresión surgida del rostro del príncipe hada era suficiente para ponerla nerviosa.

—Cometiste un error fatal —le dijo Lorcan a ella—, en el momento en que le mostraste a mi reina la visión donde tenías la llave.

La mirada de sus ojos negros giró hacia Rowan.

—Y tú. Eres un tonto insensato. Aliarte, vincularte con una reina mortal. ¿Qué vas a hacer, cuando ella envejezca y muera? ¿Qué sucederá cuando parezca tu madre? ¿Seguirás compartiendo la cama con ella, seguirás...?

—Basta —dijo Rowan con suavidad.

Ella no dejó que se reflejara ni un destello de las emociones que pasaron por su mente con esas palabras, ni siquiera se atrevió a pensarlo por miedo a que Lorcan las pudiera oler.

Lorcan sólo rio.

—¿Crees que derrotaste a Maeve? Ella *te* permitió salir de Doranelle... Se los permitió a ambos.

Aelin bostezó.

—Honestamente, Rowan, no sé cómo pudiste tolerarlo tantos siglos. Cinco minutos y ya me estoy durmiendo de aburrimiento.

—Cuídate, niña —dijo Lorcan—. Tal vez no sea mañana, tal vez no sea en una semana, pero te equivocarás. Y yo estaré esperando.

—En serio... Ustedes los machos hada y sus discursos dramáticos.

Se dio la vuelta para alejarse, un movimiento que sólo se podía permitir por el príncipe que estaba entre los dos. Pero miró por encima de su hombro sin fingir ya nada de entretenimiento ni aburrición. Dejó que su calma asesina aflorara lo suficiente para tener la certeza de que no quedaba nada humano en sus ojos cuando le dijo a Lorcan:

—Nunca olvidaré, ni por un instante, lo que le hicieron ese día en Doranelle. Tu miserable existencia está en el último lugar de mi lista de prioridades, pero un día, Lorcan... —sonrió un poco—. Un día cobraré esa deuda también. Considera lo de esta noche como una advertencia.

Aelin acababa de abrir la puerta de la bodega cuando escuchó ronronear a Rowan con su voz profunda detrás de ella:

—¿Una noche ocupada, princesa?

Abrió la puerta y los dos se metieron a la bodega casi completamente negra, iluminada solamente por un farol cerca de las escaleras en la parte de atrás. Ella se tomó su tiempo para cerrar la puerta.

—Ocupada pero agradable.

—Vas a tener que esforzarte mucho más para poder escabullirte de mí —dijo Rowan con un gruñido entrelazado en sus palabras.

—Tú y Aedion son insufribles —dijo ella, dando gracias a los dioses de que Lorcan no hubiera visto a Aedion ni olido su ascendencia—. Estaba perfectamente a salvo.

Eso era una mentira. No había tenido la certeza de que aparecería Lorcan, ni de que cayera en su trampita.

Rowan le tocó la mejilla suavemente y ella sintió una ola de dolor.

—Tienes suerte de que sólo haya sido un raspón. La próxima vez que te salgas a buscar pelea con Lorcan, me lo dirás antes.

—Por supuesto que no lo haré. Es mi maldito asunto y...

—No es sólo tu asunto, ya no. Me llevarás contigo la próxima vez.

—La próxima vez que me salga a escondidas —respondió furiosa—, si te descubro siguiéndome como una nodriza sobreprotectora te...

—¿Qué me vas a hacer? —dijo él y se acercó lo suficiente a ella para compartir su aliento, con los colmillos destellando.

Bajo la luz del farol Aelin podía ver sus ojos claramente, y él los de ella cuando le dijo en silencio: *No sé lo que haré, idiota, pero convertiré tu vida en un infierno si lo haces.*

Él gruñó y ella sintió cómo se deslizó el sonido por su piel y pudo leer en sus ojos la respuesta no pronunciada. *Deja de ser tan terca. ¿Esto es un intento de aferrarte a tu independencia?*

¿Y qué si sí lo es? repuso ella. *Sólo, sólo déjame hacer estas cosas por mi cuenta.*

—Eso no te lo puedo prometer —le dijo él; la luz tenue acarició su piel bronceada y el tatuaje elegante.

Aelin le dio un puñetazo en el bíceps y se lastimó más de lo que le dolió a él.

—El que seas más grande y más fuerte no significa que tengas derecho a ordenarme.

—Es exactamente por esas razones que puedo hacer lo que me dé la gana.

Ella soltó un grito agudo e intentó pellizcarle el costado, pero Rowen la tomó de la mano y la apretó con fuerza. Luego la arrastró un paso más cerca de él. Ella inclinó la cabeza hacia atrás para verlo.

Por un momento, acompañados sólo por las cajas de la bodega, se permitió observar su cara con cuidado, esos ojos verdes, la mandíbula fuerte.

Inmortal. Inflexible. Con poder en la sangre.

—Bruto.

—Niña mimada.

Ella soltó una risa, resoplando.

—¿De verdad estabas atrayendo a Lorcan al alcantarillado con una de esas criaturas?

—Era una trampa tan sencilla que de hecho me decepciona que haya caído en ella.

Rowan rio.

—No dejas de sorprenderme.

—Te lastimó. Nunca lo voy a perdonar por eso.

—Muchas personas me han lastimado. Si vas a perseguir a cada una, tendrás una vida muy ocupada.

Ella no sonrió.

—Lo que dijo... sobre mi envejecimiento...

—No. Sólo... no empieces con eso. Vete a dormir.

—¿Y tú?

Él estudió la puerta de la bodega.

—No dudaría que Lorcan te devolviera el favor que le hiciste esta misma noche. Para él es más difícil olvidar y perdonar que para ti. En especial cuando alguien amenaza con cortarle su hombría.

—Al menos dije que eso sería un gran error —dijo con una sonrisa perversa—. Estuve tentada a decir "pequeño".

Rowan rio y sus ojos bailaron.

—En ese caso definitivamente ya estarías muerta.

CAPÍTULO 37

Había hombres gritando en los calabozos.

Lo sabía porque el demonio lo había forzado a pasear por ese lugar, por cada una de las celdas y potros de tortura.

Le pareció reconocer a algunos de los prisioneros, pero no podía recordar sus nombres. Nunca podía acordarse de los nombres cuando el hombre del trono le ordenaba al demonio presenciar los interrogatorios. El demonio obedecía con gusto. Día tras día tras día.

El rey nunca les hacía preguntas. Algunos de los hombres lloraban, algunos gritaban, otros permanecían en silencio. Desafiantes, incluso. El día anterior, uno de ellos, un hombre joven, apuesto, que le parecía familiar, lo reconoció y suplicó. Suplicó por piedad, insistió en que no sabía nada y lloró.

Pero él no podía hacer nada, aunque los miraba sufrir, aunque los calabozos se llenaban con el hedor de la carne quemada y el aroma cobrizo de la sangre. El demonio lo saboreaba y se volvía más fuerte cada vez que iba allá abajo y respiraba su dolor.

Sumó su sufrimiento a los recuerdos que le hacían compañía y permitió que el demonio lo llevara de vuelta a esos calabozos de agonía y desesperanza al día siguiente, y al siguiente.

CAPÍTULO 38

Aelin no se atrevió a regresar a los túneles del drenaje, no hasta tener la seguridad de que Lorcan estaba fuera del área y los Valg no andaban por ahí.

A la noche siguiente, cuando disfrutaban de una cena que Aedion había preparado con lo que tenían en la cocina, de pronto se abrió la puerta y entró Lysandra con un saludo alegre que les hizo soltar las armas, las cuales ya tenían en la mano.

—¿Cómo haces eso? —exigió saber Aedion cuando entró tranquilamente a la cocina.

—Qué aspecto tan miserable tiene esa cena —dijo Lysandra al ver por encima del hombro de Aedion lo que estaba en la mesa: pan, vegetales en salmuera, huevos fríos, fruta, carne seca y pastelillos que habían sobrado del desayuno—. ¿Ninguno de ustedes sabe cocinar?

Aelin, que había estado robándose las uvas del plato de Rowan, resopló.

—Al parecer, el desayuno es la única comida que podemos preparar decentemente. Y éste —dijo señalando con el pulgar en dirección de Rowan— sólo sabe preparar carne en un palo sobre una fogata.

Lysandra empujó un poco a Aelin sentándose en la banca y se quedó apretada en el extremo. Su vestido azul se movió como seda líquida cuando estiró el brazo para tomar un pedazo de pan.

—Patético..., absolutamente patético considerando que son unos líderes tan estimados y poderosos.

Aedion recargó los brazos en la mesa.

—Siéntete como en tu casa, por favor.

Lysandra dio un beso al aire en dirección a él.

—Hola, general. Qué bueno que te veas mejor.

Aelin se hubiera quedado conforme con observar esa conversación, pero Lysandra alzó sus ojos verdes en dirección a Rowan.

—Me parece que no nos presentaron el otro día. Su Reineza tenía algo bastante urgente que decirme.

Una mirada pícara en dirección a Aelin.

Rowan, sentado a la derecha de Aedion, ladeó la cabeza.

—¿Necesitas que nos presenten?

La sonrisa de Lysandra se hizo más grande.

—Me gustan tus colmillos —dijo con dulzura.

Aelin se ahogó con su uva. Por supuesto que le gustaban a Lysandra.

Rowan le sonrió de una manera que por lo general hacía que Aelin saliera corriendo.

—¿Los estás estudiando para replicarlos cuando asumas mi aspecto, metamorfa?

El tenedor de Aelin se quedó congelado a mitad del aire.

—No es cierto —dijo Aedion.

Toda la diversión había desaparecido del rostro de la cortesana.

Metamorfa.

Dioses santos. ¿Qué era la magia de fuego, o de viento y hielo, comparada con una metamorfa? Los metamorfos: espías, ladrones y asesinos que podían exigir cualquier precio por sus servicios, la perdición de las cortes en todo el mundo, tan temidos que los habían cazado hasta casi extinguirlos incluso antes de que Adarlan prohibiera la magia.

Lysandra tomó una uva, la examinó y luego posó sus ojos en Rowan.

—Tal vez te estoy estudiando para saber dónde enterrar mis colmillos si algún día recupero mis dones.

Rowan rio. Eso explicaba tanto.

—Tú y yo no somos más que bestias salvajes vestidas de piel humana.

Lysandra se dirigió a Aelin.

—Nadie sabe esto. Ni siquiera Arobynn.

El rostro de la cortesana se había endurecido. En sus ojos se veía a la vez un desafío y una pregunta.

Secretos... Nehemia también le había escondido secretos. Aelin no dijo nada.

Lysandra apretó la boca cuando volteó a ver a Rowan.

—¿Cómo supiste?

Él se encogió de hombros. Aelin advirtió su atención y supo que podía leer las emociones que la estaban aquejando.

—Conocí a unos cuantos metamorfos hace siglos. Sus olores son los mismos.

Lysandra se olfateó; Aedion murmuró.

—Eso es lo que tenía.

Lysandra miró nuevamente a Aelin.

—Di algo.

Aelin levantó la mano.

—Sólo... sólo dame un momento.

Un instante para separar a una amiga de la otra: aquella a la que había amado y quién le había mentido en cada oportunidad de la amiga a la que había odiado y a quien ella también le ocultaba secretos..., a quien odió hasta que el amor y el odio se habían encontrado a medio camino, fusionados por la pérdida.

Aedion preguntó:

—¿Cuántos años tenías cuando lo supiste?

—Era joven, cinco o seis. Incluso en aquel entonces sabía que debía ocultarlo a todos los demás. No fue mi madre, así que mi padre debe de haber sido quien tenía el don. Ella nunca lo mencionó. Ni parecía extrañarlo.

Don, una interesante elección de palabra.

Rowan preguntó:

—¿Qué fue de ella?

Lysandra se encogió de hombros.

—No lo sé. Yo tenía siete años cuando me golpeó y luego me echó de la casa. Lo hizo porque vivíamos aquí, en esta ciudad, y esa mañana, por primera vez, cometí el error de cambiar en su presencia. No me acuerdo por qué, pero recuerdo que algo me asustó tanto que me convertí en un gato bufando justo frente a ella.

—Mierda —dijo Aedion.

—Así que eres una metamorfa de poder completo —dijo Rowan.

—Yo sabía lo que era desde mucho antes. Incluso antes de ese día sabía que podía transformarme en cualquier criatura. Pero la magia estaba prohibida aquí. Y todos, en todos los reinos, desconfiaban de los metamorfos. ¿Cómo no desconfiar? —rio en voz baja—. Después de que me echó, me quedé en las calles. Éramos pobres, así que no fue tan distinto, pero... me pasé los dos primeros días llorando en la entrada. Ella amenazó con entregarme a las autoridades, así que corrí y nunca la volví a ver. Incluso regresé a la casa meses después, pero ya se había ido, se mudó.

—Suena como una persona muy decente —dijo Aedion.

Lysandra no le había mentido. Nehemia le había mentido descaradamente, ocultó cosas que eran vitales. Lo que Lysandra era... Estaban a mano: después de todo, ella no le había dicho a Lysandra que era reina.

—¿Cómo sobreviviste? —preguntó Aelin con los hombros al fin relajados—. Una niña de siete años en las calles de Rifthold por lo general no tiene un final feliz.

Algo brilló en los ojos de Lysandra y Aelin se preguntó si habría estado esperando que lo dijera, que le ordenara irse.

—Usé mis habilidades. A veces era humana, a veces usaba las pieles de otros niños de la calle con un alto rango en sus grupos, a veces me volvía un gato callejero, o una rata, o una gaviota. Luego aprendí que si me hacía más bonita, si me volvía hermosa, el dinero llegaba mucho más rápido. Estaba usando uno de esos rostros hermosos el día que cayó la magia. Me quedé atorada en esta piel desde entonces.

—Entonces esta cara —dijo Aelin—, ¿no es tu cara real? ¿Tu cuerpo real?

—No. Y lo que me mata es que ni siquiera puedo recordar cómo era mi cara real. Es el peligro de cambiar: puedes olvidar tu forma real, porque la memoria es lo que guía el cambio. Recuerdo haber sido común y corriente, pero... no recuerdo si mis ojos eran azules o grises o verdes; no puedo acordarme de la forma de mi nariz o de mi barbilla. Además, era el cuerpo de una niña también. No sé cómo me vería ahora, como mujer.

Aelin dijo:

—Y en esta forma te encontró Arobynn unos años después.

Lysandra asintió y se quitó una pelusa invisible del vestido.

—Si la magia se liberara, ¿desconfiarías de una metamorfa?

La pregunta estaba cuidadosamente planteada, hecha con tal desenfado, como si no fuera la más importante de todas.

Aelin se encogió de hombros y le dijo la verdad:

—Me sentiría celosa de una metamorfa. Cambiar a cualquier forma que quisiera sería bastante útil —dijo, y lo pensó un poco más—. Una metamorfa sería una aliada poderosa. Y una amiga incluso más interesante.

—Marcaría la diferencia en el campo de batalla cuando la magia se libere —dijo Aedion.

Rowan se limitó a preguntar:

—¿Tenías una forma favorita?

La sonrisa de Lysandra fue descaradamente malvada:

—Cualquier cosa con garras y colmillos muy muy grandes.

Aelin se tragó su risa.

— Lysandra, ¿hay un motivo detrás de esta visita o estás aquí sólo para poner incómodos a mis amigos?

Toda la diversión desapareció cuando la cortesana sacó un costal de terciopelo que parecía contener una caja grande.

—Lo que solicitaste.

La caja sonó con fuerza cuando dejó el costal sobre la mesa de madera desgastada.

Aelin tomó el costal; los hombres arquearon las cejas y sutilmente olfatearon la caja que estaba dentro.

—Gracias.

Lysandra dijo:

—Arobynn va a pedirte mañana que devuelvas el favor y se lo entregues la noche siguiente. Para que estés preparada.

—Bien —respondió Aelin. Era difícil mantenerse inexpresiva.

Aedion se inclinó al frente y miró a las dos.

—¿Espera que sólo Aelin lo entregue?

—No, yo creo que espera que vayan todos.

Rowan preguntó:

—¿Es una trampa?

—Probablemente, de una u otra manera —dijo Lysandra—. Él quiere que lo entregues y luego cenes con él.

—Demonios y cena —dijo Aelin—. Qué combinación tan encantadora.

La única que sonrió fue Lysandra.

—¿Nos va a envenenar? —preguntó Aedion.

Aelin rascó una mancha de la mesa y respondió:

—El veneno no es el estilo de Arobynn. Si fuera a hacerle algo a la comida, le agregaría alguna droga que nos incapacitara mientras nos llevara a donde quisiera. Lo que le gusta es el control —agregó mirando todavía a la mesa, sin sentir deseos de ver qué estaba escrito en los rostros de Rowan y Aedion—. El dolor y el miedo, sí, pero el poder es lo que realmente lo alimenta.

El rostro de Lysandra había perdido su suavidad. Sus ojos se veían fríos y duros, un reflejo de los ojos de Aelin, sin duda. Era la única persona que podía entender; también había aprendido de primera mano exactamente qué tan lejos llegaba esa hambre de control. Aelin se levantó de su asiento.

—Te acompañaré a tu carruaje.

Ella y Lysandra hicieron una pausa entre las cajas apiladas de la bodega.

—¿Estás lista? —preguntó Lysandra con los brazos cruzados.

Aelin asintió.

—No estoy segura de que sea posible saldar la deuda por lo que él... por lo que todos hicieron. Pero tendrá que ser suficiente. Me estoy quedando sin tiempo.

Lysandra apretó los labios.

—No podré arriesgarme a venir otra vez aquí hasta después.

—Gracias... por todo.

—Él todavía podría tener algunos trucos guardados. Debes mantenerte alerta.

—Y tú también.

—¿No estás... enojada de que no te lo haya dicho?

—Tu secreto, así como el mío, podría hacer que te mataran, Lysandra. Sólo es que me sentí..., no sé. Si acaso, me pregunté si habría hecho algo mal, algo que provocara que tú no confiaras en mí lo suficiente para decírmelo.

—Quería... Me he estado muriendo por decírtelo.

Aelin le creyó.

—Te arriesgaste con esos guardias del Valg por mí, por Aedion, el día que lo rescatamos —dijo Aelin—. Ellos probablemente se volverían locos si se enteraran de que hay una metamorfa en esta ciudad.

Aquella noche en las Arenas, cuando estuvo constantemente volteándose y ocultándose tras Arobynn evitando que la vieran los comandantes del Valg... Lo había hecho para que no la descubrieran.

—Tienes que estar loca —dijo Aelin.

—Desde antes de saber quién eras en realidad, ya sabía cuál era tu objetivo... Valía la pena.

—¿Qué valía la pena? —preguntó Aelin y empezó a cerrársele la garganta.

—Un mundo donde la gente como yo no tenga que ocultarse —dijo Lysandra.

Se dio la vuelta para marcharse, pero Aelin la tomó de la mano y la detuvo. Ella sonrió un poco.

—En tiempos como éstos, preferiría tener tus habilidades —dijo Lysandra.

—¿Lo harías, si pudieras? En dos noches, quiero decir.

Lysandra soltó suavemente la mano de Aelin.

—Lo he pensado todos los días desde que Wesley murió. Lo haría y con gusto. Pero no me importa si tú lo haces. Tú no dudarás. Eso me hace sentir alivio, de alguna manera.

La invitación llegó en manos de un niño de la calle a las diez de la mañana del día siguiente.

Aelin se quedó viendo el sobre color crema, con un sello de lacre rojo de dos dagas cruzadas, que estaba en la mesa frente a la chimenea. Aedion y Rowan, asomados detrás de ella, observaban con curiosidad la caja que había llegado junto con la carta. Ambos olfatearon y fruncieron el ceño.

—Huele a almendras —dijo Aedion.

Ella sacó la tarjeta. Era una invitación formal a la cena del día siguiente, a las ocho. Para ella y dos invitados. Y la solicitud de llevar el favor que le debía.

La paciencia de Arobynn se estaba agotando. Pero, muy a su estilo, no bastaría con que dejara un demonio tirado en la puerta de su casa. No... se lo entregaría como él dispusiera.

La cena era tarde con objeto de que tuviera suficiente tiempo durante el día para ponerse nerviosa.

La invitación tenía una nota al final, escrita con letra elegante y eficiente.

Un regalo... que espero uses mañana en la noche.

Ella tiró la tarjeta sobre la mesa y les hizo una seña con la mano a Aedion y a Rowan para que abrieran la caja mientras caminaba hacia la ventana y miraba en dirección al castillo. Lucía cegadoramente brillante bajo el sol de la mañana, relucía como si lo hubieran construido de perlas y oro y plata.

El listón resbalándose, el sonido de la tapa de la caja que se abría, y...

—¿Qué demonios es eso?

Ella miró por encima de su hombro. Aedion tenía en sus manos una botella grande de vidrio llena de un líquido color ámbar.

—Aceite perfumado para la piel —respondió Aelin secamente.

—¿Por qué quiere que lo uses? —preguntó Aedion en voz demasiado baja.

Ella volvió a mirar por la ventana. Rowan caminó rápidamente y se sentó en el sillón a sus espaldas, como su constante fuerza de apoyo. Aelin dijo:

—Sólo es el movimiento de una de sus fichas en el juego que hemos estado jugando.

Tendría que ponérselo en la piel. Su olor.

Se recordó a sí misma que era de esperarse, pero...

—¿Y lo vas a usar? —escupió Aedion.

—Mañana, nuestra única meta es conseguir el Amuleto de Orynth. Acceder a ponerme ese aceite lo dejará a él en una posición insegura.

—No entiendo.

—La invitación es una amenaza —respondió Rowan por ella. Lo podía sentir a centímetros de distancia, estaba consciente de sus movimientos tanto como de los de ella misma—. Dos compañeros: sabe cuántos vivimos aquí, sabe quién eres.

—¿Y tú? —preguntó Aedion.

La tela de la camisa de Rowan suspiró contra su piel cuando él se encogió de hombros.

—Probablemente ya se dio cuenta a estas alturas de que soy hada.

La idea de que Rowan enfrentara a Arobynn, y lo que Arobynn podría intentar hacer...

—¿Qué hay del demonio? —exigió saber Aedion—. ¿Espera que lo llevemos ya vestidos con ropa elegante para ir a cenar?

—Otra prueba. Y sí.

—Entonces, ¿cuándo iremos a capturar a un comandante del Valg?

Aelin y Rowan se miraron.

—Tú te quedarás aquí —le dijo Aelin.

—Por supuesto que no.

Ella señaló su costado.

—Si no hubieras tenido ese insufrible arrebato de necedad, no te habrías abierto las puntadas cuando entrenaste con Rowan. Entonces, habrías podido venir. Pero como sigues convaleciente, no me voy a arriesgar a exponer tus heridas a la porquería del alcantarillado sólo para que tú te sientas mejor contigo mismo.

A Aedion se le ensancharon las fosas nasales al esforzarse por controlar su temperamento.

—Vas a enfrentar a un demonio...

—Estará cuidada —dijo Rowan.

—Yo puedo cuidarme sola —intervino ella molesta—. Voy a vestirme.

Tomó su traje del sitio donde lo había dejado secándose sobre un sillón frente a las ventanas abiertas.

Aedion suspiró detrás de ella.

—Por favor, tengan cuidado. ¿Y Lysandra, podemos confiar en ella?

—Lo averiguaremos mañana —le respondió.

Ella confiaba en Lysandra, de otra manera no la hubiera dejado acercarse a Aedion, pero la chica no necesariamente sabría si Arobynn la estaba utilizando.

Rowan arqueó las cejas. ¿Estás bien?

Ella asintió. *Sólo quiero que pasen estos dos días y se termine todo esto.*

—Esto nunca dejará de ser extraño —murmuró Aedion.

—Acostúmbrate —le dijo ella y llevó su traje hacia la recámara—. Vayamos a cazar un lindo demonio.

CAPÍTULO 39

—Muerto, pero totalmente muerto —dijo Aelin pateando la mitad superior de los restos del mastín del Wyrd con la punta de la bota.

Rowan estaba agachado sobre una de las partes inferiores y gruñó en confirmación.

—Lorcan no se anda con rodeos, ¿verdad? —agregó ella estudiando la intersección de túneles del drenaje pestilente, llena de manchas y salpicaduras de sangre. Apenas quedaban restos de los capitanes del Valg o del mastín. En cuestión de minutos, los había masacrado a todos sin miramientos. Dioses.

—No dudo que Lorcan haya peleado imaginando todo el tiempo que tú eras cada una de esas criaturas —dijo Rowan y se enderezó cargando el brazo con garras—. La piel de piedra parece una especie de armadura, pero dentro es simplemente carne.

La olió; luego gruñó con asco.

—Bien —dijo Aelin—. Y gracias, Lorcan, por averiguar eso para nosotros.

Caminó hacia Rowan, le quitó el brazo pesado de la criatura y lo agitó saludando al príncipe con los dedos tiesos de la criatura.

—Deja de hacer eso —siseó él.

Ella movió los dedos del demonio un poco más.

—Sería bueno para rascarse la espalda.

Rowan sólo frunció el ceño.

—Aguafiestas —dijo ella.

Lanzó el brazo encima del torso del mastín del Wyrd. La extremidad aterrizó con un golpe que sonó al choque con la piedra.

—Entonces, Lorcan puede acabar con un mastín del Wyrd —continuó ella; Rowan se rio al escuchar el nombre que ella había acuñado—. Y cuando mueren, parece que así se quedan. Es bueno saberlo.

Él la miró con cautela.

—Esa trampa no era sólo para enviarle un mensaje a Lorcan, ¿verdad?

—Estas cosas son los títeres del rey —dijo ella—, así que su gran Majestad Imperial ahora tiene una lectura del rostro y el olor de Lorcan. Sospecho que no va a estar muy complacido de albergar a un guerrero hada en su ciudad. Vaya, apostaría a que en este momento Lorcan está siendo perseguido por los otros siete mastines del Wyrd, quienes sin duda quieren ajustar cuentas a nombre de su rey y de su hermano caído.

Rowan sacudió la cabeza.

—No sé si estrangularte o darte una palmada en la espalda.

—Creo que hay una fila muy larga de gente que se siente igual que tú —dijo ella y volteó a estudiar el túnel del drenaje convertido en osario—. Necesitaba que Lorcan estuviera distraído esta noche y mañana. Y necesitaba saber si se podían matar estos mastines del Wyrd.

—¿Por qué?

Él veía demasiado.

Lentamente, Aelin buscó su mirada.

—Porque voy a usar su adorada entrada del alcantarillado para meterme al castillo y volar la torre del reloj desde abajo.

Rowan dejó escapar una risa grave y perversa.

—Así es como vas a liberar la magia. Cuando Lorcan mate al último de los mastines del Wyrd, tú vas a entrar.

—Realmente me debería haber matado a mí, considerando el montón de problemas que andan buscándolo ahora por la ciudad.

Rowan mostró los dientes en una sonrisa salvaje.

—Se lo merecía.

Vestida con capa y máscara, y armada hasta los dientes, Aelin esperaba recargada contra la pared del edificio abandonado, mientras Rowan daba una vuelta alrededor del comandante del Valg, a quien tenían atado al centro de la habitación.

—Ya firmaron su sentencia de muerte, gusanos —decía la cosa dentro del cuerpo del guardia.

Aelin chasqueó la lengua.

—No debes ser muy buen demonio si te pudimos capturar con tanta facilidad.

Había sido demasiado fácil, en realidad. Aelin eligió a la patrulla más pequeña, liderada por el comandante más inofensivo. Ella y Rowan los emboscaron justo antes de la medianoche, en una zona tranquila de la ciudad. Mientras ella llevaba apenas dos guardias, Rowan ya había matado a los demás; y cuando el comandante intentó huir, el guerrero hada lo capturó en un abrir y cerrar de ojos.

Dejarlo inconsciente fue cuestión de un momento. Lo más difícil había sido arrastrar su cuerpo por los barrios bajos, meterlo al edificio y bajarlo al sótano, donde lo encadenaron a una silla.

—No soy un... demonio —siseó el hombre como si cada una de esas palabras lo quemara.

Aelin cruzó los brazos. Rowan, quien portaba a Goldryn y a Damaris, le dio otra vuelta al hombre, un halcón acercándose a su presa.

—¿Entonces para qué es el anillo? —preguntó ella.

Una inhalación profunda: humana, trabajosa.

—Para esclavizarnos, para corrompernos.

—¿Y?

—Acércate más y tal vez te lo diga.

Su voz cambió entonces, se hizo más profunda y más fría.

—¿Cómo te llamas? —preguntó Rowan.

—Sus lenguas humanas no pueden pronunciar nuestros nombres, ni nuestro lenguaje —dijo el demonio.

Aelin lo imitó:

—Sus lenguas humanas no pueden pronunciar nuestros nombres. Ya oí eso antes, desafortunadamente —rio en voz baja mientras la criatura dentro del hombre se revolvía furiosa—. ¿Cuál es tu nombre, tu nombre real?

El hombre se sacudió, un violento movimiento espasmódico que hizo a Rowan dar un paso hacia él. Ella examinaba cuidadosamente la batalla entre los dos seres dentro de ese cuerpo. Finalmente, dijo:

—Stevan.

—Stevan —repitió ella. Los ojos del hombre se despejaron, la miraron fijamente—. Stevan —repitió Aelin con más fuerza.

—Cállate —le gritó el demonio.

—¿De dónde eres, Stevan?

—Ya fue suficien..., Melisande.

—Stevan —repitió ella.

No había funcionado el día del escape de Aedion, no había sido suficiente entonces, pero ahora...

—¿Tienes familia, Stevan?

—Muertos. Todos. Igual que tú.

El hombre se puso rígido, perdía fuerza, se volvía a poner rígido, volvía a perder fuerza.

—¿Puedes quitarte el anillo?

—Nunca —dijo la cosa.

—¿Puedes regresar, Stevan? ¿Si te quitas el anillo?

Una convulsión le dejó la cabeza colgando entre los hombros.

—No quiero, aunque pudiera.

—¿Por qué?

—Las cosas, las cosas que hice, que hicimos... Le gustaba ver cuando yo los tomaba, cuando los destrozaba.

Rowan dejó de dar vueltas y se paró junto a ella. A pesar de su máscara, casi podía ver su expresión: la repulsión y la lástima.

—Cuéntame sobre los príncipes del Valg —dijo Aelin.

Tanto el hombre como el demonio permanecieron en silencio.

—Cuéntame sobre los príncipes del Valg —ordenó ella.

—Son oscuridad, son gloria, son eternos.

—Stevan, dime. ¿Hay uno aquí, en Rifthold?

—Sí.

—¿Qué cuerpo está habitando?

—El del príncipe heredero.

—¿El príncipe está ahí dentro, así como tú estás ahí?

—Nunca lo vi, nunca hablé con él. Si... si ahí dentro hay un príncipe del Valg... Yo ya no puedo resistir, no puedo soportar esta cosa. Si es un príncipe... el príncipe seguro ya lo controló, lo usó y lo tomó.

Dorian, Dorian...

El hombre respiró:

—Por favor —dijo con una voz suave y vacía, comparada con la de la cosa dentro de su cuerpo—. Por favor, sólo acaben con esto. No puedo soportarlo.

—Mentiroso —ronroneó ella—. Tú te entregaste a él.

—No tenía alternativa —jadeó el hombre—. Llegaron a nuestras casas, con nuestras familias. Nos dijeron que el anillo era parte del uniforme, así que debíamos usarlo —todo su cuerpo se sacudió y luego algo antiguo y frío le sonrió a Aelin—. ¿Qué eres tú, mujer? —dijo lamiéndose los labios—. Déjame probarte. Dime lo que eres.

Aelin estudió el anillo negro que usaba en el dedo. Caín, hacía mucho tiempo, hacía meses, hacía una vida... Caín había peleado con la cosa en su interior. Hubo un día, en los pasillos del castillo, en el que lucía perseguido, cazado. Como si, a pesar del anillo...

—Yo soy la muerte —dijo ella simplemente—. Si es que la deseas.

El hombre se desplomó y el demonio desapareció.

—Sí —suspiró—. Sí.

—¿Qué me ofrecerás a cambio?

—Cualquier cosa —exhaló el hombre—. Por favor.

Ella miró su mano, el anillo, y buscó en su bolsillo.

—Entonces escucha con cuidado.

Aelin despertó bañada en sudor y retorciéndose en las sábanas. El miedo la apretaba como un puño.

Hizo un esfuerzo consciente por respirar, por parpadear, por ver la habitación bañada en luz de luna, por voltear a ver al príncipe hada que dormía al otro lado de la cama.

Vivo: no torturado, no muerto.

De todas maneras, estiró la mano por encima del mar de cobijas que los separaba y le tocó el hombro desnudo. El músculo duro como piedra envuelta en suave piel de terciopelo. Real.

Habían hecho lo que se debía hacer. El comandante del Valg estaba encerrado en otro edificio, listo y esperando a la noche del día siguiente, cuando lo llevarían a la fortaleza y al fin pagaran el favor de Arobynn. No obstante, las palabras del demonio resonaban en su cabeza. Y luego se mezclaron con la voz del príncipe del Valg que había usado la boca de Dorian como la de una marioneta.

Destruiré todo lo que amas. Una promesa.

Aelin dejó escapar un suspiro, cuidando de no molestar al príncipe hada dormido a su lado. Por un momento fue difícil quitar la mano que tocaba su brazo, por un momento se sintió tentada a acariciar con los dedos la curva de sus músculos.

Pero todavía le faltaba hacer una cosa esa noche.

Así que quitó la mano.

Esta vez él no despertó cuando ella salió de la habitación.

Eran casi las cuatro de la mañana. Ella regresó silenciosamente al cuarto, con las botas en la mano. Caminó dos pasos, dos pasos muy pesados y exhaustos, antes de que Rowan le dijera desde la cama:

—Hueles a cenizas.

Siguió caminando, dejó caer las botas en el clóset, se quitó la ropa, se puso la primera camisa que encontró y se lavó la cara y el cuello.

—Tenía cosas que hacer —dijo al meterse a la cama.

—Esta vez fuiste más sigilosa —dijo él, aunque ardía tanto de rabia que casi podía quemar las cobijas.

—Esto no era particularmente arriesgado.

Mentira. Mentira, mentira, mentira. Sólo había tenido suerte.

—Y supongo que no me vas a decir hasta que te dé la gana...

Aelin se recargó, agotada, en las almohadas.

—No te pongas pesado sólo porque fui más sigilosa que tú.

El gruñido de Rowan hizo vibrar todo el colchón.

—No es broma.

Ella cerró los ojos. Sentía las extremidades como de plomo.

—Lo sé.

—Aelin...

Ya estaba dormida.

Rowan no se había puesto pesado.

No, pesado no era ni una fracción de lo que sentía.

Todavía abrigaba rabia a la mañana siguiente, cuando se despertó antes que ella y se metió al vestidor para examinar la ropa que se había quitado. Polvo, metal, humo y sudor le cosquillearon la nariz; notó manchas de tierra y cenizas en la tela negra. Sólo unas cuantas dagas por ahí: no había señales de que hubiera movido a Goldryn o a Damaris del lugar donde él las había dejado en el piso del vestidor la noche anterior. Ni olor a Lorcan ni a los Valg. No había olor a sangre.

O no se había querido arriesgar a perder las espadas antiguas en una pelea o prefirió prescindir del peso adicional.

Estaba recostada, extendida por toda la cama, cuando él salió con la mandíbula apretada. Ni siquiera se había puesto uno de sus ridículos camisones. Debía haber estado tan exhausta que no se había molestado con ponerse nada. Sólo su camisa, se dio cuenta con bastante satisfacción masculina.

Le quedaba enorme. Resultaba fácil olvidar que era mucho más pequeña que él. Mucho más mortal. Y no tenía ninguna conciencia del control que él debía ejercer todos los días, a todas horas, para mantener su distancia, para evitar tocarla.

La fulminó con la mirada antes de salir de la recámara. En las montañas, la hubiera obligado a salir a correr, a cortar leña durante horas o a hacer un turno adicional en la cocina.

Este departamento era muy pequeño, estaba demasiado lleno de hombres acostumbrados a salirse con la suya y una reina acostumbrada a lo mismo. Aun peor: una reina decidida a guardar secretos. Él ya había lidiado con gobernantes jóvenes: Maeve lo había despachado a suficientes cortes extranjeras para que él supiera cómo hacerlos obedecer. Pero Aelin...

Lo llevó a cazar demonios. Sin embargo, lo de la noche anterior, cualquier cosa que hubiera sido, requería que él se mantuviera ignorante.

Rowan llenó la tetera y se concentró en cada movimiento... al menos eso le ayudaría a evitar lanzarla por la ventana.

—¿Estás haciendo el desayuno? Qué hogareña —dijo Aelin recargada en la puerta, irreverente como siempre.

—¿No deberías estar durmiendo como los muertos, considerando lo ocupada que estuviste anoche?

—¿Podemos no pelear por esto antes de mi primera taza de té?

Con calma letal, él colocó la tetera en la estufa.

—¿Después del té, entonces?

Ella se cruzó de brazos. El sol besaba el hombro de su bata color azul claro. Era una criatura de lujos, esta reina. Sin embargo, no se había comprado nada nuevo recientemente. Suspiró y sus hombros se relajaron un poco.

La rabia que rugía por las venas de Rowan flaqueó. Y volvió a flaquear cuando ella empezó a morderse el labio.

—Necesito que vengas conmigo hoy.

—Donde tú quieras —dijo él; ella miró a la mesa, a la estufa—. ¿Con Arobynn?

No había olvidado ni por un segundo dónde debían estar esa noche, lo que ella estaría enfrentando.

Ella negó con la cabeza, luego se encogió de hombros.

—No..., quiero decir, sí, quiero que vengas esta noche, pero... Necesito hacer otra cosa. Hacerla hoy, antes de que suceda todo.

Él esperó, esforzándose por no acercársele, por no pedirle que le dijera más. Ésa había sido la mutua promesa que se hicieron: respetar el espacio de cada quien para poner en orden sus vidas miserables, descifrar cómo compartirlas. A él no le importaba. La mayor parte del tiempo.

Ella se frotó la frente con el pulgar y el dedo índice; cuando enderezó los hombros, esos hombros vestidos de seda que soportaban un peso que él haría lo imposible por aliviar, levantó la barbilla.

—Necesito visitar una tumba.

No tenía un vestido negro adecuado para el luto, pero Aelin se imaginó que Sam de todas formas hubiera preferido verla con algo brillante y hermoso. Así que se puso una túnica del color del pasto de primavera. Las mangas terminaban en puños de color dorado polvoso. La *vida*, pensó mientras caminaba por el pequeño y hermoso cementerio con vista al Avery. La ropa que Sam hubiera querido que ella usara le recordaba la vida.

El cementerio estaba vacío, sin embargo, las lápidas y el césped estaban bien cuidados; los robles enormes ya estaban llenos de hojas nuevas. La brisa que soplaba desde el resplandeciente río la hacía suspirar y despeinó el cabello sin recoger de Aelin, que ya había regresado a su tono normal: del color dorado de la miel.

Rowan permaneció cerca de la entrada en el enrejado de hierro, recargado contra uno de los robles para evitar que lo vieran quienes pasaran por esa tranquila calle de la ciudad. En caso de que lo vieran, su ropa negra y sus armas lo harían parecer sólo un guardaespaldas.

Ella había planeado hacer la visita sola. Pero esa mañana despertó y simplemente... necesitó que él estuviera con ella.

El pasto nuevo acolchaba cada paso entre las lápidas pálidas bañadas con la luz del sol encima de ellas.

Ella tomó unas piedras pequeñas en el camino; fue deshaciéndose de las que tenían formas irregulares o bordes toscos, y se quedó con las que brillaban con trocitos de cuarzo o de color. Tenía ya un puñado apretado en la mano al llegar a la última hilera de tumbas, a las orillas del río grande y lodoso que pasaba con calma a su lado.

Era una tumba bella, simple, limpia. La lápida decía:

SAM CORTLAND
AMADO

Arobynn había dejado la lápida en blanco, sin nombre. Pero Wesley le explicó a Aelin en su carta que había mandado grabar la lápida. Ella se acercó a la tumba y la leyó una y otra vez.

Amado: no sólo por ella, sino por muchos.

Sam. Su Sam.

Por un momento se quedó mirando ese trozo de césped, la roca blanca. Por un momento pudo ver aquel rostro hermoso que le sonreía, le gritaba, la amaba. Abrió su puño lleno de piedritas y eligió las tres más hermosas: dos por los años que habían pasado desde que se lo habían arrebatado y una por el que estuvieron juntos. Con cuidado, las colocó en la parte más alta de la curva de la lápida.

Luego se sentó recargada contra la piedra, acomodó los pies debajo de su cuerpo y descansó la cabeza contra la roca suave y fresca.

—Hola, Sam —exhaló hacia la brisa del río.

No dijo nada por un tiempo, se conformaba con estar cerca de él, aunque fuera así. El sol le calentaba el cabello, un beso de calor por el cuero cabelludo. Un rastro de Mala, tal vez, incluso aquí.

Empezó a hablar, en voz baja y resumiendo, para contarle a Sam lo que le había sucedido diez años antes. Le contó también los últimos nueve meses. Cuando terminó, miró las hojas del roble que susurraban suavemente arriba de ellos y arrastró sus dedos por el suave pasto.

—Te extraño —dijo—. Todos los días te extraño. Y me pregunto qué hubieras pensado de todo esto. De mí. Pienso... pienso que habrías sido un rey maravilloso. Les hubieras agradado más que yo, de hecho —comentó, y sintió que se le cerraba la garganta—. Nunca te dije cómo me sentía. Pero te amaba, y creo que una parte de mí probablemente siempre te amará. Tal vez tú eras mi pareja, y yo nunca lo supe. Quizás pasaré el resto de mi vida preguntándome eso. Acaso te vuelva a ver en el Más allá y entonces lo sabré con certeza. Pero hasta ese momento... te extrañaré y desearé que estuvieras aquí.

No se disculparía ni diría que había sido su culpa. Porque su muerte no había sido su culpa. Y esa noche... ella saldaría esa deuda.

Se limpió la cara con la manga de su túnica y se puso de pie. El sol le secó las lágrimas. Olió el pino y la nieve antes de escucharlo y, cuando se dio la vuelta, vio que Rowan estaba a un par de metros de distancia, mirando la lápida detrás de ella.

—Él era...

—Sé quién era para ti —dijo él con suavidad y extendió la mano. No para tomar la suya, sino para que le diera una piedra.

Ella abrió el puño y Rowan buscó entre las piedras hasta que eligió una, suave y redonda, del tamaño del huevo de un colibrí. Con una delicadeza que le resquebrajó el corazón a Aelin, la colocó sobre la lápida junto a las piedras de ella.

—Vas a matar a Arobynn esta noche, ¿verdad? —dijo él.

—Después de la cena. Cuando se haya ido a la cama. Voy a regresar a la fortaleza y le pondré fin.

Había venido a este sitio para recordar, para acordarse por qué existía siquiera esa tumba y por qué ella tenía esas cicatrices en la espalda.

—¿Y el Amuleto de Orynth?

—Es el objetivo, pero también una distracción.

El sol bailó en el Avery con una luz casi cegadora.

—¿Estás lista para hacerlo?

Ella miró nuevamente la lápida y el pasto que ocultaba el ataúd debajo.

—No tengo otra opción.

CAPÍTULO 40

Elide pasó dos días como voluntaria en la cocina, aprendiendo dónde y cuándo comían las lavanderas y quién les llevaba su comida. Para ese momento, el jefe de cocinero confiaba en ella lo suficiente como para, sin pensarlo dos veces, permitirle llevar el pan al salón del comedor durante la cena.

Nadie notó cuando le puso veneno a unos cuantos panes. La Líder de la Flota le juró que no mataría, sólo enfermaría a la lavandera durante unos días. Tal vez eso la hacía egoísta, poner su supervivencia antes que la de otros, pero Elide no dudó al echar el polvo pálido en algunos de los panes, mezclándolo con los restos de harina que los cubrían.

La chica marcó un pan en particular para asegurarse de dárselo a la lavandera que había estado observando los días anteriores; repartiría al azar los otros entre las demás.

Demonios, tal vez ardería eternamente en el reino de Hellas por esto.

Pero ya pensaría en su condena cuando se hubiera escapado y estuviera muy muy lejos, más allá del continente del sur.

Elide cojeó al entrar al ruidoso salón comedor; una silenciosa lisiada cargando otro platón de comida. Recorrió la larga mesa, intentó mantener su peso sobre la pierna sana al inclinarse una y otra vez para colocar los panes en los platos. La lavandera no se molestó siquiera en darle las gracias.

Al día siguiente, la noticia de que una tercera parte de las lavanderas estaban enfermas recorría la fortaleza. Debió haber sido el pollo de la cena, dijeron. O el cordero. O la sopa, porque sólo algunas la comieron. El cocinero se disculpó y Elide intentó no disculparse con él al notar el terror en su mirada.

A decir verdad, la lavandera en jefe lució aliviada cuando la sirvienta entró cojeando y ofreció su ayuda. Le dijo que eligiera la estación que quisiera y se pusiera a trabajar.

Perfecto.

Pero la culpa le presionaba los hombros al irse a trabajar exactamente a la estación de esa mujer.

Trabajó todo el día y esperó a que llegaran las ropas de cama ensangrentadas.

Cuando al fin llegaron, no había tanta sangre como antes, pero sí había más sustancias que parecían vómito.

Elide casi vomitó también mientras las lavaba. Y las exprimía. Y las secaba. Y las planchaba. Le tomó horas.

Caía la noche cuando dobló las últimas, intentando evitar que sus dedos temblaran. Fue con la lavandera en jefe y le dijo con suavidad, tan sólo una chica nerviosa:

—¿Las llevo... las llevo de regreso?

La mujer sonrió con sorna. Elide se preguntó si enviaban a las otras lavanderas ahí como castigo.

—Hay una escalera por ese lado que te conducirá a los niveles subterráneos. Diles a los guardias que eres la sustituta de Misty. Lleva la ropa a la segunda puerta a la izquierda y déjala afuera —dijo la mujer y miró las cadenas de Elide—. Trata de salir corriendo, si puedes.

Los intestinos de Elide se habían convertido en agua para cuando llegó con los guardias.

Ellos no le cuestionaron nada cuando repitió lo que había dicho la lavandera en jefe.

Bajó, bajó y bajó, avanzando en la oscuridad de la escalera espiral. La temperatura fue descendiendo conforme bajaba.

Luego escuchó los gemidos.

Gemidos de dolor, de terror, de desesperación.

Sostuvo el canasto con ropa cerca de su pecho. Vio una antorcha brillar más adelante.

Dioses, el lugar era tan frío.

Las escaleras se ensanchaban en la parte inferior, abriéndose para formar un descenso recto que terminaba en un ancho pasillo iluminado con antorchas y forrado de incontables puertas de hierro.

Los gemidos provenían de detrás de esas puertas.

La segunda puerta a la izquierda. Tenía marcas de algo que parecían arañazos de garras empujando desde adentro.

Había guardias ahí, guardias y hombres extraños que patrullaban de arriba abajo, abriendo y cerrando puertas. Elide sintió débiles las rodillas. Nadie la detuvo.

Dejó la canasta de ropa limpia frente a la segunda puerta y tocó suavemente. El hierro estaba tan frío que quemaba.

—Ropa limpia —dijo contra el metal.

Era absurdo. En ese sitio, con esa gente, todavía insistían en tener ropa limpia.

Tres de los guardias se habían detenido a observar. Ella fingió no notarlo, aparentó retroceder lentamente, como un conejo miedoso.

Simuló que su pie maltratado se había atorado con algo y se resbaló.

Pero al caer, cuando sus cadenas tronaron y tiraron de sus pies, lo que rugió a través de su pierna fue dolor real. El piso estaba tan frío como la puerta de hierro.

Ninguno de los guardias hizo el mínimo esfuerzo por ayudarla.

Ella siseó, con el tobillo lastimado, y ganó tanto tiempo como pudo con el corazón latiéndole con fuerza, fuerza, fuerza.

Entonces se abrió una rendija en la puerta.

Manon observó a Elide vomitar otra vez. Y otra vez.

Una centinela Picos Negros la había encontrado acurrucada en el rincón de un pasillo, temblando y sentada en un charco de orina. La bruja había escuchado que la sirvienta era propiedad de Manon, así que la subió.

Asterin y Sorrel permanecieron con rostros inmóviles detrás de Manon, mientras la chica vomitaba de nuevo en el balde, esta vez sólo bilis y saliva. Al fin levantó la cabeza.

—Dame tu informe —dijo Manon.

—Vi la cámara —respondió Elide en tono áspero.

Todas se quedaron inmóviles.

—Algo abrió la puerta para recibir la ropa limpia y miré la cámara que está dentro.

Con esos ojos astutos, probablemente había visto demasiado.

—Ya escúpelo —dijo Manon recargándose en el poste de la cama. Asterin y Sorrel permanecieron cerca de la puerta para vigilar que nadie espiara.

Elide se quedó en el piso, con una pierna torcida hacia el costado. No obstante, los ojos que miraron a Manon brillaban con un temperamento ardiente, que la chica rara vez dejaba ver.

—La cosa que abrió la puerta era un hombre hermoso, un hombre con cabello dorado y un collar alrededor del cuello. Pero no era un hombre. Sus ojos no tenían nada de humano.

Uno de los príncipes, eso debía ser. Elide continuó:

—Yo fingí caerme para tener más tiempo de ver quién abría la puerta. Cuando me miró en el piso me sonrió y su oscuridad se le salió... —dijo y se abalanzó sobre el balde, pero no vomitó. Tras un momento siguió hablando—: Logré ver hacia la habitación que había detrás.

Se quedó mirando a Manon y luego a Asterin y a Sorrel.

—Me habían dicho que les iban a... implantar algo.

—Sí —respondió Manon.

—¿Saben cuántas veces?

—¿Qué? —exhaló Asterin.

—¿Saben —dijo Elide con la voz entrecortada por el miedo o la rabia— cuántas veces les iban a implantar hijos antes de dejarlas ir?

La mente de Manon se quedó en silencio absoluto.

—Continúa.

El rostro de Elide se puso blanco como la muerte, tanto que sus pecas parecían salpicaduras de sangre seca.

—Por lo que vi, cada una ya tuvo al menos un bebé. Y están a punto de tener otro.

—Eso es imposible —dijo Sorrel.

—¿Y las crías de bruja? —preguntó Asterin.

Elide sí vomitó entonces.

Cuando terminó, Manon se esforzó por mantenerse bajo control y dijo:

—Dime sobre las crías.

—No son crías de bruja. No son bebés —escupió Elide y se cubrió el rostro con las manos, como si quisiera arrancarse los ojos—. Son criaturas. Son demonios. Su piel es como diamante negro y tienen... tienen hocicos con dientes. Colmillos. Ya tienen colmillos, no son como los de ustedes —bajó las manos—. Tienen dientes de piedra negra. No tienen nada de ustedes.

Si Sorrel y Asterin estaban horrorizadas, no lo demostraron.

—¿Y qué hay de las Piernas Amarillas? —exigió saber Manon.

—Están encadenadas a mesas. Altares. Y sollozaban. Le rogaban al hombre que las dejara ir. Pero están... están tan cerca de dar a luz. Y luego corrí. Salí corriendo de ahí lo más rápido que pude y... oh, dioses. Oh, dioses.

Elide empezó a llorar.

Lenta, muy lentamente, Manon volteó a ver a su Segunda y a su Tercera.

Sorrel estaba pálida, la rabia encendía sus ojos.

Sin embargo, Asterin le devolvió la mirada a Manon; se la devolvió con una furia que nunca había visto dirigida a ella.

—Tú permitiste que hicieran esto.

Manon sacó las uñas.

—Ésas eran mis órdenes. Ésta es nuestra misión.

—¡Es una abominación! —gritó Asterin.

Elide hizo una pausa en su llanto. Y retrocedió hacia la seguridad de la chimenea.

Había lágrimas, lágrimas, en los ojos de Asterin.

Manon gruñó.

—¿Se ha suavizado tu corazón? —preguntó con una voz que bien podría ser la de su abuela—. ¿No tienes estómago para...?

—¡Tú permitiste que hicieran esto! —aulló Asterin.

Sorrel se paró directamente frente a la Tercera.

—Ya basta.

Asterin empujó a Sorrel con tanta violencia que la Segunda de Manon salió volando y chocó con el vestidor. Antes de que se pudiera recuperar, su rival ya estaba a unos centímetros de Manon.

—Tú le diste a esas brujas. ¡Tú le diste a esas brujas!

Manon atacó y apretó su mano alrededor de la garganta de Asterin. Pero Asterin le sostuvo el brazo con fuerza, le clavó las uñas de hierro tan fuerte que hizo correr su sangre.

Por un momento, el sonido de la sangre de Manon que caía en el piso fue lo único que se escuchaba.

La vida de Asterin debería terminar por haber hecho sangrar a la heredera.

La luz se reflejó en la daga de Sorrel, quien se acercaba lista para rasgar la columna vertebral de Asterin si recibía la orden. Manon podría haber jurado que la mano de Sorrel temblaba un poco.

Manon miró los ojos negros con dorado de Asterin.

—No cuestiones. No exijas. Ya no eres la Tercera. Vesta te reemplazará. Tú...

Una risa hostil y entrecortada.

—No vas a hacer nada al respecto, ¿verdad? No las vas a liberar. No vas a luchar por ellas. Por nosotras. Porque, ¿qué diría la abuela? ¿Por qué no te ha contestado las cartas, Manon? ¿Cuántas le has enviado ya?

Las uñas de hierro de Asterin se clavaron más y rompieron carne. Manon aceptó el dolor.

—Mañana en la mañana, en el desayuno, recibirás tu castigo —siseó Manon y empujó a su Tercera.

Asterin se tambaleó hacia la puerta. Manon dejó que su brazo ensangrentado colgara a su lado. Necesitaría vendarlo pronto. La sangre, en la palma de su mano, en sus dedos, se sentía tan familiar...

—Si tratas de liberarlas, si haces alguna estupidez, Asterin Picos Negros —continuó Manon—, el siguiente castigo que recibas será tu propia ejecución.

La bruja soltó otra carcajada sin alegría.

—¿Tú no hubieras desobedecido aunque fueran Picos Negros las que estuvieran allá abajo, verdad? Lealtad, obediencia, brutalidad..., eso eres.

—Vete mientras todavía puedas caminar —dijo Sorrel suavemente.

Asterin volteó hacia Sorrel con algo similar al dolor en su rostro.

Manon parpadeó. Esos sentimientos...

Asterin dio la media vuelta y salió con un portazo.

Elide ya se había despejado cuando ofreció limpiar y vendar el brazo de Manon.

Lo que había visto ese día, en esta habitación y en la cámara de abajo...

Tú permitiste que hicieran esto. No culpaba a Asterin, aunque le había sorprendido ver a la bruja perder el control tan completamente. Nunca había visto que ninguna de ellas reaccionara con alguna emoción que no fuera una especie de frialdad, indiferencia o absoluta sed de sangre.

Manon no había dicho una palabra desde que le ordenó a Sorrel que siguiera a Asterin y evitara que hiciera algo increíblemente estúpido.

Como si salvar a las Piernas Amarillas fuera una tontería. Como si ese tipo de compasión fuera algo insensato.

Manon tenía la mirada perdida mientras Elide terminaba de ponerle un bálsamo y buscaba las vendas. Las heridas eran profundas, pero no ameritaban suturas.

—¿Tu reino disgregado vale la pena? —se atrevió a preguntar Elide.

Esos ojos color oro quemado se movieron hacia la ventana oscurecida.

—No espero que una humana entienda lo que es ser una inmortal sin patria. Tener la maldición del exilio eterno.

Fueron palabras frías y distantes.

Elide dijo:

—El rey de Adarlan conquistó mi reino y ejecutó a todos mis seres amados. Mi tío me robó las tierras de mi padre y mi título; ahora mi mejor alternativa para recuperar la seguridad es navegar hasta el otro lado del mundo. Entiendo lo que es desear..., tener esperanza.

—No es esperanza. Es supervivencia.

Elide envolvió suavemente el antebrazo de la bruja con la venda.

—La esperanza de recuperar tu hogar es lo que te guía, lo que te hace obedecer.

—¿Y qué hay de tu futuro? Hablas mucho de esperanza, pero pareces estar resignada a huir. ¿Por qué no regresar a tu reino, a pelear?

Tal vez el horror atestiguado ese día le dio el valor para responder:

—Hace diez años, asesinaron a mis padres. A mi padre lo ejecutaron en un bloque de carnicero frente a miles de personas. Pero mi madre... Mi madre murió defendiendo a Aelin Galathynius, la heredera al trono de Terrasen. Ella ganó tiempo para que pudiera escapar. Después siguieron las huellas de Aelin hasta el río congelado, donde dicen que cayó y se ahogó. Pero, verás, Aelin tenía magia de fuego. Podría haber sobrevivido al frío. Y Aelin... Yo en realidad nunca le agradé ni jugó conmigo, porque yo era muy tímida, pero... Nunca les creí cuando me dijeron que había muerto. Desde entonces estoy convencida de que logró escapar, que está en alguna parte, esperando. Creciendo, fortaleciéndose, para algún día regresar a salvar Terrasen. Y tú eres mi enemiga porque, si algún día regresa, ella peleará contra ti. Pero durante diez años, hasta que vine a este lugar, soporté a Vernon por ella. Por la esperanza de que hubiera escapado y que el sacrificio de mi madre no hubiera sido en vano. Pensé que algún día Aelin llegaría a salvarme, recordaría que yo existía y me salvaría de la torre.

Ahí estaba, su gran secreto, el que nunca se había atrevido a contarle a nadie, ni siquiera a su nana.

—Aunque... aunque nunca llegó, y ahora estoy aquí, no puedo dejar de pensarlo. Creo que por eso obedeces tú. Porque has estado esperando cada instante de tu miserable y horrible vida regresar a casa algún día.

Elide terminó de vendarle el brazo y dio un paso hacia atrás. Manon la miraba fijamente.

—Si Aelin Galathynius estuviera viva, ¿intentarías ir con ella? ¿Luchar con ella?

—Lucharía con todo mi ser para llegar con ella. Pero hay límites que no sobrepasaría. Porque no sé si pudiera enfrentarla si... si no fuera capaz de enfrentarme a mí por algo que hice.

Manon no dijo nada. Elide se alejó para ir al baño a lavarse las manos.

La Líder de la Flota dijo desde donde estaba:

—¿Crees que los monstruos nacen o se hacen?

Por lo que había visto ese día, diría que algunas criaturas nacían ya malas. Pero lo que Manon estaba preguntando...

—Yo no soy la que necesita responder esa pregunta —dijo Elide.

CAPÍTULO 41

El aceite estaba en la orilla de la bañera, brillando como ámbar en la luz de la tarde.

Aelin estaba de pie, desnuda frente a la botella, incapaz de estirar la mano para tomarla.

Era lo que Arobynn quería, que ella pensara en él al frotarse ese aceite en cada centímetro de su piel. Para que sus senos, sus muslos, su cuello olieran a almendras..., el aroma que él había elegido.

Su aroma, porque sabía que un macho hada había llegado a quedarse con ella y todo apuntaba a que estaban lo suficientemente cerca para que el olor le importara a Rowan.

Ella cerró los ojos y se preparó.

—Aelin —dijo Rowan del otro lado de la puerta.

—Estoy bien —respondió ella. Faltaban sólo unas horas. Luego todo cambiaría.

Abrió los ojos y estiró la mano para tomar el aceite.

Rowan hizo un movimiento con la barbilla, el cual bastó para que Aedion lo siguiera a la azotea. Aelin todavía estaba en su habitación, vistiéndose, pero Rowan no se alejaría demasiado. Alcanzaría a escuchar a cualquier enemigo que viniera por la calle mucho antes de que tuviera oportunidad de meterse al departamento.

A pesar de que los Valg estaban recorriendo toda la ciudad, Rifthold era una de las capitales más tranquilas que había conocido: su gente por lo general tendía a evadir los problemas. Quizá por miedo a que los viera el monstruo que habitaba en aquel horrendo castillo de cristal. Pero Rowan, de todas maneras, se mantendría siempre en alerta: en Rifthold, en Terrasen o en donde los condujeran sus caminos.

Aedion estaba sentado en una pequeña silla que habían subido a la azotea en algún momento. El hijo de Gavriel: sorpresa y desconcierto cada vez que veía ese rostro o que su olor le llegaba a la nariz. Rowan no podía evitar preguntarse si Aelin había hecho que los mastines del Wyrd salieran a cazar a Lorcan para evitar que el guerrero la rastreara y poder preparar el camino para la liberación de la magia, o si lo había hecho también para evitar que se acercara a Aedion y detectara su linaje.

Aedion cruzó las piernas con una elegancia perezosa que probablemente le servía para ocultar su velocidad y fuerza a sus oponentes.

—Lo va a matar esta noche, ¿verdad?

—Después de la cena y lo que sea que Arobynn tenga planeado hacer con el comandante del Valg. Ella va a regresar y lo va a matar.

Sólo un tonto podría pensar que la sonrisa de Aedion era de diversión.

—Ésa es mi chica.

—¿Y si decide perdonarle la vida?

—Eso le corresponde a ella decidirlo.

Respuesta inteligente.

—¿Y si nos pide a nosotros que nos encarguemos de hacerlo?

—Entonces espero que vengas conmigo de cacería, príncipe.

Otra respuesta inteligente, y lo que él estaba esperando escuchar. Rowan continuó:

—¿Y cuando llegue el momento?

—Tú hiciste el juramento de sangre —dijo Aedion sin ningún indicio de desafío en la mirada, sólo la verdad, de guerrero a guerrero—. Así que a mí me toca el golpe mortal a Arobynn.

—Es justo.

Una rabia primigenia recorrió el rostro de Aedion.

—No va a ser rápido y no va a ser limpio. Ese hombre tiene muchas muchas deudas que pagar antes de ver su fin.

Cuando Aelin salió de su recámara, los dos hombres estaban hablando en la cocina, ya vestidos. En la calle, afuera del departamento, el comandante del Valg estaba atado, con los ojos vendados y encerrado en la parte trasera del carruaje que Nesryn había adquirido.

Aelin enderezó los hombros, dejó salir el aire que se había convertido en un nudo apretado en su pecho y cruzó la habitación. Cada paso los acercaba con demasiada rapidez a su partida inevitable.

Aedion, de cara a ella, vestido con una túnica de color verde intenso, fue el primero en darse cuenta. Dejó escapar un silbido.

—Bueno, si antes me dabas terror, ahora me das el triple.

Rowan volteó a verla.

Se quedó completa y absolutamente inmóvil al ver su vestido.

El terciopelo negro, que se ajustaba a cada curva y concavidad de su cuerpo y fluía hasta sus pies, dejaba ver cada una de sus respiraciones agitadas mientras la mirada de Rowan la recorría entera. Abajo, luego hacia arriba, hacia el cabello que se había recogido con unas peinetas en forma de ala de murciélago que salían de cada lado de su cabeza, como un tocado primitivo, hasta la cara que tenía básicamente limpia excepto por un toque de kohl en el párpado superior y los labios pintados cuidadosamente de un rojo intenso.

Con el peso quemante de la atención de Rowan sobre ella, Aelin se dio la vuelta para mostrarles la espalda: el dragón dorado que rugía y subía por su cuerpo con las garras en sus hombros. Volteó hacia ellos para ver la mirada de Rowan, que se dirigía al sur y ahí se quedaba.

Lentamente, la mirada de Rowan subió hasta encontrar la de ella. Aelin podría haber jurado que vio hambre pasar por ahí, hambre voraz.

—Demonios y cena —dijo Aedion, dando una palmada en el hombro de Rowan—. Ya debemos irnos.

Su primo pasó junto a ella con un guiño. Cuando volteó a ver a Rowan, todavía sin aliento, lo único que quedaba en el rostro del príncipe era una mirada distante.

—Dijiste que querías verme con este vestido —dijo ella un poco ronca.

—No me había dado cuenta de que el efecto sería tan... —repuso él y sacudió la cabeza. Se fijó en su rostro, en su cara, en las peinetas—. Te ves como...

—¿Como una reina?

—La reina-perra-escupe-fuego que dicen esos bastardos que eres.

Ella rio e hizo un ademán con la mano en dirección a Rowan: el saco negro y ajustado que resaltaba los hombros poderosos, los acentos plateados que hacían juego con su cabello, la belleza y elegancia de la ropa contrastando de manera fascinante con el tatuaje que recorría el costado de su rostro y cuello.

—Tú no te ves nada mal tampoco, príncipe.

No le hacía justicia. Él se veía... Aelin no podía dejar de mirarlo, así se veía.

—Aparentemente —dijo él y caminó en su dirección ofreciéndole un brazo—, ambos nos vemos bien cuando estamos bañados.

Ella lo miró con picardía y lo tomó del codo. El aroma de las almendras la envolvió nuevamente.

—No olvides tu capa. Te sentirías un poco culpable si haces que todas esas pobres mortales se consuman en llamas al verte.

—Te diría lo mismo, pero creo que a ti te encantaría ver que los hombres se convirtieran en cenizas a tu paso.

Ella le guiñó el ojo y la risa de Rowan reverberó por sus huesos y su sangre.

CAPÍTULO 42

La verja en la fortaleza de los asesinos estaba abierta, el camino de grava y el prado brillaban bajo las luces de las lámparas de cristal. El edificio de pálida roca lucía radiante, hermoso y acogedor.

Aelin les había dicho qué podían esperar cuando iban en camino, pero al empezar a frenar cerca de las escaleras de la entrada, miró a los dos hombres apretujados en el carruaje con ella y dijo:

—Estén alertas y mantengan sus bocotas cerradas. En especial con el comandante del Valg. No importa lo que escuchen o vean, sólo mantengan sus bocotas cerradas. Nada de sus idioteces territoriales psicóticas.

Aedion rio.

—Recuérdame mañana que te diga lo encantadora que eres.

Pero ella no estaba de humor para reír.

Nesryn descendió del asiento del conductor de un salto y abrió la puerta del carruaje. Aelin salió y dejó su capa en el interior. No se atrevió a fijarse en la casa del otro lado de la calle, la azotea donde Chaol y algunos rebeldes estaban apostados para ofrecer apoyo en caso de que las cosas salieran muy muy mal.

Cuando iba a la mitad de las escaleras de mármol, las puertas de roble tallado se abrieron de par en par e inundaron la entrada con luz dorada. El que estaba parado en la puerta sonriendo con dientes demasiado blancos no era el mayordomo.

—Bienvenida a casa —ronroneó Arobynn.

Les hizo señas para que entraran al recibidor enorme.

—Y bienvenidos tus amigos.

Aedion y Nesryn se dirigieron hacia el compartimento trasero del carruaje. El general tenía su espada ordinaria desenvainada al abrirlo y sacaron de ahí a una figura encadenada y encapuchada.

—Tu favor —dijo Aelin cuando lo pusieron de pie.

El comandante del Valg se sacudió y tropezó cuando lo condujeron sostenido de ambos brazos hacia la casa. La capucha que cubría su cabeza se mecía de un lado al otro. Se escuchó un sonido sibilante y violento salir de debajo de las fibras tejidas burdamente.

—Hubiera preferido que nuestro huésped usara la puerta de la servidumbre —dijo Arobynn secamente.

Estaba vestido de verde, verde por Terrasen, aunque casi todo el mundo suponía que lo hacía así porque contrastaba bien con su cabello rojizo. Era una manera de confundir sus prejuicios sobre sus intenciones, sobre sus alianzas. No traía armas que ella pudiera ver, y en esos ojos plateados sólo había calidez cuando extendió las manos hacia ella, como si Aedion no estuviera subiendo a un demonio a tirones por la escalera de la entrada. Detrás de ellos, Nesryn se llevó el carruaje.

Podía sentir la irritación de Rowan, el asco de Aedion, pero los bloqueó.

Tomó las manos de Arobynn, secas, cálidas, con callos. Él apretó sus dedos con suavidad y miró su rostro.

—Te ves exquisita, no esperaba menos de ti. Ni siquiera un moretón después de capturar a nuestro huésped. Impresionante —dijo y se inclinó hacia ella, olfateando—. Hueles divino también. Me da gusto que le hayas dado buen uso a mi regalo.

Con el rabillo del ojo vio cómo Rowan se enderezaba y supo que ya había entrado en la fase de tranquilidad asesina. Ni Rowan ni Aedion traían armas visibles, excepto la espada que su primo tenía desenvainada, pero ella sabía que ambos venían armados debajo de sus ropas y también que Rowan le rompería el cuello a Arobynn si siquiera se atrevía a mirarla mal.

Esa idea fue lo que le posibilitó sonreírle a Arobynn.

—Te ves bien —dijo ella—. Supongo que ya conoces a mis acompañantes.

Él miró a Aedion, ocupado con la espada en el costado del comandante para recordarle que siguiera avanzando.

—No tenía el gusto de conocer a tu primo.

Aelin sabía que Arobynn se estaba fijando en cada detalle cuando Aedion se acercó, empujando a su encomendado frente a él. Estaba buscando alguna debilidad, algo que pudiera utilizar para sacar ventaja. Aedion avanzó al interior de la casa y el comandante del Valg se tropezó al cruzar el umbral de la puerta.

—Te has recuperado bien, general —dijo Arobynn—. ¿O debería llamarte su Alteza en honor a tu ascendencia Ashryver? Lo que prefieras, por supuesto.

Aelin cayó entonces en la cuenta de que Arobynn no tenía intenciones de dejar que el demonio ni Stevan salieran vivos de su casa.

Aedion le sonrió con pereza a Arobynn por encima del hombro.

—Me importa un carajo cómo me llames —dijo, y empujó al comandante del Valg para que avanzara más—. Sólo quítame de encima esta cosa putrefacta.

Arobynn sonrió sin entusiasmo, sin mostrar ninguna emoción. Ya había previsto el odio de Aedion. Con lentitud deliberada, volteó a ver a Rowan.

—A ti no te conozco —dijo Arobynn; tuvo que levantar la cabeza para ver el rostro de Rowan. Lo observó deliberada y cuidadosamente de pies a cabeza—. Tiene mucho tiempo que no veía a alguien hada. No recordaba que fueran tan grandes.

Rowan avanzó hacia el interior del vestíbulo de entrada y cada uno de sus pasos destilaba poder y muerte. Se detuvo al lado de Aelin.

—Puedes llamarme Rowan. Es todo lo que necesitas saber —dijo, ladeando la cabeza como un depredador que calcula las fuerzas de su presa—. Gracias por el aceite —añadió—. Mi piel estaba un poco seca.

Arobynn parpadeó. Fue el gesto de mayor sorpresa que se permitió.

A ella le tomó un momento procesar lo que Rowan había dicho y darse cuenta de que el olor a almendras no sólo provenía de ella. Él también se lo había puesto.

Arobynn pasó su atención a Aedion y al comandante del Valg.

—Tercera puerta a la izquierda, llévalo abajo. Usa la cuarta celda.

Aelin no se atrevió a mirar a su primo cuando arrastró a Stevan hacia allá. No había señales de los demás asesinos, ni siquiera un sirviente. Lo que tuviera planeado Arobynn..., no quería ningún testigo.

Arobynn salió detrás de Aedion con las manos en los bolsillos.

Aelin se quedó en el vestíbulo por un momento, mirando a Rowan.

Él tenía las cejas arqueadas cuando ella leyó las palabras en sus ojos, en su postura.

Él nunca especificó que sólo tú lo podías usar.

Sintió un nudo en la garganta y sacudió la cabeza.

¿Qué?, pareció preguntar él.

Es que tú... Sacudió la cabeza de nuevo. *Me sorprendes a veces. Me alegra. No me gustaría que te aburrieras.*

A pesar de que no quería, a pesar de lo que estaba por venir, una sonrisa tiró de las comisuras de los labios de Aelin cuando Rowan tomó su mano y la apretó.

Al voltear hacia los calabozos, su sonrisa desapareció al advertir que Arobynn los observaba.

Rowan estaba a un pelo de arrancarle la garganta al rey de los asesinos cuando los llevó abajo, abajo, abajo hasta los calabozos.

Se mantuvo un paso detrás de Aelin mientras descendían por la larga escalera curva de roca. El olor a moho y sangre y óxido incrementaba con cada paso. A él lo habían torturado bastantes veces y él lo había hecho también en varias ocasiones, por lo que sabía qué era ese sitio.

También entendió qué tipo de entrenamiento había recibido Aelin en ese lugar.

Una niña... era sólo una niña cuando el maldito pelirrojo que iba unos pasos adelante de ellos la había traído aquí y le enseñó a mutilar hombres, a mantenerlos vivos mientras lo hacía y a hacerlos gritar y suplicar. Y a acabar con ellos.

Ella no tenía ninguna parte que a él le repugnara, ningún aspecto que lo asustara, pero pensar en ella en ese sitio, con esos olores, en esa oscuridad...

A cada uno de sus pasos por las escaleras, los hombros de Aelin parecían caer más, su cabello se hacía más opaco, su piel más pálida.

Se dio cuenta de que éste era el último sitio donde había visto a Sam. Y su maestro lo sabía.

—Usamos este sitio para la mayoría de nuestras reuniones: es más difícil que nos escuchen o que nos descubran —dijo Arobynn a nadie en particular—. Aunque también tiene otros usos, como lo verán pronto.

Abrió puerta tras puerta y a Rowan le pareció que Aelin las estaba contando, esperando, hasta que...

—¿Entramos? —dijo Arobynn señalando la puerta de la celda.

Rowan le tocó el codo. Dioses, su autocontrol debía estar hecho jirones esa noche, no podía dejar de inventar excusas para tocarla. Pero su toque era esencial. Ella lo miró con ojos apagados y fríos. *Si tú me dices, aunque sólo fuera una maldita palabra, dalo por muerto. Luego podemos buscar en esta casa desde arriba hasta abajo para encontrar el amuleto.*

Ella negó con la cabeza mientras entraba a la celda y él entendió lo que quería decir.

Todavía no. Todavía no.

Casi se había arrepentido en las escaleras a los calabozos y lo único que la hizo seguir poniendo un pie delante del otro y descender al oscuro interior de roca fue pensar en el amuleto, en la calidez del guerrero hada a sus espaldas.

Ella nunca olvidaría esa habitación.

Seguía atormentándola en sus sueños.

La mesa estaba vacía, pero lo podía ver ahí, destrozado y casi irreconocible, oliendo a gloriella por todo el cuerpo. Torturaron a Sam de maneras que ella ni siquiera conocía, hasta que leyó la carta de Wesley. Las peores torturas fueron las que pidió Arobynn. Las solicitó como castigo a Sam por amarla a ella, como castigo por meterse con sus posesiones.

Arobynn entró caminando despreocupadamente a la habitación, con las manos en los bolsillos. La repentina inhalación de Rowan le dijo a ella lo suficiente sobre el olor del lugar.

La habitación donde pusieron el cuerpo de Sam era muy oscura y fría. Esa habitación donde había vomitado, y luego se había acostado a su lado en la mesa, durante horas y horas, rehusándose a dejarlo, era muy oscura y fría.

La habitación donde Aedion ahora encadenó a Stevan a la pared.

—Salgan —le dijo Arobynn simplemente a Rowan y a Aedion, quienes se tensaron—. Ustedes dos pueden esperar arriba. No necesitamos distracciones adicionales. Ni nuestro huésped tampoco.

—Sobre mi cadáver putrefacto —respondió Aedion.

Aelin le lanzó una mirada severa.

—Lysandra los está esperando en la sala —dijo Arobynn con exquisita cortesía.

Tenía la mirada fija en el Valg encapuchado, encadenado a la pared. Las manos enguantadas de Stevan tiraron de las cadenas, su siseo incesante aumentaba de volumen con violencia impresionante.

—Ella los entretendrá —agregó Arobynn—. Subiremos pronto para cenar.

Rowan estaba viendo a Aelin con mucho cuidado. Ella asintió ligeramente.

Rowan miró a Aedion y el general le sostuvo la mirada.

Honestamente, si ella hubiera estado en cualquier otra parte, tal vez habría traído una silla para sentarse a ver la más reciente batalla por el dominio. Afortunadamente, Aedion se dio la vuelta hacia las escaleras. Un momento después, ya se habían ido.

Arobynn avanzó hacia el demonio y le arrancó la capucha de la cabeza.

Unos ojos negros llenos de ira los miraron furiosos y parpadearon, estudiando la habitación.

—Podemos hacer esto de la manera fácil o de la difícil —dijo Arobynn lentamente.

Stevan sólo sonrió.

Aelin escuchó a Arobynn interrogar al demonio. Le exigió que le dijera qué era, de dónde venía, qué quería el rey. Después de treinta minutos y unos cuantos cortes mínimos, el demonio ya estaba hablando de todo y de nada.

—¿Cómo los controla el rey? —presionó Arobynn.

El demonio rio.

—Te encantaría saberlo, ¿verdad?

Arobynn se volteó un poco hacia ella, con la daga levantada y un hilo de sangre oscura escurriendo por la cuchilla.

—¿Te gustaría hacer los honores? Todo esto es por tu beneficio, después de todo.

Ella arrugó el entrecejo y miró su vestido.

—No quiero mancharlo de sangre.

Arobynn rio burlonamente e hizo un corte en el pectoral del hombre con la daga. El grito del demonio extinguió el sonido del goteo de la sangre en las rocas.

—El anillo —jadeó después de un momento—. Todos los tenemos.

Arobynn hizo una pausa y Aelin ladeó la cabeza.

—Mano… mano izquierda —dijo el demonio.

Arobynn le quitó el guante y vio un anillo negro.

—¿Cómo?

—Él también tiene un anillo que usa para controlarnos a todos. En cuanto te lo pones ya no te lo puedes volver a quitar. Hacemos lo que él dice, lo que sea que él diga.

—¿Dónde consiguió estos anillos?

—Los hizo… no sé —dijo el demonio y vio cómo se acercaba la daga—. ¡Lo juro! Usamos los anillos y él nos hace un corte en el brazo, bebe nuestra sangre para que circule dentro de él y entonces nos puede controlar como quiera. La sangre es lo que nos vincula.

—¿Y qué planea hacer con todos ustedes, ahora que están invadiendo mi ciudad?

—Estamos buscando al general. Yo no, no le diré a nadie que está aquí... Ni que ella está aquí, lo juro. El resto no lo sé.

Sus ojos la miraron: oscuros, suplicantes.

—Mátalo —le dijo ella a Arobynn—. Es una amenaza.

—Por favor —dijo Stevan sosteniendo aún la mirada de ella. Ella apartó la vista.

—Parece que ya se le acabaron las cosas que decirme a mí —murmuró Arobynn.

Rápido como una serpiente, Arobynn se abalanzó y le cortó el dedo, con todo y el anillo, en un solo movimiento brutal; Stevan gritó con tanta fuerza que a Aelin le dolieron los oídos.

—Gracias —dijo Arobynn de manera que su voz se pudo escuchar por encima de los gritos de Stevan. Luego le pasó el cuchillo por la garganta.

Aelin se apartó de la salpicadura de sangre y miró a Stevan a los ojos conforme la luz desaparecía de su mirada. Cuando la sangre dejó de brotar con fuerza, ella frunció el ceño y le dijo a Arobynn:

—Podrías haberlo matado y después cortarle el dedo.

—¿Y eso qué tendría de divertido? —dijo Arobynn con el dedo ensangrentado en la mano, al cual le quitó el anillo—. ¿Ya perdiste tu sed de sangre?

—Yo tiraría ese anillo al Avery si fuera tú.

—El rey está esclavizando gente para que haga su voluntad con estas cosas. Planeo estudiarlo lo mejor que pueda.

Por supuesto lo planeaba. Arobynn se metió el anillo en el bolsillo y movió la cabeza en dirección a la puerta.

—Ahora que estamos a mano, querida..., ¿cenamos?

Le costó trabajo asentir con el cuerpo de Stevan todavía sangrando y colgado de la pared.

Aelin estaba sentada a la derecha de Arobynn, como siempre. Esperaba que Lysandra se sentara frente a ella, pero la cortesana estaba a su lado. Sin duda la intención era reducir sus opciones a dos: o lidiar con su antigua rival o hablar con Arobynn. O algo así.

Saludó a Lysandra, quien había acompañado a Aedion y a Rowan en la sala, muy consciente de que Arobynn estaba a sus espaldas cuando le daba la mano a la cortesana. Al hacerlo, le pasó sutilmente una nota que había ocultado en el vestido toda la noche.

La nota ya no estaba cuando Aelin se acercó para darle un beso en la mejilla a la Lysandra, el saludo superficial de alguien que no tiene muchas ganas de hacerlo.

Arobynn sentó a Rowan a su izquierda y a Aedion al lado del guerrero. Los dos miembros de su corte estaban separados a una mesa de distancia para evitar que la alcanzaran y dejarla desprotegida contra Arobynn. Ninguno de ellos preguntó por lo sucedido en los calabozos.

Unos sirvientes silenciosos, que habían sido convocados ahora que el asunto con Stevan estaba terminado, se llevaron el primer tiempo (sopa de tomate y albahaca, cortesía de los vegetales que crecían en el invernadero de la parte trasera). Aelin reconoció a algunos, aunque ellos no la miraron. Nunca la habían mirado, ni siquiera cuando vivía aquí. Sabía que no se atreverían a decir ni una palabra sobre quién había cenado en esa mesa esa noche. No con Arobynn como su jefe.

—Debo decir —reflexionó Arobynn— que son un grupo bastante callado. ¿O mi protegida los tiene amenazados para que no hablen?

Aedion, quien había observado cada cucharada que ella tomó de sopa, arqueó una ceja.

—¿Quieres que hablemos de trivialidades después de que acabas de interrogar y masacrar a un demonio?

Arobynn hizo un ademán con la mano.

—Me gustaría saber más sobre ustedes.

—Cuidado —le dijo ella en voz muy baja a Arobynn.

El rey de los asesinos enderezó los cubiertos de plata que estaban junto a su plato.

—¿No debe interesarme con quién está viviendo mi protegida?

—No te preocupó con quién vivía cuando me enviaste a Endovier.

Un parpadeo lento.

—¿Eso es lo que crees que hice?

Lysandra se tensó a su lado. Arobynn notó eso, así como observaba cada movimiento, y dijo:

—Lysandra puede contarte la verdad: yo peleé hasta lo indecible para liberarte de esa prisión. Perdí a la mitad de mis hombres en el intento, todos torturados y muertos a manos del rey. Me sorprende que tu amigo el capitán no te lo haya dicho. Es una pena que esté de guardia en una azotea esta noche.

Al parecer, nada se le escapaba.

Arobynn miró a Lysandra, esperando. Ella tragó saliva y murmuró:

—Lo intentó, ¿sabes? Durante meses y meses.

Fue tan convincente que Aelin tal vez lo hubiera creído. Gracias a alguna especie de milagro, Arobynn no tenía idea de que la mujer se había estado reuniendo con ellos en secreto. Un milagro o la inteligencia de Lysandra.

Aelin le dijo lentamente a Arobynn:

—¿Planeas decirme por qué insististe en que nos quedáramos a cenar?

—¿De qué otra manera puedo verte? De no hacerlo así hubieras tirado esa cosa en mi entrada y te hubieras ido. Y aprendimos mucho, tantas cosas que podríamos utilizar, juntos —el escalofrío que le recorrió la espalda a Aelin no fue fingido—. Aunque debo decir que esta nueva tú es mucho más... apagada. Supongo que para Lysandra son buenas noticias. Siempre mira el agujero que quedó en la pared de la entrada cuando le lanzaste esa daga a la cabeza. Lo dejé ahí como un recordatorio de cuánto te extrañamos todos.

Rowan la estaba observando, una víbora lista para atacar. Pero sus cejas se juntaron un poco, como diciendo: *¿En verdad le lanzaste una daga a la cabeza?*

Arobynn empezó a hablar sobre una vez que Aelin peleó con Lysandra y rodaron por las escaleras, rasguñándose y aullando como gatos, así que Aelin miró a Rowan un poco más. *Era un poco temperamental.*

Empiezo a admirar a Lysandra más y más. La Aelin de diecisiete años debe de haber sido un deleite.

Ella se esforzó para controlar su labio que empezaba a curvarse.

Pagaría por ver a la Aelin de diecisiete años conocer al Rowan de diecisiete años.

Los ojos de Rowan brillaron. Arobynn seguía hablando.

El Rowan de diecisiete años no hubiera sabido qué hacer contigo. Apenas podía hablar a las mujeres que no fueran de su familia.

Mentiroso, no lo creo ni por un segundo.

Es verdad. Lo hubieras escandalizado con tu ropa de noche o con ese vestido que traes puesto.

Ella apretó los labios.

Probablemente se hubiera escandalizado más al saber que no traigo ropa interior debajo de este vestido.

La mesa se movió cuando la rodilla de Rowan chocó con ella.

Arobynn hizo una pausa, pero continuó cuando Aedion le preguntó qué le había dicho el demonio.

No estás hablando en serio, parecía decir Rowan.

¿Viste alguna parte del vestido donde la pudiera ocultar? Cada línea y arruga se veía.

Rowan negó sutilmente con la cabeza y sus ojos bailaron con una luz que ella apenas había empezado a vislumbrar, y a saborear.

¿Te divierte sorprenderme?

Ella no pudo ocultar su sonrisa.

¿De qué otra manera puedo mantener entretenido a un inmortal malhumorado?

La sonrisa de Rowan la distrajo; le tomó un momento notar el silencio y que todos los estaban viendo, esperando.

Ella miró a Arobynn, cuyo rostro era una máscara de roca.

—¿Me preguntaste algo?

Sus ojos de color plata sólo reflejaban una ira calculadora, lo cual en alguna época la podría haber llevado a suplicar piedad.

—Pregunté —dijo Arobynn— si te has divertido en estas últimas semanas, arruinando mis propiedades y asegurándote de que ninguno de mis clientes se me acerque.

CAPÍTULO 43

Aelin se recargó nuevamente en su silla. Incluso Rowan la estaba viendo atentamente, con sorpresa e irritación en el rostro. Lysandra hacía un buen trabajo fingiendo sorpresa y confusión, aunque era ella quien le había dado a Aelin los detalles, la que había hecho que su plan fuera mejor y más amplio de lo que había pensado cuando lo diseñó a bordo de ese barco.

—No sé de qué hablas —respondió ella con una sonrisita.

—¿Ah, no? —preguntó Arobynn dándole vueltas a su vino en la copa—. ¿Quieres decir que cuando arruinaste los Sótanos más allá de toda reparación no fue una jugada en contra de mi inversión en esa propiedad y mi tajada mensual de sus ganancias? No finjas que fue sólo venganza por Sam.

—Llegaron los hombres del rey. No tuve otra alternativa más que luchar por mi vida.

Después de llevarlos directamente de los muelles al antro de vicio, por supuesto.

—Y supongo que fue un accidente que la caja fuerte estuviera abierta para que su contenido fuera sustraído por la multitud.

Funcionó. Había funcionado tan espectacularmente que a ella le sorprendió que Arobynn hubiera aguantado tanto tiempo sin lanzarse a su garganta.

—Ya sabes cómo son esos malvivientes. Un poco de caos y se convierten en animales que echan espuma por la boca.

Lysandra se encogió al escucharla; la actuación estelar de una mujer que presencia una traición.

—Es verdad —dijo Arobynn—. Pero en especial los malvivientes de los establecimientos de los cuales yo recibo una buena cantidad mensual, ¿cierto?

—¿Entonces me invitaste con mis amigos esta noche para lanzar acusaciones? Yo que pensaba que me había convertido en tu cazadora oficial del Valg.

—Te hiciste pasar deliberadamente por Hinsol Cormac, uno de mis clientes e inversionistas más leales, cuando liberaste a tu primo —dijo bruscamente Arobynn. Los ojos de Aedion se abrieron un poco—. Podría descartarlo como una coincidencia, excepto que un testigo dice que le gritó a Cormac en la fiesta del príncipe y éste lo saludó con la mano. El testigo también le dijo al rey que vio a Cormac dirigirse a Aedion justo antes de las explosiones. Y qué coincidencia: justo el día que Aedion desapareció, dos carruajes, que pertenecían a un negocio del cual somos dueños Cormac y yo, desaparecieron. Cormac luego le dijo a todos mis clientes y socios que yo usé esos carruajes para transportar a Aedion a un sitio seguro cuando yo liberé al general ese día disfrazándome de él, porque *yo* aparentemente me he convertido en un maldito simpatizante de los rebeldes que anda desfilando por la ciudad a todas horas del día.

Ella se atrevió a mirar a Rowan, cuyo rostro permanecía cuidadosamente en blanco, pero de todas maneras vio ahí las palabras.

Eres tan perversa y astuta.

Y tú que pensabas que el cabello rojo era sólo por vanidad.

Nunca volveré a dudar.

Ella volteó a ver a Arobynn.

—No puedo hacer nada si tus clientes se ponen tan delicados y te dan la espalda a la menor señal de peligro.

—Cormac ya se fue de la ciudad y va por ahí ensuciando mi nombre. Es un milagro que el rey no haya venido aquí para arrastrarme a su castillo.

—Si te preocupa perder dinero, siempre podrías vender la casa, supongo. O dejar de usar los servicios de Lysandra.

Arobynn emitió un ruido sibilante y Rowan y Aedion metieron las manos disimuladamente bajo la mesa, para sacar sus armas escondidas.

—¿Qué me costará, queridísima, que dejes de ser semejante fastidio?

Ahí estaban. Las palabras que había querido escuchar, la razón por la cual había tenido mucho cuidado de no arruinarlo por completo sino sólo fastidiarlo lo suficiente.

Ella se empezó a limpiar las uñas.

—Unas cuantas cosas, me parece.

La sala era grande y estaba pensada para grupos de veinte o treinta, con sillones, sillas y divanes distribuidos por todas partes. Aelin descansaba en un sillón frente a la chimenea y Arobynn se hallaba a su lado, con la furia todavía bailándole en los ojos.

Podía percibir a Rowan y a Aedion en el pasillo de afuera, vigilando cada palabra, cada respiración. Se preguntó si Arobynn sabría que habían desobedecido su orden de permanecer en el comedor; lo dudaba. Eran más sigilosos que leopardos fantasmas, esos dos. Pero ella tampoco los quería ahí, no hasta hacer lo que necesitaba.

Cruzó una pierna sobre la otra y dejó a la vista los sencillos zapatos de terciopelo negro que traía puestos y sus piernas desnudas.

—Entonces todo esto fue una especie de castigo por un delito que no cometí —dijo Arobynn al fin.

Ella pasó su dedo por el brazo acojinado del sillón.

—En primer lugar, Arobynn: no nos molestemos en mentir.

—Supongo que le contaste la verdad a tus amigos.

—Mi corte sabe todo lo que hay que saber de mí. También todo lo que tú has hecho.

—Te estás representando como la víctima, ¿es así? Olvidas que no necesité presionarte mucho para que tomaras esos cuchillos en tus manos.

—Soy lo que soy. Pero eso no borra el hecho de que tú sabías muy bien quién era yo cuando me encontraste. Me quitaste el collar de mi familia y me dijiste que si alguien venía a buscarme moriría a manos de mis enemigos.

Ella no se atrevió a dejar que su respiración se entrecortara; no le permitió considerar demasiado las palabras antes de continuar:

—Tú querías forjarme como tu propia arma, ¿por qué?

—¿Por qué no? Era joven, estaba enojado y ese rey bastardo acababa de conquistar mi reino. Creí que podía darte las herramientas que necesitabas para sobrevivir, para derrotarlo algún día. Por eso regresaste, ¿no? Me sorprende que tú y el capitán todavía no lo hayan matado. ¿No es eso lo que quiere, el motivo por el cual intentó trabajar conmigo? ¿O lo que pasa es que tú quieres matarlo con tus propias manos?

—Honestamente esperas que crea que tu finalidad última era que yo vengara a mi familia y reclamara mi trono.

—¿En quién te hubieras convertido sin mí? En una princesa mimada y temerosa. Tu amado primo te hubiera encerrado en una torre y tirado la llave a la basura. Yo te di tu libertad, te di la habilidad de derrotar a hombres como Aedion Ashryver con unos cuantos golpes. Y lo único que recibo a cambio es desprecio.

Ella apretó los dedos y sintió el peso de las piedritas que había llevado esa mañana a la tumba de Sam.

—¿Entonces qué más me tienes reservado, oh, Gran Reina? ¿Quieres que te ahorre la molestia y te diga de qué manera puedes continuar siendo un fastidio para mí?

—Sabes que la deuda no está ni remotamente pagada.

—¿Deuda? ¿Por qué? ¿Por intentar liberarte de Endovier? Cuando eso no funcionó, hice lo mejor que pude. Soborné a guardias y oficiales con dinero de mis propios cofres para que no te lastimaran irreversiblemente. Todo el tiempo, durante un año entero, intenté encontrar maneras de sacarte.

Mentiras y verdad, como siempre le había enseñado. Sí, había sobornado a los oficiales y a los guardias para asegurarse de que ella siguiera siendo funcional cuando al fin la liberaran. Pero la carta de Wesley explicaba en detalle el poco esfuerzo que hizo Arobynn una vez que quedó claro que ella se iría a Endovier. Cómo ajustó sus planes y aceptó la idea de que las minas la desmoralizarían irreversiblemente.

—¿Y qué hay de Sam? —dijo ella con una exhalación.

—Sam murió a manos de un sádico, a quien mi inútil guardaespaldas se le metió en la cabeza que debía matar. Tú sabes que no podía dejar pasar eso sin un castigo, sobre todo cuando necesitábamos que el nuevo Señor del Crimen continuara trabajando con nosotros.

Verdad y mentiras, mentiras y verdad. Ella sacudió la cabeza y miró hacia la ventana, en su papel de la protegida confundida y ambivalente que estaba creyendo las palabras envenenadas de Arobynn.

—Dime qué debo hacer para que tú entiendas —dijo él—. ¿Quieres saber por qué te pedí que capturaras a ese demonio? Para que nosotros pudiéramos adquirir sus conocimientos. Para que tú y yo pudiéramos vencer al rey, averiguar qué sabe. ¿Por qué crees que te permití entrar a esa habitación? Juntos derrotaremos al monstruo, juntos, antes de que todos estemos usando estos anillos. Tu amigo, el capitán, puede unirse a nosotros sin cargo adicional.

—¿Esperas que crea una palabra de lo que dices?

—He tenido un largo, largo rato para pensar en las cosas horribles que te he hecho, Celaena.

—Aelin —respondió ella bruscamente—. Mi nombre es Aelin. Y puedes empezar a demostrar que has cambiado devolviéndome el maldito amuleto de mi familia. Luego me puedes demostrar un poco más dándome acceso a tus recursos, dejándome usar a tus hombres para conseguir lo que necesito.

Ella podía ver cómo giraban los engranes en esa mente fría y calculadora.

—¿Con qué propósito?

No dijo una palabra sobre el amuleto: no negó que lo tuviera.

—Quieres que derroquemos al rey —murmuró ella, como esperando que los dos hombres hada del otro lado de la puerta no la escucharan—. Entonces vamos a derrocarlo. Pero lo haremos a mi manera. El capitán y mi corte se mantienen fuera.

—¿Y yo qué gano en todo esto? Son tiempos peligrosos, lo sabes. Vaya, justo hoy, los hombres del rey capturaron a uno de los vendedores más importantes de opio y lo mataron. Es una pena: había escapado a la matanza del Mercado de las Sombras y terminaron por capturarlo comprando su cena a unas cuantas cuadras de distancia.

Más tonterías para distraerla. Ella se limitó a decir:

—No voy a hablar con el rey sobre este lugar, sobre cómo operas o quienes son tus clientes. Tampoco mencionaré al demonio que tienes en el calabozo, cuya sangre ya dejó una mancha permanente —dijo y sonrió un poco—. Lo he intentado; su sangre no se quita.

—¿Amenazas, Aelin? ¿Qué tal si yo hago mis propias amenazas? ¿Qué tal si le menciono a la guardia del rey que su general fugado y su capitán de la guardia visitan frecuentemente cierta bodega? ¿Qué tal si se me sale que hay un guerrero hada paseando por su ciudad? O peor aún: que su enemiga mortal está viviendo en los barrios bajos.

—Supongo que será una carrera al palacio, entonces. Es una lástima que el capitán tenga hombres apostados en la verja del castillo, con mensajes en mano, atentos a la señal de enviarlos esta misma noche.

—Tendrías que salir viva de aquí para dar esa señal.

—Me temo que la señal es que no regresemos. Todos.

Nuevamente esa mirada fría.

—Qué cruel y despiadada te has vuelto, amor. Pero ¿también te has convertido en una tirana? Tal vez deberías empezar a ponerles anillos en los dedos a tus seguidores.

Él metió la mano en su túnica. Ella mantuvo la posición relajada cuando vio una cadena dorada brillando alrededor de sus largos dedos blancos, luego sonó un tintineo y luego...

El amuleto era exactamente como lo recordaba.

La última vez que lo sostuvo había sido con manos de niña, y los ojos de una niña fueron los que vieron por última vez el azul cerúleo del frente, con el ciervo de marfil y la estrella dorada entre sus astas. El ciervo inmortal de Mala la Portadora del Fuego, que llegó a estas tierras en manos del mismo Brannon y fue liberado en el Bosque de Oakwald. El amuleto brilló en las manos de Arobynn cuando se lo quitó del cuello.

La tercera y última llave del Wyrd.

Había convertido a sus ancestros en grandes reinas y reyes; había hecho que Terrasen fuera intocable, una potencia tan letal que no había fuerza capaz de cruzar sus fronteras. Hasta que ella cayó al río Florine esa noche, hasta que ese hombre le quitó el amuleto de alrededor del cuello y un ejército enemigo había arrasado con todo. Y Arobynn se elevó de ser un lord local de asesinos a coronarse como el rey del continente sin rival en su negocio. Tal vez su poder e influencia provenían únicamente del collar, su collar, que había usado todos esos años.

—Me he encariñado con él —dijo Arobynn cuando se lo entregó.

Sabía que ella se lo pediría esta noche, si lo estaba usando. Tal vez planeaba ofrecérselo desde el principio, sólo para ganarse su confianza o para que ella dejara de engañar a sus clientes e interrumpir sus negocios.

A Aelin le costó trabajo mantener su rostro neutral al estirarse para tomarlo.

Sus dedos rozaron la cadena dorada. En ese momento ella deseó nunca haber escuchado sobre él, nunca haberlo tocado, nunca haber estado en la misma habitación. *No está bien,* cantó su sangre y gimieron sus huesos. *No está bien, no está bien, no está bien.*

El amuleto era más pesado de lo que parecía, y se encontraba cálido por estar junto al cuerpo de Arobynn o por el poder insondable que habitaba dentro de él.

La llave del Wyrd.

Dioses.

Así de rápido, así de fácil, se lo había entregado. Cómo era posible que Arobynn no lo hubiera sentido, no lo hubiera notado... A menos que se necesitara tener magia en las venas para sentirlo. A menos que el amuleto nunca lo... llamara, como la llamó a ella un momento antes, cuando su poder se acercó a sus sentidos a la manera en que un gato se frotaría en sus piernas. ¿Cómo era posible que su madre, su padre o cualquiera de ellos nunca lo hubieran sentido?

Casi salió de ahí en ese momento. Pero se puso el Amuleto de Orynth al cuello y sintió cómo se hacía más pesado: una fuerza presionando en sus huesos y esparciéndose por su sangre como tinta en el agua. *No está bien.*

—Mañana en la mañana —dijo ella con frialdad— tú y yo vamos a volver a hablar. Trae a tus mejores hombres o a quien esté lamiéndote las botas estos días. Luego pelearemos.

Se levantó de la silla con las rodillas temblorosas.

—¿Alguna otra petición, su Majestad?

—¿Crees que no me doy cuenta de que llevas ventaja? —dijo e hizo un esfuerzo por calmar sus venas y su corazón—. Fue demasiado fácil convencerte de que me ayudaras. Pero me gusta este juego. Sigamos jugándolo.

La sonrisa que esbozó Arobynn como respuesta fue viperina.

Cada uno de los pasos que dio hacia la puerta representó un esfuerzo de su voluntad para obligarse a no pensar en la cosa que golpeaba entre sus senos.

—Si nos traicionas esta noche, Arobynn —agregó deteniéndose ante la puerta—, me aseguraré de que lo que se le hizo a Sam parezca una muerte piadosa comparada con lo que te causaré.

—Aprendiste algunos trucos nuevos en los últimos años, ¿eh?

Ella sonrió burlona y se grabó los detalles de cómo se veía él en ese preciso momento: el brillo de su cabello rojo, sus hombros amplios, su cintura estrecha, las cicatrices de sus manos y esos ojos plateados, tan brillantes de desafío y triunfo. Probablemente plagarían sus sueños hasta el día de su muerte.

—Una cosa más —dijo Arobynn.

Arqueó una ceja al ver que él se acercaba como para besarla y abrazarla. Pero sólo la tomó de la mano y le acarició la palma con el pulgar.

—Voy a disfrutar tenerte de regreso —ronroneó.

Entonces, antes de que ella pudiera reaccionar, le puso el anillo de piedra del Wyrd en el dedo.

CAPÍTULO 44

La daga oculta que Aelin había sacado cayó al piso de madera en el momento en que la roca fría y negra se deslizó contra su piel. Se quedó parpadeando al anillo, a la línea de sangre que había aparecido en su mano debajo de la uña filosa de Arobynn, cuando éste se la llevó a la boca y le pasó la lengua por el dorso de la palma.

Su sangre estaba en los labios de Arobynn cuando se incorporó.

En ese momento, se hizo un gran silencio en su mente. Su rostro dejó de funcionar, su corazón dejó de funcionar.

—Parpadea —le ordenó él.

Lo hizo.

—Sonríe.

Lo hizo.

—Dime por qué regresaste.

—Para matar al rey, para matar al príncipe.

Arobynn se acercó y su nariz le rozó el cuello.

—Dime que me amas.

—Te amo.

—Mi nombre, di mi nombre cuando digas que me amas.

—Te amo, Arobynn Hamel.

El aliento de Arobynn le calentó la piel al reír contra su cuello; luego le dio un beso en el lugar donde se unía con el hombro.

—Creo que me va a gustar esto —dijo él.

Retrocedió, admirando su rostro en blanco, sus facciones, ahora vacías y desconocidas.

—Llévate mi carruaje. Ve a casa y duerme. No le digas a nadie sobre esto; no les muestres el anillo a tus amigos. Mañana repórtate después del desayuno. Tenemos planes, tú y yo. Para nuestro reino, y Adarlan.

Ella se quedó mirándolo, esperando.

—¿Entendiste?

—Sí.

Él le levantó la mano nuevamente y besó el anillo del Wyrd.

—Buenas noches, Aelin —murmuró; su mano le acarició el trasero cuando la envió al exterior.

Rowan estaba temblando por la rabia contenida mientras subían al carruaje de Arobynn para ir a casa, sin cruzar palabra.

Había escuchado cada una de las palabras pronunciadas dentro de esa habitación. Aedion también. Había visto el último roce de Arobynn, el gesto de propiedad que hace un hombre convencido de que tiene un flamante juguete nuevo.

Pero Rowan no se atrevió a tomar la mano de Aelin para ver el anillo.

Ella no se movió, no habló. Se quedó sentada mirando la pared del carruaje.

Una muñeca perfecta, rota, obediente.

Te amo, Arobynn Hamel.

Cada minuto era una agonía, pero tenían demasiados ojos encima..., demasiados, incluso cuando llegaron finalmente a la bodega y salieron del vehículo. Rowan y Aedion esperaron hasta que el carruaje de Arobynn se fuera antes de flanquear a la reina para entrar a la bodega y subir las escaleras.

Dentro de la casa, las cortinas ya estaban cerradas y había unas cuantas velas encendidas. Las flamas se reflejaron en el dragón dorado bordado en la espalda de ese vestido sorprendente y Rowan no se atrevió a respirar mientras ella seguía parada en el centro de la habitación. Una esclava aguardando órdenes.

—¿Aelin? —dijo Aedion con voz ronca.

Aelin levantó las manos frente a ella y volteó.

Se quitó el anillo.

—Entonces eso era lo que quería. Honestamente esperaba algo más impresionante.

Aelin puso el anillo en la pequeña mesa detrás del sillón.

Rowan frunció el ceño.

—¿No le revisó la otra mano a Stevan?

—No —dijo ella intentando todavía borrar el horror de la traición de su mente. Tratando de ignorar la cosa que colgaba de su cuello, el abismo de poder que la llamaba, la llamaba...

Aedion dijo en tono molesto:

—Alguno de los dos tiene que darme una explicación ahora.

El rostro de su primo no tenía color, sus ojos estaban tan abiertos que la parte blanca brillaba alrededor de todo su iris y miraba el anillo, luego a Aelin y luego el anillo otra vez.

Ella pudo mantenerse fingiendo durante el trayecto en el carruaje, conservar la máscara del títere que Arobynn creía que era. Cruzó la habitación con los brazos a sus costados, para evitar que la llave del Wyrd chocara contra la pared.

—Lo lamento —dijo—. No podías saber.

—Por supuesto que podía saber, carajo. ¿Realmente piensas que no puedo mantener la boca cerrada?

—Rowan no lo supo hasta anoche —le respondió ella con tono golpeado.

En las profundidades de ese abismo, se escuchó un trueno. Oh, dioses. Oh, dioses.

—¿Se supone que eso debe hacerme sentir mejor?

Rowan cruzó los brazos.

—Sí, considerando la pelea que tuvimos al respecto.

Aedion sacudió la cabeza.

—Sólo... explíquenme.

Aelin levantó el anillo. Concentración. Podía concentrarse en esta conversación hasta poder ocultar el amuleto en un sitio seguro. Aedion no debía saber lo que portaba, qué arma había recuperado esa noche.

—En Wendlyn, hubo un momento en el que Narrok... regresó. En ese momento me advirtió. Y me agradeció que lo matara. Así que elegí a un comandante del Valg que parecía tener muy poco control sobre el cuerpo del humano, con la esperanza de que el hombre siguiera ahí dentro, buscando la redención de alguna forma.

Redención por lo que el demonio lo había obligado a hacer, esperando morir con la certeza de que había hecho una cosa buena.

—¿Por qué?

A Aelin le costaba trabajo hablar normalmente:

—Para ofrecerle la misericordia de la muerte y liberarlo del Valg si él le daba a Arobynn la información equivocada. Él engañó a Arobynn para que pensara que un poco de sangre podía controlar los anillos, y que el anillo que él llevaba era real —dijo Aelin y levantó el anillo—. De hecho, la idea la obtuve de ti. Lysandra tiene un muy buen joyero e hizo uno falso. El real se lo corté del dedo al comandante del Valg. Si Arobynn le hubiera quitado el otro guante, habría visto que le faltaba un dedo.

—Necesitarías semanas para planear todo eso...

Aelin asintió.

—Pero ¿por qué? ¿Por qué molestarte? ¿Por qué no sólo matar al imbécil?

Aelin dejó el anillo.

—Tenía que saber.

—¿Saber qué? ¿Que Arobynn es un monstruo?

—Que no había manera de redimirlo. Sabía, pero... ésta fue su prueba final. Para que mostrara su mano.

Aedion siseó.

—Te hubiera convertido en su testaferro personal..., te tocó...

—Sé lo que tocó y lo que quería hacer.

Todavía podía sentir su mano en ella. No era nada comparado con el peso horrible que presionaba su pecho. Ella pasó el pulgar por la cortada de su mano, que ya empezaba a formar una costra.

—Y ahora ya lo sabemos.

Una parte pequeña y patética parte de ella deseó no haberlo sabido.

Todavía vestidos con ropa elegante, Aelin y Rowan se quedaron mirando el amuleto que estaba en la mesa de centro, frente a la chimenea oscurecida de su recámara.

Se lo había quitado al momento de entrar en la habitación, mientras Aedion se fue a la azotea a tomar la primera guardia y se dejó caer en el sillón frente a la mesa. Rowan se sentó junto a ella un instante después. Por un minuto no dijeron nada. El amuleto brillaba a la luz de las dos velas encendidas por Rowan.

—Iba a pedirte que te aseguraras de que es falso, de que Arobynn no lo hubiera cambiado de algún modo —dijo Rowan con los ojos fijos en la llave del Wyrd—. Pero puedo sentirlo, un destello de lo que sea que esté dentro de esa cosa.

Ella recargó los antebrazos en las rodillas y sintió la caricia suave del terciopelo negro de su vestido.

—En el pasado, la gente debe de haber supuesto que esa sensación provenía de la magia de quien lo estaba usando —dijo ella—. Con mi madre, con Brannon... y habría pasado inadvertido.

—¿Y tu padre y tu tío? Dijiste que ellos tenían poca o nada de magia.

El ciervo de marfil parecía mirarla, la estrella inmortal entre sus astas brillaba como oro fundido.

—Pero tenían presencia. ¿Qué mejor lugar para ocultar esta cosa que el cuello de una persona engreída de la realeza?

Rowan se tensó cuando ella tomó el amuleto y le dio la vuelta lo más rápido que pudo. El metal estaba cálido, su superficie sin ralladuras, a pesar de los milenios que llevaba de haberse forjado.

Ahí, exactamente donde ella lo recordaba, estaban grabadas las tres marcas del Wyrd.

—¿Tienes idea de qué significan ésas? —preguntó Rowan acercándose lo suficiente para que su muslo tocara el de ella. Se alejó un par de centímetros, pero eso no evitó que ella siguiera sintiendo su calor.

—Nunca había visto...

—Ésa —dijo Rowan y señaló la primera—. Ésa la he visto. La vi en tu frente aquel día.

—La marca de Brannon —dijo ella en voz baja—. La marca del hijo bastardo, el que no tiene nombre.

—¿Nadie en Terrasen se fijó jamás en estos símbolos?

—Si se fijaron, nunca se reveló o lo escribieron en sus recuentos personales que estaban guardados en la Biblioteca de Orynth —dijo Aelin masticándose el interior del labio—. Fue uno de los primeros lugares que saqueó el rey de Adarlan.

—Tal vez antes las bibliotecarias sacaron a escondidas los recuentos de los gobernantes, quizás tuvieron suerte.

Aelin sintió un peso en su corazón.

—Tal vez. No lo sabremos hasta que regresemos a Terrasen —dijo y empezó a golpear el piso alfombrado con el pie—. Necesito ocultar esto.

Había un tablón flojo en el piso de su vestidor, donde guardaba dinero, armas y joyas. Sería suficiente por ahora. Y Aedion no lo cuestionaría, ya que ella no podía arriesgarse a usar esa maldita cosa en público de todas maneras, ni siquiera bajo la ropa, no hasta que estuviera de regreso en Terrasen. Miró el amuleto.

—Pues guárdalo —dijo él.

—No quiero tocarlo.

—Si fuera tan fácil de activar, tus ancestros habrían deducido qué era.

—Tú tómalo —dijo ella con gesto ansioso.

Sólo la miró.

Ella se agachó, obligándose a poner la mente en blanco al levantar el amuleto de la mesa. Rowan se tensó, como si estuviera anticipando algo, a pesar de que había tratado de tranquilizarla.

La llave era una carga muy pesada en sus manos, pero esa sensación inicial de que algo estaba mal, de un abismo de poder... Estaba silencioso. Dormido.

Se apresuró a levantar la alfombra de su armario y aflojar el tablón del piso. Sintió que Rowan venía detrás de ella, que se asomaba por encima de su hombro cuando se hincó y abrió el pequeño compartimento.

En el instante en que levantó el amuleto para dejarlo caer en el pequeño espacio sintió el tirón de un hilo dentro de ella. No, no era un hilo sino... un viento, como si una fuerza de Rowan entrara en ella, como si su vínculo fuera algo viviente: pudo sentir qué se sentía ser él.

Dejó caer el amuleto en el compartimento. Sonó una sola vez, un peso muerto.

—¿Qué? —preguntó Rowan.

Ella se dio la vuelta para mirarlo.

—Sentí... Te sentí a ti.

—¿Cómo?

Le contó cómo su esencia se deslizó a su interior, la sensación de estar usando su piel, aunque fuera sólo por un segundo.

Él no parecía del todo complacido.

—Ese tipo de habilidad podría ser una herramienta útil en el futuro.

Aelin frunció el ceño.

—Típico pensamiento de guerrero bruto.

Él se encogió de hombros.

Dioses, ¿cómo podía él manejar, el peso de su poder? Podía aplastar huesos y convertirlos en polvo sin siquiera usar magia; podía tirar el edificio donde estaban con unos cuantos golpes bien colocados.

Ella sabía, por supuesto que lo sabía, pero sentirlo... El macho hada más poderoso de sangre pura en existencia. Para un humano ordinario, él era tan ajeno como un demonio del Valg.

—Yo creo que tienes razón: no puede actuar ciegamente según mi voluntad —dijo Aelin al fin—. De ser así, mis ancestros hubieran arrasado con Orynth cada vez que se enojaban. Creo... Creo que estas cosas deben ser neutrales por naturaleza. El portador es quien determina cómo se usan. En las manos de alguien con corazón puro, sólo puede ser benéfico. Así es como prosperó Terrasen.

Rowan resopló al verla colocar el tablón de madera y golpearlo para que volviera a entrar en su sitio.

—Créeme, tus ancestros no eran absolutamente santos.

Le ofreció una mano para ayudarla a levantarse; ella procuró no quedársele viendo fijamente al tomarla. Dura, con callos, inquebrantable, casi imposible de matar. Pero su toque tenía cierta suavidad, un cuidado reservado para quienes valoraba y protegía.

—No creo que ninguno de ellos haya sido asesino —dijo ella cuando él le soltó la mano—. Las llaves pueden corromper un corazón que ya tenga algo negro o pueden amplificar uno puro. Nunca he escuchado sobre corazones que estén en algún punto intermedio.

—El hecho de que te preocupes por esto dice suficiente sobre tus intenciones.

Aelin caminó por todo el piso del vestidor para asegurarse de que no rechinaran los tablones y no delataran el lugar donde estaban escondidas las cosas. Se escuchó un trueno retumbar sobre la ciudad.

—Voy a fingir que eso no es un presagio —murmuró.

—Buena suerte con eso.

Él le dio un suave codazo cuando volvieron a entrar a la recámara.

—Nos mantendremos vigilantes, y si pareciera que vas en camino a un reinado oscuro, prometo traerte de regreso a la luz.

—Qué chistoso.

El pequeño reloj en la mesa de noche sonó. De nuevo se escuchó un trueno en Rifthold. La tormenta se movía rápidamente. Bien..., tal vez eso serviría también para aclararle la cabeza.

Se dirigió hacia la caja que le había enviado Lysandra y sacó otro artículo.

—La joyera de Lysandra —dijo Rowan— es una persona muy talentosa.

Aelin levantó una réplica del amuleto. Tenía el tamaño, el color y el peso casi perfectos. Lo puso en su tocador, como si fuera una joya vieja y sin importancia.

—Sólo en caso de que alguien pregunte dónde está.

La tormenta se había tranquilizado y sólo quedaba una llovizna constante para cuando el reloj dio la una, pero Aelin todavía no bajaba de la azotea. Había subido para relevar a Aedion en su guardia, aparentemente, y Rowan esperó a que el reloj señalara la medianoche y luego dejó que pasara más tiempo. Chaol había venido a darle a Aedion los movimientos de los hombres de Arobynn, pero se había ido nuevamente como a las doce.

Rowan ya estaba cansado de esperar.

La encontró parada bajo la lluvia, mirando hacia el oeste, no hacia el castillo brillante a su derecha, no hacia el mar a su espalda, sino hacia la ciudad.

A él no le importaba que hubiera tenido esa visión de su interior. Quería decirle que no le importaba lo que supiera sobre él, siempre y cuando no la ahuyentara; se lo hubiera dicho antes de no haber estado tan estúpidamente distraído con la forma como se veía esa noche.

La luz de la lámpara se reflejaba en las peinetas que tenía en el cabello y a lo largo del dragón dorado del vestido.

—Vas a arruinar ese vestido si te quedas parada en la lluvia —le dijo.

Aelin se dio la vuelta para mirarlo. La lluvia le había dejado manchas de kohl en la cara y su piel estaba pálida como la cera. La mirada en sus ojos, culpa, rabia, agonía, lo golpeó como un puñetazo en el estómago.

Ella volteó nuevamente hacia la ciudad.

—No iba a volver a usar este vestido de todas maneras.

—Sabes que yo puedo hacerlo esta noche —le dijo cuando llegó a pararse a su lado—, si no quieres ser tú quien lo haga.

Y después de lo que ese infeliz había intentado hacerle, lo que tenía planeado hacerle... Él y Aedion se tomarían un largo, largo rato para terminar con la vida de Arobynn.

Miró hacia el otro lado de la ciudad, hacia la fortaleza de los asesinos.

—Le dije a Lysandra que ella podía hacerlo.

—¿Por qué?

Aelin se abrazó con fuerza.

—Porque Lysandra, más que yo, más que tú o Aedion, se merece ser la que acabe con él.

Era verdad.

—¿Va a necesitar nuestra ayuda?

Ella negó con la cabeza; unas gotas de lluvia se desprendieron de las peinetas y los mechones sueltos de cabello húmedo.

—Chaol fue a asegurarse de que todo salga bien.

Rowan se permitió mirarla un momento: los hombros relajados y la barbilla alzada, cómo se sostenía los codos, la curvatura de su nariz bajo la luz de la calle, la línea delgada de su boca.

—Siento que está mal —dijo— seguir deseando que hubiera otra manera de hacer las cosas —respiró trabajosamente y el aire se condensó frente a ella—. Él era un hombre malo —susurró—. Iba a esclavizarme a su voluntad, me iba a usar para adueñarse de Terrasen, tal vez convertirse en rey, tal vez ser el padre de mi...

Un escalofrío muy violento la sacudió. La luz rebotó en las partes doradas de su vestido. Aelin continuó hablando:

—Pero también... también le debo la vida. Todo este tiempo pensé que sería un alivio, una dicha acabar con él. Sin embrago, sólo me siento hueca. Y cansada.

Estaba fría como el hielo cuando él la abrazó y la atrajo hacia su costado. Sólo esta vez, sólo ésta, se permitiría abrazarla. Si a él le hubieran pedido matar a Maeve, y uno de los hombres de su equipo lo hubiera hecho en vez de él, si Lorcan lo hubiera hecho, se habría sentido igual.

Ella giró un poco su cuerpo para voltear a verlo; a pesar de que intentó ocultarlo, él pudo ver el miedo en su mirada, y la culpa.

—Necesito que encuentres a Lorcan mañana. Ve si logró cumplir con la pequeña tarea que le encargué.

Si había matado a esos mastines del Wyrd, o si ellos lo habían matado a él, para poder al fin liberar la magia.

Dioses. Lorcan era ahora su enemigo. No quiso ahondar en esa idea.

—¿Y si es necesario eliminarlo?

Miró cómo subió y bajó la garganta de Aelin cuando tragó saliva.

—Entonces es tu decisión, Rowan. Haz lo que consideres correcto.

Deseó que ella le hubiera dicho cómo actuar, pero cederle la decisión, respetar su historia lo suficiente para permitirle hacerlo...

—Gracias.

Ella descansó la cabeza contra su pecho y las puntas de las alas de murciélago de la peineta se enterraron en su cuerpo. Le molestaban, así que se las quitó una por una. El oro se sentía resbaloso y frío en sus manos; admiró el trabajo artesanal. Aelin murmuró:

—Quiero que las vendas. Y quema este vestido.

—Como tú digas —respondió él metiendo las peinetas en su bolsillo—. Es una pena. Tus enemigos habrían caído de rodillas si te hubieran visto con este vestido.

Él casi cayó de rodillas cuando la vio esa noche por primera vez.

Ella disimuló una risa que podría haber sido un sollozo y envolvió sus brazos alrededor de la cintura de Rowan, como si intentara robarle su calor. El cabello empapado se le desató y su aroma (jazmín y cedrón y brasas chisporroteantes) se alzó por encima del olor a almendras y le acarició la nariz, los sentidos.

Rowan se quedó parado con su reina en la lluvia, aspirando su perfume, y dejó que ella le robara todo el calor que necesitara.

La lluvia ya era una llovizna muy ligera. Aelin se desplazó del sitio donde Rowan la tenía abrazada. Se movió del lugar donde había estado pensando y absorbiendo su fuerza.

Giró ligeramente para ver bien las líneas fuertes de su rostro, sus pómulos chapados por la lluvia y las luces del exterior. Del otro lado de la ciudad, en una habitación que ella conocía demasiado bien, Arobynn estaba, si todo iba bien, desangrándose. Con suerte, ya estaba muerto.

Era un pensamiento hueco, pero también era el clic de un cerrojo que finalmente se abría.

Rowan se volvió a verla. Su cabello plateado goteaba por la lluvia. Sus rasgos se suavizaron un poco y las líneas duras se hicieron más cálidas, vulnerables incluso.

—Dime qué estás pensando— murmuro.

—Pienso que la próxima vez que quiera alterarte lo único que debo decirte es que rara vez uso ropa interior.

Las pupilas de Rowan se dilataron.

—¿Hay alguna razón para hacer eso, princesa?

—¿Hay alguna razón para no hacerlo?

Él recargó la mano contra su cintura; sus dedos se contrajeron una vez, como si decidiera si debía soltarla.

—Siento lástima por los embajadores extranjeros que lidiarán contigo.

Ella sonrió, sin aliento y sintiéndose valiente. Después de ver el calabozo esa noche, se dio cuenta de que estaba cansada. Cansada de la muerte y de esperar, de decir adiós.

Levantó una mano para tocar el rostro de Rowan.

Su piel era muy suave; los huesos debajo, fuertes y elegantes.

Pensó que él iba a retroceder, pero sólo se le quedó viendo, mirando a su interior como siempre hacía. Eran amigos, pero más. Tanto más, y ella lo había sabido por más tiempo del que estaba dispuesta a admitir. Con cuidado, pasó su pulgar por el pómulo de Rowan sintiendo su cara mojada de lluvia.

La golpeó como una roca: el deseo. Era una tonta por haberlo evadido, por haberlo negado a pesar de que una parte de ella se lo gritaba todas las mañanas cuando buscaba a ciegas en la otra mitad de la cama vacía.

Levantó la otra mano hacia su rostro y los ojos de Rowan se concentraron en los de ella; su respiración se volvió irregular mientras trazaba las líneas del tatuaje por su sien.

Las manos de él apretaron un poco más su cintura y rozó la parte inferior de sus costillas con el pulgar. Tuvo que hacer un esfuerzo para no arquearse hacia él.

—Rowan —suspiró su nombre: a la vez una súplica y una oración. Deslizó sus dedos por el costado de su mejilla y...

Tan rápido que ella ni siquiera alcanzó a ver, él la tomó de la muñeca, luego de la otra y las apartó de su rostro gruñendo suavemente. El mundo se resquebrajó a su alrededor, frío e inmóvil.

Él dejó caer sus manos como si estuvieran ardiendo y dio un paso atrás: esos ojos verdes inexpresivos y apagados como no los había visto en un tiempo. A ella se le cerró la garganta incluso antes de que él dijera:

—No hagas eso. No me... toques así.

Sintió un rugido en los oídos, la cara le quemaba y tragó saliva.

—Lo lamento.

Oh, dioses.

Él tenía más de trescientos años. Era inmortal. Y ella... ella...

—No quise —retrocedió un paso, hacia la puerta del otro lado de la azotea—. Lo lamento —repitió—. No fue nada.

—Qué bueno —dijo él ya en camino a la puerta—. Muy bien.

Rowan no dijo nada mientras bajaba las escaleras. Cuando estuvo sola, se talló la cara mojada, el manchón aceitoso de los cosméticos.

No me toques así.

Era un límite claro. Una línea: porque él tenía trescientos años, era inmortal y había perdido a su pareja perfecta, y ella era... Ella era joven y no tenía experiencia, y era su *carranam* y su reina, y él no quería nada más que eso. Si no hubiera sido tan tonta, tan estúpidamente inconsciente, tal vez se habría dado cuenta, habría entendido que, a pesar de que vio sus ojos brillar con voracidad, brillar de hambre por ella, no significaba que quisiera hacer realidad sus pensamientos. Que no se odiara a sí mismo por eso.

Oh, dioses.

¿Qué había hecho?

La lluvia se resbalaba por las ventanas y arrojaba sombras serpenteantes en el piso de madera y en las paredes pintadas de la recámara de Arobynn.

Lysandra llevaba un rato observando la lluvia, escuchando el ritmo constante de la tormenta y la respiración del hombre que dormía a su lado. Completamente inconsciente.

Si lo iba a hacer tendría que ser en este momento, cuando dormía más profundamente y la lluvia cubría la mayoría de los sonidos. Una bendición de Temis, la Diosa de las Cosas Salvajes, que alguna vez la había protegido como metamorfa y quien nunca se olvidaba de las bestias enjauladas del mundo.

Tres palabras: eso era todo lo que había escrito Aelin en la nota que le dio esa noche; una nota todavía guardada en el bolsillo oculto de su ropa interior sucia.

Es todo tuyo.

Un regalo, lo sabía... Un regalo de la reina, quien no tenía otra cosa que darle a una prostituta sin nombre con una historia triste.

Lysandra se acostó de lado y se quedó viendo al hombre desnudo que dormía a unos centímetros de distancia, la seda roja de su cabello cayendo por su rostro.

Él nunca sospechó quién le había dado a Aelin los detalles sobre Cormac. Pero esa había sido siempre su jugada con Arobynn, la piel que ella había usado desde la niñez. Él jamás pensó nada de su comportamiento superficial y vano, nunca se tomó la molestia. Si lo hubiera hecho, no tendría un cuchillo bajo la almohada ni le habría permitido dormir en su cama.

Arobynn no había sido cuidadoso esa noche con ella; Lysandra sabía que tendría un moretón en el antebrazo, en la parte donde él la había sostenido con mayor fuerza. Él, victorioso, engreído, un rey convencido de su corona, ni siquiera se había dado cuenta.

En la cena, ella advirtió la expresión que cruzó su cara cuando vio a Aelin y a Rowan sonriéndose. Todos los comentarios e indirectas de Arobynn habían fallado esa noche porque Aelin estaba demasiado perdida en Rowan para escucharlo.

Se preguntó si la reina lo sabría. Rowan sí. Aedion también. Y Arobynn. El rey de los asesinos entendió que con Rowan ella ya no le temía; con Rowan, Arobynn ahora era completamente innecesario. Irrelevante.

Es todo tuyo.

Cuando Aelin se fue, en cuanto él dejó de pavonearse orgulloso por toda la casa, convencido de que había logrado dominar a la reina, Arobynn llamó a sus hombres.

Lysandra no pudo escuchar los planes, pero sabía que el príncipe hada sería su primer objetivo. Rowan moriría, Rowan tenía que morir. Lo vio en los ojos de Arobynn mientras miraba a la reina y su príncipe tomarse de las manos, sonreírse a pesar de los horrores que los rodeaban.

Metió la mano debajo de la almohada y se acercó a Arobynn para acurrucarse a su lado. Él no se movió; su respiración permaneció profunda y constante.

Nunca había tenido problemas para dormir. La noche en que mató a Wesley durmió como los muertos, sin percatarse de los momentos en los que, a pesar de su voluntad férrea, Lysandra no pudo evitar derramar unas cuantas lágrimas silenciosas.

Ella volvería a encontrar el amor, algún día. Y sería profundo e imparable e inesperado, el principio y el fin, la eternidad, el tipo de amor que cambiaría la historia, que transformaría el mundo.

La empuñadura del estilete se sentía fresca en su mano; cuando Lysandra volvió a darse la vuelta, como se mueve cualquier persona dormida, se lo llevó consigo.

Un rayo se reflejó en el cuchillo, un destello de mercurio.

Por Wesley. Por Sam. Por Aelin.

Y por ella misma. Por la niña que fue, por la chica de diecisiete años en su noche de iniciación, por la mujer en quien se había convertido, con el corazón hecho trizas, con sus heridas invisibles aún sangrantes.

Fue muy sencillo sentarse y deslizar el cuchillo por la garganta de Arobynn.

CAPÍTULO 45

El hombre que estaba amarrado a la mesa gritaba mientras el demonio recorría su pecho desnudo con las manos, enterrándole las uñas y dejando un rastro de sangre por donde pasaban.

Escúchalo, siseaba el príncipe demonio. *Escucha la música que hace.*

Más allá de la mesa, el hombre que por lo general se sentaba en el trono de cristal, dijo:

—¿Dónde se están ocultando los rebeldes?

—¡No lo sé, no lo sé! —aulló el hombre.

El demonio rasgó el pecho del sujeto con una segunda uña. Había sangre por todas partes.

No te asustes, bestia sin agallas. Mira; saborea.

El cuerpo... el cuerpo que tal vez había sido suyo en algún momento, lo había traicionado por completo. El demonio lo tenía dominado con fuerza, lo obligaba a mirar cuando sus propias manos tomaban un aparato de aspecto cruel, lo ajustaban al rostro del sujeto y empezaban a apretar.

—Respóndeme, rebelde —dijo el hombre de la corona.

El sujeto gritó; apretaron más la máscara.

Tal vez él también había empezado a gritar... Quizás él también empezó a rogarle al demonio que se detuviera.

Cobarde, humano cobarde. ¿Acaso no puedes saborear su dolor, su miedo?

Podía, y el demonio le echaba encima todo el deleite que sentía.

Si hubiera podido vomitar lo habría hecho. Pero ahí no existía semejante cosa. Ahí no había escapatoria.

—Por favor —rogó el hombre sobre la mesa—. ¡Por favor!

Pero sus manos no se detuvieron.

Y el sujeto continuó gritando.

CAPÍTULO 46

Aelin decidió que ese día se había ido al infierno sin remedio y no tenía ya ningún caso intentar salvarlo, no con lo que debía hacer a continuación.

Armada hasta los dientes, intentó no pensar en las palabras dichas por Rowan la noche anterior antes de abordar el carruaje para ir al otro lado de la ciudad. Pero las escuchó debajo de cada sonido de los cascos de los caballos, y también las había oído toda la noche mientras estuvo despierta en la cama, pretendiendo no hacer caso a su presencia. *No me toques así.*

Se sentó lo más lejos posible de Rowan sin salirse por la ventana del carruaje. Por supuesto había hablado con él, distante y silenciosamente; él le había dado respuestas cortantes, lo cual hizo que el recorrido fuera verdaderamente disfrutable. Aedion, sabiamente, no preguntó nada.

Ella debía tener la cabeza despejada, tenía que ser implacable, para poder soportar las siguientes horas.

Arobynn estaba muerto.

Una hora antes había llegado la noticia de que lo hallaron asesinado. Tern, Harding y Mullin, los tres asesinos que tomaron el control del Gremio y de la propiedad hasta que todo se aclarara, solicitaban su presencia inmediatamente.

Ella lo sabía desde la noche anterior, por supuesto; sintió alivio cuando le confirmaron que Lysandra lo había hecho y había sobrevivido, pero...

Muerto.

El carruaje se estacionó frente a la fortaleza de los asesinos; Aelin no se movió para salir. El silencio los envolvió mientras miraban la propiedad de roca color claro que se erguía frente a ellos. Ella cerró los ojos y respiró profundamente.

Una última vez... Tienes que usar esta máscara una última vez y luego puedes enterrar a Celaena Sardothien para siempre.

Abrió los ojos, enderezó los hombros, levantó la barbilla y empezó a mover el resto de su cuerpo con gracia felina.

Aedion se quedó con la boca abierta; ella supo entonces que en su rostro no quedaba nada de la prima por él conocida. Lo miró, y luego a Rowan, con una sonrisa cruel que se extendía por su cara cuando se inclinó para abrir la puerta del carruaje.

—No se metan en mi camino —les dijo.

Salió rápidamente del coche con la capa volando en el viento primaveral, subió los escalones de la fortaleza a toda velocidad y abrió las puertas principales de una patada.

CAPÍTULO 47

—¿Qué demonios pasó? —gritó Aelin al azotarse a sus espaldas las puertas de la fortaleza de los asesinos. Aedion y Rowan la seguían de cerca, ocultos bajo pesadas capuchas.

El vestíbulo de entrada estaba vacío, pero se oyó el sonido de un vaso al romperse en la sala cerrada y luego...

Tres hombres, uno alto, otro de baja estatura y delgado, y uno monstruosamente musculoso, entraron al lugar. Harding, Tern y Mullin. Ella les enseñó los dientes a los hombres, a Tern en particular. Era el más pequeño de estatura, el mayor de edad y el más astuto, líder de su grupito. Probablemente tenía la esperanza de que ella matara a Arobynn la noche que se encontraron en los Sótanos.

—Empiecen a hablar ahora —siseó.

Tern se paró con las piernas separadas.

—No, a menos que tú hagas lo mismo.

Aedion gruñó en voz baja y los tres asesinos se fijaron en los compañeros de Aelin.

—No les presten atención a los perros guardianes —les espetó y atrajo su atención de vuelta a ella—. Explíquense.

Se escuchó un sollozo ahogado desde la sala, detrás de los hombres; ella miró por encima del hombro de Mullin.

—¿Por qué están esas dos putas de mierda en esta casa?

Tern la fulminó con la mirada.

—Porque Lysandra fue quien despertó gritando junto a su cuerpo.

Los dedos de Aelin se curvaron en forma de garras.

—¿Ah, sí? —murmuró, con tal rabia en los ojos que incluso Tern se hizo a un lado cuando avanzó hacia la sala.

Lysandra estaba tirada en un sillón, presionando el pañuelo contra su cara. Clarisse, su madama, estaba parada detrás de la silla, con el rostro pálido y tenso.

La piel de Lysandra se encontraba manchada de sangre; su cabello estaba apelmazado. La delgada bata de seda, que hacía poco por cubrir su desnudez, también tenía manchas de sangre.

La chica se enderezó rápidamente, los ojos rojos y la cara hinchada.

—Yo no... Te juro que yo no...

Una actuación espectacular.

—¿Por qué demonios habría de creerte? —dijo Aelin lentamente—. Tú eras la única que tenía acceso a su recámara.

Clarisse, una mujer de cabello dorado y buen ver para tener cuarenta y tantos años, chasqueó la lengua.

—Lysandra nunca lastimaría a Arobynn. ¿Por qué lo haría, si él contribuía tanto a que ella pagara sus deudas?

Aelin ladeó la cabeza a la madama.

—¿Te pedí tu maldita opinión, Clarisse?

Preparados para la violencia, Rowan y Aedion permanecieron en silencio, aunque ella podría haber jurado que vio un destello de sorpresa pasar por sus ojos ensombrecidos. Bien. Aelin centró su atención en los asesinos.

—Muéstrenme dónde lo encontraron. Ahora.

Tern la miró largamente, considerando cada una de sus palabras. *Un esfuerzo admirable*, pensó ella, *tratar de sorprenderme sabiendo más cosas de las que debería*. El asesino señaló las escaleras grandes, visibles desde las puertas abiertas de la sala.

—En su recámara. Movimos el cuerpo al piso de abajo.

—¿Lo movieron antes de que yo pudiera estudiar la escena?

Harding, el alto y callado, dijo:

—Te avisamos sólo por cortesía.

Y para saber si yo lo había hecho.

Ella salió de la sala y señaló con un dedo a Lysandra y Clarisse.

—Si alguna de éstas trata de huir —le dijo a Aedion— la destripas.

La sonrisa de Aedion brilló debajo de su capucha y sus manos flotaron más cerca de sus cuchillos de pelea.

La recámara de Arobynn era un baño de sangre. Aelin no tuvo que fingir al detenerse en el umbral y quedarse parpadeando frente a la cama empapada y el charco de sangre acumulada en el piso.

¿Qué demonios le había hecho Lysandra?

Apretó las manos para evitar que le temblaran, consciente de que los tres asesinos a sus espaldas la podían ver. Estaban estudiando cada una de sus respiraciones, parpadeos y tragos de saliva.

—¿Cómo?

Mullin gruñó:

—Alguien le abrió la garganta con un cuchillo y dejó que muriera ahogado con su propia sangre.

A ella se le revolvió el estómago, honestamente se le revolvió. Al parecer, Lysandra no se conformó con dejarlo morir rápidamente.

—Ahí —dijo y se le cerró la garganta. Lo intentó de nuevo—: Ahí hay una pisada en la sangre.

—Botas —dijo Tern a su lado—. Grandes, probablemente de un hombre.

Se fijó deliberadamente en los pies delgados de Aelin. Luego estudió los de Rowan, parado detrás de ella, aunque probablemente los había examinado desde antes. El idiota. Por supuesto, las huellas que Chaol había dejado a propósito estaban hechas con botas distintas a las que usaba cualquiera de ellos.

—La cerradura no tiene señales de que la hayan forzado —dijo ella y tocó la puerta—. ¿Qué hay de la ventana?

—Ve a revisar —dijo Tern.

Tendría que atravesar la sangre de Arobynn para llegar.

—Sólo díganme —dijo en voz baja. Cansada.

—La cerradura está rota desde afuera —dijo Harding y Tern lo miró molesto.

Ella dio un paso atrás hacia la oscuridad fría del pasillo. Rowan se mantuvo silencioso a cierta distancia. Su ascendencia hada seguía oculta debajo de la capucha, y así permanecería mientras no abriera la boca para revelar sus colmillos alargados.

Aelin dijo:

—¿No hay señales obvias de que falte algo?

Tern se encogió de hombros.

—Hubo una tormenta. El asesino probablemente esperó hasta ese momento para matarlo.

La miró largamente otra vez, con una violencia malévola bailando en sus ojos.

—¿Por qué no lo dices de una vez, Tern? ¿Por qué no me preguntas dónde estaba anoche?

—Sabemos dónde estabas —dijo Harding de pie junto a Tern. Esa cara larga e insulsa no tenía ni un rasgo amable—. Nuestros espías te vieron en casa toda la noche. Estuviste en el techo y luego te fuiste a la cama.

Exactamente como lo había planeado.

—¿Me revelaste ese detalle porque te gustaría que cazara a tus pequeños espías y los dejara ciegos? —preguntó Aelin con dulzura—. Después de que arregle este desorden, eso es exactamente lo que planeo hacer.

Mullin suspiró fuertemente por la nariz y miró a Harding con irritación, pero no dijo nada. Siempre fue un hombre de pocas palabras, perfecto para trabajos sucios.

—No tocarás a nuestros hombres y nosotros no tocaremos a los tuyos —dijo Tern.

—Yo no negocio con asesinos de mierda de segunda categoría —dijo ella en tono alegre pero con una sonrisa desagradable al avanzar por el pasillo, junto a su vieja habitación y por las escaleras, con Rowan un paso atrás.

Asintió a Aedion cuando entró a la sala. Él conservó su posición de vigilancia, todavía sonriendo como un lobo. Lysandra no se había movido ni un centímetro.

—Puedes irte —le dijo a Lysandra. Ella levantó la cabeza de golpe.

—¿Qué? —ladró Tern.

Aelin señaló a la puerta.

—¿Por qué querría alguna de estas dos putas avariciosas matar a su mayor cliente? Si acaso —dijo mirando por encima de su hombro—, creo que ustedes tres tendrían más que ganar.

Antes de que empezaran a ladrar, Clarisse tosió deliberadamente.

—¿Sí? —siseó Aelin.

La cara de Clarisse estaba pálida como la muerte, pero mantuvo la cabeza erguida cuando dijo:

—Si nos lo permiten, el regidor del banco llegará pronto para leer el testamento de Arobynn. Arobynn... —dijo y secó sus ojos con delicadeza pintando un retrato perfecto del dolor—. Arobynn me informó que nos había mencionado. Nos gustaría permanecer aquí hasta que se lea.

Aelin sonrió.

—La sangre de Arobynn todavía no se seca en esa cama y tú ya estás reclamando tu herencia. No sé por qué me sorprende. Tal vez te descalifiqué como asesina demasiado pronto si tienes tanta prisa por llevarte lo que sea que te haya dejado.

Clarisse volvió a palidecer; Lysandra temblaba.

—Por favor, Celaena —suplicó Lysandra—, no queríamos... Yo nunca...

Alguien tocó a la puerta principal.

Aelin metió las manos en sus bolsillos.

—Vaya, vaya. Justo a tiempo.

Parecía que el regidor del banco fuera a vomitar al ver a Lysandra cubierta de sangre, pero luego suspiró con algo parecido al alivio cuando vio a Aelin. Lysandra y Clarisse se sentaron en sillas gemelas, mientras que él se sentó detrás del pequeño escritorio frente a las enormes ventanas salientes. Tern y sus secuaces daban vueltas alrededor como buitres. Aelin se recargó contra la pared junto a la puerta, con los brazos cruzados, Aedion a su izquierda y Rowan a su derecha.

Mientras el banquero hablaba y hablaba sobre sus condolencias y disculpas, ella sintió la mirada de Rowan.

Él se acercó un paso, como si quisiera que sus brazos se tocaran. Ella se movió para quedar fuera de su alcance.

Rowan seguía mirándola cuando el regidor abrió un sobre cerrado y se aclaró la garganta. Dijo algunas cosas en jerga legal y ofreció sus condolencias nuevamente; la maldita Clarisse tuvo la osadía de aceptarlas como si fuera la viuda de Arobynn.

Luego vino la larga lista de los bienes de Arobynn: sus inversiones de negocios, sus propiedades, la fortuna enormemente ridícula que dejó en su cuenta. Clarisse casi babeaba en la alfombra, pero los tres asesinos mantuvieron sus rostros cuidadosamente neutrales.

—Es mi voluntad —leyó el regidor— que la única beneficiaria de toda mi fortuna, bienes y negocios sea mi heredera, Celaena Sardothien.

Clarisse volteó rápidamente en su silla, más rápida que una serpiente.

—¿Qué?

—No es verdad —dejó escapar Aedion.

Aelin sólo se quedó mirando al regidor, con la boca un poco abierta y las manos caídas a sus costados, sin moverse.

—Repita eso, por favor —dijo en voz baja.

El hombre sonrió nervioso y algo desabridamente:

—Todo, todo absolutamente es para ti. Bueno, salvo esta... cantidad para saldar sus deudas con madame Clarisse.

Le mostró el documento a la interesada.

—Eso es imposible —siseó la madama—. Me prometió que yo estaba en el testamento.

—Y estás —dijo Aelin lentamente, mientras se impulsaba para ver por encima del hombro de Clarisse la pequeña suma—. No te pongas codiciosa ahora.

—¿Dónde están los duplicados? —exigió saber Tern—. ¿Ya los inspeccionó?

Le dio vuelta rápidamente a la mesa para examinar el testamento.

El regidor se encogió un poco, pero levantó el pergamino firmado por Arobynn y completamente legal.

—Verificamos las copias en nuestras bóvedas esta mañana. Todos son idénticos, todos con fecha de hace tres meses.

Cuando ella estaba en Wendlyn.

Aelin dio un paso al frente.

—Así que, aparte de esa suma pequeñita para Clarisse, todo esto, esta casa, el Gremio, las otras propiedades, su fortuna, ¿todo es mío?

El regidor volvió a asentir y se preparó para empacar sus cosas en el portafolios.

—Felicidades, señorita Sardothien.

Lentamente, giró la cabeza en dirección a Clarisse y Lysandra.

—Bueno, si ése es el caso... —enseñó los dientes con una sonrisa violenta—. Saquen sus malditos cuerpos de prostitutas y vampiras de mi propiedad.

El regidor se atragantó.

Lysandra no pudo moverse más rápido para correr hacia la puerta. Clarisse, sin embargo, permaneció sentada.

—Cómo te atreves —empezó a decir la madama.

—Cinco —dijo Aelin, levantando la mano para mostrar sus cinco dedos. Bajó uno y buscó su daga con la otra mano.

—Cuatro.

Bajó otro dedo.

—Tres.

Clarisse salió rápidamente de la habitación, corriendo tras Lysandra, que ya sollozaba.

Luego Aelin miró a los tres asesinos. Tenían las manos colgando a sus lados, con rabia y sorpresa y, muy sabiamente, algo parecido al miedo en sus rostros.

Ella dijo en voz demasiado baja:

—Tú sostuviste a Sam mientras Arobynn me golpeaba hasta perder la conciencia y luego no levantaste ni un dedo para detener la golpiza que Arobynn le dio a él. No sé qué papel desempeñaste en su muerte, pero nunca olvidaré los sonidos de sus voces fuera de la puerta de mi habitación cuando me dieron los detalles para llegar a la casa de Rourke Farran. ¿Fue fácil para los tres? ¿Mandarme a casa de ese sádico sabiendo lo que le había hecho a Sam y lo que ansiaba hacerme a mí? ¿Estaban sólo siguiendo órdenes o estuvieron más que dispuestos a cooperar?

El regidor se había hecho pequeño en su silla, intentaba volverse tan invisible como fuera posible en ese cuarto lleno de asesinos profesionales.

El labio de Tern se curvó.

—No sabemos de qué hablas.

—Es una pena. Tal vez hubiera estado dispuesta a escuchar algunas de sus tristes excusas.

Miró el reloj sobre la chimenea.

—Empaquen su ropa y lárguense. Ahora.

Ellos parpadearon.

—¿Qué? —dijo Tern.

—Empaquen su ropa —dijo ella pronunciando cada palabra lentamente—. Y lárguense. Ahora.

—Ésta es nuestra casa —dijo Harding.

—Ya no —respondió Aelin mirándose las uñas—. Corríjame si me equivoco, regidor —ronroneó, y el hombre se encogió un poco más al volverse el centro de atención—. Yo soy dueña de esta casa y todo lo que está dentro de ella. Tern, Harding y Mullin ni siquiera han pagado las deudas que tenían con el pobre de Arobynn, así que soy dueña de todas sus posesiones, incluso de su ropa. Pero como me siento generosa, les permitiré llevársela, ya que además tienen un gusto espantoso de cualquier forma. Sin embargo, sus armas, sus listas de clientes, el Gremio... Todo eso es mío. Yo decido quién entra y quién sale. Y como estos tres tuvieron a bien acusarme a mí de asesinar a mi maestro, yo diría que están fuera. Si alguna vez intentan trabajar de nuevo en esta ciudad, o en este continente, entonces por ley y por las leyes del Gremio, tengo derecho a cazarlos hasta encontrarlos y hacerlos pedacitos —concluyó parpadeando coquetamente—. ¿O me equivoco?

La garganta del regidor se hizo audible.

—Tienes razón.

Tern dio un paso hacia ella.

—No puedes... no puedes hacer esto.

—Puedo y lo haré. Reina de los asesinos suena muy bien, ¿no crees? —señaló la puerta—. Ya conocen la salida.

Harding y Mullin empezaron a moverse, pero Tern extendió los brazos para detenerlos.

—¿Qué demonios quieres de nosotros?

—Honestamente, no me importaría verlos con las tripas de fuera y colgados de los candelabros por los intestinos, pero creo que eso arruinaría estas hermosas alfombras que ahora son mías.

—No puedes echarnos así nada más. ¿Qué haremos? ¿Dónde iremos?

—Me dicen que el infierno es particularmente hermoso en esta época del año.

—Por favor, por favor —dijo Tern; su respiración empezó a acelerarse.

Ella se metió las manos en los bolsillos y estudió la habitación.

—Supongo... —hizo un sonido como si lo estuviera pensando—. Supongo que podría venderles el terreno, la casa y el Gremio.

—Perra —escupió Tern, pero Harding dio un paso al frente.

—¿Cuánto? —preguntó.

—¿Cuál es el valor de la propiedad y el Gremio, regidor?

El hombre se veía como si fuera camino al patíbulo. Abrió su archivo nuevamente y encontró la cantidad. Era astronómica, ridícula, imposible de pagar para ellos tres.

Harding pasó una mano por su cabello. El rostro de Tern adquirió un tono espectacular de morado.

—Supongo que no tienen tanto —dijo Aelin—. Qué pena. Iba a ofrecerles vendérselas a ese precio, sin ganancia.

Empezó a darles la espalda cuando Harding dijo:

—Espera. ¿Qué tal si todos pagamos juntos? Nosotros tres y los demás. Así todos seríamos dueños de la casa y del Gremio.

Ella hizo una pausa.

—El dinero es el dinero. Me importa un carajo de dónde lo saquen siempre y cuando me lo den a mí —respondió y ladeó la cabeza en dirección al regidor—. ¿Puede usted redactar el contrato hoy? Con la condición de que logren conseguir el dinero, por supuesto.

—Esto es una locura —murmuró Tern a Harding.

Harding sacudió la cabeza.

—Cállate, Tern. Sólo... cállate.

—Yo... —dijo el regidor—, pu-puedo tenerlo listo en tres horas. ¿Eso será tiempo suficiente para que ustedes reúnan los fondos?

Harding asintió.

—Encontraremos a los demás y les diremos.

Aelin sonrió al regidor y a los tres hombres.

—Felicidades por su nueva libertad —dijo y volvió a señalar la puerta—. Y como yo soy la señora de esta casa durante otras tres horas... lárguense. Vayan a buscar a sus amigos, consigan el dinero y luego siéntense en la acera como la basura que son hasta que regrese el regidor.

Ellos obedecieron prudentemente. Harding le detuvo la mano con fuerza a Tern para evitar que le hiciera una seña vulgar. Cuando el hombre del banco se fue, los asesinos hablaron con sus colegas y todos los habitantes de la casa salieron uno por uno, incluida la servidumbre. A ella no le importó qué pensarían al respecto los vecinos.

Pronto la casa enorme y hermosa estaba vacía, salvo por ella, Aedion y Rowan.

Ellos la siguieron en silencio cuando atravesó la puerta y bajó a los niveles inferiores, hacia la oscuridad, para ver a su maestro una última vez.

Rowan no sabía qué pensar. Un remolino de odio, rabia y violencia, en eso se había convertido ella. Y ninguno de esos asesinos miserables se había sorprendido, ni parpadeado ante su comportamiento. Por la palidez del rostro de Aedion, supo que el general estaba pensando lo mismo, contemplando los años que ella pasó viviendo como esa criatura violenta e inflexible. Celaena Sardothien, eso había sido entonces y en eso se había convertido ese día.

Lo odiaba. Odiaba no poder acercarse a ella cuando era esa persona. Odiaba haberle contestado mal la noche anterior, haber tenido pánico cuando sintió sus manos. Ahora lo había dejado fuera por completo. La persona en quien se había convertido hoy no tenía amabilidad, no tenía dicha.

Bajó con ella hasta los calabozos. Las velas alumbraban el camino hacia la habitación donde estaba el cuerpo de su maestro. Ella caminaba con seguridad, las manos en los bolsillos, sin importarle si Rowan vivía, respiraba o siquiera existía. *No es real,* se decía Rowan a sí mismo. *Esto es una actuación.*

Pero ella lo había evadido desde la noche anterior y hoy se había apartado de su roce cuando se atrevió a acercarse. Eso había sido real.

Aelin cruzó la puerta de la misma habitación donde había yacido Sam. El cabello rojo se derramaba por debajo de la sábana de seda blanca que cubría el cuerpo desnudo sobre la mesa. Aelin hizo una pausa frente a él. Luego volteó a ver a Rowan y Aedion.

Se quedó mirándolos, esperando. Esperando a que ellos...

Aedion maldijo.

—¿Tú cambiaste el testamento, verdad?

Esbozó una sonrisita fría, los ojos ocultos en sombras.

—Dijiste que necesitabas dinero para un ejército, Aedion. Así que ahí está tu dinero; todas y cada una de las monedas para Terrasen. Era lo menos que nos debía Arobynn. La noche que peleé en las Arenas sólo estábamos ahí porque me había puesto en contacto con los dueños días antes y les pedí que enviaran señales sutiles a Arobynn de que invirtiera ahí. Él cayó y fue por la carnada; ni siquiera se cuestionó el momento en el cual sucedió. Pero yo quería asegurarme de que ganara rápidamente el dinero que perdió cuando destrocé los Sótanos. Para que no nos negaran una sola moneda de lo que nos debían.

Santo infierno en llamas.

Aedion sacudió la cabeza.

—¿Cómo... cómo demonios lo hiciste?

Ella abrió la boca, pero Rowan dijo en voz baja:

—Se metió al banco... Todas esas veces que salió en medio de la noche. Y usó todas las juntas de día con el regidor para elaborar un plano del lugar y averiguar dónde guardaban las cosas.

Esta mujer, esta reina suya... Una emoción familiar recorrió su sangre.

—¿Quemaste los originales?

Ella ni siquiera lo miró.

—Clarisse se hubiera convertido en una mujer muy rica y Tern se hubiera convertido en el rey de los asesinos. ¿Sabes qué hubiera recibido yo? El Amuleto de Orynth. Eso fue todo lo que me dejó.

—Así fue como supiste que sí lo tenía y dónde lo guardaba —dijo Rowan—. Al leer el testamento.

Ella volvió a encogerse de hombros y desestimó la sorpresa y la admiración que él no podía ocultar en su rostro. Estaba desestimándolo a él.

Aedion se talló la cara.

—Ni siquiera sé qué decir. Deberías habérmelo dicho para que yo no actuara como un tarado allá arriba.

—Tu sorpresa necesitaba ser genuina; ni siquiera Lysandra sabía sobre el testamento.

Era una respuesta tan distante: cerrada y pesada. Rowan quería sacudirla, exigirle que hablara con él, que lo mirara. Pero no estaba completamente seguro de qué haría si ella no le permitía acercarse, si se volvía a alejar mientras Aedion los veía.

Aelin volteó hacia el cuerpo de Arobynn y apartó la sábana de su rostro, lo cual dejó a la vista una herida irregular que cortaba su cuello pálido.

Lysandra lo había destrozado.

Alguien había acomodado el rostro del asesino con una expresión de calma, pero por la sangre que Rowan pudo ver en la recámara, el hombre había estado bastante despierto mientras se ahogaba con su propia sangre.

Aelin miró a su exmaestro, su rostro inexpresivo salvo por una ligera tensión alrededor de la boca.

—Espero que el dios oscuro encuentre un sitio especial para ti en su reino —dijo, y Rowan sintió un escalofrío recorrerle la espalda al escuchar el tono de caricia de medianoche que tenía la voz de Aelin.

Ella extendió la mano hacia atrás, en dirección a Aedion.

—Dame tu espada.

Aedion sacó la espada de Orynth y se la dio. Aelin contempló la espada de sus ancestros mientras la sopesaba.

Cuando levantó la cabeza, lo único que quedaba en sus sorprendentes ojos era una fría resolución. La reina ejecutando justicia.

Luego levantó la espada de su padre y cercenó la cabeza de Arobynn.

Rodó a un costado con un sonido vulgar y ella le sonrió amargamente al cadáver.

—Sólo para estar seguros —se limitó a decir.

PARTE DOS
REINA DE LA LUZ

CAPÍTULO 48

Manon llegó antes que Asterin al salón del desayuno en la mañana posterior a su altercado sobre los aquelarres de las Piernas Amarillas. Nadie preguntó por qué; nadie se atrevió.

Tres golpes sin bloquear.

Asterin ni siquiera cerró los ojos.

Cuando Manon terminó, la bruja sólo se quedó mirándola fijamente, con sangre azul chorreando de su nariz rota. No sonrió. No hizo su gesto de sonrisa salvaje.

Luego Asterin se alejó caminando.

El resto de las Trece las vigilaban con cautela. Vesta, que ahora era la Tercera de Manon, parecía tentada a salir corriendo tras Asterin, pero Sorrel negó con la cabeza y la bruja pelirroja permaneció en su lugar.

Manon no estuvo del todo concentrada el resto del día.

Le dijo a Sorrel que no dijera nada sobre las Piernas Amarillas, pero se preguntaba si tendría que pedirle lo mismo a Asterin.

Dudó y se quedó pensando en ello.

Tú permitiste que hicieran esto.

Las palabras bailaban dando vueltas y vueltas en la cabeza de Manon, junto con ese sermoncito que le dio Elide la noche previa. *Esperanza.* Qué tonterías.

Las palabras seguían bailando cuando Manon entró a la sala de consejo del duque, veinte minutos más tarde de lo que se le había exigido cuando la citaron.

—¿Te provoca placer ofenderme con tu impuntualidad o no eres capaz de reconocer las horas? —le preguntó el duque desde su asiento.

Vernon y Kaltain estaban en la mesa, el primero sonriendo burlonamente y la segunda mirando al frente sin expresión. Ni una seña del fuego de las sombras.

—Soy inmortal —dijo Manon sentándose frente a ellos; Sorrel se quedó vigilando en la puerta; Vesta estaba en el pasillo de afuera—. El tiempo no significa nada para mí.

—Hoy vienes un poco insolente —dijo Vernon—. Me agrada.

Manon lo miró con frialdad.

—Me perdí del desayuno esta mañana, humano. Yo tendría cuidado si fuera tú.

El lord se limitó a sonreír.

Ella se recargó en su silla.

—¿Para qué me citaste ahora?

—Necesito otro aquelarre.

Manon conservó un gesto inexpresivo.

—¿Qué hay de las Piernas Amarillas que ya tienes?

—Se están recuperando bien, pronto podrán recibir visitas.

Mentiroso.

—Un aquelarre Picos Negros esta vez —insistió el duque.

—¿Por qué?

—Porque quiero uno y tú me lo darás; eso es lo único que necesitas saber.

Tú permitiste que hicieran esto.

Podía sentir la mirada de Sorrel en la nuca.

—No somos prostitutas para que nos usen tus hombres.

—Son receptáculos sagrados —dijo el duque—. Es un honor ser elegidas.

—Suponer eso me parece algo muy masculino.

Un destello de dientes amarillentos.

—Elige tu aquelarre más fuerte y envíalo abajo.

—Esto requerirá que lo considere.

—Hazlo rápido o lo elegiré yo mismo.

Tú permitiste que hicieran esto.

—Y mientras tanto —dijo el duque al levantarse de su asiento con un movimiento rápido y poderoso—, prepara a tus Trece. Tengo una misión para ustedes.

Manon voló en el viento intenso y rápido, exigiéndole más a Abraxos aunque se empezaban a acumular las nubes, incluso cuando la tormenta se desató alrededor de las Trece. El exterior. Le urgía salir, recordar cómo se sentía el viento mordaz en su rostro, cómo se sentían la velocidad sin control y la fuerza ilimitada.

Aunque la emoción estuviera un poco disminuida debido a que iba sosteniendo a una mujer frente a ella, su frágil cuerpo se cubría contra los elementos.

Un relámpago resquebrajó el aire tan cerca que Manon pudo saborear el olor del éter y Abraxos dio la vuelta para clavarse hacia la lluvia, la nube y el viento. Kaltain ni siquiera reaccionó. Los hombres que venían montados con el resto de las Trece gritaron.

El sonido del trueno dejó el mundo entumecido. Incluso el rugido de Abraxos se oyó apagado en sus oídos adormecidos. Era la cubierta perfecta para su emboscada.

Tú permitiste que hicieran esto.

La lluvia que le empapaba los guantes se convirtió en sangre caliente y pegajosa.

Abraxos aprovechó una corriente ascendente y subió tan rápido que el estómago de Manon se le fue a los pies. Sostuvo a Kaltain con fuerza, a pesar de que la mujer iba sujeta al guiverno. No hubo reacción de su parte.

El duque Perrington, que iba volando con Sorrel, era una nube de oscuridad en la visión periférica de Manon mientras subían por los cañones de las montañas Colmillos Blancos, que habían mapeado con tanto cuidado las semanas previas.

Las tribus salvajes no tendrían idea de lo que pasaba hasta que fuera demasiado tarde.

Ella sabía que no había manera de escapar de esto..., no había manera de evadirlo.

Manon siguió volando por el corazón de la tormenta.

Cuando llegaron al poblado, oculto entre la nieve y la roca, Sorrel voló cerca para que Kaltain pudiera escuchar a Perrington.

—Las casas. Quémalas todas.

Manon miró al duque y luego a su encomendada.

—Aterrizamos o...

—Desde aquí —ordenó el duque, y su rostro se volvió grotescamente suave al hablar con Kaltain—. Hazlo ahora, amor.

Debajo, una figura femenina pequeña salió de una de las carpas gruesas. Miró hacia arriba y gritó.

Las flamas oscuras, el fuego de las sombras, la consumieron de pies a cabeza. El viento transportó su grito hasta los oídos de Manon.

Luego aparecieron otros, que salieron cuando el fuego maldito saltó entre sus casas, entre sus caballos.

—Todos, Kaltain —dijo el duque de manera que ella lo alcanzara a escuchar a pesar del viento—. Sigue dando vueltas, Líder de la Flota.

Sorrel miró a Manon a los ojos. Manon rápidamente apartó la vista y condujo a Abraxos de regreso por el pasaje donde acampaba la tribu. Había rebeldes entre los pobladores de ese lugar; Manon lo sabía porque los había seguido ella misma.

El fuego de las sombras arrasó todo el campamento. La gente caía al suelo, gritando, implorando en idiomas que Manon no entendía. Algunos se desmayaban del dolor, otros morían. Los caballos coceaban y relinchaban... Sonidos tan espantosos que incluso la espina dorsal de Manon se puso rígida.

Luego desapareció.

Kaltain se aflojó en los brazos de la bruja, jadeando y respirando con dificultad.

—Ya no puede más —le dijo Manon al duque.

El rostro tallado en granito del duque mostró irritación. Observó a la gente que corría por ahí, intentando ayudar a quienes lloraban o estaban inconscientes... o muertos. Los caballos huyeron en todas direcciones.

—Aterriza, Líder de la Flota, y ponle fin a esto.

Cualquier otro día un buen derramamiento de sangre hubiera sido disfrutable. Pero bajo sus órdenes...

Ella le había buscado la tribu.

Tú permitiste que hicieran esto.

Manon ladró la orden a Abraxos pero su descenso fue lento, como si le estuviera dando tiempo para reconsiderarlo. Kaltain temblaba en los brazos de Manon, casi convulsionándose.

—¿Qué te pasa? —le dijo Manon a la mujer.

Se preguntaba si acaso debería fingir un accidente en el cual Kaltain terminara con el cuello roto contra las rocas.

No respondió nada, pero las líneas de su cuerpo estaban tensas, como si se hubiera quedado congelada a pesar de las pieles en las cuales estaba envuelta.

Demasiados ojos, las vigilaban demasiados ojos para que Manon la pudiera matar. Y si ella era tan valiosa para el duque, no dudaba que él se cobraría con una de las Trece, o con todas, como venganza.

—Apresúrate, Abraxos —dijo, y él aceleró con un gruñido. Ella no hizo caso de la desobediencia, de la desaprobación en el sonido.

Aterrizaron en una zona plana de la montaña; Manon dejó a Kaltain bajo el cuidado de Abraxos. Avanzó entre nieve y aguanieve rumbo al poblado aterrorizado.

Las Trece entraron en formación detrás de ella. No las volteó a ver. Una parte de ella no se atrevía a enfrentar lo que sus rostros podrían estar reflejando.

Los pobladores se detuvieron y miraron el aquelarre parado sobre una saliente rocosa, en la parte superior de la hondonada donde habían establecido su hogar.

Manon sacó a Hiendeviento. Luego los gritos comenzaron de nuevo.

CAPÍTULO 49

A media tarde, Aelin ya había firmado todos los documentos traídos por el regidor del banco, y abandonó la fortaleza en manos de sus nuevos horribles dueños. Aedion todavía no había logrado hacerse a la idea de todo lo que ella había hecho.

El carruaje los dejó en las orillas de los barrios bajos y avanzaron entre las sombras, silenciosos y ocultos. Sin embargo, cuando llegaron a la bodega, Aelin continuó caminando rumbo al río, que quedaba a varias cuadras de distancia, sin decirles palabra. Rowan dio un paso para seguirla, pero Aedion lo interceptó.

Seguro tenía un deseo suicida, porque Aedion incluso le arqueó las cejas un poco al príncipe hada antes de alejarse por la calle tras ella. Había escuchado su pelea en la azotea la noche anterior gracias a la ventana abierta de su recámara. Incluso en ese momento, honestamente, no podía decidir si las palabras de Rowan *No me toques así* le parecían divertidas o si lo enfurecían, porque era obvio que el príncipe guerrero no sentía eso. Pero Aelin..., dioses, todavía no le quedaba claro.

Ella caminaba por la calle con su humor encantador y le dijo:

—Si vienes a llamarme la atención... Oh —suspiró—. Supongo que no te voy a convencer de que te des la vuelta.

—Por ningún maldito motivo, querida.

Ella puso los ojos en blanco y continuó su marcha. Avanzaron en silencio, cuadra tras cuadra, hasta que llegaron al deslumbrante río color café. Un tramo sucio de calle empedrada corría a lo largo de la orilla del agua. Abajo, unos postes abandonados que se desmoronaban era todo lo que quedaba del muelle antiguo.

Aelin se quedó mirando las aguas lodosas con los brazos cruzados. La luz de la tarde casi la cegaba al reflejarse en la tranquila superficie del agua.

—Ya escúpelo —dijo.

—Hoy... la persona que fuiste hoy... Eso no fue sólo una máscara.

—¿Te molesta? Tú me viste matar a los hombres del rey.

—Me molesta que la gente que conocimos hoy no se sorprendió para nada al ver a esa persona. Me molesta que hayas sido esa persona durante un tiempo.

—¿Qué quieres que te diga? ¿Quieres que me disculpe por eso?

—No, dioses, no. Sólo... —las palabras estaban saliendo mal—. Tú sabes que cuando yo estuve en esos campamentos de guerra, cuando me volví general... también permití que ciertos límites se borraran un poco. Pero todavía estaba en el norte, todavía estaba en casa, entre nuestra gente. Tú llegaste aquí y tuviste que crecer con esos infelices hombres de mierda y... Desearía haber estado aquí. Desearía que Arobynn de alguna manera me hubiera encontrado a mí también y nos hubiera criado juntos.

—Tú eras mayor. Nunca hubieras permitido que Arobynn nos llevara con él. En el momento en que se distrajera, me hubieras tomado y hubieras corrido.

Cierto, muy cierto, pero...

—La persona que fuiste hoy, y hace unos años... Esa persona no tenía dicha, ni amor.

—Dioses, tuve algo, Aedion. No era un monstruo total.

—De todas maneras, quería que supieras todo eso.

—¿Que te sientes culpable porque yo me convertí en asesina mientras tú soportaste los campamentos y los campos de batalla?

—Que no estuve ahí. Que tuviste que enfrentar sola a toda esa gente —dijo. Luego agregó—: Tú elaboraste ese plan sola y no nos lo confiaste a ninguno de nosotros. Tú asumiste la carga de conseguir ese dinero. Yo podría haber encontrado una manera, dioses, me hubiera casado con cualquier princesa o emperatriz rica que me dijeras, si me prometían hombres y dinero.

—Yo nunca te voy a vender como esclavo —protestó ella—. Y ya tenemos suficiente para pagar el ejército, ¿no es así?

—Sí.

Tenían de sobra.

—Pero ése no es el punto, Aelin —dijo Aedion, y respiró antes de continuar—. El punto es que yo debería haber estado ahí en ese momento, pero estoy aquí ahora. Ya me curé. Déjame compartir la carga.

Aelin inclinó la cabeza hacia atrás y saboreó la brisa del río.

—¿Qué podría pedirte hacer a ti que no pudiera hacer yo?

—Ése es el problema. Sí, puedes hacer la mayoría de las cosas sola. Pero eso no significa que debas hacerlas.

—¿Por qué tendría yo que arriesgar tu vida? —dijo, y las palabras sonaron cortadas.

Ah. Ah.

—Porque soy todavía más prescindible que tú.

—No para mí —respondió ella en voz apenas más fuerte que un susurro.

Aedion le puso la mano en la espalda, y su respuesta se le quedó atorada en la garganta. Aunque el mundo se estaba yendo al infierno alrededor de ellos, sólo escucharla decir eso, estar parado a su lado, era un sueño.

Ella permaneció en silencio, así que él se controló lo suficiente para preguntar:

—¿Qué, exactamente, haremos a continuación?

Ella lo miró.

—Voy a liberar la magia, a derrocar al rey y a matar a Dorian. El orden de las dos últimas cosas de la lista puede invertirse, dependiendo de cómo salga todo.

El corazón de Aedion se detuvo.

—¿Qué?

—¿Algo no quedó claro?

Todo. Cada una de las partes. No tenía duda de que ella lo haría, incluyendo la parte de matar a su amigo. Si Aedion objetaba algo, ella sólo mentiría, se escondería y lo engañaría.

—¿Qué, cuándo y cómo? —preguntó él.

—Rowan está trabajando en la primera parte.

—Eso suena muy a algo así como: "Tengo más secretos que te voy a revelar por sorpresa cuando tenga ganas de hacer que el corazón se detenga en tu pecho".

La sonrisa que ella le esbozó como respuesta le indicó que esa discusión no llegaría a ninguna parte. No podía decidir si esto le parecía encantador o si lo decepcionaba.

Rowan estaba medio dormido en la cama cuando ella regresó horas después. Aelin le deseó buenas noches a Aedion y luego entró a su recámara. Ni siquiera miró en dirección a Rowan antes de empezar a desatarse las armas e irlas acomodando sobre la mesa frente a su chimenea apagada.

Eficiente, rápida, silenciosa. Ni un sonido de parte de ella.

—Fui a buscar a Lorcan —dijo él—. Encontré su aroma por la ciudad, pero no lo vi.

—¿Está muerto, entonces? —preguntó mientras colocaba otra daga ruidosamente sobre la mesa.

—El olor era fresco. A menos que haya muerto en la última hora, debe de estar bastante vivo.

—Bien —dijo ella simplemente y se metió al vestidor a cambiarse. O sólo a evitar seguirlo viendo.

Emergió unos momentos después con uno de esos camisones delgados y todos los pensamientos se le escaparon a Rowan de la cabeza. Bueno, aparentemente ella se había quedado mortificada por su encuentro anterior, pero no lo suficiente para usar ropa de señora mayor en la cama.

La seda rosa se le pegaba a la cintura y se deslizaba por sus caderas cuando se acercó al lecho. Dejaba a la vista la gloriosa extensión de sus piernas desnudas, aún fuertes y bronceadas por todo el tiempo que pasaron en el exterior durante la primavera. El escote tenía una tira de encaje color amarillo claro; él intentó, que lo maldijeran los dioses si mentía, honestamente intentó, no mirar la curva suave de sus senos cuando se agachó para meterse a la cama.

Supuso que cualquier vestigio de timidez se le había quitado a latigazos en Endovier. Aunque él le había hecho tatuajes sobre la mayoría de las cicatrices de la espalda, su textura seguía ahí. Las pesadillas también: todavía despertaba asustada y encendía una vela para alejar la negrura en la cual la habían metido, el recuerdo de los pozos sin luz donde solían encerrar a los que castigaban. Su Corazón de Fuego, encerrada en la oscuridad.

Les debía una visita a los supervisores de Endovier.

Aelin tendía a castigar a cualquiera que lo lastimara a él, pero no se había percatado de que él, y Aedion también, podrían tener cuentas pendientes con algunas personas en nombre de ella. Como inmortal, él tenía una paciencia infinita en lo que respectaba a esos monstruos.

Su olor lo llenó cuando ella se desató el cabello y se acurrucó en la montaña de almohadas. Ese aroma siempre le había llamado la atención, siempre había sido un llamado y un desafío. Lo había sacudido tan profundamente de los siglos encerrado en el hielo que al principio la odió. Y ahora... ahora ese olor lo volvía loco.

Ambos tenían mucha maldita suerte de que ella no pudiera cambiar a su forma hada y oler lo que latía en su sangre. Ya había sido suficientemente difícil ocultárselo hasta ahora. Las miradas de Aedion le dejaban bastante claro qué había logrado detectar el primo de Aelin.

La había visto desnuda ya, unas veces. Y dioses, sí, había habido momentos en los cuales lo consideró, pero lograba contenerse. Aprendió a mantener esos pensamientos inútiles controlados con una correa muy muy corta. Como la ocasión en que gimió cuando él le envió una brisa en Beltane, el arco de su cuello, cómo se separaban esos labios, el sonido que producía...

Ahora estaba acostada de lado, dándole la espalda.

—Sobre lo de anoche —dijo entre dientes.

—Está bien. Fue un error.

Mírame. Voltea y mírame.

Pero ella siguió de espaldas. La luz de la luna acariciaba la seda arrugada en el cuenco de su cintura, la curva de sus caderas.

A él se le calentó la sangre.

—No fue mi intención... hablarte así —intentó.

—Sé que no.

Ella jaló la cobija como si pudiera percibir el peso de su mirada posada en ese sitio suave y tentador entre su cuello y su hombro, uno de los pocos sitios de su cuerpo que no estaba marcado con cicatrices ni tinta.

—Ni siquiera sé qué sucedió —dijo Aelin—, pero han sido unos días extraños, digamos que fue por eso, ¿está bien? Necesito dormir.

Dudó si rebatirle que no estaba bien, pero dijo:

—De acuerdo.

Momentos después ella realmente ya se había dormido.

Él se recostó de espaldas y se quedó mirando al techo, con una mano detrás de la cabeza.

Necesitaba arreglar esto, necesitaba que ella sólo volviera a verlo para intentar explicar que no estaba preparado. Que ella tocara el tatuaje que contaba la historia de lo que había hecho y cómo había perdido a Lyria... No estaba listo para lo que sintió en ese momento. No era deseo lo que lo sacudió en ese momento. Fue sólo... Aelin llevaba semanas volviéndolo loco y él no había considerado cómo sería que ella lo mirara con interés.

Sus sentimientos no se parecían en nada a cómo se había sentido con las amantes de su pasado: aunque era cariñoso, en realidad no las había querido. Estar con ellas nunca lo había hecho pensar en ese mercado de flores. Nunca lo había hecho recordar que estaba vivo y tocando a otra mujer, mientras Lyria... Lyria estaba muerta. Masacrada.

Y Aelin... Si decidiera ir por ese camino y algo le sucediera... Su pecho se contrajo ante la idea.

Necesitaba arreglarlo y también arreglarse, independientemente de lo que quisiera de ella.

Aunque fuera una agonía.

—Esta peluca es horrenda —siseó Lysandra tocándose la cabeza.

Iba caminando con Aelin, abriéndose paso con los codos dentro de la panadería llena de gente, en una de las partes menos descuidadas de los muelles.

—No deja de picarme —siguió protestando.

—Silencio —respondió Aelin—. Sólo tienes que usarla unos minutos más, no el resto de tu maldita vida.

Lysandra abrió la boca para quejarse un poco más, pero se acercaron dos caballeros, con cajas de productos horneados en las manos, y expresaron su admiración. Tanto Lysandra como Aelin iban ataviadas con sus mejores vestidos, los que tenían más holanes y adornos. Eran dos mujeres adineradas de paseo en la tarde por la ciudad, cada una con dos guardaespaldas.

Rowan, Aedion, Nesryn y Chaol estaban recargados afuera contra los postes de madera del muelle, mirándolas discretamente a través de la gran ventana de vidrio de la tienda. Traían ropas y capuchas negras, con dos escudos de armas diferentes: ambos falsos, obtenidos de la colección de Lysandra, que los usaba cuando se reunía con clientes misteriosos.

—Ésa —dijo Aelin en voz baja mientras avanzaban entre la gente que llenaba el lugar a la hora del almuerzo.

Tenía la atención puesta en la empleada que se veía más agobiada detrás del mostrador. Era la mejor hora para ir, les dijo Nesryn, cuando los trabajadores estaban demasiado ocupados para fijarse realmente en su clientela y procurarían despacharlos lo más rápidamente posible. Unos cuantos caballeros les abrieron paso y Lysandra les dio las gracias con coquetería.

Aelin captó la atención de la mujer detrás del mostrador.

—¿Qué puedo darle, señorita?

Era amable, pero ya estaba midiendo la cantidad de clientes que se amontonaban detrás de Lysandra.

—Quiero hablar con Nelly —respondió Aelin—. Me iba a hacer una tarta de zarzamoras.

La mujer entrecerró los ojos. Aelin esbozó una sonrisa encantadora.

La empleada suspiró y se metió a la parte de atrás por las puertas de madera, lo cual dejó ver un poco el caos de la pastelería. Un momento después regresó con una mirada de *Saldrá en un momento* y dirigió su atención al siguiente cliente.

Muy bien.

Aelin se recargó contra una de las paredes cruzándose de brazos. Luego los bajó. Una dama no se comportaba así.

—¿Entonces Clarisse no tiene idea? —preguntó Aelin en voz baja, sin desviar su atención de la puerta de la pastelería.

—No —respondió Lysandra—. Todas las lágrimas que lloró fueron por sus propias pérdidas. Deberías haberla visto furiosa cuando nos subimos al carruaje con esas pocas monedas. ¿No te da miedo ser el blanco de su ira?

—Lo he sido desde el día en que nací —dijo Aelin—. Pero me iré pronto y no volveré a ser Celaena nunca más, de todas maneras.

Lysandra canturreó un poco.

—Sabes que podría haber hecho esto por ti yo sola.

—Sí, pero dos damas que hacen preguntas son menos sospechosas que una.

Lysandra la miró con incredulidad. Aelin suspiró.

—Es difícil —admitió— soltar el control.

—No lo sabría.

—Bueno, pero ya estás cerca de terminar de pagar tus deudas, ¿no? Pronto serás libre.

Ella se encogió de hombros con desenfado.

—No es probable. Clarisse aumentó las deudas de todas desde que se quedó fuera del testamento de Arobynn. Parece que había hecho unas compras adelantadas y ahora las tiene que pagar.

Dioses, ella no había considerado eso. Ni siquiera había pensado en lo que eso significaría para Lysandra y las otras chicas.

—Lamento el peso adicional que esto te ha causado.

—El sólo ver la cara de Clarisse cuando se leyó el testamento me permitirá soportar con gusto unos cuantos años más.

Era mentira y ambas lo sabían.

—Lo siento —dijo Aelin de nuevo y, como era lo único que le podía ofrecer, agregó—: Evangeline se veía bien y contenta hace rato. Podría buscar la manera de llevárnosla cuando nos vayamos...

—¿Y arrastrar a una niña de once años por varios reinos hacia una posible guerra? No lo creo. Evangeline permanecerá conmigo. No tienes que hacerme promesas.

—¿Cómo te has sentido? —preguntó Aelin—. Después de la otra noche.

Lysandra miró a tres mujeres jóvenes que reían al ver pasar a un muchacho apuesto.

—Bien. No puedo creer que me saliera con la mía, pero... Ambas nos salimos con la nuestra, supongo.

—¿Te arrepientes?

—No. Me arrepiento... Me arrepiento de no haberle podido decir lo que realmente pensaba de él. Me arrepiento de no haberle dicho lo que había hecho contigo para ver la traición y la sorpresa en sus ojos. Fue tan rápido. Tuve que atacar en su garganta y, después de eso, sólo me di la vuelta y escuché, hasta que terminó, pero... —dijo con los ojos verdes bajo las sombras—. ¿Tú desearías haberlo hecho?

—No.

Eso fue todo.

Aelin miró el vestido color azafrán y esmeralda de su amiga.

—Ese vestido te queda bien —dijo, y luego señaló al pecho de Lysandra—. Y hace maravillas con ellas también. Los pobres hombres de aquí no pueden dejar de mirar.

—Créeme, que sean más grandes no es una bendición. Me duele la espalda todo el tiempo —dijo la cortesana frunciendo el ceño a sus grandes senos—. En cuanto tenga mis poderes de regreso, serán lo primero en desaparecer.

Aelin rio. Lysandra recuperaría sus poderes cuando la torre del reloj cayera. Intentó no pensar demasiado en ello.

—¿En serio?

—Si no fuera por Evangeline, creo que me convertiría en algo con garras y colmillos y viviría en la naturaleza para siempre.

—¿No más lujos para ti?

Lysandra le quitó una pelusa a Aelin de la manga.

—Por supuesto que me gusta el lujo. ¿Crees que no amo estos vestidos y joyas? Pero, al final... son reemplazables. He llegado a valorar más a la gente en mi vida.

—Evangeline tiene suerte de tenerte.

—No sólo me refería a ella —dijo Lysandra, y mordió un poco su labio grueso—. Tú..., te estoy agradecida.

Aelin podría haberle respondido algo, algo que le comunicara adecuadamente el destello de calidez que sintió en el corazón, de no ser porque una mujer delgada y de cabello castaño salió por la puerta de la cocina. Nelly.

Aelin se enderezó y avanzó con pasos animados hacia el mostrador con Lysandra detrás de ella. Nelly dijo:

—¿Vinieron a verme por algo de una tarta?

Lysandra sonrió y se acercó un poco.

—Nuestro proveedor de tartas, al parecer, desapareció con el Mercado de las Sombras —dijo en voz tan baja que incluso a Aelin le costó escucharla—. Dicen que tú sabes dónde encontrarlo.

Los ojos azules de Nelly parpadearon.

—No sé nada sobre eso.

Aelin colocó su bolso delicadamente sobre el mostrador y se recargó hacia delante para que otros clientes y trabajadores no pudieran ver que lo empujaba hacia Nelly, asegurándose de que las monedas tintinearan. Monedas pesadas.

—Tenemos mucha mucha hambre de... tarta —dijo Aelin mostrando un poco de desesperación—. Sólo dinos dónde se fue.

—Nadie salió vivo del Mercado de las Sombras.

Bien. Tal como Nesryn les había asegurado, Nelly no hablaba fácilmente. Sería demasiado sospechoso que Nesryn le preguntara sobre el vendedor de opio, pero ¿dos mujeres ricas, malcriadas y superficiales? Nadie lo pensaría dos veces.

Lysandra puso otro bolso con monedas sobre el mostrador. Una de las trabajadoras miró en su dirección y la cortesana dijo:

—Queremos hacer una orden.

La empleada volvió a concentrarse en su cliente sin pensar más en lo que había visto. La sonrisa de Lysandra se volvió felina.

—Dinos dónde lo podemos recoger, Nelly.

Alguien ladró el nombre de Nelly desde la cocina, y ella las miró, suspirando. Se inclinó hacia ellas y susurró:

—Salieron por los túneles del drenaje.

—Nos dijeron que había guardias ahí abajo también —dijo Aelin.

—Más abajo. Algunos fueron a las catacumbas que hay debajo. Siguen ocultos ahí. Lleven a sus guardias, pero que no usen emblemas. No es un sitio para gente rica.

Catacumbas. Aelin nunca había oído de las catacumbas que había debajo de los túneles del drenaje. Interesante.

Nelly regresó a la parte de atrás de la pastelería. Aelin miró el mostrador.

Las bolsas de monedas ya no estaban.

Salieron de la pastelería sin que nadie las notara y empezaron a caminar con sus cuatro guardaespaldas.

—¿Y bien? —preguntó Nesryn—. ¿Tenía yo razón?

—Tu padre debería despedir a Nelly —le dijo Aelin—. Los adictos al opio son pésimos trabajadores.

—Hace buen pan —respondió ella y luego regresó junto a Chaol, quien venía caminando detrás.

—¿Qué averiguaste? —exigió saber Aedion—. ¿Te importaría explicar por qué necesitabas averiguar sobre el Mercado de las Sombras?

—Paciencia —dijo Aelin, y volteó a ver a Lysandra—. ¿Sabes? Te apuesto a que los hombres de por aquí dejarían de gruñir si te convirtieras en un leopardo fantasma y les gruñeras.

Lysandra arqueó las cejas.

—¿Leopardo fantasma?

Aedion maldijo.

—Hazme el favor de nunca convertirte en uno de ésos.

—¿Qué son? —preguntó Lysandra.

Rowan rio en voz baja y se acercó un poco a Aelin. Ella trató de ignorarlo. Apenas habían cruzado palabra en toda la mañana.

Aedion sacudió la cabeza.

—Son demonios cubiertos de piel. Viven en las montañas Staghorn, y durante el invierno bajan a cazar ganado. Son tan grandes como osos, algunos. Más malvados. Y cuando se acaba el ganado nos cazan a nosotros.

Aelin le dio unas palmaditas a Lysandra en el hombro.

—Suena como tu tipo de criatura.

Aedion continuó:

—Son blancos y grises, así que casi resulta imposible verlos entre la roca y la nieve. Realmente no te enteras de que te están siguiendo hasta que estás mirando los ojos color verde claro de uno...

Su sonrisa titubeó cuando Lysandra lo miró con sus ojos verdes y ladeó la cabeza.

A pesar de no querer, Aelin rio.

—Dinos por qué estamos aquí —dijo Chaol cuando Aelin pasó caminando por encima de una viga de madera en el Mercado de las Sombras abandonado. A su lado, Rowan sostenía en alto una antorcha, iluminando las ruinas y los cuerpos carbonizados. Lysandra ya había regresado al burdel, escoltada por Nesryn. Aelin se había cambiado rápidamente en un callejón para ponerse su traje; dejó el vestido detrás de una caja tirada, rogando que nadie se lo llevara antes de volver por él.

—Guarda silencio por un momento —dijo Aelin mientras recorría los túneles de memoria.

Rowan la miró y ella arqueó una ceja.

—¿Qué?

—Ya estuviste aquí antes —dijo Rowan—. Viniste a buscar las ruinas.

Por eso olías también a ceniza.

Aedion dijo:

—¿En serio, Aelin? ¿Nunca duermes?

Chaol también estaba mirándola ahora, tal vez para no fijarse en los cuerpos tirados por todos los pasillos.

—¿Qué estabas haciendo aquí la noche que interrumpiste mi reunión con Brullo y Ress?

Aelin estudió las cenizas de los puestos más viejos, las manchas de hollín, los olores. Se detuvo frente a una de las tiendas cuya mercancía ya no era nada, salvo cenizas y trozos de metal retorcidos.

—Hemos llegado —dijo con voz cantarina y se metió al puesto de roca tallada ennegrecida por el fuego.

—Sigue oliendo a opio —dijo Rowan frunciendo el ceño. Aelin pasó el pie sobre el piso lleno de cenizas y quitó un poco de residuos y basura. Tenía que estar en alguna parte..., ah.

Quitó más y más restos del incendio. Se manchó de ceniza las botas negras y el traje. Al fin apareció una roca grande e irregular debajo de sus pies, con un agujero desgastado cerca de uno de los bordes.

Ella dijo con desinterés:

—¿Sabían que, además de vender opio, se rumoraba que este hombre vendía fuego infernal?

Rowan volteó como un látigo.

Fuego infernal: una sustancia casi imposible de conseguir o hacer, principalmente porque era muy letal. Un recipiente de ese material podía derribar medio muro de contención de un castillo.

—Nunca me lo quiso decir a mí, por supuesto —continuó Aelin—, sin importar cuántas veces vine. Afirmaba que no lo poseía, pero tenía varios de los ingredientes en su tienda y todos son muy raros, así que... Debe de haber un almacén por aquí.

Abrió la compuerta de roca. Encontraron una escalera que descendía a la oscuridad. Ninguno de los hombres habló cuando el olor del drenaje empezó a salir.

Ella se agachó y bajó al primer peldaño. Aedion se tensó, pero sabiamente no opinó nada acerca de que ella bajara primero.

La oscuridad con olor a humo la envolvió conforme fue bajando más, más y más hasta que sus pies tocaron la roca lisa. El aire se sentía seco a pesar de su proximidad con el río. Después bajó Rowan. Acercó su antorcha a las rocas antiguas y pudieron ver un túnel cavernoso... y cuerpos.

Varios cadáveres, algunos se veían sólo como montículos oscuros a la distancia, víctimas del Valg. Había menos a la derecha, hacia el Avery. Probablemente anticiparon una emboscada en la boca del río y tomaron la otra dirección, hacia su perdición.

No esperaron a que bajaran Aedion y Chaol; Aelin empezó a seguir el túnel. Rowan iba silencioso como una sombra a su lado, mirando, escuchando. Al cerrarse la puerta superior de roca con un gemido, ella dijo a la oscuridad:

—Cuando los hombres del rey incendiaron este sitio, si el fuego hubiera llegado al lugar donde este hombre tenía su almacén... Rifthold probablemente ya no existiría. Al menos no los barrios bajos, y probablemente más.

—Dioses —murmuró Chaol unos pasos detrás de ellos.

Aelin se detuvo frente a algo que parecía una rejilla ordinaria en el piso de la alcantarilla. Pero no se oía que corriera el agua abajo. De ahí sólo salía flotando aire polvoso.

—Así es como planeas derribar la torre del reloj, con fuego infernal —dijo Rowan agachado a su lado.

Intentó tomarla del codo cuando iba a agarrar la rejilla, pero ella se movió y quedó fuera de su alcance.

—Aelin —continuó Rowan—, he visto cuando lo usan, lo he visto arruinar ciudades. Literalmente puede derretir a las personas.

—Bien. Entonces sabemos que funciona.

Aedion rio con un resoplido, se asomó hacia la penumbra bajo la alcantarilla y preguntó:

—Y qué, ¿crees que tenía su almacén allá abajo?

Si sostenía alguna opinión profesional sobre el fuego infernal, se la guardó.

—Este alcantarillado era demasiado público, pero debía tenerlo cerca del mercado —dijo Aelin.

Tiró de la rejilla. Cedió un poco. En ese momento el olor de Rowan la acarició cuando se inclinó para ayudarla a levantar la tapa.

—Huele a huesos y polvo ahí abajo —dijo él con la boca torcida—. Pero eso ya lo sospechabas.

Chaol dijo desde un poco más atrás:

—Esto es lo que querías averiguar con Nelly: dónde se estaba ocultando. Para que te lo vendiera.

Aelin encendió un poco de madera que tomó de la antorcha de Rowan. La puso con cuidado justo debajo del borde del agujero frente a ella y la flama iluminó una caída de unos tres metros con empedrado abajo.

Sintieron un viento que empujaba desde atrás hacia el agujero. Hacia dentro.

Ella dejó la flama a un lado y se sentó en el borde de la apertura con las piernas meciéndose en la oscuridad de abajo.

—Lo que Nelly todavía no sabe es que el vendedor de opio fue capturado hace dos días. Lo mataron los hombres del rey en cuanto lo vieron. ¿Saben?, creo que Arobynn a veces no sabía si quería ayudarme realmente o no.

Su comentario intrascendente durante la cena la había puesto a pensar y a planear.

Rowan murmuró:

—Entonces su almacén en las catacumbas ya no está vigilado.

Aelin miró hacia la oscuridad de abajo.

—El que lo encuentre, se lo queda —dijo, y saltó.

CAPÍTULO 50

—¿Cómo mantuvieron esos malvivientes este sitio en secreto? —preguntó Aelin en voz baja, volteando a ver a Chaol.

Los cuatro se encontraban en la parte superior de una pequeña escalera. El espacio delante de ellos estaba iluminado por la intermitente luz dorada de las antorchas de Aedion y Rowan.

Chaol sacudía la cabeza y escudriñaba el área. No había señales de mendigos, gracias a los dioses.

—La leyenda dice que el Mercado de las Sombras se construyó sobre los huesos del dios de la verdad.

—Bueno, pues la parte de los huesos es verdad.

En cada muro había cráneos y huesos arreglados de manera artística. Todos los muros, incluso el techo, estaban formados por huesos. Hasta el piso al pie de las escaleras tenía huesos de diversas formas y tamaños.

—Éstas no son catacumbas ordinarias —dijo Rowan, dejando su antorcha en el piso—. Esto era un templo.

Era verdad. Había altares, bancas e incluso un estanque oscuro en el espacio enorme. Había más cosas a lo lejos, que se perdían en las sombras.

—Los huesos tienen cosas escritas —dijo Aedion y bajó por las escaleras hacia el piso.

Aelin hizo una mueca.

—Cuidado —dijo Rowan cuando Aedion se aproximó al muro más cercano. Su primo levantó una mano perezosa para desestimar la advertencia.

—Hay palabras en todos los idiomas, con diferentes caligrafías —se maravilló Aedion al ir recorriendo el muro con la antorcha levantada—. Escuchen esto: "Soy una mentirosa. Soy una ladrona. Le robé el esposo a mi hermana y me reí mientras lo hacía".

Una pausa. Aedion leyó el siguiente en silencio.

—Esta escritura no tiene... Creo que no eran buenas personas.

Aelin observó el templo de hueso.

—Debemos ser rápidos —dijo—. Muy muy rápidos. Aedion, tú ve a ese muro; Chaol, el centro; Rowan, el de la derecha; yo iré al fondo. Pongan cuidado con su fuego.

Que los dioses los ayudaran si colocaban una antorcha cerca del fuego infernal.

Ella bajó un escalón, y otro. Luego el último hacia el piso de hueso.

Un escalofrío la recorrió y volteó a ver a Rowan por instinto. El rostro tenso del príncipe hada le dijo todo lo que necesitaba saber, pero él lo pronunció de todas formas:

—Éste es un mal lugar.

Chaol pasó junto a ellos con la espada desenvainada.

—Entonces encontremos este fuego infernal y vayámonos.

Bien.

A su alrededor los ojos vacíos de los cráneos en las paredes, en las estructuras, en los pilares al centro de la habitación, parecían observarlos.

—Parece que este dios de la verdad —dijo Aedion desde su muro— era más como un Comedor de Pecados. Deberían leer algunas de las cosas que escribió la gente, las cosas horribles que hicieron. Creo que éste era un sitio para que los enterraran y confesaran en los huesos de otros pecadores.

—Con razón nadie quería venir aquí —murmuró Aelin, y caminó hacia la oscuridad.

El templo seguía y seguía. Encontraron varios sitios con provisiones, pero ni un indicio de mendigos u otros residentes. Drogas, dinero, joyas, todo oculto dentro de cráneos y en algunas criptas de hueso en el piso. Nada de fuego infernal.

Sus cuidadosos pasos en el piso de hueso producían los únicos sonidos.

Aelin se internó más y más en la oscuridad. Rowan terminó pronto su lado del templo y llegó con ella a la parte de atrás, explorando los nichos y los pequeños pasillos que se ramificaban hacia la oscuridad dormida.

—El lenguaje —le dijo Aelin— va haciéndose más y más antiguo conforme nos adentramos. Me refiero a la manera en que escribían las palabras.

Rowan volteó a verla desde donde estaba abriendo un sarcófago con cuidado. Aelin dudaba que un hombre ordinario hubiera podido mover la tapa de piedra.

—Algunos incluso le pusieron fecha a sus confesiones. Acabo de ver una que tiene setecientos años. Te hace parecer joven, ¿no?

Esbozó una sonrisa irónica. Ella apartó la vista rápidamente.

El piso de hueso sonó cuando él avanzó hacia su encuentro.

—Aelin.

Ella tragó saliva y se quedó mirando un hueso tallado cerca de su cabeza.

Maté a un hombre por diversión cuando tenía veinte años y nunca le dije a nadie dónde lo enterré. Conservé el hueso de su dedo en un cajón.

Con fecha de hacía novecientos años.

Novecientos...

Aelin estudió la oscuridad más al fondo. Si el Mercado de las Sombras era de la época de Gavin, entonces este lugar debió haberse construido antes, o tener más o menos la misma antigüedad.

El dios de la verdad...

Sacó a Damaris de su espalda y Rowan se tensó.

—¿Qué pasó?

Ella examinó la espada perfecta.

—Es la espada de la verdad. Así es como llamaban a Damaris. La leyenda decía que el portador, Gavin, podía ver la verdad cuando la usaba.

—¿Y?

—Mala bendijo a Brannon y a Goldryn —miró hacia la oscuridad—. ¿Qué tal si hay un dios de la verdad, un Comedor de Pecados? ¿Qué tal si él bendijo a Gavin y a esta espada?

Rowan ahora estaba viendo hacia la negrura antigua.

—¿Crees que Gavin usó este templo?

Aelin sintió el peso de la poderosa espada que sostenía entre sus manos.

—¿Qué pecados confesaste, Gavin? —susurró a la oscuridad.

Avanzaron hacia la profundidad de los túneles, tan lejos que cuando Aedion gritó triunfal "¡Lo encontré!", Aelin apenas pudo escucharlo. Y apenas le importó.

Ya no le importó porque ahora estaba en la pared del fondo, detrás del altar de lo que sin duda había sido el templo original. Ahí los huesos prácticamente se desmoronaban de viejos y la escritura era casi imposible de leer.

La pared detrás del altar era de pura roca, mármol blanco, y tenía marcas del Wyrd grabadas.

En el centro había una representación gigante del Ojo de Elena.

Frío. Hacía tanto frío en ese lugar que el aliento se condensaba frente a sus rostros, mezclándose.

—Quien haya sido este dios de la verdad —murmuró Rowan como si intentara que los muertos no lo escucharan— no era una deidad benévola.

No. Si el templo había sido construido con los huesos de asesinos, ladrones y peor, dudaba que este dios hubiera sido un favorito. Eso explicaba que se le hubiera olvidado.

Aelin se acercó a la roca.

Damaris se puso muy fría en su mano, tanto que sus dedos se separaron y la dejó caer al piso del altar, dando un paso atrás. Su sonido al chocar contra los huesos se escuchó como un trueno.

Rowan llegó instantáneamente a su lado con las espadas desenvainadas.

El muro de roca frente a ellos crujió.

Empezó a moverse. Los símbolos rotaron y empezaron a modificarse. En un rincón de su memoria escuchó las palabras: *Sólo mediante el Ojo se puede ver la verdad.*

—Honestamente —dijo Aelin cuando al fin cesó el reacomodo de la pared, provocado por la proximidad de la espada; se había formado un nuevo conjunto intrincado de marcas del Wyrd—, no sé por qué estas coincidencias siguen sorprendiéndome.

—¿Puedes leerlo? —preguntó Rowan.

Aedion los llamó y Rowan le contestó, pidiéndole que ambos se acercaran.

Aelin miró los grabados.

—Me tomaría un poco de tiempo.

—Hazlo. No creo que sea casualidad que encontráramos este sitio.

Aelin se sacudió el escalofrío. No, nada era casualidad jamás. No cuando tenía que ver con Elena y las llaves del Wyrd. Así que exhaló y empezó.

—Es... es sobre Elena y Gavin —dijo—. El bloque inicial, aquí —señaló una hilera de símbolos— los describe como el primer rey y la primera reina de Adarlan, la forma en que se unieron. Luego... luego da un salto hacia atrás. A la guerra.

Se escucharon pasos, se vio una luz centellear y llegaron Aedion y Chaol con ellos. Chaol silbó.

—Tengo un mal presentimiento sobre esto —dijo Aedion. Frunció el ceño a la enorme representación del Ojo y luego al que colgaba del cuello de Aelin.

—Ponte cómodo —dijo ella.

Aelin leyó unas líneas más, descifrando y decodificando. Era muy difícil, las marcas del Wyrd eran muy difíciles de leer.

—Describe las guerras de los demonios con los Valg que se quedaron aquí después de la Primera Guerra. Y... —leyó la línea nuevamente— y los Valg en esta ocasión fueron liderados... —se le congeló la sangre— por uno de los tres reyes, el rey que permaneció aquí atrapado después de que se cerrara la puerta. Dice que ver al rey, ver a un rey del Valg era como mirar dentro de... —sacudió la cabeza—. ¿La locura? ¿La desesperación? No conozco ese símbolo. Él podía asumir cualquier forma, pero apareció frente a ellos como un hombre apuesto de ojos dorados. Los ojos de los reyes del Valg.

Estudió el siguiente panel.

—No conocían su nombre real, así que lo llamaron Erawan, el Rey Oscuro.

Aedion dijo:

—Entonces Elena y Gavin pelearon con él, tu collar mágico les salvó el pellejo y Elena lo llamó por su verdadero nombre, lo cual lo distrajo el tiempo necesario para que Gavin lo matara.

—Sí, sí —dijo Aelin con un movimiento de la mano—. Pero... no.

—¿No? —preguntó Chaol.

Aelin leyó un poco más y su corazón casi se detuvo.

—¿Qué pasa? —exigió saber Rowan, como si sus oídos hada pudieran detectar la irregularidad en los latidos de su corazón.

Ella tragó saliva y pasó un dedo tembloroso por una línea de símbolos.

—Esto... esto es el confesional de Gavin. En su lecho de muerte.

Ninguno de ellos habló.

A ella le tembló la voz mientras leía:

—No lo mataron. No fue posible matar ni destruir el cuerpo de Erawan, ni con la espada, ni con el fuego, ni con el agua, ni con la fuerza. El Ojo...

Aelin se llevó la mano a su collar. El metal se sentía cálido.

—El Ojo lo contenía. Sólo por un periodo corto. No... no es contener. Es... ¿dormir?

—Tengo un muy *muy* mal presentimiento sobre esto —dijo Aedion.

—Entonces le construyeron un sarcófago de hierro y una especie de roca indestructible. Y lo pusieron en una tumba sellada debajo de una montaña, una cripta tan oscura... tan oscura que no había aire, ni luz. En el laberinto de puertas —leyó Aelin— pusieron símbolos inquebrantables por cualquier ladrón o llave o fuerza.

—Lo que estás diciendo es que nunca mataron a Erawan —dijo Chaol.

Gavin era el héroe de la infancia de Dorian, según ella recordaba. Y la historia era una mentira. Elena le había mentido...

—¿Dónde lo enterraron? —preguntó Rowan suavemente.

—Lo enterraron... —dijo ella y las manos le temblaban tanto que las bajó a sus costados—. Lo enterraron en las Montañas Negras y construyeron una fortaleza sobre la tumba, para que la familia noble que vivía sobre ella la cuidara para siempre.

—No hay Montañas Negras en Adarlan —dijo Chaol.

A Aelin se le secó la boca.

—Rowan —dijo en voz baja—. ¿Cómo se dice "Montañas Negras" en el Antiguo Lenguaje?

Una pausa y luego una exhalación

—Morath —dijo Rowan.

Ella volteó a mirarlos con los ojos muy abiertos. Por un momento, todos se quedaron viéndose unos a otros.

—¿Cuáles son las probabilidades —dijo ella— de que el rey esté mandando sus fuerzas a Morath por pura coincidencia?

—¿Cuáles son las probabilidades —respondió Aedion— de que nuestro ilustre rey haya adquirido una llave que abre cualquier puerta, incluso una puerta entre mundos, y que su segundo al mando casualmente sea el dueño del lugar preciso donde está enterrado Erawan?

—El rey está loco —dijo Chaol—. Si pretende despertar a Erawan...

—¿Quién dice que no lo hizo ya? —preguntó Aedion.

Aelin miró a Rowan. Su rostro estaba muy serio. *Si hay un rey del Valg en este mundo, necesitamos movernos con rapidez. Conseguir esas llaves del Wyrd y mandarlos a todos de regreso a su infierno.*

Ella asintió.

—Pero ¿por qué ahora? Ha tenido las dos llaves al menos durante una década. ¿Por qué traer a los Valg ahora?

—Tiene sentido —dijo Chaol— si lo está haciendo como preparación para el regreso de Erawan. Para tener listo a un ejército que él comandará.

La respiración de Aelin se hizo superficial.

—El solsticio de verano es en diez días. Si hacemos que la magia regrese en el solsticio, cuando el sol es más poderoso, hay una buena posibilidad de que mi poder también entonces sea mayor —dijo y volteó a ver a Aedion—. Dime que encontraron mucho fuego infernal.

Él asintió, pero no con tanta convicción como ella hubiera querido.

CAPÍTULO 51

Manon y sus Trece estaban alrededor de la mesa en una habitación al fondo de las barracas de las brujas.

—¿Saben por qué les pedí que vinieran? —preguntó Manon.

Ninguna de ellas respondió; ninguna se sentó. Prácticamente no habían cruzado palabra desde la masacre de esa tribu en los Colmillos Blancos. Entonces ese día... más noticias, más peticiones.

—El duque me pidió que eligiera otro aquelarre para usarlo. Un aquelarre Picos Negros.

Silencio.

—Me gustaría escuchar sus sugerencias.

Ellas no la miraron a los ojos. No pronunciaron una palabra.

Manon sacó los dientes de hierro.

—¿Se atreven a desafiarme?

Sorrel se aclaró la garganta con la atención fija en la mesa.

—Nunca a ti, Manon. Pero desafiamos el derecho de ese gusano humano de usar nuestros cuerpos como si fueran de su propiedad.

—Su Bruja Mayor les ha dado órdenes que serán obedecidas.

—Pues en ese caso podrías darle a las Trece —dijo Asterin, la única que le sostenía la mirada a Manon. Su nariz seguía hinchada y amoratada por la golpiza—. Porque preferiríamos que ése fuera nuestro destino y no entregar a nuestras hermanas.

—¿Y todas están de acuerdo con esto? ¿Desean gestar crías de demonio hasta que sus cuerpos se revienten?

—Somos Picos Negros —dijo Asterin con la barbilla en alto—. No somos esclavas de nadie y no seremos usadas como tales. Si el precio de eso es nunca regresar a los Yermos, así sea.

Ninguna de las otras hizo ni el mínimo movimiento. Se habían reunido, habían discutido de antemano, lo que le dirían.

Como si le hiciera falta que la controlaran.

—¿Decidieron algo más entre todas durante su pequeña junta de consejo?

—Hay... varias cosas, Manon —respondió Sorrel—. Cosas que necesitas escuchar.

Traición, esto era lo que los mortales llamaban traición.

—Me importa un carajo lo que ustedes, tontas, se hayan atrevido a creer que yo necesito escuchar. Lo único que necesito escuchar es el sonido de ustedes diciendo *Sí, Líder de la Flota*. Y el nombre de un maldito aquelarre.

—Elige tú —replicó Asterin con tono golpeado.

Las brujas se inquietaron. Esto no era parte del plan, ¿o sí?

Manon caminó alrededor de la mesa hacia Asterin, junto a las otras brujas que no se atrevían a enfrentarla.

—No has sido más que un desperdicio desde el momento en que pusiste un pie en esta fortaleza. No me importa si has volado a mi lado durante un siglo, voy a matarte como el perro escandaloso que eres...

—Hazlo —siseó Asterin—. Arráncame la garanta. Tu abuela se sentirá muy orgullosa de que al fin lo hayas hecho.

Sorrel se paró a espaldas de Manon.

—¿Eso es un desafío? —dijo Manon en voz muy baja.

Los ojos negros con dorado de Asterin bailaron.

—Es un...

Pero la puerta se abrió y se cerró.

Un joven con cabello dorado estaba en la habitación. Su collar de roca negra brillaba bajo la luz de las antorchas.

No debía haber podido entrar.

Había brujas por todas partes. Ella había colocado centinelas de otro aquelarre para que vigilaran los pasillos y que ninguno de los hombres del duque pudiera descubrirlas.

Como una sola, las Trece voltearon hacia el joven apuesto.

Y como una sola, todas se encogieron cuando él sonrió y una oleada de oscuridad chocó contra ellas.

Oscuridad sin fin, oscuridad que ni siquiera los ojos de Manon podían penetrar y...

Y Manon estaba nuevamente frente a esa bruja Crochan con una daga en la mano.

—*Sentimos lástima por ustedes... por todo lo que les hacen a sus hijas... Las obligan a matar y a odiar hasta que no les queda nada dentro... dentro de ustedes. Por eso están aquí* —lloró la bruja Crochan—. *Por la amenaza que tú representas para ese monstruo que llamas abuela cuando eliges la piedad y perdonas la vida de tu rival.*

Manon sacudió la cabeza violentamente y parpadeó. La visión ya no estaba. Sólo quedaba la oscuridad y las Trece, gritándose una a otra, luchando y...

Un joven de cabello dorado que estuvo en la cámara con las Piernas Amarillas, había dicho Elide.

Manon empezó a merodear en la oscuridad, navegando en la habitación a través de la memoria y el olfato. Algunas de sus Trece estaban cerca; algunas se habían pegado a las paredes. Y el olor de otro mundo que emanaba del hombre, del demonio en su interior...

El olor envolvió por completo su alrededor y Manon desenfundó a Hiendeviento.

Ahí estaba él, riendo mientras alguien, Ghislaine, empezaba a gritar. Manon nunca había escuchado ese sonido. Nunca había escuchado a ninguna de ellas gritar con... con miedo. Y dolor.

Manon se lanzó en una carrera a ciegas y lo tiró al piso. Sin espada, no quería una espada para esta ejecución.

La luz se resquebrajó a su alrededor y pudo ver el rostro apuesto, y el collar.

—Líder de la Flota —dijo sonriendo, con una voz que no era de este mundo.

Manon tenía las manos alrededor de su cuello, apretando; sus uñas estaban rasgando su piel.

—¿Te enviaron aquí? —exigió saber.

Sus miradas se cruzaron y la malicia antigua en los ojos del hombre se retrajo.

—Aléjate —siseó él.

Manon no lo hizo.

—¿Te enviaron aquí? —rugió.

El joven intentó pararse, pero Asterin estaba ahí, deteniéndole las piernas.

—Hazlo sangrar —dijo a espaldas de Manon.

La criatura continuó azotándose. En la oscuridad, algunas de las Trece seguían gritando con agonía y terror.

—¿Quién te mandó aquí? —aulló Manon.

Los ojos de él cambiaron, se volvieron azules y se despejaron. Entonces, con la voz de un joven, dijo:

—Mátame. Por favor, por favor, mátame. Roland. Mi nombre era Roland. Dile a mi...

Entonces la oscuridad volvió a extenderse frente a sus ojos, junto con pánico puro ante lo que veía en el rostro de Manon, y en el de Asterin detrás de ella. El demonio dentro del hombre gritó:

—¡Aléjate!

Ya había visto y escuchado suficiente. Manon apretó con más fuerza y sus uñas de hierro desgarraron carne y músculo mortal. Una sangre negra y maloliente cubrió su mano y ella empezó a desgarrar aún con más fuerza hasta que llegó al hueso, lo rebanó y la cabeza cayó al piso con un golpe.

Podría haber jurado que suspiró.

La oscuridad desapareció y Manon se puso de pie instantáneamente. La sangre le goteaba de las manos mientras evaluaba el daño.

Ghislaine lloraba en un rincón, su piel oscura, completamente drenada de color. Thea y Kaya tenían la cara manchada de lágrimas y estaban en silencio, las dos amantes mirándose. Edda y Briar, sus dos Sombras, ambas nacidas y criadas en la oscuridad... estaban en cuatro patas, vomitando. Justo al lado de las gemelas demonio de ojos verdes, Faline y Fallon.

Al resto de las Trece no les pasó nada. Tenían la cara ruborizada y algunas jadeaban por la explosión momentánea de rabia y energía, pero... Bien.

¿Sólo había atacado a algunas?

Manon miró a Asterin, Sorrel y Vesta, a Lin y a Imogen.

Luego a las que habían sido drenadas.

Todas le devolvieron la mirada esta vez.

Aléjate, le había gritado el demonio, como si estuviera sorprendido y aterrado.

Después de verla a los ojos.

Las que habían sido afectadas tenían los ojos de un color ordinario. Café y azul y verde. Pero las que no...

Ojos negros con chispas doradas.

Y cuando vio los ojos de Manon...

Los ojos dorados siempre habían sido valorados entre las Picos Negros. Nunca se había preguntado por qué.

Pero ahora no era el momento. No ahora que la sangre maloliente le estaba mojando la piel.

—Esto fue un recordatorio —dijo Manon.

Su voz se escuchó hueca cuando rebotó entre las rocas. Se dio la vuelta y salió de la habitación. Que se quedaran juntas.

—Desháganse de ese cuerpo.

Manon esperó hasta que Kaltain estuvo a solas, caminando por una de las escaleras en espiral olvidadas en Morath, antes de salir a su encuentro.

La mujer ni siquiera parpadeó cuando Manon la presionó contra la pared y le clavó las uñas de hierro en los hombros pálidos y desnudos.

—¿De dónde viene el fuego de las sombras?

Unos ojos oscuros y vacíos la miraron.

—De mí.

—¿Por qué de ti? ¿Qué tipo de magia es? ¿Poder del Valg?

Manon estudió el collar alrededor del cuello delgado de la mujer.

La sonrisa de Kaltain era pequeña y muerta.

—Era mío, desde el principio. Luego se... unió con otra fuente. Ahora es el poder de todos los mundos, de todas las vidas.

Tonterías. Manon la empujó con más fuerza contra la oscura roca.

—¿Cómo te quitas ese collar?

—No se quita.

Manon le enseñó los dientes.

—¿Y qué quieren con nosotras? ¿Quieren ponernos collares?

—Quieren reyes —exhaló Kaltain, sus ojos brillaron con un deleite extraño y enfermizo—. Reyes poderosos. No a ustedes.

Más tonterías. Manon gruñó, pero luego sintió una mano delicada en su muñeca.

Y la quemó.

Oh, dioses, quemaba, y sus huesos se estaban derritiendo, sus uñas de hierro se convirtieron en metal fundido, su sangre hervía...

Manon saltó hacia atrás para apartarse de Kaltain sin advertir que sus heridas no eran reales hasta que sintió su muñeca con la otra mano.

—Te voy a matar —siseó Manon.

Pero el fuego de las sombras bailaba en las puntas de los dedos de Kaltain, aunque el rostro de la mujer volvió a quedarse en blanco. Sin decir una palabra, como si no hubiera hecho nada, Kaltain subió por los escalones y desapareció.

A solas en las escaleras, Manon se acunaba el brazo. Todavía le quedaba un eco del dolor reverberando por los huesos. Matar a esa tribu con Hiendeviento, se dijo, había sido un acto de misericordia.

CAPÍTULO 52

Después de salir del templo del Comedor de Pecados, Chaol se maravilló de lo extraño que era estar trabajando con Aelin y su corte. Lo extraño que era no estar peleando con ella, para variar.

No debería siquiera haber ido con ellos, con todo lo que tenía por hacer. La mitad de los rebeldes ya se había ido de Rifthold, y todos los días huían más. Quienes quedaban hacían presión para irse a otra ciudad. Él los trató de controlar lo más posible, confiando en Nesryn para que lo apoyara cuando empezaban a hablar de su pasado con el rey. Todavía había desapariciones y ejecuciones, todavía rescataban a todas las personas que podían de los bloques de carnicero. Lo seguiría haciendo hasta que fuera el último rebelde en la ciudad; se quedaría a ayudarlos, a protegerlos. Pero si lo que habían averiguado de Erawan era verdad...

Que los dioses los ayudaran a todos.

Cuando salieron nuevamente a la calle, volteó justo en el momento en que Rowan le ofrecía la mano a Aelin para sacarla del alcantarillado. Ella pareció dudar, pero luego aceptó y su mano desapareció en la de él.

Un equipo. Sólido e inquebrantable.

El príncipe hada la sacó cargando y la puso de pie en el piso. Ninguno de los dos soltó al otro de inmediato.

Chaol esperó... esperó a sentir ese tirón de celos, ese ataque de humor desagradable.

Pero no sintió nada. Sólo un destello de alivio, tal vez, de que...

De que Aelin tuviera a Rowan.

Realmente estaba sintiendo lástima de sí mismo, pensó.

Se escucharon pasos y todos se quedaron inmóviles, las armas desenvainadas, cuando...

—Llevo horas buscándolos —dijo Nesryn, quien salió rápidamente de entre las sombras del callejón—. ¿Qué...? —preguntó al notar el gesto que tenían todos. Habían dejado el fuego infernal abajo, escondido en un sarcófago, para que estuviera seguro, y no acabar derretidos si las cosas salían muy mal.

A Chaol le sorprendió que Aelin le informara de tantas cosas... aunque no le había dicho cómo planeaba entrar al castillo.

Sólo díle a Ress, a Brullo y a los demás que se mantengan lejos de la torre del reloj, fue su única advertencia. Él casi había exigido saber cuáles eran sus planes respecto de los demás inocentes del castillo, pero... Fue agradable. Pasar una tarde sin pelear, sin que nadie lo odiara. Sentir que era parte de su unidad.

—Te diré después —le dijo Chaol a Nesryn, pero notó que estaba pálida—. ¿Qué sucede?

Aelin, Rowan y Aedion los alcanzaron con ese silencio antinatural de los inmortales.

La chica enderezó los hombros.

—Recibí noticias de Ren. Se metió en algunos problemas menores en la frontera, pero está bien. Tiene un mensaje para ti... para nosotros.

Se quitó un mechón de cabello negro como la tinta de la cara. Su mano temblaba un poco.

Chaol se preparó para lo que escucharía y se esforzó por reprimir el impulso de poner una mano sobre ese brazo.

—El rey —dijo Nesryn— ha estado reuniendo un ejército en Morath, bajo la supervisión del duque Perrington. Los guardias del Valg alrededor de Rifthold son los primeros. Vienen más.

Soldados del Valg, entonces. Morath, al parecer, sería el sitio de su primera o última batalla.

Aedion ladeó la cabeza, el lobo encarnado.

—¿Cuántos?

—Demasiados —respondió Nesryn—. No tenemos todavía un conteo completo. Algunos están esperando dentro de las montañas alrededor del campamento militar. Nunca están todos fuera al mismo tiempo, nunca están todos a la vista. Pero es un ejército mayor a todos los que antes ha reunido.

Las palmas de las manos de Chaol se sentían resbalosas por el sudor.

—Además —dijo Nesryn con la voz ronca—, el rey tiene ahora una caballería aérea de brujas Dientes de Hierro, una hueste de tres mil que han estado entrenando en secreto en el Abismo Ferian para montar guivernos que el rey logró de alguna manera crear y reproducir.

Dioses en los cielos.

Aelin levantó la cabeza, mirando hacia el muro de ladrillo como si pudiera ver ahí el ejército aéreo. Su movimiento dejó a la vista el anillo de cicatrices que tenía alrededor del cuello.

Dorian... necesitaban a Dorian en el trono. Necesitaban terminar con esto.

—¿Estás segura de esto? —preguntó Aedion.

Rowan miraba a Nesryn fijamente. Su rostro era la imagen misma del guerrero frío y calculador; sin embargo, se había acercado más a Aelin.

Nesryn dijo con seriedad:

—Perdimos muchos espías por conseguir esta información.

Chaol se preguntó cuántos de ellos serían sus amigos.

Aelin habló con una voz dura, sin entonación.

—Sólo para estar segura de que lo entendí bien: ahora estamos enfrentando a tres mil brujas Dientes de Hierro sedientas de sangre montadas en guivernos. Y un ejército de soldados letales que se reúnen en el sur de Adarlan y probablemente rompan cualquier alianza entre Terrasen y los reinos del sur.

Eso dejaría a Terrasen aislado. *Dílo*, le imploró Chaol en silencio. *Dí que necesitas a Dorian, libre y vivo.*

Aedion dijo en voz baja:

—Melisande tal vez podría unirse a nosotros.

Luego miró a Chaol fijamente, como si lo estuviera evaluando; era la mirada de un general.

—¿Crees que tu padre sepa sobre los guivernos y las brujas? Anielle es la ciudad más cercana al Abismo Ferian.

A él se le heló la sangre. ¿Por eso su padre había estado tan insistente en llevarlo a casa? Presintió cuál sería la siguiente pregunta del general antes de que él hablara.

—No trae un anillo negro —dijo Chaol—. Pero dudo que te parezca un aliado agradable, en caso de que se tomara la molestia de aliarse contigo.

—Son cosas a considerar —dijo Rowan— si necesitáramos un aliado que atraviese las líneas al sur.

Dioses, de verdad estaban hablando de esto. Guerra..., se avecinaba la guerra. Y probablemente no sobrevivirían.

—¿Entonces qué están esperando? —preguntó Aedion caminando de un lado a otro—. ¿Por qué no atacan de una vez?

La voz de Aelin era suave..., fría.

—Yo. Están esperando a que yo haga mi jugada.

Nadie la contradijo.

La voz de Chaol se escuchó forzada porque tenía que hacer a un lado todos los pensamientos que se arremolinaban en su cabeza.

—¿Algo más?

Nesryn buscó en su túnica y sacó una carta. Se la entregó a Aedion.

—Es de tu segundo al mando. Todos se preocupan por ti.

—Hay una taberna en esta cuadra. Dame cinco minutos y tendré una respuesta —dijo Aedion y salió caminando. Nesryn lo siguió, asintiendo en silencio hacia Chaol. El general, con los rasgos distintivos ocultos en su pesada capucha, le dijo a Rowan y Aelin por encima del hombro:

—Los veré en casa.

La junta se había terminado.

Aelin dijo súbitamente:

—Gracias.

Nesryn se detuvo; de alguna manera supo que la reina le había hablado a ella.

Aelin se colocó la mano sobre el corazón.

—Por todo lo que estás arriesgando, gracias.

Los ojos de Nesryn brillaron un poco y dijo:

—Larga vida a la reina.

Pero Aelin ya se había volteado.

La mirada de Nesryn se cruzó con la de Chaol, quien salió tras ella por Aedion.

Un ejército indestructible, probablemente liderado por Erawan, si el rey de Adarlan estaba lo suficientemente loco como para despertarlo.

Un ejército que podría aplastar cualquier resistencia humana.

Pero... pero tal vez no en caso de que se aliaran con todos los que tenían magia.

Esto es, si ellos, después de todo lo que les habían hecho, siquiera querían molestarse en salvar el mundo.

—Háblame —dijo Rowan atrás de ella cuando Aelin salió rápidamente caminando por la calle.

Ella no podía. No podía darle forma a sus pensamientos, mucho menos a las palabras.

¿Cuántos espías y rebeldes habían perdido sus vidas para conseguir esa información? ¿Qué tanto peor se sentiría cuando ella enviara a esa gente a su muerte, cuando tuviera que ver a sus soldados masacrados a manos de esos monstruos? Si Elena le había concedido algo esa noche, si la había conducido con ese vendedor de opio para que pudieran encontrar el templo del Comedor de Pecados, Aelin no se sentía particularmente agradecida.

—Aelin —dijo Rowan en voz baja, de forma que sólo ella y las ratas del callejón lo pudieran escuchar.

Ella apenas había logrado sobrevivir a Baba Piernas Amarillas. ¿Cómo podría alguien sobrevivir a un ejército de brujas entrenadas para el combate?

La tomó del codo obligándola a detenerse.

—Le haremos frente a esto juntos —dijo él con los ojos brillantes y los colmillos reflejando la luz—. Como lo hemos hecho en el pasado. Hasta cualquier fin.

Ella tembló, tembló como una maldita cobarde, y se soltó de la mano de Rowan para alejarse caminando rápidamente. Ni siquiera sabía a dónde iba, sólo que debía caminar, encontrar una manera de ordenar sus ideas, ordenar el mundo antes de detenerse o, de lo contrario, no se volvería a mover jamás.

Guivernos. Brujas. Un ejército nuevo y más grande. El callejón la ahogaba, se iba sellando a su alrededor como uno de esos túneles inundados del drenaje.

—Háblame —repitió Rowan, pero mantuvo una distancia respetuosa detrás de ella.

Ella conocía esas calles. Unas cuadras más y llegaría a una de las entradas del Valg al alcantarillado. Tal vez podría entrar ahí y matar a unos cuantos haciéndolos pedazos. Averiguar qué sabían sobre el Rey Oscuro Erawan, si él seguía durmiendo bajo aquella montaña.

O quizás no se molestaría en hacerles ninguna pregunta.

Sintió en el codo una mano fuerte y grande que la jalaba hacia un duro cuerpo masculino.

Pero el olor no era el de Rowan.

Y el cuchillo en su garganta, el arma filosa que la presionaba con tal fuerza que la piel le ardió y se le abrió...

—¿Vas a alguna parte, princesa? —le dijo Lorcan al oído.

Rowan pensó que conocía el miedo. Pensó que podía enfrentar cualquier peligro con la mente despejada y hielo en las venas.

Hasta que Lorcan apareció de entre las sombras, tan rápido que ni siquiera lo había olido, y le puso el cuchillo a Aelin en la garganta.

—Te mueves —le gruñó Lorcan a Aelin en el oído— y te mueres. Hablas y te mueres. ¿Entiendes?

Aelin no dijo nada. Si asentía, se cortaría el cuello con el cuchillo. La sangre ya empezaba a brillar ahí, justo sobre su clavícula, llenando el callejón con su aroma.

El puro olor hizo que Rowan entrara en un estado de calma gélida y asesina.

—¿Entiendes? —siseó Lorcan.

La sacudió lo suficiente para que su sangre empezara a fluir un poco más rápido. De todas maneras, ella no dijo nada, siguiendo sus órdenes. Lorcan rio.

—Muy bien. Eso pensé.

El mundo empezó a avanzar más lentamente y se extendió alrededor de Rowan con gran definición y claridad, revelando cada piedra de los edificios y la calle, y los desperdicios y basura a su alrededor. Cualquier cosa que le proporcionara una ventaja, que pudiera utilizar como arma.

Si hubiera tenido su magia, ya habría succionado el aire de los pulmones de Lorcan. Ya habría traspasado los escudos oscuros de Lorcan con medio pensamiento. Para empezar, si tuviera su magia, tendría un escudo propio alrededor de los dos para que la emboscada no pudiera suceder.

Los ojos de Aelin lo miraron.

Y miedo... Lo que brillaba ahí era miedo genuino.

Ella sabía que estaba en una posición comprometida. Ambos sabían que no importaba qué tan rápido fuera él o ella, el corte de Lorcan sería más veloz.

Lorcan, quien por una vez andaba sin su capucha oscura, le sonrió a Rowan. Sin duda para que pudiera ver todo el triunfo que brillaba en sus ojos negros.

—¿No tienes palabras, príncipe?

—¿Por qué? —fue lo único que pudo decir Rowan. Cada acción, cada plan posible seguía terminando demasiado lejos. Se preguntó si Lorcan se daba cuenta de que, si la mataba, él mismo sería el siguiente. Luego Maeve. Y luego tal vez el mundo, en venganza.

Lorcan estiró el cuello para poder ver a Aelin a la cara. Los ojos de ella se cerraron hasta convertirse en delgadas ranuras.

—¿Dónde está la llave del Wyrd?

Aelin se tensó y Rowan trató de transmitirle que no hablara, que no desafiara a Lorcan.

—No la tenemos —dijo Rowan. Rabia, una rabia interminable y catastrófica corría por su cuerpo.

Era exactamente lo que Lorcan quería. Así exactamente había visto Rowan al guerrero semihada manipular a sus enemigos durante siglos. Así que encerró esa rabia. O al menos lo intentó.

—Podría romper este cuello tuyo tan fácilmente —dijo Lorcan, y acarició su nariz contra la garganta de Aelin.

Ella permaneció rígida. Tan sólo la posesividad de ese roce dejó a Rowan casi ciego de ira animal. Fue un esfuerzo volverla a apagar mientras Lorcan le murmuraba a la piel de Aelin:

—Eres mucho mejor cuando no abres esa horrenda boca.

—No tenemos la llave —repitió Rowan. Mataría a Lorcan de la única manera que los inmortales sabían y disfrutaban matar: lenta, violenta, creativamente. Su sufrimiento sería absoluto.

—¿Qué dirías si te contara que estamos trabajando para el mismo lado? —preguntó Lorcan.

—Te diría que Maeve sólo trabaja para un lado: el suyo.

—Maeve no me envió aquí.

Rowan casi podía oír las palabras que Aelin estaba luchando por mantener dentro.

Mentiroso. Maldito mentiroso de mierda.

—¿Entonces quién te envió? —quiso saber Rowan.

—Yo me fui.

—Si es verdad que estamos del mismo lado, baja tu maldito cuchillo —gruñó Rowan.

Lorcan rio.

—No quiero escuchar a la princesa ladrando. Lo que quiero decir es para ambos.

Rowan esperó y usó cada segundo para evaluar y reevaluar su entorno, las probabilidades. Al fin, Lorcan soltó un poco el cuchillo. La sangre corrió por el cuello de Aelin hacia su traje.

—Cometiste el peor error de tu corta y patética vida mortal cuando le diste ese anillo a Maeve.

A través de la calma letal, Rowan sintió que la sangre se le iba del rostro.

—Deberías haber sido más lista —dijo Lorcan, quien todavía sostenía a Aelin por la cintura—. Deberías haber sabido que ella no era una tonta sentimental llorando por su amor perdido. Tenía varias cosas de Athril, ¿por qué querría su anillo? ¿Su anillo y no Goldryn?

—Deja de andarte con rodeos y dinos qué es.

—Pero me estoy divirtiendo tanto.

Rowan controló su temperamento al grado de empezar a atragantarse con él.

—El anillo —dijo Lorcan— no era una especie de recuerdo familiar de Athril. Maeve mató a Athril. Quería las llaves y el anillo; él se negó y ella lo mató. Mientras peleaban, Brannon se los robó, ocultó el anillo con Goldryn y trajo las llaves para acá. ¿Nunca te preguntaste por qué estaba en esa funda? Una espada para cazar demonios y un anillo para hacerle juego.

—Si Maeve quiere matar demonios —dijo Rowan—, no nos quejaremos.

—El anillo no los mata. El anillo proporciona inmunidad a sus poderes. El anillo forjado por la propia Mala. Los Valg no podían hacerle daño a Athril cuando lo usaba.

Los ojos de Aelin se abrieron todavía más y el olor de su miedo pasó a ser algo mucho más profundo que temor al daño físico.

—El portador de ese anillo —continuó Lorcan, sonriendo ante el terror que cubría su aroma— nunca deberá temer ser esclavizado por la piedra del Wyrd. Tú le diste a ella tu propia inmunidad.

—Eso no explica por qué te fuiste.

El rostro de Lorcan se tensó.

—Ella mató a su amante por ese anillo, por las llaves. Hará algo mucho peor para conseguirlos ahora que están nuevamente en el tablero. Y cuando los tenga..., mi reina se convertirá en una diosa.

—¿Y?

El cuchillo seguía demasiado cerca del cuello de Aelin como para arriesgarse a atacar.

—Eso la va a destruir.

La ira de Rowan flaqueó.

—Planeas conseguir las llaves para guardarlas y no dárselas.

—Planeo destruir las llaves. Dame tu llave del Wyrd —dijo Lorcan y abrió el puño que tenía presionado contra el abdomen de Aelin—, y yo te daré el anillo.

Tal como había dicho, en su mano brillaba un anillo familiar de oro.

—No deberías estar vivo —dijo Rowan—. Si le hubieras robado el anillo a Maeve y huido, ella ya te habría matado.

Era una trampa. Una trampa bastante ingeniosa.

—Me muevo rápidamente.

Lorcan sí se había apresurado a salir del Wendlyn. Aunque eso no demostraba nada.

—Los demás...

—Nadie sabe. ¿Crees que confío en que no le dirán?

—El juramento de sangre hace que la traición sea imposible.

—Estoy haciendo esto por ella —dijo Lorcan—. Lo estoy haciendo porque no deseo ver a mi reina convertida en demonio. Estoy obedeciendo el juramento en ese aspecto.

Aelin ya estaba muy inquieta y Lorcan cerró nuevamente sus dedos alrededor del anillo.

—Eres un tonto, Rowan. Sólo piensas en unos cuantos años en el futuro, décadas. Lo que yo estoy haciendo es por el bien de varios siglos. Para la eternidad. Maeve enviará a los otros, lo sabes, para cazarte, para matarlos a ambos. Que esta noche te sirva como un recordatorio de tu vulnerabilidad. Nunca conocerás la paz ni por un solo momento. Ni uno. Y aunque no matemos a Aelin del Incendio... el tiempo lo hará.

Rowan decidió no hacer caso a esas palabras.

Lorcan miró a Aelin; su cabello negro se meció cuando él se movió.

—Piénsalo, princesa. ¿De qué vale la inmunidad en un mundo donde tus enemigos están esperando encadenarte, en el cual una distracción podría significar convertirse en su esclava eterna?

Aelin sólo le enseñó los dientes.

Lorcan la empujó y Rowan ya estaba en movimiento, listo para atraparla.

Ella se dio la vuelta y los cuchillos ocultos en su traje se liberaron con un destello.

Pero Lorcan ya se había ido.

Después de decidir que los cortes en su cuello eran superficiales y que no estaba en ningún peligro de morir por ellos, Rowan guardó silencio durante el resto del viaje a casa.

Y si Lorcan tenía razón... No, no tenía razón. Era un mentiroso y su negociación apestaba a los trucos de Maeve.

Aelin presionó un pañuelo contra su cuello mientras caminaban; para cuando llegaron al departamento, las heridas estaban coaguladas. Aedion, afortunadamente, ya estaba en cama.

Rowan entró directamente a la recámara.

Ella lo siguió, pero él entró al baño y cerró la puerta silenciosamente detrás de él.

El agua corriente se oyó un instante después. Un baño.

Había hecho un buen esfuerzo por ocultarla, y su rabia había sido... Nunca vio a alguien tan lleno de ira. Pero también había mirado el terror en su cara. Era suficiente para hacerla dominar su propio miedo cuando sintió el fuego chisporrotear en sus venas. E intentó, malditos fueran los dioses, intentó encontrar una manera de escaparse de Lorcan, pero... Rowan tenía razón. Sin su magia, ella no tenía manera de competir contra él.

La podría haber matado.

Todo lo que había podido pensar, a pesar de su reino, a pesar de lo que aún quería hacer, era el miedo en los ojos de Rowan.

Sería una pena que él nunca supiera eso... si nunca se lo dijera...

Aelin se limpió el cuello en la cocina, lavó el traje manchado de sangre y lo colgó en la sala para que se secara. Luego se puso una de las camisas de Rowan y se metió a la cama.

Casi no escuchó que se moviera el agua. Tal vez él estaba acostado en la bañera, sin ver nada y con esa expresión hueca que tenía desde el momento en que Lorcan le quitó el cuchillo del cuello.

Pasaron minutos; ella le gritó buenas noches a Aedion y escuchó su respuesta retumbar a través de las paredes.

Luego se abrió la puerta del baño, salió un velo de vapor y apareció Rowan con una toalla colgada en las caderas. Ella vio el abdomen musculoso, los hombros poderosos, pero...

Pero el vacío de sus ojos.

Dio unas palmadas en la cama.

—Ven —dijo.

Él se quedó donde estaba, con los ojos fijos en las costras de su cuello.

—Los dos somos expertos en cerrarnos, así que hagamos el trato de hablar como personas de temperamento estable y razonable.

No la miró mientras caminaba hacia la cama y se acostaba a su lado, estirado sobre las cobijas. Ella ni siquiera le dijo nada por mojar la cama, ni mencionó que se podría haber tomado medio minuto para vestirse.

—Parece que se nos acabaron los días de diversión —dijo ella.

Aelin apoyó la cabeza en su puño y lo vio. Él se quedó mirando al techo, sin expresión.

—Brujas, lords oscuros, reinas hada... Si salimos vivos de ésta, voy a tomarme unas vacaciones muy largas.

Los ojos de Rowan estaban fríos.

—No me hagas a un lado —le dijo.

—Nunca —murmuró él—. Eso no...

Se frotó los ojos con el pulgar y el índice.

—Te fallé esta noche.

Sus palabras eran un susurro en la oscuridad.

—Rowan...

—Se acercó tanto que te pudo haber matado. Si te hubiera atacado otro enemigo, tal vez lo habría hecho.

La cama retumbó con su suspiro tembloroso y él bajó la mano de sus ojos. La emoción pura que había ahí la hizo morderse el labio. Nunca, *nunca* le permitía ver esas cosas.

—Te fallé. Juré protegerte y te fallé esta noche.

—Rowan, está bien.

—No está bien.

Sintió la calidez de la mano de Rowan al apretarle el hombro. Ella le permitió ponerla de espaldas; él estaba casi sobre ella, mirándola a la cara.

Su cuerpo era una fuerza de la naturaleza, sólida y enorme, encima de ella, pero en sus ojos todavía había pánico.

—Rompí tu confianza.

—No hiciste nada por el estilo. Rowan, le dijiste que no le darías la llave.

Él aspiró y su amplio pecho se expandió.

—Se la hubiera dado. Dioses, Aelin, me tenía atrapado y ni siquiera lo supo. Podría haber esperado un minuto más y le hubiera dicho, con o sin anillo. Erawan, brujas, el rey, Maeve... los enfrentaría a todos. Pero perderte a ti...

Inclinó la cabeza y cerró los ojos. Aelin pudo sentir el aire caliente de su aliento en la boca.

—Te fallé esta noche —murmuró con voz ronca—. Lo siento.

Su aroma de pino y nieve la envolvió. Ella debería alejarse, rodar un poco para quedar fuera de su alcance. *No me toques así.*

Pero ahí estaba, su mano se sentía como un fierro caliente en su hombro izquierdo, su cuerpo casi la cubría.

—No tienes que disculparte de nada —susurró—. Confío en ti, Rowan.

Él asintió de manera apenas perceptible.

—Te extrañé —dijo él con voz queda y con la mirada volando entre su boca y sus ojos— cuando estaba en Wendlyn. Mentí al decirte que no te había extrañado. Desde el momento en que te fuiste te extrañé tanto que perdí la cabeza. Me dio gusto tener la excusa para rastrear a Lorcan aquí, sólo para volverte a ver. Y esta noche, cuando vi ese cuchillo en tu garganta...

La calidez de ese dedo calloso se propagaba por todo su cuerpo mientras él trazaba un camino sobre la cortadura del cuello.

—No dejaba de pensar que tal vez nunca sabrías cuánto te extrañé cuando sólo nos separaba un océano. Pero si fuera la muerte la que nos separara... Te encontraría. No me importa cuántas leyes tuviera que violar. Aunque tuviera que ir por las tres llaves personalmente y abrir un portal, te encontraría de nuevo. Siempre.

Ella parpadeó intentando evitar que el ardor de sus ojos se desbordara; él pasó el brazo entre sus cuerpos para tomarle la mano y la llevó hacia su mejilla tatuada.

A Aelin le costó trabajo recordar cómo respirar, concentrarse en otra cosa que no fuera esa piel suave y cálida. Él no dejó de mirarla a los ojos mientras ella pasaba su pulgar por su pómulo prominente. Saboreando cada caricia, ella tocó su rostro, el tatuaje, y nunca lo dejó de mirar a los ojos aunque su mirada la estuviera desnudando.

Lo siento, parecía seguir diciendo.

Ella mantuvo su mirada clavada en la de él y soltó su cara. Lentamente, asegurándose de que él entendía cada uno de los pasos que daba, inclinó la cabeza hacia atrás hasta que su garganta quedó arqueada y descubierta ante él.

—Aelin —dijo él con un suspiro.

No fue una llamada de atención ni una advertencia, sino... una súplica. Sonaba como una súplica. Bajó la cabeza hacia su cuello expuesto y se quedó a un cabello de distancia.

Ella arqueó el cuello un poco más, una invitación silenciosa.

Rowan dejó escapar un gemido suave y le rozó la piel con los dientes.

Una mordida, un movimiento, sería todo lo que necesitaría para arrancarle la garganta.

Sus colmillos alargados recorrieron la piel de Aelin, con suave precisión. Ella apretó las sábanas con los puños para no pasar sus dedos por la espalda desnuda y atraerlo a ella.

Él recargó una mano junto a su cabeza y sus dedos se entrelazaron con el cabello de Aelin.

—Nadie más —dijo ella en voz baja—. Nunca le permitiría hacer esto en mi cuello a nadie más.

Demostrárselo era la única manera de estar segura de que él comprendería esa confianza de un modo que sólo su lado hada depredador podría hacerlo.

—Nadie más —repitió ella.

Él dejó escapar otro gemido, una respuesta y confirmación y petición, y el sonido retumbó en su interior. Con cuidado, cerró los dientes sobre el punto donde su sangre latía y pulsaba. Sentía su aliento caliente en la piel.

Cerró los ojos y todos sus sentidos se concentraron en esa sensación, los dientes y la boca en su garganta, el cuerpo poderoso que temblaba con control sobre el de ella. Su lengua le tocó la piel.

Ella hizo un pequeño ruido que podría haber sido un gemido, o una palabra o su nombre. Él se estremeció y retrocedió un poco. El aire fresco besó el cuello expuesto. Algo salvaje, algo puramente salvaje brillaba en esos ojos.

Entonces él examinó su cuerpo completa y descaradamente. Sus fosas nasales se abrían con delicadeza mientras iba olfateando exactamente lo que ella quería.

Su respiración se empezó a volver irregular y él arrastró su mirada hacia la de ella: hambrienta, salvaje, implacable.

—Todavía no —dijo él con aspereza y respiración también irregular—. No ahora.

—¿Por qué?

Le costaba trabajo recordar cómo hablarle cuando él la estaba mirando de esa manera. Como si se la pudiera comer viva. El calor latía con fuerza en su interior.

—Quiero tomarme mi tiempo contigo... Aprenderme... cada centímetro de ti. Y este departamento tiene paredes muy muy delgadas. No quiero público —agregó y se volvió a inclinar para rozar con la boca el corte en la base de su garganta— cuando te haga gemir, Aelin.

Oh, por el Wyrd. Estaba en problemas. Tantos malditos problemas. Y cuando él dijo su nombre así...

—Esto cambia las cosas —dijo ella apenas capaz de pronunciar las palabras.

—Las cosas llevan un rato de estar cambiando. Nos las arreglaremos.

Ella se preguntó cuánto tiempo duraría su fuerza de voluntad si levantaba la cara para reclamar la boca de Rowan como suya, si le pasaba los dedos por la concavidad que formaba su columna. Si lo tocara más abajo que eso. Pero...

Guivernos. Brujas, Ejército. Erawan.

Dejó escapar una exhalación profunda.

—Dormir —murmuró ella—. Deberíamos dormir.

Él volvió a tragar saliva y se levantó lentamente para ir a vestirse. Honestamente, fue un esfuerzo no saltar detrás de él y arrancarle esa maldita toalla.

Tal vez debería pedirle a Aedion que se fuera a dormir a otra parte. Sólo esta noche.

Y entonces ella ardería en el infierno por toda la eternidad, por ser la persona más egoísta y horrible que jamás hubiera pisado la tierra.

Se obligó a darle la espalda al vestidor, porque no confiaba en mirar siquiera a Rowan sin hacer algo infinitamente estúpido.

Oh, estaba en tantos malditos problemas.

CAPÍTULO 53

Bebe, le insistió el príncipe demonio con voz de amante. *Saboréalo.*

El prisionero estaba sollozando en el piso de la celda del calabozo, su miedo y su dolor y sus recuerdos goteaban de él. El príncipe demonio los inhaló como si fueran opio.

Delicioso.

Lo era.

Se odiaba a sí mismo. Se maldecía.

Pero la desesperación que emanaba del hombre mientras sus peores recuerdos lo hacían trizas... era embriagante. Era fuerza; era vida.

No tenía nada ni nadie de todas maneras. Si contara con la oportunidad, buscaría cómo terminarlo. Por el momento esto era la eternidad, esto era el nacimiento y la muerte y el renacimiento.

Así que bebió el dolor del hombre, su miedo, su tristeza.

Y aprendió a disfrutarlo.

CAPÍTULO 54

Manon se quedó mirando la carta que el mensajero tembloroso le acababa de entregar. Elide estaba haciendo su mejor esfuerzo por aparentar que no observaba cada uno de los movimientos de sus ojos por la página, pero era difícil no quedársele viendo porque la bruja gruñía con cada palabra leída.

Elide estaba recostada en su paca de paja, el fuego ya reducido a brasas. Se enderezó con una queja, el cuerpo adolorido. Encontró un odre para agua en la cocina, e incluso le preguntó al cocinero si se lo podía llevar a la Líder de la Flota. Él no se atrevió a objetar nada. Ni a quejarse de las dos bolsitas de nueces que también se había robado "para la Líder de la Flota". Era mejor que nada.

Almacenó todo bajo su paca y Manon no se había dado cuenta. Un día, pronto, llegaría el carro con las provisiones. Cuando se fuera, Elide iría en él. Y nunca tendría que lidiar con esa oscuridad otra vez.

Elide estiró el brazo hacia la pila de troncos y agregó dos a la chimenea, lo cual hizo brotar una ola de chispas. Estaba a punto de volverse a acostar cuando Manon dijo desde el escritorio:

—En tres días saldré con mis Trece.

—¿A dónde? —se atrevió a preguntar Elide. Por la violencia con la cual había reaccionado la Líder de la Flota al leer la carta, no podía ser ningún lugar agradable.

—A un bosque en el norte. A...

Manon se detuvo y cruzó la habitación hacia ella, con pasos ligeros pero poderosos. Llegó a la chimenea y lanzó la carta a las llamas.

—Me iré al menos dos días. Si fuera tú, no llamaría la atención durante ese tiempo.

A Elide se le retorció el estómago al pensar qué implicaría exactamente que la protección de la Líder de la Flota estuviera a miles de kilómetros. Pero no tenía ningún sentido decirle eso a Manon. No le importaría, aunque la hubiera aceptado como a una de las suyas.

No significaba nada, de todas maneras. Ella no era bruja. Se escaparía pronto. Dudaba que cualquiera ahí pensara dos veces sobre su desaparición.

—Me mantendré fuera de problemas —dijo Elide.

Tal vez en la parte de atrás de un carro que saliera de Morath, con dirección a la libertad en el horizonte.

Fueron necesarios tres días enteros a fin de prepararse para la reunión.

La carta de la matrona no contenía ninguna mención sobre la reproducción y matanza de brujas. De hecho, era como si su abuela no hubiera recibido ninguno de sus mensajes. En cuanto Manon regresara de su pequeña misión, cuestionaría a los mensajeros de la fortaleza. Lenta y dolorosamente.

Las Trece debían viajar a unas coordenadas en Adarlan, justo en medio del reino, en el centro del bosque de Oakwald, y llegar un día antes de la junta para establecer un perímetro seguro.

Porque el rey de Adarlan al fin iba a ver el arma que su abuela había estado construyendo y, aparentemente, quería inspeccionar a Manon también. Iba a llevar a su hijo, aunque Manon dudaba que fuera para cuidarle las espaldas de la forma en que las herederas de su especie protegían a sus matronas. No le importaba en particular nada de eso.

Casi deseaba decirle a su abuela que le parecía una junta estúpida e inútil. Una pérdida de tiempo.

Al menos ver al rey le proporcionaría la oportunidad de conocer al hombre que estaba emitiendo las órdenes de destrozar brujas y hacer monstruosidades con sus crías. Podría por lo menos hablar de eso con su abuela en persona, quizás incluso podría ser testigo del momento en que la matrona hiciera picadillo al rey al enterarse de lo que había hecho.

Manon subió a la silla y Abraxos caminó a su viga, adaptándose a la armadura más reciente que el herrero aéreo había diseñado. Al fin había logrado aligerarla lo suficiente para que los guivernos la aguantaran; la pondrían a prueba en este viaje. El viento se sentía muy frío, pero ella no hizo caso. Al igual que no le había hecho caso a las Trece.

Asterin no le dirigía la palabra; ninguna de ellas había hablado sobre el príncipe del Valg que el duque les había enviado.

Había sido una prueba, para ver quién sobreviviría y recordarle lo que estaba en juego.

Así como había sido una prueba cuando desató el fuego de las sombras en aquella tribu.

Todavía no podía elegir un aquelarre. No lo haría hasta que hablara con su abuela.

Pero dudaba que el duque esperara mucho tiempo más.

Manon miró hacia el precipicio, al ejército cada vez más grande que abarcaba montañas y valles como una alfombra de oscuridad y fuego. Y había otros tantos soldados ocultos debajo. Sus Sombras le habían informado esa misma mañana sobre unas criaturas retorcidas, aladas y delgadas, con forma humana, que volaban por los cielos nocturnos, demasiado veloces y ágiles para poderlas seguir antes de que desaparecieran en las nubes densas y no regresaran. La mayoría de los horrores de Morath, sospechaba Manon, todavía estaba por revelarse. Se preguntaba si también estaría al mando de ellos.

Sintió los ojos de las Trece sobre ella, esperando la señal.

Manon enterró los talones en el costado de Abraxos y cayeron en picada por el aire.

La cicatriz de su brazo le dolía.

Siempre le dolía. Más que el collar, más que el frío, más que las manos del duque sobre su cuerpo, más que cualquier otra cosa que le hubieran hecho. Sólo el fuego de las Sombras era un alivio.

Hubo un tiempo en el que creyó que había nacido para ser reina.

Ahora sabía que había nacido para ser lobo.

El duque incluso le había puesto un collar como si fuera perro y le introdujo un príncipe demonio.

Ella dejó ganar al demonio por un tiempo y se encogió tanto dentro de sí misma que el príncipe olvidó que ella estaba ahí.

Ella esperó.

En ese capullo de oscuridad aguardó el momento indicado, lo dejó pensar que ella ya se había ido, los dejaba hacer lo que querían con el cascarón mortal que la rodeaba. En ese capullo empezó a brillar el fuego de las sombras, proporcionándole combustible, alimentándola. Hacía mucho tiempo, cuando era pequeña y limpia, unas flamas de oro habían chisporroteado en sus dedos, secretas y ocultas. Luego desaparecieron, como desaparecían todas las cosas buenas.

Y ahora habían regresado, renacidas con esa cobertura oscura bajo la forma de fuego fantasma.

El príncipe dentro de ella no se dio cuenta del momento en que empezó a mordisquearlo.

Poco a poco se robó trocitos de la criatura de otro mundo que había tomado su cuerpo como su propia piel, que hacía cosas tan despreciables con él.

La criatura se dio cuenta el día que ella dio una mordida más grande, tan grande que él gritó en agonía.

Antes de que le pudiera decir a alguien, ella saltó y empezó a rasgarlo y romperlo con su fuego de las sombras hasta que sólo quedaron unas cuantas cenizas de malicia, hasta que no fue más que un susurro de pensamiento. El fuego..., no le gustaba el fuego de ningún tipo.

Llevaba semanas ahí. Esperando de nuevo. Aprendiendo sobre la flama que corría por sus venas, viendo cómo se filtraba en la cosa de su brazo y resurgía convertida en fuego de las sombras. La cosa a veces le hablaba, en lenguajes que ella nunca había oído, que tal vez nunca habían existido.

El collar permaneció alrededor de su cuello; ella les permitió que le dieran órdenes, que la tocaran, que la lastimaran. Pronto, muy pronto, encontraría su propósito verdadero y luego aullaría su rabia a la luna.

Había olvidado qué nombre solía tener, pero no importaba. Ahora sólo tenía un nombre:

Muerte, devoradora de mundos.

CAPÍTULO 55

Aelin creía completamente en los fantasmas.

Sólo que no pensaba que acostumbraran salir durante el día.

La mano de Rowan apretó su hombro justo antes de que amaneciera. Ella miró una vez su rostro tenso y se preparó.

—Alguien se metió a la bodega.

Rowan ya estaba fuera de la habitación, armado y completamente preparado para derramar sangre antes de que Aelin pudiera tomar sus propias armas. Dioses, se movía como el viento también. Todavía podía sentir sus colmillos en la garganta, raspando contra su piel, presionando ligeramente.

Con pasos casi silenciosos, lo siguió y lo encontró con Aedion; los dos estaban parados frente a la puerta del departamento, con las espadas en la mano y las espaldas musculosas tensas debajo de las cicatrices. Las ventanas: eran su mejor opción para escapar si se trataba de una emboscada. Ella llegó con los dos hombres justo cuando Rowan abrió la puerta lentamente para revelar la oscuridad de la escalera.

Evangeline estaba colapsada en el descanso de la escalera, sollozando. Su cara cicatrizada se veía pálida como la muerte y sus ojos citrinos se abrieron como platos por el terror cuando vio a Rowan y Aedion. Cientos de kilos de músculo letal y dientes.

Aelin se abrió paso entre ellos y bajó las escaleras de dos en dos y de tres en tres hasta llegar con la niña. Estaba limpia, no tenía ni un rasguño.

—¿Estás herida?

Ella negó con la cabeza. Su cabello rojo-dorado reflejó la luz de la vela que traía Rowan. La escalera temblaba con cada paso que daban él y Aedion.

—Dime —jadeó Aelin, rezando en silencio para que no le dijera algo tan malo como parecía—. Dímelo todo.

—Se la llevaron, se la llevaron, se la llevaron.

—¿Quién? —preguntó Aelin. Le quitó el cabello de la cara a la niña, preguntándose si se asustaría si la abrazaba.

—Los hombres del rey —susurró Evangeline—. Llegaron con una carta de parte de Arobynn. Dijeron que Arobynn pedía en su testamento que les informaran sobre la a-a-ascendencia de Lysandra.

El corazón de Aelin se detuvo. Peor.... mucho peor de lo que había pensado.

—Dijeron que era una metamorfa. Se la llevaron, y me iban a llevar a mí también pero ella peleó contra ellos y me hizo correr, y Clarisse no ayudó...

—¿A dónde se la llevaron?

Evangeline sollozó.

—No lo sé. Lysandra me dijo que viniera aquí si algo le pasaba, que te dijera que corrieras...

No podía respirar, no podía pensar. Rowan se hincó al lado de ellas y abrazó a la niña para levantarla. Su mano era tan grande que casi abarcaba toda la parte de atrás de su cabeza. Evangeline enterró la cara en su pecho tatuado y Rowan murmuró sonidos de consuelo sin decir palabra.

Miró a Aelin por encima de la cabeza de la pequeña. *Tenemos que irnos de esta casa en diez minutos, hasta que sepamos si te traicionó a tí también.*

Como si lo hubiera escuchado, Aedion pasó rápidamente junto a ellos y se dirigió a la ventana de la bodega por la cual Evangeline había logrado meterse. Lysandra, al parecer, le había enseñado unas cuantas cosas a su encomendada.

Aelin se talló la cara y se apoyó en el hombro de Rowan para pararse. Sintió la piel cálida y suave debajo de sus dedos con callos.

—El padre de Nesryn. Le pediremos que la cuide hoy.

Arobynn había hecho esto. Una última carta bajo la manga.

Sabía. Sobre Lysandra... y sobre su amistad.

No le gustaba compartir sus cosas.

Chaol y Nesryn entraron a la bodega en el nivel de abajo; Aedion ya estaba a medio camino para atacarlos antes de que ellos siquiera se dieran cuenta de que él estaba ahí.

Traían más noticias. Uno de los hombres de Ren se había puesto en contacto con ellos momentos antes: habría una junta al día siguiente en Oakwald con el rey, Dorian y la Líder de la Flota de su caballería aérea.

Con la entrega de un nuevo prisionero que se dirigiría a Morath.

—Tienen que sacarla de los túneles —le dijo Aelin a Chaol y a Nesryn mientras bajaba a toda velocidad por las escaleras—. Ahora. Son humanos, no los notarán al principio. Ustedes son los únicos que pueden entrar a esa oscuridad.

Chaol y Nesryn intercambiaron miradas.

Aelin caminó hacia ellos.

Tienen que sacarla de ahí ahora.

Por un instante, ya no estaba en la bodega. Por un instante estaba en una recámara hermosa, frente a una cama sangrienta y el cuerpo destrozado extendido encima de ella.

Chaol levantó las manos.

—Sería mejor que usáramos el tiempo para tender una emboscada.

El sonido de su voz... La cicatriz de su cara se veía brutal bajo la luz tenue. Aelin apretó los dedos para formar un puño y sus uñas, con las cuales le había rasguñado la cara, se le enterraban en las palmas.

—Podrían estar alimentándose de ella —logró decir.

Detrás de ella, Evangeline dejó escapar un sollozo. Si habían hecho que Lysandra pasara por lo que Aelin tuvo que pasar cuando peleó con el príncipe del Valg...

—Por favor —dijo Aelin, y su voz se quebró al pronunciar esas palabras.

Chaol se dio cuenta, entonces, del sitio donde tenía ella enfocada la mirada en su cara. Palideció y abrió la boca.

Pero Nesryn buscó la mano de Aelin, la tomó entre sus dedos delgados y morenos que se sentían frescos en las palmas sudorosas de Aelin.

—La vamos a traer de vuelta. La salvaremos. Juntos.

Chaol se quedó mirándola a los ojos, con los hombros hacia atrás y dijo:

—Nunca más.

Ella quería creerle.

CAPÍTULO 56

Unas horas después, sentada en el piso de una posada en ruinas del otro lado de Rifthold, Aelin estudiaba el mapa en el cual habían marcado el lugar de la reunión: aproximadamente a un kilómetro de distancia del templo de Temis. El templo diminuto estaba dentro del bosque de Oakwald, posado sobre una rebanada de roca que se elevaba en medio de un barranco profundo. Sus únicos accesos eran dos puentes colgantes atados a ambos extremos del barranco, lo cual lo había salvado de los ejércitos invasores a lo largo de los años. El bosque circundante probablemente estaría vacío y, si iban a llegar guivernos, sin duda lo harían en la noche del día anterior. Esa noche.

Aelin, Rowan, Aedion, Nesryn y Chaol se sentaron alrededor del mapa, para afilar y pulir sus armas mientras repasaban el plan. Dejaron a Evangeline con el padre de Nesryn, junto con más cartas para Terrasen y el Flagelo; el panadero no hizo más preguntas. Sólo le dio un beso en la mejilla a su hija menor y anunció que él y Evangeline hornearían tartas especiales para cuando regresaran.

Si es que regresaban.

—¿Qué haremos si tiene un collar o un anillo? —preguntó Chaol del otro lado de su pequeño círculo.

—Entonces perderá una cabeza o un dedo —dijo Aedion sin andarse con rodeos.

Aelin le lanzó una mirada.

—No puedes tomar esa decisión sin preguntármelo.

—¿Y Dorian? —preguntó Aedion.

Chaol estaba mirando el mapa como si quisiera hacerle un agujero con la vista.

—No es mi decisión —dijo Aelin con seriedad.

Los ojos de Chaol voltearon a verla.

—No lo tocas.

Era un riesgo terrible quedar todos al alcance de un príncipe del Valg, pero...

—Todos nos pintaremos marcas del Wyrd —dijo Aelin—. Todos. Para protegernos contra el príncipe.

En los diez minutos que les había tomado reunir las armas, ropa y provisiones del departamento de la bodega, Aelin recordó sacar sus libros sobre las marcas del Wyrd, los cuales ahora estaban en la pequeña mesa frente a la única ventana de la habitación. Habían rentado tres para esa noche: una para Aelin y Rowan, una para Aedion y otra para Chaol y Nesryn. La moneda de oro que le dejó al posadero sobre el mostrador era suficiente para pagar por lo menos un mes. Y su silencio.

—¿Mataremos al rey? —preguntó Aedion.

—No nos enfrentaremos —dijo Rowan— hasta que estemos seguros de que podemos matar al rey y neutralizar al príncipe con un mínimo de riesgo. Sacar a Lysandra de ese carro es lo primero.

—De acuerdo —dijo Aelin.

La mirada de Aedion se detuvo en Rowan.

—¿Cuándo partimos?

Aelin se preguntó de dónde salía esta deferencia al príncipe hada.

—No quiero que esos guivernos o brujas nos estén olfateando —dijo Rowan, un comandante preparándose para el campo de batalla—. Llegaremos justo antes de que empiece la reunión, con el suficiente tiempo para encontrar puntos ventajosos y localizar a sus exploradores y guardias. El olfato de las brujas es demasiado sensible como para que nos arriesguemos a que nos descubran. Tenemos que entrar rápido.

Aelin no podía decidir si eso era un alivio o no.

El reloj marcó el mediodía. Nesryn se puso de pie.

—Pediré el almuerzo.

Chaol se levantó y se estiró.

—Te ayudaré a traerlo.

En un lugar como ése, seguramente no habría servicio de la cocina a la habitación. Aunque, en un lugar como ése, supuso Aelin, era más probable que Chaol hubiera decidido acompañar a Faliq para cuidarle las espaldas. Bien.

Cuando se fueron, Aelin tomó una de las armas de Nesryn y empezó a pulirla: era una daga decente, pero no excelente. Si sobrevivían, tal vez le compraría al día siguiente una mejor, como agradecimiento.

—Qué pena que Lorcan sea un bastardo psicótico —dijo Aelin—. Sería de utilidad mañana.

La boca de Rowan se tensó; ella continuó:

—¿Qué hará cuando descubra la ascendencia de Aedion?

Aedion dejó la daga que había estado afilando.

—¿Siquiera le importará?

Rowan estaba puliendo una espada corta. Hizo una pausa y dijo:

—A Lorcan podría no importarle un carajo o podría parecerle fascinante. Pero lo que probablemente sí le interese será averiguar cómo puede usar la existencia de Aedion en contra de Gavriel.

Aelin volteó a ver a su primo. Ese cabello dorado ahora parecía demostrar más su vínculo con Gavriel que con ella.

—¿Quieres conocerlo? —preguntó.

Tal vez sacó el tema sólo para evitar pensar en el día siguiente.

Aedion se encogió de hombros.

—Me da curiosidad, pero no llevo ninguna prisa. No a menos que tenga interés en arrastrar a su equipo para acá con el propósito de ayudar en la batalla.

—Qué pragmático —dijo Aelin.

Volteó a ver a Rowan, trabajando nuevamente en la espada.

—¿Habría manera de convencerlos, a pesar de lo que dijo Lorcan? —agregó.

Ya habían ayudado una vez, durante el ataque de Mistward.

—Es poco probable —respondió Rowan sin levantar la vista de la espada—. A menos que Maeve decida que enviarte auxilio es la siguiente movida en su juego. Tal vez quiera aliarse contigo para matar a Lorcan por su traición... Estaba pensando que algunas de las hadas que solían vivir aquí tal vez sigan vivas y ocultas. Quizás se podrían entrenar. O ya estén entrenadas.

—No contaría con ello —dijo Aedion—. He visto y sentido Gente Pequeña en Oakwald. Pero hadas... ni un murmullo de ellas aquí.

No volteó a ver a Rowan cuando habló y se puso a limpiar la última espada sin afilar de Chaol.

—El rey hizo una limpieza demasiado exhaustiva. Apostaría a que si sobrevivió alguna está atrapada en su forma animal.

Aelin sintió la pesadez de un dolor familiar en el cuerpo.

—Averiguaremos todo eso después —dijo.

Si vivían el tiempo suficiente.

Durante el resto del día, y hasta bien avanzada la noche, Rowan planeó las acciones del grupo con la eficiencia que ella anticipaba y admiraba. Pero esta vez no sentía consuelo, no cuando el peligro era tan grande y todo podía cambiar en cuestión de minutos. No ahora que Lysandra ya podría estar más allá de la salvación.

—Deberías dormir —le dijo Rowan. Su voz profunda retumbó por la cama e hizo vibrar la piel de Aelin.

—La cama está incómoda —dijo Aelin—. Odio las posadas baratas.

La risa grave de Rowan hizo eco en la oscuridad de la alcoba. Ella había puesto algo en la puerta y la ventana para que les advirtiera de cualquier intruso, pero con el escándalo que se oía de la taberna de mala muerte de abajo, les costaría trabajo escuchar si alguien se acercaba por el pasillo. En especial dado que algunas de las habitaciones se rentaban por hora.

—La recuperaremos, Aelin.

La cama era mucho más pequeña que la suya, lo suficiente para que su hombro rozara el de él cuando se volteó. Se dio cuenta de que la estaba viendo, y sus ojos brillaban en la oscuridad.

—No puedo enterrar a otro amigo.

—No lo harás.

—Si te pasara algo, Rowan...

—No digas eso —le susurró él—. Ni siquiera lo digas. Ya lo hablamos lo suficiente la otra noche.

Levantó una mano, dudó y le quitó un mechón de pelo de la cara. Sus dedos callosos le rozaron el pómulo y luego acariciaron el pabellón de su oreja.

Era absurdo siquiera empezar a avanzar por ese camino. Todos los demás hombres que había permitido que entraran en su vida le habían dejado alguna herida, de una u otra manera, accidentalmente o no.

No había nada suave ni gentil en el rostro de Rowan. Sólo una mirada brillante de depredador.

—Cuando regresemos —dijo él—, recuérdame demostrarte que estás equivocada sobre cada uno de los pensamientos que acaban de pasar por tu cabeza.

Ella arqueó una ceja.

—¿Ah, sí?

La sonrisa traviesa de Rowan le hizo imposible pensar. Eso era exactamente lo que él quería, distraerla de los horrores del día siguiente.

—Incluso te dejaré decidir cómo mostrártelo: con palabras —dijo y sus ojos le miraron la boca rápidamente— o con mis dientes y lengua.

Una emoción se dispersó por su sangre y después se acumuló en su centro. No era justo, no era justo para nada que la estuviera provocando así.

—Esta posada miserable es bastante ruidosa —dijo ella.

Se atrevió a ponerle la mano sobre el pectoral desnudo y luego a subirla a su hombro. Se maravilló de la fuerza bajo su palma. Él se estremeció, pero sus manos permanecieron a sus costados, apretadas y con los nudillos blancos.

—Qué pena que Aedion de todas maneras pueda escuchar a través de la pared.

Ella le pasó las uñas suavemente por la clavícula, marcándolo, reclamándolo para ella, antes de inclinarse para presionar su boca contra el hueco en su garganta. Su piel era tan suave, tan tentadora con su calidez.

—Aelin —gimió él.

A ella se le enroscaron los dedos de los pies al escuchar la voz áspera.

—Qué pena —murmuró contra su cuello.

Él gruñó y ella rio suavemente al darse la vuelta y cerrar los ojos. Su respiración estaba más tranquila que unos momentos antes. Sobreviviría al día siguiente, sin importar lo que sucediera. No estaba sola, no mientras estuviera con él, y con Aedion también a su lado.

Estaba sonriendo cuando sintió que el colchón se movió, escuchó los pasos firmes que avanzaban hacia el vestidor y el sonido del agua que llenó la habitación cuando Rowan se echó la jarra de agua fría encima.

CAPÍTULO 57

—Ya puedo olerlos —dijo Aedion. Su susurro apenas se escuchó mientras avanzaban por la maleza. Iban todos vestidos de verde y café para permanecer ocultos en el bosque denso. Él y Rowan iban varios pasos adelante de Aelin, con flechas preparadas en sus arcos mientras elegían la ruta a seguir con sus agudos sentidos del oído y del olfato.

Si ella tuviera su maldita forma hada, podría ayudar en vez de ir atrás con Chaol y Nesryn, pero...

Eso no es un pensamiento útil, se dijo a sí misma. Se las arreglaría con lo que tenía.

Chaol era quien conocía mejor el bosque, ya que fue de cacería a ese sitio incontables veces con Dorian. Había elegido una ruta la noche anterior, pero le cedió el liderazgo a los dos guerreros hada y sus sentidos impecables. Los pasos de Chaol eran firmes en las hojas y musgo debajo de sus botas, su rostro se veía tenso pero estable. Estaba concentrado.

Bien.

Pasaron a través de los árboles de Oakwald tan silenciosamente que ni siquiera los pájaros dejaron de trinar.

El bosque de Brannon. Su bosque.

Se preguntó si sus habitantes sabrían cuál sangre fluía en sus venas y si estarían ocultando a su pequeño grupo de los horrores que los aguardaban más adelante. Se preguntó si ayudarían de cierta manera a Lysandra llegado el momento.

Rowan se detuvo unos tres metros adelante y señaló tres robles enormes. Ella se detuvo esforzándose por escuchar mientras escudriñaba el bosque.

Escuchó gruñidos y rugidos de bestias que sonaban demasiado grandes, y el sonido hecho por unas alas de cuero al raspar la piedra.

Se preparó para lo que vendría y corrió hacia el sitio donde Rowan y Aedion estaban esperando junto a los robles. Su primo señaló hacia arriba para indicarle cuál sería el siguiente movimiento.

Aelin tomó el árbol central, sin mover siquiera una hoja o ramita al treparlo. Rowan esperó a que llegara a una rama alta y luego la siguió, más o menos en el mismo tiempo que ella, lo cual Aelin notó con algo de orgullo. Aedion tomó el árbol a la derecha y Chaol y Nesryn treparon por el de la izquierda. Siguieron subiendo, sigilosos como serpientes, hasta que el follaje les impidió ver el piso y llegaron a la altura necesaria para ver hacia un pequeño prado frente a ellos.

Dioses.

Los guivernos eran enormes. Enormes, feroces y... y, sí, tenían sillas de montar en sus espaldas.

—Las púas de la cola tienen veneno —le susurró Rowan al oído—. Con la envergadura de esas alas, probablemente pueden volar cientos de kilómetros al día.

Él tenía manera de saber eso, supuso Aelin.

Sólo había trece guivernos en el prado. El más pequeño estaba tirado de panza, con la cara enterrada en un montón de flores silvestres. En la cola tenía púas de hierro brillantes en vez de hueso. Todo su cuerpo estaba cubierto de cicatrices, como rayas de gato, y sus alas... Ella conocía el material injertado ahí. Seda de araña. Esa cantidad debió costar una fortuna.

Los otros guivernos eran normales: todos tenían la capacidad de partir de una mordida a un hombre por la mitad.

Morirían en cuestión de segundos contra una de esas cosas. ¿Pero un ejército de tres mil? El pánico empezó a extenderse por su cuerpo.

Soy Aelin Ashryver Galathynius...

—Ésa, apuesto a que ella es la Líder de la Flota —dijo Rowan señalando a las mujeres reunidas en el extremo del prado.

No eran mujeres. Eran brujas.

Todas eran jóvenes y hermosas, con cabello y piel de todos los tonos y colores. Pero incluso a la distancia ella pudo distinguir la que Rowan señalaba. Tenía el cabello como luz de luna viviente y sus ojos eran de color oro pulido.

Era la persona más hermosa que jamás hubiera visto.

Y la más aterradora.

Se movía con una seguridad que Aelin supuso sólo podía lograr un inmortal. Su capa roja volaba detrás de ella y su equipo de montar de cuero se ajustaba a su cuerpo esbelto. Era un arma viviente, eso era la Líder de la Flota.

La Líder de la Flota caminaba por el campamento, inspeccionando a los guivernos y dando órdenes que los oídos humanos de Aelin no podían escuchar. Las otras doce brujas parecían seguir todos sus movimientos, como si ella fuera el eje de su mundo; dos de ellas la seguían especialmente cerca. Sus tenientes.

Aelin luchó por conservar el equilibrio en la rama ancha.

Cualquier ejército que Terrasen pudiera reunir quedaría aniquilado. Junto con los amigos que la rodeaban.

Podía darlos por muertos a todos.

Rowan le puso una mano en la cintura, como si pudiera escuchar la frase que se repetía por sus venas con cada latido de su corazón.

—Tú derrotaste a una de sus matronas —le dijo al oído, apenas más fuerte que el crujido de una hoja—. Puedes con una de las inferiores.

Tal vez. Tal vez no, al ver la manera en que las trece brujas del prado se movían e interactuaban. Eran un grupo unido y brutal. Le daba la impresión de que no tomaban prisioneros.

Si lo hicieran, probablemente se los comerían.

¿Llevarían a Lysandra volando a Morath cuando llegara el carro con los prisioneros? De ser así...

—Lysandra no debe acercarse a menos de diez metros de los guivernos.

Si la montaran en uno de ellos, sería demasiado tarde.

—De acuerdo —murmuró Rowan—. Se acercan caballos desde el norte. Y más alas del oeste. Vayámonos.

La matrona, entonces. Los caballos debían ser el rey y el carro de prisioneros. Y Dorian.

Aedion se veía dispuesto a arrancar cuellos de bruja cuando descendieron y empezaron a caminar lentamente por el bosque, de nuevo en dirección al prado. Nesryn tenía una flecha preparada en su arco y se metió a la maleza a fin de permanecer oculta. Tenía el rostro serio, lista para lo que fuera. Al menos alguien del grupo lo estaba.

Aelin caminaba al lado de Chaol.

—No importa qué veas o escuches, no te muevas. Necesitamos evaluar a Dorian antes de actuar. Uno solo de esos príncipes del Valg es letal.

—Lo sé —respondió él sin voltearla a ver—. Puedes confiar en mí.

—Necesito que nos aseguremos de sacar a Lysandra. Tú conoces este bosque mejor que cualquiera de nosotros. Llévala a un lugar seguro.

Chaol asintió.

—Lo prometo.

Ella no dudó de sus palabras. No después de ese invierno.

Estiró el brazo hacia él, hizo una pausa y luego le puso la mano sobre el hombro.

—No tocaré a Dorian —dijo—. Lo juro.

Los ojos color bronce de Chaol brillaron.

—Gracias.

Continuaron avanzando.

Aedion y Rowan los hicieron regresar a un área que habían explorado antes, una pequeña saliente de rocas con suficiente maleza para agacharse sin ser vistos y observar todo lo que sucedía en el prado.

Lentamente, como espectros encantadores de un reino infernal, aparecieron las brujas.

La del cabello blanco avanzó a saludar a una mujer de edad mayor y cabello negro, que sólo podía ser la matrona del Clan

Picos Negros. Detrás de ésta, un grupo de brujas venía jalando una carreta grande y cubierta, bastante similar a la que las Piernas Amarillas estacionaron alguna vez frente al palacio de cristal. Los guivernos debían haberla cargado entre varios. Parecía ordinaria, pintada de negro, azul y amarillo. Pero Aelin tenía la sensación de no querer saber lo que había dentro.

Luego llegó la comitiva real.

No sabía dónde mirar: al rey de Adarlan, al carruaje pequeño y demasiado familiar para transportar prisioneros entre los jinetes...

O a Dorian, montando al lado de su padre con ese collar negro alrededor del cuello y nada humano en su rostro.

CAPÍTULO 58

Manon Picos Negros odiaba ese bosque.

No era natural que los árboles estuvieran tan cerca unos de otros, tanto que habían tenido que dejar a sus guivernos en otra parte para avanzar hacia el prado, a un kilómetro del templo en ruinas. Al menos los humanos no habían sido tan estúpidos como para elegir el templo en sí de lugar de reunión. Estaba asentado muy precariamente, el barranco quedaba demasiado expuesto a los ojos curiosos. Un día antes, Manon y las Trece exploraron todos los claros en el radio de un kilómetro y medio, evaluando su visibilidad, su accesibilidad y qué tan protegidos estaban; finalmente habían elegido éste. Se encontraba suficientemente cerca de donde el rey había exigido que se reunieran, pero el lugar se hallaba mucho más protegido. Era la primera regla para lidiar con mortales: nunca permitirles elegir el sitio exacto.

Las primeras en llegar fueron su abuela y su aquelarre de escolta. Salieron de entre los árboles desde donde fuera que hubieran aterrizado, jalando una carreta que sin duda traía el arma que habían creado. Con una mirada cortante la matrona evaluó a Manon y se limitó a decir:

—Mantente en silencio y fuera de nuestro camino. Habla sólo cuando se te hable. No causes problemas o te arrancaré la garganta.

Después, entonces. Hablaría con su abuela sobre los Valg después.

El rey llegó tarde. Su comitiva hizo tanto maldito ruido al avanzar por el bosque que Manon los escuchó cinco minutos antes de que el enorme caballo negro del rey apareciera en una curva del camino. Los demás jinetes lo seguían detrás como sombras oscuras.

El olor del Valg se deslizó por su cuerpo.

Traían un carro de prisioneros con un detenido que debían llevar de regreso a Morath. Era mujer, por el olor, y extraña. Nunca se había topado con ese olor antes: no era Valg, no era hada, pero no era enteramente humana. Interesante.

Sin embargo, las Trece eran guerreras, no mensajeras.

Con las manos a la espalda, Manon esperó cuando su abuela avanzó hacia el rey y se mantuvo vigilante del grupo de Valg-humanos que lo acompañaban, mientras ellos escudriñaban el claro. El hombre más cercano al rey no se molestó en ver a su alrededor. Sus ojos color zafiro volaron directamente a Manon y ahí se quedaron.

Hubiera sido hermoso de no ser por el collar oscuro que tenía alrededor del cuello y por la frialdad absoluta de su rostro perfecto.

Le sonrió a Manon como si supiera a qué sabía su sangre.

Ella ahogó el instinto de mostrarle los dientes y miró a la matrona, quien ahora estaba parada frente al rey mortal. El olor horrible de estas personas... ¿cómo era posible que su abuela se mantuviera inalterable frente a ellos?

—Su Majestad —dijo su abuela; llevaba un vestido negro como la noche líquida. Entonces asintió muy ligeramente. Manon contuvo el ladrido de protesta que se le atoró en la garganta. Nunca, su abuela nunca había hecho una reverencia ni se había inclinado, ni siquiera le había asentido a otro gobernante, ni siquiera a otra de las matronas.

Manon se tragó su rabia. El rey desmontó con un movimiento poderoso.

—Bruja Mayor —dijo inclinando la cabeza con un movimiento que no era una reverencia, pero que sí mostraba una pizca de reconocimiento. Tenía una espada enorme colgando a su lado. Su ropa era oscura y elegante, y su rostro...

La crueldad encarnada.

No era la crueldad fría y astuta que Manon había perfeccionado, y en la que se deleitaba, sino una crueldad vulgar, bruta, el tipo de crueldad que hacía que todos esos hombres se metieran a sus cabañas pensando que tenían que darle una lección.

Tal era el hombre a quien debían hacerle reverencias. Frente al que su abuela había inclinado la cabeza una fracción de centímetro.

Su abuela hizo un gesto a sus espaldas con su mano de puntas de hierro y Manon levantó la barbilla.

—Le presento a mi nieta, Manon, heredera del Clan Picos Negros y Líder de la Flota de su caballería aérea.

Manon dio un paso al frente y soportó la mirada imprudente del rey. El joven de cabello oscuro que venía a su lado desmontó con gracia fluida y siguió sonriéndole. Ella no le hizo caso.

—Estás haciendo un gran servicio a tu gente, Líder de la Flota —le dijo el rey con voz de granito.

Manon sólo se quedó mirándolo, muy consciente de que la matrona estaba juzgando cada movimiento.

—¿No vas a decir nada? —exigió saber el rey arqueando las cejas tupidas, una de las cuales tenía una cicatriz.

—Me ordenaron que mantuviera la boca cerrada —dijo Manon. Los ojos de su abuela destellaron—. A menos que prefieras que me arrodille y suplique.

Oh, seguro tendría que pagar caro por ese comentario. Su abuela miró al rey y dijo:

—Es arrogante, pero no encontrará usted una guerrera más mortífera.

Pero el rey sonreía, aunque la sonrisa no le llegaba a los ojos oscuros.

—No creo que jamás hayas suplicado por nada en la vida, Líder de la Flota.

A cambio, Manon le sonrió a medias con los dientes de hierro fuera. Que su joven compañero se orinara al verla.

—Las brujas no nacimos para suplicar nada a los humanos.

El rey rio sin alegría y volteó de nuevo a ver a su abuela, cuyos dedos con uñas de hierro se habían curvado como si se los estuviera imaginando alrededor de la garganta de Manon.

—Elegiste bien a nuestra Líder de la Flota, matrona —dijo él.

Luego señaló la carreta pintada con la bandera de las Dientes de Hierro.

—Veamos qué me trajiste. Espero que sea igualmente impresionante y que haya valido la pena la espera.

Su abuela sonrió y reveló sus dientes de hierro, que habían empezado a oxidarse en ciertos puntos. Manon sintió algo helado que le subía por la espalda.

—Por aquí.

Con los hombros hacia atrás y la cabeza en alto, Manon esperó frente a los escalones de la carreta para seguir a la matrona y al rey al interior, pero el hombre, que era mucho más alto y ancho que ella, frunció el ceño al verla.

—Mi hijo puede entretener a la Líder de la Flota.

Eso fue todo. La dejaron fuera mientras él y su abuela desaparecían dentro de la carreta. Aparentemente, ella no debía ver el arma. Al menos, no sería de las primeras, Líder de la Flota o no. Manon respiró profundamente y controló su temperamento.

La mitad de las Trece se hallaba alrededor de la carreta para vigilar la seguridad de la matrona, mientras las demás estaban dispersas con la misión de monitorear a la comitiva real que las rodeaba. El aquelarre de escolta era consciente de su posición, de su ineptitud frente a las Trece, así que desaparecieron detrás de los árboles. Los guardias vestidos de negro las observaban a todas. Algunos llevaban lanzas, otros ballestas, otros impresionantes espadas.

El príncipe ahora estaba recargado contra un roble retorcido. Al notar su atención, le sonrió con pereza.

Ya era suficiente. Hijo del rey o no, a ella no le importaba.

Manon cruzó el claro con Sorrel detrás. Iba alerta, pero mantuvo su distancia.

No había nadie cerca para escucharlos cuando se paró a un par de metros de distancia del príncipe heredero.

—Hola, principito —le ronroneó.

Chaol sentía que el mundo se le escapaba debajo de los pies, tanto así que tomó un puñado de tierra sólo para recordar dónde estaba y que esto era real, no una pesadilla.

Dorian.

Su amigo. No estaba herido pero... pero no era Dorian.

Ese príncipe que le sonreía burlonamente a la bruja de cabello blanco ni siquiera se le acercaba a Dorian.

Tenía la misma cara, pero el alma que se asomaba a través de esos ojos color zafiro no había sido creada en este mundo.

Chaol apretó más la tierra.

Había huido. Había huido de Dorian permitiendo que esto sucediera.

No fue esperanza lo que se llevó cuando huyó, sino estupidez.

Aelin tenía razón. Matarlo hubiera sido un acto piadoso.

Mientras el rey y la matrona estaban ocupados... Chaol miró hacia la carreta y luego a Aelin, recostada boca abajo en la maleza, con una daga en la mano. Ella asintió rápidamente, con la boca apretada. Ahora. Si iban a intentar liberar a Lysandra, tendría que ser en ese momento.

Y por Nehemia, y por el amigo que había desaparecido debajo del collar de piedra del Wyrd, no titubearía.

El demonio antiguo y cruel que estaba dentro de él empezó a azotarse de un lado a otro cuando la bruja de cabello blanco se acercó.

Desde la distancia, se había burlado. *Una de nosotras, una de las nuestras,* le siseó. *La hicimos y la tomaremos.*

Cada paso que daba para acercarse hacía que su cabello suelto brillara como luz de luna sobre el agua. Pero el demonio empezó a agitarse y ponerse ansioso cuando el sol iluminó sus ojos.

No muy cerca, dijo. *No dejes que la cría de bruja se acerque demasiado. Los ojos de los reyes del Valg...*

—Hola, principito —dijo ella con una voz suave, como recién levantada de la cama y llena de muerte gloriosa.

—Hola, brujita —dijo él.

Y las palabras fueron suyas.

Por un momento se sintió tan sorprendido que parpadeó. Él parpadeó. El demonio en su interior reculó y se puso a arañar las paredes de su mente. *Los ojos de los reyes del Valg, los ojos de nuestros maestros,* gritó. *¡No la toques!*

—¿Hay alguna razón por la cual me estés sonriendo —dijo ella— o debo interpretarlo como un deseo de muerte?

No le hables.

A él no le importaba. Que fuera otro sueño, otra pesadilla. Que este nuevo monstruo hermoso lo devorara entero. No tenía nada más allá del aquí y el ahora.

—¿Necesito una razón para sonreírle a una mujer hermosa?

—No soy una mujer —dijo, y sus uñas de hierro brillaron cuando se cruzó de brazos—. ¿Y tú —olfateó— eres hombre o demonio?

—Príncipe —dijo él. Eso era la cosa que estaba dentro de él, no conocía su nombre.

¡No le hables!

Él ladeó la cabeza.

—Nunca he estado con una bruja.

Que le arrancara el cuello por eso. Que ya terminara.

Una hilera de colmillos de hierro bajaron de golpe frente a los dientes de Manon y su sonrisa se hizo más grande.

—Yo he estado con bastantes hombres. Todos son iguales. Todos saben a lo mismo.

Lo miró como si fuera su siguiente comida.

—Te reto a que lo hagas —logró decir él.

Manon entrecerró los ojos dorados que brillaron como brasas vivientes. Él nunca había visto a alguien tan bella.

La bruja había sido creada a partir de la oscuridad, entre las estrellas.

—No lo creo, príncipe —le dijo ella con voz de medianoche.

Volvió a olfatear y la nariz se le arrugó ligeramente.

—Pero dime, ¿sangras rojo o negro?

—Sangraré de cualquier color que me digas.

Aléjate, aléjate. El príncipe demonio dentro de él tiró con tanta fuerza que lo obligó a dar un paso. Pero no se alejó. Lo dio en dirección a la bruja de cabello blanco.

Ella dejó escapar una risa grave y siniestra.

—¿Cómo te llamas, príncipe?

Su nombre.

No sabía cuál era su nombre.

Ella tendió la mano y sus uñas de hierro brillaron en la luz que se filtraba entre las hojas. Los gritos del demonio eran tan fuertes en su cabeza que se preguntó si le sangrarían las orejas.

El hierro sonó contra la roca cuando ella rasguñó el collar alrededor de su cuello. Más arriba, si cortaba un poco más arriba...

—Como perro —murmuró ella—, atado a tu amo.

Pasó un dedo a lo largo de la curva del collar y él se estremeció... de miedo, de placer, en anticipación a sus uñas rebanando su garganta.

—Cuál es tu nombre.

Era una orden, no una pregunta, y los ojos de oro puro miraron a los suyos.

—Dorian —susurró él.

Tu nombre no es nada, tu nombre es mío, le siseó el demonio y una ola de los gritos de esa mujer humana lo arrastró.

Agachada en la maleza a menos de diez metros del vagón, Aelin se congeló.

Dorian.

No podía ser. No había posibilidades, no, porque la voz con la que habló Dorian era tan vacía, tan hueca, pero...

A su lado, los ojos de Chaol se abrieron de par en par. ¿Él también había escuchado ese cambio sutil?

La Líder de la Flota ladeó la cabeza, pero no movió la mano de puntas de hierro que seguía tocando el collar de piedra del Wyrd.

—¿Quieres que te mate, Dorian?

La sangre de Aelin se congeló.

Chaol se tensó y su mano fue a la espada. Aelin detuvo la parte de atrás de su túnica como un recordatorio silencioso. Sabía que del otro lado del claro la flecha de Nesryn sin duda ya estaba apuntando con precisión letal a la garganta de la Líder de la Flota.

—Quiero que me hagas muchas cosas —dijo el príncipe y le pasó la mirada a la bruja por todo el cuerpo.

La humanidad ya había desaparecido otra vez. Se lo había imaginado. Por la manera de actuar del rey... Era un hombre que tenía un control absoluto sobre su hijo, que estaba confiado en que no había ninguna lucha interior.

Una risa suave y sin alegría. Luego la Líder de la Flota soltó el collar de Dorian. Su capa roja fluyó alrededor de ella en un viento fantasma cuando dio un paso hacia atrás.

—Ven a verme después, príncipe, y veremos sobre eso.

Un príncipe del Valg habitaba en Dorian, pero la nariz de Aelin no sangró en su presencia, y no había niebla oscura en el suelo. ¿El rey había atenuado sus poderes para que su hijo pudiera engañar al mundo a su alrededor? ¿O esa batalla seguía desenvolviéndose en la mente del príncipe?

Ahora, tenían que moverse ahora, mientras la matrona y el rey estaban dentro de la carreta pintada.

Rowan se llevó las manos a la boca e hizo una señal como el canto de un pájaro tan parecido a uno real que ninguno de los guardias se movió. Del otro lado del claro, Aedion y Nesryn escucharon y entendieron.

Aelin no supo cómo se las arreglaron para lograrlo, pero un minuto después los guivernos del aquelarre de la Bruja Mayor estaban rugiendo alarmados y los árboles temblaban por el ruido. Todos los guardias y centinelas voltearon hacia el sonido y se desentendieron del carro de los prisioneros.

Era toda la distracción que Aelin necesitaba.

Ella había pasado dos semanas en uno de esos carros. Conocía los barrotes de la ventanita, conocía las bisagras y las cerraduras. Y Rowan, afortunadamente, sabía exactamente cómo despachar a los tres guardias apostados en la puerta trasera sin hacer un sonido.

Aelin no se atrevía a respirar demasiado fuerte cuando subió los pocos escalones hacia la parte trasera del carro, sacó su estuche para abrir cerraduras y se puso a trabajar. Bastaría una mirada, un cambio en la dirección del viento...

Listo... La cerradura se abrió y ella movió la puerta, preparándose para el rechinido de las bisagras. Por el favor de algún dios, no hicieron ningún ruido y los guivernos siguieron aullando.

Lysandra estaba acurrucada en el rincón más lejano, ensangrentada y sucia. Su camisón corto estaba rasgado y sus piernas desnudas amoratadas.

No tenía collar. No tenía anillo en ninguna mano.

Aelin ahogó su expresión de alivio y tronó los dedos para indicarle a la cortesana que se apurara...

Lysandra salió corriendo junto a ella con pasos casi silenciosos y se puso de inmediato la capa café y verde que Rowan le ofreció. Un instante después ya iba por los escalones hacia la maleza. Otro instante después y los guardias muertos estaban dentro del carro con la puerta cerrada. Aelin y Rowan se deslizaron de regreso al bosque entre los rugidos de los guivernos.

Lysandra temblaba de rodillas en la maleza. Chaol estaba frente a ella, inspeccionando sus heridas. Movió los labios sin emitir sonido para indicarle a Aelin que Lysandra estaba bien y ayudó a la cortesana a ponerse de pie antes de arrastrarla para adentrarse en el bosque.

Había tomado menos de dos minutos, gracias a los dioses, porque un instante después la puerta de la carreta pintada se abrió de golpe y la matrona y el rey salieron rápidamente a ver qué era todo ese escándalo.

Cerca de Aelin, Rowan vigilaba cada paso, cada respiración que daba su enemigo. Hubo un destello de movimiento a su lado; Aedion y Nesryn ya estaban ahí, sucios y jadeando, pero vivos. La sonrisa en la cara de Aedion titubeó cuando se asomó al claro detrás de ellos.

El rey avanzó al centro del claro exigiendo respuestas.

Miserable carnicero.

Y por un momento, estaban de nuevo en Terrasen, en el comedor del castillo de la familia de Aelin, cuando el rey comió de la comida de su familia, bebió su mejor vino y luego intentó destrozarle la mente.

Los ojos de Aedion la miraron. Su cuerpo estaba temblando por el control que tenía que ejercer para no moverse, esperando sus órdenes.

Ella sabía que tal vez lo lamentaría para siempre, pero negó con la cabeza. No aquí... no ahora. Había demasiadas variables y demasiados jugadores en el tablero. Tenían a Lysandra. Era momento de marcharse.

El rey le dijo a su hijo que montara en su caballo y ladró órdenes a los demás. La Líder de la Flota retrocedió de donde estaba con el príncipe con una gracia desenfadada pero letal. La matrona esperó del otro lado del claro. Su vestido negro voluminoso volaba, a pesar de estar quieta.

Aelin rezó para que ella y sus compañeros nunca tuvieran que enfrentarse a la matrona, al menos no sin un ejército detrás de ellos.

Lo que había visto el rey dentro de la carreta pintada era tan importante que no se arriesgaron a enviar cartas sobre el asunto con detalles específicos.

Dorian montó en su caballo, su rostro frío y vacío.

Regresaré por ti, le había prometido ella. No había pensado que sería de esta manera.

El grupo del rey partió en silencio y con una eficiencia escalofriantes, al parecer sin darse cuenta de que ahora faltaban tres de los suyos. El hedor del Valg se desvaneció cuando se fueron, después de que un viento fuerte lo despejara, como si el mismo Oakwald quisiera limpiar cualquier rastro.

En la dirección opuesta, las brujas caminaron hacia los árboles, tirando de la carreta detrás de ellas con fuerza inhumana, hasta que sólo la Líder de la Flota y su aterradora abuela quedaron en el claro.

El golpe fue tan rápido que Aelin no lo detectó. Incluso Aedion se encogió al verlo.

La bofetada resonó por todo el bosque. La cara de la Líder de la Flota se volteó hacia un lado y se alcanzaron a ver cuatro líneas de sangre azul que ya corrían por su mejilla.

—Tonta insolente —rugió la matrona.

Entre los árboles, la teniente hermosa de cabello dorado observaba cada movimiento con tanta intensidad que Aelin se preguntó si no se abalanzaría a la garganta de la Bruja Mayor.

—¿Quieres contarme todo? —preguntó a Manon.

—Abuela, te envié cartas...

—Recibí tus cartas quejumbrosas y lloronas. Y las quemé. Tienes órdenes de obedecer. ¿Crees que mi silencio no era intencional? *Haz lo que el duque diga.*

—¿Cómo puedes permitir que esos...?

Otro golpe... Cuatro líneas más de sangre que escurrían por el rostro de la bruja.

—¿Te atreves a cuestionarme? ¿Te crees tan buena como la Bruja Mayor ahora que eres la Líder de la Flota?

—No, matrona.

No había vestigio ya del tono arrogante y provocador de unos minutos antes, sólo ira fría y letal. Una asesina por nacimiento y entrenamiento. Pero los ojos dorados voltearon hacia el carro pintado, una pregunta silenciosa.

La matrona se inclinó hacia su nieta, sus dientes oxidados a una distancia que le permitiría arrancarle la garganta.

—Pregunta, Manon. Pregunta qué hay dentro del carro.

La bruja con el cabello dorado junto a los árboles estaba derecha como un palo.

Pero la Líder de la Flota, Manon, inclinó la cabeza.

—Tú me lo dirás cuando sea necesario.

—Ve a ver. Veamos si cumple con las exigencias de mi nieta.

Con eso, la matrona se fue hacia los árboles donde el segundo aquelarre ya la estaba esperando.

Manon Picos Negros no se limpió la sangre azul que se deslizaba por su rostro cuando subió los escalones del carro y se detuvo al llegar arriba, sólo durante un instante antes de internarse en la penumbra.

Ésa era una buena señal para largarse. Con Aedion y Nesryn en la retaguardia, Aelin y Rowan se apresuraron al punto donde Chaol y Lysandra estarían esperando. Ella no se enfrentaría al rey y a Dorian sin su magia. No deseaba morir ni que sus amigos murieran tampoco.

Encontró a Lysandra de pie, recargada contra un árbol, con los ojos muy abiertos y respirando con dificultad.

Chaol se había ido.

CAPÍTULO 59

El demonio tomó el control inmediato cuando regresó el hombre que manejaba el collar. Lo volvió a echar a ese agujero de la memoria, hasta que él era quien gritaba nuevamente, hasta que lo volvió pequeño, roto y fragmentado.

Pero esos ojos dorados permanecieron.

Ven a buscarme otra vez, príncipe.

Una promesa, una promesa de muerte, de liberación.

Ven a buscarme otra vez.

Las palabras pronto se desvanecieron, los gritos y la sangre y los dedos fríos del demonio corriendo por su mente se las tragaron. Pero los ojos permanecieron. Y el nombre.

Manon.

Manon.

Chaol no podía permitir que el rey se llevara a Dorian de regreso al castillo. Tal vez no volvería a tener una oportunidad.

Tenía que hacerlo ahora. Tenía que matarlo.

Chaol avanzó por la maleza lo más silenciosamente que pudo, con la espada desenvainada, preparándose.

Una daga en el ojo, una daga y luego...

Voces adelante, junto con el crujir de hojas y madera.

Chaol se acercó a la comitiva, empezó a rezar, a implorar perdón por lo que estaba a punto de hacer y por haber huido. Mataría al rey después; que ésa fuera su última muerte. Pero ésta sería la muerte que lo destrozaría.

Sacó su daga e inclinó el brazo. Dorian iba directamente detrás del rey en la comitiva. Lanzar la daga, para que el príncipe cayera del caballo, luego un golpe con la espada y tal vez todo terminaría. Aelin y los otros podrían encargarse de las consecuencias, él ya estaría muerto.

Chaol pasó por los árboles hacia un prado, con la daga como un peso ardiente en su mano.

No era la comitiva del rey la que estaba en el pasto alto bajo el sol.

Trece brujas y sus guivernos lo voltearon a ver.

Y sonrieron.

Aelin corrió entre los árboles detrás de Rowan, quien iba rastreando a Chaol con el olfato.

Si hacía que los mataran, si hacía que los lastimaran...

Dejaron a Nesryn cuidando a Lysandra y les ordenaron dirigirse a un bosque del otro lado del barranco del templo, donde debían esperar en una saliente de rocas. Antes de llevarse a Lysandra entre los árboles, Nesryn tomó a Aelin del brazo con fuerza y le dijo:

—Tráelo de regreso.

Aelin sólo asintió antes de salir corriendo.

Rowan corría como un rayo entre los árboles, mucho más rápido que ella ahora que estaba atrapada en ese cuerpo. Aedion lo seguía de cerca. Ella iba lo más rápido que podía, pero...

El camino se dividía en un punto y Chaol había elegido el lado equivocado. ¿Dónde carajos iba Chaol, a todo esto?

Ella apenas alcanzaba a respirar. La luz los inundó a través de un espacio entre los árboles, al otro lado de la ancha pradera.

Rowan y Aedion estaban a un par de metros de distancia de los árboles, en el pasto ondulante, con las espadas desenvainadas, pero sin levantarlas.

Ella vio lo que sucedía un instante después.

A escasos diez metros de ellos, el labio de Chaol estaba sangrando y la bruja del pelo blanco lo tenía sostenido cerca de su cuerpo, con las uñas de hierro clavándose en su garganta. El carro de prisioneros estaba abierto más adelante; se podían ver los tres soldados muertos dentro.

Las doce brujas detrás de la Líder de la Flota sonreían con deleite anticipado cuando vieron a Rowan, Aedion y luego a ella.

—¿Qué es esto? —dijo la Líder de la Flota con un tinte asesino en sus ojos dorados—. ¿Espías? ¿Rescatistas? ¿Dónde llevaron a nuestra prisionera?

Chaol se movió y ella le clavó más las uñas. Él se quedó quieto. Un hilo de sangre le empezó a correr por el cuello y llegó hasta su túnica.

Oh, dioses. Piensa..., piensa, piensa, piensa.

La Líder de la Flota movió sus ojos color oro quemado hacia Rowan.

—Hace tiempo —murmuró la Líder de la Flota— que no veo a alguien de tu tipo.

—Deja ir al hombre —dijo Rowan.

La sonrisa de Manon dejó ver esa hilera de dientes de hierro capaces de rasgar carne y que estaba demasiado, demasiado cerca del cuello de Chaol.

—Yo no recibo órdenes de hadas miserables.

—Déjalo ir —dijo Rowan con extrema suavidad—. O será el último error que cometas, Líder de la Flota.

En el campo que estaba detrás de ellas, los guivernos se movían, azotaban las colas y acomodaban las alas.

La bruja de cabello blanco miró a Chaol, cuya respiración se había vuelto entrecortada.

—El rey no está muy lejos todavía. Tal vez debería entregarlos —dijo; se alcanzaban a ver los cortes en sus mejillas, con costras azules, como una pintura de guerra brutal—. Estará furioso cuando se entere de que me robaron a su prisionera. Tal vez tú lo tranquilices, niño.

Aelin y Rowan compartieron una mirada y luego ella avanzó a su lado y sacó a Goldryn.

—Si quieres darle un regalo al rey —dijo Aelin—, entonces llévame a mí.

—No —jadeó Chaol.

La bruja y las doce centinelas concentraron su atención inmortal y letal en Aelin.

Aelin dejó caer a Goldryn en el pasto y levantó las manos. Aedion gruñó como advertencia.

—¿Por qué habría de molestarme? —preguntó la Líder de la Flota—. Tal vez los llevemos a todos con el rey.

Aedion levantó su espada ligeramente.

—Puedes intentarlo.

Aelin se acercó cuidadosamente a la bruja con las manos todavía levantadas.

—Puedes pelear con nosotros y tú y tus compañeras morirán.

La Líder de la Flota la miró de arriba abajo.

—¿Quién eres tú?

Era una orden, no una pregunta.

—Aelin Galathynius.

Los ojos dorados de la Líder de la Flota brillaron con sorpresa, y tal vez con algo más, algo que Aelin no podía identificar.

—La reina de Terrasen.

Aelin hizo una reverencia, sin atreverse a quitar su atención de la bruja.

—A tus órdenes.

Ahora la separaba ya sólo un metro de la heredera de los Picos Negros.

La bruja miró a Chaol, y luego a Aedion y a Rowan.

—¿Tu corte?

—¿A ti qué te importa?

La Líder de la Flota volvió a estudiar a Aedion.

—¿Tu hermano?

—Mi primo, Aedion. Es casi tan bello como yo, ¿no crees?

La bruja no sonrió.

Pero Aelin ya estaba muy cerca, tanto que las manchas de sangre de Chaol ensuciaban el pasto que quedaba en la punta de sus botas.

La reina de Terrasen.

La esperanza de Elide no había estado tan errada.

Aunque la joven reina ahora estaba moviendo la tierra y el pasto con su bota, incapaz de mantenerse quieta mientras negociaba por la vida del hombre.

Detrás de ella, el guerrero hada observaba cada fracción de movimiento.

Él era el mortífero, del que había que cuidarse.

Habían pasado cincuenta años desde la última vez que peleó con un guerrero hada. Se acostó con él y luego combatieron. Él le había dejado los huesos del brazo hechos pedazos.

Ella sólo lo dejó hecho pedazos.

Pero él era joven, y arrogante, y apenas entrenado.

Este hombre... Podría ser capaz de matar al menos a algunas de sus Trece si ella lastimaba siquiera un pelo de la cabeza de la reina. Y luego estaba el de cabello dorado, tan grande como el hada pero con la arrogancia brillante de su prima y un salvajismo entrenado. Él también podría ser problemático si lo dejaban vivo mucho tiempo.

La reina no dejaba de mover el pie en el pasto. No podía tener más de veinte años. Sin embargo, se movía como una guerrera también, al menos hasta ahora, con sus movimientos incesantes. Luego detuvo su movimiento, como si se diera cuenta de que manifestaba sus nervios, su inexperiencia. El viento soplaba en la dirección equivocada y Manon no alcanzaba a detectar el verdadero nivel de miedo de la reina.

—¿Y bien, Líder de la Flota?

¿El rey le pondría un collar alrededor de su cuello delgado, como había hecho con el príncipe? ¿O la mataría? Daba lo mismo. Ella sería un regalo que el rey agradecería.

Manon tiró al capitán y lo envió dando traspiés hacia la reina. Aelin estiró el brazo y lo hizo a un lado para luego pasarlo detrás de ella. Manon y la reina se quedaron viendo una a la otra.

No había miedo en sus ojos, en su hermosa cara de mortal. Nada.

Sería más complicado de lo que valía la pena.

Manon tenía problemas más grandes a considerar, de todas maneras: su abuela estaba de acuerdo. Estaba de acuerdo con la reproducción y con que destruyeran a las brujas.

Necesitaba irse al cielo, perderse en nube y viento por algunas horas. Días. Semanas.

—Hoy no tengo interés en prisioneros ni en peleas —dijo Manon.

La reina de Terrasen le sonrió.

—Muy bien.

Manon se dio la vuelta y le ladró a las Trece que subieran a sus monturas.

—Supongo —continuó la reina—, que eso te hace más lista que Baba Piernas Amarillas.

Manon se detuvo, mirando al frente pero sin ver ya el pasto, ni el cielo, ni los árboles.

Asterin se dio la vuelta rápidamente.

—¿Qué sabes tú sobre Baba Piernas Amarillas?

La reina rio un poco, a pesar del gruñido de advertencia del guerrero hada.

Lentamente, Manon la miró por encima del hombro.

La reina se abrió las solapas de su túnica y les mostró su collar de cicatrices delgadas cuando el viento cambió de dirección.

El olor, hierro y roca y odio puro, golpeó a Manon como una pedrada en la cara. Todas las brujas Dientes de Hierro conocían el aroma que permanecía para siempre en esas cicatrices: Asesina de Brujas.

Tal vez Manon podría perderse en sangre y vísceras también.

—Considérate carroña —dijo Manon y se abalanzó.

Pero chocó de cara contra un muro invisible.

Luego quedó completamente congelada.

—Corran —ordenó Aelin. Tomó a Goldryn y salió disparada hacia los árboles. La Líder de la Flota estaba congelada en su sitio y sus centinelas tenían los ojos muy abiertos mientras corrían hacia ella.

La sangre humana de Chaol no dejaría que el hechizo aguantara mucho tiempo

—El barranco —dijo Aedion sin voltear atrás. Él y Chaol ya iban corriendo delante de ella en dirección al templo.

Corrieron entre los árboles. Las brujas seguían en el prado, todavía intentando romper el hechizo que tenía atrapada a su Líder de la Flota.

—Tú —dijo Rowan mientras corría a su lado— eres una mujer con mucha suerte.

—Vuélvelo a decir cuando salgamos de aquí —jadeó ella y saltó sobre un árbol caído.

Un rugido de rabia hizo que los pájaros salieran volando de los árboles; Aelin corrió más rápido. Oh, la Líder de la Flota estaba enojada. Muy muy enojada.

Aelin no había creído ni por un momento que la bruja los fuera a dejar irse sin pelear. Necesitaba comprar todo el tiempo posible.

El bosque se abrió y vieron una extensión de tierra sin vegetación que terminaba en el barranco profundo y el templo posado en su centro sobre ese trozo de roca. Del otro lado, continuaba el bosque de Oakwald.

Los dos puentes de madera y cadenas eran la única manera de cruzar el barranco en kilómetros. Y como el follaje denso de Oakwald bloqueaba a los guivernos, era la única manera de escapar a las brujas que, sin duda, los perseguirían a pie.

—Apresúrense —gritó Rowan mientras corrían hacia las ruinas del templo destrozado.

El santuario era lo suficientemente pequeño para que ni siquiera la sacerdotisa hubiera vivido ahí. Las únicas decoraciones en la isla de piedra eran cinco pilares manchados por el clima y un domo derruido. Ni siquiera había un altar, o al menos no había sobrevivido al paso de los siglos.

Aparentemente, la gente había renunciado a Temis mucho antes de que llegara el rey de Adarlan.

Aelin rezó para que los puentes en los dos lados...

Aedion se detuvo súbitamente frente al primero. Chaol iba treinta pasos atrás y Aelin y Rowan los seguían.

—Es seguro —dijo Aedion.

Antes de que ella pudiera ladrar una advertencia, él empezó a avanzar.

El puente se meció y rebotó, pero resistió..., resistió mientras el maldito corazón de Aelin se detuvo. Luego Aedion ya estaba en la isla del templo, ese delgado pilar solitario de roca tallado por el río que corría muy muy abajo. Le hizo señales a Chaol para que cruzara.

—Uno por uno —ordenó.

Más adelante, esperaba el segundo puente.

Chaol corrió entre los pilares de roca que flanqueaban la entrada al primer puente. Las delgadas cadenas de hierro a los lados se retorcían con el movimiento. Él se mantuvo de pie, corriendo hacia el templo, más rápido de lo que ella lo había visto correr durante todos esos ejercicios matutinos en el palacio.

Luego Aelin y Rowan llegaron frente a las columnas y...

—Ni siquiera intentes discutir —siseó Rowan y la aventó delante de él.

Dioses, era una caída muy alta. El rugido del río apenas era un susurro.

Pero corrió..., corrió porque Rowan estaba esperando y porque las brujas iban abriéndose paso entre los árboles a velocidad de hada. El puente se movió y se meció mientras ella volaba sobre los tablones viejos de madera. Adelante, Aedion ya había recorrido el segundo puente hasta el otro lado y Chaol iba corriendo a medio camino. Más rápido, tenía que ir más rápido. Saltó los últimos metros hacia la roca del templo.

Adelante, Chaol salió del segundo puente y desenvainó su espada cuando llegó con Aedion al risco del otro lado. Su primo tenía ya una flecha preparada en el arco y estaba apuntando a los árboles detrás de ella. Aelin corrió por las escaleras hacia la plataforma vacía del templo. El espacio circular no medía más de diez metros de diámetro y estaba rodeado por una caída vertical y la muerte.

Temis, por lo visto, no era una diosa indulgente.

Se dio la vuelta para mirar hacia atrás. Rowan venía corriendo por el puente, tan rápido que la estructura casi no se mecía, pero...

Aelin maldijo. La Líder de la Flota ya había llegado a los postes y saltó por encima de ellos. Con ese salto cubrió una tercera parte de la longitud del primer puente. El tiro de advertencia de Aedion se pasó de su blanco y la flecha se clavó donde cualquier mortal debería haber aterrizado. Pero no una bruja. Santo infierno ardiente.

—Avanza —rugió Rowan a Aelin, pero ella sacó sus cuchillos de pelea y dobló las rodillas cuando...

Una flecha disparada por la teniente de cabello dorado voló en dirección a Aelin desde el otro lado del barranco.

Aelin se torció para esquivarla y encontró una segunda flecha de la bruja ahí, anticipando su maniobra.

Una pared de músculo chocó contra ella, la escudó y la aventó contra las rocas.

Y la flecha de la bruja atravesó el hombro de Rowan.

CAPÍTULO 60

Por un momento, el mundo se detuvo.

Rowan chocó contra las rocas del templo y su sangre salpicó en la roca antigua.

El grito de Aelin hizo eco en todo el barranco.

Él se volvió a poner de pie, corriendo y gritándole que se apresurara. Debajo de la oscura flecha que salía de su hombro la sangre ya le empapaba la túnica, la piel.

Si hubiera estado un centímetro más atrás, le habría dado en el corazón.

A menos de cuarenta pasos en el puente, la Líder de la Flota empezó a acercarse. Aedion le lanzó una lluvia de flechas a las centinelas con precisión preternatural y las mantuvo en la línea de los árboles.

Aelin envolvió un brazo alrededor de Rowan mientras corrían por las rocas del templo. El rostro de él palidecía y su herida sangraba a chorros. Ella quizás estaba gritando todavía, o sollozando, no podía saberlo debido al abrumador silencio en su interior.

Su corazón, esa flecha estaba dirigida a su corazón.

Y él la había recibido por ella.

La calma asesina se extendió por ella como escarcha. Las mataría a todas. Lentamente.

Llegaron al segundo puente justo cuando la oleada de flechas de Aedion se detuvo, sin duda porque su aljaba se había quedado vacía. Empujó a Rowan hacia los tablones.

—Corre —le dijo.

—No...

—Corre.

Lo que salió de su boca fue una voz que nunca se había escuchado usar: la voz de una reina, junto con un tirón ciego que dio del juramento de sangre que los ataba.

Los ojos de él destellaron con furia, pero su cuerpo se movió como si ella lo hubiera obligado. Avanzó a tropezones por el puente justo cuando...

Aelin se dio la vuelta, desenvainó a Goldryn y se agachó en el preciso momento en que la espada de la Líder de la Flota pasó volando encima de su cabeza.

La espada pegó contra la roca y el pilar crujió; Aelin ya estaba en movimiento: no hacia el segundo puente sino de regreso al primero, al del lado de las brujas.

Al sitio donde las otras bujas, sin las flechas de Aedion impidiéndoles avanzar, ya salían de la cubierta del bosque.

—Tú —dijo la Líder de la Flota gruñendo y atacó de nuevo.

Aelin rodó encima de la sangre de Rowan, y esquivó nuevamente el golpe mortal. Se puso de pie justo frente al primer puente: dos golpes de Goldryn hicieron que las cadenas se rompieran.

Las brujas derraparon en la orilla del barranco al ver cómo el puente se colapsaba y les cortaba el paso.

Aelin percibió un cambio en el aire a sus espaldas y se movió, pero no fue lo suficientemente rápida.

Se rompió tela y carne en su brazo y ella ladró de dolor cuando la espada de la bruja la cortó.

Se dio la vuelta con Goldryn en alto para atajar el segundo golpe.

El acero chocó contra el acero y volaron chispas.

La sangre de Rowan estaba a sus pies, embadurnada sobre las rocas del templo.

Aelin Galathynius miró a Manon Picos Negros por sobre sus espadas cruzadas y gruñó con un tono grave y violento.

Reina, salvadora, enemiga, a Manon no le importaba un carajo.

Iba a matar a esa mujer.

Sus leyes lo exigían; el honor lo exigía.

Aunque no hubiera matado a Baba Piernas Amarillas, Manon la habría aniquilado sólo por el hechizo que usó para inmovilizarla.

Eso era lo que había estado haciendo con el pie. Escribiendo algún hechizo asqueroso con la sangre del hombre.

Y ahora iba a morir.

Hiendeviento presionaba contra la espada de la reina. Pero Aelin resistió y siseó:

—Voy a hacerte pedazos.

Detrás de ellas, las Trece se reunieron en la orilla del barranco, separadas. Un silbido de Manon hizo que la mitad de ellas corriera por sus guivernos. No logró hacer el segundo.

Más rápida que lo que cualquier humano tenía derecho a ser, la reina movió la pierna e hizo que la bruja cayera hacia atrás. Aelin no titubeó, volteó la espada en su mano y se abalanzó.

Manon esquivó el golpe, pero Aelin logró acercarse y la sostuvo contra el piso, haciendo chocar su cabeza contra las rocas todavía húmedas con la sangre del guerrero hada. Manchas oscuras afloraron en su vista.

Manon respiró para dar el segundo silbido, el que suspendería las flechas de Asterin.

La interrumpió el puñetazo de la reina en su cara.

Algo negro se astilló en su visión pero se torció, se torció con toda su fuerza inmortal, y las dos empezaron a girar por el piso del templo. El despeñadero se acercaba y entonces...

Una flecha zumbó justo sobre la espalda expuesta de la reina, quien había aterrizado sobre Manon.

Ésta se volvió a retorcer y la flecha rebotó contra un pilar. Se quitó a Aelin de encima; la reina se puso de pie instantáneamente, ágil como un gato.

—Es mía —ladró Manon a Asterin, del otro lado del barranco.

La reina rio, una risa ronca y fría, y dio vueltas alrededor de Manon mientras se ponía de pie.

Del otro lado del barranco, los dos hombres ayudaban al guerrero hada a salir del puente y el guerrero del cabello dorado avanzó.

—No te atrevas, Aedion —dijo Aelin y le indicó con la mano que se detuviera.

Él se congeló a mitad del puente. Impresionante, debía admitir Manon, tenerlos tan absolutamente bajo su mando.

—Chaol, vigílalo —ladró la reina.

Después, sin quitarle la mirada a Manon, Aelin envainó su poderosa espada a su espalda y el rubí gigante de la empuñadura reflejó la luz del mediodía.

—Las espadas son aburridas —dijo la reina, sacando dos cuchillos de pelea.

Manon guardó a Hiendeviento en su espalda. Movió las muñecas y sus uñas de hierro salieron disparadas. Tronó su mandíbula y salieron sus colmillos.

—Así es.

La reina vio las uñas, los dientes, y sonrió.

Honestamente, era una pena que Manon tuviera que matarla.

Manon Picos Negros se lanzó al ataque, tan rápida y mortal como una serpiente.

Aelin retrocedió rápido y esquivó cada uno de esos zarpazos con las uñas letales de hierro. La bruja tiraba contra su garganta, su rostro, su vientre. Atrás y atrás, circulando alrededor de los pilares.

Era sólo cuestión de minutos para que llegaran los guivernos.

Aelin atacaba con sus dagas; la bruja las esquivaba respondiendo con las uñas, directo al cuello de la reina.

Aelin giró hacia un lado, pero las uñas le rozaron la piel. La sangre le calentó el cuello y los hombros.

Esa bruja era muy rápida. Y una excelente luchadora.

Rowan y los otros estaban del otro lado del segundo puente.

Ahora sólo tenía que llegar también allá.

Manon Picos Negros fintó a la izquierda y atacó a la derecha.

Aelin esquivó, rodando hacia el lado.

El pilar tembló cuando las uñas de hierro hicieron cuatro líneas profundas en la roca.

Manon siseó. La reina intentó clavar la daga en la columna vertebral de la bruja, pero ella interceptó el cuchillo con la mano y apretó.

Se acumuló la sangre azul; sin embargo, la bruja sostuvo la daga hasta que la rompió en tres pedazos con su mano.

Dioses.

Aelin pensó en atacar abajo con su otra daga, pero la bruja ya estaba ahí. El grito de Aedion resonó en los oídos de Aelin cuando la rodilla de Manon le golpeó el estómago.

Se le salió el aire con el golpe, pero no soltó la daga aunque la bruja la lanzó contra otro pilar.

La columna de roca se meció por el golpe y la cabeza le tronó. Sintió la agonía que la recorría pero...

Un corte, directo a la cara.

Aelin lo esquivó.

De nuevo, la roca tembló bajo del impacto.

Aelin logró volver a meter aire a su cuerpo. *Muévete*. Tenía que seguirse moviendo fluida como un arroyo, fluida como el viento de su *carranam* que estaba sangrando y herido del otro lado.

De pilar a pilar retrocedió, rodó, esquivó y evadió.

Manon lanzaba zarpazos y acometidas, chocando contra todas las columnas, una verdadera fuerza de la naturaleza también.

Luego de regreso, una y otra vez, pilar tras pilar, absorbiendo los golpes que iban dirigidos a su cara, a su cuello. Aelin hizo más lentos sus pasos, dejó que Manon pensara que se estaba cansando, que estaba empezando a ponerse torpe...

—Suficiente, cobarde —siseó Manon con la intención de taclear a Aelin y tirarla al piso.

Pero la reina dio la vuelta alrededor de un pilar y se detuvo en el delgado borde de roca que quedaba más allá de la plataforma del templo, asomada al amenazador barranco, justo cuando Manon colisionó con la columna.

El pilar crujió, se meció y se desplomó hacia un lado. Chocó con el pilar de junto y ambos cayeron con un estrépito al piso.

Junto con el domo.

Manon no tuvo siquiera oportunidad de quitarse del camino cuando el mármol le llovió encima.

Una de las pocas brujas que quedaban del otro lado del barranco gritó.

Aelin ya iba corriendo, aunque la isla de roca empezaba a temblar, como si la fuerza antigua que sostenía el templo en pie hubiera muerto cuando se derrumbó el techo.

Mierda.

Aelin corrió hacia el segundo puente. El polvo y los desechos le quemaban los ojos y los pulmones.

La isla se tambaleó con un crac sonoro, tan violento que Aelin se tropezó. Pero ya estaban ahí los postes y el puente y Aedion esperándola del otro lado, con un brazo extendido, llamándola.

La isla volvió a mecerse, con un movimiento más amplio y más largo esta vez.

Iba a colapsar debajo de ellas.

Vio un destello azul y blanco, un movimiento de tela roja, un brillo de hierro...

Una mano y un hombro, sosteniendo una columna caída.

Lenta y dolorosamente Manon se levantó hacia la plancha de mármol. Tenía el rostro cubierto de polvo blanco y le corría sangre azul por la sien.

Del otro lado del barranco, completamente aislada, la bruja de cabello dorado estaba de rodillas.

—¡Manon!

No creo que hayas suplicado por nada en tu vida, Líder de la Flota, había dicho el rey.

Pero ahí estaba una bruja Picos Negros de rodillas, rogando a los dioses que adoraba; y ahí estaba Manon Picos Negros, luchando por levantarse mientras la isla del templo se derrumbaba.

Aelin dio un paso en el puente.

Asterin, ése era el nombre de la bruja del cabello dorado, gritó nuevamente a Manon suplicándole que se levantara, que sobreviviera.

La isla se movió.

El puente restante, el que la llevaría con sus amigos, con Rowan, a la seguridad, todavía resistía.

Aelin lo había vivido antes: un hilo en el mundo, una corriente que fluía entre ella y alguien más. Lo había sentido una noche hace años cuando le dio a una joven sanadora el dinero para largarse del continente. Sintió ese tirón y había decidido jalar en respuesta.

Y estaba ahí de nuevo, tirando hacia Manon, cuyos brazos se doblaron cuando se colapsó la roca.

Su enemiga, su nueva enemiga, quien los habría matado a ella y a Rowan si hubiera tenido la oportunidad. Un monstruo encarnado.

Pero tal vez los monstruos necesitaban cuidarse unos a otros de vez en cuando.

—¡Corre! —rugió Aedion desde el otro lado del barranco.

Así que lo hizo.

Aelin corrió hacia Manon. Saltó sobre las rocas caídas y se torció el tobillo en los escombros del edificio.

La isla se mecía a cada paso, la luz del sol era ardiente, como si Mala estuviera sosteniendo esa isla a flote con toda la fuerza que la diosa podía convocar en esta Tierra.

Entonces Aelin llegó con Manon Picos Negros y la bruja levantó la mirada llena de odio. Quitó roca tras roca de encima de su cuerpo y la isla debajo de ambas empezó a ceder.

—Eres demasiado buena peleando como para matarte —dijo Aelin; pasó un brazo debajo de los hombros de Manon y la levantó. La roca se movió a la izquierda, pero no se rompió. Oh, dioses.

—Si muero por tu culpa, te voy a poner una golpiza en el infierno.

Podría haber jurado que la bruja rio un poco cuando se puso de pie, era casi un peso muerto en los brazos de Aelin.

—Deberías... deberías dejarme morir —dijo Manon con voz áspera, mientras avanzaban cojeando entre los escombros.

—Lo sé, lo sé —jadeó Aelin. Le dolía el brazo cortado por cargar el peso de la bruja. Avanzaron rápidamente por el segundo puente mientras la roca del templo se mecía a la derecha estirando el puente por encima del precipicio y del río brillante muy muy abajo.

Aelin jaló la bruja, apretando los dientes, y Manon empezó a correr a tropezones. Aedion se quedó entre los dos postes del otro lado del barranco, manteniendo el brazo estirado hacia ella mientras con el otro levantaba la espada, listo para la llegada de la Líder de la Flota. La roca detrás de ellas crujió.

Ya iban a medio camino; no había nada salvo una caída hacia la muerte debajo de ellas. Manon tosió sangre azul en los tablones de madera. Aelin gritó:

—¿Para qué demonios sirven sus bestias si no las pueden salvar de este tipo de cosas?

La isla se movió oscilante en la otra dirección; el puente se tensó, oh, mierda, *mierda*, iba a tronar. Corrieron más rápido, hasta que Aelin alcanzó a ver los dedos de Aedion y lo blanco de sus ojos.

La roca tronó tan fuerte que la ensordeció. Luego vino un tirón y el puente se estiró mientras la isla empezó a derrumbarse convirtiéndose en polvo, deslizándose hacia un costado...

Aelin aceleró los últimos pasos, sosteniendo la capa roja de Manon al tiempo que iban tronando las cadenas del puente. Los tablones de madera empezaron a caer debajo de ellas, obligándolas a saltar.

La reina gruñó al chocar contra Aedion. Se dio la vuelta para ver que Chaol había alcanzado a Manon y la ayudaba a subir el borde del barranco. Su capa aleteaba en el aire, rota y cubierta de polvo.

Cuando Aelin miró detrás de la bruja, el templo ya no estaba.

Manon jadeó para tomar aire, concentrándose en su respiración y en el cielo sin nubes sobre ella.

Los humanos la dejaron recostada entre los postes de piedra del puente. La reina ni siquiera se molestó en despedirse. Sólo había salido corriendo hacia el guerrero hada herido, su nombre como una oración en sus labios.

Rowan.

La bruja levantó la vista en el momento en que la reina cayó de rodillas frente al guerrero herido en el pasto, exigiendo respuestas del hombre de cabello castaño, Chaol, quien tenía la mano presionada contra la herida de flecha en el hombro de Rowan para detener la sangre. Los hombros de la reina se sacudían.

Corazón de Fuego, murmuró el guerrero hada. Manon hubiera observado, lo hubiera hecho, de no ser porque tosió sangre en el pasto brillante y se desmayó.

Cuando despertó, ya se habían ido.

Sólo habían pasado unos minutos, porque escuchó las alas batientes y el rugido de Abraxos. Y llegaron Asterin y Sorrel, corriendo hacia ella desde antes de que sus guivernos aterrizaran del todo.

La reina de Terrasen le había salvado la vida. Manon no sabía qué pensar al respecto.

Porque ahora tenía una deuda de vida con su enemiga.

Y apenas había entendido cuán profundamente su abuela y el rey de Adarlan querían destruirlos.

CAPÍTULO 61

El regreso a través de Oakwald fue el viaje más largo de la miserable vida de Aelin. Nesryn sacó la flecha del hombro de Rowan; Aedion encontró unas hierbas que masticó y metió en la herida abierta para detener el sangrado.

Pero Rowan seguía colgado de Chaol y Aedion mientras avanzaban por el bosque.

No tenían ningún lugar a donde ir. Ella no conocía ningún sitio para llevar a un hada herido en la capital, ni en todo ese reino de mierda.

Lysandra estaba pálida y temblaba, pero enderezó los hombros y ofreció ayudar a cargar a Rowan cuando uno de ellos se cansara. Ninguno aceptó. Al fin Chaol le pidió a Nesryn que lo relevara; Aelin vio la sangre que cubría su túnica y sus manos, sangre de Rowan, y casi vomitó.

Más lento, cada paso era más lento conforme la fuerza de Rowan iba drenándose.

—Necesita descansar —dijo Lysandra en voz baja.

Aelin hizo una pausa entre los robles enormes que la cercaban.

Rowan tenía los ojos semicerrados y el color se había ido de su cara. Ni siquiera podía levantar la cabeza.

Debía haber dejado morir a la bruja.

—No podemos acampar en medio del bosque —dijo Aelin—. Necesita un sanador.

—Sé dónde lo podemos llevar —dijo Chaol.

Aelin arrastró la mirada hacia el capitán.

También debería haber dejado que la bruja lo matara a él.

Chaol sabiamente evadió su mirada y le dijo a Nesryn:

—La casa de campo de tu padre... El cuidador está casado con una partera.

Nesryn apretó los labios.

—No es una sanadora pero... sí. Tal vez tenga algo.

—¿Están conscientes —les dijo Aelin en voz muy baja— de que si sospecho que nos van a traicionar, morirán?

Era verdad y tal vez eso la convertía en un monstruo con Chaol, pero no le importaba.

—Lo sé —respondió Chaol.

Nesryn se limitó a asentir, todavía tranquila, todavía entera.

—Entonces, después de ustedes —dijo Aelin con la voz hueca—. Y recen para que los granjeros mantengan la boca cerrada.

Unos ladridos jubilosos y enloquecidos les dieron la bienvenida. El ruido despertó a Rowan de la semiconciencia en la que había recorrido los últimos kilómetros hacia la pequeña granja de roca. Aelin apenas pudo respirar todo ese tiempo.

A pesar de eso, a pesar de las heridas de Rowan, cuando Ligera corrió por el pasto hacia ellos, Aelin sonrió un poco.

La perra le saltó, lamiéndola, lloriqueando y moviendo su cola dorada y peluda.

No se había dado cuenta de lo sucias y ensangrentadas que traía las manos hasta que las puso sobre el pelo brillante de Ligera.

Aedion gruñó por soportar todo el peso de Rowan mientras que Chaol y Nesryn corrieron hacia la casa grande e iluminada. Había anochecido totalmente a su alrededor. Mejor. Menos ojos para verlos salir de Oakwald y cruzar los campos recién segados. Lysandra trató de ayudar a Aedion, pero él la volvió a rechazar. Ella lo ayudó de todas maneras.

Ligera bailaba alrededor de Aelin; luego se percató de Aedion, Lysandra y Rowan y la cola se puso un poco más precavida.

—Amigos —le dijo a la perra.

Había crecido muchísimo desde la última vez que la vio. No tenía por qué sorprenderle, ya que todo en su vida había cambiado también.

La palabra de Aelin fue suficiente para Ligera, quien trotó hacia la puerta de madera que ya se había abierto. Ahí apareció una partera alta, con el rostro serio, que miró a Rowan y apretó los labios.

Una palabra. Una maldita palabra que sugiriera que los podría delatar y estaría muerta.

Pero la mujer dijo:

—Quien le haya puesto ese musgo en la herida le salvó la vida. Tráiganlo adentro, necesitamos limpiarlo antes de hacer cualquier otra cosa.

A Marta, la esposa del cuidador de la casa, le tomó unas horas limpiar, desinfectar y cerrar las heridas de Rowan. *Suerte,* dijo una y otra vez, *mucha suerte de que no le afectara ninguna parte vital.*

Chaol no sabía qué hacer, aparte de llevarse los tazones de agua ensangrentada.

Aelin se sentó en un banco junto al catre en el cuarto desocupado de la elegante y cómoda casa y vigiló todos los movimientos de Marta.

Chaol se preguntó si ella sabría que estaba muy sucia. Que se veía peor que Rowan.

Tenía el cuello brutalmente lastimado, sangre seca en la cara, la mejilla amoratada y la manga izquierda de su túnica estaba rasgada. A través del agujero se podía ver un corte horrible. Eso sin mencionar el polvo, la tierra y la sangre azul de la Líder de la Flota que la cubría.

Aelin se quedó en el taburete, sin moverse, sólo tomando agua y gruñendo si Marta siquiera se atrevía a ver raro a Rowan.

Marta, por alguna razón, lo soportó.

Cuando la partera terminó, volteó a ver a la reina. Sin tener idea de quién estaba en su casa, le dijo:

—Tienes dos opciones, o sales a lavarte en el grifo o puedes ir a quedarte con los cerdos esta noche. Estás tan sucia que un roce tuyo podría infectarle las heridas.

Aelin miró por encima del hombro a Aedion, quien estaba recargado contra la pared detrás de ella. Él asintió en silencio. Lo cuidaría.

Aelin se puso de pie y salió de la habitación.

—Ahora revisaré a tu otra amiga —dijo Marta, apresurándose a ver a Lysandra, que se había quedado dormida en la habitación de al lado, enrollada en un catre angosto. Arriba, Nesryn estaba ocupada hablando con el personal, asegurándose de que guardara silencio. Chaol había notado la dicha vacilante en sus rostros cuando aparecieron en la puerta: Nesryn y la familia Faliq se habían ganado su lealtad mucho antes.

Chaol le dio veinte minutos a Aelin y luego la siguió al exterior.

Las estrellas brillaban en el cielo y la luna llena casi era cegadora. El viento nocturno susurraba entre los pastos, pero apenas se alcanzaba a escuchar por el repiqueteo y el chapoteo que provenían del grifo.

Encontró a la reina agachada con la cara metida en el chorro del agua.

—Lo lamento —dijo él.

Ella se talló la cara y movió la palanca para que le cayera más agua.

Chaol continuó:

—Sólo quería que esto ya terminara para él. Tenías razón, todo este tiempo tuviste razón. Pero quería hacerlo yo mismo. No sabía que... Lo siento.

Ella soltó la palanca y giró a verlo.

—Hoy salvé la vida de mi enemiga—dijo ella con un tono inexpresivo.

Aelin se puso de pie y se limpió el agua de la cara. Aunque él era más alto que ella, se sintió pequeño cuando la miró. No, no era sólo Aelin. Se dio cuenta de que, quien lo miraba, era la reina Aelin Ashryver Galathynius.

—Intentaron matar a mi... a Rowan, con un flechazo al corazón. Y la salvé de todas maneras.

—Lo sé —dijo él.

El grito que había dado ella cuando esa flecha atravesó a Rowan...

—Lo siento —volvió a decir él.

Ella miró las estrellas, hacia el norte. Sentía la cara muy fría.

—¿Realmente lo habrías matado si hubieras tenido la oportunidad?

—Sí —dijo Chaol—. Estaba preparado para hacerlo.

Ella lo volteó a ver lentamente.

—Lo haremos, juntos. Liberaremos la magia y luego tú y yo iremos allá y lo terminaremos juntos.

—¿No vas a insistir en que no vaya?

—¿Cómo podría negarte ese último regalo para él?

—Aelin...

Ella se encorvó un poco.

—No te culpo. Si hubiera sido Rowan con ese collar al cuello, yo habría hecho lo mismo.

Las palabras lo golpearon en el estómago cuando empezó a alejarse.

Un monstruo, así la llamó hacía unas semanas. Eso había pensado y se había permitido usarlo como un escudo contra el dolor amargo de la decepción y el pesar.

Era un tonto.

Se llevaron a Rowan antes del amanecer. Por alguna gracia inmortal que aún quedaba en sus venas, había sanado lo suficiente para caminar por su cuenta, así que salieron de la hermosa casa de campo antes de que cualquier miembro del personal despertara. Aelin se despidió sólo de Ligera, quien había dormido acurrucada a su lado durante la larga noche que se quedó cuidando a Rowan.

Éste llevaba un brazo sobre los hombros de Aelin y el otro sobre los de Aedion cuando salieron y se apresuraron a cruzar las colinas.

La niebla del amanecer los ocultó en su camino a Rifthold por última vez.

CAPÍTULO 62

Manon no se molestó en verse agradable cuando hizo que Abraxos aterrizara de golpe en el piso frente a la comitiva del rey. Los caballos relinchaban y coceaban mientras las Trece volaban en círculos alrededor del claro donde encontraron al grupo.

—Líder de la Flota —dijo el rey montado en su gran caballo, sin alterarse para nada. Junto a él, su hijo Dorian se encogió un poco.

Se encogió igual que esa cosa rubia que las había atacado en Morath.

—¿Necesitas algo? —le preguntó el rey con frialdad—. ¿O hay un motivo por el cual te ves como si estuvieras a mitad del camino al reino de Hellas?

Manon desmontó de Abraxos y se dirigió hacia el rey y su hijo. El príncipe se concentró en la silla, cuidando de no verla a los ojos.

—Hay rebeldes en tus bosques —dijo—. Se llevaron a tu prisionera del carro y luego intentaron atacarme a mí y a mis Trece. Los maté a todos. Espero que no te importe. Dejaron tres de tus hombres muertos en el carro, aunque parece ser que nadie se dio cuenta de su pérdida.

El rey se limitó a decir:

—¿Volaste hasta acá sólo para decirme eso?

—Volé hasta acá para decirte que cuando yo me enfrente a tus rebeldes, a tus enemigos, no me interesaba tomar prisioneros. Y las Trece no son una caravana para transportarlas a tu antojo.

Se aproximó un paso al caballo del príncipe.

—Dorian —dijo.

Era una orden y un reto.

Los ojos color zafiro voltearon a ver los de ella. Sin restos de oscuridad de otro mundo.

Sólo un hombre atrapado.

Ella volteó a ver al rey.

—Deberías mandar a tu hijo a Morath. Sería su tipo de lugar.

Antes de que el rey pudiera responder, Manon empezó a caminar de regreso a Abraxos.

Había planeado decirle al rey sobre Aelin. Sobre los rebeldes que se hacían llamar Aedion y Rowan y Chaol.

Pero... eran humanos y no podían viajar rápidamente, no si estaban heridos.

Le debía a su enemiga una deuda de vida.

Manon subió a la silla de Abraxos.

—Tal vez mi abuela sea la Bruja Mayor —le dijo al rey—, pero yo soy quien dirigirá los ejércitos.

El rey rio.

—Implacable. Creo que me agradas, Líder de la Flota.

—Esa arma que hizo mi abuela..., los espejos. ¿Realmente planeas usar el fuego de las Sombras con ellos?

El rostro rojizo del rey se tensó con una advertencia. La réplica dentro del carro medía una fracción del tamaño propuesto en los planos pegados a la pared: torres de batalla gigantes y móviles, de treinta metros de altura, con el interior forrado con los espejos sagrados de los Antiguos. Los espejos que se usaron en alguna ocasión para construir y romper y arreglar. Ahora serían amplificadores. Se emplearían para reflejar y multiplicar cualquier poder que el rey decidiera liberar, hasta que se convirtiera en un arma capaz de dirigirse a cualquier objetivo. Si ese poder era el fuego de las sombras de Kaltain...

—Haces demasiadas preguntas, Líder de la Flota —dijo el rey.

—No me gustan las sorpresas —dijo como única respuesta.

Pero esto... esto había sido una sorpresa.

El arma no era para conquistar la gloria, ni para triunfar, ni por el amor a la batalla. Era para exterminar. Una matanza a gran escala que implicaría poca lucha. Cualquier ejército que se opusiera, incluso Aelin y sus guerreros, estaría indefenso.

El rostro del rey empezaba a verse morado por la impaciencia.

Pero Manon ya estaba ascendiendo a los cielos. Abraxos batía sus alas con fuerza. Miró al príncipe hasta que fue sólo una mota de cabello negro.

Y se preguntó qué se sentiría estar atrapado en ese cuerpo.

Elide Lochan esperó el carro de las provisiones. No llegó.

Un día tarde; dos días tarde. Casi no durmió por temor a que viniera estando dormida. Cuando despertó al tercer día, con la boca seca, ya se había vuelto un hábito apresurarse a ayudar en la cocina. Trabajó hasta que su pierna casi le dejó de responder.

Luego, justo antes de que se pusiera el sol, el relinchar de los caballos, el sonido de ruedas y los gritos de los hombres rebotaron en las rocas oscuras del largo puente de la fortaleza.

Elide salió a escondidas de la cocina antes de que alguien se percatara de su presencia, antes de que el cocinero pudiera asignarle alguna nueva tarea. Se apresuró a subir las escaleras lo más rápido que se lo permitía su cadena, con el corazón en la garganta. Debería haber dejado sus cosas abajo, debería haber encontrado algún escondite.

Más y más arriba, hacia la torre de Manon. Tenía ya su odre lleno de agua y había reunido un poco de alimento en una bolsa. Elide abrió la puerta del cuarto de la bruja y se acercó con premura a la paca donde tenía sus provisiones.

Pero Vernon estaba dentro.

Sentado en la orilla de la cama de Manon, como si fuera la suya.

—¿Vas a alguna parte, Elide?

CAPÍTULO 63

—¿Dónde diablos podrías ir? —le preguntó Vernon mientras se ponía de pie, orgulloso como un gato.

El pánico empezó a gritar en sus venas. El carro... *el carro*...

—¿Ése era el plan desde el principio? ¿Esconderte entre las brujas y luego huir?

Elide retrocedió hacia la puerta. Vernon chasqueó la lengua.

—Ambos sabemos que no tiene ningún sentido correr. Y la Líder de la Flota no regresará aquí pronto.

A Elide le flaquearon las rodillas. Oh, dioses.

—Pero mi hermosa e inteligente sobrina, ¿es humana o bruja? Se trata de una pregunta muy importante.

La tomó por el codo, un pequeño cuchillo en la mano. Ella no pudo hacer nada para evitar el corte que le ardió en el brazo, la sangre roja que se acumuló.

—Al parecer, no eres bruja para nada.

—Soy una Picos Negros —dijo Elide.

No se inclinaría ante él, no se acobardaría.

Vernon dio la vuelta alrededor de ella.

—Qué mal que todas estén en el norte y no puedan corroborarlo.

Pelea, pelea, pelea, le cantó su sangre. *No permitas que te enjaule. Tu madre murió peleando. Era una bruja y tú también eres una bruja y no te rindes... no te rindes...*

Vernon se abalanzó sobre ella más rápido de lo que ella podía moverse con esas cadenas. Con una mano, la tomó bajo el brazo y con la otra le azotó la cabeza contra la madera, empleando tanta fuerza que su cuerpo simplemente se... detuvo.

Fue todo lo que él necesitó, esa estúpida pausa, para contener el otro brazo. Le sostuvo ambos con una mano y con la otra la tomó vigorosamente del cuello, al grado de lastimarla; ello hizo que se diera cuenta de que también su tío había entrenado alguna vez, igual que su padre.

—Vas a venir conmigo.

—No.

La palabra fue apenas un susurro de aliento.

Él la apretó más y le torció los brazos hasta que empezaron a reclamarle con dolor.

—¿No sabes el valor que tienes? ¿Lo que podrías llegar a hacer?

Volvió a tirar de ella y abrió la puerta. No, no le permitiría llevársela, no...

Pero gritar no serviría de nada. No en esa fortaleza llena de monstruos. No serviría en un mundo donde nadie recordaba que ella existía ni se molestaban en preocuparse. Se quedó quieta, lo cual él interpretó como obediencia. Podía sentir su sonrisa detrás de su cabeza cuando la empujó hacia las escaleras.

—Tienes sangre de Picos Negros en las venas, junto con la generosa línea de magia de nuestra familia.

La arrastró por las escaleras y la bilis empezó a quemarle la garganta a Elide. Nadie vendría por ella, porque ella no le pertenecía a nadie.

—Las brujas no tienen magia, no como nosotros. Pero tú, un híbrido de ambas líneas... —dijo Vernon y le apretó el brazo con más fuerza, justo sobre el corte que había hecho.

Ella gritó. El sonido rebotó, hueco y empequeñecido, en el pozo de la escalera.

—Le haces un gran honor a tu casa, Elide.

Vernon la dejó en una celda congelada de los calabozos.

No había luz.

No había sonido, salvo el del agua que goteaba en alguna parte.

Temblando, Elide ni siquiera tuvo palabras para suplicar cuando su tío la echó dentro.

—Te buscaste esto, ¿sabes? —le dijo—, cuando te aliaste con esa bruja y confirmaste mis sospechas de que su sangre fluye por tus venas.

La estudió, pero ella estaba fijándose en todos los detalles de la celda, cualquier cosa, cualquier cosa que le ayudara a escapar. No encontró nada.

—Te dejaré aquí hasta que estés lista. Dudo que alguien note tu ausencia de todas maneras.

Azotó la puerta y la oscuridad la tragó por completo.

No se molestó en intentar abrir la puerta.

El duque mandó llamar a Manon en el instante en que puso un pie en Morath.

El mensajero estaba arrinconado en el arco de la entrada a la torre y apenas logró articular palabra al ver la sangre, la tierra y el polvo que todavía cubrían a Manon.

Ella consideró mostrarle los dientes sólo por estar ahí temblando como un idiota sin agallas, pero se sentía agotada, le dolía la cabeza y cualquier movimiento más allá de lo básico requería de pensarse demasiado.

Ninguna de las Trece se había atrevido a decir nada sobre su abuela... quien aprobaba la reproducción de las brujas.

Sorrel y Vesta iban unos pasos detrás de ella; Manon abrió de golpe las puertas de la sala de consejo del duque. El porrazo en la madera fue suficiente para dejar clara su opinión sobre haberla mandado llamar de inmediato.

El duque, acompañado sólo de Kaltain, la miró.

—Explica tu... aspecto.

Manon abrió la boca.

Si Vernon se enteraba de que Aelin Galathynius estaba viva, si sospechaba por un instante la deuda que debía sentir con la madre de Elide por salvarle la existencia, realmente podría decidir terminar con la vida de su sobrina.

—Nos atacaron los rebeldes. Los maté a todos.

El duque aventó unos papeles a la mesa. Chocaron con el vidrio y se deslizaron para esparcirse en forma de abanico.

—Llevas meses pidiéndome explicaciones. Aquí están. Informes sobre nuestros enemigos, objetivos mayores que debemos atacar... Su Majestad envía sus saludos.

Manon se acercó.

—¿También envió a ese príncipe demonio a mis barracas para que nos atacara?

Se quedó mirando al cuello grueso del duque, preguntándose qué tan fácilmente se rasgaría esa piel dura.

Perrington torció la boca.

—Roland ya había dejado de ser útil. ¿Quién mejor que tus Trece para encargarse de él?

—No sabía que también seríamos verdugos —dijo Manon.

En realidad debería arrancarle la garganta por lo que había intentado hacer. A su lado, Kaltain era un cascarón completamente vacío. Pero ese fuego de las sombras... ¿Lo usaría si alguien atacara al duque?

—Siéntate y lee el archivo, Líder de la Flota.

No le gustó la orden y gruñó para dejárselo claro, pero se sentó.

Y leyó.

Informes sobre Eyllwe, sobre Melisande, sobre Fenharrow, sobre el Desierto Rojo y Wendlyn.

Y sobre Terrasen.

Según ese informe, Aelin Galathynius, quien se suponía muerta desde hacía mucho tiempo, había aparecido en Wendlyn y derrotado a cuatro de los príncipes del Valg, incluyendo a un general letal del ejército del rey. Usando fuego.

Aelin tenía magia de fuego, le había dicho Elide. *Podía haber sobrevivido al frío.*

Pero... pero eso significaba que la magia... La magia seguía funcionando en Wendlyn. No aquí.

Manon apostaría mucho del oro almacenado en la Fortaleza Picos Negros a que el hombre que tenía delante de ella y el rey en Rifthold eran el motivo.

Luego un informe sobre el príncipe Aedion Ashryver, exgeneral de Adarlan, pariente de los Ashryver de Wendlyn, a quien habían arrestado por traición. Por asociarse con los rebeldes. Fuerzas desconocidas lo habían rescatado el día que lo iban a ejecutar, unas cuantas semanas atrás.

Posibles sospechosos: Lord Ren Allsbrook de Terrasen...

Y Lord Chaol Westfall de Adarlan, quien había servido con lealtad al rey como su capitán de la guardia hasta que unió fuerzas con Aedion la primavera anterior y huyó del castillo el día de la captura de éste. Sospechaban que el capitán no había ido lejos, e intentaría salvar a su amigo de la infancia, el príncipe heredero.

Liberarlo.

El príncipe la había desafiado, la había provocado, como si intentara hacerse matar por ella. Y Roland le había rogado que lo matara.

Si Chaol y Aedion ahora estaban del lado de Aelin Galathynius, todos trabajando juntos...

No habían estado en el bosque para espiar.

Sino para salvar al príncipe. Y a la prisionera, quienquiera que fuera. Habían rescatado al menos a una amiga.

El duque y el rey no lo sabían. Ignoraban lo cerca que habían estado de todos sus objetivos, o lo cerca que sus enemigos habían estado de llevarse al príncipe.

Por eso había llegado corriendo el capitán.

Había llegado a matar al príncipe, la única misericordia que creía poder ofrecerle.

Los rebeldes no sabían que el hombre seguía vivo dentro.

—¿Y bien? —exigió saber el duque—. ¿Alguna pregunta?

—Tienes que explicarme todavía la necesidad del arma que está construyendo mi abuela. Una herramienta como ésa puede ser catastrófica. Si no hay magia, entonces desaparecer a la reina de Terrasen no puede valer el riesgo de usar esas torres.

—Es mejor estar preparado en exceso que recibir una sorpresa. Tenemos control total de las torres.

Manon dio golpecitos en la mesa de vidrio con una uña de hierro.

—Ésta es una base de información, Líder de la Flota. Continúa demostrando que lo vales y recibirás más.

¿Demostrar que vale? No había hecho nada para demostrar nada últimamente excepto... excepto hacer pedazos a uno de sus príncipes demonios y masacrar a esa tribu de la montaña sin motivo. Un estremecimiento de rabia la recorrió. Mandar entonces a ese príncipe a sus barracas no había sido un mensaje, sino una prueba para ver si podía defenderse contra sus peores atacantes y obedecer de todas maneras.

—¿Ya elegiste un aquelarre?

Manon se forzó a encogerse de hombros con desdén.

—Estaba esperando a ver quién se comportaba mejor mientras estaba fuera. Será su recompensa.

—Tienes hasta mañana.

La bruja se quedó mirándolo fijamente.

—En el momento en que salga de esta habitación voy a bañarme y dormiré durante un día entero. Si tú o tus secuaces demonios me molestan antes de eso, te enterarás de cuánto me gusta jugar a ser verdugo. Un día después, te daré mi decisión.

—Ciertamente no es que estés intentando evadir tomarla, ¿verdad, Líder de la Flota?

—¿Por qué me molestaría en repartir favores a los aquelarres que no los merecen?

Manon no se permitió ni un instante para contemplar lo que la matrona estaba permitiendo que hicieran estos hombres; tomó los archivos, los puso en los brazos de Sorrel y salió de la habitación.

Acababa de llegar a las escaleras que conducían a su torre cuando vio a Asterin recargada contra el arco, limpiándose las uñas de hierro.

Sorrel y Vesta aspiraron.

—¿Qué pasa? —exigió saber Manon y sacó sus propias uñas.

El rostro de Asterin era una máscara de aburrimiento inmortal.

—Tenemos que hablar.

Ella y Asterin volaron hacia las montañas. Manon permitió que su prima liderara, dejó que Abraxos siguiera a la hembra azul pálido hasta que estuvieron lejos de Morath. Aterrizaron en una pequeña planicie cubierta de flores silvestres moradas y anaranjadas, con pastos que murmuraban en el viento. Abraxos prácticamente gruñía de alegría y Manon, con un cansancio tan pesado como la capa que usaba, no se molestó en llamarle la atención.

Dejaron a sus guivernos en el prado. El viento de la montaña se sentía sorprendentemente cálido, el día era despejado y el cielo estaba lleno de nubes gordas y esponjadas. Le había ordenado a Sorrel y Vesta que se quedaran, a pesar de sus protestas. Si las cosas habían llegado al punto en el cual no se podía confiar que Asterin se quedara a solas con ella... Manon no quería pensar en eso.

Tal vez por eso aceptó ir con ella.

Tal vez fue por el grito de Asterin del otro lado del barranco.

Había sido tan parecido al grito de la heredera Sangre Azul, Petrah, cuando su guiverno quedó destrozado. Tan parecido al grito de la madre de Petrah cuando ella y su guiverno, Keelie, cayeron por los aires.

Asterin caminó a la orilla de la planicie. Las flores se mecían alrededor de sus pantorrillas y el sol brillaba en sus botas de montar. Se desamarró el cabello, sacudió las ondas doradas y luego se quitó la espada y las dagas, y las dejó caer al suelo.

—Necesito que me escuches y no hables —dijo cuando Manon llegó a pararse junto a ella.

Una exigencia bastante atrevida para hacérsela a la heredera, pero no había desafío ni amenaza en su tono. Asterin nunca le había hablado de esa manera. Así que Manon asintió.

Asterin se quedó mirando hacia las montañas: tan vibrantes en ese lugar, ahora que se habían alejado de la oscuridad de Morath. Una brisa cálida se movía entre ellas y despeinaba los rizos de Asterin hasta que se vieron como la luz del sol personificada.

—Cuando tenía veintiocho años salí a cazar Crochans en un valle al oeste de los Colmillos. Me faltaban ciento cincuenta kilómetros para llegar al siguiente poblado y cayó una tormenta, pero yo no me sentía con ganas de aterrizar. Así que traté de volar en mi escoba más rápido que la tempestad, traté de volar encima de ella. Pero la tormenta seguía y seguía, más y más arriba. No sé si fueron los rayos o el viento, pero de pronto estaba cayendo. Logré controlar mi escoba apenas para aterrizar, pero el impacto fue brutal. Antes de perder la conciencia, supe que mi brazo estaba roto en dos distintos lugares, mi tobillo torcido hasta quedar inservible y mi escoba destrozada.

Hace más de ochenta años, había sucedido hacía más de ochenta años y Manon nunca se enteró. Ella había estado en su propia misión, aunque ahora no podía recordar dónde. Todos esos años que pasó cazando Crochans se le confundían.

—Cuando desperté me hallaba en una cabaña humana. Los pedazos de mi escoba estaban junto a la cama. El hombre que me encontró dijo que iba camino a casa por la tormenta cuando me vio caer del cielo. Era un joven cazador que perseguía principalmente animales exóticos y por eso tenía una cabaña en esa zona salvaje. Creo que lo habría matado si hubiera tenido algo de fuerza, aunque fuera sólo por quedarme con sus recursos. Pero no logré recuperar la conciencia del todo durante unos días, mientras mis huesos se recuperaban; cuando volví a despertar... él me alimentó lo suficiente para que dejara de parecerme alimento. O una amenaza.

Un silencio largo.

—Me quedé cinco meses. No cacé ni a una sola Crochan. Le ayudé a buscar a sus presas, encontré palo fierro y empecé a fabricar una nueva escoba y... Ambos sabíamos qué era yo, qué era él. Que yo viviría mucho tiempo y que él era humano. Pero teníamos la misma edad en ese momento y no nos importó. Así que me quedé con él hasta que llegó el momento en que tenía ordenado regresar a la Fortaleza Picos Negros. Y le dije... le dije que regresaría cuando pudiera.

Manon apenas podía pensar, apenas podía respirar por el silencio que había en su cabeza. Nunca se había enterado de esto. Ni un murmullo. Que Asterin hubiera ignorado sus obligaciones sagradas... Que hubiera vivido con ese humano...

—Tenía un mes de embarazo cuando llegué de regreso a la Fortaleza Picos Negros.

A Manon se le doblaron las rodillas.

—Tú ya te habías ido, estabas en tu siguiente misión. No le dije a nadie, no hasta que supe que el embarazo sobreviviría esos primeros meses. No era algo inesperado, ya que la mayoría de las brujas perdían a sus crías en esos primeros meses. Que una cría de bruja creciera más allá de ese umbral era un milagro en sí mismo. Pero llegué a los tres meses, y luego a los cuatro. Cuando ya no lo pude ocultar más, le dije a tu abuela. Estaba complacida y me ordenó reposo absoluto en la fortaleza, para que nada me molestara a mí ni a la cría en mi vientre. Le dije que quería volver a salir, pero se negó. Sabía que no debía decirle que quería regresar a esa cabaña en el bosque. Sabía que lo mataría. Así que permanecí en la torre durante meses como prisionera mimada. Tú visitaste el lugar en un par de ocasiones pero ella no te dijo que yo estaba ahí. "No hasta que nazca la cría", dijo.

Una respiración larga e irregular.

No era raro que las brujas fueran muy protectoras con las que estaban embarazadas. Y Asterin, portadora de la línea de sangre de la matrona, había sido un bien valioso.

—Hice un plan. En cuanto me recuperara del nacimiento, en cuanto se descuidaran, llevaría a la cría con su padre y se la presentaría. Pensé que tal vez una vida en el bosque, tranquila y pacífica, sería mejor para mi cría que los baños de sangre que teníamos nosotras. Pensé que sería mejor... para mí.

La voz de Asterin se quebró en las últimas dos palabras. Manon no podía obligarse a mirar a su prima.

—Di a luz. La cría casi me partió en dos cuando salió. Pensé que había sido porque era una luchadora, una verdadera Picos Negros. Y me sentí orgullosa. Aunque estaba gritando, aunque estaba sangrando, me sentí muy orgullosa de ella.

Asterin se quedó en silencio y Manon al fin la miró.

Las lágrimas rodaban por el rostro de su prima, brillando bajo la luz del sol. Asterin cerró los ojos y susurró al viento.

—Nació muerta. Yo esperé escuchar ese grito triunfal pero sólo hubo silencio. Silencio y luego tu abuela... —dijo, y abrió los ojos—. Tu abuela me atacó. Me golpeó. Una y otra vez. Lo único que yo quería era ver a mi cría y ella ordenó que la quemaran. Se negó a dejarme verla. Yo era una desgracia para todas las brujas que me habían precedido; yo era la culpable de la cría defectuosa; yo había deshonrado a las Picos Negros; la había decepcionado. Me lo gritó, una y otra vez, y cuando lloré, ella... ella...

Manon no sabía dónde mirar, qué hacer con sus brazos.

Una cría que nacía muerta era el mayor dolor de una bruja, y la mayor vergüenza. Pero para su abuela...

Asterin se desabotonó la chaqueta y la dejó caer en las flores, se quitó la camisa, y la que traía debajo, hasta que su piel dorada resplandeció bajo la luz del sol, sus senos grandes y pesados. Asterin se dio vuelta y Manon cayó de rodillas en el pasto.

Ahí, grabado en el abdomen de Asterin con letras crudas y terribles había una palabra:

SUCIA.

—Me herró. Hizo que calentaran el hierro en la misma flama donde quemaron a mi cría y me marcó cada letra ella misma. Dijo que yo no tenía por qué tratar de concebir nuevamente una Picos Negros. Que la mayoría de los hombres huiría de inmediato al ver la palabra.

Ochenta años. Durante ochenta años había ocultado eso. Pero Manon la había visto desnuda, la había...

No. No la había visto. No en décadas y décadas. Cuando eran jóvenes, sí, pero...

—En mi vergüenza, no le dije a nadie. Sorrel y Vesta... Sorrel sabía porque estaba en esa habitación. Luchó por mí. Le rogó a tu abuela. Ella le rompió el brazo y la sacó. Después de que la matrona me echara a la nieve y me dijera que me arrastrara a algún sitio y muriera, Sorrel me encontró. Fue por Vesta y me llevaron a la torre de Vesta en las montañas. Ahí me cuidaron en secreto durante los meses en que yo... yo no me podía levantar de la cama. Y un buen día, desperté y decidí luchar... Entrené. Sané mi cuerpo. Me fortalecí, más que antes. Dejé de pensar en eso. Un mes después fui a cazar Crochans y entré a la fortaleza con tres de sus corazones en una caja. Si tu abuela se sorprendió de que yo no hubiera muerto, no lo mostró. Tú estabas ahí la noche en que regresé. Brindaste en mi honor y dijiste que estabas orgullosa de tener una Segunda tan buena.

Manon miró la marca horrible. Todavía estaba de rodillas y la tierra húmeda le mojaba los pantalones.

—Nunca regresé con el cazador. No sabía cómo explicar la marca. Cómo explicarle a tu abuela o disculparme. Me dio miedo que me tratara igual que ella. Así que nunca regresé— dijo, y la boca le empezó a temblar—. Volaba por encima de su casa de vez en cuando, sólo... sólo para ver —continuó y se limpió la cara—. Nunca se casó. De viejo, a veces lo veía sentado en el porche de la entrada. Como si estuviera esperando a alguien.

Algo... algo se cuarteaba y dolía en el pecho de Manon, algo estaba derrumbándose.

Asterin se sentó entre las flores y empezó a ponerse la ropa. Lloraba en silencio, pero Manon no sabía si debía acercarse. No sabía cómo consolar, cómo tranquilizar.

—Dejó de importarme —dijo Asterin al fin—. Todo dejó de importarme. Después de eso, todo era un chiste, y una emoción, nada me asustaba.

Ese salvajismo, esa ferocidad sin domesticar... No provenían de un corazón libre sino de uno que había conocido la desesperación tan absoluta que vivir brillante y violentamente era la única manera de escapar.

—Pero me dije a mí misma —dijo Asterin mientras terminaba de ponerse la chaqueta— que dedicaría mi vida por completo a ser tu Segunda. A servirte a ti. No a tu abuela. Porque sabía que ella me había ocultado de ti por una razón. Creo que sabía que tú hubieras peleado por mí. Y lo que sea que tu abuela veía en ti, que le provocaba temerte... Valía la pena esperar eso. Valía la pena servir. Así que he esperado.

Ese día que Abraxos hizo el Paso, cuando las Trece se veían listas para pelear si su abuela daba la orden de matarla...

Asterin la miró a los ojos.

—Sorrel, Vesta y yo tenemos mucho tiempo de saber de qué es capaz tu abuela. Nunca dijimos nada porque temíamos que saberlo podía ponerte en peligro. El día que salvaste a Petrah en vez de dejarla caer... No fuiste la única que entendió por qué tu abuela te obligó a matar a la Crochan —dijo Asterin sacudiendo la cabeza—. Te lo suplico, Manon. No dejes que tu abuela y esos hombres tomen a nuestras brujas y las usen así. No los dejes que conviertan a nuestras crías en monstruos. Lo que ya hicieron... te ruego que me ayudes a deshacerlo.

Manon tragó saliva y sintió la garganta tan cerrada que le dolió.

—Si las desafiamos, vendrán tras nosotras y nos matarán.

—Lo sé. Todas lo sabemos. Eso era lo que queríamos decirte la otra noche.

Manon miró la camisa de su prima, como si pudiera ver la marca que había debajo.

—Por eso te has estado portando así.

—No soy tan tonta como para fingir que no tengo un punto débil en lo que respecta a las crías de bruja.

Por eso su abuela llevaba décadas presionando para que bajara de nivel a Asterin.

—No creo que sea un punto débil —admitió Manon y miró por encima de su hombro hacia el sitio donde Abraxos olía las flores silvestres—. Te devuelvo tu puesto de Segunda.

Asterin agachó la cabeza.

—Lo siento, Manon.

—No hay nada de qué disculparse —le dijo. Y se atrevió a añadir—: ¿Hay otras a quienes mi abuela haya tratado así?

—No entre las Trece. Pero en otros aquelarres. La mayoría se dejó morir cuando ella las sacó.

Y Manon no lo sabía. Le había mentido.

La Líder de la Flota miró hacia el oeste, hacia las montañas. *Esperanza,* dijo Elide... Esperanza de un futuro mejor. De un hogar.

No obediencia, brutalidad y disciplina, sino esperanza.

—Necesitamos proceder con cautela.

Asterin parpadeó y las chispas de oro de sus ojos negros brillaron.

—¿Qué estás planeando?

—Algo muy estúpido, creo.

CAPÍTULO 64

Rowan apenas recordaba el agonizante viaje de regreso a Rifthold. Para cuando cruzaron los muros de la ciudad y los callejones con rumbo a la bodega, estaba tan exhausto que apenas llegó al colchón antes de perder completamente la conciencia.

Despertó esa noche, ¿o la siguiente?, con Aelin y Aedion al lado de la cama, hablando.

—El solsticio es en seis días; debemos tener todo preparado para entonces —le estaba diciendo ella a su primo.

—¿Entonces le vas a pedir a Ress y a Brullo que dejen una puerta trasera abierta para que puedas entrar?

—No seas tan simple. Voy a entrar por la puerta principal.

Por supuesto que lo haría. Rowan dejó escapar un gemido. Sentía la lengua seca y pesada en la boca.

Ella volteó rápidamente y se lanzó a la cama.

—¿Cómo te sientes? —preguntó, y le pasó la mano por la frente para ver si tenía fiebre—. Pareces estar bien.

—Bien —gruñó él.

Le dolían el brazo y el hombro. Había soportado peores cosas. La pérdida de sangre fue lo que lo hizo desplomarse. Fue más sangre de la que había perdido en una sola herida, al menos tan rápidamente, gracias a que su magia estaba apagada. Miró a Aelin. Tenía el rostro preocupado y pálido, la mejilla con un beso amoratado y cuatro rasguños marcados en el cuello.

Iba a matar a esa bruja.

Dijo eso y Aelin sonrió.

—Si estás de humor violento, entonces supongo que estás bien.

Las palabras eran pesadas y sus ojos brillaron. Él estiró su brazo sano para tomar una de sus manos y la apretó con fuerza.

—Por favor, no vuelvas a hacer eso —dijo ella con una exhalación.

—La próxima vez, les pediré que no te disparen flechas... ni a mí tampoco.

La boca de Aelin se tensó y tembló, luego apoyó la frente en el brazo sano de Rowan. Él levantó el otro brazo y sintió un dolor quemante que lo recorría completo cuando le acarició el cabello. Lo tenía todavía lleno de sangre y tierra en algunas partes. Probablemente no se había molestado en bañarse bien.

Aedion se aclaró la garganta.

—Hemos estado pensando en un plan para liberar la magia, y terminar con el rey y con Dorian.

—Sólo... cuéntenmelo mañana —dijo Rowan, quien ya sentía que empezaba un dolor de cabeza.

El sólo pensar en explicarles de nuevo que siempre que había visto usar el fuego infernal había sido más destructivo de lo que cualquiera podía anticipar lo hizo desear dormirse otra vez. Dioses, sin su magia... Los humanos eran sorprendentes. Sobrevivir sin depender de la magia... Tenía que darles crédito.

Aedion bostezó, el intento más patético que Rowan había visto jamás, y se despidió para irse a dormir.

—Aedion —dijo Rowan; el general se detuvo en la puerta—. Gracias.

—Cuando quieras, hermano.

Salió del cuarto.

Aelin estaba mirándolos, con los labios apretados de nuevo.

—¿Qué? —preguntó él.

Ella sacudió la cabeza.

—Eres demasiado bueno cuando estás herido. Es desconcertante.

Ver las lágrimas brillar en sus ojos en ese momento casi lo desconcertó a él. Si la magia ya estuviera liberada, esas brujas se habrían convertido en cenizas en el momento en que la flecha lo tocara.

—Ve a bañarte —gruñó—. No voy a dormir junto a ti si sigues cubierta de sangre de bruja.

Ella se examinó las uñas, todavía con algo de tierra y sangre azul.

—Agh. Ya me las lavé diez veces.

Se levantó de donde estaba sentada al lado de la cama.

—¿Por qué? —preguntó él—. ¿Por qué la salvaste?

Ella se pasó una mano por el pelo. Tenía una venda blanca alrededor del brazo que se alcanzó a ver a través de su blusa con el movimiento. Él ni siquiera estaba consciente cuando ella recibió esa herida. Ahogó la necesidad de decirle que se la mostrara, para revisar la herida él mismo, y acercarla a él.

—Porque esa bruja del cabello dorado, Asterin... —dijo Aelin—. Ella gritó el nombre de Manon de la misma manera que yo grité el tuyo.

Rowan se quedó inmóvil. Su reina miraba el piso, como si estuviera recordando el momento.

—¿Cómo puedo quitarle a alguien a la persona que significa todo el mundo para ella? Aunque sea mi enemiga —dijo encogiéndose ligeramente de hombros—. Pensé que estabas muriendo. Me pareció mala suerte dejarla morir por venganza. Y... —resopló— caer en un barranco parecía una muerte muy mediocre para alguien que pelea espectacularmente.

Rowan sonrió, bebió su aspecto: la cara pálida y seria, la ropa sucia, las heridas. Tenía los hombros hacia atrás y la barbilla en alto.

—Me haces sentir orgulloso de servirte.

Un mohín hacia abajo en sus labios, pero una luz plateada en los ojos.

—Lo sé.

—Te ves del carajo —le dijo Lysandra a Aelin. Luego se acordó de que estaba con Evangeline, quien la miraba con los ojos muy abiertos e hizo una mueca—. Perdón.

Evangeline volvió a doblar la servilleta sobre su regazo, como una pequeña reina.

—Dijiste que yo no debería usar ese lenguaje, pero tú sí lo usas.

—Yo puedo maldecir —dijo Lysandra, y Aelin trató de ocultar una sonrisa—, porque soy mayor y sé cuándo es más efectivo. Y en este momento, nuestra amiga se ve del carajo.

Evangeline miró a Aelin. Su cabello rojizo dorado brilló en el sol matutino a través de la ventana de la cocina.

—Tú te ves incluso peor en la mañana, Lysandra.

Aelin ahogó una risa.

—Cuidado, Lysandra. Tienes una demoledora en tus manos.

Lysandra miró largamente a su joven encomendada.

—Si ya terminaste de comerte las tartas de todos, Evangeline, por favor ve a la azotea y molesta a Aedion y Rowan.

—Cuidado con Rowan —dijo Aelin—. Todavía está recuperándose. Pero finge que no. Los hombres se ponen difíciles si les haces demasiado caso.

Con un destello perverso en la mirada, Evangeline corrió a la puerta principal. Aelin escuchó para asegurarse de que la niña sí fuera al piso superior y luego volteó a ver a su amiga.

—Va a ser todo un caso cuando sea grande.

Lysandra suspiró.

—¿Crees que no lo sé? Tiene once años y ya es una tirana. Es una cascada interminable de *¿Por qué?* y de *Preferiría no hacerlo y por qué, por qué, por qué, y no, no me gustaría escuchar tus buenos consejos, Lysandra.*

Se frotó las sienes.

—Tirana, pero valiente —dijo Aelin—. No creo que haya muchas niñas de once años que se atrevan a hacer lo que hizo para salvarte.

La hinchazón ya había bajado, pero el rostro de Lysandra todavía estaba amoratado y la cortada con costra que tenía cerca del labio seguía muy enrojecida.

—Y no creo —continuó Aelin— que haya muchas personas de diecinueve años que luchen con todas sus fuerzas para salvar a una niña —Lysandra miró a la mesa—. Lo lamento. Aunque Arobynn lo orquestó..., lo lamento.

—Tú fuiste por mí —dijo Lysandra en voz tan baja que apenas era un suspiro—. Todos ustedes fueron por mí.

Le había dicho a Nesryn y a Chaol con detalle todo lo sucedido durante la noche que pasó en un calabozo oculto debajo de las calles de la ciudad. Los rebeldes ya estaban buscando en las alcantarillas. Recordaba poco de lo demás porque le vendaron los ojos y la amordazaron. Les dijo que ignorar si le pondrían un anillo de piedra del Wyrd había sido lo peor. Ese miedo la atormentaría por un tiempo.

—¿Pensaste que no te iríamos a buscar?

—Nunca he tenido amigos que se preocupen por lo que me pasa, aparte de Sam y Wesley. Otras personas me hubieran dejado, me hubieran desechado, como a otra puta más.

—He estado pensando en eso.

—¿Ah?

Aelin buscó en su bolsillo y le deslizó un pedazo de papel doblado por encima de la mesa.

—Es para ti. Y para ella.

—No necesitamos —empezó a decir Lysandra, pero sus ojos cayeron en el sello lacrado: una serpiente en tinta de medianoche, el sello de Clarisse—. ¿Qué es esto?

—Ábrelo.

Lysandra pasaba la vista entre Aelin y el papel. Luego abrió el sello y leyó el texto.

—"Yo, Clarisse DuVency, declaro que toda cantidad que me adeudaban...".

El papel empezó a temblar. Continuó leyendo:

—"... toda cantidad que me adeudaban Lysandra y Evangeline ha quedado liquidada en su totalidad. Podrán recibir la marca de su libertad cuando les resulte más conveniente".

El papel voló a la mesa cuando Lysandra aflojó las manos. Levantó la cabeza para ver a Aelin.

—Ay —dijo Aelin cuando se le llenaron los ojos a ella también de lágrimas—. Te odio por ser tan hermosa hasta cuando lloras.

—¿Sabes cuánto dinero...?

—¿Creías que te iba a dejar esclavizada con ella?

—No... no sé qué decirte. No sé cómo agradecerte.

—No tienes que hacerlo.

Lysandra se tapó la cara con las manos y sollozó.

—Lo lamento si querías tomar el camino orgulloso y noble, y soportarla por otra década —empezó a decir Aelin.

Lysandra únicamente lloró con más fuerza.

—Pero tienes que entender que no había ni una maldita manera de que yo me fuera sin...

—Ya cállate, Aelin —dijo Lysandra con la cara tapada—. Sólo... cállate.

Bajó las manos y su rostro se veía hinchado y enrojecido en partes.

Aelin suspiró.

—Oh, gracias a los dioses. Sí puedes verte horrenda cuando lloras.

Lysandra soltó una carcajada.

Manon y Asterin se quedaron en las montañas todo el día y toda la noche después de que la Segunda confesara su herida invisible. Cazaron cabras montesas para ellas y para sus guivernos y las asaron esa noche sobre una fogata, mientras consideraban cuidadosamente qué podrían hacer.

Cuando Manon finalmente se quedó dormida, enrollada al lado de Abraxos y con un manto de estrellas en el cielo, sintió la cabeza más despejada que en meses. Sin embargo, algo la inquietaba todavía, incluso en el sueño.

Lo supo cuando despertó. Un hilo suelto en el telar de la Diosa de las Tres Caras.

—¿Estás lista? —preguntó Asterin. Montó su guiverno azul claro y sonrió, una sonrisa real.

Manon nunca había visto esa sonrisa. Se preguntó cuántas personas la habrían visto. Se preguntó si ella sonreiría de esa manera.

Manon miró al norte.

—Tengo que hacer algo.

Cuando le explicó a su Segunda, Asterin no dudó en declarar que la acompañaría.

Así que se detuvieron en Morath para conseguir provisiones. Les dieron los detalles esenciales a Sorrel y a Vesta, y les indicaron decirle al duque que las habían mandado llamar.

Una hora después ya estaban volando a toda velocidad sobre las nubes, para mantenerse ocultas.

Volaron kilómetros y kilómetros. Manon no sabía por qué ese hilo seguía tirando, por qué se sentía urgente, pero presionó hasta que llegaron a Rifthold.

Cuatro días. Elide llevaba cuatro días en ese calabozo congelado y putrefacto.

Hacía tanto frío que apenas podía dormir y la comida que le echaban apenas era comestible. El miedo la mantenía alerta y la forzó a comprobar si podía abrir la puerta, a fijarse en los guardias cuando la abrían, a estudiar los pasillos detrás de ella. No averiguó nada de utilidad.

Cuatro días, y Manon no había ido por ella. Ninguna de las Picos Negros.

No sabía por qué lo esperaba. Manon la había obligado a espiar en esa habitación, después de todo.

Intentó no pensar en lo que ahora le aguardaba.

Y fracasó. Se preguntó si alguien siquiera recordaría su nombre cuando muriera. Si quedaría grabado en alguna parte.

Sabía la respuesta. Y sabía que nadie iría por ella.

CAPÍTULO 65

Rowan estaba más cansado de lo que admitiría frente a Aelin o Aedion. En las prisas de la planeación, casi no tuvo momentos a solas con la reina. Le había tomado dos días de descansar y dormir como los muertos para volver a ponerse en pie y reiniciar su entrenamiento sin quedar agotado.

Después de terminar su rutina de la noche, estaba tan exhausto al acostarse que ya estaba dormido mientras Aelin apenas terminaba de lavarse. No, no les había dado a los humanos suficiente crédito todos estos años.

Sería un maldito gran alivio tener su magia de vuelta... si es que su plan funcionaba. Considerando que iban a usar fuego infernal, las cosas podían salir muy muy mal. Chaol no había podido reunirse todavía con Ress o Brullo, pero diariamente intentaba enviarles mensajes. La dificultad real, al parecer, era que más de la mitad de los rebeldes había huido al ver que entraban más soldados del Valg a la ciudad. La nueva regla eran tres ejecuciones al día: al amanecer, al mediodía y a la puesta del sol. Los ejecutados incluían a los ciudadanos que antes tenían magia, los rebeldes y aquellos de quienes se sospechaba eran simpatizantes de los rebeldes. Chaol y Nesryn lograron salvar a algunos, pero no a todos. El graznar de los cuervos se podía escuchar en todas las calles.

Rowan despertó súbitamente al percibir el olor de un hombre en la habitación. Sacó su cuchillo de debajo de la almohada y se sentó lentamente.

Aelin dormía a su lado, su respiración profunda y regular. Otra vez traía puesta una de sus camisas. Una parte primitiva de él gruñó con satisfacción al verla, sabiendo que estaba cubierta por su olor.

Se puso de pie y buscó por la habitación con pasos silenciosos y el cuchillo preparado.

Pero el aroma no venía de dentro. Llegaba desde afuera.

Rowan se acercó a la ventana y miró al exterior. No había nadie en la calle; no había nadie en las azoteas de los vecinos.

Lo cual significaba que Lorcan estaba en la azotea.

Su viejo comandante lo esperaba, con los brazos cruzados sobre el amplio pecho. Miró a Rowan con el ceño fruncido al ver los vendajes y su torso desnudo.

—¿Debería agradecer que al menos te pusiste pantalones? —preguntó Lorcan con una voz apenas más fuerte que el viento de medianoche.

—No quise hacerte sentir mal —dijo Rowan, y se recargó contra la puerta de la azotea.

Lorcan ahogó una risa.

—¿Tu reina te arañó o son heridas de una de esas bestias que envió tras de mí?

—Me preguntaba quién ganaría al final, tú o los mastines del Wyrd.

Un destello de dientes.

—Los maté a todos.

—¿A qué viniste, Lorcan?

—¿Crees que no sé que la heredera de Mala la Portadora del Fuego está planeando algo para el solsticio de verano en dos días? ¿Han considerado mi oferta, tontos?

Era una pregunta planteada con cuidado, para hacerlo revelar algo que Lorcan sólo estaba adivinando.

—Además de beber la primera tanda del vino de verano y ser un fastidio, no creo que esté planeando nada.

—¿Entonces por eso el capitán intenta conseguir una reunión con los guardias del palacio?

—¿Cómo puedo mantenerme al tanto de todo lo que él hace? Ese chico solía servir al rey.

—Asesinos, putas, traidores, qué compañía tan distinguida tienes últimamente, Rowan.

—Mejor que ser un perro atado a un ama psicótica.

—¿Eso pensabas de nosotros? ¿Todos los años que trabajamos juntos, que matamos hombres y nos acostamos con mujeres juntos? Nunca escuché que te quejaras.

—Ignoraba que había algo de qué quejarse. Estaba tan ciego como tú.

—Y luego una princesa de fuego entró contoneándose a tu vida y decidiste cambiar por ella, ¿cierto? —dijo con una sonrisa cruel—. ¿Le hablaste sobre Sollemere?

—Lo sabe todo.

—Ah, sí... Supongo que su propia historia la vuelve más comprensiva de los horrores que tú has cometido en nombre de nuestra reina.

—Tu reina.

—¿Exactamente qué hace Aelin para irritarte tanto, Lorcan? ¿Es que no te tiene miedo? ¿O es que yo los dejé a ustedes por ella?

Lorcan resopló.

—Lo que sea que estén planeando no va a funcionar. Todos morirán en el proceso.

Era bastante probable, pero Rowan dijo:

—No sé de qué hablas.

—Me merezco más que puras mentiras de mierda, Rowan.

—Cuidado, Lorcan, o parecerá que te importa algo más aparte de ti mismo.

Lorcan, un hijo bastardo abandonado que creció en los callejones pobres de Doranelle, había perdido esa capacidad siglos antes de que Rowan siquiera naciera. Pero nunca había sentido lástima por él. No, porque Lorcan había sido bendecido en todos los demás aspectos por el mismo Hellas.

Lorcan escupió en la azotea.

—Te iba a ofrecer llevar tu cuerpo de regreso a tu adorada montaña, para enterrarte junto a Lyria, cuando termine con esto de las llaves. Pero ahora te dejaré a que te pudras aquí. Junto con tu hermosa princesita.

Rowan intentó ignorar el golpe bajo, la imagen de esa tumba en la cima de su montaña.

—¿Eso es una amenaza?

—¿Por qué habría de molestarme? Si en realidad están planeando algo, no necesitaré matarla, ella lo hará sola. Tal vez el rey le ponga uno de esos collares. Igual que a su hijo.

Ese comentario tocó una fibra muy profunda en Rowan y el horror hizo que el estómago le diera un vuelco.

—Cuidado con lo que dices, Lorcan.

—Apuesto a que Maeve te ofrecería buen dinero a cambio de ella. Y si consigue la llave del Wyrd... Seguro puedes imaginar tan bien como yo el tipo de poder que Maeve esgrimiría entonces.

Peor, mucho peor de lo que podía imaginar si Maeve quería a Aelin esclavizada y no muerta. Un arma sin límites en una mano y la heredera de Mala la Portadora del Fuego en la otra. No habría manera de detenerla.

Lorcan percibió el titubeo, la duda. En su mano brilló el oro.

—Me conoces, príncipe. Sabes que soy el único calificado para buscar y destruir esas llaves. Deja que tu reina se enfrente al ejército que se reúne en el sur y déjame esta tarea a mí.

El anillo pareció brillar a la luz de la luna cuando Lorcan lo ofreció.

—Lo que sea que esté planeando necesitará esto. O puedes decirle adiós —dijo Lorcan con los ojos como trozos de hielo negro—. Todos sabemos lo bien que lo manejaste al decírselo a Lyria.

Rowan controló su ira.

—Júralo.

Lorcan sonrió al saber que había ganado.

—Jura que ese anillo proporciona inmunidad contra los Valg y te lo daré —dijo Rowan y sacó el Amuleto de Orynth de su bolsillo.

La mirada de Lorcan pasó de inmediato al amuleto, a la extrañeza proveniente de otro mundo que irradiaba, y maldijo.

El centelleo de un cuchillo; luego el olor de la sangre de Lorcan en el aire. Apretó el puño y lo levantó.

—Juro por mi sangre y por mi honor que no te he engañado en nada de esto. El poder del anillo es genuino.

Rowan vio cómo la sangre goteaba en la azotea. Una gota, dos, tres.

Lorcan tal vez fuera un hijo de puta, pero Rowan nunca lo había visto romper un juramento. Su palabra lo comprometía, siempre había sido la moneda que más valuaba.

Ambos se movieron al mismo tiempo e intercambiaron el amuleto y el anillo lanzándolos al aire entre ellos. Rowan atrapó el anillo y lo metió rápidamente en el bolsillo, pero Lorcan se quedó mirando el amuleto entre sus manos, con los ojos ensombrecidos.

Rowan resistió el impulso de contener la respiración y se mantuvo en silencio.

Lorcan se puso la cadena alrededor del cuello y metió el amuleto a su camisa.

—Todos van a morir. Al continuar este plan o en la guerra que le seguirá.

—Si destruyes esas llaves —dijo Rowan—, tal vez no haya guerra.

Una esperanza ingenua.

—Habrá guerra. Es demasiado tarde para detenerla. Lástima que el anillo no evite que los perforen con lanzas a la entrada del castillo.

Pudo ver la imagen en su mente, agravada quizás porque pensó en las veces que la había visto en persona, las veces que lo había hecho.

—¿Qué te sucedió, Lorcan? ¿Qué pasó en tu miserable existencia que eres así?

Nunca le había pedido que le contara toda la historia, nunca le había interesado. No le molestó antes de ahora. En el pasado, se hubiera parado junto a Lorcan y se hubiera burlado del pobre tonto que se atreviera a desafiar a su reina.

—Tú estás por encima de esto —agregó Rowan.

—¿Lo crees? Yo sigo sirviéndole a mi reina, aunque ella no lo pueda ver. ¿Quién la abandonó en cuanto una humana bonita abrió las piernas...?

—Ya basta...

Pero Lorcan ya se había ido.

Rowan esperó unos minutos antes de regresar al piso de abajo, dándole vueltas y vueltas al anillo en su bolsillo.

Aelin estaba despierta en la cama cuando él entró, con las ventanas y las cortinas cerradas y la chimenea apagada.

—¿Y bien? —preguntó. Las palabras apenas se alcanzaron a escuchar por encima del ruido de las cobijas cuando se metió a su lado.

Los ojos de Rowan veían bien en la oscuridad, por lo cual pudo observar la palma de la mano con cicatrices que ella extendió y donde él dejó caer el anillo. Ella se lo puso en el pulgar, movió sus dedos y frunció el ceño, porque no sucedió nada particularmente emocionante. Él ahogó una risa en la garganta.

—¿Qué tan furioso va a estar Lorcan —murmuró Aelin cuando se recostaron cara a cara— al abrir finalmente el amuleto, encontrar el anillo del comandante del Valg y darse cuenta de que le dimos uno falso?

El demonio rasgó las barreras restantes entre sus almas, como si fueran de papel, hasta que quedó sólo una, un cascarón diminuto de individualidad.

No recordaba despertar, ni dormir, ni comer. De hecho, había muy pocos momentos donde siquiera estaba ahí, viendo a través de sus ojos. Sólo cuando el príncipe demonio se alimentaba de los prisioneros en los calabozos, cuando le permitía que se alimentara, que bebiera junto a él... Ésos eran los únicos momentos en que salía a la superficie.

Cualquier vestigio del control que tuvo aquel día...

¿Qué día?

No podía recordar un momento en que el demonio no estuviera dentro de él.

Y sin embargo...

Manon.

Un nombre.

No pienses en esa... No pienses en ella. El demonio odiaba ese nombre.

Manon.

Suficiente. No hablamos de ellas, las descendientes de nuestros reyes.

¿Hablar de quién?

Bien.

—¿Estás listo para mañana? —le preguntó Aelin a Chaol en la azotea de su departamento. Estaban mirando hacia el castillo de cristal. Bañado con la luz del sol poniente, se veía dorado, anaranjado y rubí, como si ya estuviera en llamas.

Chaol rezó para que no llegara a eso, pero...

—Tan listo como puedo estar.

Había intentado no lucir demasiado titubeante, demasiado receloso, cuando llegó unos minutos antes para repasar el plan del día siguiente; en vez de hacer eso, Aelin le pidió subir con ella. Solo.

La mujer traía puesta una holgada camisa blanca y se la había fajado en los pantalones ajustados color café. Tenía el cabello suelto y no se molestó en ponerse zapatos. Se preguntó qué pensaría su gente de una reina descalza.

Aelin recargó los antebrazos en el barandal de la azotea y cruzó un tobillo sobre el otro.

—Sabes que no arriesgaré vidas innecesariamente.

—Lo sé. Confío en ti.

Ella parpadeó y la vergüenza invadió a Chaol cuando vio el asombro en su expresión.

—¿Te arrepientes —preguntó ella— de haber sacrificado tu libertad para que yo me fuera a Wendlyn?

—No —respondió él, sorprendido al darse cuenta de que era verdad—. No importa lo que haya sucedido entre nosotros, yo fui un tonto por servir al rey. Me gusta pensar que me habría ido algún día.

Necesitaba decirle eso a ella, había necesitado decirlo desde el momento en que regresó.

—Conmigo —dijo ella con la voz ronca—. Te hubieras ido conmigo cuando yo era sólo Celaena.

—Nunca fuiste sólo Celaena, y creo que sabías eso muy en el fondo, incluso antes de que sucediera todo esto. Ahora lo entiendo.

Ella lo estudió con una mirada mucho mayor que sus diecinueve años.

—Tú eres la misma persona, Chaol, la misma que eras antes de romper el juramento de tu padre.

Él no estaba seguro si eso era o no un insulto. Supuso que se lo merecía, después de todo lo que había dicho y hecho.

—Tal vez ya no quiero ser esa persona —dijo.

Esa persona, esa persona estúpidamente leal e inútil, había perdido todo. Su amigo, la mujer a quien amaba, su posición, su honor. Lo perdió todo y sólo se podía culpar a sí mismo.

—Lo lamento —dijo—. Lamento lo de Nehemia..., todo.

No era suficiente. Nunca lo sería.

Pero ella esbozó una sonrisa sombría y sus ojos volaron a esa cicatriz delgada que tenía en la mejilla.

—Lamento haberte maltratado la cara e intentado matarte —dijo, y volteó a ver nuevamente el castillo de cristal—. Sigue siendo difícil para mí pensar en lo que sucedió este invierno. Pero a final de cuentas, estoy agradecida de que me enviaras a Wendlyn e hicieras ese trato con tu padre.

Cerró los ojos y respiró superficialmente. Cuando los abrió, el sol poniente los llenó con oro líquido. Chaol se preparó.

—Significó algo para mí. Lo que tú y yo teníamos. Más que eso, tu amistad significó algo para mí. Nunca te dije la verdad sobre quién era porque yo no podía enfrentar esa verdad. Perdóname si lo que te dije en los muelles ese día, que te habría escogido, te hizo pensar que regresaría y todo se arreglaría. Las cosas cambiaron. Yo cambié.

Él tenía semanas esperando esta conversación, meses ya, y había anticipado que gritaría, o caminaría molesto, o simplemente la ignoraría. Pero no hubo nada de eso, sólo tranquilidad en sus venas: una calma estable y serena.

—Mereces ser feliz —le dijo a Aelin.

Y lo dijo en serio. Ella merecía la dicha que él notaba con frecuencia en su rostro cuando Rowan estaba cerca, las risas pícaras que compartía con Aedion, el desahogo y las bromas con Lysandra. Se merecía la felicidad, tal vez más que nadie.

Ella miró detrás del hombro de Chaol, hacia la puerta de la azotea que enmarcaba la silueta esbelta de Nesryn, quien esperaba desde hacía varios minutos.

—Tú también, Chaol.

—Sabes que ella y yo no...

—Lo sé. Pero deberían. Faliq... Nesryn es una buena mujer. Merecen estar juntos.

—Eso suponiendo que ella tenga interés en mí.

La mirada de Aelin relució llena de significado.

—Sí lo tiene.

Chaol volvió la mirada en dirección a Nesryn, quien veía hacia el río. Sonrió un poco.

Pero entonces Aelin dijo:

—Prometo hacerlo rápido e indoloro. Para Dorian.

Él olvidó cómo respirar.

—Gracias. Pero... si te pido...

No podía decirlo.

—Si eso quieres, el golpe es tuyo. Sólo dímelo —dijo Aelin, y acarició el Ojo de Elena con su roca azul que resplandecía en el sol del atardecer—. No miraremos atrás, Chaol. No le sirve a nada ni a nadie mirar atrás. Sólo podemos seguir adelante.

Ahí estaba, una reina lo miraba, un indicio de la gobernante en quien se estaba convirtiendo. Lo dejaba sin aliento porque lo hacía sentir inexplicablemente joven, mientras ella parecía mucho mayor.

—¿Qué tal si seguimos adelante —dijo él— y sólo nos topamos con más dolor y desesperanza? ¿Qué tal si seguimos adelante sólo para darnos cuenta de que nos aguarda un final terrible?

Aelin miró al norte, como si pudiera ver hasta Terrasen.

—Entonces no es el final.

—Sólo quedan veinte. Espero que estén bien preparados para mañana —le dijo Chaol a Nesryn en voz baja, a la salida de una reunión secreta de rebeldes realizada en una posada deteriorada junto a los muelles de pescadores. Incluso dentro del lugar, la cerveza barata no disimulaba el olor a pescado que provenía de las vísceras salpicadas en el muelle de afuera y de las mismas manos de los comerciantes que compartían la taberna con ellos.

—Eso es mejor que dos, y sí lo estarán —respondió Nesryn avanzando con pasos ligeros sobre el muelle.

Iban por la orilla del río y los faroles de los botes anclados a lo largo del camino subían, bajaban y se mecían con la corriente. Del otro lado del Avery, se escuchaba el sonido tenue de la música que salía de una de las bonitas casas de campo a sus orillas. Una fiesta en la víspera del solsticio de verano.

Antes, hacía toda una vida, él y Dorian iban a esas fiestas y visitaban varias en una sola noche. Chaol nunca lo disfrutó, sólo iba para mantener a Dorian a salvo, pero...

Debería haberlas disfrutado. Debería haber saboreado cada segundo con su amigo.

Nunca se dio cuenta de lo valiosos que son los momentos tranquilos.

Pero... no pensaría en eso, en lo que tenía que hacer al día siguiente. De lo que tendría que despedirse.

Caminaron en silencio hasta que Nesryn dio vuelta en una calle lateral y se dirigió hacia un pequeño templo de piedra enclavado entre dos bodegas del mercado. La roca gris estaba desgastada y las columnas que flanqueaban la entrada se hallaban cubiertas de diversas conchas y trozos de coral. Una luz dorada se desparramaba desde el interior, donde había un espacio redondo y abierto con una fuente sencilla al centro.

Nesryn subió los pocos escalones y dejó caer una moneda en la caja cerrada junto a un pilar.

—Ven conmigo.

Y tal vez porque no quería quedarse a solas en su departamento y preocuparse por lo que tendría que hacer al día siguiente, o quizás porque visitar un templo, aunque fuera inútil, no salía sobrando.

Chaol entró con ella.

A esa hora, el templo del Dios del Mar estaba vacío. En la parte trasera había una pequeña puerta cerrada con candado. Hasta el sacerdote y la sacerdotisa se habían ido a dormir unas horas porque tendrían que despertar de madrugada, cuando los marineros y los pescadores hacían sus ofrendas, reflexionaban o pedían bendiciones antes de desembarcar con el sol.

Dos faroles, elaborados con coral blanqueado por el sol, colgaban del domo del techo. Su luz brillaba sobre los mosaicos de madreperla y los hacía lucir como la superficie del mar. Nesryn se sentó en una de las cuatro bancas colocadas a lo largo de los curvados muros, una banca por cada una de las direcciones en las que puede navegar un marinero.

Ella eligió el sur.

—¿Por el continente del sur? —preguntó Chaol, y se sentó a su lado en la madera pulida.

Nesryn se quedó mirando la pequeña fuente. El único sonido era el borboteo del agua.

—Fuimos varias veces al continente del sur. Dos veces cuando era niña, a visitar a mi familia, y una para enterrar a mi madre. Durante toda su vida siempre la vi mirando al sur. Como si pudiera verlo.

—Pensaba que sólo tu padre era de allá.

—Así es. Pero ella se enamoró del lugar y decía que allá se sentía más en casa que aquí. Mi padre nunca estuvo de acuerdo, sin importar cuántas veces ella le rogara que nos mudáramos al sur.

—¿Te hubiera gustado?

Sus ojos, del color de la noche, lo voltearon a ver.

—Nunca sentí que tuviera un hogar. Ni aquí ni en el Milas Agia.

—La... ciudad de los dioses —dijo él al recordar sus lecciones de historia y geografía. Se le conocía más por su otro nombre, Antica, y era la segunda ciudad más grande del continente del sur, hogar de un imperio poderoso que afirmaba haber sido construido por las manos de los mismos dioses. También era el hogar de los Torre Cesme, los mejores sanadores mortales del mundo. No sabía que la familia de Nesryn era de esa ciudad.

—¿Dónde crees que sea tu hogar? —preguntó él.

Nesryn recargó los antebrazos en las rodillas.

—No lo sé —admitió, y volteó a verlo—. ¿Tienes alguna idea?

Mereces ser feliz, le había dicho Aelin esa noche. Una disculpa y un empujón por la puerta, supuso.

No quería desperdiciar los momentos tranquilos.

Así que tomó la mano de Nesryn y se acercó mientras entrelazaban sus dedos. Nesryn se quedó mirando sus manos durante un momento, luego se enderezó.

—Tal vez cuando todo esto... cuando todo termine —dijo Chaol con voz ronca—, podremos descifrar eso. Juntos.

—Prométeme... —exhaló Nesryn con voz trémula.

Sus ojos se veían perfilados de plata y los cerró el tiempo necesario para recuperar el control. Nesryn Faliq, conmovida hasta las lágrimas.

—Prométeme —repitió mirando sus manos nuevamente— que saldrás caminando de ese castillo mañana.

Él se había preguntado por qué lo había llevado a ese lugar. El Dios del Mar... y el Dios de los Juramentos.

Él le apretó la mano. Ella devolvió el gesto.

La luz dorada ondeó en la superficie de la fuente del Dios del Mar y Chaol le dedicó una oración silenciosa.

—Lo prometo.

Rowan estaba en cama, poniendo distraídamente a prueba su hombro izquierdo con rotaciones cuidadosas. Se había exigido demasiado ese día durante el entrenamiento; ahora le dolían los músculos. Aelin estaba en su vestidor, preparándose para la cama, silenciosa, como había estado todo el día y toda la tarde.

Habían dejado dos urnas de fuego infernal escondidas a una cuadra de distancia, en un edificio abandonado; eso era motivo suficiente para que todos anduvieran en puntas de pies. Un pequeño accidente y todos terminarían incinerados tan absolutamente que no quedaría de ellos ni ceniza.

Se aseguró de que Aelin no se preocupara por eso. Al día siguiente, él y Aedion serían los únicos que llevarían cargando las urnas, a través de la red del alcantarillado, al interior del castillo.

Aelin había rastreado a los mastines del Wyrd hasta su entrada secreta, la cual desembocaba directamente a la torre del reloj. Tras engañar a Lorcan con el fin de que los matara por ella, el camino estaría despejado para que Rowan y Aedion colocaran los contenedores y los detonadores. Después usarían su rapidez hada para salir de ahí antes de que explotara la torre.

Y Aelin... Aelin y el capitán harían su parte, la más peligrosa de todas. En especial porque no habían podido enviar un mensaje al castillo con anticipación.

Y Rowan no estaría ahí para ayudarla.

Habían estudiado juntos el plan una y otra vez. Las cosas podían salir mal muy fácilmente; sin embargo, ella no parecía estar nerviosa a la hora de la cena. Pero él la conocía bastante bien y alcanzaba a ver la tormenta que se cernía debajo de la superficie, alcanzaba a sentir su energía incluso desde el otro lado de la habitación.

Rowan rotó su hombro nuevamente y oyó pasos suaves en la alfombra.

—He estado pensando —empezó a decir Rowan, pero luego olvidó todo lo que iba a decir y se enderezó de golpe en la cama.

Aelin estaba recargada en el marco de la puerta del vestidor, envuelta en un camisón de oro.

Dorado metálico... como él lo había solicitado.

Parecía que lo tenía pintado, de lo mucho que se ajustaba a cada curva y concavidad, de todo lo que ocultaba.

Una flama viviente, eso parecía. Él no sabía dónde ver, dónde quería tocar primero.

—Si mal no recuerdo —dijo ella con lentitud—, alguien dijo que me demostraría que estaba equivocada en lo que pensaba. Creo que tenía dos opciones: palabras o lengua y dientes.

Un gruñido grave retumbó en su pecho.

—¿Eso dije?

Ella dio un paso y todo el aroma de su deseo lo golpeó como un ladrillo en la cara.

Iba a romper ese camisón, lo haría trizas.

No le importaba lo espectacular que se viera, quería piel desnuda.

—Ni siquiera lo pienses —dijo ella dando otro paso, tan fluido como metal fundido—. Lysandra me lo prestó.

Él sentía el latido de su corazón retumbarle en los oídos. Si se movía un centímetro, estaría encima de ella, la tomaría en sus brazos y empezaría a aprender exactamente qué encendía de verdad a la heredera de fuego.

Pero se levantó de la cama, arriesgó un paso, saboreó el aspecto de sus piernas largas y desnudas, la curvatura de sus senos erectos a pesar del calor de la noche de verano, el movimiento de su garganta cuando tragaba.

—Dijiste que las cosas habían cambiado..., que lidiaríamos con ellas —era el turno de ella para aventurarse otro paso; otro más—. No te voy a pedir nada que no estés listo o dispuesto a dar.

Se quedó inmóvil cuando ella llegó justo frente él e inclinó la cabeza hacia atrás, para estudiar su rostro. Su olor se enroscaba alrededor de él, despertándolo.

Dioses, ese perfume. Desde el momento en que le mordió el cuello en Wendlyn, en el momento que probó su sangre y odió el llamado del incendio que crepitaba en ella, no pudo sacárselo del cuerpo.

—Aelin, tú mereces más que esto, alguien mejor que yo.

Llevaba un tiempo queriendo decir eso.

Ella ni siquiera reaccionó.

—No me digas qué me merezco y qué no. No me digas de mañana, o del futuro ni nada de eso.

Él tomó su mano. Ella tenía los dedos fríos y le temblaban ligeramente. ¿Qué quieres que te diga, Corazón de Fuego?

Aelin estudió sus manos unidas y el anillo de oro que abrazaba su pulgar. Él le apretó los dedos ligeramente. Al levantar la cabeza, tenía los ojos encendidos y brillantes.

—Dime que sobreviviremos a mañana. Dime que sobreviviremos a la guerra. Dime... —tragó saliva—. Dime que aunque yo haga que vayamos a la ruina, arderemos juntos en el infierno.

—No nos iremos al infierno, Aelin —le dijo él—. Pero donde sea que vayamos, iremos juntos.

Con un ligero temblor en la boca, lo soltó y se puso la mano en el pecho.

—Sólo una vez —dijo ella—. Quiero besarte sólo una vez.

Todos los pensamientos se le escaparon de la cabeza a Rowan.

—Suena como si pensaras que no lo volverás a hacer.

El destello de miedo en sus ojos le dijo lo suficiente: le dijo que su comportamiento durante la cena podía haber sido más que nada valentía fingida para mantener a Aedion tranquilo.

—Conozco nuestras probabilidades.

—Tú y yo siempre hemos disfrutado de mandar a las probabilidades por un tubo.

Ella trató de sonreír y fracasó. Él se inclinó y sostuvo su cintura con una mano, sintiendo el encaje y la suave seda contra sus dedos, su cuerpo cálido y firme debajo. Le susurró al oído:

—Aunque estemos separados mañana, permaneceré contigo en cada paso del camino. Y en cada paso después de eso, donde sea que nos lleven las cosas.

Ella suspiró estremecida y él apartó un poco la cabeza, sólo lo suficiente para que compartieran el aliento. Con los dedos temblorosos, ella le acarició la boca y el control que le quedaba casi se hizo pedazos en ese momento.

—¿Qué estás esperando? —dijo él con palabras casi guturales.

—Infeliz —murmuró ella y lo besó.

Su boca era suave y cálida; él intentó controlar un gemido. Todo su cuerpo se quedó estático, todo su mundo se quedó estático, con el susurro de ese beso, la respuesta a una pregunta que había formulado por siglos. No se dio cuenta de que la estaba viendo fijamente hasta que ella retrocedió un poco. Apretó los dedos en su cintura.

—Otra vez —exhaló él.

Ella salió de su abrazo.

—Si sobrevivimos mañana, te daré el resto.

Él no sabía si reír o rugir.

—¿Estás tratando de sobornarme para que sobreviva?

Ella sonrió al fin. Y esa dicha silenciosa en su rostro casi lo mató.

Habían salido juntos de la oscuridad y del dolor y de la desesperanza. Seguían haciéndolo. Así que esa sonrisa... Lo dejaba estúpido cada vez que la veía y se daba cuenta de que era para él.

Rowan se quedó pasmado al centro de la habitación mientras Aelin se metía a la cama y apagaba las velas. Él la miró a través de la oscuridad.

Ella dijo suavemente:

—Tú me haces querer vivir, Rowan. No sobrevivir; no existir. Vivir.

Él se quedó sin palabras. No tenía nada que decir porque lo que ella dijo lo golpeó con más fuerza y más profundidad que cualquier beso.

Así que se subió a la cama y la abrazó con fuerza toda la noche.

CAPÍTULO 66

Aelin se aventuró a salir en la madrugada para conseguir el desayuno con los vendedores del mercado principal de los barrios bajos. El sol ya empezaba a calentar las calles silenciosas y su capa y capucha rápidamente la hicieron acalorarse. Al menos era un día despejado, por lo menos eso había salido bien. A pesar de los cuervos que graznaban sobre los cadáveres en las plazas de ejecución.

La espada que tenía a su lado era un peso muerto. Estaría blandiéndola demasiado pronto.

Demasiado pronto se hallaría frente a frente con el hombre que había asesinado a su familia y esclavizado a su reino. Demasiado pronto tendría que terminar con la vida de su amigo.

Tal vez no saldría viva de ese castillo.

O quizás lo haría con su propio collar negro, si Lorcan los había traicionado.

Todo estaba listo; cualquier posible contratiempo había sido considerado; las armas estaban afiladas.

Un día antes, Lysandra se había llevado a Evangeline a que les quitaran sus tatuajes formalmente y luego recolectaron sus pertenencias del burdel. Ahora se hospedaban en una posada de lujo del otro lado de la ciudad, la cual pagó Lysandra con los escasos ahorros que había logrado reunir durante años. La cortesana ofreció su ayuda una y otra vez, pero Aelin le ordenó que se largara de la ciudad y se dirigiera a la casa de campo de Nesryn. La mujer le pidió que tuviera cuidado, la besó en ambas mejillas y se fue con su encomendada, ambas sonrientes, ambas libres. Si todo iba bien, ya estaban en camino.

Aelin compró una bolsa de pastelillos y unos pasteles de carne, sin prestar mucha atención al mercado que hervía con visitantes listos para iniciar las festividades del solsticio. Estaban más apagados que los otros años, pero dadas las ejecuciones, no los culpaba.

—¿Señorita?

Ella se tensó y empezó a acercar la mano a su espada cuando se dio cuenta de que el vendedor de pastelillos seguía esperando sus monedas de cobre.

Él se encogió un poco y retrocedió unos pasos detrás de su carreta de madera.

—Perdón —dijo ella y le puso el dinero en su mano extendida.

El hombre le sonrió con precaución.

—Todos estamos un poco tensos esta mañana, al parecer.

Ella volteó a medias.

—¿Más ejecuciones?

El vendedor señaló con la barbilla hacia la calle en el extremo del mercado.

—¿No vio el mensaje al entrar?

Negó con la cabeza. Él señaló. Aelin pensaba que la multitud de la esquina estaba presenciando algún espectáculo callejero.

—Es algo de lo más raro. No se entiende nada. Dicen que lo escribieron en algo que parece sangre, pero es más oscuro...

Se fue de inmediato hacia la calle que le indicó el hombre, siguiendo a la multitud que se acercaba para verlo.

Siguió al grupo, metiéndose entre los paseantes curiosos, los comerciantes y los guardias comunes del mercado hasta que todos doblaron en una esquina y llegaron a un callejón sin salida muy iluminado.

La muchedumbre estaba reunida frente a la pared de roca pálida al fondo, murmurando inquieta.

"¿Qué significa?". "¿Quién lo escribió?". "Parecen malas noticias, especialmente en el solsticio". "Hay más, todas dicen lo mismo y están cerca de casi todos los mercados importantes de la ciudad".

Aelin pasó a empujones entre la gente. Iba pendiente de sus armas y su bolso para que a ningún ladronzuelo se le fuera a ocurrir algo, y entonces...

El mensaje estaba escrito en letras negras gigantes. El olor que emanaba de ellas indicaba que era sangre Valg, como si alguien con uñas muy muy filosas hubiera abierto a uno de los guardias para usarlo como balde de pintura.

Aelin se dio la vuelta y corrió.

Corrió por las calles llenas de gente de la ciudad y por los barrios bajos, callejón tras callejón, hasta que llegó a la decrépita casa de Chaol y abrió la puerta de golpe preguntando por él.

El mensaje de la pared tenía sólo una frase.

El pago por una deuda de vida.

Una frase sólo para Aelin Galathynius; una frase que lo cambiaba todo:

ASESINA DE BRUJAS:
EL HUMANO SIGUE DENTRO DE ÉL

CAPÍTULO 67

Aelin y Chaol ayudaron a Rowan y Aedion a llevar las dos urnas de fuego infernal a los túneles del drenaje. No se atrevían casi ni a respirar, nadie hablaba.

Llegaron al frío y maloliente pasillo de piedra, a oscuras porque no se atrevían a llevar una antorcha encendida cerca de los dos recipientes. Aedion y Rowan, con su vista de hadas, no necesitarían una antorcha de todas maneras.

Rowan dio un apretón de manos a Chaol y le deseó suerte. Cuando el príncipe hada miró a Aelin, ella se concentró en una esquina rasgada de su capa, como si se le hubiera atorado en algún obstáculo mucho tiempo atrás y se hubiera rasgado. Siguió viendo ese pedazo roto de tela mientras lo abrazaba, rápida y fuertemente, aspirando su olor quizás por última vez. Las manos de Rowan permanecieron en ella para abrazarla un momento más, pero Aelin giró hacia Aedion.

Unos ojos Ashryver se encontraron con los suyos; ella tocó esa cara que era el otro lado de su hermosa moneda.

—Por Terrasen —le dijo a Aedion.

—Por nuestra familia.

—Por Marion.

—Por nosotros.

Lentamente, su primo sacó su espada y se hincó. Mantuvo la cabeza inclinada mientras le presentaba a Orynth.

—Diez años de sombras, pero no más. Enciende la oscuridad, Majestad.

Ella no tenía espacio en su corazón para las lágrimas, no las permitiría ni cedería ante ellas.

Aelin recibió la espada de su padre y sintió la seguridad estable y sólida de su peso.

Aedion se puso de pie y regresó a su lugar al lado de Rowan.

Ella los miró, los tres hombres que significaban todo, más que cualquier otra cosa.

Luego sonrió con los últimos residuos de valentía, de desesperación, de esperanza por el resplandor de ese futuro glorioso.

—Vayamos a estremecer las estrellas.

CAPÍTULO 68

El carruaje de Lysandra avanzaba por las calles atestadas de la ciudad. Tardaba el triple de tiempo en recorrer cada cuadra debido a las multitudes que iban a celebrar el solsticio en mercados y plazas. Ninguno era consciente de lo que estaba por suceder ni de quién cruzaba la ciudad.

Lysandra sentía las palmas sudorosas en sus guantes de seda. Evangeline, somnolienta por el calor de la mañana, dormitaba un poco con la cabeza descansando en el hombro de la mujer.

Debían haber salido la noche anterior, pero... Pero tenía que despedirse.

Los paseantes vestidos de colores brillantes circulaban al lado de la carreta y aunque el conductor gritaba para que despejaran la calle, nadie le hacía caso.

Dioses, si Aelin quería público, había elegido el día perfecto.

Lysandra se asomó por la ventana cuando se detuvieron en una intersección. Desde esa calle se veía claramente el palacio de cristal, cegador en el sol de media mañana con sus torres superiores como lanzas que perforaban el cielo sin nubes.

—¿Ya llegamos? —murmuró Evangeline.

Lysandra le acarició el brazo.

—Falta un rato más, querida.

Y empezó a rezar. A rezarle a Mala la Portadora del Fuego, cuyo día había amanecido tan brillante y despejado, y a Temis, quien nunca olvidaba las cosas enjauladas del mundo.

Pero ella ya no estaba enjaulada. Por Evangeline, se podía quedar en el carruaje e irse de la ciudad. Aunque eso significara dejar atrás a sus amigos.

Aedion apretó los dientes y se concentró en sostener ese peso entre sus manos con mucha delicadeza. Iba a ser un camino muy largo hasta el castillo. En especial porque tenían que cruzar canales con agua corriente y zonas de rocas derruidas que volvían inestable incluso su equilibrio de hada.

Pero por ahí habían pasado los mastines del Wyrd. Si Aelin y Nesryn no les hubieran dado una ruta detallada, el olor persistente los habría guiado.

—Cuidado —dijo Rowan por encima del hombro, levantando un poco más su recipiente mientras avanzaba por el borde de una zona con rocas sueltas. Aedion se guardó la réplica ante la obvia orden. No podía culpar al príncipe. Un tropezón y corrían el riesgo de que las diversas sustancias se mezclaran en el interior.

Días antes, como no confiaban del todo en la calidad de la mercancía del Mercado de las Sombras, Chaol y Aedion habían encontrado un granero abandonado fuera de la ciudad para probar una urna de apenas una décima parte del tamaño de las que llevaban.

Funcionó demasiado bien. Cuando se apresuraron para regresar a Rifthold antes de que algún curioso los viera, el humo se podía ver a kilómetros de distancia.

Aedion se estremeció al pensar lo que haría un contenedor del tamaño de los que traían, ya no se diga dos, si no ponían cuidado.

Para cuando armaran los mecanismos de detonación y encendieran las mechas que recorrerían una larga larga distancia... Bueno, Aedion sólo rezaba para que él y Rowan fueran lo suficientemente rápidos.

Entraron a un túnel del drenaje, tan oscuro que incluso sus ojos tardaron un momento en adaptarse. Rowan simplemente siguió avanzando. Tenían mucha maldita suerte de que Lorcan hubiera matado a esos mastines del Wyrd. Mucha suerte de que Aelin hubiera tenido la inteligencia y las agallas para tenderle esa trampa a Lorcan y que él los matara.

No se detuvo a considerar qué sucedería si agallas e inteligencia fallaran ese día.

Dieron vuelta hacia otro pasillo; el olor ahora era asfixiante. La inhalación brusca de Rowan fue la única muestra de la aversión de ambos. La puerta.

La verja de hierro estaba destruida, sin embargo Aedion todavía alcanzaba a ver las marcas que tenía grabadas.

Marcas del Wyrd. Antiguas, además. Tal vez éste había sido un camino que Gavin usaba para visitar el templo del Comedor de Pecados sin ser visto.

La pestilencia de las criaturas de otro mundo tiraba y empujaba los sentidos de Aedion e hizo una pausa, escudriñando la oscuridad del túnel delante de ellos.

Ahí acababa el agua. Más allá de la verja, un camino irregular y rocoso, que parecía más antiguo que cualquier otro visto antes por ellos, se perdía en una pendiente ascendente hacia la penumbra impenetrable.

—Cuidado con dónde pisas —dijo Rowan estudiando el túnel—. Son puras rocas sueltas y escombros.

—Puedo ver tan bien como tú —dijo Aedion, incapaz de reprimir su respuesta esta vez.

Un movimiento de su hombro hizo que la manga de su túnica se deslizara y dejó a la vista las marcas del Wyrd que Aelin había ordenado que se pintaran con su propia sangre en torso, brazos y piernas.

—Sigamos —fue la única respuesta de Rowan, quien cargaba su contenedor como si no pesara nada.

Aedion pensó en responderle algo pero... tal vez por eso el príncipe guerrero no dejaba de hacer advertencias estúpidas. Para hacerlo enojar y distraerlo; quizás también para distraerse él mismo de lo que estaba sucediendo arriba, en la superficie. De lo que venían cargando entre los dos.

Las Antiguas Costumbres, cuidar a su reina y su reino, pero también cuidarse entre sí.

Maldición, era casi suficiente para que quisiera abrazar al infeliz.

Así que Aedion entró con Rowan por la verja de hierro.

Y dentro de las catacumbas del castillo.

Las cadenas de Chaol iban chocando ruidosamente y los grilletes que tenía en las manos ya le estaban lastimando la piel; mientras Aelin tiraba de él para que avanzara por la calle abarrotada, una daga presionaba en su costado. Faltaba una cuadra para llegar a la valla de hierro que rodeaba la pequeña colina donde estaba el castillo.

Ríos de gente pasaban a su lado sin hacer caso del hombre encadenado entre ellos ni de la mujer de capa negra que lo acercaba más y más al castillo de cristal.

—¿Recuerdas el plan? —murmuró Aelin con la cabeza agachada y la daga presionada contra su flanco.

—Sí —exhaló él. Era la única palabra que podía pronunciar.

Dorian seguía ahí dentro, todavía resistía. Eso cambiaba todo. Y nada.

La multitud se volvía más silenciosa cerca de la valla, como si se sintiera recelosa de los guardias uniformados que con toda seguridad vigilaban la entrada. Era el primer obstáculo con el cual se toparían.

Aelin se tensó casi imperceptiblemente; se detuvo de forma tan repentina que Chaol estuvo a punto de chocar con ella.

—Chaol...

La multitud se movió y él miró la verja del castillo.

Había cadáveres colgando de los enormes barrotes de la cerca de hierro.

Cadáveres con uniformes rojos y dorados.

—Chaol...

Él empezaba a avanzar hacia allá; ella maldijo y caminó con él, fingiendo jalarlo de las cadenas y sin dejar de presionar la daga contra sus costillas.

Chaol se preguntó cómo era posible que no hubiera escuchado los graznidos de los cuervos que picoteaban la carne muerta atada en cada poste de hierro. Iba distraído con la multitud, no pensó en fijarse. O ya se había acostumbrado a los graznidos en todas las esquinas de la ciudad.

Sus hombres.

Dieciséis de ellos. Sus compañeros más cercanos, sus guardias más leales.

El primero tenía el cuello del uniforme desabotonado, lo cual dejaba a la vista su pecho cruzado de verdugones, cortadas y marcas de hierros calientes.

Ress.

¿Cuánto tiempo lo habían torturado, cuánto tiempo habían torturado a todos los hombres? ¿Desde el rescate de Aedion?

Intentó recordar cuándo había sido la última vez que estuvieron en contacto. Supuso que la dificultad se debía a que trataban de ser cautelosos. No porque... no porque los estuvieran...

Chaol vio al hombre colgado junto a Ress.

Brullo no tenía ojos, ya fuera por la tortura o por los cuervos. Sus manos estaban hinchadas y retorcidas; le faltaba parte de una oreja.

La mente de Chaol enmudeció; su cuerpo perdió toda sensación.

Era un mensaje, pero no para Aelin Galathynius ni para Aedion Ashryver.

Era su culpa. Suya.

Él y Aelin no hablaron al aproximarse a las puertas de hierro, con la muerte de esos hombres flotando sobre ellos. Cada paso era un esfuerzo. Cada paso era demasiado rápido.

Su culpa.

—Lo siento —murmuró Aelin, y lo empujó un poco más cerca a las puertas, donde los guardias de uniforme negro, en efecto, estaban revisando cada uno de los rostros que pasaba por la calle.

—Lo siento tanto...

—El plan —dijo con voz temblorosa—. Lo cambiamos. Ahora.

—Chaol...

Él le dijo lo que necesitaba hacer. Cuando terminó, ella se secó las lágrimas y le apretó la mano diciéndole:

—Haré que valga la pena.

Las lágrimas desaparecieron para cuando se apartaron de la multitud: ya no quedaba nada entre ellos y esa puerta familiar, salvo el empedrado abierto.

Su hogar..., éste había sido su hogar alguna vez.

No reconoció a los guardias que estaban vigilando en esas puertas que antes había protegido con tanto orgullo, por las que había entrado cabalgando hacía menos de un año con las cadenas de una asesina recién liberada de Endovier atadas a su silla de montar.

Ahora ella lo conducía encadenado por esas puertas, una asesina una última vez.

La actitud de Aelin cambió, su paso se hizo engreído y avanzó con desenvoltura en dirección a los guardias, quienes sacaron sus espadas. Sus anillos negros devoraban la luz del sol.

Celaena Sardothien se detuvo a una distancia prudente y levantó la barbilla.

—Díganle a su Alteza que su campeona regresó y le trae un gran premio.

CAPÍTULO 69

La capa negra de Aelin volaba detrás de ella mientras conducía al capitán de la guardia en desgracia por los pasillos brillantes del palacio. Oculta en su espalda iba la espada de su padre, con el pomo envuelto en tela negra. Ninguno de los diez guardias de la escolta se molestó en quitarle las armas.

¿Por qué lo harían, si Celaena Sardothien había llegado semanas antes de su regreso esperado y seguía siendo leal al rey y a la corona?

Los pasillos estaban muy silenciosos. Inclusive la corte de la reina estaba sellada y quieta. Corrían rumores de que la reina se había enclaustrado en las montañas desde el rescate de Aedion y se había llevado a la mitad de su corte. El resto también había desaparecido, para escapar del calor del verano o de los horrores que regían su reino.

Chaol no decía nada, aunque se esforzó por verse furioso, como un hombre perseguido, desesperado por encontrar nuevamente su camino hacia la libertad. No quedaba rastro de la devastación que apareció en su rostro cuando encontró a sus hombres colgados de los barrotes.

Dio un tirón a las cadenas y ella se acercó un poco.

—No lo creo, capitán —ronroneó.

Chaol no se dignó a responderle.

Los guardias la miraron. Estaba cubierta de marcas del Wyrd escritas con sangre de Chaol bajo la ropa. Esperaba que ese olor humano disimulara cualquier indicio de su linaje que los demonios del Valg pudieran identificar. Había sólo dos demonios en este grupo, aunque eso no era mucho consuelo.

Así que avanzaron, más y más arriba, hacia el interior del castillo de cristal.

Los pasillos parecían demasiado brillantes para contener tanta maldad. Los pocos sirvientes que pasaron apartaban la mirada y apresuraban el paso. ¿Todos habían huido después del rescate de Aedion?

Representaba un esfuerzo no fijarse en Chaol cuando se acercaron a las puertas enormes de color rojo y dorado, las cuales ya estaban abiertas y dejaban ver el piso de mármol color carmesí de la sala de consejo del rey.

Ya estaban abiertas y dejaban ver al rey, sentado en su trono de cristal.

Y a Dorian, parado a su lado.

Esos rostros.

Eran rostros que lo hacían sentir un tirón.

Escoria humana, siseó el demonio.

La mujer... reconoció su cara cuando se quitó la capucha oscura y se arrodilló frente a la plataforma donde él estaba parado.

—Su Majestad —dijo ella. Tenía el cabello más corto de lo que él recordaba.

No... no la recordaba. Él no la conocía.

Y el hombre encadenado a su lado, ensangrentado y sucio...

Gritos, viento y...

Suficiente, gritó el demonio.

Pero sus rostros...

Él no conocía esos rostros.

No le importaba.

El rey de Adarlan, el asesino de su familia, el destructor de su reino, estaba sentado cómodamente en el trono de cristal.

—Éste es un giro en los acontecimientos bastante interesante, campeona.

Ella sonrió y confió en que los cosméticos que se había puesto debajo de los ojos apagarían el color turquesa y dorado de su iris, y que la tonalidad opaca de rubio que había elegido para teñirse el cabello disimularía su coloración casi idéntica a la de Aedion.

—¿Quieres escuchar una historia interesante, su Majestad?

—¿Está relacionada con mis enemigos en Wendlyn muertos?

—Oh, eso y mucho mucho más.

—¿Por qué no me han llegado noticias, entonces?

El anillo en el dedo del rey parecía succionar la luz. Aelin no alcanzaba a ver ninguna señal de las llaves del Wyrd ni las podía sentir ahí, como había sentido la presencia de la del amuleto.

Chaol estaba pálido, no dejaba de mirar hacia el piso de la habitación.

Ahí había sucedido todo. El sitio donde habían asesinado a Sorscha. Donde habían esclavizado a Dorian. Donde, hace un tiempo, ella le había vendido su alma al rey bajo un nombre falso, el nombre de una cobarde.

—Yo no tengo la culpa de tus mensajeros inútiles —dijo ella—. Mandé el mensaje un día antes de salir.

Sacó dos objetos de su capa y miró por encima del hombro a los guardias. Les hizo un movimiento con la barbilla señalando a Chaol.

—Vigílenlo.

Avanzó hacia el trono y extendió la mano al rey. Él se inclinó al frente; esa pestilencia...

Valg. Humano. Hierro. Sangre.

Ella dejó caer dos anillos en la palma de su mano. El sonido de metal sobre metal fue lo único que se escuchó.

—Los anillos de los sellos del rey y el príncipe heredero de Wendlyn. Habría traído sus cabezas pero... los oficiales de migración pueden ponerse muy difíciles.

El rey levantó uno de los anillos con una expresión de piedra. El joyero de Lysandra nuevamente había hecho un trabajo sorprendente para recrear la insignia real de Wendlyn y luego desgastar los anillos hasta que parecieran antiguos, como recuerdos de familia.

—¿Y dónde estabas tú durante el ataque de Narrok en Wendlyn?

—¿Se suponía que debía estar en alguna otra parte que no fuera cazando a mis presas?

Los ojos negros del rey perforaron los de ella.

—Los maté cuando pude —continuó ella y cruzó los brazos poniendo cuidado en las cuchillas ocultas del traje—. Una disculpa si no fue un gesto dramático. Ya será para la próxima, tal vez.

Dorian no había movido un músculo. Su cara estaba fría como la roca del collar que traía al cuello.

—¿Y cómo es que ahora tienes a mi capitán de la guardia encadenado?

Chaol sólo miraba a Dorian. Ella pensó que su rostro angustiado y suplicante no era fingido.

—Estaba esperándome en los muelles, como buen perro. Cuando vi que no tenía su uniforme, logré que confesara todo. Los detalles de sus actos conspiradores.

El rey volteó a ver al capitán.

—¿Ah, sí?

Aelin se aguantó los deseos de comprobar la hora en el reloj de piso que sonaba en una esquina apartada de la habitación o en la posición del sol detrás de la ventana de piso a techo. Tiempo. Necesitaban comprar un poco más de tiempo. Por lo pronto, las cosas marchaban bien.

—Me pregunto —dijo el rey, y se volvió a recargar en su trono— quién ha estado conspirando más: el capitán o tú, campeona. ¿O debería llamarte Aelin?

CAPÍTULO 70

El lugar olía como la muerte, como el infierno y como el espacio oscuro entre las estrellas.

Gracias a los siglos de entrenamiento, Rowan lograba mantener sus pasos ligeros, conservarse concentrado en el peso letal que iba cargando mientras él y el general avanzaban lentamente por el pasadizo seco y antiguo.

El camino ascendente de roca había sido excavado por garras brutales. El espacio era tan oscuro que incluso los ojos de Rowan empezaban a fallar. El general iba detrás de él, cerca, sin hacer un sonido, salvo por la piedrita ocasional que rodaba debajo de sus botas.

Aelin seguramente ya estaba en el castillo, con el capitán detrás como su boleto de entrada a la habitación del trono.

Sólo unos instantes más, si habían calculado bien, y podrían encender su cargamento mortífero y salir corriendo de ahí.

Minutos después, él estaría al lado de Aelin, repleto de su magia, que usaría para sacarle al rey el aire de los pulmones. Luego disfrutaría viendo cómo ella lo quemaba vivo. Lentamente.

Aunque sabía que su satisfacción no sería ni una fracción de lo que sentiría el general. Lo que sentiría cualquier hijo de Terrasen.

Pasaron por la puerta de hierro sólido que estaba desprendida, como si unas manos con garras enormes la hubieran arrancado de sus bisagras. El pasillo que estaba al otro lado era de roca lisa.

Aedion inhaló; al mismo tiempo, un golpeteo empezó a azotar el cerebro de Rowan, justo entre los ojos.

Piedra del Wyrd.

Aelin le había advertido sobre la torre, que la piedra le daba dolor de cabeza, pero esto...

Ella había estado en su forma humana entonces.

Era insoportable, como si su sangre misma se replegara ante la maldad en esa roca.

Aedion maldijo y Rowan repitió lo mismo.

Pero había una hendidura ancha en la pared de roca que estaba adelante y aire fresco detrás de ella.

Sin atreverse a respirar con demasiada fuerza, Rowan y Aedion pasaron por la hendidura.

Llegaron a una cámara grande y redonda, flanqueada por ocho puertas de hierro abiertas. Estaban en la base de la torre del reloj, si sus cálculos eran correctos.

La oscuridad de la cámara era casi impenetrable, pero Rowan no se atrevió a encender la antorcha que traían. Aedion inhaló y se escuchó un sonido húmedo. Húmedo porque...

La sangre escurría por el labio y la barbilla de Rowan. Le sangraba la nariz.

—Apresúrate —susurró, y dejó su contenedor en el extremo opuesto de la cámara.

Sólo unos minutos más.

Aedion colocó su contenedor de fuego infernal del otro lado del de Rowan, en la entrada de la cámara. Éste se arrodilló y sintió que la cabeza estaba a punto de estallarle, empeorando con cada pulsación.

Continuó moviéndose, tratando de hacer el dolor a un lado mientras conectaba el alambre del detonador a la mecha y la llevaba hacia el sitio donde Aedion esperaba agachado. El sonido de las gotas de sangre de su nariz en la roca negra era lo único que se oía.

—Más rápido —ordenó Rowan, Aedion gruñó suavemente. Ya no estaba dispuesto a aceptar las molestas advertencias como una distracción. Rowan no quiso decirle al general que había dejado de hacer eso minutos antes.

Sacó su espada y se dirigió a la puerta a través de la cual habían entrado. Aedion retrocedió hacia él, desenrollando las mechas unidas mientras avanzaba. Tenían que estar lo suficientemente lejos antes de encenderlas o se convertirían en cenizas.

Envió una oración silenciosa a Mala, pidiendo que Aelin hubiera conseguido más tiempo y que el rey estuviera demasiado concentrado en la asesina y el capitán para considerar enviar a cualquier persona abajo.

Aedion alcanzó a Rowan. Iba desenrollando centímetro tras centímetro de la mecha, una línea blanca en la oscuridad. La otra fosa nasal de Rowan empezó a sangrar.

Dioses, el olor de este sitio. La muerte y la pestilencia y la miseria que contenía. Apenas podía pensar. Era como tener la cabeza apretada por una pinza.

Regresaron al túnel. La mecha era su única esperanza y salvación.

Algo le goteó en el hombro. Le sangraban los oídos.

Se limpió con la mano libre.

Pero lo que tenía en su capa no era sangre.

Rowan y Aedion se quedaron inmóviles cuando escucharon un gruñido grave llenar el pasillo.

Entonces algo se movió en el techo.

Siete algos.

Aedion dejó caer el rollo y sacó su espada.

Un trozo de tela gris, pequeño y desgastado, cayó de las fauces de la criatura que colgaba del techo de piedra. Su capa, la esquina faltante de su capa.

Lorcan le había mentido.

No había matado a los mastines del Wyrd.

Sólo les había dado el olor de Rowan.

Aelin Ashryver Galathynius enfrentó al rey de Adarlan.

—Celaena, Lillian, Aelin —dijo con voz lenta—. No me importa en particular cómo me llames.

Ninguno de los guardias detrás de ellos se movió.

Podía sentir los ojos de Chaol sobre ella, sentir la atención incesante del príncipe del Valg dentro de Dorian.

—¿Creías —dijo el rey sonriendo como un lobo— que yo no podía asomarme dentro de la mente de mi hijo y preguntarle qué sabía, qué vio el día del rescate de tu primo?

Ella no sabía que era posible y ciertamente no había planeado revelar su identidad de esa manera.

—Me sorprende que te haya tomado tanto tiempo notar a quién dejaste pasar por la puerta principal. Honestamente, me siento un poco decepcionada.

—Eso podría decir tu gente de ti. ¿Cómo fue, princesa, meterte a la cama con mi hijo?, ¿tu enemigo mortal? —Dorian ni siquiera parpadeó—. ¿Terminaste con él por la culpa, o porque habías conseguido una posición en mi castillo y ya no lo necesitabas?

—Detecto preocupación paternal.

Una risa grave.

—¿Por qué el capitán no deja de fingir que está atrapado en esos grilletes y se acerca un poco?

Chaol se tensó; Aelin asintió sutilmente.

El rey no se molestó en mirar a sus guardias cuando les dijo:

—Fuera.

Los guardias salieron como si fueran uno solo y sellaron las puertas tras ellos. El vidrio grueso rechinó al cerrarse, el piso tembló. Los grilletes de Chaol cayeron al piso y él movió las muñecas.

—Tanta inmundicia traicionera viviendo bajo mi propio techo. Y pensar que alguna vez te tuve encadenada, alguna vez te tuve muy cerca de la ejecución y no sabía a quién sentencié a Endovier. La reina de Terrasen, esclava y mi campeona.

El rey abrió el puño para mirar los dos anillos en la palma de su mano. Los lanzó a un lado. Rebotaron en el mármol rojo y sonaron ligeramente.

—Qué mala suerte no tener tus flamas ahora, Aelin Galathynius.

Aelin tiró del pomo el arma de su padre y sacó la espada de Orynth.

—¿Dónde están las llaves del Wyrd?

—Al menos eres directa. ¿Qué me harás, heredera de Terrasen, si no te lo digo?

Hizo un gesto en dirección a Dorian; el príncipe descendió los escalones de la plataforma y se detuvo.

Tiempo, necesitaba tiempo. La torre todavía no caía.

—Dorian —dijo Chaol suavemente.

El príncipe no respondió.

El rey rio.

—¿No huirás hoy, capitán?

Chaol miró al rey y le sacó a Damaris el regalo que Aelin le había hecho.

El rey tocó el brazo de su trono con un dedo.

—¿Qué diría la gente noble de Terrasen si supiera que Aelin del Incendio tiene una historia sangrienta? ¿Si se enteraran de que me prestó servicios? ¿Qué esperanza les daría saber que incluso su princesa perdida fue corrompida?

—En serio te gusta oírte hablar, ¿verdad?

El dedo del rey se quedó quieto en el trono.

—Debo admitir que no sé cómo no lo vi. Eres la misma niña mimada que paseaba por su castillo. Y yo que creía que te había ayudado. Leí tu mente ese día, Aelin Galathynius. Amabas tu hogar y tu reino, pero tenías un deseo enorme de ser ordinaria, un gran deseo de liberarte de tu corona, incluso entonces. ¿Cambiaste de parecer? Te ofrecí tu libertad en una bandeja hace diez años y de todas maneras terminaste como esclava. Es gracioso.

Tiempo, tiempo, tiempo. Que hablara el rey...

—En aquel entonces contabas con el factor sorpresa —dijo Aelin—. Pero ahora ya sabemos qué poder utilizas.

—¿Ah, sí? ¿Entiendes el precio de las llaves? ¿Entiendes en qué debes convertirte para usar una?

Ella apretó el puño en la espada de Orynth.

—¿Te gustaría luchar conmigo cuerpo a cuerpo, Aelin Galathynius? ¿Para ver si los hechizos que aprendiste, los libros que me robaste, servirán? Son pequeños trucos, princesa, comparados con el poder bruto de las llaves.

—Dorian —repitió Chaol.

El príncipe seguía con la mirada fija en ella, ahora con una sonrisa hambrienta en sus labios sensuales.

—Permíteme demostrarte —dijo el rey. Aelin se preparó y su estómago dio un vuelco.

El rey señaló a Dorian.

—Arrodíllate.

El príncipe cayó de rodillas. Ella ocultó una mueca de dolor ante el impacto del hueso en el mármol. Las cejas del rey se juntaron. Se empezó a acumular una oscuridad que salía del rey como relámpagos bifurcados.

—No —exhaló Chaol, y dio un paso al frente. Aelin tomó al capitán del brazo antes de que pudiera hacer algo increíblemente estúpido.

Un tentáculo de noche chocó contra la espalda de Dorian y él se arqueó, gimiendo.

—Creo que sabes más cosas, Aelin Galathynius —dijo el rey mientras esa negrura demasiado familiar iba aumentando—. Cosas que tal vez sólo pueda saber la heredera de Brannon Galathynius.

La tercera llave del Wyrd.

—No te atreverías —dijo Aelin.

El príncipe tenía el cuello tenso y jadeaba; la oscuridad lo volvió a azotar.

Una vez..., dos veces. Latigazos.

Ella conocía ese dolor.

—Es tu hijo..., tu heredero.

—Olvidas, princesa —dijo el rey—, que tengo dos hijos.

Dorian gritó cuando otro latigazo de oscuridad le azotó la espalda. Rayos negros volaban por sus dientes expuestos.

Aelin se abalanzó y salió expulsada hacia atrás por las mismas marcas que ella tenía pintadas en el cuerpo. Un muro invisible de ese dolor negro ahora cubría a Dorian y sus gritos se volvieron continuos.

Como una bestia que se hubiera soltado de su cadena, Chaol se lanzó en contra de eso, rugiendo el nombre de Dorian. La sangre se escurría desde la manga de su saco con cada intento.

Otra vez. Otra vez. Otra vez.

Dorian sollozaba y la oscuridad salía de su boca, ataba sus manos, marcaba su espalda, su cuello...

Luego desapareció.

El príncipe cayó al suelo con el pecho jadeante. Chaol se detuvo a medio ataque, con la respiración agitada y el rostro contraído.

—Levántate —dijo el rey.

Dorian se puso de pie; su collar negro brilló mientras su pecho subía y bajaba.

—Delicioso —dijo la cosa dentro del príncipe.

A Aelin le quemó la bilis en la garganta.

—Por favor —le dijo Chaol con voz ronca al rey, y a ella se le partió el corazón al escuchar la palabra, la agonía y la desesperación—. Libéralo. Dame tu precio. Te daré lo que sea.

—¿Me entregarías a tu examante, capitán? No le veo ventaja a perder un arma si no gano una de regreso —dijo el rey y movió la mano en dirección a Aelin—. Tú destruiste a mi general y a tres de mis príncipes. Puedo pensar en varios Valg que ansían ponerte sus garras encima por eso. Disfrutarían mucho de tener la oportunidad de meterse en tu cuerpo. Es lo justo.

Aelin se atrevió a mirar a la ventana. El sol iba ascendiendo.

—Entraste a la casa de mi familia y los asesinaste mientras dormían —dijo Aelin. El reloj de piso empezó a tocar las doce. Un instante después, el sonido miserable y desafinado de la torre del reloj empezó a sonar.

—Lo justo —continuó diciéndole al rey mientras daba un paso hacia atrás, hacia las puertas— es que yo te destruya a cambio.

Sacó el Ojo de Elena de debajo de su traje. La piedra azul brillaba como una estrella pequeña.

No era sólo una protección contra el mal.

Era una llave también, que podía usarse para abrir la tumba de Erawan.

Los ojos del rey se abrieron como platos y se levantó de su trono.

—Acabas de cometer el peor error de tu vida, niña.

Tal vez tenía razón.
Las campanas del mediodía estaban sonando.
Pero la torre del reloj seguía en pie.

CAPÍTULO 71

Rowan blandió su espada y el mastín del Wyrd cayó, aullando cuando perforó la piedra y entró en la carne suave debajo de ella. Pero no fue suficiente para mantenerlo quieto, para matarlo. Otro mastín del Wyrd saltó. En donde atacaban, Rowan respondía.

Lado a lado, él y Aedion estaban cercados contra la pared, concediendo metro tras metro en el pasaje, alejándose más y más del carrete de la mecha que Aedion había tenido que tirar.

Se escuchó el tañido miserable de las campanas.

En el silencio entre dos campanadas, Rowan atacó a dos mastines del Wyrd con golpes que hubieran eviscerado a la mayoría de las criaturas.

El reloj de la torre. Era mediodía.

Los mastines del Wyrd los obligaban a retroceder, esquivando golpes a matar y poniéndose fuera de su alcance.

Los mantenían lejos de la mecha.

Rowan maldijo y se lanzó a un ataque contra tres al mismo tiempo, con Aedion a su lado. Los mastines del Wyrd no cedieron terreno.

El mediodía, como le había prometido a Aelin. Cuando el sol empezó a llegar a su ápice en el solsticio, tirarían la torre.

Se escuchó la última campanada del reloj.

El mediodía llegó y se fue.

Y su Corazón de Fuego, su reina, estaba en el castillo encima de ellos, abandonada, sólo con su entrenamiento de mortal y su ingenio para mantenerla viva. Tal vez no por mucho tiempo.

Ese pensamiento era tan aberrante, tan inconcebible, que Rowan rugió su furia, más fuerte que los gritos de las bestias.

El grito le costó a su hermano. Una criatura evadió la guardia de Rowan y saltó disparada hacia Aedion, quien ladró una maldición y dio unos pasos hacia atrás. Rowan olió la sangre de Aedion antes de verla.

Debió ser como la campanada de la cena para los mastines del Wyrd, esa sangre semihada. Cuatro de ellos saltaron hacia el general como uno solo y sus fauces revelaron dientes de piedra desgarradores de carne.

Los otros tres giraron hacia Rowan, quien no pudo hacer nada para acercarse a la mecha.

Para salvar a la reina que sostenía su corazón entre sus manos cicatrizadas.

Unos pasos delante de Aelin, Chaol la veía retroceder hacia las puertas de cristal, justo como habían planeado después de que él viera muertos a sus hombres.

La atención del rey estaba fija en el Ojo de Elena alrededor de su cuello. Ella se lo quitó y lo sostuvo con mano firme.

—¿Esto es lo que estabas buscando, eh? Pobre Erawan, encerrado en su pequeña tumba tanto tiempo.

Fue un esfuerzo mantener su posición mientras Aelin seguía retrocediendo.

—¿Dónde encontraste eso? —dijo el furioso rey.

Aelin llegó con Chaol y pasó a su lado rozándolo, como consuelo, agradecimiento y despedida mientras continuaba su paso.

—Resulta que tus ancestros no aprueban tus pasatiempos. Las Galathynius nos mantenemos unidas, ¿sabes?

Por primera vez en su vida, Chaol vio que el rostro del rey se aflojaba. Luego el hombre dijo:

—¿Y esa tonta antigua te dijo qué sucedería si usas la otra llave que ya posees?

Estaba tan cerca de la puerta.

—Deja ir al príncipe o destruiré esto aquí y Erawan permanecerá encerrado.

Se metió la cadena en el bolsillo.

—Muy bien —dijo el rey. Miró a Dorian, que no daba señal alguna de recordar siquiera su propio nombre, a pesar de lo que la bruja había escrito en las paredes de la ciudad—. Ve por ella.

La oscuridad salió de Dorian, como sangre en el agua, y la cabeza de Chaol explotó con dolor cuando...

Aelin corrió, haciendo estallar las puertas de cristal.

Más rápido de lo que debía ser, Dorian corrió tras ella. El hielo cubría el piso, la habitación. El frío le cortó el aliento a Chaol. Pero Dorian no miró ni una sola vez en su dirección antes de irse.

El rey dio un paso para bajar de la plataforma; el aliento se condensó frente a su rostro.

Chaol levantó la espada y sostuvo su posición entre las puertas abiertas y el conquistador de su continente.

El rey dio otro paso.

—¿Más trucos heroicos? ¿No te aburres de eso, capitán?

Chaol no cedió.

—Asesinaste a mis hombres. Y a Sorscha.

—Y a muchos más.

Otro paso. El rey miró por encima del hombro de Chaol hacia el pasillo donde habían desaparecido Aelin y Dorian.

—Eso termina ahora —dijo Chaol.

Los príncipes del Valg habían sido letales en Wendlyn. Pero cuando habitaban el cuerpo de Dorian, con la magia de Dorian...

Aelin salió a toda velocidad por el pasillo, que tenía ventanas de cristal a ambos lados, mármol abajo y el cielo abierto a su alrededor.

Y detrás, como una tormenta negra al ataque, iba Dorian.

El hielo se extendía desde él como escarcha astillándose a lo largo de las ventanas.

En cuanto el hielo la tocara, Aelin no podría correr un paso más. Lo sabía.

Había memorizado cada pasillo y escalera gracias a los mapas de Chaol. Se presionó más y rezó para que Chaol hubiera ganado algo de tiempo cuando llegó a unas escaleras y empezó a subir los escalones de dos en dos o tres en tres.

El hielo tronó a lo largo del vidrio, justo detrás de ella; el frío le mordió los talones.

Más rápido..., *más rápido*.

Vueltas y vueltas y más y más arriba. Ya había pasado el mediodía. Si algo salió mal con Rowan y Aedion...

Llegó a la parte superior de las escaleras; el hielo formado en el descanso lo hacía tan resbaloso que patinó, se fue de lado, cayó.

Se detuvo con una mano contra el piso; su piel se desgarró y se abrió en el hielo. Chocó contra una pared de vidrio, rebotó y luego siguió corriendo mientras el hielo se cerraba a su alrededor.

Más alto, tenía que ir más alto.

Y Chaol, enfrentando al rey...

No se permitió pensar en eso. Unas lanzas de hielo brotaron de las paredes y estuvieron a punto de rasgar sus costados.

Sentía el aliento como una flama en la garganta.

—Te lo dije —dijo una fría voz masculina detrás de ella, que no sonaba cansada para nada. El hielo se formaba como tela de araña en las ventanas a ambos lados—. Te dije que te arrepentirías de haberme salvado. Que destruiría todo lo que amas.

Llegó al puente cubierto de vidrio que se extendía entre dos de las torres más altas. El piso era completamente transparente, tan nítido que podía ver cada centímetro de la caída hacia el suelo muy muy por debajo.

La escarcha cubría las ventanas y crujía...

El vidrió explotó. Un grito brotó de su garganta cuando la cortó en la espalda.

Aelin giró a un lado, hacia la ventana rota con su marco de hierro demasiado pequeño, y la caída del otro lado.

Se lanzó por el agujero.

CAPÍTULO 72

El aire abierto y brillante, el viento rugiendo en sus oídos y luego...

Aelin aterrizó en el abierto puente de cristal un nivel abajo. Las rodillas le tronaron al absorber el impacto, y rodó. Su cuerpo gritó en agonía por los cortes que tenía en los brazos y la espalda, donde los trozos de vidrio habían atravesado su traje, pero ya iba corriendo a la puerta de la torre al otro lado del puente.

Al voltear vio a Dorian, con los ojos fijos en ella, salir volando por el espacio que ella le había abierto.

Aelin abrió la puerta justo cuando se escuchó el sonido de Dorian cayendo en el puente.

Cerró la puerta tras de sí, pero ni eso podía impedir la entrada al creciente frío.

Sólo un poco más.

Aelin corrió por las escaleras de caracol de la torre, sollozando con los dientes apretados.

Rowan. Aedion. Chaol.

Chaol...

La puerta se separó de las bisagras en la base de la torre y el frío la sacudió y le robó el aliento.

Pero Aelin ya había llegado a la parte superior de la torre. Más allá había otro puente de vidrio delgado y vacío que se extendía a otra de las torres.

Todavía estaba en las sombras: el sol avanzaba por el otro lado del edificio y las torretas superiores del castillo de cristal la rodeaban y asfixiaban, como una jaula de oscuridad.

Aelin había salido llevándose a Dorian.

Chaol ganó ese tiempo en un intento final por salvar a su amigo y rey.

Cuando ella entró a su casa esa mañana, llorando y riendo, le explicó lo que había escrito la Líder de la Flota, el pago que la bruja le había dado a cambio de salvar su vida. Dorian seguía ahí dentro, seguía luchando.

Ella había planeado atacarlos a ambos al mismo tiempo, al rey y al príncipe; él estuvo de acuerdo en ayudarle tratando de hablar con Dorian para que regresara a su humanidad, de convencer al príncipe de luchar. Hasta el momento en que vio a sus hombres colgados de los barrotes.

Ahora ya no tenía ningún interés en hablar.

Si Aelin tenía una posibilidad, cualquiera, de liberar a Dorian de ese collar, necesitaba que el rey no estuviera. Aunque le costara la venganza por su familia y su reino.

Chaol estaba dispuesto a saldar esa cuenta por ella, y por muchos más.

El rey miró la espada de Chaol, luego su rostro y rio.

—¿Me matarías, capitán? Cuánto dramatismo.

Habían escapado. Aelin había escapado con Dorian. El engaño fue tan impecable que incluso Chaol creyó que el Ojo que Aelin tenía en las manos era el real, por la manera en que lo puso bajo el sol para que la roca azul brillara. No tenía idea de dónde había puesto el verdadero. Ni siquiera si lo estaba usando.

Todo, todo lo que habían hecho y perdido y por lo que habían peleado. Todo por este momento.

El rey seguía acercándose; Chaol sostuvo su espada frente a él sin moverse un paso.

Por Ress. Por Brullo. Por Sorscha. Por Dorian. Por Aelin, y Aedion y su familia, por los miles de masacrados en esos campos de trabajos forzados. Y por Nesryn, a quien le había mentido, quien esperaría un regreso que no llegaría, por el tiempo que no tendrían juntos.

No se arrepentía de nada, salvo de eso.

Una oleada de negrura chocó contra él y Chaol dio un paso atrás. Las marcas de protección le cosquillearon en la piel.

—Perdiste —jadeó Chaol. La sangre estaba desprendiéndose debajo de su ropa y le picaba.

Otra oleada de negrura, idéntica a la que había golpeado a Dorian sin poderla resistir.

Esa vez Chaol la sintió: el latido de la agonía infinita, el susurro del dolor por venir.

El rey se acercó. Chaol levantó más alto la espada.

—Te empiezan a fallar tus protecciones, chico.

Chaol sonrió, sintió la sangre en la boca.

—Lo bueno es que el acero dura más.

El sol que pasaba por la ventana le calentó la espalda, como si fuera un abrazo, un consuelo. Como si le dijera que era el momento.

Haré que valga la pena, le prometió Aelin.

Le había conseguido tiempo.

Una ola de negrura se alzó detrás del rey y succionó la luz de la habitación.

Chaol extendió los brazos cuando la oscuridad lo golpeó, lo destrozó, lo borró hasta que no hubo nada salvo luz, una luz azul y brillante, cálida y acogedora.

Aelin y Dorian habían escapado. Era suficiente.

Cuando el dolor llegó, no sintió miedo.

CAPÍTULO 73

La iba a matar.

Quería hacerlo.

Su cara... esa cara.

Se acercó paso a paso a la mujer por el puente angosto y sombreado, las torretas en la parte superior brillaban con luz cegadora.

Ella tenía sangre cubriéndole los brazos y jadeaba al retroceder, con las manos al frente y un anillo dorado brillando en su dedo. Ahora podía olerla, la sangre inmortal y poderosa de sus venas.

—Dorian —dijo ella.

Él no conocía ese nombre.

Y la iba a matar.

CAPÍTULO 74

Tiempo. Necesitaba comprar más tiempo, o robarlo, mientras el puente seguía en las sombras, mientras el sol se movía lenta, lentamente.

—Dorian —volvió a suplicar Aelin.

—Voy a destrozarte por completo —dijo el demonio.

El hielo se extendió por el puente. El vidrio que traía en la espalda se movió, lastimándola con cada paso que retrocedía hacia la puerta de la torre.

La torre del reloj seguía sin caer.

Pero el rey no había llegado.

—Tu padre está en la habitación del consejo —dijo intentando controlar el dolor que la atacaba—. Está ahí con Chaol, con tu amigo, y tu padre probablemente ya lo mató.

—Bien.

—Chaol —volvió a decir Aelin con la voz entrecortada. Se le resbaló un pie en un trozo de hielo; el mundo se ladeó mientras recuperaba el equilibrio. Sintió un vacío en el estómago al pensar en la caída de más de cien metros, sin embargo, mantuvo la vista en el príncipe a pesar de que la agonía recorría nuevamente su cuerpo.

—Chaol. Tú te sacrificaste. Permitiste que te pusieran el collar para que él pudiera escapar.

—Voy a dejar que te pongan un collar a ti y luego podremos jugar.

Ella llegó a la puerta de la torre y empezó a buscar el pestillo.

Estaba congelado.

Arañó el hielo, mirando entre el príncipe y el sol que empezaba a asomarse por la esquina de la torre.

Dorian estaba a diez pasos de distancia.

Ella giró para verlo.

—Sorscha, se llamaba Sorscha y te amaba. Tú la amabas. Y ellos te la quitaron.

Cinco pasos.

No quedaba nada humano en ese rostro, ni un indicio de recuerdos en esos ojos de zafiro.

Aelin empezó a llorar y le comenzó a salir sangre de la nariz por su cercanía.

—Regresé por ti. Como lo prometí.

En la mano de Dorian apareció una daga de hielo con la punta letal brillando como estrella bajo la luz del sol.

—No me importa —dijo Dorian.

Ella metió la mano entre ambos, como si pudiera empujarlo y tomó una de sus manos con fuerza. La piel de Dorian estaba muy fría; él usó su otra mano para enterrar el cuchillo en el costado de Aelin.

La sangre de Rowan salió en chorro de su boca cuando la criatura chocó contra él y lo tiró al suelo.

Había cuatro muertos, pero todavía quedaban tres entre él y la mecha.

Aedion bramaba con rabia y dolor. Estaba manteniendo a los mastines en su sitio cuando Rowan enterró su espada.

La criatura saltó hacia atrás y quedó fuera de su alcance.

Las tres bestias volvieron a converger, enloquecidas con la sangre hada que ahora cubría el pasaje. La de Rowan. La de Aedion. La cara del general estaba pálida por la pérdida. No podrían soportar esto mucho tiempo más. Pero tenía que derribar la torre.

Como si tuvieran una sola mente y un solo cuerpo, los tres mastines del Wyrd atacaron y los forzaron a separarse. Uno atacó al general y dos a Rowan, lanzándole mordidas...

Rowan cayó mientras mandíbulas de roca se aferraban a su pierna.

Se rompió el hueso y la negrura entró aplastando todo...

Él rugió contra la oscuridad que significaba muerte.

Clavó su cuchillo de pelea en el ojo de la criatura y lo metió profundamente hacia arriba, justo cuando la segunda bestia se lanzaba hacia su brazo extendido.

Pero algo enorme chocó con la criatura y la bestia gimoteó al salir lanzada contra la pared. La bestia muerta salió lanzada un instante después y luego...

Ahí estaba Lorcan, blandiendo las espadas desenvainadas, con un grito de guerra en los labios mientras atacaba a las criaturas restantes.

Rowan gritó por la agonía en su pierna, se incorporó e intentó balancear su peso. Aedion ya estaba de pie y tenía el rostro cubierto de sangre, pero la mirada despejada.

Una de las criaturas atacó a Aedion y Rowan lanzó su cuchillo, lo lanzó con fuerza e ímpetu y entró directo en su boca abierta. El mastín del Wyrd cayó apenas a quince centímetros de los pies del general.

Lorcan era un remolino de acero. Su furia no tenía igual. Rowan sacó su otro cuchillo, listo para lanzarlo.

Justo entonces Lorcan enterró limpiamente la espada en el cráneo de la criatura.

Silencio... Silencio total en el túnel ensangrentado.

Aedion se levantó rápidamente, cojeando y mareado, para tomar la mecha del detonador a veinte pasos de distancia. Seguía unida al carrete.

—Ahora —ladró Rowan. No le importaba si no lograban salir. Por lo que sabía...

Un dolor fantasma le atravesó las costillas, brutalmente violento y nauseabundo.

Se le doblaron las rodillas. No era el dolor de otra herida sino la herida de otra persona.

No.

No, no, no, no, no.

Tal vez lo estaba gritando, tal vez lo bramaba corriendo a la salida del pasaje, cuando sintió la agonía, ese lengüetazo de frío.

Las cosas habían salido muy muy mal.

Logró dar otro paso antes de que su pierna se venciera y lo único que lo mantuvo consciente fue ese vínculo invisible que estaba perdiéndose, desvaneciéndose. Un cuerpo duro, bañado en sangre, chocó contra el suyo, un brazo lo tomó de la cintura y lo levantó.

—Corre, idiota —siseó Lorcan y lo levantó para alejarlo de la mecha.

Aedion estaba agachado sobre ella. No le temblaron las manos ensangrentadas cuando tomó el pedernal y lo hizo chocar.

Una vez. Dos veces.

Luego una chispa y una flama salieron rugiendo hacia la oscuridad.

Corrieron como nunca.

—Más rápido —dijo Lorcan; Aedion los alcanzó, tomó el otro brazo de Rowan y agregó su fortaleza y velocidad.

Por el pasaje, por la rota verja de hierro, a los túneles del drenaje.

No había suficiente tiempo y espacio entre ellos y la torre. Y Aelin...

El vínculo se tensó más, empezó a resquebrajarse. No. Aelin...

Lo escucharon antes de sentirlo.

La falta total de sonido, como si el mundo hubiera hecho una pausa. Seguido por un bum ensordecedor.

—Muévanse —dijo Lorcan. Era una orden ladrada que hizo que Rowan obedeciera ciegamente, tal como lo había hecho durante siglos.

Luego el viento, el viento seco y quemante le azotó la piel.

Luego un destello de luz cegadora.

Luego el calor, tanto que Lorcan maldijo y los empujó dentro de un nicho.

Los túneles se estremecieron; el mundo se estremeció.

Los techos cayeron.

Cuando el polvo y los escombros se despejaron, cuando el cuerpo de Rowan cantaba con dolor y dicha y poder, el camino de regreso al castillo estaba bloqueado. Detrás de ellos, perdiéndose en la penumbra de las alcantarillas, había cien comandantes del Valg y sus soldados, armados y sonriendo.

Manon y Asterin iban volando hacia el sur del continente, de regreso a Morath, apestando hasta el reino de Hellas a sangre de Valg, cuando...

Un viento suave, un estremecimiento en el mundo, un silencio.

Asterin ladró un grito y su guiverno dio vuelta a la derecha, como si le hubieran jalado las riendas. Abraxos también gritó, pero Manon sólo se asomó hacia abajo: los pájaros salían volando mientras se extendía rápida una onda resplandeciente...

La magia que avanzaba por el mundo, libre.

Que la oscuridad la abarcara.

Magia.

A Manon no le importaba lo que hubiera sucedido, ni cómo la liberaron.

Ese peso mortal y humano desapareció. La fuerza recorrió su cuerpo, cubrió sus huesos como armadura. Invencible, inmortal, imparable.

Manon inclinó la cabeza hacia atrás, hacia el cielo, extendió los brazos y rugió.

La fortaleza estaba hecha un caos. Las brujas y los humanos iban corriendo por todas partes, gritando.

Magia.

La magia estaba libre.

No era posible.

Pero ella podía sentirlo, a pesar del collar alrededor de su cuello y de esa cicatriz en su brazo.

La liberación de una enorme bestia en su interior.

Una bestia que le ronroneaba al fuego de las sombras.

Aelin se arrastró alejándose de la puerta manchada con su sangre para apartarse del príncipe del Valg, quien se reía al verla apretarse el costado y adelantar poco a poco por el puente, dejando una mancha de sangre tras ella.

El sol seguía avanzando alrededor de esa torre.

—Dorian —dijo ella y sus piernas empujaron contra el vidrio; la sangre le goteaba entre los dedos congelados y se los calentaba—. Recuerda.

El príncipe del Valg la siguió, sonriendo levemente cuando ella colapsó de boca en el centro del puente. Las torres sombreadas del castillo de cristal se elevaban a su alrededor... Una tumba. Su tumba.

—Dorian, recuerda —jadeó ella. El hielo estuvo a punto de perforarle el corazón.

—Me dijo que viniera por ti, pero tal vez antes me divierta un poco.

Aparecieron dos cuchillos en sus manos, curvados y letales.

El sol empezó a brillar justo sobre la torre que quedaba arriba de ellos.

—Recuerda a Chaol —le suplicó ella—. Recuerda a Sorscha. Recuérdame a mí.

Un bum sacudió al castillo desde alguna parte al otro lado del edificio.

Y luego un gran viento, un viento suave, un viento hermoso, como si arrastrara el canto del corazón del mundo.

Ella cerró los ojos por un momento, presionó la mano contra su costado e inhaló.

—Vamos a regresar —dijo Aelin y presionó su mano con más y más fuerza en su herida hasta que la sangre dejó de fluir, hasta que lo único que fluía eran sus lágrimas—. Dorian, vamos a regresar de esta pérdida, de esta oscuridad. Vamos a regresar: yo regresé por ti.

Ahora estaba llorando. Lloraba mientras ese viento se desvanecía y su herida se iba cerrando.

Las dagas del príncipe permanecían flojas en sus manos.

Y, en su dedo, brilló el anillo dorado de Athril.

—Pelea —jadeó ella. El sol se acercó más—. Pelea. Vamos a regresar.

Más y más brillante, el anillo dorado pulsaba en su dedo.

El príncipe dio un paso hacia atrás y su rostro se retorció.

—Gusana humana.

Había estado demasiado ocupado clavándole la daga para darse cuenta de que ella le había puesto un anillo en el dedo cuando le tomó la mano como si lo fuera a empujar.

—Quítamelo —gruñó tratando de tocarlo, pero aulló como si le quemara—. ¡Quítamelo!

El hielo creció y se extendió hacia ella, más rápido que los rayos de sol que ahora rebotaban entre las torres y se refractaban por todos los pasillos y puentes de vidrio, llenando el castillo con la luz gloriosa de Mala la Portadora del Fuego.

El puente, ese puente que ella y Chaol habían seleccionado para tal fin, porque en ese momento, en la cúspide del solsticio, estaba justo en el centro de todo.

La luz llegó a Aelin y le llenó el corazón con la fuerza de una estrella que explota.

Rugiendo, el príncipe del Valg envió una oleada de hielo en su dirección, lanzas y lancetas dirigidas a su pecho.

Aelin estiró las manos hacia el príncipe, hacia su amigo, y lanzó su magia con todas sus fuerzas.

CAPÍTULO 75

Hubo fuego, y luz, y oscuridad, y hielo.

Pero la mujer, la mujer estaba ahí, a medio camino sobre el puente con las manos extendidas al frente cuando se puso de pie.

No le brotaba sangre del lugar donde el hielo la había herido. Sólo se veía la piel pulida y limpia que se asomaba debajo de la tela negra de su traje.

Sanada... con magia.

Alrededor de él había mucho fuego y luz que tiraban de él.

Vamos a regresar, le dijo. Como si supiera qué era esta oscuridad, qué horrores existían. *Pelea.*

Una luz ardía en su dedo, una luz que rompía algo dentro de él.

La luz abrió una rendija en la oscuridad.

Recuerda, le dijo ella.

Sus flamas lo rasgaron y el demonio gritó. Pero no le hacían daño. Las flamas sólo mantenían al demonio a cierta distancia.

Recuerda.

Una rendija de luz en la negrura.

Una puerta entreabierta.

Recuerda.

A pesar de los gritos del demonio, él empujó, empujó y miró por los ojos. Sus ojos.

Y vio a Celaena Sardothien parada frente a él.

Aedion escupió sangre sobre los escombros. Rowan apenas lograba mantenerse consciente, recargado contra el derrumbe detrás de ellos, y Lorcan trataba de abrirse paso a través de la arremetida de soldados del Valg.

Llegaron más y más desde los túneles, armados y sedientos de sangre, alertados por la explosión.

Drenadas sus fuerzas e incapaces de hacer uso de toda su magia tan pronto, ni siquiera Rowan y Lorcan podrían mantener ocupados a los Valg tanto tiempo.

A Aedion le quedaban dos cuchillos. Sabía que no saldrían vivos de esos túneles.

Los soldados se acercaban como una ola interminable, sus ojos huecos encendidos con sed de sangre.

Desde ahí abajo, Aedion podía escuchar a la gente gritando en las calles, por la explosión o porque la magia había regresado a inundar sus tierras. Ese viento... Nunca había olido algo así, nunca lo volvería a oler.

Habían tirado la torre. Lo lograron.

Ahora su reina tendría magia. Tal vez ahora sí habría una oportunidad.

Aedion destripó al comandante del Valg que tenía más cerca y la sangre negra le salpicó las manos. Después empezó a pelear con los dos que venían detrás de él. A sus espaldas, la respiración de Rowan era jadeante. Muy dificultosa.

La magia del príncipe, que escapaba junto con su sangre, había empezado a fallar momentos antes; ya no podía sacarle el aire a los pulmones de los soldados. Ahora era apenas un viento frío que empujaba contra ellos y los mantenía un poco atrás.

Aedion no reconoció la magia de Lorcan cuando salió de él en vientos oscuros casi invisibles. Pero donde golpeaba a los soldados caían y no se levantaban.

Ahora, también, estaba fallando.

Aedion apenas podía levantar el brazo que sostenía su espada. Sólo un poco más; sólo unos cuantos minutos más de mantener a estos soldados distraídos para que su reina pudiera permanecer concentrada.

Con un gruñido de dolor, Lorcan desapareció entre media docena de soldados que se lo llevaron, y se perdió de vista en la oscuridad.

Aedion siguió golpeando y golpeando con la espada hasta que ya no había más Valg frente a él, hasta que se dio cuenta de que sus rivales habían retrocedido unos siete metros y se estaban reorganizando.

Una sólida hilera de soldados del Valg, que se extendía hasta perderse en la penumbra, estaba parada frente a él con las espadas en la mano. Esperando la orden de atacar. Eran demasiados. Demasiados para escapar.

—Ha sido un honor, príncipe —le dijo Aedion a Rowan.

La única respuesta de Rowan fue su respiración entrecortada.

El comandante del Valg caminó al frente de la fila con la espada desenvainada. En algún lugar del fondo del túnel los soldados empezaron a gritar. Lorcan, ese maldito egoísta, seguramente había abierto un camino a través de ellos después de todo. Y luego había huido.

—Ataquen cuando dé la señal —dijo el comandante y su anillo negro brilló al levantar la mano.

Aedion se paró frente a Rowan, por inútil que fuera su gesto. Matarían a Rowan cuando lo mataran a él, de todas maneras. Pero al menos moriría peleando, defendiendo a su hermano. Al menos tendría eso.

La gente seguía gritando en las calles de la superficie. Gritando con terror ciego; el sonido de su pánico se acercaba más y más.

—Listos... —dijo el comandante a sus soldados con la espada en alto.

Aedion aspiró. Una de las últimas veces que lo haría, pensó. Rowan se incorporó lo mejor que pudo, incondicional ante la muerte que ahora los llamaba; Aedion podría haber jurado que el príncipe había pronunciado el nombre de Aelin. Más gritos de los soldados al fondo; algunos del frente empezaban a voltear para ver qué provocaba el escándalo a sus espaldas.

A Aedion no le importó. No con la hilera de espadas frente a él, brillando como los dientes de una bestia poderosa.

El comandante bajó la mano con la espada.

Y un leopardo fantasma se la arrancó de una mordida.

Por Evangeline, por su libertad, por su futuro.

Donde Lysandra atacaba, cortando con garras y colmillos, los soldados morían.

Había recorrido media ciudad antes de salir de ese carruaje. Le dijo a Evangeline que se fuera hasta la casa de campo de los Faliq, que se portara como una buena niña y se mantuviera a salvo. Lysandra había corrido dos cuadras hacia el castillo, sin importarle que tuviera poco que ofrecer en la batalla, cuando el viento chocó contra ella y un canto salvaje empezó a burbujear en su sangre.

Entonces se deshizo de su piel humana, esa jaula mortal, y corrió siguiendo el olor de sus amigos.

Los soldados en los túneles del drenaje corrían en todas direcciones mientras ella los destrozaba, una muerte por cada día en el infierno, una muerte por la niñez que le robaron a ella y a Evangeline. Era la furia, era la ira, era la venganza.

Aedion y Rowan estaban recargados en los escombros del derrumbe, los rostros ensangrentados, la boca abierta, mirando cómo ella saltaba a la espalda de un guardia y le arrancaba la columna limpiamente.

Oh, a ella le gustaba ese cuerpo.

Más soldados entraron rápidamente a las alcantarillas y Lysandra volteó hacia ellos, entregándose por completo a la bestia cuya forma había adoptado. Se convirtió en la muerte encarnada.

Cuando no quedaba ninguno, cuando la sangre empapaba su pálido pelaje, sangre que sabía repugnante, al fin hizo una pausa.

—El palacio —jadeó Rowan desde donde estaba, apoyado contra las rocas. Aedion presionaba con la mano en la herida de la pierna del guerrero hada. Rowan señaló el túnel abierto detrás de ellos, lleno de sangre y entrañas—. Ve con la reina.

Una orden y una súplica.

Lysandra asintió con su peluda cabeza. La sangre repugnante goteaba de sus fauces y tenía restos de entrañas negras en sus colmillos. Se fue por donde había llegado.

La gente gritaba al ver al leopardo fantasma que corría por las calles, rápido como una flecha, esquivando carruajes y caballos que relinchaban.

El castillo de cristal se elevaba sobre la ciudad, medio envuelto por las ruinas humeantes de la torre del reloj. Había luz, había fuego que explotaba entre las torretas. Aelin.

Aelin seguía viva y estaba peleando como nunca.

Las puertas de hierro del castillo aparecieron frente a ella; vio los malolientes cadáveres colgados.

El fuego y la oscuridad chocaban uno contra el otro en la parte superior del castillo y la gente se quedó en silencio y señaló hacia el sitio donde sucedía. Lysandra corrió hacia las puertas; la gente al fin la vio. Se separaron rápidamente, gritaron para que los demás se quitaran de su camino. Abrieron el paso directamente a la entrada.

Donde había treinta guardias del Valg armados con ballestas, formados frente a la puerta y listos para disparar.

Todos apuntaron sus armas hacia ella.

Treinta guardias con ballestas, y más allá un camino despejado hacia el castillo. Hacia Aelin.

Lysandra saltó. El guardia más cercano disparó una flecha que giró en espirales directo a su pecho.

Ella supo, con sus sentidos de leopardo, que llegaría a su blanco.

Pero Lysandra no se frenó. No se detuvo.

Por Evangeline. Por su futuro. Por su libertad. Por los amigos que la habían rescatado.

El tiro se acercó a su corazón.

Y una flecha lo tumbó en el aire.

Lysandra aterrizó en la cara del guardia y la destrozó con sus garras.

Sólo había una arquera con ese tipo de puntería.

Lysandra dejó escapar un rugido y se convirtió en una tormenta de muerte contra los guardias más cercanos, mientras las flechas llovían sobre los demás.

Lysandra se atrevió a mirar a tiempo para ver a Nesryn Faliq sacar otra flecha en una azotea vecina, rodeada de sus rebeldes y dispararla limpiamente al ojo del último guardia que quedaba entre ella y el castillo.

—¡Ve! —gritó Nesryn por encima de la multitud aterrada.

Las flamas y la noche peleaban en las torres más altas, y la tierra tembló.

Lysandra ya iba corriendo por el camino empinado y curvado entre los árboles.

Nada salvo el pasto y los árboles y el viento.

Nada salvo ese cuerpo aerodinámico y poderoso, con su corazón de metamorfa ardiendo, brillando, cantando con cada paso, con cada curva que tomaba, fluido, rápido y libre.

Más y más rápido, cada movimiento del cuerpo de ese leopardo era una dicha. Entretanto, su reina estaba peleando por su gente y por su mundo muy, muy arriba.

CAPÍTULO 76

Aelin jadeó y luchó contra el dolor en su cabeza.

Demasiado pronto. Demasiado poder demasiado pronto. No había tenido tiempo de almacenarlo de manera segura y meterse lentamente a sus profundidades.

Cambiar a su forma hada no le ayudaba. Sólo había servido para hacer que los Valg olieran peor.

Dorian estaba de rodillas, golpeando su mano, donde el anillo seguía brillando y le herraba la carne.

Envió la oscuridad para atacarla una y otra vez, y en cada ocasión ella la alejaba con un muro de fuego.

Pero la sangre de Aelin se estaba calentando.

—Inténtalo, Dorian —le rogó. Sentía la lengua como papel en su boca seca.

—Te voy a matar, perra hada.

Una risa grave sonó detrás de ella.

Aelin volteó a medias, sin atreverse a darle la espalda a ninguno de los dos frentes, aunque eso significaba exponerse a la caída libre.

El rey de Adarlan estaba parado en la puerta abierta al otro lado del puente.

Chaol...

—Un esfuerzo muy noble del capitán. Tratar de obtener tiempo para que pudieras salvar a mi hijo.

Ella había intentado... *intentado*, pero...

—Castígala —siseó el demonio del otro lado del puente.

—Paciencia —dijo el rey, pero se tensó cuando miró el anillo dorado que quemaba en la mano de Dorian. Su rostro implacable y brutal se tensó—. ¿Qué hiciste?

Dorian se azotaba, temblaba y gritaba de una manera que hizo que le dolieran los oídos de hada.

Aelin sacó la espada de su padre.

—Mataste a Chaol —dijo, y las palabras sonaron huecas.

—El chico ni siquiera pudo darme un golpe —dijo el rey, mirando burlonamente la espada de Orynth—. Dudo que tú lo logres.

Dorian se quedó callado.

Aelin gruñó.

—Lo mataste.

El rey se acercó. Sus pisadas sonaron con fuerza en el puente de vidrio.

—Sólo me arrepiento —le dijo el rey— de no haberme tomado mi tiempo.

Ella retrocedió un paso, sólo uno.

El rey desenvainó a Nothung.

—Contigo sí lo haré.

Aelin levantó la espada con ambas manos.

Entonces...

—¿Qué dijiste?

Dorian.

La voz era ronca, quebrada.

El rey y Aelin voltearon a ver al príncipe.

Los ojos de Dorian estaban sobre su padre y quemaban como estrellas.

—¿Qué dijiste? Sobre Chaol.

El rey gritó:

—¡Silencio!

—Lo mataste.

No fue una pregunta.

A Aelin le empezaron a temblar los labios y buscó muy muy dentro de sí misma.

—¿Y qué si lo hice? —respondió el rey con las cejas arqueadas.

—¿Mataste a Chaol?

La luz en la mano de Dorian ardía y ardía...

Pero el collar seguía alrededor de su cuello.

—Tú —dijo el rey bruscamente, y Aelin se dio cuenta de que hablaba de ella justo cuando una lanza de oscuridad salió disparada en su busca con tanta rapidez, tanta rapidez...

La oscuridad se rompió en mil pedazos al chocar contra un muro de hielo.

Dorian.

Se llamaba Dorian.

Dorian Havilliard y era el príncipe heredero de Adarlan.

Y Celaena Sardothien, Aelin Galathynius, su amiga... había regresado por él.

Ella lo miró, con una espada antigua entre las manos.

—¿Dorian? —exhaló.

El demonio dentro de él gritaba y suplicaba, rasgando, intentando negociar.

Una oleada de negrura chocó contra el escudo de hielo que había creado entre la princesa y su padre. Pronto... pronto el rey lograría romperlo.

Dorian levantó las manos para sentir el collar de piedra del Wyrd... frío, suave, pulsante.

¡No!, gritó el demonio. *¡No!*

Las lágrimas corrían por el rostro de Aelin cuando Dorian tomó la roca negra que rodeaba su garganta.

Y aullando por su dolor, su rabia, su pena, se arrancó el collar del cuello.

CAPÍTULO 77

El collar de piedra del Wyrd se rompió en dos y se separó a lo largo de una fractura delgada, donde lo había cortado el poder del anillo.

Dorian estaba resoplando y le salía sangre de la nariz, pero...

—Aelin —jadeó con su propia voz. Era él.

Ella corrió envainando la espada de Orynth. Llegó a su lado cuando el muro de hielo explotó bajo un martillo de oscuridad.

El poder del rey salió volando hacia ellos; Aelin estiró una sola mano: un escudo de fuego se creó frente a ella y la oscuridad retrocedió.

—Ninguno de ustedes va a salir vivo de aquí —se escuchó la voz áspera del rey deslizarse entre el fuego.

Dorian se apoyó en ella y Aelin le pasó la mano por la cintura para sostenerlo.

El dolor le empezó a chisporrotear en el estómago, sintió un latido en su sangre. No podría aguantar, no sin haberse preparado, aunque el sol siguiera en el cenit y aunque la propia Mala lo mantuviera ahí un poco más para ampliar los dones que ya le había dado a la princesa de Terrasen.

—Dorian —dijo Aelin.

Sentía un dolor que le recorría la columna, precediendo la llegada de un agotamiento total.

Él volteó la cabeza sin dejar de ver con un ojo el muro de flamas. Tanto dolor y pesar e ira en esos ojos. Sin embargo, debajo de todo, una chispa de espíritu. De esperanza.

Aelin extendió la mano, una pregunta y una oferta y una promesa.

—Por un futuro mejor —dijo ella.

—Regresaste —le dijo, como si eso fuera una respuesta.

Unieron sus manos.

Así terminó el mundo.

Y empezó el siguiente.

Eran infinitos.

Eran el principio y el fin; eran la eternidad.

El rey de pie frente a ellos tenía la boca abierta cuando el escudo de flamas desapareció revelando a Aelin y Dorian, de la mano, brillando como dioses recién nacidos mientras su magia se entrelazaba.

—Son míos —rugió el hombre.

Se convirtió en oscuridad. Se replegó sobre el poder que portaba, como si no fuera otra cosa salvo malicia en un viento oscuro.

Los golpeó, se los tragó.

Pero ellos se sostuvieron uno de la otra con más fuerza, pasado, presente y futuro. Anduvieron por un salón antiguo en un castillo en la montaña sobre Orynth, un puente suspendido entre torres de vidrio, y otro sitio, perfecto y extraño, donde habían sido creados de polvo de estrellas y luz.

Un muro de noche los trajo de vuelta. Pero no los podía contener.

La oscuridad hizo una pausa para recuperar el aliento.

Ellos hicieron erupción.

Rowan parpadeó al ver la luz del sol asomándose detrás de Aedion.

Los soldados habían vuelto a infiltrarse en el sistema de alcantarillado, después de que la intervención de Lysandra los salvara. Lorcan regresó, ensangrentado; les contó que la salida estaba bloqueada y el sitio por donde había entrado Lysandra, invadido.

Mostrando eficiencia guerrera, Rowan sanó su pierna lo mejor que pudo con el poder que le quedaba. Mientras sanaba, el hueso y la piel se unían rápidamente y lo hacían gritar de dolor.

Aedion y Lorcan lograron escarbar un camino entre los escombros justo cuando el túnel del drenaje se llenó de soldados entrando a toda velocidad. Volvieron corriendo a los terrenos del castillo, donde se toparon con otro derrumbe. Aedion empezó a quitar las piedras de la parte superior, gritando y rugiendo a la tierra como si su sola voluntad la pudiera mover.

Pero ahora había un agujero. Era todo lo que Rowan necesitaba.

Rowan se transformó y su pierna padeció al cambiar sus extremidades por alas y garras. Dejó escapar un grito, agudo y furioso. Un halcón de cola blanca salió volando por la pequeña apertura y pasó al lado de Aedion.

No se detuvo a ver su alrededor. Estaban en alguna parte en los jardines, con el castillo de cristal atrás. El olor del humo proveniente de las ruinas de la torre del reloj cubrió todos sus sentidos.

Una luz estalló desde las torres superiores del castillo, tan brillante que por un momento quedó ciego.

Aelin.

Viva. *Viva.* Batió sus alas y movió el viento a voluntad con lo que le restaba de magia para subir más y más rápido. Envió otra corriente a la torre del reloj, redirigiendo el humo hacia el río, lejos de ellos.

Rowan dio la vuelta en la esquina del castillo.

No tuvo palabras para describir lo que vio.

El rey de Adarlan gritaba mientras Aelin y Dorian fracturaban su poder. Juntos despedazaron cada uno de sus hechizos, cada gramo de maldad que había doblegado y sometido a su mando.

Infinito..., el poder de Dorian era infinito.

Estaban llenos de luz, de fuego y estrellas y sol. Desbordaban luz cuando cortaron la última atadura del poder del rey y separaron su oscuridad, para luego quemarla hasta que no quedó nada.

El rey cayó de rodillas y el puente de vidrio se cimbró con el impacto.

Aelin soltó la mano de Dorian. Un vacío helado la inundó tan violentamente que también ella cayó al piso, dando grandes bocanadas de aire y tratando de recuperarse, de recordar quién era ella.

Dorian miraba a su padre: el hombre que lo había destrozado, que lo había esclavizado.

Con una voz que ella nunca había escuchado, el rey susurró:

—Mi niño.

Dorian no reaccionó.

El rey volteó a ver a su hijo con los ojos muy abiertos, brillantes, y volvió a decir:

—Mi niño.

Luego miró hacia donde ella estaba arrodillada, viéndolo con la boca abierta.

—¿Llegaste para salvarme al fin, Aelin Galathynius?

CAPÍTULO 78

Aelin Galathynius permaneció mirando al carnicero de su familia, de su gente, de su continente.

—No escuches sus mentiras —dijo Dorian con voz inexpresiva y hueca.

Aelin estudió la mano del rey, donde el anillo oscuro ya no estaba, porque se había roto. Sólo quedaba una franja pálida de piel.

—¿Quién eres? —preguntó ella en voz baja.

Humano, cada vez más y más, el rey empezaba a verse... humano. Suavizado.

El soberano volteó a ver a Dorian y le mostró las anchas palmas de sus manos.

—Todo lo que hice fue para mantenerte a salvo... de él.

Aelin se quedó inmóvil.

—Encontré la llave —continuó el rey, y las palabras salieron todas de golpe—. Encontré la llave y la llevé a Morath. Y él... Perrington. Éramos jóvenes y me llevó a la parte de abajo de la fortaleza para mostrarme la cripta, aunque estaba prohibido. Pero la abrí con la llave... —dijo y empezaron a fluir lágrimas, reales y transparentes, por su cara enrojecida—. La abrí y él vino; tomó el cuerpo de Perrington, y... —miró su mano vacía; la vio temblar—. Dejó que su subordinado me tomara.

—Ya basta —dijo Dorian.

El corazón de Aelin se detuvo un momento.

—Erawan está libre —exhaló.

Y no sólo estaba libre sino que Erawan era Perrington. El Rey Oscuro en persona la había golpeado, había vivido en este castillo con ella y él nunca supo, por suerte o por el destino o por la protección de la misma Elena, que ella estaba ahí. Ella tampoco lo sabía, nunca lo detectó. Dioses en los cielos, Erawan la había obligado a hacer una reverencia ese día en Endovier y ninguno de ellos había olido ni distinguido qué era el otro.

El rey asintió y las lágrimas cayeron salpicando en su túnica.

—El Ojo... Podrías haberlo vuelto a encerrar con el Ojo...

La mirada en el rostro del rey cuando reveló el collar... Había visto una herramienta, pero no de destrucción sino de salvación.

Aelin dijo:

—¿Cómo es posible que haya estado dentro de Perrington todo este tiempo y nadie se haya dado cuenta?

—Puede ocultarse en un cuerpo igual que un caracol en su concha. Pero ocultar su presencia también limita sus propias habilidades para detectar a otros... como tú. Y ahora que regresaste, ya están todos los jugadores en el juego inconcluso. La línea Galathynius, y la línea Havilliard, que él ha odiado con tanta ferocidad todo este tiempo. El motivo por el cual atacó a mi familia y a la tuya.

—Tú masacraste a todo mi reino —logró decir ella. La noche que murieron sus padres, había olido eso en su recámara... El olor de los Valg—. Masacraste a millones.

—Intenté detenerlo —dijo el rey.

Apoyó una mano en el puente, como si quisiera evitar que se colapsara bajo el peso de la vergüenza que ahora cubría sus palabras.

—Podían encontrar a la gente usando solamente su magia, y querían quedarse con los más fuertes entre nosotros. Y cuando tú naciste... —dijo y sus facciones arrugadas se contrajeron al dirigirse nuevamente a Dorian—. Eras tan fuerte, tan valioso. No podía permitir que te llevaran. Le quité el control apenas el tiempo suficiente.

—Para hacer qué —dijo Dorian con voz ronca.

Aelin miró el humo que se movía hacia el río a la distancia.

—Para ordenar que se construyeran las torres —dijo ella— y usar ese hechizo con el objetivo de prohibir la magia.

Y ahora que habían liberado la magia... los que la tenían serían detectados por todos los demonios del Valg en Erilea.

El rey suspiró con un estremecimiento.

—Pero él no sabía cómo lo había hecho. Pensó que la magia había desaparecido como castigo de nuestros dioses y no sabía nada sobre por qué se construyeron las torres. Todo este tiempo usé mi fuerza para mantener el conocimiento de eso alejado de él, de ellos. Toda mi fuerza, por lo que no pude luchar contra el demonio, detenerlo, cuando... cuando hizo esas cosas. Mantuve ese conocimiento a salvo.

—Es un mentiroso —dijo Dorian dándose media vuelta. No se escuchó ninguna piedad en su voz—. De todas maneras pude usar mi magia, no me protegió de nada. Él diría cualquier cosa.

Los malvados dirán lo que sea para atormentar nuestros pensamientos en el futuro, le había advertido Nehemia.

—No sabía —suplicó el rey—. Usar mi sangre en el hechizo debe de haber hecho que mi línea fuera inmune. Fue un error. Lo siento. *Lo siento.* Mi niño, Dorian...

—Tú no puedes llamarlo así —le espetó Aelin—. Fuiste a mi casa y asesinaste a mi familia.

—Fui a buscarte. ¡Fui a que me ayudaras a quemarlo para que se fuera! —sollozó el rey—. Aelin del Incendio. Intenté obligarte a que lo hicieras. Pero tu madre te dejó inconsciente antes de que me pudieras matar, y el demonio... El demonio se quedó decidido a eliminar todo tu linaje después de eso, para que ningún fuego pudiera sacarlo de mí.

La sangre de Aelin se volvió hielo. No, no podía ser verdad, no podía estar en lo correcto.

—Todo fue para encontrarte —le dijo el rey—. Para que me pudieras salvar, para que pudieras terminar conmigo al fin. Por favor. Hazlo.

El rey sollozaba ahora; todo su cuerpo parecía consumirse poco a poco. Sus mejillas se hacían más huecas, sus manos estaban más delgadas.

Como si su fuerza vital y el príncipe demonio dentro de él de verdad hubieran estado vinculados, como si uno no pudiera existir sin el otro.

—Chaol está vivo —murmuró el rey entre sus adelgazadas manos; luego las bajó para revelar los ojos bordeados de rojo, ya lechosos por la edad—. Está fracturado, pero no lo maté. Tenía una luz alrededor. Lo dejé vivo.

Un sollozo brotó de la garganta de Aelin. Ella tenía la esperanza, había intentado darle una oportunidad de sobrevivir.

—Eres un mentiroso —volvió a decir Dorian con voz fría. Tan fría—. Y te mereces esto.

Una luz chispeó en las puntas de los dedos de Dorian.

Aelin movió los labios para pronunciar su nombre, trató de concentrarse, de poner sus pensamientos en orden. El demonio dentro del rey la había cazado no por la amenaza que representaba Terrasen, sino por el fuego en sus venas. El fuego que podía ponerle fin a los dos.

Levantó la mano cuando Dorian dio un paso hacia su padre. Tenían que preguntar más, averiguar más...

El príncipe heredero levantó la cabeza hacia el cielo y rugió, y fue el grito de batalla de un dios.

Luego el castillo de cristal estalló en pedazos.

CAPÍTULO 79

El puente explotó debajo de ella, el mundo se convirtió en astillas de vidrio volador.

Aelin se desplomó por el aire y las torres cayeron destruidas a su alrededor.

Se envolvió en su magia como un capullo, fue quemando el cristal al caer y caer y caer.

La gente gritaba mientras Dorian destruía el castillo por Chaol, por Sorscha, y enviaba una ola enorme de vidrio a toda velocidad hacia la ciudad que quedaba debajo.

Más y más abajo iba Aelin. El suelo se acercaba. Los edificios a su alrededor se rompían. La luz brillaba al reflejarse en todos los fragmentos...

Aelin usó hasta la última gota de su magia cuando el derrumbe del castillo envió una ola letal de vidrio volando hacia Rifthold.

El fuego corrió hacia las puertas, corrió en contra del viento, en contra de la muerte.

Y cuando la ola de vidrio chocó contra la verja de hierro, destrozando los cadáveres que estaban ahí atados como si fueran de papel, un muro de fuego estalló frente a ella y se elevó hasta el cielo, extendiéndose a todo lo ancho. Para detenerla.

Un viento sopló contra ella, brutal e implacable; sus huesos gimieron cuando el viento la elevó y la dejó caer. No le importó, no ahora que estaba dedicando la totalidad de su magia, la totalidad de su ser, a sostener esa barrera de llamas para proteger a Rifthold. Unos cuantos segundos más. Luego podía morir.

El viento aullaba a su alrededor y sonaba como si rugiera su nombre.

Ola tras ola de vidrios y escombros chocaban contra su fuego.

Pero ella mantuvo ese muro de fuego ardiendo: por el teatro real. Y por las floristas del mercado. Por los esclavos y las cortesanas y la familia Faliq. Por la ciudad que le había ofrecido gozo y dolor, muerte y renacimiento, por la ciudad que le había dado la música, Aelin mantuvo ese muro de fuego ardiendo con fuerza.

Llovía sangre entre el vidrio, sangre que crepitaba en su pequeño capullo de fuego, con el olor de la oscuridad y el dolor.

El viento siguió soplando hasta que barrió esa sangre oscura.

Y Aelin continuó sosteniendo el escudo alrededor de la ciudad, aferrada a la última promesa que le había hecho a Chaol.

Haré que valga la pena.

Lo mantuvo ardiendo hasta que llegó al suelo...

Y aterrizó suavemente en el césped.

Luego la oscuridad la golpeó en la nuca.

El mundo era tan brillante.

Aelin Galathynius gimió al incorporarse sobre los codos, debajo de ella una pequeña colina de pasto permanecía vibrante e intacta. Sólo un momento, había estado inconsciente sólo un momento.

Cuando levantó la cabeza sintió que el cráneo le pulsaba; se apartó el cabello de los ojos y vio lo que había hecho.

Lo que Dorian había hecho.

El castillo de cristal ya no existía.

Sólo quedaba el castillo de roca, con sus piedras grises calentándose bajo el sol del mediodía.

En el sitio donde una cascada de vidrio y escombros hubiera destruido la ciudad, brillaba una pared enorme y opaca.

Un muro de vidrio con la parte superior curvada, como si de verdad fuera la cresta de una ola.

El castillo de cristal ya no existía. El rey estaba muerto. Y Dorian...

Aelin se levantó rápidamente y se le doblaron los brazos. Ahí, a menos de un metro de distancia, estaba Dorian, tirado en el pasto con los ojos cerrados.

Su pecho subía y bajaba.

A su lado, como si un dios benévolo de verdad los cuidara, estaba Chaol.

Tenía el rostro ensangrentado, pero respiraba. No tenía otras heridas que ella pudiera detectar.

Empezó a temblar. Se preguntó si él se habría dado cuenta de que le metió el Ojo de Elena real en el bolsillo al salir huyendo del salón del trono.

El olor de pino y nieve llegó a su nariz y se dio cuenta de cómo habían sobrevivido a la caída.

Aelin se puso de pie, tambaleándose.

La colina que bajaba a la ciudad estaba destrozada. Los árboles, postes y plantas habían quedado completamente destrozados por el vidrio.

No quería saber sobre la gente que había estado en el terreno o en el castillo.

Se obligó a caminar.

Hacia el muro, hacia la ciudad aterrada que estaba al otro lado. Hacia el nuevo mundo que la llamaba.

Dos olores convergieron y luego un tercero. Un aroma extraño y salvaje que le pertenecía a todo y a nada.

Pero Aelin no miró a Aedion, ni a Rowan, ni a Lysandra cuando descendió por la colina con rumbo a la ciudad.

Cada paso era un esfuerzo, cada respiración una prueba para regresar del límite, para mantenerse en el aquí y el ahora, en lo que debía hacerse.

Aelin se acercó al enorme muro de vidrio que ahora separaba el castillo de la ciudad. Que separaba la muerte de la vida.

Lo agujeró con un ariete de flamas azules.

Se escucharon más gritos cuando las flamas derritieron el vidrio y formaron un arco.

La gente del otro lado, que estaba llorando y abrazándose o sosteniéndose la cabeza o tapándose la boca, se quedó en silencio al salir ella caminando por la puerta que acababa de hacer.

El patíbulo seguía en su lugar, justo tras el muro. Era la única superficie elevada que podía ver.

Mejor que nada.

Aelin subió al bloque del carnicero, los miembros de su corte se acomodaron detrás de ella. Rowan cojeaba, pero no se permitió examinarlo ni preguntarle si estaba bien. Todavía no.

Aelin mantuvo los hombros derechos, el rostro serio e implacable al detenerse en el borde de la plataforma.

—Su rey ha muerto —dijo. La multitud se inquietó—. Su príncipe vive.

—¡Viva Dorian Havilliard! —gritó alguien en la calle. Nadie repitió el grito.

—Mi nombre es Aelin Ashryver Galathynius —dijo—. Y soy la reina de Terrasen.

La multitud murmuró. Algunos retrocedieron un paso.

—Su príncipe está de luto. Hasta que esté listo, esta ciudad es mía.

Silencio absoluto.

—Si la saquean, si hay levantamientos o si provocan cualquier tipo de problemas —dijo mirando a algunos a los ojos—, los encontraré y los convertiré en cenizas.

Levantó la mano y unas llamas bailaron en las puntas de sus dedos.

—Si hacen una revuelta en contra de su nuevo rey, si intentan tomar el castillo, entonces este muro —señaló con la mano en llamas— se convertirá en vidrio fundido e inundará sus calles, sus casas y sus gargantas.

Aelin levantó la barbilla. Su boca se apretó en una línea dura e inflexible con la que miró a la multitud que llenaba las calles, a la gente que estiraba el cuello para mirarla, para ver las orejas de hada y los colmillos alargados, las flamas que danzaban en sus dedos.

—Yo maté a su rey. Su imperio ha caído. Los esclavos son libres. Si los descubro intentando conservarlos, si me entero de alguna casa que los mantenga cautivos, morirán. Si escucho que alguien azota a un esclavo o trata de venderlo, morirá. Así que les sugiero que comuniquen esto a todos sus amigos, a sus familias y a sus vecinos. Sugiero que actúen como gente razonable e inteligente. Y sugiero que se comporten lo mejor posible hasta que su rey esté listo para hablar con ustedes, en cuyo momento juro por mi corona que le cederé el control de la ciudad. Si alguien tiene un problema con eso, puede venir a discutirlo con mi corte —señaló detrás de ella. Rowan, Aedion y Lysandra, ensangrentados, golpeados, sucios, sonrieron salvajemente—. O —continuó Aelin con las flamas en la mano chisporroteando—, pueden discutirlo conmigo.

Ni una palabra. Se preguntó si siquiera estarían respirando.

Pero no le importó. Bajó de la plataforma, regresó por la puerta que había hecho y subió la colina sin vegetación hacia el castillo de roca.

Apenas entró por las puertas de roble, cayó de rodillas y lloró.

CAPÍTULO 80

Elide llevaba tanto en el calabozo que perdió la noción del tiempo.

Pero sintió esa onda extenderse por el mundo y podría haber jurado que escuchó el viento cantar su nombre, escuchó gritos de pánico y luego nada.

Nadie le explicó qué había sido y nadie fue a verla. Nadie iría por ella.

Se preguntó cuánto tiempo esperaría Vernon antes de entregarla a una de esas cosas. Había intentado contar las comidas para medir el tiempo, pero la comida que le daban era la misma para el desayuno y para la cena, y los horarios de entrega variaban... Como si quisieran que perdiera la noción del paso del tiempo. Como si buscaran que se doblegara en la oscuridad del calabozo para que cuando vinieran por ella estuviera dispuesta, desesperada por ver el sol de nuevo.

La puerta de su celda se abrió con un clic; ella se puso torpemente de pie mientras Vernon entraba. Dejó la puerta entreabierta. Elide parpadeó por la luz de la antorcha, que le lastimaba los ojos. El pasillo de piedra al otro lado de la puerta estaba vacío. Probablemente no había traído guardias. Sabía lo inútil que sería para ella tratar de correr.

—Me alegra ver que te han estado alimentando. Es una pena el olor.

Se negó a sentirse avergonzada por eso. El olor era la menor de sus preocupaciones.

Elide se apoyó contra la pared de roca resbalosa y congelada. Tal vez, si tenía suerte, encontraría una manera de ponerle la cadena al cuello.

—Enviaré a alguien mañana para que te ayude a limpiarte.

Vernon empezó a darse la vuelta, como si hubiera terminado su inspección.

—¿Para qué? —logró preguntar ella. Su voz ya sonaba ronca por la falta de uso.

Él volteó a mirarla por encima de su delgado hombro.

—Ahora que la magia regresó...

Magia. Eso había sido esa onda.

—Quiero averiguar qué tienes latente en tu sangre, en nuestra sangre. El duque siente incluso más curiosidad de lo que podría resultar de todo esto.

—Por favor —dijo ella—. Puedo desaparecer. Nunca te molestaré. Perranth es tuyo, todo tuyo. Ya ganaste. Sólo déjame ir.

Vernon chasqueó la lengua.

—Me gusta cuando suplicas —miró hacia el pasillo y tronó los dedos—. Cormac.

Un joven entró en el campo de visión de Elide.

Era un hombre de belleza sobrenatural, con un rostro perfecto debajo del cabello rojizo, pero sus ojos verdes eran fríos y distantes. Aterrador.

Tenía un collar negro alrededor del cuello.

La oscuridad emanaba de él como tentáculos delgados. Y cuando sus ojos miraron los de ella...

Los recuerdos tiraron de su mente, recuerdos horribles, de una pierna que se había roto lentamente, de años de terror, de...

—Contrólalo —le espetó Vernon molesto—. O mañana no será divertido para ti.

El joven de cabello rojo succionó la oscuridad de regreso a su cuerpo y los recuerdos cesaron.

Elide vomitó en las rocas su última comida.

Vernon rio.

—No seas tan dramática, Elide. Una pequeña incisión, unas cuantas puntadas y estarás perfecta.

El príncipe demonio le sonrió.

—Luego estarás bajo su cuidado, para asegurarnos de que todo se geste como debe. Pero con la magia tan fuerte que hay en tu línea de sangre, ¿cómo podría ser de otra manera? Tal vez tú seas mejor que esas Piernas Amarillas. Después de la primera vez —reflexionó Vernon—, tal vez su Majestad incluso haga sus propios experimentos contigo. La persona que lo delató nos mencionó en su carta que a Cormac le gustaba... jugar con las jóvenes cuando vivía en Rifthold.

Oh, dioses. Oh, dioses.

—¿Por qué? —suplicó—. ¿Por qué?

Vernon se encogió de hombros.

—Porque puedo.

Salió de la celda llevándose al príncipe demonio, su prometido, con él.

En cuanto la puerta se cerró, Elide corrió hacia ella y tiró de la manija, jaló hasta que el metal le lastimó e irritó la mano, rogándole a Vernon, rogándole a quien fuera que la escuchara, que la recordara.

Pero no había nadie.

Manon estaba más que lista para al fin irse a la cama. Después de todo lo que había sucedido... Tenía la esperanza de que la joven reina estuviera en Rifthold y entendiera el mensaje.

Los pasillos de la fortaleza estaban enardecidos, atravesados por activos mensajeros que evadían su mirada. No le importaba lo que fuera que estuviera sucediendo. Quería bañarse y luego dormir. Varios días.

Al despertar, le diría a Elide lo que había averiguado sobre su reina. La pieza final de la deuda de vida que tenía con ella.

Manon entró a su recámara. La paca de paja de Elide estaba intacta y la habitación impecable. La chica probablemente estaría escondida en alguna parte, espiando a quien le resultara más útil.

La bruja estaba a medio camino del baño cuando notó el olor.

O la falta de olor.

El aroma de Elide era viejo... Como si no hubiera estado ahí por días.

Manon miró hacia la chimenea. No había brasas. Estiró una mano sobre ella y no sintió ni un resto de calidez.

Miró por toda la habitación.

No había señales de una pelea. Pero...

Salió por la puerta un instante después y se dirigió al piso inferior.

Avanzó tres pasos antes de que su andar depredador se convirtiera en una carrera. Bajó por las escaleras de dos en dos y de tres en tres, luego saltó los últimos tres metros al descanso. Sintió la reverberación del impacto en las piernas, ahora fuertes, tan malvadamente fuertes, con la magia de regreso.

Si Vernon planeaba vengarse de ella por quitarle a Elide, el mejor momento hubiera sido cuando estuvo fuera. Y si la magia corría en la familia de Elide junto con la sangre de Dientes de Hierro en sus venas... El regreso de la magia podría haber despertado algo.

Quieren reyes, le había dicho Kaltain aquel día.

Pasillo tras pasillo, escalera tras escalera, Manon corrió y sus uñas de hierro iban soltando chispas al dar vuelta en las esquinas de las paredes de roca. Los sirvientes y los guardias la evadían a toda velocidad.

Llegó a las cocinas momentos después, con los dientes de hierro fuera. Todos se quedaron en absoluto silencio cuando ella saltó de las escaleras y se dirigió directamente al cocinero principal.

—¿Dónde está?

El rostro rojizo del hombre se puso pálido.

—¿Q-quién?

—La chica... Elide. ¿Dónde está?

La cuchara del cocinero se cayó al piso, haciendo un escándalo.

—No lo sé. No la he visto en varios días, Líder de la Flota. A veces trabaja como voluntaria en la lavandería, así que tal vez...

Manon ya iba corriendo hacia afuera.

La lavandera principal, una vieja pedante, resopló y dijo que no había visto a Elide: tal vez la tullida se había ganado lo que merecía. Manon la dejó gritando en el piso con cuatro líneas marcadas por toda la cara.

La bruja corrió al piso de arriba y cruzó un puente de piedra entre dos torres, sintiendo la roca negra y lisa contra sus botas.

Acababa de llegar al otro lado cuando una mujer le gritó desde el extremo opuesto del puente.

—¡Líder de la Flota!

Manon se detuvo tan repentinamente que casi chocó con la pared de la torre. Al volverse, una humana con un vestido hecho a mano corría en su dirección. Olía a los jabones y detergentes que usaban en la lavandería.

La mujer tragó aire a grandes bocanadas y su tez oscura se veía ruborizada. Tuvo que recargar las manos en las rodillas para recuperar el aliento; luego levantó la cabeza y dijo:

—Una de las lavanderas sale con un guardia que trabaja en los calabozos de la fortaleza. Dice que Elide está encerrada allá abajo. Nadie tiene permitido verla más que su tío. No sé qué estén planeando hacer, pero no puede ser bueno.

—¿Cuáles calabozos?

Había tres distintos en ese sitio, además de las catacumbas donde mantenían al aquelarre de Piernas Amarillas.

—Ella no lo sabe. Él no le dice tantas cosas. Algunas de nosotras estamos intentando..., intentamos ver si se podía hacer algo, pero...

—No le digas a nadie que hablaste conmigo —le dijo Manon. Tres calabozos, tres posibilidades.

—Líder de la Flota —dijo la joven. La bruja la miró por encima del hombro. La mujer se puso una mano sobre el corazón—. Gracias.

Manon no se permitió pensar acerca de la gratitud de la lavandera, ni lo que significaba para esos humanos débiles e indefensos concebir siquiera rescatar a Elide por su cuenta.

Estaba segura que la sangre de esa mujer no sería aguada ni tendría sabor a miedo.

Manon se echó a correr a toda velocidad, no hacia los calabozos sino hacia las barracas de las brujas.

Con las Trece.

CAPÍTULO 81

El tío de Elide envió dos sirvientas de rostro como piedra para que la lavaran. Ambas llevaban baldes de agua. Ella intentó luchar cuando la desvistieron, pero las mujeres eran como paredes de hierro. Si de verdad tenía sangre de Picos Negros, pensó Elide, seguramente estaría muy diluida. Cuando quedó desnuda frente a ellas, le vaciaron el agua en la cabeza y luego la atacaron con cepillos y jabones; no titubearon al lavarla en todas partes, ni al gritarles que se detuvieran.

Una ofrenda sacrificial; un cordero al matadero.

Temblando, débil por luchar contra ellas, apenas tuvo fuerzas para resistirse cuando le pasaron peines por el pelo y lo jalaron con tanta fuerza que le lloraron los ojos. Se lo dejaron suelto y le pusieron un sencillo vestido verde. Sin nada debajo.

Elide les suplicó, una y otra vez. Bien podrían ambas ser sordas.

Cuando salieron, trató de escabullirse detrás de ellas por la puerta de la celda. Los guardias la volvieron a encerrar entre risas.

Elide retrocedió hasta dar contra la pared de su celda.

Cada minuto la acercaba más al final.

Una postura. Tomaría una postura. Era una Picos Negros. Su madre también lo había sido en secreto, y ambas morirían peleando. Los forzaría a eviscerarla, a matarla antes de que la tocaran, antes de que pudieran implantar esa roca dentro de ella, antes de que pudiera dar a luz a esos monstruos.

La puerta se abrió y aparecieron cuatro guardias.

—El príncipe está esperando en las catacumbas.

Elide se dejó caer de rodillas, sus grilletes sonaron.

—Por favor, por favor...

—Ahora.

Dos de ellos entraron a la celda. Ella no pudo resistirse contra las manos que la tomaron por debajo de los brazos y la arrastraron a la puerta. Sus pies descalzos se rasparon y se desgarraron en las rocas, porque iba pateando y sacudiéndose a pesar de la cadena, intentando liberarse.

Más y más cerca. La llevaban como a un caballo agitado hacia la puerta abierta de la celda.

Los dos guardias que esperaban afuera reían con la mirada puesta en la parte del vestido que se abría mientras pateaba, dejando a la vista sus muslos, su estómago, todo. Elide lloró, aunque sabía que las lágrimas no le servirían de nada. Ellos sólo reían, devorándola con los ojos.

Hasta que una mano con uñas de hierro brillantes atravesó la garganta de uno de ellos, perforándola por completo. Los guardias se quedaron congelados. El que quedaba en la puerta volteó al sentir el chorro de sangre.

Gritó. Una mano le dejó los ojos hechos jirones y la otra le destrozó la garganta.

Ambos guardias colapsaron en el piso y revelaron a Manon Picos Negros detrás de ellos.

La sangre le corría por las manos y los antebrazos.

Los ojos dorados de la bruja brillaron como si fueran brasas ardientes al ver a los dos guardias que sostenían a Elide. Al mirar el vestido descosido.

La soltaron para tomar sus armas. Ella cayó al piso.

Manon sólo dijo:

—Ya son hombres muertos.

Y luego se movió.

Elide no supo si fue magia, pero nunca en su vida había visto a nadie moverse así, como un viento fantasma.

Manon le rompió el cuello al primer guardia con un crujido brutal. Cuando el segundo la atacó, Elide se quitó del paso y la bruja rio... rio y giró para esquivarlo. Se movió detrás de él clavándole la mano en la espalda, en su cuerpo.

El grito resonó en la celda. La carne se rasgó y reveló una columna vertebral blanca que Manon tomó y cortó profundamente con las uñas hasta romperla en dos.

Elide temblaba, por el hombre que cayó al suelo sangrando y destrozado, y por la bruja que estaba parada sobre él, ensangrentada y jadeando. La bruja que había regresado por ella.

—Tenemos que correr —dijo Manon.

Sabía que rescatar a Elide equivalía a tomar una postura, y sabía que habría otros que querrían dejarle claras sus posturas.

Pero el caos ya se había desatado en la fortaleza cuando ella subió para convocar a las Trece. Habían llegado noticias.

El rey de Adarlan estaba muerto: Aelin Galathynius lo había destruido.

Ella había destrozado su castillo de cristal y usado su fuego para salvar a la ciudad de la mortífera oleada de vidrio. Luego declaró a Dorian Havilliard rey de Adarlan.

La asesina de brujas lo había logrado.

La gente tenía pánico; incluso las brujas estaban buscándola para que les diera respuestas. ¿Qué harían ahora que el rey mortal estaba muerto? ¿Dónde irían? ¿Quedaban liberadas de su trato?

Después... Manon pensaría en esas cosas después. Por el momento, tenía que actuar.

Así que había ordenado a sus Trece que ensillaran a sus guivernos y estuvieran listas.

Tres calabozos.

Apresúrate, Pícos Negros, le susurró una extraña voz femenina, a la vez joven y vieja y sabia. *Estás en una carrera contra la perdición.*

Manon llegó al calabozo más cercano. Asterin, Sorrel y Vesta iban a sus espaldas y las gemelas demonio de ojos verdes seguían detrás. Los hombres empezaron a morir, rápida y sangrientamente.

No tenía caso discutir, no ahora que los guardias las miraban y de inmediato sacaban sus armas.

El calabozo albergaba rebeldes de todos los reinos, quienes al verlas suplicaban que los mataran. Se hallaban en tal estado de indescriptible tormento que incluso a Manon se le revolvió el estómago. Pero no había señal de Elide.

Revisaron todas las celdas. Faline y Fallon se quedaron para asegurarse de no haber pasado nada por alto.

El segundo calabozo tenía más de lo mismo. Vesta se quedó en él para revisar.

Más rápido, Picos Negros, le rogó esa sabia voz femenina, como si existiera un límite en lo que pudiera interferir. *Más rápido…*

Manon corrió como nunca.

El tercer grupo de calabozos estaba sobre las catacumbas, tan vigilado que la sangre negra se convirtió en bruma a su alrededor cuando se lanzaron contra filas y filas de soldados.

Ni una más. No les permitiría tomar ni una mujer más.

Sorrel y Asterin se lanzaron sobre los guardias y le abrieron paso. Asterin le arrancó la garganta con los dientes a uno de los hombres mientras evisceraba a otro con las uñas. La sangre negra salpicó desde la boca de Asterin al momento en que señaló a las escaleras frente a ellas y rugió:

—¡Ve!

Entonces Manon dejó a su Segunda y a su Tercera detrás, saltó por las escaleras y empezó a dar vueltas y vueltas para bajar. Tenía que haber una entrada secreta desde los calabozos a las catacumbas, alguna manera silenciosa de transportar a Elide…

—¡Más rápido, Picos Negros! —ladró la voz sabia.

Un vientecillo empujó los pies de Manon, como si la pudiera acelerar, y ella supo que una diosa veía por encima de su hombro, una mujer de las cosas sabias. Quien tal vez había estado vigilando a Elide toda su vida, muda sin su magia, pero ahora que había sido liberada…

Manon llegó al nivel inferior de los calabozos, un piso por arriba de las catacumbas. Tal como lo pensó, al final del pasillo se abría una puerta hacia las escaleras descendentes.

Había dos guardias riendo entre ella y esa escalera. Reían de una joven que les suplicaba piedad.

El sonido del llanto de Elide, la chica de acero silente e inteligencia de mercurio, que no había llorado por ella misma ni por su vida miserable, sino que la había enfrentado con resolución estoica, ese sonido hizo que Manon perdiera el control por completo.

Mató a los guardias en el pasillo.

Vio entonces de qué se estaban riendo: la chica a la que sostenían otros dos guardias y cuyo vestido abierto dejaba a la vista su desnudez, la extensión de esa pierna arruinada...

Su abuela la había vendido a estas personas.

Ella era una Picos Negros, no la esclava de nadie. No era un caballo premiado al cual pudieran reproducir.

Tampoco Elide.

Su ira fue una canción en su sangre y Manon sólo dijo "Ya son hombres muertos" antes de dar rienda suelta a su fuerza.

Cuando lanzó el cuerpo del último guardia al suelo, cubierta de sangre negra y azul, la bruja miró a la chica en el piso.

Elide se cerró el vestido verde. Temblaba tanto que Manon pensó que vomitaría. Ya podía oler el vómito en la celda. La habían dejado ahí, en ese sitio putrefacto.

—Tenemos que correr —dijo Manon.

Elide intentó levantarse, pero ni siquiera podía ponerse de rodillas.

La bruja avanzó hacia ella y le ayudó a ponerse en pie. Dejó una mancha de sangre en su antebrazo. Elide se tambaleó; Manon miraba la cadena que traía en los tobillos.

La rompió con un zarpazo de sus uñas de hierro.

Más tarde abriría los grilletes.

—Ahora —dijo Manon, y jaló a Elide hacia el pasillo.

Se oían los alaridos de más soldados que venían por donde había entrado, así como los gritos de batalla de Asterin y Sorrel en las escaleras. Pero debajo de ellas, desde las catacumbas...

Más hombres, demonios del Valg, curiosos del escándalo que se escuchaba arriba.

Llevar a Elide al centro de la pelea probablemente la mataría, pero si los soldados de las catacumbas atacaban por la retaguardia... Peor, si traían a uno de sus príncipes...

Arrepentimiento. Arrepentimiento era lo que había sentido la noche que mató a la Crochan. Arrepentimiento y culpa y vergüenza por haber actuado con obediencia ciega, por ser una cobarde cuando la Crochan mantuvo la cabeza en alto y dijo la verdad.

Las han convertido en monstruos. Convertido, Manon. Y las compadecemos.

Era arrepentimiento lo que sintió cuando escuchó la historia de Asterin. Por no ser merecedora de su confianza.

Y por lo que había permitido que les sucediera a esas Piernas Amarillas.

No quería imaginar cómo se sentiría si provocaba la muerte de Elide. O peor.

Brutalidad. Disciplina. Obediencia.

No le parecía una debilidad luchar por quienes no se podían defender solos. Aunque no fueran verdaderas brujas. Aunque no significaran nada para ella.

—Vamos a tener que luchar para salir de aquí —le dijo Manon a Elide.

Pero la chica miraba con los ojos como platos y la boca abierta la puerta de la celda.

Parada ahí, con el vestido fluyendo como si fuera una noche líquida, estaba Kaltain.

CAPÍTULO 82

Elide miró a la joven de cabello oscuro.

Y Kaltain le devolvió la mirada.

Manon dejó escapar un gruñido.

—A menos que quieras morir, quítate de mi maldito camino.

Kaltain, con el cabello desatado y el rostro pálido y delgado, dijo:

—Ya vienen. Para averiguar por qué no ha llegado ella.

La mano ensangrentada de Manon estaba pegajosa y húmeda. La envolvió alrededor del brazo de Elide y tiró de ella hacia la puerta. Ese acto sencillo, la libertad de movimiento sin cadena... Elide casi lloró.

Hasta que escuchó sonidos de batalla al frente. Detrás de ellas, desde la escalera del otro lado del pasillo, se escuchaban los pasos apresurados de más hombres que venían desde muy abajo.

Kaltain se hizo a un lado cuando Manon pasó junto.

—Esperen —dijo Kaltain—. Van a destrozar la fortaleza para encontrarlas. Aunque salgan volando, enviarán jinetes tras ustedes y usarán a tu propia gente contra ti, Picos Negros.

Manon soltó el brazo de Elide, quien apenas se atrevió a respirar cuando la bruja dijo:

—¿Hace cuánto tiempo destruiste al demonio dentro de ese collar, Kaltain?

Una risa grave y desgajada.

—Hace un rato.

—¿El duque lo sabe?

—Mi señor oscuro ve lo que quiere ver.

Kaltain miró a Elide. Ahí dentro bailaban juntos el agotamiento, el vacío, el pesar y la rabia.

—Quítate el vestido y dámelo —le dijo a Elide.

Elide dio un paso atrás.

—¿Qué?

Manon miró entre las dos mujeres.

—No puedes engañarlos.

—Ellos verán lo que quieren ver —dijo Kaltain de nuevo.

El sonido de los hombres empezaba a acercarse por ambos lados con cada uno de los latidos de su corazón.

—Esto es una locura —dijo Elide—. Nunca funcionará.

—Quítate el vestido y dáselo a la señora —dijo Manon—. Hazlo ahora.

No había espacio para la desobediencia. Así que Elide hizo caso y se ruborizó por su propia desnudez, intentando cubrirse.

Kaltain simplemente dejó caer su vestido negro de sus hombros. Cayó al piso ondulando.

Su cuerpo... Lo que le habían hecho a su cuerpo, los moretones, la delgadez...

Kaltain se envolvió en el vestido y su rostro quedó vacío de nuevo.

Elide se puso el vestido negro y sintió la tela horriblemente fría, cuando debía estar tibia.

Kaltain se arrodilló frente a uno de los guardias muertos... dioses, eso que estaba en el piso eran cadáveres... y pasó su mano por el agujero en su cuello. Se untó y salpicó sangre sobre su rostro, su cuello, sus brazos y el vestido. Se la puso en el cabello y echó su pelo hacia el frente para ocultar su rostro, de modo que sólo se podían ver fragmentos ensangrentados, encorvó los hombros al frente hasta que...

Hasta que Kaltain se vio como Elide.

Podrían ser hermanas, había dicho Vernon. Ahora podrían ser gemelas.

—Por favor, ven con nosotras —susurró Elide.

Kaltain rio en voz baja.

—Tu daga, Picos Negros.

Manon sacó la daga.

Kaltain hizo un corte profundo en el bulto cicatrizado y horrible que tenía en el brazo.

—Busca en tu bolsillo, niña —dijo Kaltain.

Elide buscó en el vestido y sacó un trozo de tela oscura, desgastado y roto en las orillas, como si lo hubieran arrancado de algo.

Elide se lo dio a Kaltain. Ella metió la mano dentro de su brazo, sin expresión de dolor en su hermosa cara ensangrentada, y sacó una astilla brillante de roca oscura.

La sangre roja de Kaltain goteaba de ella. Con cuidado, la puso en el trozo de tela que Elide tenía en la mano y cerró los dedos de ésta a su alrededor.

Una pulsación apagada y extraña recorrió a Elide mientras sostenía la astilla.

—¿Qué es eso? —preguntó Manon olisqueando sutilmente.

Kaltain sólo apretó los dedos de Elide.

—Encuentra a Celaena Sardothien. Dale esto. A nadie más. A nadie más. Dile que puedes abrir cualquier puerta si tienes la llave. Y dile que recuerde la promesa que me hizo: castigarlos a todos. Cuando pregunte por qué, cuéntale que no me dejaron llevarme la capa que me dio, pero que conservé un pedazo. Para recordar la promesa que me hizo. Para recordar que debía pagarle por la capa cálida que me dejó en un calabozo frío.

Kaltain se alejó.

—Podemos llevarte con nosotras —intentó nuevamente Elide.

Una sonrisa pequeña y llena de odio.

—No tengo interés en vivir. No después de lo que me hicieron. Dudo que mi cuerpo pueda sobrevivir sin su poder —rio Kaltain—. Creo que disfrutaré esto.

Manon jaló a Elide a su lado.

—Se darán cuenta de que no tienes las cadenas...

—Estarán muertos antes de que lo noten —dijo Kaltain—. Sugiero que corran.

Manon no hizo preguntas y Elide no tuvo tiempo de agradecerle antes de que la bruja la tomara del brazo y corrieran.

Ella era un lobo.

Era la muerte, la devoradora de mundos.

Los guardias la encontraron acurrucada en la celda, temblando ante la carnicería.

No hicieron ninguna pregunta, no se fijaron en su cara antes de arrastrarla por el pasillo hacia las catacumbas.

Ahí se escuchaban muchos gritos. Era un sitio lleno de terror y desesperanza. Pero los horrores debajo de las otras montañas eran peores. Mucho peores. Qué mal que no tuviera la oportunidad de salvarlos también, de masacrarlos.

Estaba hueca, vacía sin esa astilla de poder que erigía y comía y desgarraba mundos dentro de ella.

Él la había llamado su regalo valioso, su llave. Un portal viviente, prometió. Pronto, dijo que agregaría la otra. Luego encontraría la tercera.

Para que el rey dentro de él pudiera volver a gobernar.

La llevaron a una cámara con una mesa al centro. Estaba cubierta con una sábana blanca; unos hombres observaron cuando la pusieron sobre la mesa: el altar. Luego la encadenaron.

Con la sangre que tenía, no notaron la herida en su brazo ni en su rostro.

Uno de los hombres se acercó con un cuchillo, limpio, afilado y brillante.

—Esto tomará apenas unos minutos

Kaltain le sonrió. Sonrió ampliamente ahora que la habían traído a las entrañas de este sitio del infierno.

El hombre hizo una pausa.

Un joven pelirrojo entró a la habitación apestando a la crueldad nacida en su corazón humano, amplificada por el demonio dentro de él. Se quedó congelado cuando la vio.

Él abrió la boca.

Kaltain Rompier desató su fuego de las sombras en todos.

Esto no era el fantasma del fuego de las sombras que la habían hecho usar para matar, la razón por la cual se habían acercado a ella originalmente, por la cual le habían mentido cuando la invitaron a ese castillo de cristal, sino el verdadero. El fuego que había tenido desde que regresó la magia, la flama dorada ahora convertida en negra.

La habitación se convirtió en cenizas.

Kaltain se quitó las cadenas como si fueran telarañas y se puso de pie.

Se quitó el vestido y salió de la habitación. Dejó que vieran lo que le habían hecho, el cuerpo que habían echado a perder.

Avanzó dos pasos hacia el pasillo antes de que notaran su presencia y contemplaran las flamas negras que brotaban de ella.

La muerte, devoradora de mundos.

El pasillo se convirtió en polvo negro.

Caminó hacia la cámara donde gritaban más fuerte, donde los gritos de mujeres salían por la puerta de metal.

El hierro no se calentaba ni se doblegaba ante su magia, así que derritió un arco en las rocas.

Monstruos y brujas y hombres y demonios, todos voltearon.

Kaltain entró a la habitación con movimientos fluidos, extendió los brazos y se convirtió en el fuego de las sombras, se convirtió en libertad y triunfo, se convirtió en una promesa murmurada en un calabozo debajo de un castillo de cristal:

Castígalos a todos.

Quemó las cunas. Quemó a los monstruos dentro de ellas. Quemó a los hombres y a sus príncipes demonios. Y luego quemó a las brujas, que la miraron con gratitud en los ojos y dieron la bienvenida a las flamas oscuras.

Kaltain liberó el resto de su fuego de las sombras e inclinó la cabeza hacia el techo, hacia un cielo que no volvería a ver jamás.

Se llevó consigo cada muro y cada columna. Cuando hizo que todo se derrumbara y cayera a su alrededor, Kaltain sonrió. Al final se quemó a sí misma para convertirse en cenizas dentro de un viento fantasma.

Manon corrió. Pero Elide era tan lenta, tan dolorosamente lenta con esa pierna.

Si Kaltain liberaba su fuego de las sombras antes de que salieran...

Manon cargó a Elide y se la puso sobre el hombro. El vestido con cuentas se enterraba en la mano de la bruja al subir corriendo las escaleras.

Elide no dijo una palabra cuando Manon llegó al descanso en los calabozos y vio a Asterin y a Sorrel terminando con los últimos soldados.

—¡Corran! —ladró.

Estaban cubiertas de sangre negra, pero vivirían.

Más y más arriba, corrieron para salir de los calabozos. El peso de Elide se había convertido en un desafío puro a la muerte que sin duda subía a toda velocidad desde los niveles inferiores.

Hubo una sacudida...

—¡Más rápido!

Su Segunda llegó a las puertas gigantes de los calabozos y se lanzó contra ellas para abrirlas. Manon y Sorrel pasaron a toda prisa y Asterin las selló con un golpe. Sólo serviría para detener la flama un segundo, si acaso.

Más y más arriba, hacia su torre.

Otra sacudida y una explosión...

Gritos y calor...

Volaron por los pasillos, como si el dios del viento las estuviera empujando desde atrás.

Llegaron a la base de su torre. Las demás Trece estaban esperando en las escaleras.

—A los cielos —ordenó Manon y subieron las escaleras, una detrás de la otra. Sentía a Elide tan pesada que pensó que se le caería. Sólo faltaban un par de metros más para llegar a la punta de la torre donde esperaba que los guivernos estuvieran ya ensillados y listos. Lo estaban.

Manon corrió hacia Abraxos y echó a la chica temblorosa sobre la silla. Se subió detrás de ella y las Trece subieron a sus monturas. Envolvió los brazos alrededor de Elide y enterró los talones en el costado de Abraxos.

—¡A volar, ahora! —rugió.

Abraxos salió de un salto por la apertura, voló hacia arriba, alejándose de la torre. Las Trece salieron saltando detrás de ellos, con las alas batiendo fuerte y salvajemente.

Morath explotó.

Una flama negra hizo erupción y derribó roca y metal, subiendo más y más alto. La gente gritó. Luego todo quedó en silencio cuando las rocas se derritieron.

El aire se ahuecó y se resquebrajó en los oídos de Manon; ella envolvió su cuerpo alrededor del de Elide, torciéndose para que el calor de la explosión quemara sólo su propia espalda.

La torre de las brujas quedó incinerada y se derrumbó detrás de ellas.

La explosión las sacudió, pero Manon sostuvo a la chica con firmeza y se aferró a la silla con los muslos al sentir pasar el aire caliente y seco junto a ellas. Abraxos chilló y adaptó su vuelo para subir con la ráfaga de viento.

Cuando Manon se atrevió a mirar, una tercera parte de Morath eran sólo ruinas ardientes.

Donde habían estado esas catacumbas, donde las Piernas Amarillas fueron torturadas y destrozadas, donde se criaron monstruos, ahí no quedaba nada.

CAPÍTULO 83

Aelin durmió tres días.

Tres días con Rowan sentado al lado de su cama, sanando su pierna lo mejor que podía mientras el abismo de su poder se volvía a llenar.

Aedion asumió el control del castillo y aprisionó a todos los guardias que habían sobrevivido. La mayoría, le dio mucho gusto saber a Rowan, había muerto en la tormenta de vidrio provocada por el príncipe. Chaol sobrevivió, por algún milagro, probablemente el Ojo de Elena, que encontraron metido en su bolsillo. No hacía falta pensar mucho para saber quién lo había metido ahí. Aunque Rowan honestamente se preguntaba si, cuando despertara el capitán, preferiría no haber sobrevivido. Conocía a muchos soldados que se sentían así.

Después de que Aelin controlara tan espectacularmente a la gente de Rifthold, encontraron a Lorcan esperando a las puertas del castillo de piedra. La reina ni siquiera lo vio; cayó de rodillas y lloró y lloró, hasta que Rowan la tomó en sus brazos y, cojeando ligeramente, la cargó por los pasillos enloquecidos, esquivando sirvientes mientras Aedion los conducía a su vieja recámara.

Era el único lugar al que podían ir. Mejor establecerse en el fuerte de sus enemigos que retirarse al departamento de la bodega. Le pidieron a una sirvienta de nombre Philippa que cuidara al príncipe, inconsciente desde la última vez que lo vio Rowan, cuando cayó al suelo y el viento de príncipe hada detuvo su caída. No estaba enterado de lo sucedido en el castillo. A través de sus lágrimas, Aelin no había dicho nada.

Aelin ya estaba inconsciente cuando Rowan llegó a su lujosa suite; ni siquiera se movió cuando él abrió la puerta de una patada. La pierna le ardió intensamente; la sanación que mantenía la herida cerrada apenas resistió, pero no le importaba. En cuanto dejó a Aelin sobre la cama, volvió a percibir el olor de Lorcan y volteó, gruñendo.

Pero ya había alguien frente a Lorcan bloqueándole el paso del guerrero al interior de la recámara de la reina. Lysandra.

—¿Puedo ayudarte? —dijo la cortesana con dulzura. Su vestido estaba hecho jirones y tenía sangre roja y negra en todo su cuerpo, pero mantuvo la cabeza en alto y la espalda recta. Había llegado a los niveles superiores del castillo de piedra antes de que el de cristal explotara. Y no parecía tener la intención de irse pronto.

Rowan colocó un escudo de aire duro alrededor de la habitación de Aelin mientras Lorcan, con el rostro salpicado de sangre e inexpresivo, miraba fijamente a Lysandra.

—Quítate de mi camino, metamorfa.

Lysandra levantó una mano delgada y Lorcan titubeó. La metamorfa presionó otra mano contra su estómago y su rostro se puso pálido. Luego sonrió y dijo:

—Olvidaste decir "por favor".

Las cejas oscuras de Lorcan se aplanaron.

—No tengo tiempo para esto.

Intentó pasar junto a ella, empujarla.

Lysandra le vomitó sangre negra encima.

Rowan no sabía si reír o encogerse de horror al ver a Lysandra, jadeando, quedarse con la boca abierta frente a Lorcan, mirando toda la sangre que había vomitado en su cuello y su pecho. Lenta, demasiado lentamente, el guerrero bajó la mirada.

Ella se puso una mano sobre la boca.

—Lo... lo siento mucho...

Ni siquiera se movió cuando Lysandra volvió a vomitarle encima. El piso de mármol y el guerrero quedaron cubiertos de sangre negra y fragmentos de entrañas.

Los ojos oscuros de Lorcan chispearon.

Rowan decidió hacerles a ambos un favor. Salió con ellos a la antecámara después de cerrar la puerta de la alcoba de la reina y esquivar el charco de sangre, bilis y vísceras.

Lysandra sintió otra arcada y sabiamente corrió a lo que parecía ser un baño en el recibidor.

Todos los hombres y demonios que había matado, al parecer, no le caían muy bien a su estómago humano. Los sonidos de sus arcadas se alcanzaban a escuchar por debajo de la puerta del baño.

—Te merecías eso —dijo Rowan.

Lorcan ni siquiera parpadeó.

—¿Es el agradecimiento que recibo?

Rowan se recargó contra la pared y cruzó los brazos. Intentó no apoyarse en la pierna que estaba sanando.

—Sabías que intentaríamos usar esos túneles —dijo Rowan— y de todas maneras nos mentiste sobre los mastines del Wyrd. Debería arrancarte la maldita garganta.

—Adelante. Inténtalo.

Rowan permaneció recargado en la puerta, calculando cada uno de los movimientos de su excomandante. Una pelea en ese sitio, en ese momento, sería demasiado destructiva y peligrosa, con su reina inconsciente en la habitación de atrás.

—Me habría importado un carajo si hubiera sido sólo yo. Pero cuando me dejaste entrar a una trampa también pusiste en peligro la vida de mi reina...

—Parece ser que salió bien...

—... y la vida de un hermano de mi corte.

La boca de Lorcan se apretó apenas un poco.

—¿Por eso viniste a ayudar, verdad? —preguntó Rowan—. Viste a Aedion cuando salimos del departamento.

—No sabía que el hijo de Gavriel estaría en el túnel contigo, hasta que fue demasiado tarde.

Por supuesto, Lorcan jamás les hubiera advertido de la trampa a pesar de saber que Aedion estaría ahí. Nunca aceptaría, ni en mil años, que se había equivocado.

—No sabía siquiera que te importaba.

—Gavriel sigue siendo mi hermano —dijo Lorcan con un destello en sus ojos—. Lo hubiera enfrentado con deshonor si dejara que su hijo muriera.

Sólo por el honor, por el vínculo de sangre entre ellos, no por salvar su continente. El mismo vínculo retorcido que ahora lo impulsaba a destruir las llaves antes de que Maeve pudiera adquirirlas. Rowan no dudaba que Lorcan tuviera la intención de hacerlo, aunque Maeve lo matara después.

—¿Qué estás haciendo aquí, Lorcan? ¿No conseguiste lo que querías?

Era una pregunta lógica y una advertencia. Lorcan estaba dentro de la suite de la reina, más cerca de lo que mucha gente de su corte llegaría. Rowan empezó mentalmente una cuenta regresiva. Treinta segundos le pareció generoso. Entonces echaría a Lorcan.

—Todavía no ha terminado —dijo el guerrero—. Por mucho.

Rowan arqueó las cejas.

—¿Amenazas vanas?

Lorcan se encogió de hombros y se fue, cubierto del vómito de Lysandra. No miró atrás antes de desaparecer por el pasillo.

Eso sucedió tres días antes. Rowan no había visto ni olido a Lorcan desde entonces. Lysandra, afortunadamente, ya había dejado de vomitar entrañas. La metamorfa se había adueñado de una habitación al otro lado del pasillo, entre las recámaras donde el príncipe heredero y Chaol todavía dormían.

Después de lo que hicieron Aelin y el príncipe, la magia usada juntos y solos, tres días de dormir eran de esperarse.

Pero Rowan estaba volviéndose loco.

Había tantas cosas que tenía que decirle, aunque tal vez sólo le preguntaría cómo diablos la habían apuñalado. Se sanó a ella misma; él nunca se hubiera enterado de no ser por las rasgaduras en las costillas, espalda y brazos de su traje negro de asesina.

Cuando la sanadora inspeccionó a la reina dormida, se dio cuenta de que Aelin se había sanado demasiado rápido, con demasiada desesperación y había sellado su carne alrededor de algunas astillas de cristal en su espalda. Observar a la sanadora desnudarla y luego abrir con cuidado docenas de pequeñas heridas para sacar el vidrio casi lo hizo ponerse a derribar paredes.

Aelin durmió durante todo el proceso, lo cual supuso era una ventaja, dado lo profundo que tuvo que excavar la sanadora para sacar el vidrio.

Tuvo suerte de que no cortara nada permanente, dijo la sanadora.

Cuando le quitó todas las astillas, Rowan usó su magia desgastada para lentamente, muy lentamente maldita sea, sanar de nuevo las heridas. Dejó el tatuaje de su espalda hecho jirones.

Tendría que rellenarlo cuando ella se recuperara. Y le enseñaría más sobre la sanación en el campo de batalla.

Si despertaba algún día.

Sentado al lado de su cama, Rowan se quitó las botas y se frotó la pierna en el sitio donde todavía sentía un dolor leve y persistente. Aedion acababa de darle un informe sobre el estado del castillo. Tres días después, el general todavía no había hablado acerca de lo sucedido: que estuvo dispuesto a dar la vida para proteger a Rowan de los soldados del Valg, o que el rey de Adarlan estaba muerto. En cuanto a lo primero, Rowan le agradeció por eso de la única manera que sabía hacerlo: ofreciéndole a Aedion una de sus propias dagas, forjada por los mejores herreros de Doranelle. Éste la rechazó inicialmente, insistiendo en que no necesitaba agradecerle, pero desde entonces llevaba siempre la daga colgada a su costado.

En cuanto a lo segundo... Rowan le preguntó, sólo una vez, qué sentía de que el rey estuviera muerto. Aedion simplemente dijo que deseaba que el infeliz hubiera sufrido más tiempo, pero muerto era muerto, así que estaba bien por él. Rowan se preguntó si hablaba en serio: Aedion se lo diría cuando estuviera listo. No todas las heridas se podían sanar con magia. Rowan sabía eso demasiado bien. Pero sí sanaban. A la larga.

Y las heridas en ese castillo, en la ciudad, sanarían también. Había estado en campos de batalla tras la matanza, con la tierra todavía húmeda de sangre, y había vivido para ver sanar esas cicatrices, década tras década, tanto en la tierra como en la gente. De igual manera sanaría Rifthold.

Aunque el último informe de Aedion sobre el castillo no era alentador. La mayor parte del personal había sobrevivido junto con algunos miembros de la corte; pero, al parecer, una buena cantidad de los restantes, quienes Aedion sabía eran unos malditos maquinadores despreciables, no lo hicieron. Como si el príncipe hubiera limpiado esa mancha de su castillo.

Rowan se estremeció al pensar en eso. Miró hacia la puerta por la que había salido Aedion. El príncipe heredero tenía un poder tremendo. Rowan nunca había visto algo similar. Necesitaría encontrar una manera de entrenarse, de refinar su poder, o corría el riesgo de que lo destruyera.

Y Aelin, esa insensata genial y demente, se había arriesgado muchísimo al entretejer su poder con el de él. El príncipe tenía una magia cruda que se podía transformar en cualquier cosa. Aelin podría haberse quemado por completo en un segundo.

Rowan giró la cabeza para fulminarla con la mirada.

Y se dio cuenta de que Aelin lo fulminaba a él.

—Salvé al mundo —dijo Aelin con la voz rasposa— y despierto para verte todo enojado.

—Fue un esfuerzo en equipo —aclaró Rowan desde una silla cercana—. Y estoy enojado por veinte distintas razones, la mayoría de las cuales tienen que ver contigo tomando las decisiones más insensatas que he visto jamás...

—Dorian —dijo ella rápidamente—. ¿Dorian está...?

—Está bien. Duerme. Lleva dormido el mismo tiempo que tú.

—Chaol...

—Dormido. Recuperándose, pero vivo.

Un peso se fue de sus hombros. Y luego... miró al príncipe hada y comprendió que él estaba ileso, que ella se encontraba en su vieja recámara, que no estaban encadenados ni tenían collares y que el rey... Lo que el rey había dicho antes de morir.

—Corazón de Fuego —murmuró Rowan levantándose de la silla, pero ella negó con la cabeza. El movimiento hizo que le doliera el cráneo.

Respiró para tranquilizarse y se secó los ojos. Dioses, le dolía el brazo, la espalda, el costado...

—No más lágrimas —dijo ella—. No más llanto —bajó las manos a las cobijas de la cama—. Cuéntame... todo.

Así que él le contó todo. Sobre el fuego infernal, los mastines del Wyrd y Lorcan. Y luego sobre los últimos tres días, organizar y sanar, y Lysandra que asustaba a todos y cambiaba de forma para convertirse en un leopardo fantasma cada vez que uno de los miembros de la corte de Dorian hacía algo que no debía.

Cuando terminó, Rowan dijo:

—Si no puedes hablar sobre eso, no tienes que...

—Necesito hablar de eso.

Con él, aunque fuera sólo con él. Las palabras salieron de golpe. Ella no lloró al explicar lo que le había dicho el rey, lo que afirmó. Lo que Dorian hizo de todas maneras. El rostro de Rowan permaneció todo el tiempo serio, pensativo. Al final, ella preguntó:

—¿Tres días?

Rowan asintió gravemente.

—La única manera de evitar que Aedion empezara a masticar los muebles fue distrayéndolo con la administración del castillo.

Ella miró esos ojos color verde pino. Él volvió a abrir la boca, pero Aelin hizo un pequeño sonido.

—Antes de que digamos otra cosa... —dijo, y miró hacia la puerta— necesito que me ayudes a ir al baño o me voy a hacer en la cama.

Rowan estalló en risas.

Ella lo miró molesta cuando se sentó. El movimiento era agonizante y agotador. Estaba desnuda, salvo por la ropa interior limpia que alguien le había puesto, pero supuso que estaba lo suficientemente vestida. Él ya había visto todas las partes de su cuerpo, de cualquier manera.

Rowan seguía riendo al ayudarla a pararse y dejó que se apoyara en él mientras sus piernas, inútiles y temblorosas como las de un cervatillo recién nacido, funcionaban. Le tomó tanto tiempo dar tres pasos que no objetó nada cuando él la cargó y se la llevó al baño. Le gruñó al tratar de ponerla en la taza, así que se fue con las manos levantadas y los ojos danzando, como diciendo *¿Puedes culparme por intentarlo? Bien podrías caerte dentro.*

Rio nuevamente al ver las obscenidades en la mirada de Aelin. Cuando terminó, ella logró pararse sola y caminar tres pasos a la puerta antes de que él la volviera a alzar en brazos. Ella advirtió que él no cojeaba y que su pierna, afortunadamente, ya estaba casi curada.

Con los brazos alrededor de él, acurrucó la cara contra su cuello en el trayecto a la cama e inhaló su aroma. Cuando intentó dejarla sobre el lecho, ella se quedó abrazándolo, una petición silenciosa.

Rowan se sentó en la cama con ella en sus piernas y luego se acomodó en las hileras de almohadas. Por un momento no dijeron nada.

Luego:

—Así que ésta era tu habitación. Y ése era el pasadizo secreto.

Hace una vida, cuando era totalmente otra persona.

—No pareces estar impresionado.

—Después de todas tus historias, parece tan... ordinario.

—La mayoría de la gente no llamaría a este castillo ordinario.

El resoplido de una risa le calentó el cabello. Acaricio con su nariz el cuello de Rowan.

—Pensé que morirías —dijo él con aspereza.

Ella lo abrazó con más fuerza, aunque le dolía la espalda.

—Sí estaba muriendo.

—Por favor, no vuelvas a hacer eso.

Fue su turno de resoplar con risa.

—La siguiente vez, le pediré a Dorian que no me apuñale.

Rowan se hizo un poco hacia atrás para verle el rostro.

—Lo sentí..., sentí cada segundo. Me volví loco.

Ella pasó un dedo por su mejilla.

—Yo también pensé que algo había ido mal contigo. Pensé que podrías estar muerto o herido. Y me mataba no poder ir a donde tú estabas.

—La siguiente ocasión en que tengamos que salvar al mundo, lo haremos juntos.

Ella sonrió débilmente.

—Trato hecho.

Él movió el brazo para poder quitarle el cabello de la cara. Sus dedos se detuvieron en la mandíbula.

—También me haces querer vivir, Aelin Galathynius —dijo—. No existir, sino vivir.

Puso la mano ahuecada sobre su mejilla y respiró hondo para tranquilizarse, como si hubiera pensado en cada palabra por tres días, una y otra vez.

—Pasé siglos vagando por el mundo, entre imperios, reinos y yermos, y nunca me quedé quieto, nunca me detuve, ni por un momento. Siempre miré hacia el horizonte, preguntándome qué me esperaba del otro lado del siguiente océano, de la siguiente montaña. Pero creo... creo que durante todo este tiempo, todos estos siglos, sólo estaba buscándote a ti.

Limpió la lágrima que se le había escapado. Aelin miró al príncipe hada que la abrazaba: su amigo, quien había viajado con ella por la oscuridad y la desesperación y el hielo y el fuego.

No supo quién de ellos se movió primero, pero la boca de Rowan estaba en la de ella y Aelin se sostuvo de su camisa, acercándolo, proclamándolo suyo, así como él la proclamaba suya.

Los brazos de Rowan se apretaron alrededor de su cuerpo con cuidado, mucho cuidado, para no lastimar las dolorosas heridas. Rozó su lengua contra la de ella y ella abrió la boca para él. Cada movimiento de sus labios era un susurro de lo que vendría cuando ambos hubieran sanado. Y una promesa.

El beso fue lento, minucioso. Como si tuvieran todo el tiempo del mundo.

Y como si fueran los únicos en él.

Aedion Ashryver se dio cuenta de que había olvidado decirle a Rowan sobre una carta recibida del Flagelo, así que regresó a la suite de Aelin a tiempo para ver que ella estaba despierta, finalmente despierta, y que tenía el rostro levantado hacia el de Rowan. Estaban sentados en la cama, Aelin en las piernas de Rowan, los brazos del guerrero hada envolviéndola mientras la miraba de una manera que merecía ser presenciada. Y cuando se besaron, profundamente, sin titubeos...

Rowan ni siquiera miró en dirección a Aedion: un viento sopló por la habitación y azotó la puerta en la cara del general.

Mensaje entendido.

Un olor femenino, extraño y constantemente mutante, fue percibido por Aedion, quien encontró a Lysandra recargada en la puerta del pasillo. Las lágrimas le brillaban en los ojos a pesar de que sonreía.

Ella miró la puerta cerrada de la recámara como si todavía pudiera ver al príncipe y a la reina dentro.

—Eso —dijo ella, más para sí misma que para él—, eso es lo que voy a encontrar algún día.

—¿Un hermoso guerrero hada? —preguntó Aedion moviéndose un poco.

Lysandra rio y se limpió las lágrimas. Antes de alejarse le dedicó una mirada llena de significado.

Aparentemente, el anillo dorado de Dorian había desaparecido. Aelin supo exactamente quién había sido responsable de la negrura momentánea cuando chocó contra el piso el día del derrumbe del castillo, quién la había hecho perder la conciencia gracias a un golpe en la nuca.

Ignoraba por qué Lorcan no la había matado, pero tampoco le importó en particular, no ahora que ya tenía tiempo de haberse ido. Supuso que él nunca había prometido *no* robar el anillo de vuelta.

Tampoco les pidió que verificaran que el Amuleto de Orynth no era falso. Era una pena no estar ahí para ver su cara cuando se diera cuenta.

La idea bastó para hacer que Aelin sonriera al día siguiente, a pesar de estar frente a esa puerta, a pesar de quien esperaba detrás.

Rowan permaneció al final del pasillo, vigilando la única entrada y salida. Asintió e, incluso a la distancia, ella pudo leer las palabras en su mirada. *Aquí estaré. Un grito y estaré a tu lado.*

Ella puso los ojos en blanco. *Bestia hada territorial y dominante.*

Había perdido la noción de cuánto tiempo se besaron, cuánto tiempo se perdió en él. Luego ella le había tomado la mano y la puso en su pecho; él gruñó de una manera que le hizo enrollar los dedos de los pies y arquear la espalda... y luego encogerse por el dolor remanente que recorría su cuerpo.

Rowan se hizo un poco hacia atrás al ver ese gesto de dolor, y cuando ella intentó convencerlo de que siguiera, él le dijo que no tenía ningún interés en acostarse con una inválida: de todas maneras ya habían esperado tanto tiempo que podrían esperar un poco más. Hasta que pudiera seguirle el paso, añadió con una sonrisa perversa.

Aelin alejó el pensamiento con otra mirada molesta en dirección a Rowan, suspiró para calmarse y empujó el pestillo.

Él estaba parado junto a la ventana, mirando los jardines destrozados donde los sirvientes trataban de reparar el daño catastrófico que había causado.

—Hola, Dorian —dijo.

CAPÍTULO 84

Dorian Havilliard despertó solo en una habitación que no reconocía.

Pero era libre, aunque tenía una franja de piel pálida que ahora marcaba su cuello.

Por un momento se quedó en la cama, escuchando.

No había gritos. No había lamentos. Sólo unos cuantos pájaros trinando cuidadosamente fuera de la ventana por donde entraba la luz del verano y... silencio. Paz.

Existía un verdadero vacío en su cabeza. Algo hueco dentro de él.

Incluso puso una mano sobre su corazón para ver si latía.

El resto era muy confuso y se perdió en ello en vez de pensar en el vacío. Se bañó, se vistió y habló con Aedion Ashryver, quien lo veía como si tuviera tres cabezas y aparentemente ahora estaba a cargo de la seguridad del castillo.

Chaol vivía, todavía se estaba recuperando, dijo el general. No había despertado aún... quizás así era mejor porque Dorian no tenía idea de cómo enfrentaría a su amigo, cómo lo explicaría todo. Aunque casi todo eran fragmentos, recuerdos rotos, pedazos de memoria que probablemente lo destrozarían más si algún día los lograba unir.

Unas horas después Dorian seguía en su recámara armándose de valor para revisar lo que había hecho, el castillo que había destruido, las personas que había matado. Tuvo oportunidad de ver el muro: muestra del poder de su enemiga... y de su misericordia.

No era su enemiga.

Aelin.

—Hola, Dorian —dijo ella.

Él volteó desde la ventana cuando la puerta se cerró.

Ella se quedó cerca de la puerta, vestida con una túnica de color azul profundo y dorado, desabotonada con gracia desenfadada en el cuello, el cabello suelto hasta los hombros, las botas desgastadas color café. Por la manera como se movía, el porte cuando se quedaba completamente quieta... Una reina lo estaba viendo.

No sabía qué decir. Por dónde empezar.

Ella caminó hacia la pequeña salita donde él estaba.

—¿Cómo te sientes?

Incluso su modo de hablar era ligeramente distinto. Él ya estaba enterado de lo que había dicho a su gente, las amenazas emitidas y el orden que exigió.

—Bien —logró decir él. Su magia retumbó muy dentro de su cuerpo, pero era apenas poco más que un susurro, como si estuviera agotada. Tan vacía como él.

—¿No te estás escondiendo aquí dentro, verdad? —dijo ella sentándose en una de las sillas alrededor de una bella alfombra ornamentada.

—Tus hombres me pusieron aquí para poder vigilarme —dijo él, junto a la ventana—. No sabía que tenía autorización para irme.

Tal vez eso sería bueno, considerando lo que el príncipe demonio lo había obligado a hacer.

—Puedes irte cuando te plazca. Éste es tu castillo, tu reino.

—¿Lo es? —se atrevió a preguntar.

—Tú eres ahora el rey de Adarlan —dijo ella suave pero no gentilmente—. Por supuesto que lo eres.

Su padre estaba muerto. Ni siquiera quedó un cuerpo para revelar lo que hicieron ese día.

Aelin había declarado públicamente que ella lo mató, pero Dorian sabía que él había terminado con su padre cuando destrozó el castillo. Lo había hecho por Chaol y por Sorscha, y sabía que Aelin se había adjudicado la muerte porque decirle a su gente... decirle a su gente que él había matado a su padre...

—Todavía tengo que ser coronado —dijo al fin.

Su padre había dicho cosas tan absurdas en sus últimos momentos; cosas que lo cambiaban todo y no cambiaban nada.

Ella cruzó las piernas recargándose en la silla; su rostro era todo seriedad.

—Lo dices como si esperaras que no sucediera.

Dorian ahogó la necesidad de tocarse el cuello para confirmar que el collar no estaba y puso las manos detrás de la espalda.

—¿Merezco ser rey después de todo lo que hice? ¿Después de todo lo que sucedió?

—Sólo tú puedes responder esa pregunta.

—¿Creíste lo que dijo?

Aelin apretó los labios.

—No sé qué creer.

—Perrington me declarará, nos declarará, la guerra. El hecho de que yo sea rey no detendrá a ese ejército.

—Nos las arreglaremos —dijo ella con una exhalación—. Pero que tú seas rey es el primer paso.

Del otro lado de la ventana el día estaba despejado y brillante. El mundo había terminado y vuelto a empezar; sin embargo, no había cambiado nada tampoco. El sol seguiría saliendo y poniéndose, las estaciones cambiando, independientemente de si él era libre o estaba esclavizado, príncipe o rey, sin importar quién estuviera vivo y quién ya no lo estuviera. El mundo seguiría avanzando. No parecía correcto, por alguna razón.

—Ella murió —dijo él con la respiración entrecortada, con la sensación de que la habitación lo aplastaba—. Por mí.

Aelin se puso de pie con un movimiento fluido y caminó hacia donde él estaba sólo para llevarlo a sentarse a su lado en el sofá.

—Vas a tardar un poco. Tal vez las cosas no vuelvan a estar bien. Pero tú... —dijo y le tomó la mano, como si él no hubiera usado esas mismas manos para lastimar y mutilar, para apuñalarla—. Aprenderás a enfrentarlo y a soportarlo. Lo que sucedió, Dorian, no fue tu culpa.

—Lo fue. Traté de matarte. Y lo que le pasó a Chaol...

—Chaol tomó una decisión. Eligió ganar un poco de tiempo porque tu padre tenía la culpa. Tu padre y el príncipe del Valg dentro de él te hicieron esto y se lo hicieron a Sorscha.

Él casi vomitó al escuchar el nombre. Sería deshonroso no volver a pronunciarlo, nunca volver a hablar de ella, pero no estaba seguro de poder decir esas dos sílabas sin que una parte dentro de él muriera una y otra vez.

—No me lo vas a creer —dijo Aelin—. Lo que acabo de decirte, no me lo vas a creer. Lo sé. Está bien. No espero que me creas. Cuando te encuentres listo, aquí estaré.

—Eres la reina de Terrasen. No puedes.

—¿Quién dice? Somos los amos de nuestros propios destinos, nosotros decidimos cómo seguir adelante —dijo apretándole la mano—. Tú eres mi amigo, Dorian.

Un destello de recuerdo, de la bruma oscura y el dolor y el miedo. *Regresé por ti.*

—Ambos regresaron por mí—dijo él.

Ella tragó saliva.

—Tú me sacaste de Endovier. Pensé que podía devolverte el favor.

Dorian miró la alfombra, todos los hilos entretejidos juntos.

—¿Qué hago ahora?

Se habían ido: la mujer que amaba y el hombre que odiaba. Miró a Aelin a los ojos. No había maquinación ni frialdad, tampoco lástima en esos ojos color turquesa. Sólo una honestidad inquebrantable, como siempre la había tenido.

—¿Qué hago?

Ella tuvo que tragar saliva antes de responder.

—Iluminas la oscuridad.

Chaol Westfall abrió los ojos.

El Más Allá se parecía mucho a una habitación en el castillo de piedra.

No tenía dolor en el cuerpo, por lo menos. No como el dolor que había chocado con él, seguido por la oscuridad de la guerra y la luz azul. Y luego nada.

Tal vez habría cedido al agotamiento que amenazaba con arrastrarlo de vuelta a la inconsciencia, pero alguien, un hombre, dejó escapar una respiración entrecortada y Chaol giró la cabeza.

No había sonido, no había palabras en él cuando vio a Dorian sentado en una silla junto a su cama. Tenía sombras amoratadas debajo de los ojos, el cabello despeinado, como si se hubiera estado pasando las manos por él; pero, pero debajo de su chaqueta desabotonada, no había collar. Sólo una línea pálida que desentonaba con su piel dorada.

Y sus ojos... Atormentados pero despejados. Vivo.

A Chaol le ardieron los ojos, su vista se desenfocó.

Ella lo había logrado. Aelin lo había logrado.

El rostro de Chaol se desencajó.

—No me había dado cuenta de que me veía tan mal —dijo Dorian con la voz conmovida.

Lo supo entonces, el demonio dentro del príncipe se había ido.

Lloró.

Dorian se arrojó de la silla y cayó de rodillas junto a la cama. Tomó la mano de Chaol y la apretó mientras presionaba su frente contra la de su amigo.

—Estabas muerto —dijo el príncipe, y se le quebró la voz—. Pensé que estabas muerto.

Chaol al fin logró controlarse un poco y Dorian se retiró unos centímetros hacia atrás para ver su rostro.

—Creo que lo estuve —dijo Chaol—. ¿Qué... qué sucedió?

Así que Dorian le dijo.

Aelin había salvado su ciudad.

Y había salvado su vida, también, cuando le metió el Ojo de Elena en el bolsillo.

La mano de Dorian apretó la de Chaol un poco más fuerte.

—¿Cómo te sientes?

—Cansado —admitió Chaol, abriendo y cerrando su mano libre. El pecho le dolía en el sitio donde había recibido el golpe, pero el resto de él se sentía...

No podía sentir nada.

No podía sentir sus piernas. Los dedos de sus pies.

—Las sanadoras que sobrevivieron —dijo Dorian en voz muy baja— dijeron que ni siquiera deberías estar vivo. Tu columna, creo que mi padre la rompió en varios lugares. Pensaban que Amithy tal vez hubiera podido... —dijo, atravesado por un destello de rabia—. Pero ella murió.

Un pánico, lento y helado, empezó a recorrerlo. No podía moverse, no podía...

—Rowan sanó dos de las lesiones más arriba. De otra manera hubieras quedado... paralizado —dijo Dorian y se atragantó con la palabra— del cuello hacia abajo. Pero la fractura más baja... Rowan dijo que es demasiado compleja y no se atrevió a intentar sanarla, porque podría empeorarla.

—Dime que pronto agregarás un "pero" —logró decir Chaol.

Si no podía caminar... si no podía moverse...

—No nos arriesgaremos a enviarte a Wendlyn, no con Maeve ahí. Pero los sanadores Torre Cesme podrían hacerlo.

—No me voy a ir al continente del sur —dijo Chaol. No ahora que tenía a Dorian de vuelta, no ahora que de alguna manera todos habían sobrevivido—. Esperaré a un sanador aquí.

—No quedan sanadores aquí. No con magia. Mi padre y Perrington acabaron con todos.

Algo frío brilló en esos ojos de zafiro. Chaol sabía que lo que su padre había dicho, lo que Dorian le había hecho a pesar de ello, atormentaría al príncipe durante un rato.

No al príncipe..., al rey.

—Los Torre Cesme podrían ser tu única esperanza para volver a caminar —dijo Dorian.

—No te voy a volver a dejar. Nunca más.

La boca de Dorian se apretó.

—Nunca me dejaste, Chaol —negó con la cabeza una vez y las lágrimas corrieron por su rostro—. Nunca me dejaste.

Chaol apretó la mano de su amigo.

Dorian miró hacia la puerta un momento antes de que se escuchara a alguien tocar y sonrió ligeramente. Chaol se preguntó exactamente qué podía detectar Dorian con su magia, pero luego el rey se limpió las lágrimas y dijo:

—Alguien vino a verte.

El pestillo descendió silenciosamente y la puerta se abrió apenas; se alcanzó a ver una cortina de cabello negro como la tinta y un rostro bronceado y hermoso. Nesryn miró a Dorian e hizo una reverencia, el cabello meciéndose frente a ella.

El rey se puso de pie e hizo un ademán desestimando el gesto.

—Aedion tal vez sea el nuevo jefe de seguridad del castillo, pero la señorita Faliq es mi capitán de la guardia temporal. Resulta que el estilo de liderazgo de Aedion les parece a los guardias un poco... ¿Cuál es la palabra, Nesryn?

La boca de Nesryn saltó ligeramente, pero tenía los ojos en Chaol, como si fuera un milagro, una ilusión.

—Controversial —murmuró Nesryn. Caminó directo hacia él, con su uniforme rojo y dorado ajustado como un guante.

—Nunca ha habido una mujer en la guardia del rey antes —dijo Dorian dirigiéndose a la puerta—. Y como tú eres ahora lord Chaol Westfall, la Mano del Rey, necesito que alguien ocupe esa posición. Nuevas tradiciones para un nuevo reino.

Chaol dejó de mirar los ojos de Nesryn un momento para ver a su amigo con la boca abierta.

—¿Qué?

Pero Dorian ya estaba abriendo la puerta.

—Si voy a estar atrapado en esto de ser el rey, entonces tú lo estarás conmigo. Así que ve con los Torre Cesme y cúrate pronto, Chaol. Porque tenemos mucho trabajo —dijo el rey y miró a Nesryn—. Afortunadamente ya tienes una guía que conoce el lugar.

Luego se marchó.

Chaol miró a Nesryn, quien tenía una mano sobre la boca.

—Resulta que sí terminé rompiendo la promesa que te hice, después de todo —dijo él—. Porque técnicamente no puedo salir caminando del castillo.

Ella estalló en llanto.

—Recuérdame no volver a hacer un chiste —dijo él, aunque sentía un pánico aplastante y estrujante establecerse en su cuerpo. Sus piernas... no. No... No lo enviarían a ver a los Torre Cesme a menos que supieran que había una posibilidad de volver a caminar. No aceptaría otra alternativa.

Los hombros delgados de Nesryn se sacudían mientras lloraba.

—Nesryn —dijo él con voz ronca—. Nesryn, por favor.

Ella se deslizó hacia el piso junto a su cama y enterró la cara en sus manos.

—Cuando se destruyó el castillo —dijo con la voz entrecortada—, pensé que habías muerto. Luego vi que el vidrio venía hacia mí y pensé que yo moriría. Más tarde llegó el fuego y recé... Recé por que ella te hubiera salvado de alguna manera.

Rowan lo había hecho, pero Chaol no la iba a corregir.

Ella bajó las manos y al fin miró su cuerpo bajo las cobijas.

—Arreglaremos esto. Iremos al continente del sur y los haré curarte. He visto las maravillas que hacen, sé que pueden hacerlo. Y...

Él se estiró para tomarla de la mano.

—Nesryn.

—Y ahora eres un lord —continuó ella sacudiendo la cabeza—. Eras un lord antes, lo sé, pero ahora eres el segundo al mando del rey. Sé que es..., sé que nosotros...

—Nos las arreglaremos —dijo Chaol.

Ella lo miró a los ojos al fin.

—No espero nada de ti...

—Nos las arreglaremos. Tal vez ni siquiera quieras un lisiado.

Ella retrocedió un poco.

—No me insultes suponiendo que soy así de superficial o voluble.

Él se ahogó con una risa.

—Vayamos a la aventura, Nesryn Faliq.

CAPÍTULO 85

Elide no podía dejar de llorar mientras las brujas volaban hacia el norte.

No le importaba ir volando, ni que la muerte estuviera a la vuelta de cada esquina.

Lo que había hecho Kaltain... No se atrevía a abrir su puño cerrado por temor a que el viento le arrancara la tela y la pequeña roca dentro.

Cuando empezó a ponerse el sol, aterrizaron en algún sitio en Oakwald. A Elide tampoco le importó. Se recostó y se perdió en un sueño profundo, todavía con el vestido de Kaltain puesto y ese trozo de capa apretado en la mano.

Alguien la cubrió con una capa en la noche. Cuando despertó tenía ropa a su lado: una camisa, pantalones, botas y el equipo de cuero para volar. Las brujas dormían; sus guivernos eran una masa de músculos y muerte alrededor de ellas. Ninguno se movió cuando Elide caminó al arroyo más cercano, se quitó el vestido y se sentó en el agua mirando los pedazos sueltos de su cadena ondear en la corriente, hasta que sus dientes empezaron a castañetear.

Luego se vistió. La ropa le quedaba un poco grande, pero era caliente. Elide metió el trozo de capa y la roca que contenía en uno de sus bolsillos interiores.

Celaena Sardothien.

Nunca había escuchado ese nombre, no sabía dónde empezar a buscar. Pero pagaría la deuda que tenía con Kaltain...

—No desperdicies tus lágrimas en ella —dijo Manon a un par de metros de distancia, un paquete colgando de sus manos limpias. Debió haberse lavado la sangre y la tierra la noche anterior—. Sabía lo que hacía y no lo hizo por ti.

Elide se limpió la cara.

—De todas maneras salvó nuestras vidas y terminó con esas pobres brujas en las catacumbas.

—Lo hizo por ella misma. Para liberarse. Y tenía el derecho. Después de lo que le hicieron, ella tenía el derecho de destrozar el mundo por completo.

En vez de eso, había destrozado una tercera parte de Morath.

Manon tenía razón. A Kaltain no le importó si habían logrado salir después de la explosión.

—¿Qué hacemos ahora?

—Vamos a regresar a Morath —dijo Manon simplemente—. Pero tú no.

Elide se sobresaltó.

—Esto es lo más lejos que podemos traerte sin despertar sospechas —dijo la bruja—. Cuando regresemos, si tu tío sobrevivió, le diré que seguramente te quemaste en la explosión.

Con el estallido, toda la evidencia de lo que Manon y sus Trece hicieron para sacar a Elide de los calabozos también se habría borrado.

Pero dejarla ahí... El mundo se extendió, amplio y brutal, a su alrededor.

—¿Dónde voy? —preguntó Elide. La rodeaban interminables bosques y colinas—. No... no sé leer y no tengo un mapa.

—Ve a donde quieras, pero si yo fuera tú iría al norte, por el bosque. No vayas a las montañas. Sigue avanzando hasta que llegues a Terrasen.

Eso nunca había sido parte del plan.

—Pero... pero el rey... Vernon...

—El rey de Adarlan está muerto —dijo Manon. El mundo se detuvo—. Aelin Galathynius lo mató y destruyó su castillo de cristal.

Elide se cubrió la boca con una mano y empezó a sacudir la cabeza. Aelin... Aelin...

—La ayudó —siguió diciendo Manon— el príncipe Aedion Ashryver.

Elide empezó a sollozar.

—Y se rumora que lord Ren Allsbrook está trabajando en el norte como rebelde.

Elide enterró la cara en las manos. Luego sintió una mano dura con puntas de hierro en el hombro.

Un toque vacilante.

—Esperanza —dijo Manon en voz baja.

Elide bajó las manos y vio que la bruja le estaba sonriendo. Apenas era una inclinación de los labios, pero era una sonrisa, suave y hermosa. Elide se preguntó si Manon siquiera sabía que lo estaba haciendo.

Pero ir a Terrasen...

—Las cosas van a empeorar, ¿verdad? —dijo Elide.

Manon asintió apenas perceptiblemente.

Al sur, podía ir al sur y huir muy muy lejos. Ahora que Vernon pensaba que estaba muerta, nadie la buscaría. Pero Aelin estaba viva. Y fuerte. Tal vez era momento de dejar de soñar con huir. Encontrar a Celaena Sardothien... Haría eso, en honor a Kaltain y el regalo que le había dado, para honrar a las niñas como ellas, encerradas en torres sin nadie que hable por ellas, sin nadie que las recuerde.

Pero Manon la había recordado.

No... no huiría.

—Ve al norte, Elide —dijo Manon leyendo la decisión en sus ojos. Le entregó el paquete—. Ellos están en Rifthold, pero apuesto a que no estarán ahí mucho tiempo. Ve a Terrasen y no llames la atención. Mantente alejada de los caminos principales, evita las posadas. Hay dinero en ese paquete, úsalo con cuidado. Miente, roba y haz trampas si tienes que hacerlo, pero llega a Terrasen. Tu reina estará allá. Sugiero que no le menciones tu ascendencia.

Elide lo pensó y se echó el paquete al hombro.

—Tener sangre de Picos Negros no me parece algo tan horrible —dijo en voz baja.

Los ojos dorados se entrecerraron.

—No —dijo Manon—. No, no lo es.

—¿Cómo puedo agradecerte?

—Era una deuda que ya tenía —dijo Manon negando con la cabeza cuando Elide abrió la boca para preguntar más. La bruja le entregó tres dagas y le mostró cómo ocultar una en su bota, otra en su bolsa y otra en la funda en su cadera. Finalmente, le dijo a Elide que se quitara las botas para sacar los grilletes. Tomó una pequeña llave y abrió las cadenas que seguían en sus tobillos.

Un aire fresco y suave acarició su piel desnuda. Elide se mordió el labio para no volver a llorar mientras se ponía de nuevo las botas.

A través de los árboles, los guivernos bostezaban y gruñían. El sonido de las risas de las Trece pasó flotando junto a ellas. Manon miró a sus brujas y esa sonrisa tenue regresó a su boca. Al voltear, la heredera del clan de Brujas Picos Negros dijo:

—Cuando llegue la guerra, cosa que sucederá si Perrington sobrevivió, desearás no volverme a ver, Elide Lochan.

—De todas maneras —repuso ella—, espero que sí suceda.

Hizo una reverencia a la Líder de la Flota.

Y, para su sorpresa, la bruja le respondió con otra reverencia.

—Al norte —dijo Manon; Elide supuso que era lo más parecido a un adiós que le diría.

—Norte —repitió Elide, empezando a caminar hacia los árboles.

En cuestión de minutos dejó de oír los sonidos de las brujas y sus guivernos. Oakwald se la tragó.

Apretó las correas de su paquete con fuerza, mientras caminaba.

De pronto, los animales se quedaron en silencio, las hojas crujieron y susurraron. Un momento después, trece grandes sombras pasaron sobre ella. La más pequeña se quedó un poco atrás y regresó una segunda vez, como despedida.

Elide no sabía si Abraxos podía ver a través del follaje, pero de todas maneras levantó la mano para despedirse. Un grito dichoso y feroz hizo eco en respuesta; luego la sombra desapareció.

Norte.

A Terrasen. Para pelear, no para huir.

Con Aelin y Ren y Aedion... adultos, fuertes, vivos.

No sabía cuánto tiempo le tomaría ni lo que debería caminar, pero llegaría. No miraría atrás.

Elide marchó bajo los árboles, el bosque zumbando a su alrededor. Presionó una mano contra el bolsillo interior de su chaqueta de cuero, sintiendo el pequeño bulto duro guardado ahí. Susurró una oración corta a Anneith para que le concediera sabiduría y consejo; podría haber jurado que una mano cálida le rozó la frente en respuesta. Le enderezó la espalda, le levantó la barbilla.

Cojeando, Elide empezó el largo viaje a casa.

CAPÍTULO 86

—Esto es lo último de tu ropa —dijo Lysandra pateando el baúl que acababa de dejar uno de los sirvientes—. Y pensaba que yo tenía un problema de compras. ¿Nunca tiras nada?

Desde su percha en el diván de terciopelo, al centro del enorme vestidor, Aelin le sacó la lengua.

—Gracias por traer todo —dijo.

No tenía ningún sentido desempacar la ropa que Lysandra había traído de su viejo departamento, ni tenía ningún sentido regresar ahí. No ayudaba que Aelin no se atreviera a dejar solo a Dorian. Aunque finalmente había logrado sacarlo de esa habitación para caminar por el castillo.

Se veía como un muerto viviente, en especial con esa línea blanca alrededor de su garganta dorada. Supuso que tenía todo el derecho.

Había estado esperándolo afuera de la habitación de Chaol. Al escuchar a éste hablar al fin, llamó a Nesryn en cuanto pudo controlar las lágrimas de alivio que amenazaban con sobrepasarla. Cuando Dorian salió de la habitación y la miró desapareció su sonrisa; ella llevó al rey directamente de regreso a su recámara y se sentó con él durante un largo rato.

La culpa... sería una carga tan pesada para Dorian como su dolor.

Lysandra puso las manos en las caderas.

—¿Tienes otras tareas para mí antes de que vaya mañana por Evangeline?

Aelin le debía a Lysandra más de lo que podía expresar, pero...

Sacó una caja pequeña de su bolsillo.

—Hay una cosa más —dijo Aelin, entregándosela a su amiga—. Tal vez me odies después por esto, pero puedes empezar diciendo que sí.

—¿Estás proponiéndome matrimonio? ¡Qué inesperado! —dijo Lysandra, y tomó la caja pero no la abrió.

Aelin hizo un ademán con la mano, su corazón latía fuerte.

—Sólo ábrela.

Con el ceño fruncido por la cautela, Lysandra levantó la tapa y ladeó la cabeza al ver el anillo dentro, un movimiento puramente felino.

—¿Sí estas proponiéndome matrimonio, Aelin Galathynius?

Ella miró a su amiga a los ojos.

—Hay un territorio en el norte, un trozo de tierra fértil que pertenecía a la familia Allsbrook. Aedion decidió informarme que los Allsbrook no lo piensan usar, así que ha estado sin dueño por un tiempo —dijo Aelin encogiéndose de hombros—. Podría aprovechar una lady.

La sangre se le escapó de la cara a Lysandra.

—Qué.

—Está lleno de leopardos fantasma, por eso el grabado en el anillo. Pero supongo que si hay alguien capaz de manejarlos, ese alguien eres tú.

A Lysandra le temblaron las manos.

—¿Y... y el símbolo de una llave arriba del leopardo?

—Para recordarte quién posee ahora tu libertad: tú.

La mujer cubrió su boca y se quedó viendo alternadamente al anillo y a Aelin.

—¿Perdiste la cabeza?

—La mayoría de la gente probablemente pensaría que sí. Pero como la tierra fue liberada oficialmente por los Allsbrook hace años, puedo nombrarte como lady de ahí. Con Evangeline como tu heredera, si lo deseas.

Su amiga no había mencionado ningún plan para ella y su encomendada más allá de ir por Evangeline. No había pedido acompañarlos, ni empezar otra vez en una nueva tierra, un nuevo reino. Aelin tenía la esperanza de que eso significara que quería ir con ellos a Terrasen, pero...

Lysandra se desplomó en el piso alfombrado y permaneció mirando la caja, el anillo.

—Sé que será mucho trabajo... —empezó a decir Aelin.

—No merezco esto. Nadie jamás querrá servirme. Tu gente te culpará por designarme.

Aelin se deslizó al piso junto a su amiga, rodilla con rodilla, y tomó la caja de las manos temblorosas de la metamorfa. Sacó el anillo de oro que había mandado hacer semanas antes. Apenas quedó listo esa mañana, cuando Aelin y Rowan fueron a recogerlo, junto con la verdadera llave del Wyrd.

—Nadie lo merece más —dijo Aelin, tomando la mano de su amiga para ponerle el anillo—. No deseo que nadie más me cuide las espaldas. Si mi gente no puede ver el valor de una mujer que se vendió como esclava por el bien de una niña, que defendió a mi corte sin pensar en su propia vida, entonces no es mi gente. Y puede arder en el infierno.

Lysandra pasó el dedo sobre el escudo de armas que Aelin había diseñado.

—¿Cómo se llama el territorio?

—No tengo idea —dijo Aelin—. Lysandria suena bien. También Lysandrius o tal vez Lysandralandia.

Lysandra se quedó con la boca abierta.

—Sí estás loca.

—¿Aceptarás?

—No sé nada sobre gobernar un territorio, sobre ser una lady.

—Bueno, yo no sé nada sobre gobernar un reino. Aprenderemos juntas —le dijo y sonrió de modo cómplice—. ¿Entonces?

Lysandra vio el anillo, luego levantó la mirada al rostro de Aelin, lanzó los brazos alrededor de su cuello y apretó con fuerza. La reina lo entendió como un sí.

Aelin hizo un gesto por el dolor apagado que sintió, pero no la soltó.

—Bienvenida a la corte, lady.

Aelin honestamente no quería nada más que meterse a la cama esa noche, con la esperanza de tener a Rowan a su lado. Pero cuando estaban terminando de cenar, su primera comida juntos como una corte, alguien tocó a la puerta. Aedion se levantó a abrir antes de que Aelin pudiera siquiera dejar el tenedor.

Regresó con Dorian tras él; el rey miró a todos.

—Quería ver si ya habían terminado de comer...

Aelin señaló con su tenedor el espacio vacío al lado de Lysandra.

—Acompáñanos.

—No quiero interrumpirlos.

—Que te sientes, tonto —le dijo al nuevo rey. Esa mañana había firmado un decreto para liberar todos los reinos conquistados por el gobierno de Adarlan. Lo había visto hacerlo. Aedion le apretó la mano durante todo el proceso, y ella deseó que Nehemia hubiera estado ahí para verlo.

Dorian se acercó a la mesa con una mirada divertida en esos ojos embrujados color zafiro. Le volvió a presentar a Rowan, quien inclinó la cabeza más de lo que Aelin esperaba. Luego le presentó a Lysandra, explicándole quién era ella y en quién se había convertido para Aelin y su corte.

Aedion los miró con el rostro tenso, los labios apretados en una línea delgada. Sus ojos se encontraron.

Diez años después, y todos estaban sentados juntos a la mesa. Ya no eran niños, sino gobernantes de sus propios territorios. Diez años después, y ahí estaban, amigos a pesar de las fuerzas que los habían destrozado y desgarrado.

Aelin vio una chispa de esperanza brillar en ese comedor y levantó su copa.

—Por un nuevo mundo —dijo la reina de Terrasen.

El rey de Adarlan también levantó la copa, con sombras interminables bailando en sus ojos pero... ahí. Un brillo de vida.

—Por la libertad.

CAPÍTULO 87

El duque sobrevivió. También Vernon.

Una tercera parte de Morath había volado en pedazos; muchos guardias y sirvientes también, junto con dos aquelarres y Elide Lochan.

Era una pérdida importante, aunque no tan devastadora como podría haber sido. La misma Manon había derramado tres gotas de su propia sangre para agradecer a la Diosa de las Tres Caras que la mayoría de los aquelarres hubieran estado en un ejercicio de entrenamiento ese día.

La bruja estaba en la sala de consejo del duque con las manos detrás de la espalda mientras el hombre despotricaba.

Un contratiempo importante, siseó a los otros hombres ahí reunidos: líderes de guerra y consejeros. Les tomaría meses reparar Morath y, dado que se quemaron muchas provisiones, tendrían que dejar sus planes para después.

Día y noche los hombres cargaban rocas que se acumulaban en pilas enormes sobre las ruinas de las catacumbas. Manon sabía que buscaban el cuerpo de una mujer que ya no era más que ceniza y la roca que traía dentro. La bruja ni siquiera les había dicho a las Trece quién iba cojeando hacia el norte con esa piedra.

—Líder de la Flota —le dijo el duque con tono golpeado; Manon volteó los ojos perezosamente hacia él—. Tu abuela llegará en dos semanas. Quiero que tus aquelarres estén entrenados con los últimos planes de batalla.

Ella asintió.

—Como tú digas.

Batallas. Habría batallas porque aunque ahora Dorian Havilliard era el rey, el duque no pretendía renunciar a sus planes, no con ese ejército. En cuanto las torres de las brujas fueran construidas y encontrara otra fuente de fuego de las sombras, Aelin Galathynius y sus fuerzas serían eliminadas.

Manon esperaba en silencio que Elide no estuviera en esos campos de batalla.

La junta de consejo terminó pronto y Manon hizo una pausa cuando pasó de regreso junto a Vernon. Puso una mano sobre su hombro y le enterró las uñas en la piel. Él gritó y ella le acercó los dientes de hierro a su oreja.

—Sólo porque ella esté muerta, lord, no pienses que voy a olvidar lo que intentabas hacerle.

Vernon palideció.

—No puedes tocarme.

Manon enterró las uñas aún más.

—No, no puedo —le ronroneó al oído—. Pero Aelin Galathynius está viva. Y por ahí me dijeron que tiene cuentas pendientes contigo.

Antes de salir de la habitación, sacó las uñas y le apretó el hombro para que la sangre corriera por su túnica verde.

—¿Ahora qué? —preguntó Asterin cuando estudiaban la nueva torre que le habían incautado a uno de los aquelarres menores—. Llega tu abuela y luego... ¿pelearemos en esta guerra?

Manon miró por el arco abierto hacia el cielo cenizo a la distancia.

—Por lo pronto, nos quedamos. Esperamos a que llegue mi abuela para traer esas torres.

No sabía lo que haría cuando viera a su abuela. Miró a su Segunda de soslayo.

—El cazador humano... ¿cómo murió?

Los ojos de Asterin brillaron. Por un momento, no dijo nada. Luego:

—Era viejo, muy viejo. Creo que se fue al bosque un día y se acostó en alguna parte para nunca regresar. Eso le hubiera gustado, creo. Nunca encontré su cuerpo.

Pero había buscado.

—¿Cómo es? —preguntó Manon en voz baja—. Amar.

Porque eso había sido lo que Asterin había sentido y aprendido, tal vez la única de todas las brujas Dientes de Hierro.

—Era como morir un poco todos los días. Era como estar viva también. Una dicha tan completa que era dolor. Me destruía y me deshacía y me volvía a formar. Lo odiaba, porque sabía que no podía escaparme, y sabía que me cambiaría por siempre. Y esa cría... también la amaba. La amaba de una manera que no puedo describir, aparte de decirte que fue lo más poderoso que jamás he sentido, más que la rabia, más que la lujuria, más que la magia —dijo con una leve sonrisa—. Me sorprende que no me estés dando el discurso de "Obediencia. Disciplina. Brutalidad".

Convertidas en monstruos.

—Las cosas están cambiando —dijo Manon.

—Bien —respondió Asterin—. Somos inmortales. Las cosas deben cambiar y con frecuencia, o se vuelven aburridas.

Manon arqueó las cejas y su Segunda sonrió.

Manon sacudió la cabeza y sonrió también.

CAPÍTULO 88

Rowan estaba de guardia y volaba en círculos arriba del castillo. Aelin, como tenían su salida programada para el amanecer, decidió hacer un último viaje a la tumba de Elena cuando el reloj marcó las doce.

Sin embargo, sus planes se arruinaron. El camino a la sepultura estaba bloqueado por escombros de la explosión. Pasó quince minutos buscando una manera de entrar, con ambas manos y con su magia, pero no tuvo suerte. Rezó pidiendo que Mort no hubiera sido destruido, aunque tal vez la aldaba en forma de calavera hubiera agradecido que su existencia extraña e inmortal por fin terminara.

El sistema de alcantarillado de Rifthold, aparentemente, estaba tan limpio de los Valg como los túneles y catacumbas del castillo; parecía que los demonios hubieran huido hacia la noche cuando el rey cayó. Por el momento, Rifthold era seguro.

Aelin salió del pasadizo oculto sacudiéndose el polvo.

—Ustedes dos hacen tanto ruido, es ridículo.

Con su oído hada, los había detectado minutos antes.

Dorian y Chaol estaban sentados frente a una chimenea, el segundo en una silla con ruedas especial que le habían conseguido.

El rey miró sus orejas puntiagudas, los colmillos largos, y arqueó una ceja.

—Te ves bien, Majestad.

Supuso que Dorian en realidad no había notado su cuerpo hada aquel día en el puente de cristal y, hasta ese momento, había estado en su forma humana. Sonrió.

Chaol volteó. En su delgado rostro se veía una chispa de determinación. Esperanza. No dejaría que su lesión lo destruyera.

—Yo siempre me veo bien —dijo Aelin, y se dejó caer en un sillón frente a Dorian.

—¿Encontraste algo interesante allá abajo? —preguntó Chaol.

Ella negó con la cabeza.

—Pensé que no se perdería nada si buscaba una última vez. Por los viejos tiempos.

Y tal vez para arrancarle la cabeza a Elena de un mordisco. Después de que la antigua reina respondiera a todas sus preguntas. Pero no estaba por ningún lado.

Los tres se miraron y el silencio cayó.

A Aelin le picaba la garganta, así que volteó a ver a Chaol y le dijo:

—Con Maeve y Perrington encima de nosotros es probable que necesitemos aliados lo más pronto posible, en especial si las fuerzas en Morath bloquean el acceso a Eyllwe. Un ejército del continente del sur podría cruzar el Mar Angosto en unos días y proporcionarnos refuerzos, presionar a Perrington desde esa dirección mientras nosotros llegamos desde el norte —dijo cruzando los brazos—. Así que te nombro embajador oficial de Terrasen. No me importa lo que diga Dorian. Hazte amigo de la familia real, conquístalos, bésales el trasero, haz lo que tengas que hacer. Pero necesitamos esa alianza.

Chaol miró a Dorian para solicitar su anuencia en silencio. El rey asintió, apenas con un movimiento de la barbilla.

—Lo intentaré.

Era la mejor respuesta que podía esperar Aelin. Chaol buscó en el bolsillo de su túnica y le lanzó el Ojo. Ella lo atrapó con una mano. El metal estaba abollado, pero la piedra azul permanecía.

—Gracias —dijo él con voz ronca.

—Usó eso por meses —le dijo Dorian cuando ella metió el amuleto en su bolsillo—, pero nunca reaccionó, ni siquiera si estaba en peligro. ¿Por qué ahora?

A Aelin se le hizo un nudo en la garganta.

—El valor del corazón —dijo—. Elena una vez me dijo que el valor del corazón era algo muy infrecuente y que permitiera que me guiara. Cuando Chaol eligió... —intentó continuar pero no pudo formar las palabras. Trató nuevamente—: Creo que el valor lo salvó, hizo que el amuleto despertara por él.

Había hecho una apuesta, una muy arriesgada, que había funcionado.

Volvió a caer el silencio.

Dorian dijo:

—Henos aquí.

—Al final del camino —dijo Aelin con media sonrisa.

—No —dijo Chaol con su propia sonrisa débil y cautelosa—. Al principio del que viene.

A la mañana siguiente, Aelin bostezó recargada en su yegua gris en el patio del castillo.

Cuando Dorian y Chaol se fueron en la noche, Lysandra llegó a su recámara y se quedó dormida en su cama sin una explicación de por qué o qué había estado haciendo antes. Como estaba completamente inconsciente, Aelin se metió a la cama junto a ella. No tenía idea de dónde se habría acomodado Rowan para pasar la noche, pero no le hubiera sorprendido ver por la ventana y encontrar un halcón de cola blanca en el barandal de su balcón.

Al amanecer, Aedion entró exigiendo saber por qué no estaban listas para salir, para ir a casa.

Lysandra se convirtió en un leopardo fantasma y lo persiguió. Luego regresó, todavía en su enorme forma felina y se echó nuevamente junto a Aelin. Lograron conciliar otros treinta minutos de sueño antes de que Aedion regresara y les lanzara un balde de agua encima.

Corrió con suerte de salir con vida.

Pero tenía razón, eran pocos motivos para quedarse. Sobre todo porque había tantas cosas que hacer en el norte, tanto que planear y sanar y supervisar.

Viajarían hasta que cayera la noche, luego recogerían a Evangeline en la casa de campo de los Faliq y continuarían hacia el norte, si todo iba bien, sin interrupciones hasta llegar a Terrasen.

A casa.

Estaba yendo a casa.

El temor y la duda se revolvían en su estómago, pero la dicha brillaba a su lado.

Estuvieron listas rápidamente; ahora lo único que quedaba, supuso, era despedirse.

Las heridas hacían imposible que Chaol bajara las escaleras, pero esa mañana Aelin se metió en su habitación para decirle adiós y se encontró con Aedion, Rowan y Lysandra, que ya estaban ahí, platicando con él y Nesryn. Cuando salieron Nesryn los siguió. El capitán simplemente le había apretado la mano a Aelin, pidiendo:

—¿Puedo verlo?

Ella supo a qué se refería y extendió las manos.

Hizo bailar listones, plumas y flores en tonos rojos, y fuego dorado por toda la habitación, brillante, glorioso, elegante.

Los ojos de Chaol estaban delineados de plata cuando las flamas se apagaron.

—Es hermoso —dijo al fin.

Ella sólo le sonrió y dejó una rosa de flama dorada ardiendo en su mesa de noche, donde flamearía sin emitir calor hasta que ella estuviera lejos.

En cuanto a Nesryn, quien había tenido que salir por motivos de su puesto de capitán, Aelin le dejó otro regalo: una flecha de oro sólido que le habían presentado en el Yulemas pasado como una bendición de Deanna, su ancestro. Aelin se imaginó que la arquera amaría y apreciaría más que ella esa flecha, de cualquier manera.

—¿Necesitan algo? ¿Más comida? —preguntó Dorian cuando llegó a su lado. Rowan, Aedion y Lysandra montaban ya sus caballos. Llevaban poco equipaje, apenas lo básico. Principalmente armas, incluyendo a Damaris, que Chaol le había dado a Aedion insistiendo en que la vieja espada permaneciera en esas tierras. El resto de sus pertenencias serían enviadas a Terrasen.

—Con este grupo —le dijo Aelin a Dorian—, probablemente habrá una competencia diaria para ver quién puede cazar mejor.

Dorian rio. Se hizo el silencio y Aelin chasqueó la lengua.

—Estás usando la misma túnica que hace unos días. Creo que antes nunca te había visto usar la misma ropa dos veces.

Un brillo en esos ojos de zafiro.

—Tengo cosas más importantes de las cuales preocuparme ahora.

—¿Estarás... estarás bien?

—¿Tengo otra opción?

Ella le tocó el brazo.

—Si necesitas cualquier cosa, mándanos decir. Tardaremos algunas semanas para llegar a Orynth, pero supongo que con la magia de regreso podrás encontrar un mensajero que me lleve el recado rápidamente.

—Gracias a ti, y a tus amigos.

Ella los miró por encima del hombro. Todos se esforzaban por disimular que estaban escuchándolos.

—Gracias a todos nosotros —dijo ella en voz baja—. Y a ti.

Dorian miró hacia el horizonte de la ciudad, las colinas verdes más allá.

—Si me hubieras preguntado hace nueve meses si pensaba... —dijo sacudiendo la cabeza—. Han cambiado tantas cosas.

—Y seguirán cambiando —aseguró ella, apretándole el brazo una vez—. Pero... habrá cosas que no. Yo siempre seré tu amiga.

Él sintió un nudo en la garganta.

—Desearía volverla a ver, una última vez. Decirle... decirle lo que estaba en mi corazón.

—Ella lo sabe —dijo Aelin, parpadeando para aliviar el ardor en sus ojos.

—Te extrañaré —confesó Dorian—. Aunque dudo que la próxima vez que nos veamos sea en circunstancias tan... civilizadas.

Aelin intentó no pensar en eso. Él hizo un gesto hacia la espalda de ella, hacia su corte.

—No los hagas sufrir demasiado. Sólo están tratando de ayudar.

Ella sonrió. Para su sorpresa, el rey hizo otro tanto.

—Mándame todos los libros buenos que leas —le dijo.

—Sólo si tú haces lo mismo.

Lo abrazó una última vez.

—Gracias... por todo —susurró.

Dorian la apretó y luego dio un paso atrás. Aelin montó a su caballo e inició la marcha a la cabeza de su comitiva.

Rowan, montado en un corcel negro brillante, la miró. *¿Estás bien?*

Asintió. *No pensé que fuera tan difícil decir adiós. Y con todo lo que está por venir...*

Lo enfrentaremos juntos. Hasta cualquier fin.

Ella se estiró hasta alcanzarlo y lo tomó de la mano, apretándola con fuerza.

Se mantuvieron unidos mientras cabalgaban por el camino desierto, a través de la entrada que ella había hecho en el muro de vidrio, hacia las calles de la ciudad, donde la gente dejaba lo que hacía y se quedaba con la boca abierta o susurraba o se les quedaba viendo.

Mientras salía de Rifthold, la ciudad que había sido su hogar y su infierno y su salvación, memorizando cada calle y edificio y rostro y tienda, cada olor y la frescura de la brisa del río, no vio un solo esclavo. No escuchó ningún látigo.

Al pasar junto al domo del Teatro Real se escuchaba música, música hermosa y exquisita, proveniente del interior.

Dorian no supo qué lo despertó. Tal vez fueron los insectos del verano que habían dejado de zumbar o quizás el viento fresco que se metió a su vieja habitación en la torre y movió las cortinas.

La luz de la luna brillaba en el reloj; eran las tres de la mañana. La ciudad estaba en silencio.

Se levantó de la cama y se volvió a tocar el cuello, sólo para estar seguro. Cada vez que despertaba de sus pesadillas, le tomaba unos minutos darse cuenta si estaba realmente despierto, o si era solamente un sueño y él seguía atrapado en su propio cuerpo, esclavizado a su padre y a ese príncipe del Valg. No le había dicho a Aelin o a Chaol sobre las pesadillas. Una parte de él deseaba haberlo hecho.

Apenas podía recordar lo sucedido mientras usó el collar. Cumplió veinte años y no lo recordaba. Había sólo fragmentos, vistazos del horror y el dolor. Intentaba no pensar en eso. No quería recordarlo. Tampoco había dicho eso a Chaol ni a Aelin.

Ya la extrañaba, junto con el caos e intensidad de su corte. Extrañaba tener a alguien a su alrededor. El castillo era demasiado grande, demasiado silencioso. Y Chaol se iría en dos días. No quería pensar en lo que sería extrañar a su amigo.

Dorian caminó hacia su balcón, necesitaba sentir la brisa del río en su rostro, saber que esto era real y él era libre.

Abrió las puertas del mirador y sintió las rocas frías en sus pies. Miró el terreno arrasado. Él había hecho eso. Exhaló y miró la pared de vidrio que brillaba bajo la luz de la luna.

Sobre ella, vio posada una sombra enorme. Dorian se quedó congelado.

No era una sombra sino una bestia gigante. Sus garras estaban prendidas del muro, sus alas pegadas a su cuerpo brillando débilmente bajo la luz de la luna llena. Brillando como el cabello blanco de la jinete que lo montaba.

A pesar de la distancia, supo que ella lo miraba directamente, su cabello peinado hacia un lado como un listón de luz de luna atrapado en la brisa del río.

Dorian levantó una mano y la otra se movió hacia su cuello. No había collar.

La jinete en el guiverno se inclinó en su silla y le dijo algo a la bestia. Ésta extendió sus alas gigantes y brillantes y saltó hacia el aire. Cada movimiento de sus alas enviaba una sonora ráfaga de viento en su dirección.

Se elevó más, el cabello de ella iba volando detrás, como un banderín deslumbrante hasta que desaparecieron en la noche y ya no se alcanzaron a escuchar las alas batiendo. Nadie hizo sonar la alarma. Como si el mundo hubiera dejado de prestar atención durante los momentos en que se miraron.

Y a través de la oscuridad de sus recuerdos, a través del dolor y la desesperanza y el terror que trataba de olvidar, un nombre hizo eco en su mente.

Manon Picos Negros voló hacia el cielo estrellado. Abraxos se sentía cálido y rápido bajo ella. La luz deslumbrante de la luna, el vientre lleno de la madre, resplandecía sobre ella.

No sabía por qué se había molestado en ir; por qué había sentido curiosidad.

Pero ahí estaba el príncipe, sin collar alrededor del cuello.

Y había levantado la mano para saludarla, como si dijera *te recuerdo*.

El viento cambió de dirección. Abraxos adapto su vuelo a la corriente y se elevó más alto en el cielo. Debajo, el reino oscurecido se volvió un borrón.

Vientos cambiantes, un mundo cambiante.

Tal vez unas Trece cambiantes también. Y ella misma.

No sabía qué pensar de eso.

Pero Manon esperaba que todos sobrevivieran.

Tenía esperanza.

CAPÍTULO 89

Durante tres semanas cabalgaron directamente hacia el norte. Evitaron con cuidado los caminos principales y se mantuvieron alejados de los pueblos. No hacía falta anunciar que Aelin iba de regreso a Terrasen. No hasta que viera su reino ella misma y supiera lo que enfrentaba en él y lo que se reunía en Morath. No hasta que tuviera un sitio seguro donde esconder esa gran cosa terrible que traía en su alforja.

Con la magia, nadie notó la presencia de la llave del Wyrd. Pero Rowan ocasionalmente miraba la alforja y ladeaba la cabeza de manera inquisitiva. Cada vez, ella le respondía que estaba bien, que no había notado nada raro con el amuleto. Ni con el Ojo de Elena, que nuevamente traía colgado al cuello. Se preguntó si Lorcan realmente intentaba conseguir la segunda y la tercera llaves del Wyrd, tal vez donde Perrington: Erawan las había tenido todo el tiempo. Si el rey no había mentido.

Tenía la impresión de que Lorcan empezaría a buscar en Morath. Y rezó para que el guerrero hada desafiara las probabilidades en su contra y saliera triunfante. Ciertamente eso haría su vida más fácil. Aunque un día se desquitara con ella por haberlo engañado.

Los días del verano se fueron haciendo más fríos conforme se movían hacia el norte. Evangeline, era preciso decirlo, les seguía el paso y nunca se quejaba de dormir en un saco noche tras noche. Parecía perfectamente contenta de acurrucarse con Ligera, su nueva protectora y amiga fiel.

Lysandra aprovechó el viaje para poner a prueba sus habilidades. A veces volaba con Rowan sobre ellos, en ocasiones corría como un hermoso perro negro junto con Ligera, de vez en cuando pasaba días en su forma de leopardo y le saltaba a Aedion cuando menos lo esperaba.

Pasaron tres semanas de viaje agotador, tres de las semanas más felices que Aelin jamás experimentara. Hubiera preferido un poco más de privacidad, en especial con Rowan, quien no dejaba de verla de esa manera que la hacía querer estallar en llamas. A veces, cuando nadie los estaba viendo, se acercaba a ella por la espalda y le rozaba el cuello con los labios, o tiraba del lóbulo de su oreja con los dientes, o solamente la abrazaba y la acercaba a él, inhalándola.

Una noche con él, sólo una maldita noche, era lo único que quería.

No se atrevían a detenerse en una posada, así que se quedó con su deseo y soportó que Lysandra la fastidiara constantemente en silencio.

El terreno empezó a inclinarse, con más colinas; el mundo se volvió frondoso y verde y brillante. Las rocas se convirtieron en salientes escarpadas de granito.

Apenas había salido el sol y Aelin iba caminando junto a su caballo. Quería ahorrarle subir esa pendiente particularmente inclinada con ella a cuestas. Ya iba en su segunda comida del día, estaba sudorosa, sucia e irritada. La magia del fuego, al parecer, era bastante útil en los viajes. Los mantenía calientes en las noches frías, encendía sus fogatas y hervía su agua. Hubiera matado por tener una tina lo suficientemente grande para llenarla de agua y bañarse, pero los lujos podían esperar.

—Está del otro lado de esta colina —le dijo Aedion a su izquierda.

—¿Qué? —preguntó ella. Terminó su manzana y tiró los restos detrás. Lysandra, quien había adoptado la forma de un cuervo, graznó molesta cuando el corazón de la fruta la golpeó.

—Perdón —dijo Aelin.

Lysandra graznó y se elevó hacia el cielo. Ligera le ladró alegremente y Evangeline rio montada en su poni.

Aedion señaló la cima de la colina que tenían enfrente.

—Ya lo verás.

Aelin miró a Rowan, quien se había adelantado un poco a explorar durante la mañana en su forma de halcón de cola blanca. Ahora caminaba a su lado guiando a su corcel negro. Arqueó las cejas ante su silenciosa exigencia de información. *No te lo voy a decir.*

Ella hizo un gesto de molestia. *Zopilote.*

Rowan sonrió. Durante la marcha Aelin calculó el día que era y...

Se detuvieron al llegar a la cima de la colina.

Aelin soltó las riendas y dio un paso titubeante sobre el suave pasto color esmeralda.

Aedion le tocó el hombro.

—Bienvenida a casa, Aelin.

Una tierra de montañas enormes, las Staghorns, se extendía frente a ellos, con valles y ríos y colinas; una tierra de belleza salvaje e indomable.

Terrasen.

Y el olor... a pino y nieve... ¿Cómo no se había dado cuenta nunca de que el aroma de Rowan era el de Terrasen, el de su hogar? El príncipe hada se acercó lo suficiente para rozarle el hombro y murmuró:

—Siento como si hubiera estado buscando este sitio toda mi vida.

Ciertamente, con el viento que soplaba rápido y fuerte entre las Staghorns grises y escarpadas, con la densa superficie de Oakwald a su izquierda y los ríos y valles que se extendían hacia las grandes montañas al norte, era el paraíso para un halcón. Era el paraíso para ella.

—Allá —señaló Aedion, mostrándole una roca de granito pequeña y tallada con espirales—. Cuando pasemos esa roca, estaremos en territorio de Terrasen.

No se atrevía a creer que no era un sueño. Aelin caminó hacia la roca, susurrando la "Canción de Agradecimiento" a Mala la Portadora del Fuego por conducirla a ese sitio, a ese momento.

Aelin pasó la mano por la roca rasposa y sintió que la piedra calentada por el sol vibraba a modo de saludo.

Luego dio un paso más allá de la roca.

Y finalmente, después de tanto tiempo, Aelin Ashryver Galathynius llegó a casa.

AGRADECIMIENTOS

Creo que ya es de todos bien sabido que yo dejaría de funcionar sin mi alma gemela, mi copiloto Jaeger, y *Threadsister*, Susan Dennard.

Sooz, eres mi luz en los sitios oscuros. Me inspiras y me desafías no sólo a ser mejor escritora, sino a ser una mejor persona. Tu amistad me da fuerza y valor y esperanza. No importa lo que suceda, no importa lo que pueda estar esperando cuando doblemos la siguiente esquina, sé que soy capaz de enfrentarlo, resistir y triunfar porque te tengo a mi lado. No hay mayor magia que eso. No puedo esperar a ser vampira tigre majestuosa a tu lado por el resto de la eternidad.

A mi compañera de armas y apreciadora de todas las cosas feroces y metamorfas, Alex Bracken: ¿cómo puedo agradecerte lo suficiente por leer este libro (y todos los demás) tantas veces? ¿Y cómo puedo agradecerte alguna vez por los años de correos electrónicos, los incontables almuerzos, bebidas, comidas, y por siempre apoyarme? No creo que hubiera disfrutado ni la mitad este viaje increíble sin ti, y no creo que hubiera sobrevivido tanto tiempo sin tu sabiduría, amabilidad y generosidad. Que sigamos escribiendo muchas más escenas con cualquier excusa para tener muchachos sin camisa.

Estos libros no existirían (*yo* no existiría) sin mis equipos trabajadores y totalmente geniales en la Laura Dail Literary Agency, CAA, y Bloomsbury en todo el mundo. Así que mi amor y gratitud eternos para Tamar Rydzinski, Cat Onder, Margaret Miller, Jon Cassir, Cindy Loh, Cristina Gilbert, Cassie Homer, Rebecca McNally, Natalie Hamilton, Laura Dail, Kathleen

Farrar, Ema Hopkin, Ian Lamb, Emma Bradshaw, Lizzy Mason, Sonia Palmisano, Erica Barmash, Emily Ritter, Grace Whooley, Charli Haynes, Courtney Griffin, Nick Thomas, Alice Grigg, Elise Burns, Jenny Collins, Linette Kim, Beth Eller, Kerry Johnson y el equipo incansable y maravilloso de derechos en el extranjero.

A mi esposo, Josh: todos los días contigo son un regalo y una dicha. Tengo mucha suerte de contar con un amigo tan amoroso, divertido y espectacular para correr aventuras por todo el mundo. Que sean muchas muchas más.

A Annie, mejor conocida como la mejor perra del mundo: perdón por comerme todo tu pavo seco accidentalmente ese día. No lo volvamos a mencionar nunca más. (También, te amo por siempre y siempre. Vamos a acurrucarnos.)

A mis padres maravillosos: gracias por leerme todos esos cuentos de hadas y por nunca decirme que era demasiado grande para creer en la magia. Estos libros existen por eso.

A mi familia: gracias, como siempre, por el apoyo y amor infinitos e incondicionales.

A los Maas Thirteen: son más que maravillosos. Gracias por todo su apoyo y entusiasmo y por gritar sobre esta serie a todo pulmón en todo el mundo. A Louisse Ang, Elena Yip, Jamie Miller, Alexa Santiago, Kim Podlesnik, Damaris Cardinali y Nicola Wilkinson: son todos tan generosos e increíbles, gracias por todo lo que hacen.

A Erin Bowman, Dan Krokos, Jennifer L. Armentrout, Christina Hobbs y Lauren Billings: son los mejores. Es en serio. Los mejores de los mejores. Agradezco todos los días al universo que me haya bendecido con amigos tan talentosos, graciosos, leales y maravillosos en la vida.

A todos los lectores de Trono de cristal: no hay palabras suficientes en el idioma inglés para expresarles adecuadamente la profundidad de mi gratitud. Ha sido un gran honor conocerlos en eventos por todo el mundo e interactuar con tantos de ustedes en línea. Sus palabras, su arte y su música me hacen seguir adelante. Gracias, gracias, gracias por todo.

Y finalmente, muchas gracias a los lectores increíbles que enviaron material para que fuera parte del tráiler de *Heredera de fuego*:

Abigail Isaac, Aisha Morsy, Amanda Clarity, Amanda Riddagh, Amy Kersey, Analise Jensen, Andrea Isabel Munguía Sánchez, Anna Vogl, Becca Fowler, Béres Judit, Brannon Tison, Bronwen Fraser, Claire Walsh, Crissie Wood, Elena Mieszczanski, Elena NyBlom, Emma Richardson, Gerakou Yiota, Isabel Coyne, Isabella Guzy-Kirkden, Jasmine Chau, Kristen Williams, Laura Pohl, Linnea Gear, Natalia Jagielska, Paige Firth, Rebecca Andrade, Rebecca Heath, Suzanah Thompson, Taryn Cameron y Vera Roelofs.

Reina de sombras de Sarah J. Maas
se terminó de imprimir en abril de 2017
en los talleres de
Litográfica Ingramex, S.A. de C.V.
Centeno 162-1, Col. Granjas Esmeralda, C.P. 09810
Ciudad de México.